해외견문록 上

오이환 지음

지은이 오이환

1949년 부산에서 출생하여, 서울대학교 철학과를 졸업하였다. 동 대학원 및 타이완대학 대학원 철학과에서 수학한 후, 교토대학에서 문학석사 및 문학박사 학위를 수여받았다. 1982년 이후 경상대학교 철학과에 재직해 왔으며, 1997년에 사단법인 남명학연구원의 제1회 학술대상을 수상하였고, 제17대 한국동양철학회장을 역임하였다. 주요 저서로는『남명학파연구』2책,『남명학의 새 연구』2책,『남명학의 현장』5책,『동아시아의 사상』, 편저로『남명집 4종』및『한국의 사상가 10인―남명 조식―』, 교감으로『역주 고대일록』3책, 역서로는『중국철학사』(가노 나오키 저) 및『남명집』,『남명문집』등이 있다.

해외견문록 上

© 오이환, 2014

1판 1쇄 인쇄: 2014년 03월 10일
1판 1쇄 발행: 2014년 03월 20일

지은이: 오이환
펴낸이: 홍정표
펴낸곳: 글로벌콘텐츠
       등　록__제25100-2008-24호

공급처: (주)글로벌콘텐츠출판그룹
       이　사__양정섭
       디자인__김미미
       편　집__노경민 최민지 김현열
       기획·마케팅__이용기
       경영지원__안선영
       주　소__서울특별시 강동구 천중로 196 정일빌딩 401호
       전　화__02-488-3280
       팩　스__02-488-3281
       홈페이지__http://www.gcbook.co.kr
       이메일__edit@gcbook.co.kr

값 28,000원
ISBN 979-11-85650-07-4 04800
     979-11-85650-06-7 04800(세트)

상

해외견문록

오이환 지음

글로벌콘텐츠

이는 나의 일기 중 해외여행과 관련한 부분들을 발췌 편집한 것이다. 나는 일기를 쓰기 시작하기 전 비교적 젊은 시기에 이미 4년 반 정도의 기간을 대만과 일본에서 유학하였고, 유학 이후로도 해외를 나든 적이 전혀 없었던 것은 아니다. 유학 생활의 기록으로서는 1999년에 「주말 나들이」라는 제목으로 『오늘의 동양사상』 제2호에 발표한 것이 있다. 그러나 유람의 현장에서 적은 기록이 남아 있는 것은 이것뿐이다.

이를 작성할 당시에는 반드시 후일 출판될 것을 예상했던 것은 아니었다. 그러므로 사적인 성격의 내용이 상당히 들어 있다. 이 글의 일부를 읽어본 이 중에는 자신의 소감을 적은 부분이 적다는 의견을 말씀해 주신 분이 있었다. 그것은 아마도 이것이 매일 매일의 일기일 따름이어서, 작성 당시에 시간적 제약이 있었을 뿐 아니라 소감까지 구체적으로 적어나가다가는 분량이 너무 늘어날 것을 우려한 까닭도 있다. 그러나 나로서는 가능한 한 자신의 관점에 따라 보고 들은 내용을 적은 것이라고 생각한다. 그랜드 캐니언이나 요세미티 등의 장소에 대한 기록이 비교적 소략한 것도 그것이 세계적으로 이미 너무 잘 알려져 있어 여행안내서가 아닌 이상 새삼스레 적을 만한 내용이 별로 없다고 판단한 까닭이 아닐까 싶다.

내가 한 해외여행 중에는 학문적인 용무나 가족 관계에서 나온 것 등 관광의 목적이 아닌 것도 제법 있었지만, 그러한 부분이 반드시 여행기의 흥미를 감소시킬 것이라고 생각지는 않으므로 배제하지 않았다. 나는 반 평생을 교직에 몸담아 왔으므로 방학이 있어서 다른 직업보다는 비교적 여행을 할 수 있는 시간적 여유가 있었다. 그래서 여행이 자유화된 이후 꽤 오래 전부터 매년 여름과 겨울의 방학 때마다 한 차례씩 그저 바람 쐬기 위한 목적으로 정기적으로 해외여행을 떠나 왔고, 아마 앞으로도 그럴 것이다.

오늘날은 대체로 가는 곳마다에서 한국인들을 많이 만날 수 있으며, 개중에는 이른바 마니아라고 할 수 있는 사람도 많다. 아마도 해외여행 객의 절반 정도는 마니아의 부류에 드는 사람이 아닐까 싶다. 나는 선택 이 가능한 한 기왕에 가보지 않은 곳으로 향해 왔으므로, 앞으로는 갈수 록 마니아들을 더 많이 만나게 될 것 같다. 그래서 세상에는 해외여행의 경험이 풍부한 사람들이 매우 많은 줄을 알기 때문에 새삼 이런 책을 출간한다는 것이 겸연쩍은 점도 있다. 그러나 나로서는 자신의 페이스 와 취향에 따라 선택한 여행을 계속할 따름이며, 그것으로 족하다고 생 각한다.

2013년 5월 24일
오이환

목차

머리말 ____ 5

1988년____ 11
일본중국학회 제40회 대회-大正대학____ 11

1992년____ 15
제42회 東方學會 전국회원총회-京大會館____ 15
첫 중국____ 21

1993년____ 31
九州 북부____ 44

1994년____ 51
첫 미국(캐나다·멕시코)____ 51
일본중국학회 제46회 대회 - 茶水여자대학____ 74
아버지의 문병-Swedish Covenant Hospital____ 80

1995년____ 91
일본중국학회 제47회 대회 - 立命館대학____ 99

1996년____ 104

中國宋學與東方文明國際學術研討會 – 河南省 濮陽____ 104
박사학위청구논문 제출____ 113
중국 남부____ 116
박사학위 논문 試問____ 152

1997년____ 156

박사학위 수여식____ 156
제2차 韓中孟子學術研討會一山東省 鄒城; 中韓儒釋道三教關係學術研討會 一陝西省 咸陽____ 160

1998년____ 176

태국____ 176

1999년____ 184

아버지의 문병-하모니 양로원____ 184
북중국·내몽고____ 218
北海道 남부____ 247

2000년____ 257

南九州·沖繩____ 257
북인도·가르왈 히말라야____ 274

2001년____ 317

호주·뉴질랜드____ 317
중국 강남____ 335

2002년____ 337

아버지의 문병-토렉 병원____ 349
아버지의 장례____ 363

2003년____ 375

서유럽____ 375

2004년____ 419

베트남·캄보디아____ 419
러시아 횡단철도____ 442

2005년____ 483

첫 번째 對馬島____ 483
張家界____ 496
두 번째 對馬島____ 505
시카고에서 보낸 1년____ 511
    A. 알래스카 535 / B. 시애틀 및 캐나다 서부 569

일본중국학회 제40회 대회-大正대학

10월

8 (토) 맑음, 일본은 비

아침 여덟 시에 법학과의 강대성 교수가 부산 가는 길에 나를 태워가 겠다며 자신의 차를 몰고 왔으므로, 김해공항까지 편안하고도 출발 시간 에 넉넉하게 도착할 수가 있었다. 12시 10분 발 東京 행 KAL716편으로 한 시간 40분 정도 비행하여 成田 新東京국제공항에 도착하였다. 한국에 서는 내일인 9일까지 서머타임 제를 실시하고 있으므로 비행기 안에서 다시 한 시간을 조정한 결과 成田까지 반시간 남짓 밖에 소요되지 않은 결과가 되었다.

成田공항에 武本民子 씨와 田中良子 씨가 마중 나와 있었으므로, 함께 京成스카이라이너 특급열차를 타고 약 한 시간 만에 上野驛에 도착하였 다. 東京 지역은 비가 계속되고 있다고 한다. 숙소를 정하기 위해 열 곳 정도 전화를 걸어보았지만, 일본은 사흘 동안 연휴가 계속되는지라 호텔마다 만원이었다. 淺草觀音으로 유명한 金龍山 淺草寺를 둘러보고, 그 입구의 식당에서 스키야키와 맥주를 대접받았다. 도무지 빈 방이 있는 호텔을 찾을 수가 없어, 上野까지 도로 나와 田中 씨와는 헤어지고, 大田區 南千束 2-10-9에 있는 武本民子 씨 댁으로 가서 1박하게 되었다.

이 武本 씨 댁에는 내가 전처인 村上朝子와 결혼하기 얼마 전, 그녀의 고향인 岩手縣 盛岡에 가서 그 양친을 만나고 돌아오는 길에 이곳에 들러 하룻밤 신세를 진 적이 있었는데, 그 때 朝子와 내가 묵었던 바로 그 방에서 오늘 다시 하루를 묵게 되니 감회가 새로웠다. 武本 씨의 남편은 재단법인 Salt Science 연구재단에서 전무이사로 근무하는 공학박사인데, 일제시절 부모를 따라 한국에 와 소년 시절 10여 년간 서울 아현동에서 자란 사람으로서, 그때나 지금이나 친절하고 자상하기는 마찬가지였다.

9 (일) 흐림

아침에 武本民子 씨가 전화로 겨우 호텔 방을 하나 예약하였는데, 上野 다음 정거장인 지하철 入谷 역 北口 근처의 入谷스테이션 호텔이었다. 아침식사 후 武本 씨 남편으로부터 南千束驛까지 배웅을 받고, 일본중국학회 제40회 대회장인 西巢鴨의 大正대학으로 가는 도중에 三田線 지하철 열차 안에서 같은 대회장으로 가는 池田秀三 조교수를 만났다.

大正대학에서 등록을 마친 다음, 연구발표에는 별로 참석하지 않고서 金文京·福嶋正·西脇常記·武田時昌 등 京大의 옛 지인들과 대화를 나누었고, 휴게실에서 內山俊彦 교수와 인사를 나눈 다음 점심시간에는 식당에서 池田·內山 교수와 도시락을 함께 들며 나의 박사학위 취득 건과 관련한 협의를 하였다. 남명학에 관한 학위논문을 장차 5년 전후하여 제출하기로 하고, 앞으로는 주로 일본어로 논문을 써서 일본의 학술지에 발표하되, 발표 전 두 교수에게 사전에 논문의 복사물을 보내어 검토를 받기로 하였다.

논문 발표를 마친 다음 강당에서 총회가 있었고, 그 자리에서 武田時昌 군이 금년도 일본중국학회상을 수상하였다. 총회가 끝난 다음, 東京타워 바로 아래에 있는 프린스호텔에서 열린 懇親會에 참석하였고, 밤 아홉 시 조금 지나서 入谷스테이션 호텔에 도착하였다. 호텔 방에는 욕실·TV· 전화 등 필요한 것은 다 갖추어져 있지만, 한국의 그것에 비하면 너무 좁아 답답하고, TV의 한 채널에서는 포르노비디오를 상영하고 있었다.

10 (월) 맑음

호텔 부근의 식당에서 주먹밥정식으로 아침을 들고, 原宿의 明治神宮과 신궁 안의 박물관 및 정원을 관람한 다음 代代木공원을 산보하였다. 大正대 학에 도착했을 때는 이미 연구발표가 끝나 있었다. 먼저 돌아가는 池田 교수와 작별한 다음 식당에서 內山 교수와 도시락을 함께 들었고, 강당에 서 열린 심포지엄을 끝으로 예정 시각보다 좀 늦게 대회가 모두 끝났다.

오후 네 시 반부터 武本 씨 댁에서 나를 환영하는 모임을 베푼다 하므 로 가보았더니, 田中良子·水野키티·武藤陽一·甲斐(舊姓 早島)綾子·小林彰, 그리고 이번 여름의 부산 유스호스텔에서 열린 수양회에 참석했던 부인 한 사람이 왔다. 함께 만찬을 들면서 유쾌하게 지껄이다, 일부는 가고 나는 田中·甲斐 씨와 함께 밤 아홉 시가 지나서 그 집을 나왔다. 武本民子 씨와는 南千束 역에서, 甲斐 씨와는 上野 역에서, 그리고 田中 씨와는 北千 束 역에서 각각 작별하였다. 선물을 잔뜩 받아서 짐이 많아졌다.

키티 씨는 지난번 강사 생활을 하던 대학을 그만두고 아시아학원이라 는 데서 영어를 가르치고 있다는데, 남편인 水野崇 씨가 마땅한 직장이 없이 교외에서 농사를 짓고 있으나 금년에는 그나마 적자를 면치 못한 까닭에 경제적으로 고달픈 듯하며, 甲斐 씨는 금년에 小島素子라는 필명 으로 『農村から韓國が見える』라는 책을 仁科健一이라는 필명을 쓰는 사람 과 공저로 출판하였다.

11 (화) 맑음

上野의 국립박물관에 관람하러 갔으나 때마침 휴관일이라, 京成skyliner 의 예약해 둔 열차가 출발할 시간까지 上野공원 안을 두루 산보하였다.

上野공원에는 京都大에 유학하고 있던 시절 上京하여 한 번 둘러본 적이 있으므로, 이번이 두 번째가 되는 셈이다. 東京예술대학·不忍池·西鄕隆盛 동상 등을 천천히 돌아보며, 설명된 팻말의 내용도 자세히 읽었다.

스카이라이너로 成田에 도착하여, 오후 1시 55분의 부산 행 KAL기를 탔는데, 진주의 집에 도착하니 밤 일곱 시 무렵이었다.

1992년

제42회 東方學會 전국회원총회-京大會館
첫 중국

 제42회 東方學會 전국회원총회-京大會館

11월

3 (화) 한국은 오전 중 흐리다가 한 때 비, 일본은 맑음

평소보다 이른 아침 일곱 시에 조반을 들고서, 시외버스로 부산의 사상 터미널로 가서 김해공항 가는 시내버스로 갈아탔다. 공항 안에서 조 사장이 준 백만 원을 일본 돈으로 바꾸었는데, 당일의 적용 환율이 642.49로서, 155,000엔과 약간의 잔돈을 원화로 돌려받았다.

오전 11시 40분 대한항공으로 大阪을 향해 출발했는데, 부산에 도착할 무렵부터 가는 빗방울이 떨어지고 있더니, 그것이 차츰 굵어지기 시작하므로 우산을 준비해야 하나 하고 다소 염려가 되었으나, 일본 영공에 들어갈 무렵에는 맑게 개었다. 大阪에서 공항버스로 名神高速道路를 통하여 京都에 진입하여, 京都驛 남쪽 입구에서 공항버스를 내려 시내버스로 갈아탔다. 82년 1월에 영주귀국 한 이후, 京都大學에서 일본중국학회 대회가 개최되었을 때 한 번 다시 들른 적이 있었고, 그 후 동경의 大正大學에서

일본중국학회 대회가 개최되었을 때도 다시 한 번 일본에 왔으니, 이번으로서 귀국 후의 일본 방문으로는 세 번째요, 京都를 찾는 것은 두 번째가 되는 셈이다. 일본의 모습은 내가 유학하고 있던 때와 별로 달라진 점은 없었으나, 시내까지 진입하는데 버스의 시간이 상당히 소요되는 것으로 보아 차량의 수가 더 많아진 것이 아닌가 생각되는 정도였다.

숙소인 左京區 田中 關田町 2-24, 세칭 百萬邊에 있는 재단법인 內外學生 센터는 京都學生硏修會館이 그 정식 명칭으로서, 경도대학의 북문에서 出町柳 쪽으로 조금 떨어진 곳에 위치해 있었다. 알고 보니 내가 경도에 처음 유학 왔을 때 이곳에 들러 아르바이트 자리를 소개 받아, 시내 일본식 식당의 접시닦이와 新阪急백화점 스카이라운지에 있는 선플라워인가 하는 양식당에서 웨이터 생활을 몇 달 간 한 적이 있는 바로 그 곳이었다. 그 당시에는 이곳을 학생들의 부업을 알선해 주는 곳 정도로만 알았었는데, 2, 3층에는 硏修와 숙박 시설도 갖추고 있었다. 나는 3층의 8호실을 배정 받았다. 다다미 10장 정도의 제법 넓은 방에다 온갖 설비가 불편한 것 없이 다 갖추어져 있었으나, 숙박료는 하루에 겨우 3,300엔에 불과한 공익성 시설이었다.

오후 세 시 반경에 도착하여 방에다 짐을 풀고는 곧 小林淸市 군에게 전화를 걸었더니, 그가 살고 있는 西院에서 이곳까지 오는 데는 한 시간 남짓 걸린다 하므로, 그 동안에 먼저 左京區 田中 神樂岡町 8에 있는 朋友書店에 들렀다. 주인인 土江澄男 씨는 내가 귀국한지 10년이 넘고, 지금은 한국에서도 중공 책들을 구입할 수가 있어서 전혀 주문을 하고 있지 않음에도 불구하고, 호의로 오늘날까지도 매달 신착도서목록을 우송해 주고 있다. 공항의 면세점에서 산 인삼차 한 상자를 인사차 가져갔더니, 안방으로 들어가 한참동안 준비하여 위스키를 조금 섞은 홍차를 준비해 왔고, 은행의 추심 수수료 관계로 아직도 청산되지 못한 채 조금 남아 있는 1,452엔을 내가 전했으나 굳이 받지 않았다.

십 년 남짓 만에 유학 시절 중 가장 친하게 지내던 그리운 친구를 다시 만나 방에서 이야기 하다가, 어두워진 후에는 그 근처에 있는 중국철학사 연구실의 멤버들이 수업을 마치고는 주임교수인 湯淺 선생과 함께 자주 들러 저녁식사를 하곤 했던 양식 전문의 식당에 들러 백포도주 한 병을 곁들여 식사를 하면서 한참 동안 이야기 하다가, 小林 군은 내 숙소의 문을 닫는 시간인 밤 열 시 조금 전에 나를 바래다주고서 돌아갔다.

4 (수) 맑음

아침 일곱 시 숙소의 문이 열리자 곧 밖으로 나와 산책에 나섰다. 京都 大學 구내를 거쳐, 처음 일본에 왔을 때 반년 동안 거주했던 岡崎 法勝寺町 의 자취집에서 학교에 다닐 때 늘 통과하곤 했던 길을 걸어가다 어느 음식점에 들러 모닝서비스로 아침을 때웠다. 시간이 있을 때 면세점에 들러 돌아갈 때의 기념품을 사 두기 위해 平安神宮 뒤편 丸太町通에 있는 京都핸디크래프트센터에 들렀으나 아직 개업 시간 전이었으므로, 平安神 宮을 비롯한 岡崎公園 일대의 낯익은 곳들을 어슬렁거리며 둘러보다가, 南禪寺에서부터는 철학의 길을 따라 걸었다. 시간이 거의 되었으므로 다 시 핸디크래프트센터에 들러 회옥이를 위한 나무 인형 하나와 담배 곽 크기의 소형 올림퍼스 카메라 한 대를 샀다.

東大路를 따라 도로 경도대학 구내로 돌아와 보았더니, 東一條의 대학 진입로에는 十一月祭의 갖가지 행사를 알리는 立看板들이 즐비하였다. 문 학부 건물은 예전보다 오히려 더 황폐해진 것이 아닌가 싶을 정도로 일층 에는 쓰지 않는 교실도 눈에 띄었다. 약속된 11시에 삼층의 윤리학전공 과 공용으로 쓰고 있는 中哲전공 사무실에 들러 助手인 小林 군 및 박사과 정에 재학 중인 후배 한 사람을 만났고, 나오는 길에 이층 복도에서 마침 들어오고 있던 전공 주임 內山俊彦 교수를 만나 인사를 나누었다. 小林군 과는 百萬邊에 있는 예전에 종종 들르곤 했던 음식점에서 카레로 점심을 들고서 헤어졌다. 그는 오늘 정오부터 교양과정에서 3학년 본과로 진입 하는 학생들에게 전공 선택에 대한 안내를 하는 가이던스에 나가 중국철 학사 전공에 대해 설명을 하게 되어 있는 바, 뒤에 들으니 예년에 비해 꽤 많은 편인 네 명의 학생이 중철 전공을 지망했다고 한다.

오후 한 시부터 吉田 河原町에 있는 京大會館에서 열린 제42회 東方學會 전국회원총회에 참석했다. 일층의 101호실에서 있은 京都大學 중문과 興膳宏 교수의 강연 「말의 이론-중국 문학예술 이론의 한 측면-」에 참석했는데, 강연 도중에 坂出祥伸 교수가 내 옆 자리로 들어와서 나란히 앉아 같이 경청한 다음, 그 이후의 학회 일정에는 참석하지 않고 坂出 교수와 함께 와서 뒷자리에 앉아 있던 內山俊彦 교수, 池田秀三 조교수 및 조수인 小林淸市 군과 함께 회관 지하의 다방으로 자리를 옮겨, 차와 약간의 샌드위치를 앞에 두고는 이번 訪日의 주목적인 박사학위 논문과 관련한 문제들을 협의했다. 池田 조교수는 나와 동갑인 小林 군이 알려 준 바에 의하면 우리보다 한 살이 더 많다고 하는데, 그 특유의 더부룩한 수염 속에 흰 털이 꽤 많이 섞인 것이 눈에 띄어 나의 넓어진 이마와 더불어 피차 세월이 흘렀음을 실감케 하였다.

池田 씨는 예전부터 나에 대해 퍽 호의적이었고, 小林 군은 나의 둘도 없는 친구이며, 坂出 교수도 나에 대해 좋은 인상을 가지고서 지원해 주고 있으니, 이번까지 합하여 두 번 밖에 만난 적이 없는 內山 교수인들 나에게 비우호적일 아무런 이유가 없는 것이다. 이리하여 대화는 매우 순조롭게 진행되어, 이번 겨울 내가 「『남명집』 이정본의 성립」을 탈고하면 그것과 기왕에 발표한 다섯 편의 논문을 합하여 박사학위논문을 구성하되, 순서대로 한 편씩의 분량이 일본어로 작성되면 그것을 팩시밀리로 전송하여 검토 및 수정의 과정을 거치고, 나는 일본에 와 체재하면서 논문을 다듬는 것이 아니라 진주의 연구실에서 작업을 하되, 만약 팩스로 해결될 수 없는 문제가 있으면 그 때마다 직접 일본에 와서 상의하겠다는 의사를 전했더니 그것으로 대충 이야기가 매듭지어졌다. 문제는 과의 세 전임 중 아무도 팩스를 가진 사람이 없는 점인데, 小林 군은 자기가 한 대 구입하겠노라고 했다.

內山 교수는 앞으로 3년 후에 정년퇴임하게 되므로 늦어도 그 전까지는 학위를 취득해야 할 것으로 생각되는데, 심사에만도 1년 이상의 시일이 소요된다고 하니, 빨라도 2년의 세월은 걸릴 것으로 예상된다. 내가

보낸 논문에 대해서는 小林 군이 일본어로서 매끄럽지 못한 부분들을 다듬어 주기로 했으며, 예상했던 바와는 달리 京都大學에서는 문학박사학위의 심사에 참여하는 세 교수 중 외부 대학의 교수 및 학내의 전임 중에서도 조교수는 포함되지 않는다고 하므로, 그 자리에 참석한 사람들 중 內山 교수 외에는 심사위원이 되지 않을 것임을 알았다.

중철 연구실의 두 교수는 나와의 대담이 끝난 후 돌아가고, 나머지 세 명은 다섯 시 반부터 2층의 210호실에서 열린 懇親會에 참석했는데, 坂出 선생은 중문과의 興膳宏 교수가 내 논문의 심사위원이 될 가능성이 대단히 높다고 하면서 그에게 나를 소개시키고, 동양사학과를 곧 정년퇴임할 박종현 교수의 지도교수 쓰沙雅章 씨 등에게도 소개해 주었다.

밤 일곱 시에 간친회가 끝나자, 坂出 교수는 나와 小林 군을 대동하여 歌舞伎 극장인 南座 부근의 조그만 단골 술집으로 가 위스키 잔을 앞에 놓고서 대화하다가 아홉 시 반 무렵에 그곳을 나와 부근의 지하철역에서 작별했는데, 小林 군은 오늘도 나를 숙소까지 바래다주고서 돌아갔다. 京都의 다른 곳들은 거의 예전과 다를 바가 없는데, 京都大學 부근의 出町柳까지 지하철이 연결되어 있는 점은 새로웠다.

5 (목) 일본은 맑고 한국은 비

오늘도 아침 일곱 시에 숙소를 나와, 田中 네거리를 지나 옛날 朝子와 함께 결혼 생활을 하던 農大 北門 부근의 西樋之口町에 있는 一二三莊 쪽으로 가보려고 했으나, 2년간이나 살던 동네임에도 불구하고 飛鳥井町 부근의 골목에서 방향 감각을 잃고서 헤매다가 몇 차례 주민들에게 물어 겨우 찾을 수가 있었다. 옛 집은 그대로였으나 바로 옆의 차고로 쓰던 빈 터에 몇 층짜리 연립주택이 들어서고, 길모퉁이에는 주차장이 만들어져 제법 분위기가 달라져 있었다.

거기서 한국학교 쪽으로 올라가 北白川의 疏水를 따라 농대 운동장과 접한 매일 걷던 산책로를 지나 인문과학연구소 앞으로 하여 銀閣寺 입구 근처에서 모닝서비스로 아침을 들었다. 古都인 京都에서도 내가 살던 이 지역은 녹음이 우거지고, 京大의 교수들이 많이 거주하며, 사색하면서 산책할 만한 곳도 많은 실로 좋은 구역임을 새삼 실감할 수가 있었다.

조반을 마친 후, 다시 朋友書店 앞길을 지나 吉田山에 올랐더니, 능선의 빈터에서는 일본인과 서양 여자들이 섞여서 유유한 동작으로 太極拳 체조를 하고 있었다. 吉田神社 앞으로 내려와 다시 京大 구내로 해서 숙소로 돌아왔는데, 小林 군이 아홉 시 남짓 되어 나의 숙소로 찾아왔으므로, 체크아웃을 마치고서 함께 右京區 西院 久保田町 4-1 西京極하이츠 418호실인 그의 숙소를 보러 갔다.

그가 사는 곳은 내가 첫 번째 아내인 村上朝子와 함께 2주에 한 번씩 同志社女子大學 구내의 교회와 번갈아가며 일요일마다 다니고 있던 西院의 韓人教會에서 걸어서 십 분 정도 되는 거리에 있었다. 일부러 그 교회 앞으로 가 보았더니, 내가 귀국하기 전 반 년 동안 한국어를 가르치고 있었던 信明學校 건물도 옛날 그대로이고, 담임목사는 여전히 楊炳春 씨이며, 교회 옆의 목사관도 여전하였다. 北白川의 이웃 한국인중학교 경비실에 살고 있던 유학생 金文吉 씨가 몇 년 전 귀국하여 알려 준 바에 의하면, 朝子는 나와 이혼한 후 이 교회의 喪妻한 양형춘 목사와 재혼하게 되어 결혼식 청첩장까지 돌린 바 있었으나, 교회 측의 반대로 그것이 무산되고 말았다고 한다. 小林 군으로부터 이번에 들은 바로는 朝子는 京都 시내에서 일본인 清水 씨와 결혼한 후 남편의 임지인 九州의 大分縣 別府市 野口中町 5-20 別府野口教會로 가게 되었다고 하니, 그녀의 새 남편은 아마도 同志社大學 神學部의 동창생으로서 어쩌면 나도 아는 사람일지도 모른다는 생각이 들었다. 그녀는 나의 장남 世圓의 이름을 이혼 후 村上愛宜로 고쳤다가, 재혼 후에는 또 다른 이름으로 고쳤다고 한다.

小林 군이 살고 있는 하이츠는 다다미 열 장 정도의 넓이에다 방이 세 개라고 하기에 제법 넓은 줄로 알았으나, 막상 가보니 방 하나는 부엌을 겸한 것으로서 다 합해도 약 열 평 정도에 불과한 조그만 것이었다. 그러나 일본에서는 이 정도 넓이의 것도 독신자용으로서는 사치에 속한다고 한다. 그는 금년 봄에 조교가 된 후, 神戸 부근 西宮에 있던 옛 집을 떠나

京都 시내의 이곳으로 이사 와서 여전히 독신으로 거처하고 있다. 오랫동안 기르고 있던 고양이들은 아파트의 규칙상 어쩔 수 없이 처분하고, 집안 구석구석까지 쌓여 있던 책들도 상당히 없애 버리고서, 지금은 그 대신 베란다에다 조그만 화분 몇 개와 거실에는 컴퓨터를 들여 놓고 있었으며, 16인치 정도의 컬러 TV와 CD형 비디오디스켓들을 상당수 들여 놓고 있었다.

그의 집에서 내가 신명학교에서 가르치던 제자인 재일교포 趙載元 씨와 잠시 통화한 다음, 小林 군과 함께 그 집을 나와 京都驛 남쪽 입구에서 공항버스를 타고서 大阪의 伊丹공항으로 향했다. 공항에서 체크인을 마친 후 선물용으로 한국에 가져갈 기념품들을 좀 사고, 구내의 일식집에서 소바(메밀국수) 세트로 점심을 든 후, 오후 두 시 발 대한항공으로 귀국길에 올랐다. 그는 공항 옥상의 전망대에 올라가 내가 탄 비행기가 떠나는 모습을 지켜보고 난 후 돌아갈 것이라고 했다. 이번의 訪日 기간 중 조반과 간친회 때를 제외하고서는 식사도 모두 그가 대접해 주었다.

공항에서 우연히 본교 일어교육과에 근무하는 안병곤 교수 부부가 九州와 大阪에서 있은 학회에 참석하고서 막 귀국하려는 것을 만나 같은 비행기로 돌아왔다. 안 교수의 학과 동료와 제자 각 한 명이 안 교수의 자가용을 몰고서 김해공항으로 마중을 나왔으므로, 그 차에 동승하여 진주로 돌아왔다.

 첫 중국

12월

29 (화) 맑음
일정에 따라 오전 일곱 시 무렵 김포공항 제2청사 2층에 있는 외환은행 분점 앞에서 교수 중국 방문 제5단의 일행 서른여 명이 집결하였다.

나는 한화 20만 원을 환전한 249달러만을 지니고서, 혹시 부족하면 현지
에서 비자카드로 결제하거나 현금서비스를 받기로 작정하였다.

우리 일행은 예정된 교수 32명 중 한 명이 참가하지 않은 것으로 들었
고, 교육부의 대학학사심의관 金永俊 국장, 청와대 문화 교육 부문의 부장
이라고 하는 젊은 劉震龍 씨가 국제교육진흥원의 이름으로 참여해 있고,
대한통운여행사의 해외여행사업부 차장인 玄德桂 씨가 실무 총책임자로
서 참여하여, 총 인원은 34명이 되는 셈이다.

오전 9시 5분에 출발할 예정이었던 대한항공의 上海 행 KE6135 전세기
가 기상 관계로 20분 정도 연발하였는데, 비행기 속에서 한 시간의 시차
에 따라 손목시계 바늘을 도로 뒤로 돌려서 중국 현지 시간으로 열 시
반경에 上海 공항에 도착하였다. 공항에는 우리 일행의 여행에 시종 동행
할 스루가이드 嚴成浩 씨와 상해 지역을 안내할 지역 가이드가 마중 나왔
다. 엄 씨는 압록강의 의주 건너편에 있는 丹東에서 출생하여 87년에 가
족과 함께 北京으로 이주하였으며, 작년에 북경에 있는 중앙민족학원 회
계학과를 졸업하고서 北京新華旅游集團公司 (中國第一類旅行社) 韓國處 銷售
經理의 직함으로 가이드 업에 종사하고 있다. 너무나도 정확한 서울 표준
말을 구사하고 있어 한국 유학생이 아닌가 하고 처음에는 의심했을 정도
였다. 上海의 지역 가이드는 연변 출신으로서 대학 공부를 못했다고 하는
조선족 부인인데, 문화혁명 당시 下放 되어 시골에 내려가 있다가 같은
처지로 하방 되어 온 현재의 중국인 남편과 결혼하여, 중국과 조선을 각
각 의미하는 朝華라는 이름의 딸을 두고 있다고 한다. 그녀의 설명대로
상해에는 조선족이 약 400명 정도 밖에 살고 있지 않은 탓인지 엄군에
비하여는 조선말이 많이 서툴고 북한식 억양과 용어를 구사하고 있었으
나, 가이드 업에 종사한지 오래 되지 않아서인지 꽤 때 묻지 않은 순박한
인상을 주었다.

숙소인 上海市 외곽지대의 曲陽路 1000號에 위치한 上海富豪外貿大酒店
(REGAL SHANGHAI (F.T.) HOTEL)은 별 네 개 급의 호텔이라고 하는
데, 한국의 고급호텔에 비교해도 별로 손색이 없을 정도의 현대식 설비를

갖추고 있었다. 上海市內에 높이 솟아 있는 현대식 빌딩들은 대체로 鄧小平 정권이 개방 정책을 표방한 이후에 日本 자본 및 홍콩·臺灣 등지의 화교 자본을 유치하여 최근에 지어진 호텔들이라고 한다. 우리가 투숙한 호텔의 소유주도 일본인이라고 하는데, 자본주의 국가들의 자본과 기술로써 건설한 것이니 그럴 수밖에 없는 터이다.

공항에서 그다지 멀지 않은 곳에 위치한 上海農業展覽館 내의 紫竹餐廳에서 상해에서의 이틀 동안 점심을 들었다. 중국의 식당이나 기념품점, 숙박업소 등은 대체로 내국인용과 외국인용이 엄연히 구분되어 있고, 외국인이 드나드는 장소는 가는 곳마다 출입구가 기념품점을 통과하도록 되어 있는데, 같은 물건일지라도 그 가격이 시중의 일반 국영상점에서 파는 것과는 엄청난 차이가 있었다.

대체로 외국인에 대해서는 서방 선진국 수준의 업소만을 사용케 하고, 그 대신 선진국 수준의 요금을 받는다는 것이 중국 정부의 정책 방향인 듯하다. 그래도 품질이 떨어지기는 하지만 대체로 싼 가격이라고 할 수 있었다. 심지어는 兌換券이라는 외국인 전용 화폐를 만들어 두고 있어 중국인이 사용하는 人民幣를 외국인이 쓰는 것은 위법으로 되어 있는 모양이다. 한동안 태환권과 인민폐의 달러에 대한 교환 가치 차이가 다섯 배에 달하기도 했으나, 지금은 대체로 한 배 반 정도로 조정되었다고 한다. 그럼에도 불구하고 현실적인 달러의 시세와는 상당한 차이가 있어, 외국인들이 자주 다니는 곳에서는 암달러상들이 접근하여 환전 유혹을 하는 장면에 종종 마주치게 되는 것이다.

실제로 호텔 등에서는 1달러에 대하여 5.594의 공식 환율로 태환권으로 교환해 주지만, 스루가이드인 엄군은 6.5 대 1의 환율로 인민폐로 바꿔 주며, 우리가 첫날 들른 허름한 건물의 실크 공장에서 미모의 중국 아가씨들의 패션쇼를 관람하고서, 로비의 기념품점에 진열된 상품들을 둘러보고 있을 때, 계산대의 남자 직원은 7.3 대 1의 환율로 우리 일행에게 환전을 해 주다가 지역 가이드의 엄중한 항의를 받고서 중단하는 광경도 볼 수 있었다. 중국에서는 가이드가 매우 수입도 좋고 선망을 받는 직업이라고 책에서 읽은 적이 있었는데, 엄군이 사실상 불법적인 환전 차액으로 얻는 수익을 중국의 일반 인민들의 임금 수준에다 비교해 보면 그 말이 충분히 납득이 갔다. 그러나 그 엄군도 우리 일행과 합류하기 위하여 北京으로부터 열댓 시간씩이나 걸리는 기차를 타고서 上海에 출장 왔다고 하는 것을 보면, 그가 회사 측으로부터 받는 공식적인 수입은 그다지 많지 않을 것임을 짐작할 수가 있었다. 외국인은 또한 별 세 개 이상 수준의 호텔에만 투숙하게 되어 있는데, 지역 가이드의 설명에 의하면 자신도 가이드가 되기 전까지는 일반 중국인들과 마찬가지로 호텔이라는 곳은 외국인만이 출입하는 곳 정도로 인식하고 있었다고 한다.

현지 가이드의 안내에 따라, 上海에서의 첫날은 우선 孫文 부인 宋慶齡 여사의 묘역으로 바뀌어져 있는 萬國共墓를 찾아 그 구내의 외국인 묘지에 안장되어 있는 임시정부 요인 朴殷植과 盧伯麟의 묘역을 참배하였고, 이어서 당시 프랑스 조계였던 盧灣區 馬當路 306弄 4號에 위치한 일제시기의 대한민국 임시정부 舊址를 방문하였다.

책을 통하여 미리 알고는 있었지만, 이 역사에 기록된 유서 깊은 장소는 골목 안의 3층으로 된 다세대 연립주택 중 세 층 한 부분을 빌려 쓰고 있었던 것이다. 최근 盧泰愚 대통령이 국교 수립 후의 첫 공식 방문 때 다녀가고, 또 한국의 한 재벌 그룹이 수리비로서 3억 원인가를 기증한 후, 그곳에 거주하고 있던 중국인을 다른 곳으로 이주시키고, 내부 수리에 착수했다고 한다. 그러나 대문을 갈아 달고 1층의 회의실을 방문객 참관용으로 대충 수리해 놓았을 뿐 2, 3층은 수리 중이라는 이유로 개방하지 않고 있었는데, 별로 수리가 진행되고 있는 것 같지 않았다.

바깥 도로변의 안내실에는 날마다 한국에서 오는 수많은 방문객들로부터 성금을 접수하는 함을 벽에다 설치해 두고 있어서, 우리 일행도 일인당 1달러 정도의 돈을 거기에다 넣는 모양이었지만, 나는 넣지 않았다. 중국의 일반적인 물가 수준에 비추어 볼 때, 이미 기증된 3억 원만으로도 주민 이주 및 내부수리 비용은 충분하고도 남을 터인데, 일부러 공사를 지연시키면서 이 역사적인 장소를 미끼로 한국인으로부터 가능한 한 많은 돈을 뽑아내 보겠다는 상업주의의 분위기를 감지할 수가 있어, 절 모르고 시주하는 느낌이었기 때문이다.

임시정부 안내실 맞은편의 도로를 건너 골목 안에 있는 馬當小學校를 둘러보았는데, 조그마한 삼층 건물 2, 3층이 교실이고, 일 층 바닥에 화장실과 접해 있는 손바닥만 한 콘크리트 공간이 운동장이라고 하는 것으로 보아 上海의 인구 과밀을 실감할 수가 있었다.

임시정부 舊址를 떠나 늦은 오후에는 번화가로 나가 보았다. 上海는 인구 1,300만의 중국 최대의 도시인데 비해 면적은 1,100만 인구인 수도 北京의 3분의 1 밖에 되지 않아, 도심의 교통 체증은 정말 심각한 것이었다. 상해에서 가장 번화가라고 하는 南京路를 통과하여 外灘에서 가까운 友誼商店 뒤편의 주차장에다 대절 버스를 세우고, 外灘의 黃浦江 가에 최근에 신설된 일명 戀愛灘이라고도 부른다는 아베크족의 천국인 전망대에 올라가 영화를 통해 본 적이 있는 과거 英美 租界地의 서구식 낡은 관청 건물들과 黃浦江 건너편의 웅장한 부두 풍경을 둘러보았다.

상해에서의 저녁 식사는 두 끼 모두 友誼商店 맞은편의 南京路 건너 쪽에 있는 식당에서 들었다. 우리 일행은 대체로 기름을 많이 쓰는 중국 음식에 처음부터 질린 모양이어서 별로 수저를 들지 않고 얼굴을 찌푸리며 한국에서 준비해 온 반찬들을 꺼내서 들고 있었지만, 나는 臺灣 유학 시절에 익숙해 진 때문인지, 중국 음식이 전혀 낯설지 않고 오히려 한국 음식보다도 더 맛있게 들 수가 있었다.

호텔로 돌아온 후, 단장인 남궁달 씨와 간사인 내가 머물고 있는 17층의 방으로 김영준 국장, 유진용 과장, 충남대 토양학 전공인 김문규 교수, 유 과장의 룸메이트 등 여섯 명이 모여 虎骨酒를 들었다.

30 (수) 맑음

일정에는 없었지만, 나의 의견에 따라 오늘의 첫 코스로서 호텔 부근에 위치해 있는 北京의 北京大學, 淸華大學과 더불어 중국 3대 명문 중의 하나인 復旦大學을 방문하였다. 버스로 학교 안을 둘러보고 정문과 그 안의

毛澤東 동상 부근에서 기념사진을 촬영했다. 이 대학은 그 명성에 비해 캠퍼스의 규모가 꽤 작아 보였다.

이어서 虹口公園, 곧 지금의 魯迅公園에 들렀다. 아직 아침이라 공원 구내에는 여기저기 太極拳이나 칼춤 창춤 등의 중국식 체조를 하거나 콘크리트 탁자에 둘러 앉아 麻雀을 하고 있는 노인들이 눈에 띄었는데, 역시 상상했던 것보다는 작은 규모였다. 원래 萬國共墓에 안장되어 있었던 魯迅의 묘가 지금은 宋慶齡 여사에게 그 자리를 물려주고서 이곳으로 옮겨짐에 따라 공원의 이름도 바뀐 모양이다. 무덤 앞에 그의 동상이 있으며, 공원 정문 부근에는 그의 유품을 전시하는 기념관이 있다. 尹奉吉 의사가 일본의 天長節 행사 도중에 폭탄을 투척한 장소는 바로 지금의 魯迅 묘역 일대였다고 한다. 공원 옆문 부근에서 일행이 다 나오기를 기다리다가, 땟국이 줄줄 흐를 듯한 티베트 식 모자를 쓴 자칭 티베트인이 길바닥에 벌려 놓은 노점에서 사향이라고 하는 걸 하나 샀는데, 백 원을 부르는 것을 홍정하여 20원에 샀지만 사향 냄새가 좀 나기는 해도 아무래도 진짜 같지는 않았다.

다시 어제처럼 중심가로 나가 상해박물관을 참관하였고, 그 이후는 자율 활동 시간으로 예정되어 있었으나, 다수의 의견에 의해 黃浦江 부근에 위치해 있는 300년 전 明나라의 四川省 지방 관리였던 潘允端이 자기 부모를 위해 18년간에 걸쳐 조성했다는 上海의 명물 정원인 豫園을 둘러보았다. 豫園에서 나와서는 外灘의 강둑을 따라 계속 이어지고 있는 中山東路의 관청 거리를 지나, 다시 어제 주차했던 우의상점 뒤 주차장에다 버스를 세워 두고서, 일부 희망자들은 지역 가이드를 따라 南京東路에 있는 上海 최대의 서점인 新華書店에 들렀다. 나는 그곳에서 文房四友 코너에 있는 도장들을 샀는데, 다른 기념품점들에서 본 것과 같은 물건으로 보이는 것이 엄청나게 싸서 마치 공짜로 얻는 것 같았다. 英美 租界地였던 外灘의 전망대 바로 옆에는 '개와 중국인은 들어오지 말라'는 방을 써 붙여놓았었다는 유명한 黃浦公園이 있었다. 지금은 공사 중이라 별로 볼 것이 없었고, 그 부근의 다리 밑으로 太湖로부터 흘러오는 吳淞江(일명 蘇州河)

이 그 본류인 黃浦江과 합류하고 있었다.

　호텔로 돌아오는 길에 공항으로 통하는 虹橋 개발구역에 위치한 揚子江 호텔에 들러 가라오케 술집에서 맥주를 마시다가, 일행 중 몇 명은 마이크 있는 곳으로 나가서 가라오케 반주로 한국 노래를 좀 부르기도 한 후 숙소인 富豪호텔로 돌아왔다. 목욕을 하고 있는 중에 바로 옆에 있는 유진룡 과장 방에서 어제 밤의 팀이 다시 모인다는 전갈을 받고서, 뒤늦게 참가하여 또 虎骨酒를 마셨다.

　31 (금) 흐림
　상해에서 다음 목적지인 杭州로 가는 비행기를 타기 위해 새벽에 기상하여, 버스 안에서 호텔 측이 마련해 준 도시락으로 우선 조반을 때우고, 상해 공항의 국내선 대합실에 당도했다. 그러나 우리가 예약해 둔 7시 45분 발 비행기는 출발 시간이 지났음에도 불구하고 공항에서 티케팅을 해 주지 않으므로 모두들 의아해 했다. 여행사 측의 현 차장이 나중에 설명해 준 바에 의하면, 우리가 타고 가기로 되어 있던 비행기는 40인승 프로펠러기인데, 중국 측의 실력자들이 우리가 미리 예약해 둔 좌석 중 일부를 차지해 버렸으므로, 우리는 부득이 杭州까지 버스로 갈 수 밖에 없게 되었다는 것이었다. 버스 안에서 엄군이 무어라고 설명하려는 것을 현 차장이 도중에 막아 버리는 것으로 보아 무언가 다른 사정이 있는지도 모를 일이지만, 어쨌든 한국에서라면 상상하기 어려운 일이라고 하겠다.

　상해에서 시종 우리 일행을 태워 준 버스의 기사는 이 버스로 杭州까지 가는 것은 무리이니 보다 큰 차를 불러 사람과 짐이 함께 가도록 해야 한다는 것이었지만, 현 차장의 강행 의지에 의해 짐은 봉고차에다 따로 싣고 사람은 타고 온 버스에 그대로 올라 浙江省의 省都인 杭州로 향하게 되었다. 그러나 도중에 뒤따라오던 봉고차가 보이지를 않고, 또 도로 사정도 좋지 못하자, 기사가 일방적으로 차를 돌려 도로 상해 공항으로 돌아갔는데, 광장에서 한참 동안 기다린 후 요청했던 대형버스 한 대와 함께 상해의 저명인사라고 하는 중국 측 여행사의 젊은 여사장이 나타나 정중한 사과와 함께 우리를 전송하였다.

우리 일행은 역시 근자에 완공된 고속도로를 통해 金山-嘉善-嘉興-桐鄕
-崇福-許村-余杭을 거쳐 약 네 시간 걸려서 杭州市에 당도했다. 도중에
차창 가로 보이는 농촌의 집들이 대체로 다세대 연립주택인 것 같아 보였
다. 나는 上海 공항에 처음 착륙할 때 많이 보이던 이러한 집들이 외국인을
의식한 전시용이 아닐까 라고 생각했었으나, 杭州까지 가는 도중에 보이
는 농촌 가옥들이 거의 다 이런 모습이었고, 또한 고속도로변 中·小邑들의
곳곳에 상당한 규모의 공장들을 볼 수가 있었기 때문에, 우리가 통과하는
浙江省 북부 지역이 중국 최대의 도시인 上海市에 인접해 있고 예로부터
기후나 토질이 농업에 적합한 곳으로 알려져 있는 점을 감안하더라도,
중국에서는 농촌의 생활수준이 도시민의 그것보다 낫다고 하는 가이드의
말에 수긍이 갔다. 余杭에 이를 때까지 산 하나도 보이지 않는 망망한
평원이 계속되고 있는 것에서도 중국의 저력을 느낄 수가 있었다.

도중에 한 군데 정거하여 도로 변의 허름한 식당에서 맥주와 음료수를
마셨는데, 중국군 장교 한 명이 아기를 무릎에 앉히고서 상점 앞에 앉아
있으므로, 내가 김 국장의 통역을 하여 잠시 대화를 나누어 보았다. 그
장교는 한 달 월급이 人民幣로 200원 남짓이라고 하므로 그것으로 부족하
지 않느냐고 물었더니 충분하다는 대답이었는데, 먹는 것 입는 것 등은
직장에서 무상으로 제공해 주고, 자신은 병영 밖에서 거주하고 있다고
했다.

杭州의 한 호텔 앞에 당도하니 지역 가이드인 미남형의 청년이 마중
나와 있었다. 그는 조선족이 아닌 漢族이라고 스스로를 소개하였다. 杭州
에서 대학을 졸업한 후 延吉에 가서 일 년 간 한국말을 배워 왔다고 하는
데, 한국말에 그다지 능통하지 못해서 못 알아들을 점이 많았다. 그러나
인구 140만 정도의 관광도시인 杭州의 젊은이가 吉林省에 있는 조선족자
치주에까지 가서 조선말을 배워 와 가이드 업에 종사하고 있는 정도이니,
한국 관광객이 이곳까지도 적지 않게 몰려오고 있음을 짐작할 수가 있었
다. 그 호텔 앞에 잠시 정차해 있는 중에 또 암달러 장사가 버스에 접근해

왔으므로, 차에서 내려 100달러를 얼마에 환전해 주겠느냐고 물었더니 730元이라고 하므로 얼른 100달러를 환전하였다. 어제 아침 경험 삼아 상해의 호텔에서 공식 환율로 20달러를 환전했을 때와는 현격한 차이가 있어, 무려 중국 돈으로 200원 가까이를 덕본 셈이다.

西湖 부근의 숲속에 있는 다소 허름한 식당에서 杭州 음식이라는 것으로 늦은 점심을 들고 난 후, 일행은 목적지인 西湖로 향했다. 우여곡절 끝에 마침내 西施의 전설로 하여 일찍부터 그 이름을 들어 왔던 西湖에 비로소 당도했다. 그러나 가이드 청년은 오후 4시 5분에 西安으로 출발할 예정인 비행기 시간에 대기 위해서는 머무를 시간이 없다면서, 이곳이 일찍이 南宋의 수도였을 당시 金에 대한 斥和를 주장한 저 유명한 岳飛의 무덤이 있는 岳王廟 쪽으로 진입해서, 唐代에 이곳의 자사로 부임했던 白樂天을 기념하여 이름 붙여진 白堤 쪽으로 통과하여, 내려서 사진 한 장 찍을 여유도 주지 않고 바로 시내를 거쳐 공항으로 직행하므로, 모두들 아쉽기 그지없었다. 공항에 당도해 보니 마침 신축 공사 중이라 처음에는 공항 입구가 어딘지도 잘 모르겠고, 탑승 업무를 보는 가설 건물은 마치 한국의 시골 버스 주차장 대합실 같은 것이어서 다들 실소를 금치 못했다. 그러나 사태는 거기서 그치지 않았다. 티케팅을 마치고서 공항 안의 로비에 들어가 여러 시간을 기다렸으나, 겨울철의 아침과 저녁 무렵에 짙은 안개가 자주 낀다고 하는 西安 공항의 기상 상태 때문에 비행기가 이륙을 하지 못하고, 땅거미가 진 후 도로 杭州 시내로 돌아갈 수밖에 없었다.

공항 측이 제공해 준 中國民航의 교통편이라는 것은 시중에 흔히 굴러 다니는 이른바 트롤리버스였는데, 낡을 대로 낡아서 한동안 엔진의 시동이 잘 걸리지 않으므로 한바탕 또 웃음꽃을 피우기도 하였다. 공항 측이 우리들 및 西安을 거쳐 新疆위구르자치주의 우루무치까지 가는 내국인 여객들에게 제공해 준 숙소는 西湖의 서북쪽 낮은 산골짜기에 자리 잡은 浙江花港大酒店으로서, 수준은 上海의 그것보다도 꽤 떨어지는 별 세 개 급이었지만, 주위의 분위기는 한결 고요하고 운치 있는 곳이었다.

밤에 식당에서 저녁을 들며, 중국의 10대 名酒에 든다고 하는 浙江省의 이름 높은 紹興酒와 汾酒 등을 주문해 놓고서 떠들썩하게 92년을 보내는 송년회를 가졌고, 다들 제법 술기가 올라 다시 방에까지 술을 들고 와서 마시는 이들도 있었다. 정년퇴직이 얼마 남지 않은 충남대의 金文圭 교수와 교육부의 김 국장 간에 자존심 문제로 한동안 언쟁이 붙기도 하였다.

1993년

九州 북부

1월

1 (금) 맑음

새해 첫 날, 나는 滿으로 마흔네 살, 보통나이로 마흔 다섯이 되었다. 새벽에 일찍 잠이 깨어, 여섯 시 반 쯤 되어 창문 밖의 주위가 조금씩 밝아져 오자, 혼자 호텔 밖으로 산책을 나갔다. 가까이 있는 西湖의 경치를 감상하기 위해서였다.

아직 어두컴컴한 길을 걸어 어쩌다 도중에 마주치는 중국 사람들에게 묻고 물어서 西湖 안으로 접어들었다. 뒤에 알고 보니 그곳이 花港觀魚라는 정원 구역으로서, 西湖를 구성하고 있는 다섯 개의 호수 가운데 하나인 小南湖를 끼고 있는 곳이었다. 주위가 차츰 밝아져 오고, 아침 운동하러 나온 시민들도 드문드문 보여 西湖의 새벽 풍경을 감상하기에 적절한 시기였는데, 몽롱한 새벽안개 속에 펼쳐지는 산과 호수, 구릉과 정자와 풀숲 등이 빚어내는 경치는 실로 감탄할 만한 것이었다. 소문난 명승지에 가보고서 실망하는 경우가 흔히 있는 법이지만, 西湖는 과연 西施의 고사에 걸맞은 곳으로서, 수천 년이 지난 오늘에 이르기까지 그 빼어난 아름다움을 잃지 않고 있었다.

일곱 시 반에 호텔 로비에서 집합하여 일행이 함께 西湖를 관람하기로 되어 있으므로, 종종걸음으로 정원 구역을 두루 둘러보고, 이곳의 太守를 지낸 바 있는 蘇東坡를 기념하여 이름 붙여진 蘇堤까지 가 보았다가, 일행과 합류하여 다시 오기 위해 뛰다시피 하여 호텔로 돌아왔지만, 일행이 이미 출발한 다음이었다.

별 수 없이 그들이 돌아올 때까지 호텔 일층의 기념품 상점에 진열된 물건들을 구경하다가, 어제 杭州 공항 대합실에서 杭州 명물로서 중국의 五大名茶 가운데서도 첫 손가락을 꼽는다는 龍井茶를 특급으로 두 통 샀으므로, 장난감처럼 생긴 조그만 茶器 한 세트와 대나무로 만든 天竺箸라는 젓가락을 선물용으로 열 갑 구입했다. 이 호텔 뒤쪽 멀지 않은 곳에 옛 이름을 浙江이라 한 錢塘江이 바다와 합류하는 지점이 있고, 그곳에는 杭州가 唐末 五代 시대에 吳越國의 수도였을 당시 저 유명한 錢塘江의 가을철 海水 大逆流 현상을 진정시키기 위해 세웠다는 약 60미터 높이의 7층(밖에서 보면 13층)으로 된 六和塔이 있는데, 이 지방의 지리에 어두워 한 시간 정도나 혼자 있는 시간을 가졌음에도 불구하고 바로 근처에 있는 그곳에 가보지 못한 점에 아쉬움이 남는다.

아침 식사를 마친 후 공항으로 출발하여, 어제와 같은 수속을 다시 밟은 후 대합실에서 계속 기다렸으나, 오늘도 역시 西安 공항의 기상 상황이 좋지 못하여 오후 두 시 경이 되어서야 겨우 비행기가 이륙할 수 있었다. 어제 오늘 이틀 동안에 杭州 공항 대합실에서 기다린 시간을 모두 합하면 한 나절 정도가 될 것이다.

공항 측에서 점심 조로 계란덮밥의 도시락을 제공해 주었는데, 그것을 먹고 있을 무렵 왼편 심장 부위에 찌르는 듯한 통증이 오랫동안 계속되었다. 벌써 여러 해 전부터 이따금씩 이러한 증상이 있어 왔으나, 그 지속 기간이 길지 않고 조금 후에 저절로 사라져 버리던 터이라 그다지 대수롭게 생각지 않았던 터인데, 오늘은 꽤 오랫동안 통증이 계속되므로 점심을 든 후 대합실의 긴 의자에 혼자 누워 있었다. 함께 점심을 들던 부산대학의 치의학 전공 고명연 교수가 와서 용태를 묻고, 일행 중 어떤 사람이 작은 병에 든 액체 형 牛黃淸心丸을 주는가 하면, 가이드인 엄군은 공항의 의무관을 불러왔으므로 그가 가져다주는 하얀 알약을 복용하기도 하였다. 다행히 누워 있었더니 통증이 멎기는 했으나, 심장 부분의 불편함은 계속되어 혹시 심장마비 증세가 아닐까 하고 불안한 마음이었다. 중국 여행에 참가한 이후 매일 계속 기름기 많은 중국음식을 포식하고, 술 담배를 들며, 일찍 자고 일찍 일어나던 집에서의 생활 리듬이 깨어진 탓이 아닌가 한다. 고 교수의 말로는 협심증일지도 모른다는 것이었다.

다소 낡은 中國民航 新疆航空의 비행기로 西安의 咸陽空港에 당도하였는데, 이 공항도 역시 최근에 완공된 것이라고 한다. 경북 출신의 교포 3세 청년이 지역 가이드로서 마중 나와 있는데, 이 청년은 말씨도 경상도 억양이고 말하는 투에도 경상도 식의 투박함이 배어 있어 모두들 웃음을 금치 못했다. 청년의 설명에 의하면, 섬서성 북쪽의 延安 지역에 천연 가스가 다량 매장되어 있어 그것이 일부 누출되고 있으며, 또한 이 省에는 산이 많은 고로, 분지 형인 이곳 西安 일대는 늘 짙은 스모그 같은 현상이 계속되어 해를 보기가 어렵다는 것이었다. 사실 우리가 西安을 떠나기까지 맑게 갠 날씨는 한 번도 보지 못했다. 비행기의 이착륙에 지장이 있을 정도이니, 대기 오염의 심각성을 짐작할 수가 있겠다.

강태공이 낚시질을 했다고 하며, 詩에서도 더러 읽은 黃河의 지류 渭水 다리를 지나, 西安의 未央 지구를 거쳐서 명 태조 때 재건했다는 西安城의 南門에 올랐다가, 하와이호텔이라는 곳에서 저녁을 들고, 숙소인 西安市 金花南路 20號의 建國호텔에 여장을 풀었다. 咸陽 공항에 도착하면서부터는 계속 중국 아가씨가 우리 일행을 따라 다니며, 우리의 동정을 비디오에 수록하고 있었는데, 희망자는 미화 30달러에 西安에서의 모습을 수록한 녹화 테이프를 구입할 수가 있다고 한다. 78년의 개방정책 이래, 중국 곳곳에서는 개인의 영리 추구가 자본주의 국가 못지않게 성행하고 있음을 실감할 수가 있었다.

이 호텔에서 중국 연수단 제2단의 일원으로서 우리와는 반대 코스로 북경을 거쳐 이곳에 온 본교 국민윤리교육과의 박진환 교수 일행과 만나 로비에서 얼마 동안 담소하였다. 서울문리대 선배인 우리 팀의 강원대 경영학 전공 이희경 교수 등과 함께 밤에 호텔 부근을 산책하다가, 야시장에서 인민모를 하나씩 사서 쓰고 돌아왔다.

단장인 충북대의 농업토목학 전공 남궁달 교수와 간사인 나는 이 여행 중 시종 한 방을 썼다. 西安으로 오는 비행기 속에서 내 옆 좌석에 앉았던 대구대 회계학 전공 최달수 교수 등의 의견도 있어, 나는 上海 출발 이후 杭州를 떠나오기까지 일정에 차질이 생겨 항주에서는 여행사 측이 비용을 지출하지 않고 중국의 공항 당국이 우리의 숙식을 제공해 주었던 사실을 귀국 후 단장이 쓰도록 되어 있는 보고서에 적도록 건의했다. 그러나 단장인 남궁 교수는 그러한 사실이 매우 분명함에도 불구하고 자기로서는 이를 확인할 수가 없다고 우기면서, 자신은 우리의 일정에 대해서만 보고할 뿐 비용 문제에 대해서는 일체 적지 않겠다고 하므로, 사실의 확인 문제와 관련하여 밤 한 때 언쟁 비슷하게 서로의 견해를 반복하여 피력한 일이 있었다.

2 (토) 짙은 안개
예정에 없던 항주에서 일박하고, 어제 오후 늦게야 서안에 도착하게 되었으므로, 오늘의 일정을 대폭 조정하여 원래 예정되어 있었던 농촌견학이나 교통대학 방문, 자율 활동 등은 모두 줄이고, 이틀간으로 예정되어 있었던 나머지 견학 코스들을 오늘 하루 중에 다 돌기로 하였다.

먼저 周나라의 豊·鎬京 등 두 수도가 위치했던 臨潼縣으로 가서 唐 玄宗과 楊貴妃의 고사가 얽힌 華淸池와 그 경내에 있는 蔣介石이 國共合作 건과 관련하여 張學良에게 감금당했던 西安事件의 현장인 蔣總統 집무실 등을 참관하고서, 이곳 華淸池 앞에 있는 유명한 驪山을 바라본 다음, 이웃해 있는 秦始皇陵과 황릉을 수호하는 兵馬埇坑으로 가서 이를 참관하였다.

대절 버스가 현장법사의 고사가 서린 大安塔 쪽으로 향하는 도중에, 이 여행에 동참하게 된 일동이 며칠간의 공동생활 끝에 서로 다소 낯도

익어졌으므로 각자 자기소개를 하는 시간을 가졌다. 제일 마지막 무렵에 발언하게 된 나는 개방정책 이후 중국의 성장과 변화의 속도 및 범위가 예상했던 것보다도 더 빠르고 큰 것 같다는 점과, 이러한 폭넓은 변화가 외국 자본의 투자 유치와 내국인들에 대한 개인적 이윤추구 동기의 허용에서 유래하는 것이니만치, 앞으로 중국이 나아갈 방향이 서구적 사회민주주의 쪽이 될지, 아니면 전반적 자본주의화의 길이 될 것인지 흥미롭다는 취지의 발언을 했다.

大安塔과 碑林을 둘러보고서, 오후에는 長安城內로 들어가 가이드가 안내하는 기념품점을 둘러보다가, 몇이서 먼저 나와 그 부근의 일반 중국인 백화점 및 재래시장을 돌아다니기도 하고, 城內의 중앙쯤 되는 위치에 있는 사거리 한가운데의 鐘樓를 배경으로 사진을 찍기도 하였다.

끝으로는, 역시 최근에 개관했다는 섬서성박물관에 가서 폐관 시간인 오후 다섯 시까지 참관하였는데, 어제 이후로 오늘 중에도 계속 왼쪽 심장 쪽이 좀 거북하더니, 박물관 참관 도중에 또 잠시 통증이 있었다. 일행이 식료품 거리에 잠시 들렀을 때, 국영상점에서 재스민 차인 香片 일등품을 두 봉지 구입하였다.

저녁 식사는 역시 唐 玄宗과 楊貴妃의 고사가 얽혀 있는 장소라는 그다지 크지 않은 호수와 동산을 배경으로 한 식당에서 들었다.

3 (일) 맑음
새벽 일찍 일어나 어두컴컴하고 짙은 스모그 안개가 낀 국도를 따라 咸陽 공항으로 향했다.

비행기를 타고서 北京으로 향하는 도중 내 좌석은 창 옆의 끝 쪽이었는데, 한동안 창 밖에는 구름 밖에 아무것도 보이지 않아 졸음이 오더니, 얼마동안 눈을 붙이고 있다가 우연히 밖을 내다보니, 문득 책이나 TV를 통해 알고 있던 中原 지방의 거대한 황토 지대와 장대한 산맥들이 차례로 보이기 시작하여 북경에 다다를 때까지 계속되었다. 산과 골짜기의 작은 들판과 강과 바다로 이루어진 변화 많은 한국의 국토처럼 아기자기한 아름다움은 아니었으나, 역시 대륙적인 스케일을 느끼게 하는 장대하고도 황막한 풍경이었다.

　西安을 떠나올 무렵부터 감기 기운이 있더니, 북경에 도착한 이후로 기침과 담이 그치지 않아, 룸메이트인 남궁 선생께 미안한 마음이었다. 北京에서의 우리들 숙소는 市의 서북쪽 海淀區의 西直門外 高粱橋 斜街 18 號에 위치한 中苑賓館이었다. 역시 최근에 세워진 현대식 고층건물인데, 북경에서도 이러한 새로운 빌딩 등은 거의가 개방화 이후 크게 늘어가는 외국인 관광객의 수요에 대응하기 위해 건설된 것인 듯했다. 중국 호텔의 욕실이나 실내의 조명등 따위의 시설이나 비품들은 한국에서는 잘 보지 못하던 낯선 것이 많아, 여러 차례 전화를 걸어 그 사용법을 묻거나 수리를 요청하기도 했다. 뒤에 홍콩에서 하룻밤을 묵어 보니 그쪽과 유사한 점이 많았던 것으로 미루어 보아, 홍콩에서 많이 따온 것이 아닐까 하는 생각이 들었다.

　수도 북경에서의 첫날은 天安門 광장 견학으로부터 시작되었다. 북경에서는 지역 가이드가 따로 없고, 이 지역에 거주하고 있는 스루가이드 엄군이 안내를 맡았다. 북경에서도 공항에 내리자 말자 아가씨가 계속 우리를 따라다니며, 일행의 동정을 비디오카메라로 수록하였다. 북경은 상해나 항주, 서안 등 지금까지 둘러본 다른 도시들과는 썩 분위기가 달라, 건물들이 깨끗하고, 도로가 넓어서 자전거와 차량의 교통이 시원시원하며, 무엇이든 정연하고 질서 잡힌 인상을 주어, 수도의 면모를 느끼게 하였다. 그리고 다른 지역에서는 인민복 차림의 사람들은 이미 거의 찾아볼 수가 없었는데, 북경에서는 이따금씩 눈에 뜨이며, 예전에는 군복이었다고 하는 국방색의 두터운 외투를 입은 시민들도 흔히 보였다.

　중국에 온 이후 처음으로 한국식당에 들러 점심을 들었다. 북경에는 교포가 5만 정도 거주하고 있다고 하며, 거리 곳곳에 그들이 꾸민 朝鮮風味라는 간판의 식당이 눈에 띄었다. 우리가 점심을 든 斗亞식당은 한국의 두아그룹이 투자하여 차린 것이고, 북한에서 온 사람들이 세운 식당도 있다고 한다.

점심을 든 후, 明의 永樂帝가 南京으로부터 천도한 이후 淸末에 이르기까지 역대 황제들의 正宮이었고, 우리나라의 수많은 사신들이 다녀갔을 紫禁城에 들렀다. 궁의 중앙 부분을 후문으로부터 천안문에 이르기까지 역방향으로 관통하여 걸으면서 엄군의 설명을 들었다. 궁의 정문인 午門 앞에서부터 널찍한 통행로의 양편에 이어지고 있는 국영상점에서는 회옥이에게 줄 붉은 색 비단으로 만든 어린이용 旗袍를 한 벌 구입하였다.

4 (화) 맑음

아침 아홉 시, 대학가 및 첨단 전자공업 지역인 海淀區를 북쪽으로 달려서 인민대학 옆 대로를 지나 北京大學으로 가서, 外事 담당 부총장의 안내로 延京大學 설립자인 미국인이 거주하던 사택이라는 곳에서 북경대학 측과 간담회를 가졌다.

이미 한국에서 들었던 바와 같이, 엄군의 통역으로 부총장이 북경대학의 연혁과 현황에 대해 설명하고, 경제학과의 저명한 교수라고 소개된 젊은 정장 차림의 사람이 개혁개방 정책 이후 중국의 경제적 발전 상황과 전망에 대해 설명한 다음, 우리 일행의 질문에 응답하는 방식으로 진행되었다. 경제학 전공 교수의 설명부터는 중국인 젊은 여교수가 통역을 맡았다. 중국은 개방정책 이후로 고도성장을 계속하고 있다는 식의 자신에 찬 낙관론이었는데, 독일 유학 출신인 서울시립대의 경제학 전공 安斗淳 교수가 중국에 있어서 내국인과 외국인에 대한 화폐 및 가격 체계의 이원화는 언제쯤 단일화의 방향으로 정착될 수 있겠는가고 묻자, 그 문제는 이미 충분히 검토되고 있어 지금 현재 은행에서는 외국인에 대해서도 인민폐를 달러와 교환해 주고 있다는 대답이었다.

그런데 어제밤 우리 일행 중에서 제일 연장자인 전남대의 朴鴻鳳 교수는 사위가 선경그룹으로부터 北京으로 발령 받아 가족을 거느리고 이곳에 와 있으므로 딸네 집에 가서 하룻밤을 자고 왔는데, 그 사위가 거주하는 약 40평 정도 되는 외국인 아파트의 한 달 집세가 우리 돈으로 무려 300만 원 남짓이라고 하며, 그의 월급은 이백만 원대라고 한다. 우리들이

묵어온 호텔들의 방값은 단체 요금으로 일박에 중국 돈 약 백 원 정도라
고 하니, 중국인 일반 근로자 월급의 절반 내지는 3분의 1 수준이 되며,
어제 섬서성박물관 외국인 출입구 안에 있는 기념품 상점에서 시험 삼아
내가 上海의 新華書店에서 산 것과 같은 모양의 옥돌 도장 한 개 값을 물어
보았더니 백 원이라고 하였는데, 이는 내가 구입한 내국인 상대 국영상점
가격의 스무 배에 해당하는 것이다. 또한 중국의 일반 대학들은 자국 학
생들에 대해서는 거의 무료로 교육을 실시하고 있으나, 유학생으로부터
는 박사과정 재학생의 경우 한 학기 등록금만도 5천 불 정도를 받는다고
한다. 중국 당국은 외국인에 대해 철저한 이중 가격 체계를 적용하는 것
을 국책으로 삼아, 국가적 차원에서 바가지요금으로 달러를 우려내는 것
으로써 실리도 챙기고 中華의 자존심도 내세우고 있는 셈이다.

1993년 1월 4일, 북경대학 도서관

　부총장의 안내로 북경대학 구내의 도서관에도 들어가 보고, 유명한 未
名湖와 그 호반에 위치한 애드가 스노의 묘, 그리고 蔡元培와 중국 공산주
의 운동의 창시자 李大釗의 흉상 및 외국인 유학생 기숙사 부근 등을 둘러

보았다. 간담회 때 한국으로부터의 유학생들에 대해 좀 더 문호를 넓혀 달라는 우리 일행의 부탁에 대해, 부총장은 기숙사 시설의 수용 인원을 언급하면서, 目下 한국의 모 기업 측과 한국인 유학생 전용 기숙사의 건설에 관한 협의가 이루어져, 조만간에 그것이 신축될 것이라고 했다.

오후에는 정해진 일정이 없고 자율 활동 시간으로 되어 있으므로, 희망자들은 대절 버스로 新街口外 新康街 5號에 위치해 있는 北京市工藝美術廠으로 가서 七寶 공예품 등의 제작 과정과 전시장의 판매품들을 관람하고 난 후, 가장 번화한 거리인 王府井으로 나갔다. 臺灣 호텔 부근에 차를 세워 두고서 제각기 자유행동으로 들어갔는데, 나는 이희경 교수 및 충남대 의류학 전공의 부교수인 박길순 여사와 함께 北京市百貨大樓라고 하는 유서 깊어 보이는 백화점에 들어가 회색의 인민모와 중국식의 길쭉하고 뚜껑 있는 靑華 찻잔을 한 세트 구입하였고, 前門시장 뒷골목에 있다고 하는 명성 높은 同仁堂 약국을 물어물어 찾아 가다가 前門大路 부근에서 택시를 탔다. 그렇게 하여 우여곡절 끝에 찾아간 동인당에서는 아내가 나의 간염 치료를 위해 사 오라고 한 작은 병에 든 熊膽粉이 이미 품절된 지 여러 날 되었다는 대답만 듣고서 돌아섰다.

일행은 다시 前門路로 나와 택시를 잡아서 중국 전통 공예품이나 미술품 등을 취급하는 琉璃廠 거리로 향했다. 거기서 나는 장모가 원하는 보리수 염주와 회옥이에게 약속한 중국 인형으로서 판다 곰 母子를 하나 구입하였다.

택시로 다소 늦게 호텔로 돌아와, 근처의 식당에서 저녁식사를 겸한 교민과의 간담회를 가졌다. 네 명의 교민이 참석하였는데, 우리 테이블에 앉은 사람은 中央民族語文飜譯中心의 副研究館員으로 있는 李武英 씨였다. 다른 세 명도 모두 같은 직장에 근무하는 사람들이라고 했다.

5 (화) 흐림

오전에 북경의 북쪽 교외에 있는 明代의 역대 皇陵인 十三陵을 방문했다. 발굴 개방되어 있는 神宗 萬曆帝의 定陵만을 참관하였다. 버스에서 내리자 입구의 기념품상점 부근에서부터 암달러상들이 접근해 와 달러를 바꾸라고 성화를 부리므로 일행 중에 더러 바꾸는 사람도 있었는데, 그 중 8 대 1의 비율로 바꾼 사람도 있으므로 나는 한 수 더 떠서 8.1 대 1을 요구하여 100달러를 중국 돈 810원으로 바꾸었다. 그런대 이 자는 내가 분명히 20달러짜리 다섯 장을 건네주었음에도 불구하고 한 장은 1달러짜리가 잘못 왔다고 하면서 내게서 20달러짜리 한 장을 더 뺏어가고서는 1달러 지폐를 내게 주더니, 내가 그렇지 않다고 거듭 항의하자 여러 차례 경찰이 온다면서 위협하다가 결국에는 도로 20달러 지폐를 내 주고 1달러 지폐를 받아가는 것이었다. 우리 일행 중에 같은 수법으로 당한 사람들이 나 외에도 있는 것으로 미루어보아, 이들의 상투적인 수법인 모양이었다.

참관을 마치고서 도로 나올 무렵 이번에는 또 젊은 여자가 하나 달라붙어 달러 바꾸라고 졸라대므로, 이번에는 시험 삼아 9 대 1을 요구하여 보았더니 처음에는 안 된다고 하다가 조금 있다 다시 와서는 바꾸자고 하는 것이었다. 남아 있는 20달러를 바꾸고서 대기하고 있는 대절버스로 돌아와 일행에게 자랑삼아 얘기했더니, 臺灣 돈을 섞어 준다는 소문이 있으니 주의해야 한다고 말하는 사람이 있었다. 바꾼 돈을 다시 꺼내어 점검해 보았더니, 아닌 게 아니라 두 차례에 걸쳐 바꾼 중국 돈 중에 孫文의 흉상이 그려진 中華民國 지폐가 250원이나 섞여 있었다. 후일 귀국하여 신문을 통해 알게 된 바에 의하면, 중국에서의 암 달러 시세는 현재 10 : 1을 넘어 있다고 한다.

돌아오는 도중에 점심을 들고난 후, 저 유명한 八達嶺으로 가서 明代에 수도를 방비하기 위해 수축된 이곳의 萬里長城에 올라 주위를 조망하였고, 난생 처음으로 낙타 등에 올라 기념사진을 찍기도 하였다.

북경 시내로 돌아와, 다시 어제 주차한 和平賓館 앞에다 버스를 세워두고서 자유 시간을 가졌다. 나는 계명대 화공과의 金宗植 교수 및 경북대 독문학 전공의 林種國 교수와 함께 王府井 거리를 산책하며, 어제 들른 北京市百貨大樓와 중국에서 제일 크다고 하는 北京新華書店을 구경하였고,

그 거리의 약방에 들러 오늘 환전한 돈 거의 전부를 가지고서 아내가 사 오라고 한 熊膽粉을 구입하였다.

셋이서 王府井 모퉁이의 北京오리요리 전문점에서 저녁을 들고난 후, 어두운 밤거리를 산책하여 紫禁城 동문인 東華門에서 얼어붙은 해자를 따라 午門으로 들어가서 天安門 앞으로 빠져 나와, 중국에서의 마지막 밤을 보내는 감회에 젖은 뒤 택시로 호텔에 돌아왔다.

北京에 도착한 이래 여러 날에 걸쳐 북경대학 구내의 유학생 기숙사에 있는 吳相武 군과 통화를 시도했었으나 이루어지지 않다가, 오늘 밤에야 기숙사 교환대를 통해 내가 조 사장으로부터 전화상으로 전해들은 오 군의 방 번호가 틀렸음을 확인하여 비로소 통화를 할 수가 있었다. 오 군은 고려대 출신으로서 북경대학 박사과정에서 중국철학을 전공하고 있는 것으로 알고 있는데, 미국에 있는 김충렬 교수가 그를 통해 북경의 중국 교수들에게 남명에 관한 논문 원고를 부탁했다 하므로, 그 교섭 경과를 알아보기 위해서였다. 오군의 말에 의하면, 人民大學 교수로서 退溪學에 관한 여러 논문과 저서를 내고 있는 張立文 교수는 이미 승낙을 했다고 하며, 김 박사와 안면이 있다는 북경대학의 湯一介 교수는 자료를 검토해 본 후 결정하겠다는 대답이었고, 같은 대학의 張岱年 교수는 외국에 나가 있는 중이라 아직 말을 꺼내지 못했다는 취지의 회답을 이미 미국의 김 교수와 진주에 있는 조 사장에게 전했다고 한다.

취침한 후에 서울시립대의 安斗淳 교수가 전화로 나를 부르므로, 둘 다 한문학을 전공하는 경북대 金時晃 교수 및 계명대 沈浩澤 교수가 있는 방으로 가서 그곳에 와 있는 中央民族學院 成人敎育處 處長 宋太成 씨와 함께 자정 무렵까지 대화를 나누었다. 송 씨는 조선족으로서 얼마 전에 한국을 방문한 적이 있어 김 교수와는 구면인 모양이었다. 명함에 의하면, 송 씨는 中央民族學院夜大學 校長, 中國少數民族成人敎育協會 秘書長 등의 직책도 겸하고 있는 모양이다. 중국에서는 대학에서 보직을 맡게 되면 교단에서 가르치는 업무로부터는 완전히 손을 떼는 것이 일반적이라고 하며, 학생 및 교직원, 교수 등 대학의 구성원들 거의 전원이 캠퍼스 내에서 생활하고 있으므로, 이 관계의 사무들 때문에 매우 많은 직원이 필요하게 된다고 한다. 송 씨는 금년 4월경에 중앙민족학원의 漢族 출신 총장(중국에서는 校長이라고 한다) 및 부총장을 대동하여 세 사람이 한국을 방문할 계획을 가지고 있어, 이와 관련한 우리들의 협조를 원하고 있는 모양이었다. 가지고 갔던 나의 『중국철학사』 남은 책 한 권과 본교 남명학연구소에서 만든 메모장 겸용 달력, 열쇠고리 등을 송 씨에게 선사하였다.

6 (수) 北京에 첫 눈, 홍콩은 흐리고 밤 한 때 부슬비

새벽 네 시 반경에 일어나 北京 공항으로 나갔지만, 금년 들어 처음 내린 눈으로 활주로 사정이 좋지 않은 모양인지, 일곱 시 50분에 출발할 예정이었던 中國國際航空公司(AIR CHINA)의 비행기 이륙이 오랫동안 늦어졌다. 결국 홍콩 공항에서 갈아탈 예정이었던 KAL機와의 연결이 원만히 이루어지지 못해, 예정에는 없었으나 홍콩에서 一泊을 하게 되었다. 機內에서 싱가포르에 있는 한국 배의 승무원으로 취업이 되어 延邊조선족자치주 등으로부터 오는 조선족 청년들 스무 명 정도와 동승하게 되어 대화를 나누어 보았다. 그들은 시골 출신으로서 차림새나 얼굴 모습 등에 가난이 찌들어 있어 보여 측은하였다.

중국 항공사 측과 협의한 결과 홍콩 공항에 접해 있는 REGAL AIRPORT HOTEL에 투숙하게 되었다. 다들 내심으로는 홍콩에서 일박하게 된 것을 오히려 기뻐하는 눈치였다. 청와대의 유 부장 등 네 사람은 함께 호텔을 빠져나가서 홍콩의 여기저기를 두루 돌아다니며, 케이블카를 타고 홍콩 섬의 산꼭대기에 올라 주위를 조망하기도 하고, 커다란 바다새우 요리도 맛보았다고 한다. 그런 케이스가 있기도 했으나, 대부분의 일행은 저녁식사 시간까지 무료하게 호텔 안에 갇혀 지내다가, 밤 일곱 시가 넘어서야 홍콩의 현지 가이드인 문희(캔디 문)라는 한국인 올드미스를 따라 두 시간 동안의 관광에 나섰다. 중국이나 홍콩이나 가이드와 현지 상인들은 서로 연결이 되어 있어, 그나마 상당한 시간은 한국인 관광객 상대의 조그만 기념품점에서 보내고, 홍콩을 둘러본 시간은 한 시간

남짓 밖에 되지 않았다. 九龍半島의 南端인 尖沙咀(침샤추이)의 제방에서 건너다보이는 香港島의 빅토리아港 夜景을 감상하였는데, 바닷가의 콘크리트 제방 산책로 여기저기에 쌍쌍이 달라붙어 속삭이고 있는 젊은 연인들의 포즈가 너무 뜨거워 이방인인 우리로서는 다소 민망할 정도였다.

밤에 집으로 국제전화를 걸어 보았는데, 아내도 집 근처의 제일병원에 가서 진단을 받아 본 결과 C형 간염이라는 소견이 나왔다고 한다. 홍콩의 투숙한 호텔 프런트에서 十三陵에 갔을 때 속아서 받은 臺灣 돈 250원을 홍콩 돈으로 바꾸었더니 67.50원이었다. 이는 대체로 한국 돈 6,750원에 해당하는 액수라고 하는데, 전화 요금을 지불하려 하니 10원짜리 잔 돈 몇 개가 모자라는 정도였다. 국제전화를 신청하는 과정에서 영어에 서투르고 그곳 호텔의 수속 절차를 잘 모르는 관계로 교환 아가씨나 프런트의 服務員으로부터 다소 신경질적인 반응을 받아 기분이 좋지 못했다. 이번 여행에 나선 이후, 우리나라에서와 같은 외국인에 대한 특별한 대접은 별로 받아 보지 못했다. 그들이 원하는 것은 처음부터 끝까지 그저 돈일 뿐이니, 관광 산업이라는 것을 비판하던 생시의 함석헌 선생 말씀이 생각났다.

7 (목) 맑음

오전 열 시경에 대한항공 편으로 서울로 향했다. 오후 한 시 무렵에 김포공항에 도착했으나, 진주행 비행기와의 접속 시간이 여의치 않아 화물보관소에다 짐을 맡겨 놓은 채 네 시간 이상 공항 제1청사의 국내선 대합실에서 기다리다가, 저녁 다섯 시 반 출발의 마지막 비행기로 집에 돌아왔다.

9월

30 (목) 맑음

추석 날 아침, BBC의 다큐멘터리 시리즈 「Commenders」 상·하편을 시청하고서, 돌아가신 두 분 어머님께 차례를 지내고, 처가에 가서 장인 장모께 인사를 드리고 조카들에게 절 값 조의 용돈도 좀 나누어 주었다. 집으로 돌아와 정오 무렵에 집을 나서서, 3박 4일 일정의 일본 九州 북부 지방 여행길에 올랐다.

언제나 그렇듯이 명절 날 부산으로 향하는 고속도로 사정은 평소보다 훨씬 나은 편이어서, 약 한 시간 15분 정도 걸려서 부산 사상의 서부시외 버스 터미널에 당도하였다. 스케줄 표에 적힌 오후 두 시 반보다 좀 일찍 집결 장소인 부산 부두의 국제여객 터미널 2층 휴게실에 당도하였는데, 도착해 있는 사람이 거의 없었다. 알고 보니 팸플릿에 인쇄된 집결 시간이 안과 밖에 적힌 것이 서로 달라서, 실제 집결 시간은 한 시간 후인 모양이었다. 그리고 나의 경우는 아주관광 진주사무소 직원의 사무 착오로 오늘 오후 두 시에 쾌속정 BEETLE 2세 호를 타고 출발하는 A 코스 팀에 등록되었다가 어제에 가서야 다시 B 코스로 변경되었기 때문에, 내 관계 출국 서류는 집결 장소에서 새로 만들지 않으면 안 되었고, 다른 손님들에게 모두 배부된 허리에 차는 가방은 받지 못했다. (배부하던 직원의 말로는 A 코스 가이드가 나머지 모두를 가져갔으니 일본에 도착하면 줄 것이라고 하더니, 일본에서는 여분이 없다면서 한국에 도착하면 주겠다고 했고, 결국 돌아와서도 받지 못했다. 결국 나는 여행 중 패스포트나 돈 등 조그만 물건들이나 소형 카메라 등을 넣기 위해, 비교적 주머니가 많이 달린 등산용 조끼를 계속 입고 다녀야 했다.)

우리들 B 팀 일행이 탄 부산과 福岡 간을 격일로 왕복하는 대형 여객선 카멜리아는 오후 다섯 시 15분에 부산항을 출발하여, 배 안에서 저녁식사를 마친 다음 밤중에 對馬島 옆을 통과하여, 자정쯤에 현재는 福岡市에 편입되어 있는 섬나라 일본의 고대로부터 해외 문물 수입 창구로서 발달해 온 博多港 바깥에 당도하였다. 나는 밤늦게까지 갑판에 올라, 점점 가까워졌다가 서서히 멀어져 가는 對馬島의 경관과 보름달이 휘영청 밝은 바다 풍경을 구경하였다. 이 정기여객선은 일본 배인데 종업원은 전원 한국인이었으며, 시설이 꽤 좋아 배 안의 공동탕에서 더운 물로 목욕을 즐길 수도 있었다.

10월

1 (금) 맑음

새벽에 일어나서 선실 밖으로 나가는 문이 열리는 대로 다시 갑판에 올라가 점점 더 밝아져 오는 博多港과 福岡市의 모습을 지켜보았다. 카멜리아 호가 간밤에 정박한 곳은 알고 보니 後漢의 光武帝가 九州 지방 부족 국가의 장에게 내린 저 유명한 '漢倭奴國王'의 銘文이 새겨진 金印이 발견되었던 志賀島 바로 옆이었고, 이 博多港은 또한 일본의 遣隋使·遣唐使 등이 출발하던 유서 깊은 장소이며, 또한 두 차례에 걸친 元의 대군이 고려와 宋의 연합군을 거느리고서 일본 정벌에 나섰다가 이른바 神風이라는 태풍을 만나 궤멸적인 타격을 입고서 패퇴한 현장이기도 한 곳이라 감회가 깊었다. 예전부터 福岡에 오는 기회가 있으면 꼭 들러 보고 싶었던 九州大學과 太宰府는 유감스럽게도 이번 여행에서는 찾아가볼만한 시간적 여유가 없었다.

배 안에서 아침 식사를 마친 후, 여덟 시 20분경 금년 4월에 오픈했다는 博多港 국제 터미널에 상륙하여 입국 수속을 마쳤다. 어제 저녁 도착한 A 팀 및 다른 회사를 통해 온 손님 몇 사람까지 터미널에서 합류하여, 손님 계 45명과 金判守 씨 등 아주관광의 인솔 가이드 두 명, 그리고 키가 아주 작은 여성 가이드 岡野 씨 및 한국말에 능숙하다는 중년의 일본인 남자 가이드 한 명과 일본인 기사가 관광버스 한 대에 동승하여, 九州 종단 고속도로를 따라 福岡縣, 佐賀縣을 거쳐 熊本縣의 중심도시인 熊本市에 도착하였다. 물과 숲의 도시라고 하는 熊本市에 오면 德川幕府 시절 이곳 최초의 大名으로 봉해진 加藤淸正이 쌓았다는 熊本城을 구경하고 싶었지만, 역시 이번 코스에는 그것이 포함되어 있지 않았다. 2대만에 몰락한 加藤 집안을 대신하여 小倉으로부터 이곳으로 領地가 바뀌어져, 이후 현재의 군소정당연립정부의 수상이 된 細川 총리에 이르기까지 대대로 이곳을 지배한 細川 집안의 제3대이자 熊本城의 첫 영주인 忠利로부터 삼대에 걸쳐 조성되었다는 水前寺庭園을 둘러보았고, 나는 혼자서 정원 바로 뒤편 담 밖으로 옮겨져 있는 熊本의 5高 교사 시절 夏目漱石이 살았다는 집도 구경하였다.

1993년 10월 1일, 아소산

水前寺庭園 부근에서 점심을 든 다음, 이번에는 九州 횡단도로를 따라가 어릴 때부터 익히 듣고 있었던 유명한 칼데라 식 활화산인 阿蘇山과 그 주변을 둘러싼 外輪山이 이루는 장대한 경관을 조망하였다. 이어서 阿蘇

久住國立公園을 따라 別府에 이르기까지 여러 시간에 걸쳐 계속 이어지는 야마나미(山波) 하이웨이의 장엄하고도 수려한 경관과 한없이 계속되는 억새풀밭 및 곳곳에서 지나치게 되는 흰 연기가 무럭무럭 솟아오르고 있는 온천 마을들을 통과하여, 저녁 여섯 시가 채 못 된 시각에 오늘의 목적지인 大分縣의 別府市에 당도하였다.

別府市는 1985년의 國勢調查에서 인구 134,775명으로 집계되어 있는 작은 도시로서, 온천 휴양지로 전국적으로 그 이름이 널리 알려져 있는 곳이다. 別府灣을 끼고서 바다에 면해 있고, 그 灣의 오른쪽 끄트머리 지점에 현청 소재지인 大分市가 위치해 있었다. 숙박지인 別府 최대의 杉乃井 호텔에 당도하여 4인 1실의 326호실을 배정받자, 곧 전화번호 안내를 해 주는 104번에다 전화를 걸어 前妻인 朝子와 나의 장남 世圓이의 주소로 되어 있는 '野口中町 5-20 別府野口敎會'의 전화번호가 (0977) 22-7953임을 알아내었고, 거기로 전화를 걸어 보았더니 바로 朝子가 받았다.

朝子는 나의 엽서를 받았고, 그것을 현재의 자기 남편 및 世圓이에게도 보였는데, 세원이는 나를 만날 의사가 없다고 한다면서, 이제 중학 1학년생인 세원에게 너무 심적인 자극을 주는 것은 바람직하지 않으니 대학생 정도의 연령에 달한 후에 만나 보는 것이 좋겠다는 것이었다. 세원이가 현재 2중국적자로 되어 있으며 한국에서는 내가 친권자이고 다달이 세원이 분의 가족수당도 수령하고 있는 사실을 지적했더니, 그럴 리가 없다면서 만약 그것이 사실이라면 다시 가정재판소에 상의하여 법적인 조치를 취하겠다는 말을 하였다. 국적 및 호적의 문제에 관해서는 朝子도 이혼 직후부터 내가 보낸 호적등본 등을 통해 이미 충분히 알고 있을 터이다. 세원이가 충분히 성장한 이후 자신이 스스로 선택하도록 하겠다는 나의 의사를 설명하고서, 그 동안 나의 연락에 대하여 일체의 회신도 없고, 이사를 하고서도 주소마저 알려 주지 않은 사실의 부당성을 지적하였더니, 진주의 집 주소로 몇 번 편지를 보낸 적은 있으나 주소불명으로 되돌아 왔더라고 하는 것으로 보아, 예전 주소로 보낸 모양이었다. 다소 긴장이 되었던지 세원이 문제를 가지고서 대화하는 도중 잠시 목이 잠겨 말이

제대로 나오지 않기도 하였는데, 朝子는 내 말이 채 끝나기도 전에 잘 가라고 하고서는 제멋대로 전화를 끊어버리고 말았다.

浴衣 차림으로 호텔 지하의 식당에서 뷔페로 저녁을 들고서, 5층 복도를 따라 한참 걸어 나간 곳에 있는 돔형 건물의 大浴場으로 가서 온천을 한 후, 그곳 대공연장에서 市川요시미츠劇團의 공연을 한 시간 동안 관람하였다. 돌아온 후에는 지하에 있는 소형 욕장에서 다시 한 번 온천을 한 후, 한방의 일행 세 명과 함께 위스키를 들면서 일본에 관한 대화를 나누다가 자정이 지난 후에 자리에 들었다.

2 (토) 맑음

간밤에는 한숨도 잠을 이루지 못했다. 새벽 여섯 시가 채 못 되어 자리에서 일어나는 길로 간밤의 지하浴場과 마찬가지로 한쪽 벽면 전체가 유리로 되어 있어 목욕을 하면서 別府 시와 바다를 조망할 수 있는 호텔 2층의 대중탕으로 가서 세수를 겸하여 또 한 차례 간단히 온천욕을 하고 난 다음, 지하 식당에서 어제 저녁과 마찬가지로 뷔페식의 조반을 들었다.

浴衣를 평복으로 갈아입고서는 택시를 잡아 朝子와 세원이가 사는 집을 보아 두기 위해 '別府野口敎會'를 찾아 나섰다. 택시 기사도 잘 찾지를 못하여 한참을 헤매면서 무선으로 교신을 하더니, 마침내 나를 교회 앞으로 데려다 주었다. 이 교회는 주택가 속에 있는 단층의 조그만 건물인데, 교회 안쪽에 목사관이 붙어 있었다. 옆의 담 사이로 난 좁다란 출입로를 따라 목사관 쪽으로 잠시 걸어가 보았더니, 마침 안쪽에서 문이 열리며 젊은 남자가 나오는지라 도로 한길 맞은편으로 물러나와 서 있었는데, 그 남자는 나에게로 다가와 무슨 일로 왔는지를 묻는 것이었다. 피차가 짐작한 바대로 그는 朝子의 새 남편 淸水 씨였다. 그가 하는 말도 어제 朝子의 그것과 같은 것으로서, 세원이가 나를 만나기를 원하지 않더라고 하며, 지금 찾아온 것은 時機尙早가 아니냐는 것이었다. 나는 그가 이 교회의 목사이며, 朝子는 그의 일을 돕고 있는 줄로 생각하고 있었는데, 그는 밖에 있는 다른 직장에 나가고 있으며, 朝子가 이 교회의 목사라는 것이어서 의외였다.

淸水 씨와 대화하는 도중에 중학 1학년생으로서 교복과 교모를 산뜻하게 차려 입은 나의 장남 세원이가 등교하기 위해 걸어 나오다가 우리 쪽으로 잠시 눈길을 주고는 지나쳐 갔고, 얼마 후 朝子도 나오다가 우리를 발견하고는 흠칫 놀란 표정을 짓더니 곧 안으로 사라졌다. 세원이는 우리가 이혼한 후 朝子의 친정집 성을 따서 村上愛宜라는 일본 이름으로 개명하였다가, 朝子가 재혼한 후에는 또 다른 이름으로 고쳤다는 말을 小林淸市 군으로부터 들었다. 몇 년 전 京都의 一二三莊 앞길에서 본 모습으로부터 별로 달라지지 않았고, 내가 유학 생활을 보내고 있던 당시의 그 아파트 주인인 吳聖煥(益田) 씨 부인의 말마따나 나를 꼭 닮아 있었다.

淸水 씨와 작별하고서 새로 택시를 잡아 호텔로 돌아온 다음, 어제의 버스로 다시금 관광길에 나섰다. 別府 시내의 피의 지옥, 바다 지옥 등 온천수가 분출하여 이루어진 명승지를 둘러보고서, 大分市로 가는 도중에 있는 高崎山의 야생 원숭이들을 구경한 다음, 도로 別府市로 돌아와 한국관광객을 위한 면세점에 들르고 점심을 들었다.

오후에 우리 일행은 국도 10호선을 따라 豊前市·北九州市 등을 거쳐 下關의 페리 부두에 당도하였고, 거기서 縣廳 所在地인 山口市에 거주하고 있는 小林淸市 군에게로 전화를 걸어 잠시 통화하였다. 山口大學에 근무하고 있는 小林 군은 금년 11월 초순에 단체로 한국을 방문하게 된다고 했다. 우리가 탄 釜關페리는 오후 여섯 시에 출항하여 밤새 부산을 향해 항해를 계속하였다. 올 때와 마찬가지로 주위가 어두워진 이후에까지 갑판에 올라 있다가, 나와 마찬가지로 인적 드문 갑판에 남아 오랫동안 이리저리로 서성거리고 있던 西原大輔라는 일본 청년이 말을 걸어오므로 갑판과 숙소인 2등 선실에서 그와 대화를 나누게 되었다. 그는 筑波大學에서 학부를 마친 후 東京大學 대학원에 진학하여 지금은 박사과정 4학년에 재학 중이며, 명함에는 東京大學大學院總合文化研究所 比較文學比較文化 專攻으로 되어 있고, 東京에서 태어나 현재는 橫浜市에 살고 있다고 한다. 20대 중반의 젊은 나이임에도 한국 사정에 꽤 밝았고, 이미 동남아 일대를 널리 여행하고 있었으며, 다음 학기부터는 濠洲의 시드니대학에서 강의를 맡게 되어 있다고 했다.

3 (일) 맑음

현해탄을 건너오는 도중에 파도가 제법 거칠어 배가 다소 흔들렸는데, 아침에 일어나 보니 남자 화장실의 세면대에는 온통 토해 놓은 음식물들로 엉망이었다. 西原 군과 함께 조반을 들고, 五六島 바로 옆의 바다 위에 정박해 있는 페리 호 갑판으로 함께 올라가 하선을 시작할 무렵까지 대화를 나누었다.

집으로 돌아온 이후에는 아내랑 회옥이가 돌아올 때까지 빈 집에서 혼자 떠날 때 예약 녹화해 둔 베르디의 오페라 「오텔로」의 제3·4막을 시청하였고, 서울에 있는 아주관광 본사로 전화하여 어제 下關으로 오는 도중 아주관광 직원들이 일본인 안내원 및 운전수와 자기네 몫의 팁을 손님들에게 강요하여, 손님 한 사람 당 일본 돈 일천 엔 혹은 한화 일만 원에 해당하는 금액을 거둔 사실을 알렸다. 일본에서는 일반적으로 팁을 주는 관행이 없지만, 만약에 가이드의 말처럼 관광버스의 경우는 예외라고 하더라도, 그와 같은 피차가 거북스런 장면을 연출하기보다는 그에 해당하는 금액을 차라리 참가비용 속에 포함시켰다가 회사 측이 일본 쪽에 지불하도록 하는 것이 좋지 않겠느냐는 의견도 제시해 보았다.

1994년

첫 미국(캐나다·멕시코)
일본중국학회 제46회 대회-茶水여자대학
아버지의 문병-Swedish Covenant Hospital

 첫 미국(캐나다·멕시코)

7월

22 (금) 快晴

아내는 회옥이네 학교에서 마련한 남해도 송정해수욕장에서의 臨海학
교에 참여하기 위해 아침을 든 후 먼저 집을 나섰고, 나는 좀 더 남아
있다가 우리 아파트 같은 동 같은 라인의 12층에 거주하며, 이번 해외여
행에 동참하게 된 농대 식물보호학과의 김창효 교수 부부와 함께 김 교수
아들이 운전하는 차에 동승하여 사천공항으로 나갔다. 신축 확장한 공항
검사대 안의 대합실에서 사업 관계로 상경하는 조옥환 사장도 우연히
만나, 같은 10시 50분 발 아시아나 항공 편으로 서울로 향했다.

오후 한 시까지 김포공항 2청사 2층의 신한은행 앞에서 집결하기로
되어 있었는데, 약속된 시간이 훨씬 경과한 후에야 국제친선교육협회의
이창조 부이사장이랑 이 협회로부터 실무를 인수받아 우리의 여행을 실
제로 주관할 프레지던트여행사 측에서 파견한 여성 스루가이드 박창숙

(일명 박미진) 씨 등이 나타났다. 새로 확정된 것이라고 하면서, 이전에 우리가 우편으로 받았던 것과는 숙박 호텔이 완전히 바뀌고 매일의 구체적인 식단이 모두 생략되어 있는 새 여정표를 공항에서 배부 받았다. 문제의 이창조 씨는 여기서 처음 만났는데, 예상했던 것보다 훨씬 젊어, 오히려 나보다도 나이가 적지 않을까 싶을 정도였다.

오후 세 시 10분 발 아시아나 항공 편으로 김포국제공항을 이륙하여, 內山俊彦 교수의 저서『中國古代思想史の自然認識』을 읽고 있다가, 평소처럼 밤 아홉 시 경에 눈을 부치고서 잠을 청했다. 태평양을 건너는 데는 상당한 시차가 있는지라, 그러고서 非夢似夢 간에 세 시간쯤 지나니 이미 목적지인 샌프란시스코에 거의 당도하였다는 機內 방송이 있었다. 현지 시각으로는 22일 오전 아홉 시라는 기내 스크린 상의 안내를 보고서, 그에 따라 손목시계를 맞추었다. 한국에서 이미 보낸 하루를 아침부터 다시 시작하게 된 셈이다.

현지시각 오전 아홉 반경에 샌프란시스코 국제공항에 당도하여 입국 수속을 마친 다음, 공항에 마중 나와 있는 현지의 신세계여행사에서 나온 여성 가이드 주정화 씨를 따라 MIKE LEE TOURS에서 대절한 버스를 타고서 샌프란시스코 시내로 들어갔다. 이 도시의 명물인 스페인 풍의 古家들과 언덕길들, 차이나타운, 그리고 파나마 엑스포의 본부 건물이었다고 하는 코린트식의 거대한 돌기둥들이 林立한 팰리스 오브 파인 아츠 등을 둘러보고서, 한국음식점에서 한식으로 점심을 들었다.

食後에는 태평양 해안의 클리프 하우스, 金門公園과 金門橋, 금문교 건너편 부자들이 산다는 솔살리토 마을 및 거기서 얼마 떨어지지 않은 마린 시티의 船上가옥들 등을 둘러보았다. 우리가 묵게 된 호텔은 시 중심가의 유니언 스퀘어에 붙어 있는 PARC 55 호텔이었다.

우리 일행은 스루가이드까지 포함하여 모두 16명인데, 그 중 남자 교수가 일곱 명, 그들의 배우자가 세 명, 치과의사 내외와 국민학생인 그 자녀 두 명, 그리고 유치원을 경영했었다는 중년 부인이 한 명이다.

23 (토) 快晴 *이하 여행 중의 날짜나 요일, 시각은 현지 기준.

아침에 2킬로미터에 달하는 길이의 베이 브리지를 건너는 도중 해군 기지가 있는 트레저 아일랜드에 들러 기념 촬영을 하였다. 샌프란시스코는 대단한 美港이었지만, 원래는 강우량이 매우 적어 사막이었다가, 1848년도에 이웃 새크라멘토에서 금광이 발견됨에 따라 그 이듬해부터 이른바 골드러시, 즉 서부개척시대가 시작되어 각처에서 사람들(49rs)이 몰려옴에 따라 인공으로 조성된 도시라고 한다. 현재도 시 자체의 인구는 70만 정도에 지나지 않으나, 50개 정도의 주변 위성도시를 포함하면 약 600만이며, 캘리포니아 전체의 인구는 약 삼천만 명이라고 한다. 그래서 그런지 산에는 나무가 별로 없고 가로수로는 코알라가 즐겨 먹는다는 유칼리나무가 많았다. 한국은 무더위가 한창 기승을 부리고 있지만, 여기서는 반팔 셔츠 차림으로는 세법 한기를 느낄 정도의 초가을 날씨였다. 베이 브리지 건너 쪽에 있는 위성 도시이자 대학가인 버클리에 들러 서부의 명문 버클리대학교 구내를 둘러보고서, 구내매점에 들러 자메이카 산의 긴팔 방수 점퍼를 하나 사서 몸에 걸쳤더니 제법 포근하였다.

도로 샌프란시스코 시내로 돌아 나와, 원래 이 도시의 중심가였다고 하는 부두 가의 피셔맨즈 워프, 현재의 都心地인 유니언 스퀘어 일대를 거쳐, 한 때 거지(홈리스)들의 소굴이었다고 하는 시청과 성 메리 성당을 둘러 본 후 한국인 거리에서 불고기로 점심을 들었고, 동성연애자들의 마을인 캐스트로 거리에도 들렀다. 이 거리를 산책하다가 서점에 들러 동서양의 春畵들을 모은 화집 두 권을 샀다. 샌프란시스코는 미국에서도 대표적인 동성연애자들의 소굴이라는 것은 일찍부터 알고 있었지만, 이 도시에서만도 일 년에 400명 정도씩이 AIDS로 사망하고 있다. 이 거리와 그 주변 도처에서 동성연애자들의 상징이라고 하는 무지개 깃발이 눈에 띄었다.

캐스트로 거리에서 그다지 멀지 않은 곳의 해발 270미터 高地에 있는 트윈 피크스 전망대에 올라 샌프란시스코 및 그 주변 위성도시들의 아름다운 경관을 만끽한 다음, 어제 들렀던 金門公園으로 도로 가서 식물원을 산책하며 기념 촬영을 하였다.

　오후 6시 35분발 아메리칸 항공편으로 라스베이거스로 향하였다. 라스베이거스 공항에서 현지 가이드의 영접을 받아 한식당으로 가서 저녁식사를 마친 다음, 도박장이 밀집해 있는 신시가지로 나와 야경을 구경하면서, 미라주 호텔의 인공폭포에서 펼쳐지는 화염 쇼도 구경하였다. 우리가 묵은 호텔은 작년까지만 해도 세계 최대의 객실을 자랑하였고, 현재는 그 옆에 신축된 MGM 호텔에 이어 세계에서 두 번째라고 하는 엑스칼리버 호텔이었다. 이 호텔 이름은 물론 아서왕의 전설에서 유래한 것으로, 호텔 전체가 유럽 중세의 城 모양을 본떴고, 종업원의 복장이나 실내 장식, 구내에서 파는 기념품들도 대체로 그에 상응하는 것들이었다.

　24 (일) 快晴

　아침에 우리가 투숙한 호텔 구내의 도박장들을 둘러보았다. 이곳은 사막 한가운데의 분지에 있던 하나의 오아시스였던 것을 완전히 인공으로 개발하여 세계 최대의 도박과 유흥·매춘의 도시를 건설한 것이라고 한다. 호텔들의 1층은 모두 각종 도박장으로 꾸며져 있었는데, 호텔이나 식당 운영은 도박하러 온 손님들의 편의를 도모하기 위한 것이므로 오히려 적자 운영일 경우가 많고, 오로지 도박으로써 해가 갈수록 더욱더 번영해 가고 있다는 것이다. 하필이면 이 멀고 무더운 곳까지 도박하러 오는 것은 다른 주들은 대체로 주의 법에 의하여 도박이나 매춘 등이 금지되어 있기 때문이라고 하는데, 지금은 가족 동반의 위락지로서의 측면도 큰 모양이었다. 다른 도시에서도 느꼈지만, 특히 이곳에서는 엄청난 체구의 뚱보들이 너무 많아, 거의 두 명 중 한 명꼴이라고 할 수 있을 정도였다. 도박장 안을 산책하다가, 시거를 하나 사서 담배 생각이 날 때 때때로 피워 물어 보았다.

　역시 세계 최대 규모라고 하는 이 호텔 내의 뷔페식당에서 아침식사를 마친 다음, 도로 건너편에 있는 이집트의 피라미드와 스핑크스·오벨리스크 등을 본 딴 룩소르 호텔의 도박장 안도 산책해 보았다. 라스베이거스 사막의 분지 안에 건설한 인공 도시인지라, 여름철 더울 때는 기온이 섭씨 50도를 웃돌 때도 있다고 한다. 그래서 시가지와 그 부근 일대를 제외하면 주위를 둘러싼 산이나 空地는 풀 한 포기 없는 황량한 사막이며, 길거리에 나서면 햇볕이 자못 따가웠지만, 워낙 건조하여 습기가 거의 없는지라 한국에서처럼 불쾌지수가 높지는 않았다. 그늘에만 들어가면 시원하고, 또한 실내에는 모두 에어컨 장치가 되어 있으므로 그다지 더운 줄은 모르고 지냈다. 오전 열한 시 무렵에 공항으로 나가, 경비행기를 타고서 그랜드캐니언 관광에 나섰다.

헤드폰을 통해 한국어로 들려오는 눈 아래 풍경에 대한 설명에 귀를 기울이며, 네바다 州境을 넘어 애리조나州로 들어가 시종 창밖으로 내려다보니 눈 닿는 데가 모두 황량한 사막 지대였고, 로키산맥의 눈 녹은 물에서 발원한다는 콜로라도 강을 막은 후버 댐의 거대한 모습이 눈 아래 펼쳐졌다. 애리조나란 현지 인디언의 말로서 '샘 없는 땅' '물 없는 땅'이라는 뜻이라고 한다. 옛 유행가 가사에 나오는 '카우보이 아리조나 카우보이'라는 구절로 말미암아 광막한 초원 정도로 연상하고 있었던 것은 전혀 터무니없는 몽상이었음을 깨달았다. 후버 댐에 대해서는 중고등학교 시절의 영어 교과서에 '후버 댐'이라는 단원이 있어 익히 듣고 있던 바였지만, 그것이 라스베이거스 근처에 있는 줄은 이제야 알았고, 하늘에서 내려다보고서야 사막 한가운데 이와 같은 큰 도시가 이루어질 수 있었던 것은 오로지 이 댐 덕분임을 분명히 인식할 수가 있었다.

경비행기에서 내린 뒤, 소형버스로 갈아타 부근의 식당으로 가서 뷔페로 점심을 들며, 휴스턴에서 왔으며 보험회사에 근무한다는 무지무지하게 살찐 멕시코인 2세 호세 페르난데스라는 중년 남자와 더러 대화를 나누었다. 이곳 그랜드캐니언 주변 일대에는 키 높은 소나무들이 많이 자라고 있고 더러 목장도 있었는데, 겨울에는 눈도 많이 내린다고 한다. 세 곳의 전망대를 돌며 중고등학생 시절 장기영 씨의 미국 여행기 「기차는 원의 중심을 달린다」에서 익히 읽었던 그랜드캐니언의 장대한 풍경을 조망해 보았다. 그랜드캐니언이 별 것 아니라는 소문도 들은 바 있었으나, 男兒라면 한 번쯤은 와 보아야 하겠다고 느꼈을 정도로 나의 기대에 못 미치지는 않았다. 경비행기로 날아 올 때는 고도로 말미암은 기압 차이 때문인지 한 쪽 눈언저리에 찌르는 듯 심한 통증과 구토 증세를 느꼈으므로, 내린 뒤 멀미약을 두 알 얻어 두 차례에 걸쳐 나누어 복용하였더니, 돌아올 때는 한결 편했다.

라스베이거스로 돌아온 후에는 또 한인식당에 가서 저녁을 든 다음, 현지 가이드를 따라 구시가지라고 하는 프레몬트 거리로 나가 그곳의 네온사인이 휘황찬란한 밤거리와 도박장들을 둘러보았고, 우리 호텔이 있는 신시가지로 돌아온 후에도 부근의 MGM 호텔이나 룩소르 호텔 등의 도박장을 둘러보았다. 미국의 도시들은 범죄 때문에 땅거미가 진 후에는 공동묘지처럼 인적이 드물어지지만, 이곳 라스베이거스는 마피아 세력이 장악하고 있기 때문에 오히려 치안이 잘 유지된다고 한다.

25 (월) 快晴

오전 느지막한 시간에 라스베이거스에 있는 네바다 주립대학을 둘러보았다. 어제 저녁 한국식당에서 이 대학에 연수차 와 있는 본교 의대 교수 한 분을 만났는데, 방 안에 들어가면 문제없다고는 하나 햇볕이 찌르는 듯 따가운 이 사막 한가운데에서 어떻게 연구를 하는지 모르겠다.

오후 2시 5분 발 아메리칸 항공편으로 시카고로 향해 떠났다. 서부에서 중부인 시카고까지는 두 시간의 시차가 있어, 도착했을 무렵에는 이미 저녁 무렵이었다. 네바다에서 유타-콜로라도-네브래스카-아이오와 주를 거쳐 일리노이 주의 거점 도시인 시카고까지 여러 주를 거친 셈인데, 창가의 비교적 조망하기에 편리한 좌석에 앉게 되어, 여러 해 전부터 구상해 오던 美大陸 횡단을 하는 기분으로 시종 바깥을 내려다보았다. 네브래스카 주에 이를 무렵까지 광막한 황무지와 사막지대가 계속되고, 어제 본 그랜드캐니언처럼 해저에서 융기한 대륙이 크게 균열을 이룬 것으로 보이는 지역도 여기저기에서 눈에 띄어, 미국 지도상에 갈색으로 표시된 로키산맥 건너편의 방대한 서부 지대는 거의가 인간이 살 수 없는 땅임을 알 수가 있었다. 녹색이 이어지는 평야지대에 이르자 또 한없이 넓은 대평원이 계속되고, 시카고 부근에서는 비행기에서 내려다보아도 끝 간 데를 알 수 없는 바다 같은 미시간 호수가 지평선까지 잇닿은 대평원에 접해 있어, 미국이라는 국토가 실로 웅대한 것이면서도 나처럼 사계절이 뚜렷하고 산들이 잇닿은 변화가 풍부한 풍토에서 생장해 온 사람의 눈으로는 단조롭기 짝이 없어 보이기도 했다.

시카고의 오헤어 공항에서 비행기로부터 내리자마자 경자 누나와 현 서방이 게이트에 마중을 나와 있었다. 둘째 누나와는 내가 재혼하기 전 加虎洞 新基部落에 살고 있었을 때 자형과 함께 한 차례 귀국하여 방문해 온 이후 처음이니, 실로 십여 년만의 상봉이 되는 셈이다. 잠시 껴안고 포옹하여 그리운 정을 나눈 후, 나는 여행단의 일행과 헤어져 현 서방이 운전하는 누나의 차로 시카고 시 교외의 블루밍데일에 있는 누나네 댁으로 향했다. 작은누나가 출퇴근 시 늘 이용한다는 고속도로를 경유하여 가는 도중에 미화가 결혼 전에 살았었다는 동네도 지나쳤고, 나의 의사에 따라 일부러 둘러서 누나가 근무하는 시카고 우체국의 새로 이전한 건물에도 들렀다.

어스름할 무렵 누나네 댁에 당도하니, 문간에 한국에서는 사라진지 오래인 반딧불들이 날아다니고 있어 놀라움을 금할 수가 없었다. 주택가인 이 동네에서는 집 뜰에 산토끼나 다람쥐도 자주 나타난다고 한다. 이웃집과의 사이에는 울타리가 없이 잔디밭으로 이어져 있었는데, 서로가 남의 집 잔디를 깎아 주는 법이 없기 때문에 잔디 깎은 흔적으로써 각자의 집 경계로 삼는다고 한다.

누님 댁에는 아버지와 새어머니 및 위스콘신에서 온 미화네 전 가족이 모여 있었고, 여러 곳에 흩어져 살고 있는 누나의 세 자녀들도 모두 모이고, 내일 아침에 오겠다던 두리도 좀 늦게 나타났다. 자형은 길쭉한 리무진을 세 대인가 사서 자신도 운전을 하고 사람을 고용하여 영업을 하고 있는데, 오늘은 쉬는 날이지만, 때마침 손님의 연락이 있어 일하게 되었다면서 밤늦게야 나타났다. 누님 댁 큰 아들인 창환이가 요리한 미국식의 두툼한 스테이크 등으로 늦게까지 식사하고 술이나 음료수도 들며 대화를 나누었다. 누님 댁은 최근에 집을 크게 확장 수리하였는데, 내가 오는 시기에 맞추어 완공하기 위해 애를 쓴 모양이지만, 아직 마무리 공사가 덜된 부분도 더러 남아 있는 듯했다. 아버지는 최근에 또 건강 상태가 악화되어, 시내에 있는 노인 아파트에서 누님 댁까지 옮겨 온 이후 컨디션이 나빠 계속 누워 계셨다고 한다. 아버지와 자형의 사이가 나쁘기 때문에 새어머니는 오늘 누님 댁에 처음 와 보셨다고 한다.

26 (화) 맑음

아침에 누님 네 둘째 아들 동환이가 운전하는 차로 창환이 두리와 더불어 넷이서 시카고 시내를 둘러본 다음, 노드 쉐리던 街에 있는 아버지의 아파트에 들렀다. 아버지가 살고 있는 노인 아파트는 미시건 호수 옆 베트남 사람이랑 태국인 등이 많이 살고 있는 거리에 위치해 있었는데, 예상했던 것보다는 훨씬 낡고 초라한 것이어서 슬픈 마음이 들었다. 간밤에 생모의 산소를 옮기는 문제를 가지고서 아버지랑 누이들의 의견을 물어 보았었는데, 아버지의 견해는 어머니는 현재의 산소 자리에서 뼈를 추려내어 화장하도록 하라고 하시고, 당신은 이곳 시카고의 천주교인 묘지에 묻히시겠다는 것이었다.

이어서 두리 네 집으로 가서 마이크 교수와 더불어 흑맥주와 수박을 들며 한 시간 정도 대화하였다. 간밤에 작은 누나랑 미화 내외와 더불어 대화하느라고 새벽 네 시 무렵까지 깨어 있었는데, 그들은 한결 같이 두리가 중년의 외국인과 결혼도 아닌 동거 생활을 하는데 대해 무척 비판적인 입장이었다. 그러나 나는 이것이 프라이버시에 속한 문제로서 형제자매라 할지라도 간여할 수 없는 문제이며, 나로서는 두리보다도 오히려 누나나 미화네 집안 사정이 더 걱정스럽다는 견해를 표시한 바 있었다. 마이크 씨는 아버지 내외로부터는 상당한 호감을 얻고 있는 모양이었고, 내가 보아도 인격적으로 훌륭한 사람인 듯했다.

1994년 7월 26일, 블루밍데일 작은누나 집

　일부러 두리가 근무하는 우체국 옆을 경유하여 누님 댁으로 돌아가서 늦은 점심을 들고 난 후, 누나랑 미화 내외와 함께 다시 공항으로 나가 어제 헤어졌던 일행과 합류하여, 오후 4시 45분 발 아메리칸 항공으로 캐나다의 토론토를 향해 떠났다. 도중에 미시건 주의 디트로이트 시로 짐작되는 큰 도시가 내려다 보였다. 토론토까지는 또 한 시간의 시차가 있었는데, 토론토의 피어슨 국제공항에 도착하여 간단한 입국 수속을 받고는 대기하고 있던 현지 가이드를 따라 401 고속도로를 거쳐 시내로 진입하여, 한인식당에서 저녁을 들고는 래디슨 돈 밸리 호텔에 투숙하였다.

　27 (수) 맑음
　아침에 토론토 시내 관광에 나서, 우선 五大湖 중 가장 작다는 온테리어 호반의 하버 프런트로 가서 시엔 타워 등을 둘러보고, 新舊의 시청사와 온테리어 주 의사당 및 중국인 거리와 토론토대학 등을 방문하였으며, 토론토대학 부근에 있는 한인거리에서 점심을 들었다.

토론토에서 유명하다는 이튼 백화점에 들러 맨 아래층부터 차례로 둘러 본 다음, 대절 버스로 Q.E.W.(Queen Elizabeth Way)를 따라 미국과의 접경에 있는 나이아가라까지 여행하였다. 아름다운 과수원 마을들과 제철소로 유명한 해밀턴을 지나, 도중에 나이아가라 온 더 레이크라는 자그마하고 전형적인 영국풍의 마을에 내려, 마을 끝에서 끝까지 산책해 보았다. 영국의 왕실 인사가 캐나다를 방문할 경우에는 반드시 여기까지 와서, 고풍창연하나 여인숙 정도의 규모에 불과한 프린스 오브 웨일즈 호텔에서 묵는다고 한다.

미국의 독립전쟁 직후, 한 때 토론토까지 점령했던 미국군을 물리쳤다는 砲臺를 지나, 도중에 농산물 직매점에 들러 포도송이처럼 큼직하고 시커먼 체리 한 묶음을 사서 맛을 보기도 했으며, 기네스북에 올라 있다는 세계에서 제일 작은 성당에 들러 기념사진도 찍었다. 나이아가라 입구의 꽃시계와 수력 발전소, 소용돌이치는 물 구비 위의 스페인 사람이 설계했다는 케이블카 등을 둘러보고, 나이아가라 시내의 폭포 부근에 있는 스카이라인 브록 호텔에 투숙하였다.

밤에 일행 중 허창재 교수 및 조정환 교수와 함께 나이아가라 폭포까지 가서 물보라를 맞으며 폭포의 밤 조명을 구경하였고, 폭포 바로 옆에 있는 명소인 테이블록 하우스 2층에서 맥주를 마시며, 우리들의 여행을 주관한 국제친선교육협회의 사기적인 기만행위에 대해 의견을 나누었다. 나는 이때 귀국하여서는 분납하기로 하여 아직 결제되지 않은 잔금 91만 원을 지불하지 않기로 마음먹었고, 아울러 그 사유를 적은 편지를 이 협회의 이창조 씨에게 보내면서, 그 사본 및 관계 문건들을 유관 기관에 우송할 생각임을 밝혔다.

28 (목) 흐리고 한 때 비

조식 후 호텔을 체크아웃하고서, 본격적인 나이아가라 관광에 나섰다. 테이블록 하우스 일대에서 캐나다 측의 말발굽 폭포 등을 상세히 조망한 후 우비를 입고는 '안개의 숙녀' 호에 승선하여 물보라 치는 폭포 바로 아래에까지 접근하였다. 나이아가라 시내에서 역시 한식으로 점심을 든후, 레인보우 브리지를 건너 다시금 미국의 뉴욕 주로 입경하여, 염소섬과 세 자매 섬 및 루나 섬에서 미국 측으로부터 본 나이아가라의 장관을 조망하였다. 비 내리는 버팔로 공항에서 친절했던 현지 가이드와 작별하여 몇 시간 공항 안에서 대기하다가, 오후 5시 28분 발 US 항공편으로 워싱턴을 향해 떠났다.

오후 여섯 시 반경에 워싱턴의 내셔널 에어포트에 도착하여, 메리어트 페어뷰 호텔에 투숙하였다.

29 (금) 흐림
기상하여 호텔 주위를 한 바퀴 산책한 후, 늘 그렇듯이 호텔의 뷔페식당에서 아침을 들고, 짐을 정리해서 대절 버스에다 싣고는, 워싱턴 DC의 시내 관광에 나섰다.

책에서만 읽었던 포토맥 강을 지나, 우선 국회의사당 안에 들어가 하원의 회의장 등을 둘러보았고, 11시 경에 조지 워싱턴대학 측과 약속이 되어 있다고 하므로, 그리로 옮겨 부학장이라는 여자의 영접을 받고 잠시 학교 안내의 비디오를 시청한 다음, 다른 행정직 여교수의 안내를 받아 학교 구내를 몇 군데 둘러보았다.

점심을 마친 뒤 국방성이 들어 있는 펜타곤 옆을 지나 다시 국회의사당 앞의 몰로 돌아와서, 링컨 기념관, 백악관 등을 방문하였고, 스미스소니언 박물관 가운데 하나인 자연사박물관을 관람하였다.

오후 5시 3분발 US 항공편으로 뉴욕으로 출발하여, 뉴저지 주 뉴워크 공항에 착륙한 다음, 턴파이크 도로를 거쳐 뉴저지 주에 있는 韓人街에 들러 저녁을 들고서, 뉴저지 주의 매리어트 글랜포인트 호텔에 투숙하였다.

30 (토) 맑음
조식 후 대절 버스로 뉴욕 시내 관광에 나섰다.

뉴저지 주로부터 허드슨 강 아래를 관통하는 링컨 터널을 지나 뉴욕 주의 중심부인 맨해튼 섬에 도착하였다. 먼저 맨해튼에 있는 뉴욕대학교 와 그 바로 옆의 워싱턴 광장을 둘러보았다. 이어서 버스에 탄 채로 오 헨리의 「마지막 잎새」의 무대로서 유명한 그리니치빌리지 및 그 부근의 새로운 예술인 거주 지구인 소호를 거쳐서, 영화 〈십년만의 외출〉에서 마릴린 먼로가 지나가는 지하철 바람에 부풀어 오르는 스커트를 거머잡 는 저 유명한 장면의 현장인 뉴욕 최초의 빌딩이라는 전기다리미 모양의 삼각형 건물도 지나쳤고, 차이나타운과 이태리타운을 지나, 거리 입구에 황소 동상이 있는 월스트리트를 지나 맨해튼 최남단의 허드슨 만에 이르 렀다. 거기서 2층으로 된 대형 유람선을 타고서 자유의 여신상과 엘리스 아일랜드를 배 위에서 한참 동안 바라본 다음, 브로드웨이 거리 바로 옆 에 있는 韓人街에서 도가니탕으로 점심을 들었다.

오후에는 엠파이어스테이트 빌딩 86층 전망대에 올라 뉴욕 시의 사방 을 조망해 보기도 하고, 동부 지역에 위치해 있는 유엔 빌딩 안에도 들어 가 보았다. 존 레논이나 마돈나 등 유명 연예인들의 거주 지역이라는 북 부 맨해튼의 센트럴 파크 서쪽 편 오래된 아파트 群을 지나, 오랜 세월 동안에 걸쳐 짓고 있다는 건설 도중의 세인트 존 성당에 들렀고, 할렘 가와 그 바로 곁에 위치한 콜롬비아대학도 차에 탄 채로 한 번 둘러서 지나갔다. 어둑어둑해 질 무렵 다시 엠파이어스테이트 빌딩 뒤편 브로드 웨이 거리에 면한 한인가에서 저녁을 들고서, 록펠러 빌딩群과 뮤지컬의 본고장인 타임스퀘어 부근 다운타운에 있는 브로드웨이를 역시 차 안에 서 지켜보았다. 아침에 왔던 링컨 터널을 통과하여 뉴저지의 매리어트 글랜포인트 호텔로 돌아왔다.

31 (일) 맑음

조식 후 호텔을 출발하여, 대절 버스로 조지 워싱턴 브리지를 지나 고 속도로를 달려서 뉴욕 주, 코네티컷 주, 로드아일랜드 주를 거쳐 매사추 세츠 주의 수도 보스턴에 이르렀다. 도중에 예일대학이 있는 코네티컷 주의 뉴 헤이븐, 브라운대학이 있는 프로비든스 시 등을 스쳐 지나갔다. 가도 가도 수풀 속에 띄엄띄엄 집들이 산재해 있을 따름이었다.

보스턴에 이르자, 찰스 강을 건너 케임브리지 시로 들어가서, 하버드 스퀘어 부근에 있는 新羅라는 한인식당 2층에서 점심을 들었다. 하버드 야드로 들어가 대리석으로 된 중앙 도서관 내부를 둘러본 다음, 사람들에게 물어 하버드 옌칭 연구소(燕京學社)를 찾아가고자 했지만, 물어 본 사람마다 모두 모른다는 대답이었고, 도서관 후문의 경비원만이 대학 구내 지도를 꺼내어 그 위치를 설명해 주었다. 그 부근까지 찾아가서 다시 이 사람 저 사람에게 물어 보았지만 역시 아는 사람이 없었고, 어느 건물 안으로 들어가 전화 통화 중인 직원에게 물어 보니 비로소 그 위치를 알려 주는 것이었다. 높다란 윌리엄 제임스 빌딩 바로 뒤편의 아담한 벽돌 건물이었는데, 이 정도의 건물은 하버드대학 구내에 수없이 많이 널려 있어 사람들이 그 존재를 알지 못하는 것도 무리가 아니었다.

약속된 시각까지 하버드 야드 정문 앞에 모였다가, 다른 사람들은 서점 등에 쇼핑하러 간다고 하므로, 나 혼자 따로 떨어져 그 시간 동안 하버드대학 구내를 두루 걸어서 돌아다녀 보았다.

영화 〈러브 스토리〉의 여주인공이 다니던 래드클리프 여자대학을 찾아가 보고자 했지만, 그 역시 잘 아는 사람이 별로 없었다. 경찰서를 지나 북쪽의 대학가 거의 끝 간 데까지 걸어가 보았다가 집합 시각에 맞추어 돌아왔다.

같은 케임브리지 시에 있는 MIT 공대와 찰스 강 건너편의 보스턴대학, 비이컨 언덕 거리, 크리스천 사이언스 교회의 본부 등을 둘러보고서, 보스턴 교외에 있는 아일랜드계 사람이 주인이라는 城 모양의 세라턴 타라 호텔에 투숙하였다.

8월

1 (월) 흐림

조식 후 호텔을 출발하여, 다시 보스턴 시내를 경유하여 공항으로 향했다. 오전 10시 30분 발 US 항공편으로 필라델피아로 가서 두 시간 반 동안 기착했으므로, 그 동안 필라델피아 공항 구내에서 산책하며 시간을 보냈다. 오후 3시 5분에 다시 출발하여, 여덟 시간 반을 비행하여 서부의 거점 도시이자 미국에서 두 번째로 주민이 많은 로스앤젤레스 시에 도착하였다. 미국의 동부과 서부 사이에는 또 세 시간의 시차가 있는데, 이번에는 세 시간을 버는 셈이므로 도착했을 때는 아직 저녁 무렵이었다.

현지 가이드를 따라, 油田 지대를 지나서 올림픽 거리 주변에 있는 코리언타운을 차 속에서 둘러보고, 그곳의 한식뷔페 식당에서 한식과 일식 요리로 저녁 식사를 포식하였다. LA에서의 숙소는 중심가에 있는 로스앤젤레스 힐턴 엔드 타워 호텔이었다. 밤에 빌딩 높은 곳의 방 안에서 차창 밖으로 내려다보니, 미국의 다른 도시들과 마찬가지로 아직 밤늦은 시각이 아님에도 불구하고 거리에는 인적이 거의 없고 간간히 차들만 지나다니고 있는 모습이 바라보였다. 미국 혹은 자본주의 사회라는 것에 대한 회의적인 생각을 금할 수가 없었다.

여기는 식사를 한 끼 하고 나거나 호텔에서 하룻밤을 자고 난 다음 등 모든 종류의 서비스에 대해서 팁이라는 명목으로 돈을 지불해야 하니, 결국 남의 호의를 돈으로 사는 셈이다. 그러할 정도로 돈이 없이는 숨도 쉬기 어려운 세상이며, 사람들은 그가 소유한 돈의 多寡에 따라 그에 상응하는 사회적 신분 혹은 계급으로 세분되며, 또한 피부 색깔에 의해 엘리트로서 진출할 수 있는 기회가 불평등하게 제한되고 있는 것이다. LA 시 전체 인구의 거의 1할에 달할 정도로 방대한 숫자의 홈리스, 즉 집 없는 극빈자의 무리를 만들어 내고 있으며, 다른 사회와는 비교할 수 없을 정도로 다수의 마약 복용자, 동성연애자 및 범죄자 등 사회적 일탈 행위자 그룹을 양산해 내어, 밤이면 외출을 삼가야 할 정도로 치안이 유지되지 못하는 상태인 것이다. 가이드의 설명에 의하면, 하버드대학의 한 해 입학자 중 동양계 황색 인종에게 할당된 숫자는 전체 입학생의 5%에 불과하다고 한다. 누가 미국을 자유와 인권과 평등이 보장된 나라라고 했는가?

2 (화) 맑음

한인 거리에서 설렁탕으로 아침을 든 다음 멕시코 관광에 나섰다. 대절버스로 캘리포니아 남부의 沿海 지방을 달려, 캘리포니아대학의 분교들로 유명한 어바인이나 샌디에이고를 거쳐서, 국경 검문소에서 간단한 수속을 마친 후 멕시코에 입경했다. 그곳은 과거의 팝 음악 '티와나 택시'로 그 이름이 기억되는 바로 그 티와나 市인데, 미국과의 접경이라 그런지 예상했던 것보다도 인구가 무척 많은 도시였다.

티와나 시의 地下 쯤에 있는 공설 시장 안의 식당에서 멕시코 바비큐 요리로 점심을 들며, 스스로 기타 등을 연주하는 삼인조 가수들로부터 '베사메무초'와 같은 귀에 익은 라틴 가요 몇 곡을 들었다. 그러나 이곳 음식은 도무지 지저분해 보이고 맛도 없어, 평소 아무것이나 잘 먹는 나조차도 도중에 포기할 수밖에 없었다.

그곳 시장을 돌아다니며, 새끼양가죽으로 된 붉은 색의 등산용 가방 하나와 멕시코 특산인 용설란으로 빚은 테킬라 술을 몇 병 샀다. 거기서 한참을 더 내려간 곳에 위치한 로살리토 마을까지 가보았다가, 왔던 코스를 경유하여 밤늦은 시각에 LA로 귀환하였다.

캘리포니아 주나 멕시코는 본시 모두 사막 지대인데, 미국의 경우는 후버 댐의 물을 이용하여 인간이 거주할 수 있는 지역으로 관개하여 인공의 옥토로 전환시켜서, 이 주 전체를 미연방 안에서 가장 크고 부유한 지역으로 만들어 두고 있음에 반하여, 멕시코 영토 안에는 우리의 60년대를 연상시킬 정도로 판잣집이 많고 나무도 별로 없었다. 캘리포니아 주에 나무가 제법 있다고는 하지만, 거의가 스프링클러를 이용하여 인공으로 가꾸어 놓은 것이라, 樹種은 대체로 유칼리나 야자수·종려 등이 많아 단조롭고, 그나마도 산에는 거의 나무가 없었다.

　3 (수) 맑음

　오전 중 LA의 서북쪽 교외에 있는 미국 영화 산업의 메카인 유니버설 스튜디오 및 헐리웃을 참관하고, 오후에는 동북쪽 교외에 있는 디즈니랜드를 방문하였다.

　유니버설 스튜디오는 미국을 대표하는 촬영소이지만, LA 시내의 여러 대표적인 고층빌딩들과 마찬가지로 근년에 일본인으로 그 소유주가 바뀌었다. 이곳도 작년엔가 있었던 대규모의 지진으로 말미암아 큰 피해를 입어, 아직도 복구 수리 공사가 진행되고 있는 도중이었다. 앞부분에 앉은 미국인 여성 안내인이 마이크를 잡고서 설명해 주는 연결된 차량을 타고서 구내의 여기저기를 둘러보았다. 헐리웃은 그저 영화 산업 관계의 회사나 행사장이 몰려 있는 거리에 불과하여 별로 볼만한 곳이 없는지라, 중국 극장 부근에 있는 유명 배우들의 손발 각인과 사인이 있는 시멘트 바닥 등을 둘러보았을 뿐이다.

　디즈니랜드는 예상했던 것보다도 훨씬 규모가 작아, 총면적이 9만 평 정도인가에 불과하다고 했다. 서울의 롯데 월드나 용인 민속자연농원과도 비슷한 것이었는데, 그 내부 장치의 정교함이나 아이디어 같은 것들은 과연 세계적 명성에 걸맞은 것이었다.

　LA 시내로 귀환하여 늦은 저녁을 들고서, 예에 따라 현지 가이드가 안내하는 대로 한국 교포가 경영하는 기념품점에 들러 쇼핑을 하였다. 나는 시카고에 들렀던 날 이후로 물건과 짐이 더욱 늘어나 이대로는 운반하기가 어려운 상황에 이르렀으므로, 여기서 다른 사람들이 많이 산 샘소나이트 회사 제품의 여행용 트렁크 하나를 새로 샀다. 나는 이미 시카고에서 한국으로 가져갈 선물들을 많이 받았고, 또한 나 자신 해외여행에서는 물건을 사기보다 두루 보고 오는 데에 중점을 두고 있으므로 거의 쇼핑은 한 것이 없는 셈이지만, 많은 사람들이 여행 참가비 총액에 맞먹을 정도의 돈을 쇼핑에다 쓰는 모양이다.

캐나다에서 7월 27일자 「THE GLOBE AND MAIL」이라는 조간신문을 읽었을 때, 그 여행란 첫 면에 한국에 관한 기사가 있었다. 그 내용은 한국 정부가 서울 定都 600년을 기념하는 뜻에서 국제적으로 교섭하여 올해를 한국 방문의 날로 지정하였던 것인데, 금년도의 전반기 6개월 동안 한국을 방문한 외국인은 모두 170만 명으로서, 그들이 한국에 와서 쓴 돈은 미화 17억 불 정도이고, 외국을 방문한 한국인은 147만 명으로서, 23억7천만 불을 해외에서 쓰고 있으므로, 관광 수지는 5억8천4백만 불의 적자를 기록하고 있다는 것이었다.

4 (목) 맑음

새벽에 일찍 일어나서 짐을 챙겨 호텔을 나가 한인식당에서 이른 조식을 마친 후, 오전 9시 5분 비행기로 로스앤젤레스를 출발하여 하와이로 향했다. 미국 서부 연안에서 하와이까지는 또 세 시간의 시차가 있으므로, 올 때와는 반대로 이번에는 그만큼의 시간을 벌게 된 셈이다. 기내에서 아침에 교포 식당으로부터 집어 온 「중앙일보」의 미주 판을 펼쳐 보았더니, 그 25면에 '慶尙大 교수 9명/ 소환 불응 땐 拘引/ 검찰, 北 장학금 여부도 조사' 라는 제목의 기사가 실려 있었고, 26면에는 이에 관한 6단 칼럼이 나와 있었다.

기사 내용은, 본교 교양과목 교재인 『한국 사회의 이해』의 이적성 여부를 수사 중인 창원 지검이 이 책을 공동 집필한 교수 9명 전원과 출판사 대표 등 10명에 대해 8일까지 조사한 뒤 수사 결과를 10일 발표키로 했다는 것이며, 또 이들 집필자 9명이 출두하는 대로 이들 중 朴弘 서강대 총장이 거론했던 북한으로부터의 장학금을 받은 사람이 있는지에 대해서도 조사할 방침이라는 것이었다. 검찰은 이들 중 이적성이 뚜렷한 글을 쓴 교수 3~4명에 대해서는 국가보안법 위반 혐의로 사법처리할 방침이며, 9명의 교수가 같은 목적과 동기에서 책을 집필·발간하고 강의한 사실이 확인될 경우에는 교수 전원을 사법처리한다는 방침이라는 것이었다. 검찰은 이들 교수들이 4일 기자 회견을 통해 '검찰 소환에 일체 응하지 않겠다'는 입장을 밝힌 것과 관련 2차 소환장을 발부하고, 그래도 출두치 않을 경우에는 구인장을 발부키로 했다고 한다.

칼럼에서는 이들 집필 교수들에 대해 '갓 입학한 학생들에 "충격 강의"/ 維新 시대 대학 다닌 진보 성향 學者들/ 86년 지방大선 처음 時局선언 주도' 등의 표제 하에 그 정치적 성분을 상세히 해설하고 있다. 이들 중 紅一點인 사회학과의 이혜숙 교수를 제외하고서는 전원이 내가 근자에 가입해 있는 진주사회과학연구회의 멤버들로서, 최근에 있었던 서강대 박홍 총장의 일련의 문제성 발언들의 여파가 이러한 방향으로 파급된다는 것은 전혀 뜻밖이며, 경우에 따라서는 나에게도 그 불똥이 튈지도 모르겠다는 생각이 들었다.

하와이의 오아후 섬에 도착한 이후, 현지 안내인으로부터 각자 레이로 영접을 받고서, 먼저 바람山에 올라가 건너편 해안 지대를 조망해 본 이후, 호노룰루 시내의 유서 깊은 州廳舍와 이올라니 궁전, 하와이 제도를 처음으로 통일했던 카메하메하 왕의 동상 등을 둘러보았고, 한국인 식당에서 늦은 점심을 든 다음, 와이키키 비치커머 호텔에 들었다.

이 날 호텔 로비에서 패키지여행 참가자 중 남자 전원이 모여 국제친선교육협회의 사기적인 작태에 대한 대응 방안의 협의가 있었으나, 간사인 허창제 교수의 팁 자금 관리상의 문제점을 지적하는 일에 시간을 거의 다 허비해 버리고서, 정작 핵심이 되는 귀국 후의 이창조 씨에 대한 대처 방안에 대해서는 이렇다 할 적극적인 대책을 마련하지 못했다.

호텔 부근의 한인 교포가 많이 점포를 열고 있는 국제시장을 둘러보며 밤거리를 산책하고서 돌아오다가, 우리 일행 중 유일한 의사인 신주식 씨를 따라 택시를 타고서 한국인 여자가 경영한다는 나이트클럽을 방문했다. 당구대 같은 모양을 한 서너 개의 테이블 위에 백인 여러 명과 황인종, 흑인종 각 한 명 등 여러 미녀들이 올라가, 성기와 항문을 완전히 드러내 놓고서 주위에 둘러앉은 손님들 코앞에 바싹 들이대며 실룩거려대는 것이 한국에서 한다는 스트립쇼와는 그 대담성의 정도에 있어서 天壤之差가 있었다.

5 (금) 맑으나 때때로 부슬비 내리고 무지개

조식 후 온종일 오아후 섬을 일주하는 관광에 나섰다. 어제 오후의 호텔 로비 모임에서 현지 여행사 측이 오후의 관광 일정을 일방적으로 축소 생략해 버린 점 등에 관한 불만 섞인 발언들이 있었으므로, 도착 당시 처음부터 그다지 좋은 인상을 주지 않던 어제의 여성 현지 가이드 대신, 어제 저녁부터는 다른 남자 가이드로 교체되었다. 미국 동부 지역의 안내를 맡았던 현지 가이드와 마찬가지로 이 사람도 역시 인하대학교를 졸업하였고, 또한 미국에 이민 온 지 십 년쯤 되는 사람이었다.

먼저 하와이의 州花라고 하는 하이비스커스 꽃들이 주위에서 자주 눈에 띄는 국도를 따라 카할라 고급 주택가를 거쳐서, 와이키키 해변 옆의 다이아몬드헤드 분화구에 올라가 본 다음, 한국 지도 모양을 한 마을과 엘비스 프레슬리가 주연한 영화 〈블루 하와이〉의 배경이 되었다는 하나우마灣 등에서 차로부터 내려 주위의 수려한 경관을 둘러보았다.

어제 바람산에서 내려다 본 섬 반대편 해안 마을에 왕년의 인기 영화 배우 趙美齡 씨가 경영하는 기념품 상점이 있었으므로, 거기에 들러 조미령 씨와 둘이서 상점 진열대 앞에 나란히 서서 기념사진을 찍기도 하였다. 조 씨는 내가 어렸을 무렵 한국을 대표하는 톱스타 가운데 한 사람이었다고 할 수 있는데, 실제로 만나 보니 생각보다 체구가 퍽 작기는 하였으나, 지금도 65세의 실제 나이에 비해서는 젊고 깔끔해 보이며, 옛날의 아름다웠던 얼굴 모습을 어느 정도 간직하고 있었다. 한국의 고전적인 미를 간직한 이미지의 배우였던 것이, 지금은 이국땅 한구석에서 기념품점 주인이 되어 있다는 것이 무언가 어울리지 않고 다소 초라해 보이는 느낌을 주었다. 조 여사는 이민 온 지 이십여 년이 됨에도 불구하고 아직도 영어를 잘 구사하지 못하는지, 이웃 주민과 대화할 때 우리의 현지 가이드가 통역해 주는 광경을 볼 수가 있었다.

조 여사의 상점으로부터 나와서 中國人帽子山 부근의 해안 공원에서 준비해 간 도시락으로 간단한 점심을 들고서, 서북부 해안 지대에다 모르몬敎團이 세웠다는 폴리네시안 문화 센터에 들러 세 시간 정도를 보냈다.

이곳은 폴리네시아 전 지역의 갖가지 가옥과 기물 및 민속 공연 등을 한 장소에서 볼 수 있게끔 해 주는 곳인데, 이 교단에서 설립한 부근에 있는 브리검영대학에 유학해 있는 한국 학생이 우리의 안내를 맡아 주었다.

산맥이 끝난 곳에 있는 선셋 비치를 지나, 斜陽 산업이라고 하는 사탕수수 밭이나 방대한 면적의 파인애플 농장을 지나가다가, 파인애플 산업으로 세계적으로 저명한 돌이 세운 파인애플 플랜테이션에 들러, 무료로 술통 모양의 커다란 파인애플 주스 통으로부터 어떠한 첨가물도 가미되어 있지 않다는 주스를 여러 잔 뽑아 마셔 보기도 하였다. 펄 시티에서 진주만에 들러 정박해 있는 항공모함 등을 바라보았고, 오아후 섬을 한 바퀴 완전히 돌아 호노룰루로 돌아와서는, 하와이 주립대학에 들러 유명한 동서문화센터 본부 건물과 서울대 미국학연구소 측에서 지어 기증한 형식으로 되어 있는 한국 전통 건축 양식의 한국학 연구 센터 앞에서 기념 촬영을 하기도 했다. 밤에 우리 호텔에서 오백 미터 정도 밖에 떨어져 있지 않은 와이키키 해변으로 나가 바닷물에 들어가 잠시 수영을 즐기기도 했다.

6 (토) 맑으나 때때로 부슬비 오고 쌍무지개

오늘은 온종일 아무런 일정이 없고 자유 시간이었다.

나는 아침부터 혼자서 와이키키 해변을 따라 끝까지 걸어 하와이대학에 다시 한 번 가 보기로 작정하였다. 모래사장과 그 바깥으로 난 작은 길을 따라 호노룰루 시내 중심가 쪽으로 터벅터벅 계속 걸어, 요트들이 많이 정박해 있는 곳과 공원 등을 지났다. 해수욕을 할 수 있는 해변이 거의 다 끝난 지점에서 지나가는 사람에게 물어 보았더니, 하와이대학 방향은 이미 지나온 지 오래라고 하므로, 거기서부터 해안을 버리고 산 쪽 방향으로 계속 걸어 올라갔다. 킹 스트리트에서 1번 버스를 타고, 도중에 6번 버스로 갈아타서 어제 왔던 하와이대학 마노아 캠퍼스 안의 이스트 웨스트 로드에서 내렸다.

혼자서 이 대학 구내를 두루 돌아다녀 보다가, 점심시간에 맞추어 호텔까지 걸어서 돌아왔는데, 시내 지리를 잘 알지 못하면서 와이키키 주변에 밀집해 있는 고층 빌딩들만을 목표로 삼고서 걸었으므로, 運河 뒤편 골프장으로 빠져 내려와 운하를 따라 한참 반대편 방향으로 거꾸로 걸어간 다음, 다리를 건너 비로소 와이키키 쪽으로 향할 수가 있었다.

점심을 든 후, 南冥 후손이라는 조정환 교수와 함께 해변으로 나가 한동안 해수욕을 하다가, 다이아몬드헤드 바로 아래쪽 마을까지 해변을 따라 걸었고, 방대한 부지의 공원 안으로 난 도로를 따라 동물원 등을 지나서 호텔로 돌아왔다.

호텔에서는 다시 치과의 신주식 씨를 만나, 둘이서 지나가는 버스를 타고 저녁때까지 호노룰루 시내를 둘러보기로 했는데, 때마침 우리가 서 있는 정거장에 먼저 와서 선 것이 하와이대학 방향으로 가는 4번 버스인지라, 그것을 타고서 세 번째로 하와이대학 옆 대학로까지 가서 내렸다. 신 씨와 함께 이 대학의 구내와 도로 건너편 쪽에 있는 이 대학 운동장 등을 두루 둘러보다가, 대학 본부 건너편 부속 중고등학교 건물 등이 있는 부근의 정거장에서 먼저 온 6번 버스를 탔는데, 그것이 호텔과는 반대 방향으로 가는 것임을 알고서, 아침에 걸어 왔던 공원 부근에서 내려 택시로 갈아타고서 호텔로 돌아왔다. 저녁식사 후, 다시 혼자서 부근의 국제시장 일대를 산책해 보았다.

미국 천지에 엄청나게 비대한 사람들이 그렇게도 많더니, 이 와이키키 해변에 드러누워 있는 남녀들은 거의가 미끈하게 빠진 몸매를 하고 있는 것이 또 별스럽게 느껴졌다. 하와이가 갖가지 이름 모를 꽃들이 많고, 동식물이 거의 다 한국에서 보던 것과는 다른 것들이라 소문대로 아름답기는 하지만, 일 년 중 여름과 겨울의 기온 차이가 3~5도 정도 밖에 안 되어 늘 이러한 경치 밖에 볼 수가 없을 터이므로, 우리처럼 사계절의 변화가 뚜렷한 곳에서 살고 있는 사람으로서는 역시 계속 거주하기에는 단조로울 것이라고 생각되었다.

7 (일) 맑으나 때때로 부슬비 오고 무지개

호노룰루에 도착하고서 둘째 날 저녁 하와이대학 구내에서 가져왔던 필름이 모두 떨어져 버려, 더 이상 사진을 찍지 않기로 작정하고서 어제는 온종일 카메라를 가지고 다니지 않았다. 하지만 와이키키 해수욕장과 거기서 바라본 다이아몬드헤드를 촬영해 두지 않고서 돌아간다는 것이 어쩐지 섭섭하여, 조식 후 새로 필름을 한 통 사서 해변으로 나가 지나가는 사람들에게 부탁하여 스냅 사진을 몇 장 찍어 두었다.

호텔을 체크아웃 하여 떠날 무렵, 차가 정거해 있는 호텔 입구 부근에서 등산할 때 사용하기 위해 캡을 하나 사서 써 보았다. 대절 버스는 차이나타운을 지나, 예전에 한인들이 많이 거주했었다는 릴리하 스트리트에 있는 1918년 12월 23일에 초기 이민자들에 의해 세워져, 해방되던 해까지 후일 대한민국 초대 대통령이 된 雩南 李承晩 박사를 중심으로 하는 해외 독립운동과 외교의 본거지가 되어 왔다는 호노룰루 한인 기독교회를 방문하였다. 서울의 광화문 모양을 본뜨고 丹靑처럼 채색을 한 한국식 건축 양식으로서 1938년에 완공되었다는 교회당 건물과, 그 옆의 잔디밭에 독립 40주년을 기념하여 1985년 광복절에 건립했다는 雩南의 동상 등을 둘러보았다.

초기 우리 민족의 하와이 이민은 舊韓末 이곳 파인애플 농장이나 사탕수수 밭의 계약 노동자로서 건너왔던 것이지만, 도착한 이후 그들의 상황은 백인의 뿌리 깊은 인종 차별로 말미암아 노예 상태와 거의 다름없는 것이어서, 나이가 차서 늙어질 때까지 결혼할 상대조차 구할 수 없는 사람들이 대부분이었다고 한다. 그 후 사진결혼에 의해 본국으로부터 젊은 여성들이 그들의 배우자로서 많이 건너오게 되었는데, 그 가운데는 신식 교육을 받았고 독립운동가의 자녀인 사람들도 상당수 있어, 하와이를 중심으로 한 해외 독립운동의 싹이 이곳에 뿌리를 내릴 수 있었다는 것이다.

이곳에 정주한 일본계 사람들은 이미 백인과 거의 비슷한 숫자에 달하고 있어, 오늘날 하와이가 일본 땅인지 미국 땅인지 구별하기 어려울 정도로 일본적인 것이 많이 침투해 있는 셈이다. 어제 하와이대학 구내의 동서문화센터 부근에다 일본인들이 세운 供養塔 碑文에서 읽은 바에 의하면, 그들 최초의 일본 이민 역시 우리 민족보다 약 반 세기 전부터 이곳에 계약 노동자로서 처음 정착하여, 여러 역경을 극복해 온 사람들인 모양이었다.

공항에 도착한 이후 비행기가 떠날 때까지 시간이 많이 남아 있어, 드넓은 공항 안의 여러 게이트들을 지나 로비의 끝에서 끝까지를 산책하여 보았다. 모처럼 한국 회사의 아시아나 항공 편을 이용하여, 정오에 호노룰루 국제공항을 출발하여 귀국 길에 올랐다. 비행기 안에서 「한겨레신문」 및 「동아일보」를 통하여 경상대 사태의 현 상황을 주의 깊게 읽어보았고, 기내에서 방영된 TV 뉴스를 통하여, 장상환 선생 등이 긴장된 표정으로 기자회견을 하며 검찰의 소환에 응할 수 없는 이유를 설명하고 있는 모습도 지켜보았다.

8 (월) 맑음

도중에 날짜변경선을 지났으므로, 미국 쪽으로 올 때와는 반대로 하루 밤을 지내지 않았음에도 불구하고 다음날이 되었다. 기내에서는 계속 하와이에서 입수한 관광 안내 팸플릿들에 적힌 하와이에 관한 글들을 읽었고, 서울에 도착하여서도 공항 안에서 계속 읽었다. 한국시간 오후 4시 50분에 김포공항에 당도하여 입국 수속을 마치고 짐을 찾은 다음, 국제선인 제2청사 입구에서 일행과 작별하였다.

출국할 때 549,955원을 817.17:1의 비율로 환전하여 673달러를 가지고 나갔었는데, 귀국할 때는 동전을 제외한 240달러를 남겨 가지고서 790.66:1의 비율로 환전하여 189,758원을 받았다. 비자카드도 가지고 갔었으나 사용한 적이 없었다. 아시아나 항공의 데스크로 가서 짐을 국내선의 예약된 비행기에다 싣도록 맡기고서, 멕시코에서 산 가죽 백 하나만을 한쪽 어깨에다 걸친 가뿐한 몸으로 공항 구내버스를 타고서 제1청사로 건너왔다.

진주행 게이트 앞의 대기실에서 계속 책을 읽노라고 별로 주위를 돌아

보지 않아 알지 못했었지만, 오후 7시 5분발 진주행 아시아나 항공편에 탑승할 무렵, 내 뒤에 줄을 서서 들어갈 차례를 기다리고 있는 본교 영문과의 박창현 선생 및 음악교육과·미술교육과의 교수 일행을 만났다. 그들은 철학과의 정병훈 교수랑 넷이서 중국 산동성 일대의 여행에 나섰다가, 靑島·泰山·曲阜·北京 등을 둘러보고서, 집이 인천인 정병훈 선생만 남겨두고서 이제 귀국하는 길이었다.

김포 공항에서 아내에게 시외전화를 걸어 두었던 터이므로, 아내가 회옥이와 함께 사천 공항으로 마중을 나와 있었다. 泗川에 내리고 보니 간호학과의 具美玉 교수도 우리와 같은 비행기를 탔었던 모양인데, 박창현 교수 네를 대기하고 있던 두 대의 승용차 중 한 대에 동승하여 우리 아파트까지 편안히 올 수가 있었다.

귀가한 후, 미국의 누이 네가 준 선물들을 풀어 아내와 회옥이에게 주고, 아내에게 맡겨서 부산의 큰누님 내외에게 나누어 드릴 것들은 따로 챙겨 두게 하였다.

 일본중국학회 제46회 대회－茶水여자대학

10월

7 (금) 맑음

東京의 茶水女子大學에서 열리는 日本中國學會 제46회 대회에 참가하기 위해 아침 식사 후 여덟 시 남짓에 집을 나섰다. 시외버스로 부산의 사상 터미널에 당도하여, 택시로 갈아타서 열 시 경에 김해 국제공항에 도착하였다. 먼저 한국 돈 284,340원을 가지고서 일본 돈 35,000엔으로 환전하였고, 티케팅을 마친 후 공항 안의 면세점에서 금년 10월부로 새로 발급받은 마스터카드로써 벽장식용 색실 매듭 하나와 인삼 젤리 과자 두 통합계 34,210원어치를 선물용으로서 추가로 구입한 후, 오전 11시 10분

발 대한항공 편으로 출발하여, 오후 한 시 무렵에 成田 국제공항에 당도
하였다.

　입국 수속을 마친 후, 공항 리무진을 이용하여 東京 시내의 新宿驛에
가서 내렸다. 이곳에서 예약해 둔 숙소인 千代田區 神田小川町 3-14에 있
는 뉴 駿河台 호텔이 있는 부근까지 電鐵을 한 번 갈아타서 바로 도착할
수 있다는 공항 안내원의 설명에 따른 것이었다. 우선 東京에 사는 臺灣大
大學院 동창이자 그 대학 數化宿舍에 같이 거주하던 친구인 酒井佳昭 군이
代表取締役으로 있는 台東 2丁目의 昭江商社株式會社로 전화를 걸어 보았으
나, 그는 中國의 上海로 장기 출장을 떠나고서 부재중이었다. 東京大 중국
철학과에 유학 중인 서울대 철학과 후배 梁一模 군에게 전화를 걸어 보아
도 부재중이고, 大田區에 사는 武本民子 여사 및 퀘이커(親友會) 東京月會로
전화를 걸어 보니, 모두 번호가 틀린다는 메시지가 계속 들려오는 것이었
다.

　이왕 新宿까지 온 김에 거기서 별로 멀지 않은 위치에 있는 早稻田大學
까지 버스로 가서, 이 대학의 메인 캠퍼스와 文學部가 있는 戶山 캠퍼스를
둘러보았고, 戶山 캠퍼스 구내식당에서 저녁을 들었다. 어둑어둑해질 무
렵 지하철 및 JR 전철을 갈아타고서 目白에 있는 學習院大學으로 가서 구
내를 한 바퀴 둘러 본 다음, JR線으로 茶水驛에 내려, 明治大學에 거의 접
해 있는 숙소로 찾아갔다.

　호텔에다 짐을 둔 다음 셔츠를 갈아입고 다시 나와서, 그 바로 부근에
있는 유명한 古書店街인 神田神保町을 산책하여 보았지만, 이미 밤이라 서
점들은 거의 다 문을 닫은 후였다. 九段會館을 지나 靖國神社 옆 天皇이
사는 宮城에 붙어 있는 北丸公園으로 들어가 武道館과 科學技術館 등을 둘
러보고서 돌아왔다.

　밤늦게 양일모 군에게서 전화가 걸려 왔는데, 東京大 留學生掛에서 마련
한 여행에 참가하여 며칠간 富士山에 가 있다가 방금 도착했다고 한다.
산책 전에 春日部市에 사는 田中良子 씨에게 전화해 보았으나 역시 부재중
이었는데, 밤늦게 돌아와 자정 무렵에 내가 머물고 있는 호텔로 전화를

걸어 주어 내일 만날 약속을 할 수가 있었다. 배정 받은 방에 기계 장치에서 나오는 소음이 있어 잠을 이룰 수가 없었으므로, 프런트에 연락하여 한밤중에 건너편 225호실로 방을 바꾸었다.

8 (토) 맑음

어제 田中 씨와의 통화로 東京의 전화번호가 몇 해 전부터 국번 앞에 '3' 자 하나씩이 추가되었음을 알고서, 그 숫자를 덧붙인 번호로 아침에 武本 여사 댁으로 새로 걸어 보았더니 통화가 가능했다. 武本 여사는 어제 밤 田中 씨의 연락에 의해 이미 내가 온 줄을 알고 있었다. 그러나 이 두 사람은 퀘이커 재단의 같은 普連土女子中高等學校에 物理 및 聖經 교사로서 각각 근무하고 있으면서도, 이 학교의 분규 사태 이후로 남달리 친밀했던 양자의 관계가 극도로 악화되어 몇 년 전부터는 서로 간에 교제가 거의 없는 터이므로, 武本 여사는 田中 씨와 어색하게 한 자리에서 어울리기를 원하지 않고, 내일 아침 같은 학교 영어 교사인 山本幸子 여사와 함께 내가 머물고 있는 호텔로 방문해 올 뜻을 비쳐 왔다.

호텔 1층의 모차르트라는 식당에서 모닝서비스로 조반을 들고서, 明治大學 뒷길로 하여 지하철 茶水 역으로 가 전철을 타고서, 실내 야구장인 東京돔과 어린이 위락 시설들이 있는 後樂園을 지나, 茗荷谷驛에서 내렸다. 우연히 같은 지하철을 탄 京都大 중국철학사 전공의 대학원 선배라고 하는 高野山大學 庄司修一 교수와 함께 대화를 나누면서 걸어, 文京區 大塚 2丁目에 있는 茶水女大 南門으로 들어가서 大會場인 一般敎育 2號館 앞 광장에 당도하였다.

이번 대회에는 내가 京都大學 중국철학사 연구실에 유학하던 시절의 동창생들이 대거 참가하였다. 비슷한 연배로는 현재 東京大 中國哲學科에 근무하고 있는 川原秀城 씨를 비롯하여 大阪女大의 福嶋正, 大東文化大學의 林克, 山口大學의 小林淸市 등이 참가했고, 후배로는 富山大學의 中純夫, 信州大의 宇佐美文理, 岐阜大의 坂內榮夫, 그리고 현재 京都大 연구실 助手로 있는 末岡宏, 日本學術振興會의 지원을 받으면서 硏修員으로 재학 중인 모양인

南澤良彦 군 등이 보였다. 南澤 군을 제외하고서는 모두가 내 유학 시절 한솥밥을 먹던 학우들인데, 당시 연구생·청강생 및 연수원 등까지 합하여 열다섯 명이 채 못 되었던 이 연구실에 재학하고 있던 학우들 거의 모두가 오늘날 일본의 각 대학에 新進 학자로서 포진하고 있는 것이다.

발표는 前例에 따라 哲學思想部會가 101호실, 文學語學部會가 201호실로 나뉘어 진행되었는데, 나는 川原秀城·內山俊彦 교수가 각각 사회를 맡아 본 오전의 발표에만 참석하였다. 오전 발표가 끝난 다음 광장에서 기념사진 촬영이 있었고, 준비된 도시락으로 점심을 들었다.

日本中国学会 第46回大会　1994年10月 8 日〜 9 日　於 お茶の水女子大学

1994년 10월 8일, 오차노미즈여자대학

간밤에 약속한 대로 양일모 군이 오후 한 시 반경에 나를 만나러 회의 장까지 찾아왔으므로, 광장 한 모퉁이에 마련된 자리에 앉아 함께 두어 시간 대화를 나누었다. 아침에 川原 교수에게서 들은 바대로, 東京大學 중 국철학과는 현재 학부의 한 학년 정원이 10명인데, 지망생이 태부족이라 학부·대학원을 모두 합하여 열댓 명 정도의 학생 밖에 재학하고 있지 않다고 한다. 東京大의 경우도 목하 대대적인 학제 개편이 진행되고 있어,

미국의 하버드대학 동아시아어문학과 식의 巨視的이고도 學際的인 방향으로 나아가고 있으며, 조만간 중국철학이라고 하는 세부적인 학과명조차 없어질 전망이라고 한다.

양일모 군과 작별하고서 內山 교수와 약속한 바에 따라 戶川芳郎 교수가 사회를 맡아보고 있는 마지막 발표 무렵에 다시 대회장으로 들어가서, 內山 교수와 함께 밖으로 나와 휴게실에서 대화를 나누었다. 그러나 이런저런 사람들이 인사를 건네 오는 통에 우리의 대화는 종종 중단될 수밖에 없었는데, 학위 논문 및 제출 서류의 작성 형식에 관한 의문점들에 관해서는 대충 대답을 들었다고 할 수 있겠다. 오늘 內山 교수는 오히려 논문의 양이 너무 방대하지 않고 400자 원고지 300~500장 정도인 편이 심사하는 측으로서는 바람직하겠다고 했다. 작년에 東方學會 모임에서 만났을 때까지만 해도 상당한 정도의 분량이 있을 것을 주문하던 터였는데, 이렇게 바뀐 것은 역시 근년의 대학 개혁 바람과 관련이 있는 듯하다. 內山 교수는 그 때나 지금이나 나의 학위 취득에 관해 전향적인 자세를 지니고 있는 것으로 보였다.

오늘의 발표 일정을 모두 마치고서, 오후에 도착한 小林淸市 군을 비롯한 京都大 학우 일동은 東京大學이 있는 本鄕 부근에서 모여 오랜만에 회포를 풀기로 약속이 되어 있는 모양이었으나, 나는 이 대학 부근에서 田中 씨 등과 만나기로 선약이 되어 있고, 또한 懇親會의 참가비를 이미 납부해 두었던 터라, 어떻게 할까 망설이며 小林 군과 宇佐美 군을 따라 대학 밖의 한길까지 한참을 걸어가다가 혼자서 도로 돌아왔다.

대학 구내식당에서 뷔페식으로 열린 간친회에는 주로 나이 든 元老 교수들이 많이 참석하였는데, 內山 교수는 평소 이런 사교 모임에 취미가 없어 참석하지 않았으므로, 나는 구면인 關西大學의 坂出祥伸 교수와 주로 어울렸다. 坂出 교수도 일본 중국철학계의 원로급에 속하므로, 이런저런 사람들에게 나를 소개해 주었다. 坂出 교수는 지난번 국제전화에서 못쓰겠다고 하던 남명학 관계 논문을 다시 써 주겠노라고 약속했다. 大阪市立大學의 三浦國雄 교수도 오랜만에 만나 얼마간 대화를 나누었다.

밤 일곱 시에 茗荷谷驛에서 田中良子 씨 등과 만나기로 약속이 되어 있으므로, 그 시각에 맞추어 懇親會場을 나왔다. 역에는 田中良子 여사 및 결혼하여 甲斐로 姓이 바뀐 綾子 씨 등 여자 세 명이 나와 나를 기다리고 있었다. 우리는 역 부근 옛날 咸錫憲 선생이 유학해 있던 高等師範學校 자리라고 하는 현재의 筑波大學 부속중고등학교의 정문 앞에 있는 어느 서양식 레스토랑에 들러, 멋진 정원을 끼고 있는 테이블에서 비프스테이크로 저녁을 들었고, 손님인 나는 맥주와 위스키를 마시기도 하며 밤 열 시 무렵까지 대화를 나누었다. 예전에 함 선생이 공부하던 교사는 지금 남아 있지 않으나, 학교 構內의 오래된 나무들은 그 당시의 모습과 비슷하다고 하며, 이 부근은 가로수도 온통 한국의 시골에서 흔히 보는 느티나무였다.

밤늦게 그곳을 떠나, 지하철로 茶水驛까지 함께 와서 작별하였다. 그녀들로부터 집에 가져 갈 선물도 받았다.

9 (일) 맑음

오늘도 오후 세 시 반 무렵까지 학회는 계속되지만, 나는 오후 한 시 55분 발 비행기로 귀국하게 되므로, 처음부터 오늘 일정에는 참석하지 않을 작정을 하고 있었다. 아침에 小林 군으로부터 전화가 걸려 왔는데, 이번 모임에서는 그와 함께 있을 시간이 별로 많지 않아 유감이었다. 일요일은 호텔 구내의 식당이 휴업인지라, 별로 식욕도 없고 하여 아침은 거르기로 했다.

약속된 오전 아홉 시 반 정각에 武本民子 씨와 山本幸子 씨가 내가 머물고 있는 호텔로 찾아 왔다. 이 두 분은 내가 대학생 시절부터 함 선생 및 장기려 박사의 모임을 통하여 알게 되었으니, 그럭저럭 20년 가까운 정도의 오랜 교제 역사를 가지고 있는 셈이다. 山本 여사는 그 양친 중 한쪽이 朝鮮人이라고 들었는데, 젊은 시절 TV 방송국 프로듀서로 근무하던 남편이 유명한 여배우와 바람을 피우는 통에 홀로 되어, 딸 하나와 아들 하나를 혼자서 키워왔다. 논산 星光園 나환자촌에서 있었던 퀘이커 모임 주최의 국제 워크 캠프에서 처음 그녀를 만났을 때 아직 유치원생 정도의 어린이였던 딸 美花 양이 같은 국민학교 동료 교사와 결혼하여 이미 아기를 낳았으니, 그녀는 이제 할머니가 된 셈이다. 美花 양 내외와 아기의 사진첩을 가져 와서 나에게 보여 주었다.

함께 秋葉原 전자제품 거리로 가서, 학위논문 작성을 위해 131,000엔을 투자하여 최신형 일본어 워드프로세서인 書院 WD-X300 한 대를 구입하였다. 정가 10,880엔의 컨버터와 프린트 용 리본 두 통 등 부속 器機는 武本 여사가 사주었다. 공항 행 스카이라이너 電鐵 출발 시각에 맞추기 위해 택시로 서둘러서 上野驛으로 나가 작별을 하였는데, 나에게 전철표를 사주고서도 혹시 잘못 찾아가지나 않았나 하여 두 사람은 다시 입장권을 끊어 내가 탄 열차의 1호 차량에까지 찾아와 주기도 하였다.

공항에서 일본 지도 한 권과 학과 교수들에게 가져갈 선물로서 산토리 위스키를 한 병 사고 보니, 환전해 간 일본 돈이 동전 몇 닢을 남기고서 모두 떨어졌다.

대한항공 편으로 오후 네 시 무렵에 김해 공항에 도착하여, 창원을 거쳐 마산으로 가는 공항 리무진을 타게 되었는데, 이 리무진이 마산에서 시외버스 터미널에 정거하지 않고서 종점인 역전 광장으로 줄곧 가 버렸으므로, 여섯 시 남짓에 출발하는 통일호 열차를 타고서 진주로 돌아왔다.

 아버지의 문병—Swedish Covenant Hospital

12월

27 (화) 맑음
부산에서 와 있는 큰누님과 우리 가족 전원은 택시에다 짐을 싣고서 泗川空港으로 나가 오후 세 시 30분 발 대한항공으로 서울로 향했다. 한 시간 후 김포공항에 당도하였는데, 공항에는 창환이와 한양대 국문과 교수의 아들이라는 일리노이대학 어바나·샴페인 캠퍼스 동창생인 국태가 그 애인과 함께 마중 나와 있었다. 창환이로부터 누나의 여권과 미국 비자를 넘겨받은 후, 공항버스로 국제선 터미널인 제2청사로 가서 출국 수속을 마친 다음, 오후 여섯 시 30분 발 대한항공 038편 시카고 행 논스톱 여객기로 이륙했다. 떠날 무렵에는 이미 밤이 되어 바깥의 풍경을 내다볼 수도 없었다. 마침 여객이 별로 많지 않아 빈자리가 많았으므로, 우리는 제각기 빈자리를 찾아가 좌석의 팔걸이를 위로 걷어 올리고서 침대에서 처럼 누워 잠을 청했다.

12월 27일 (화) 흐림 * 이하 미국 시간

캄캄한 밤중에 날짜변경선을 지나니, 시간이 거꾸로 가서 다시 27일이 되었다. 비행기가 알라스카의 앵커리지 상공을 지날 무렵부터 어렴풋이 날이 밝아 오기 시작하였다. 잠을 잔 後尾의 창문 가 좌석에서 계속 창밖으로 펼쳐지는 눈 덮인 북미 대륙의 장대한 로키산맥과 바둑판처럼 도로와 밭이 직선으로 뻗어 나간 평야 및 여기저기에 산재한 호수의 풍경을 바라보면서, 캐나다와 미니애폴리스를 경유하여 미국 시간으로 오후 네 시 30분에 시카고의 오헤어 공항에 당도하였다.

경자 누님과 그 둘째 아들인 동환이가 차를 가지고 마중 나와 있어서, 공항에서 바로 아버지가 입원해 계시는 Swedish Covenant Hospital의 앤더슨 패빌리언이라는 병동 4층 1431호실로 갔다. 거기에는 새 어머님과 두리가 이미 와서 우리를 기다리고 있었다. 아버지는 말씀은 못하시나 우리를 보고서 반가와 하시는 빛이 역력하였다. 벽에 걸려 있는 달력을 가리키며 연신 손가락을 꼽아 보이셨는데, 어머님의 설명에 의하면 우리가 오는 날을 손꼽아 기다리셨다고 한다. 두리와 경자 누님도 거의 매일 처럼 병원에 들러 문병을 하는 모양이었고, 두리는 아버지의 표정과 제스처, 그리고 간혹 알아들을 수 있는 몇 마디 단어들로써 의사를 꽤 정확히 파악하여 우리에게 통역해 주었다.

아버지가 저녁식사를 마치실 때까지 옆에서 지켜보다가, 병원을 나와서는 그 바로 이웃에 있는 한국인 거리 로렌스街로 나가, 일리노이州 일대에서 유명하다는 강남불고기 집에 들러 불고기 뷔페로 늦은 저녁을 들었고, 작은 누나네 집이 있는 시카고市 교외의 블루밍데일 세일렘 콜트 184번지로 가서 밤 세 시 무렵까지 대화를 나누었다. 자형도 일을 마치고 돌아와 함께 어울렸고, 지난여름 내가 처음 미국에 왔을 때는 한국에 나가 있었으나, 지금은 로스앤젤레스의 가족 곁으로 다시 돌아와 있는 고종사촌 대환 형과도 통화하였다.

28 (수) 흐림

오전 아홉 시 반 남짓까지 늦잠을 잤다. 아침에 우리 내외는 경자 누님을 따라 누님 댁 부근을 드라이브 하여 누님이 자주 들른다는 대형 슈퍼마켓으로 나가 장을 보아 오기도 하였다. 모두들 아버지가 계시는 병원으로 가는 도중에 시카고 시내로 향하는 고속도로 위에 육교처럼 설치되어 있는 맥도널드 햄버거店에 들러 점심을 겸해서 간단한 간식을 들기도 하였다.

아버지는 중풍이 되어 입원하신 후 한참 동안은 샅바를 차고서 똥오줌을 받아 내고 계시며, 오른쪽 반신이 마비된 데다 언어 능력도 상실한 이 새로운 상황에 적응하지 못하시어, 흥분해서 간호인이나 가족들에게 화를 내며 협조를 거부하시는 일이 종종 있었다고 하는데, 약 일주일 쯤 전부터는 병세도 상당히 차도가 있고 기분도 가라앉으신 모양이었다. 두리는 우리가 아주 적당한 시기에 왔다고 했다. 시카고의 날씨는 여름에는 폭염, 겨울에는 큰 추위와 눈으로 지내기가 매우 힘들다고 들어 왔지만, 우리가 갔을 때는 지난여름의 첫 방문 때와 마찬가지로 이상 기후의 탓으로 한국 날씨와 별로 다름이 없었다. 그렇지만 이곳에는 아직 본격적인 겨울이 오지 않았다고 한다.

병원에서 아버지 아파트로 가는 길에 시카고 시내의 모습을 둘러보았는데, 아버지가 지난번에 동맥 수술을 받으셨던 병원이나, 두 달 전 쓰러

지셨을 때 응급치료를 받으셨던 시카고대학 부속의 Louis A. Weiss 기념 병원도 두리가 일러 주었다.

노드 쉐리던 에브뉴 4945번지의 22층 빌딩을 개조했다는 아버지가 거주하시는 노인 아파트 8층 810호실에다 짐을 옮겨다 두고서, 미화를 제외한 우리 남매 전원은 어머님이 준비해 주신 음식으로 저녁식사를 했다. 밤에 크리스마스트리의 장식이 화려한 중심가로 나가 밤 풍경을 구경하고서 돌아와 아버지 아파트에서 하룻밤을 잤다. 큰누나와 어머님은 거실에서 주무시고 우리 가족은 안방의 아버지 침대에서 잤다.

29 (목) 맑음

아침에 아파트의 22층 꼭대기로 올라가 미시간 호수와 시카고市 주변을 조망하였다. 사방 끝 간 데까지 아스라한 수평선과 산은커녕 언덕 하나 없는 지평선이 360度로 원을 그리고 있어, 미국이라는 나라의 광활함을 실감할 수가 있었다. 오전 중 우리 가족 및 누님과 함께 또 한 차례 옥상에 올라와 사방을 조망하다가, 바로 부근에 있는 미시간 호수 주변의 공원으로 다 같이 나가 산책을 하기도 하였다. 아파트에서 백 미터 남짓 걸어 나가면 바로 미시간 호수이고, 공원과 빌딩 주변에는 커다란 다람쥐들이 전혀 사람을 두려워하지 않고서 마음대로 노닐고 있었다. 노인 아파트가 있는 곳은 越南人을 비롯한 중국인·태국인 등이 많이 거주하는 동남아시아 거리가 형성되어 있었으므로, 혼자서 그리로 거닐며 잡화점이나 슈퍼마켓에 들어가 보기도 하였다.

오전 11시에 아버지 아파트에서 막내인 미화를 제외한 온 가족이 모여 회의를 하였다. 아버지가 돌아가실 경우를 대비하여, 새 어머님의 것을 포함한 묘지 두 개를 아들인 내가 비용 전액을 부담하여 구입해 둘 것과 새해부터 어머님께 드릴 생계보조비 조로 내가 한 달에 미화 200불, 경자누나가 100불, 두리가 100불씩을 내어 두리가 개설할 통장에 입금할 것, 만약 어머니의 미국 영주권이 나오기 전에 아버지가 돌아가시게 되면 시민권을 가진 누이들이 어머니를 다시 초청하여 영주권을 얻을 수 있게

도울 것, 그리고 이를 위해 조속한 시일 내에 한국의 우리 호적에다 새 어머니를 등재할 것 등을 두리가 제안하였다. 나는 시종 듣고만 있었는데, 누이들의 발언이 모두 끝난 후에 두리가 내 의견을 물으므로, 나는 이러한 의견들에 전폭적인 찬성의 뜻을 표하고, 아울러 나로서는 새 어머니가 미국에 사시든 한국에 오시든 본인이 선택하는 쪽을 따르되, 만약 한국의 우리 집에 와서 여생을 보내시고자 하신다면 언제든지 친어머니와 다름없이 성심성의껏 모실 각오가 되어 있음을 밝혔다. 모두들 만족해하며 원만하게 회의를 마쳤다. 나는 두리로부터 이번에 미국 올 때 목돈을 좀 마련해 왔으면 좋겠다고 하던 말을 사전에 들은 바 있었지만, 그것이 묘지 마련을 위한 것인 줄은 전혀 몰랐으므로, 준비해 온 천 불은 이미 어제 어머님께 용돈 조로 드린 바 있었다.

묘지 물색에 관해서는 둘째 자형과 상의하는 것이 좋겠다는 두리의 의견에 따라, 회의가 끝나고서 두리와 경자 누나가 돌아간 후에 내가 자형에게 전화하여 보았더니, 시내의 일반 공동묘지보다는 교외에 있는 가톨릭 묘지가 좋겠다는 대답이었다. 어머님은 너무 먼 곳보다는 자주 찾아가 볼 수 있는 아파트 부근에다 아버님의 묘소를 정했으면 하는 의견을 피력한 적이 있는 모양이었지만, 자형의 의견에 선선히 동의해 주셨다.

오늘도 병원에 가서 지하의 물리치료실에서 아버지가 필리핀人 간호보조원의 지도에 따라 거울에 비친 당신의 모습을 바라보면서 자세의 중심을 잡아 보행기에 기대어 서는 연습을 하시는 모습을 지켜보았다.

병원을 나와서는 자형과의 약속에 따라 가톨릭 공원묘지에 가보기 위해 온 가족이 차 세 대에 분승하여 일리노이州 데스 플레인즈(Des Plaines)까지 꽤 먼 길을 다녀왔다. 가톨릭 묘지는 두리와 동거하고 있는 마이크(Michael Monita) 교수가 근무하는 옥턴(Oakton) 커뮤니티 칼리지의 메인 캠퍼스가 있는 이스트 골프 로드 맞은편에 위치해 있었다. 옥턴 칼리지는 2년제 初級大인데, 마이크 씨는 수학 교수로서 이미 30여 년 동안이나 근무하면서 이곳과 시카고 시내에 있는 캠퍼스의 양쪽에서 강의하고 있다고 하며, 몇 년 후에는 명예 퇴직하여 프랑스로 건너가 그림을 그리며 여생을 보낼 구상을 가지고 있는 모양이다.

광대한 부지의 잔디밭에 묘소들이 공원처럼 잘 다듬어져 있었고, 성당도 구내에 있어 그 주변에 거위 떼가 노닐고 있는 모습이 한가롭고도 아름다웠다. 일리노이 주 가운데서 이쪽 구역의 가톨릭 묘지 일부를 韓人信徒會에서 구입해 두었고, 둘째 자형이 구입 당시 그 교섭의 실무를 맡아 보았었다고 한다. 자형의 설명에 의하면, 미국 사람들은 묘지를 미리 사 두는 관습이 없으며 실제로 묘지 가격도 그다지 높지 않은 모양인데, 한인 교포들만이 유난스럽게 事前의 묘지 구입에 관심이 많다고 하며, 남들이 하듯이 자형 자신도 모친을 위한 묘소를 이미 이곳에다 구입해 두었다고 한다. 아버지는 한동안 나 있는 곳으로 와서 말년을 보내시다가 한국 땅에 묻힐 의사를 표명하고 계셨는데, 한국의 공원묘지는 15년 마다 계약을 갱신해야 하며 그렇게 하지 않으면 이미 묻혔던 무덤도 파내야 한다는 것을 아신 후로는 생각이 달라지셔서, 지난여름 내가 미국에 왔을 때 미국 땅에 묻히시겠다는 결심을 말씀하셨던 것이다. 우리 일행은 묘소를 둘러보고서 모두들 만족해하였다.

돌아오는 도중에 어느 커다란 뷔페식당에 들러 저녁을 들었고, 우리 가족과 누님은 시카고 시내 웨스트 버치우드 2051번지에 있는 마이크 교수 댁으로 와서, 두리가 쓰고 있는 3층에 묵게 되었다. 나는 1층의 거실에서 마이크 씨와 더불어 음악을 듣고 코냑을 마시며 대화를 하노라고 밤 세 시 반 무렵에야 취침하였다.

30 (금) 맑음

늦잠을 잤던 탓으로 아침 겸 점심으로 식사를 때웠다. 마이크 씨와 두리로부터 우리 가족과 기자 누나는 한국으로 다 가져가기 어려울 만큼 많은 선물을 받았다. 마이크 씨는 틈틈이 중고 물건을 사서 지하실에 넣어 두었다가 그것을 자기 마음에 드는 다른 사람들에게 나누어 주는 것이 취미라고 한다. 두리도 그 영향을 받았는지 지금까지 우리가 두리로부터 받아 온 옷가지들만 해도 평생을 두고서도 더 사지 않아도 좋을 정도로 많은데, 이번에 또 이들로부터 받은 물건들이 신발류에서부터 옷·털 코트·책·여행용 가방 등에 이르기까지 엄청나게 많다. 우리 가족이 미국에 올 때 들고 온 트렁크 외에도 크고 작은 다섯 개의 가방이 더 추가되었고, 紀子 누나도 새로 얻은 큰 가방 몇 개가 다 찰 정도로 많은 선물을 받았다.

오늘 위스콘신州 메디슨市 부근의 미들튼 23, 앨런 불리바드 2118번지에 사는 미화네 집으로 가게 되어 있었지만, 현 서방이 지난번 내가 보낸 편지에 충격을 받아 우리를 만나지 않겠다고 하는 모양이어서 위스콘신 행은 취소되었다. 저녁에 미화가 딸 수린이를 데리고서 마이크 씨 집으로 왔으므로, 그 집에서 경자 누나와 병석에 계신 아버지를 제외한 우리 남매 일동이 모여 회식을 하였다.

마이크 씨가 운전하는 차로 어머니를 아파트까지 모셔다 드리고서 돌아오는 길에 마이크 씨가 비디오 가게에 들러 칸느 영화상을 수상한 제랄 드파르듀 주연의 프랑스 영화 〈세상의 모든 아침〉을 빌려와 나와 함께 보고자 했지만, 나로서는 위성방송을 통해 이미 본 적이 있는 것이었다. 오늘도 마이크 씨와 더불어 1층의 거실에서 코냑을 들고 클래식 음악을 들으면서 대화를 나누다가 자정 무렵에야 취침하였다.

31 (토) 흐리고 다소 눈

정오 가까이 되어서 기상하였다. 오후에 병원에 들러 아버지를 문병하였다. 오늘은 언어 연습하시는 모습을 지켜볼 예정이었지만, 아버지가 무엇 때문인지 몹시 기분이 나빠 눈을 부라리며 완강히 거부하시므로, 결국 두리의 권유에 따라 간호사도 포기하고서 돌아갔다. 나중에 알고 보니, 아버지는 간밤에 머리맡 탁자 위에 놓아 둔 플라스틱 오줌통을 찾지 못해 매우 당황해 하셨던 모양인데, 그 때문에 화가 나신 것이었다. 나중에 그것이 탁자의 아래쪽 공간 안에 들어 있음을 발견하고서 도로 머리맡에 올려 두었다. 두리가 의사와 상의하여 다시는 간호원이 함부로 오줌통을 다른 곳으로 옮기지 못하도록 의사의 사인이 든 메모를 침대 머리맡에 붙여 두었다.

1994년 12월 31일, 아버지 병실

두리의 설명에 의하면, 아버지는 입원하신 후 오줌통을 神主 단지 모시듯이 하시며, 그것이 제 자리에 없으면 몹시 불안해하신다고 한다. 미국도 이제는 예산이 부족하여 국비로 치료해야 할 환자들을 위해 예전처럼 많은 간호원을 고용할 수가 없는 까닭에, 한 사람의 간호원이 담당해야 할 환자 수가 상대적으로 많아지고 보니 자연히 착오가 자주 발생하곤 하는 것이라고 한다. 그러나 우리 아버지와 같이 깔끔한 성격의 양반이 아무도 없는 밤중에 오줌이 마려워도 그것을 받아낼 오줌통을 찾지 못하게 되어 샅바에다 싸고서 그 불편함을 참고 견디지 않을 수 없을 상황에 직면하게 되었을 때 얼마나 안타까우셨을 것인가?

간호사가 나가고 난지 한참 후 다시 기분을 돌이키신 아버지는 우리들 앞에서 〈진주라 천리 길〉 노래도 부르셨는데, 그 첫 소절은 발음이 꽤 또렷하고 멜로디도 충분히 알아들을 수 있었다. 천성이 낙천적이고 유머가 풍부하신 분이라, 이러한 비참한 상황에 처해서도 가끔씩 좋아하는 노래를 부르시는 모양이다. 우리들 앞에서 무어라고 자꾸만 의사를 표현하는 제스처를 해 보이셨는데, 두리가 "집에 가시고 싶다고요?" 하고 물으니 연신 고개를 끄덕이셨다. 이미 입원하신지 두 달이 되었으며, 살바 안의 똥오줌에 짓물러 엉덩이의 피부가 상할 지경에 이르셨다고 하니, 왜 아파트로 돌아가고 싶지 않으시겠는가?

회옥이가 할아버지와 한 번 본 적도 없는 친할머니를 그리워하여, 이미 크리스마스카드를 우송했음에도 불구하고 또 학교에서 직접 색종이로 오려 만든 카드에다 할아버지 할머니께 보내는 글을 적은 것이 몇 개나 되는데, 그 중 하나를 가져와 아버지께 보여 드렸더니 병실의 침대로부터 잘 보이는 가까운 벽면에다 그것을 붙여 놓게 하셨다. 말을 못 하시면서 도 어린 손녀를 귀여워하시는 표정이 역력하였다.

오후 네 시 경에 경자 누나 댁으로 다시 가서, 20년 만에 우리 남매 전원이 모인 가운데 망년회를 겸한 둘째 누나의 맏딸 명아의 생일 파티를 가졌다. 명아의 생일 케이크는 마이크 씨가 시카고 시내의 독일인이 경영 하는 점포에다 특별히 주문한 것을 내가 전해 받아 가지고 갔고, 칠면조 구이나 통고기 햄을 비롯한 서양 음식들은 명아가 요리 책을 보고서 직접 만든 것이라고 하는데, 마치 서양 레스토랑에서 맞추어 온 것처럼 모양도 좋고 맛이 있었다.

이 집의 세 자녀는 모두 일리노이 주립대학 어바나·샴페인 캠퍼스에 적을 두고 있는데, 장녀인 명아는 2학년을 마친 후 휴학하고서 변호사 사 무실에 근무하다가 현재는 시카고 시내의 아파트에서 미국인 친구들과 같이 살며 초급대학에 다니면서 필요한 학점을 취득하고 있는 중이라고 한다. 지난 28일 밤에 야경을 둘러보고서 돌아오는 길에 큰누나와 나는 소변이 마려워 도중에 명아가 현재 다른 친구 두 명과 함께 세 들어 거주 하고 있는 2층 아파트에 잠시 들렀던 적이 있는데, 아래층 친구들까지 포함한 여남은 명의 서양인 남녀 젊은이들이 을씨년스럽게 아무렇게나 어질러 놓은 방 안에 모여서 놀고 있었다. 명아는 이처럼 미국 친구들이 많고 법률가인 영국인 젊은이와 교제 중이라고 한다. 얼굴 생김새나 신체 에서도 서양 아이 같은 면모를 느낄 수가 있는데, 慶子 누나는 명아가 서양 인과 결혼하는 데 대해서는 매우 거부 반응을 보이고 있는 모양이었다.

그날 밤 명아네 아파트에서 잠시 인사를 나누었던 남녀들을 포함한 서양 친구들도 대여섯 명 초대되어 와 있었다. 그 중 한 사람인 시카고 출신으로서 매사추세츠 주의 에머스트대학에 다니고 있다는 다니엘 카터라는 청년 및 오스트리아에서 시카고대학으로 유학 와 물리학을 전공하고 있다는 노르베르트 쉐르고퍼라는 청년과 잠시 대화를 나누어 보았다.

파티가 끝난 후 명아 및 그 친구들은 나이트클럽에서 새해를 맞이한다면서 먼저 돌아가고, 미화도 수린이를 데리고서 석별을 아쉬워하며 울먹이면서 눈길로 두 시간 남짓이나 되는 길을 운전하여 돌아갔다. 나머지 사람들은 누님 댁 지하실에 모여 CD 가라오케로 밤늦은 시간까지 노래를 부르며 놀았다. CD 한 장에 찬송가에서부터 동요에 이르기까지 각종의 한국 노래 수천 곡이 입력되어 있다고 하는데, 회옥이는 자기가 아는 노래를 리모컨으로 자꾸만 예약해 두어 따라 부르다가, 너무 많이 불러서 목소리가 제대로 나오지 않아 주위에서 모두들 웃자 창피하여 그만 울음을 터뜨리고 말았다.

회옥이가 울고 있는 동안에 자형의 둘째 누이 내외가 새해를 맞이하기 위해 시카고 북쪽 지역으로부터 한 시간 정도 되는 거리를 운전하여 오빠네 집으로 찾아왔다. 그들이 온지 얼마 되지 않아 자형이 갑자기 복통을 일으켜 3층의 침실로 올라갔는데, 토하는 소리가 한참 들리다가 지하실에 있는 우리들에게도 올라오라는 전갈이 있으므로 놀라서 올라가 보았더니 자형이 침실 앞 화장실 입구에 엎드려 쓰러져 있었다. 시카고 거류민단의 일을 다년간 맡아 보았으며 현재는 「한국일보」 지국을 하고 있다는 동생 남편과 내가 부축하여 자형을 변기 위에 앉혀서 변을 보게 하고, 누님은 휴지통을 자형 앞에 들이대어 입으로 토하는 음식물을 받아내며, 아내는 바늘로써 자형의 열 손가락 손톱 위를 모두 따는 등 법석을 벌였으나, 자형은 진땀을 흘리며 거의 人事不省의 지경에 이르렀다. 아내의 권유에 따라 누님이 911번으로 전화하였더니, 5분도 안 되어서 응급요원들과 소방차 같이 커다란 앰뷸런스가 들이닥쳐 자형에게 산소마스크를 들이대고 주사를 놓는 등 응급 처치를 하면서 가까운 병원으로 실어갔다.

자형이 실려 간 후 자형의 둘째 누이 내외는 우리와 함께 한동안 지하실에서 TV를 통해 새해를 맞이한 각지의 모습 중계방송을 지켜보다가 돌아갔다. 나는 병원에 따라간 경자 누나로부터 몇 차례 전화를 받으며 자형의 상황을 듣고 주치의 전화번호를 찾아보기도 하다가, 새해의 첫날 밤이 매우 깊어서야 잠이 들었다.

1995년

일본중국학회 제47회 대회 - 立命館대학

1월

1 (일) 간밤에 눈 온 후 흐리고 때때로 눈

　오전 중 우리 가족과 큰누님은 경자 누나의 둘째 아들 동환이가 운전하는 차로 아버지와 새 어머님이 다니시는 시카고 시내 노드 캐드베일 4115번지에 있는 시카고 한인 천주교회(한국순교자성당)를 방문했다. 주임신부 천요한 (John Smith) 씨를 만났고, 아버지의 친구 분들인 남자 노인들 모임에 나가 인사를 했으며, 지난번 가족회의 때 어머님이 내신 의견에 따라, 누님이 어머님께 전한 120불로써 자녀들 이름으로 그분들께 점심 식사를 대접하시게 했다. 어머님은 그 성당에 나오는 여러 중년 부인들 가운데서 용모나 품위가 단연 돋보여 群鷄一鶴인 듯했다. 어젯밤에 만났던 자형의 둘째 누이 가족도 이 성당에서 다시 만났다.

　이 시카고 韓人 천주교회는 종전에 다른 두 교회와 더불어 미화가 결혼식을 올렸던 미국 성당의 건물을 빌려서 사용하고 있었는데, 2년 전엔가 독립된 성당을 따로 마련하여 이사하게 되었다고 한다. 아버지는 성전 건립 기금으로서 천 불을 헌납하기로 약정하셨으므로, 현재까지도 경자 누나가 매달 백 불씩 그 금액을 납부하고 있다고 들었다.

인사를 마친 후, 경자 누나네 가족이 다니는 아이태스카의 노드 알링턴 하이츠 로드 1275번지에 있는 대건성당(St. Andrew Kim Church)으로 가서 설날 미사에 참여하였다. 미화도 미국에 이민 온 후 처음 한동안은 아버지의 아파트에 얹혀 지내다가, 현 서방과 결혼하기 전까지는 이곳 알링턴 하이츠의 사우드 톤 로드 2115번지에 있는 아파트 111호실에 거주하고 있었다고 한다. 이곳의 본당 신부 제찬규(시메온) 씨는 진주 출신으로서 진주 인근의 반성에서 사목 활동을 하시던 분이라고 하는데, 여러 해 전에 경상대학교를 방문하여 나를 찾았으므로 한국에서 한 번 만났던 적이 있는 분이다. 김수환 추기경과 같은 신학교 동기동창이고, 이미 칠순이 넘어 은퇴하실 연령임에도 불구하고 아직 사목 활동을 계속하신다고 한다. 미화의 결혼식 주례도 맡아 보셨던 분인데, 평소 강론 시에 발언이 거칠어 신도들 가운데서는 평판이 그다지 좋지 않다고 한다.

미사를 마치고서 제 신부와 성당 앞 눈밭에서 기념 촬영을 한 후, 차를 몰고서 이곳까지 달려 온 두리와 함께 자형이 입원해 있는 병원으로 문병을 갔다. 자형과 누나는 평소 방광염 증세가 있었다고 하는데, 이곳에 입원하여 있는 동안의 검진료나 입원비는 모두 평소에 낸 의료보험비로 커버되므로 전혀 추가 비용을 부담할 필요가 없다고 한다. 누나는 세금을 많이 내기는 하지만, 자신들이 현재 누리고 있거나 노후에 받을 이러한 사회복지 혜택을 생각하면 그 돈이 전혀 아깝지 않다고 했다. 미국의 국력이 예전 같지 않다고는 하지만, 사회복지 시설은 역시 아직도 세계 제일의 부강한 나라에 걸맞은 것임을 실감할 수가 있었다.

작은 누나의 시어머님이 들어 계시는 너싱 홈, 즉 양로원을 방문하기 위해 다시 시카고 시내의 로렌스 거리로 나왔다. 이 거리에 있는 중국집 雅敍苑에 들러 짬뽕으로 점심을 들었다. 서울에 있는 아서원 주인과 동일한 사람인 중국인이 경영하는 식당이라고 하는데, 음식 맛도 한국에서와 다를 바 없고, 설날이라 색동옷을 입은 아이들이며 두루마기 차림의 젊은 부모들이 여기저기에 앉아 식사를 하고 있었다. 시카고와 그 주변 지역에 사는 한인은 약 15만 정도가 되며, 미국 전체에는 약 150만 정도의 한인이 거주하고 있다고 들었다.

너싱 홈은 로렌스 거리의 이승만 박사 망명 시절부터 있었다는 시카고에서 가장 오래된 유서 깊은 감리교회 부근에 있었는데, 정식 이름은 앰버서더 너싱 앤드 리헤빌리테이션 센터였다. 자형의 어머님이 미국에 들어가신 이후로는 처음 뵙는 셈인데, 아직 얼굴 모습은 예전과 별로 달라지지 않으셨으나, 심한 관절염으로 기동을 하지 못하고 휠체어에 앉아 계셨다. 양로원도 내는 돈의 액수에 따라 여러 종류가 있다지만, 이곳은 미국 정부가 무상으로 운영하고 있는 곳이라고 한다. 한 방에 네 개의 침대가 있고, 여러 명의 간호원과 의사도 배속되어 병원의 기능을 겸하고 있는 곳이었다. 아버지도 평소 이곳에 자주 들르셨다고 한다.

경자 누나의 의견으로는, 아버지가 현재 입원해 계시는 병원에서 퇴원하시더라도 스스로 대소변을 가리실 수 없으시다면, 어머니 혼자 힘으로는 도무지 간호해 내실 수 없고, 또한 어머니 자신도 고혈압 증세가 있으시므로, 결국 그러할 경우에는 아버지를 이곳과 같은 너싱 홈으로 모실 수밖에 없다는 것이며, 그러할 경우에 대비하여 사전에 우리로 하여금 이곳의 시설을 견학하게 한 것이었다. 우리가 보기에 이곳의 시설이나 서비스가 별로 흠잡을 데 없이 잘 되어 있고, 한국 노인들도 제법 많이 있어 심심하지 않으실 듯도 하지만, 두리는 아버지를 이러한 곳으로 보내는 데 대해 아직도 반대의 의사를 굽히지 않고 있다고 한다. 오늘도 두리는 이곳에 들르지 않고 혼자서 바로 병원으로 갔다.

너싱 홈을 나와서 아버지의 병원에 갔더니, 두리와 어머니가 이미 와 있었다. 병원을 나와서는 큰누님은 어머니와 함께 동환이 차로 아버지 아파트로 가고, 우리 가족은 두리 차로 마이크 씨 댁에 가 거기서 또 하룻밤을 투숙하게 되었다. 이번에는 와인을 마시며, 밤 두 시 무렵까지 마이크 씨와 대화하였다. 나는 올해로 만 마흔여섯, 우리 나이로 마흔 일곱이 되는 셈이며, 둘째 자형 崔根和 씨는 나보다 열 살 위인데, 두리와 동거하고 있는 마이크 교수는 자형보다도 몇 살이 더 많은 모양이다.

2 (월) 맑음

　오전 중 1층에서 마이크 씨와 老子·莊子 및 禪佛教 등에 관한 대화를 나누며, 아르뛰르 그뤼미오가 그의 스트라디바리우스로써 연주하는 바흐의 바이올린 파르티타 곡들을 들었다. 마이크 씨는 스페인 사람인 아버지와 舊소련령 아르메니아의 상류 계층 출신인 어머니 사이에 시카고에서 태어나 어린 시절부터 이 도시에서 거주해 왔다고 하는데, 서양 사람으로서는 드물게도 양친에 대해 그분들이 돌아가실 때까지 효성이 지극했다고 한다. 고등학교에서 스페인어 교사의 직업을 가졌다가, 칠십 대에 이르기까지 30여 년간은 시카고 시내의 고급 호텔에서 웨이터의 일을 하였다는 그 부친은 두리와 함께 여러 해를 한 지붕 밑에서 지내다가 돌아가셨다고 하며, 두리가 거주하고 있는 삼층의 가구들은 대부분 마이크의 어머니가 쓰던 것들이라고 한다.

　두리는 처음 이민 온 이후 한동안 뉴욕에서 베이비시터의 일을 하기도 하고 시카고의 세탁소에서 일하기도 하였는데, 언어조차 서툰 미국 생활에 도무지 적응하기가 어려워 작은 누나가 자신이 하고 있는 우체국 공무원 시험을 치러 볼 것을 누이가 권하여도 매양 한국으로 돌아갈 것이라고 하며 응시를 거부해 왔었다고 한다.

　어제 마이크 씨로부터 들은 바에 의하면, 그가 처음 두리를 알게 된 것은 두리가 미국 생활에 적응하기 위해 나가고 있던 시카고 시내에 있는 옥턴 커뮤니티 칼리지에서의 영어 시험에 두 번이나 실패하고서, 좌절감으로 말미암아 혼자서 울고 있는 것을 그 대학 교수인 마이크 씨가 우연히 발견하게 된 것이 계기였다고 한다. 두리를 어느 식당인가로 데리고 가서 우는 사유를 물었는데, 두리는 거기서도 계속 흐느껴 울고 있었으므로 주위의 손님들이 이들에게 주목하는 상황이었다고 한다.

　그 후 마이크 교수의 특별한 관심과 배려로 두리는 용기를 내어 영어 공부를 계속하고, 언니의 조언에 따라 우체국 시험에도 우수한 성적으로 합격하여 교포들이 부러워하는 높은 보수를 받는 직업도 갖게 되었으며, 마이크 씨 댁에 입주하여 처음에는 그 집 3층에 있는 방 하나를 월 10불씩 내고서 사용하다가, 지금은 3층 전체를 사용하며 월 320불씩을 지불하고 있다고 한다. 처음 5년 동안은 케네디 고속도로를 통해 중심가에 있는 중앙우체국까지 통근하다가, 그곳의 일이 도무지 기계적이고 조금도 여유가 없어, 현재는 집에서 그다지 멀지 않은 Edgebrooke 우체국으로 옮겨 있다. 두리는 독신이라 전체 수입의 3분의 1 정도를 세금으로 내야 하므로, 殘業을 해서 더 많은 수입을 얻는 것보다는 대학에 다니면서 자기 발전을 꾀하는 등 여유 있는 생활을 도모하고자 하고 있다. 그것은 마이크 씨가 권했던 바이기도 하다. 아직은 영어 학교에 다니고 있는데, 칼리지에서의 전공으로서 마이크 씨는 심리학을 권했던 모양이지만, 두리 자신은 자기의 지나온 세월도 불우의 연속이었던 터에, 카운슬러 자격 같은 것을 따서 불행한 사람들의 이야기까지 들어주는 것보다는, 미술 학교 쪽을 택할 생각이라고 한다.

두리는 마이크 씨와 한국식 개념으로서의 동거 생활을 하고 있다는 것을 미국에 있는 자매들에게는 최근까지 감추어 왔던 모양이어서, 경자 누나나 미화 내외는 두리의 이러한 나이 많은 외국인과의 동거 생활을 매우 탐탁지 않게 생각하고 있는 모양이지만, 아버지나 한국의 큰누님 그리고 우리 내외는 오히려 마이크 씨에 대해 호감을 가지고 있고, 두리 자신의 사생활을 존중한다는 입장이다.

마이크 씨는 수학교수 답지 않게 음악·미술·문학 등 예술 전반에 대해 깊은 취미와 식견을 가지고 있고, 젊은 시절 자신의 시집도 낸 적이 있다. 『The Belching Buddha·Zen & The Buddha Mind』(Chicago, The Raven Publishing Company, 1971)라는 그 시집 제목이 시사하는 바와 같이, 그 무렵 禪佛敎와 老莊思想에 깊이 경도되어 있었던 모양이다. 또한 그는 수백 종류의 요리에 관한 책들을 수집해 있으며, 세계의 어떠한 요리도 직접 만들 수 있다고 한다. 그런가 하면 새 물건보다는 헌 것을 좋아하여, 그의 집 안에 있는 거의 모든 물건들은 중고품이고, 개중에는 골동품이라고 할 만한 것들도 있다. 자기 집 바깥의 3층으로 연결되는 나무 계단을 2년이나 걸려서 손수 수리하고 있는가 하면, 자기가 속한 학과의 조교에게 코트를 선물했다가 성 희롱이라 하여 학과장으로부터 관계 서류에 기록을 당했다가 마침내 그것을 말소하게 만드는 등, 아무튼 미국 사람 치고서도 매우 특이한 인물이라고 할 수 있다. 두리의 말에 의하면, 한두 번 만난 사람이라 할지라도 그 사람이 발설하고 싶어 하지 않는 면에 대해서까지 꼬치꼬치 질문을 가하는 버릇이 있고, 그리하여 곧장 상대방의 본질을 꿰뚫어 볼 수 있는 통찰력을 가진 사람이라고 한다. 한국사람 일반에 대해서는 그다지 호의적인 생각을 가지고 있지 않다고 하지만, 두리나 장기려 박사(몇 년 전에 그의 집에 와서 며칠을 묵은 적이 있다), 그리고 나에 대해서는 무척 호감을 가지고 있는 모양이다.

오늘 오전 중, 우리 내외가 한국으로 돌아가는 비행기 안에서 읽어 보라고 2층으로 올라가 자신이 작년에 지었다는 시 한 수를 손수 타이핑해서 봉투에 넣어 주었다. 그의 말에 의하면, 젊은 시절 그는 알래스카와 캐나다를 여행한 바 있으며, 퀘벡 부근의 한 시골에서 눈이 유리 창문 위에까지 쌓여 올라오는 오막살이 안에서 겨울을 지내며, 매우 소박한 음식물들을 손수 요리하여 끼니를 때우면서, 겨울 내내 영역본 『老子』 수십 종류를 방안에 벌려 두고서 그것들을 서로 대조해 가며 읽었다고 한다.

오전 11시 경에 마이크 씨가 운전하는 차로 두리와 우리 가족들은 마지막으로 마이크 씨 집을 나서서, 두리가 출퇴근 시에 매일 지나다니고 있다는 한국인이 꽤 많이 사는 링컨우드 거리를 통해 시카고대학으로 향했다. 시카고대학은 내가 京都에 있을 때 미국에서 박사과정을 밟기 위해 하버드·하와이와 더불어 유학을 고려하고 있었던 대학 중의 하나이다. 중심가로부터 남쪽으로 얼마간 달린 곳에 미시건 호수를 끼고 있는 광대한 캠퍼스였는데, 중앙도서관에 해당한다고 하는 조셉 리젠슈타인 도서관에 들러, 신정 휴일임에도 불구하고 도서관의 책임자를 면담하여 그녀의 안내에 따라 미국의 대학들이 소장하고 있는 컬렉션 가운데서 대표적인 것의 하나라고 할 수 있는 이 대학 東아시아 라이브러리의 書庫를 참관하였다. 거의 야구장 하나만한 방대한 공간 한 층의 절반은 동아시아 각국의 언어들로 적힌 책들이요, 나머지 절반 정도는 서구어로 된 것들로써 나뉘어져 배열되어 있었는데, 동아시아 관계의 책들로서 이 서고가 아닌 다른 분야의 서적들 가운데 산재해 있는 것들도 있다는 설명이었다. 이 서고에 있는 것만으로도 우리 대학의 전체 장서에 필적할 정도의 양이 아닐까 싶은 감이 들었다. 유학을 왔다면 내가 소속했었을 極東學科가 들어 있는 건물에도 가보고, 차로 구내를 한 바퀴 둘러 본 다음, 다운타운으로 돌아왔다.

세계에서 가장 높다고 하는 시어즈타워의 스카이덱에 올라가 사방을 조망해 보고, 마이크 씨의 안내에 따라 현대 건축의 걸작품들이라 할 수 있는 다운타운의 고층 빌딩들이랑 피카소의 조각 등을 여기저기 돌아보았으며, 이란 식당에 들러 양고기 요리 등 중동 지방의 음식으로 저녁식사를 했다.

병원에 들러 아버지가 저녁식사를 하는 모습을 지켜보고서 마지막 작별을 했다. 아버지의 표정에서 울먹이는 듯한 기미를 엿볼 수가 있었다. 아버지의 식사 내용은 우리가 와 있는 동안에도 나날이 달라져, 이 날은 거의 평상시의 음식에 가까울 정도였다. 체온·혈압·혈액 등의 검사에서 모든 수치가 만족스럽고, 식욕도 극히 정상적인 모양이다.

아버지와 작별하여 동환이가 운전하는 차로 우리 가족과 어머님, 그리고 큰누나는 경자누님 댁으로 향했다. 작은 누나의 큰아들로서 현재 서울에 머물고 있으면서 연세대학의 한국어학당에 입학하겠다고 하는 창환이의 문제에 관해 자형 내외와 더불어 밤 두 시 무렵까지 대화했다.

3 (화) 맑음
열 시 반쯤에 경자 누나 댁을 출발하여 귀국 길에 올랐다. 자형이 리무진을 직접 운전하여 우리 일행을 오헤어 공항까지 실어다 주었다. 고려대학교 공대를 졸업한 자형은 이민 온 지 20년의 세월 동안 여러 차례 사업에 실패하였지만, 지금은 미국식 대형 고급 택시인 리무진 네 대를 가지고서 자택에서 공항으로 가는 도중의 고속도로 변에 사무실도 차려 놓고서 백인 십여 명을 운전기사로서 고용하고 있는데, 이제는 누나보다도 수입이 낮다고 한다. 누나도 우체국에서 밤낮 컴퓨터의 모니터를 쳐다보며 1초에 몇 개씩 키를 두드려야 하는 기계적인 일을 하지 않고서, 부서를 바꾸어 시간적으로도 비교적 여유 있는 생활을 보내고 있는 모양이다.

기자 누나는 모처럼 어렵게 비자를 받아 미국에 왔으므로, 한 주일을 더 체류하기로 했고, 우리 가족만 낮 12시 15분에 출발하는 대한항공 편으로 귀국하게 되었다. 두리는 오늘부터 정상근무를 하게 되므로 나오지 못하고, 어머니를 비롯한 나머지 가족들은 거의 다 공항까지 전송해 주었다.

비행기는 올 때의 코스와 大同小異한 밀워키-위니펙-사스카툰-에드먼턴-로키산맥-앵커리지-베링 해를 통과하였는데, 미국에서는 이미 한밤중이 되었을 시각임에도 불구하고 떠날 때와 크게 다름없는 대낮이 계속되고 있었다.

4 (수) 맑음 ★ 이하 한국 시간

날짜변경선을 지나니 아직 낮이 지속되고 있음에도 불구하고 하루가 지나서, 김포공항에 도착하니 한국 시간으로는 오후 다섯 시 40분경이었다. 열네 시간 50분 정도를 비행기로 날아 온 셈이다. 입국수속을 마치고서 제2청사의 출구를 나서니, 자형으로부터 사전에 연락을 받고서 창환이가 마중을 나와 있었다. 창환이와 좀 천천히 대화를 해 볼 예정이었으나, 짐을 찾는데 너무 시간이 걸려 국내선 터미널인 제1청사로 옮겨가서 밤 일곱 시 반에 출발하는 진주행 연결 편 비행기를 타기에 시간이 매우 촉박했으므로, 다음에 전화로 연락하기로 하고서 서둘러 돌아오느라고 충분한 대화를 나누지 못했다. 한 시간 후에 사천 공항에 도착하여 택시를 대절하여 집으로 돌아왔다. 우리 가족 전원이 동행하는 것으로는 처음인 셈인 7박 8일의 해외여행이었다.

10월

6 (금) 맑음

　京都의 立命館大學 衣笠 캠퍼스에서 개최되는 日本中國學會 제47회 대회에 참가하기 위해 아침 식사 후 집을 나섰다. 부산의 김해공항에서 오전 11시 반 무렵에 출발하는 大阪 행 아시아나 여객기로 한 시간 반 남짓 비행한 끝에 오후에 關西國際空港에 도착하였다. 大阪府 남쪽 끄트머리에 가까운 泉佐野 부근의 海上에 건설되어 금년에 새로 오픈한 곳이므로 나로서는 처음 이용해 보는 셈인데, 京都까지의 거리나 운임으로 말하자면 종전에 神戶 부근에 있었던 伊丹국제공항 시절보다 두 배 정도나 된다고 하겠다. 예전에는 京都로 갈 때 늘 비행장 입구에서 버스를 이용했었지만, 지금은 공항 건물 안에서 바로 JR고속전철 '하루카'를 타서, 天王寺·新大阪 등 두 세 곳에 잠시 정거한 다음 바로 京都로 향하게 되어 있었다.

　新京都驛이라는 곳에 당도하니, 아직 공사가 진행 중이었지만, 만사가 다 낯설어 어리둥절하고 어디가 어딘지 도통 분간을 할 수가 없었는데, 뒤에 알고 보니 종전의 京都驛 뒤편인 南口에 해당하는 곳이었다. 시내버스로 바꿔 탈 경우에도 예전에 내가 이곳에서 삼년 반 동안 유학해 있을 당시와는 요금 지불 방식이 많이 다른 듯하고, 地名도 아리송한 곳이 많아, 한참을 궁리한 끝에 결국 천 엔짜리 승차권 한 묶음을 사서 차에 올랐다. 버스의 차창 밖으로 보이는 거리의 풍경에서도 종전에 없었던 2층 버스나 하와이 등지에서 자주 볼 수 있었던 電車 모양의 관광버스도 여기저기서 눈에 띄었다.

　예약해 둔 京都大學 옆 百萬邊의 財團法人 內外學生센터 京都學生硏修會館에 당도하였더니, 뜻밖에도 내가 예약해 둔 날자는 내일이어서 또 한 번 어리둥절할 수밖에 없었다. 내가 국제전화를 걸 당시 무언가 착각이 있었던 것 같은데, 이럭저럭 2층의 미닫이문으로 연결된 단체 손님용인 듯한 방의 제일 안쪽 한 칸을 임시로 이용할 수 있게 되었다. 나로서는 처음 2박 3일의 숙박을 신청했었지만, 둘째 일요일이 정기 休館日이어서 토요일 하루 밖에 숙박을 허락받을 수가 없었던 터인데, 다른 하루를 투숙할 새로운 호텔을 물색할 수고로움이 덜어졌으므로 오히려 잘된 일이라 하겠다.

몇 년 만에 다시 京都大學 구내를 둘러보았더니, 제법 새로 보는 건물들이나 공사 중인 건물들이 눈에 띄었고, 문학부 사무실이 있었던 건물의 안쪽 마당에도 목하 대대적인 공사가 진행되고 있었다. 학교 안은 내가 유학하던 당시보다 스프레이 등으로 써 갈긴 낙서도 줄고, 시계탑이 있는 본부 건물 옆의 臺座만 남아 있었던 옛 총장의 흉상들도 새로 복원되어, 전체적으로는 다소 얌전해 진 듯한 감을 주었다.

우리가 수업했던 文學部 건물 앞에서 池田秀三 조교수를 우연히 만나 잠시 대화를 나누고 난 후, 옛 교양학부와 농학부 캠퍼스를 지나, 내가 유학 시절의 마지막 2년간을 보내었고, 일본인 村上朝子와의 결혼 생활을 꾸린 곳이기도 한 北白川 西樋之口町의 一二三莊 앞으로 가 보았다. 지금은 아파트 간판이 없어지고, 주인인 재일교포 吳聖煥 씨의 일본 이름으로 된 增田商事라는 간판만이 예전보다 크게 걸려 있는 것으로 보아, 이제는 이 건물이 아파트로는 사용되고 있지 않는 듯했다. 인문과학연구소 동양부 건물 앞을 지나 예전의 산책로인 疏水를 따라서 吉田山 기슭의 朋友書店 앞을 산책하였고, 다시 대학 본부의 중앙식당에 들러 저녁식사를 하였다.

식당에서 우연히 내 바로 옆자리에 한국 유학생 두 명이 앉아 한국말로 대화를 하고 있었으므로, 문학부 중국철학사 연구실에 유학하고 있는 서울대 후배인 李惠京 양을 아느냐고 물었더니 둘 다 모른다는 대답이었다. 이상해서 경도대학에 와 있는 한국 유학생의 숫자를 물어 보았더니, 놀랍게도 학생이 180명 정도에다 교수 신분으로서 와 있는 이도 열 명 정도 된다는 것이었다. 중국 유학생이 300명 정도로서 전체 유학생의 절반 정도를 점하고 있다는데, 내가 있을 당시 한국 유학생이나 중국 유학생이 모두 30명 남짓이었고, 유학생을 통틀어 봐야 1~200명 정도에 지나지 않았던 것과 비교해 보면 今昔之感이 든다고 하겠다.

7 (토) 맑음

평소처럼 일찍 일어났으므로, 이 내외학생센터 건물의 출입문이 열리는 아침 일곱 시 남짓에 일찌감치 나서서, 이웃의 田中 쪽으로 산책을 해 보았다. 내가 이곳 모퉁이 있는 교포가 경영하는 한국불고기식당에서 처자를 대동하여 저녁식사를 하고 있다가, 본교 교수로서 京都大學에 유학하고 있다 학위를 취득하여 귀국하는 농대 농공학과의 李昇揆 교수와, 역시 지금 본교의 농업경제학과에 근무하고 있는 서울대 동문 김병택 씨를 우연히 만나, 서로 작별 인사를 하던 중에 이 교수가 자신이 근무하는 慶尙大로 올 생각이 없느냐고 물어 온 것이 지금까지 내가 13년 동안이나 진주에서 생활하게 되는 운명의 화살이었던 것이다. 조총련계 재일교포가 집단으로 거주하고 있던 田中 지역의 모습도 크게 달라지고, 지금은 그 불고기점도 눈에 띄지 않았다.

마침 당도한 시내버스를 타고서 北大路 방면의 시내를 한 차례 둘러보려고 한 것이, 공교롭게도 거기서 얼마 떨어지지 않은 北白川仕伏町의 종점으로 가는 버스였으므로, 종점에서 다시 돌아 나오는 버스를 타고 보니 이번에는 京都 서남쪽의 西院 부근에 있는 京都外國語大學 쪽으로 가는 것이었다. 이름만 익히 들어왔었던 이 대학 앞에서 차를 내려 다시 四條大宮으로 나와 立命館大學이 종점인 버스로 갈아탔다.

오전 아홉 시 반부터 접수가 시작되었는데, 해외 회원의 접수 데스크에 이 학회의 본부 직원 두 명이 나와서 나를 대기하고 있다가, 회비 납부의 건과 관련한 자기네의 사무착오에 대해 정중히 사과를 하여왔다. 이번에는 京都 시내에서 대회를 개최하는 까닭인지, 哲學·思想部會의 발표자 중에 京都大學에 적을 두고 있는 사람이 네 명이나 되었고, 사회자들도 京大와 인연이 있는 사람들이 많았다. 오후의 京都大學 硏修員인 小笠智章 군의 발표가 끝난 후에 지하의 휴게실로 가서 內山俊彦·池田秀三 교수와 더불어 나의 학위논문에 관한 협의를 하였다. 오늘의 학회 모임이 모두 끝난

日本中国学会第47回大会　　於 立命館大学　　1995年10月7日

1995년 10월 7일, 리츠메이칸대학

다음에는 會場 앞에서 京大 中國哲學史 연구실의 연수원으로 있다가 4년 전에 연수원 자격의 계속을 허락받지 못한 柳田 군의 문제에 관한 內山 교수의 설명 모임이 있었다. 池田 교수랑 學會場에 나를 만나러 나와 준 李惠京 양, 그리고 小林淸市・福島・宇佐美 군 등 옛날 같이 공부하던 동창 및 후배들, 그리고 懇親會에 참석하고서 돌아온 발표자인 末岡宏・小笠智章 군 등과 어울려 三條河原町에서 저녁식사를 겸한 술을 마시고 잡담을 나누다가, 池田 교수가 일어나는 시간에 맞추어 李惠京 양과 함께 버스를 타고서 먼저 돌아왔다.

8 (일) 흐리고 때때로 부슬비

아침에 비를 맞으며, 天皇이 살던 御所 앞과 朝子가 다니던 同志社大學 구내를 거쳐서, 내가 一二三莊으로 옮기기 전 일 년 동안을 생활한 室町通의 京都大學 大學院生 기숙사인 室町寮로 가 보았다. 이 부근의 건물들도 상당히 달라진 듯하였지만, 室町寮는 옛 모습 그대로 남아 있었고, 당시 내가 다니던 크리스천 사이언스 京都小敎會의 모습도 그대로였다. 부슬비 속을 산책하여, 십오 년 남짓 후에 중년이 되어 다시 와서 내가 젊은 시절 거처하던 전부해서 십여 명의 학생이 살았던 자그마한 기숙사 이층 방을 바라보고 있노라니 감회를 금할 수가 없었다.

　내가 학교에 다닐 때 주로 이용하던 옛길을 따라 다시 걸어 보았는데, 첫 번째로 지나가는 御靈神祉는 바로 京都市街가 거의 대부분 불에 타버리는 결과를 가져 온 應仁의 亂이 勃發한 현장에 해당하며, 室町通 일대는 당시의 室町幕府 政廳이 위치해 있었던 유서 깊은 곳이다. 河茂川의 둑길을 따라 比叡山과 東山의 大文字를 바라보며, 벚나무 아래의 小路를 걸어, 下賀茂神祉 입구를 지나, 田中 구역으로 다시 접어들었다. 赤提燈이라는 불고기 집이 눈에 띄므로 아마도 어제 찾고자 했던 그 불고기 집이 이리로 옮겨 온 것이 아닌가 하는 감이 들었다. 田中 구역은 예전의 빈민가 같던 분위기를 거의 찾아보기 어려울 정도로 달라졌고, 10층짜리 맨션 따위도 제법 눈에 띄었다. 너무나 달라진 모습에 그만 길을 잃어 버려, 어쩌다 보니 도로 賀茂川邊의 川端通으로 나왔다가, 東一條 부근의 京大會館에 이르렀다가 하며 한참을 헤매던 끝에 겨우 숙소로 돌아왔다.

　간밤에 小笠 군의 집으로 가 있는 친우 小林淸市 군과 작별 통화를 한 후, 오전 열 시 조금 전에 숙소를 체크아웃 하고서, 關西國際空港으로 향하였다. 정오 무렵에 공항에 당도하여 아내가 당부한 물건들 및 학과 교수들에게 갖다 줄 선물로 위스키 한 병 등을 산 후, 오후 2시 45분경에 출발하는 아시아나항공 편으로 귀국하여, 저녁 여섯 시 무렵에 귀가하였다.

中國宋學與東方文明國際學術研討會 – 河南省 濮陽

5월

3 (금) 흐림

『三國志』의 諸葛亮과 관련된 현장들을 답사하는 다큐멘터리를 다시 한 번 시청하다가, 중국의 국제학술회의에 참가하기 위해 평소의 출근 시간보다 다소 이른 여덟 시 무렵에 집을 나섰다. 마침 아파트 앞에서 본교의 예비군 및 민방위 관계 책임자인 奇 선생을 만나, 그의 차로 공항까지 편안히 갈 수가 있었다. 공항에서 金侖壽 씨를 우연히 만나, 그와 함께 9시 20분 발 대한항공으로 진주를 출발하여 서울로 향했다. 김포공항 제2청사에서 서울에서 출발하는 일행과 합류하였는데, 조준하 씨로부터 처음 들었던 숫자보다는 꽤 적어 우리 두 사람까지를 포함하여 모두 23명이었다. 동덕여대의 趙駿河 교수가 인솔단장인 셈이고, 그 외에 원광대의 劉明鐘 교수와 그의 국민학교 동기동창인 부인네 여섯 명, 한국체육대학의 金益洙 교수, 서울대 철학과의 恩師인 李楠永 교수와 서울대 철학과 선배인 한양대의 李貞馥 교수, 후배인 건국대의 鄭相峰 교수, 서울대 음대 출신인 淸州大의 鄭花順 교수, 동국대 慶州分校의 金弼洙·裵相賢 교수, 성신여대의 沈佑燮 교수, 연세대 柳仁熙 교수 부부 및 유 교수의 친구 두 명이었다.

13시 50분 발 中國國際航空 편으로 서울을 출발하여, 중국 시간 14시 55분에 北京에 당도하였다. 공항에 마중 나와 있는 中國海洋國際旅行社의 조선족 스루가이드 張松鉉 씨의 마중을 받아, 몇 년 전에 처음 왔을 때 통과했던 舊道路 옆에 6차선으로 새로 난 首都機場路를 따라 북경의 상징이라고 하는 白楊木과 현지에서는 槐木이라고 부르는 가시 없는 아카시아 숲을 지나 二環路·三環路 일대를 둘러보았고, 북경에서 최고급이라고 하는 燕沙(루프트한자) 백화점 부근에 있는 白馬江이라는 한국 식당으로 가서 저녁 식사를 들었다.

북경 공항으로 다시 돌아와, 국내선 대합실에서 河南省의 省都인 鄭州로 가는 비행기를 기다리다가, 이 학술회의에 참가하기 위해 대전으로부터 따로 온 충남대의 조종업 교수 일행 7·8명과 우연히 마주치게 되었다. 개중에는 나의 臺灣 유학 시절 臺灣大 대학원생 기숙사인 數化宿舍에 같이 있었던 충남대 사학과 교수 겸 박물관장인 金善昱 교수도 끼어 있었다.

CZ3176 편으로 19시 30분에 北京을 출발하여, 20시 30분에 鄭州市에 도착하였고, 현지 가이드인 洛陽外國語大學 東語系 주임이자 朝鮮語 전공의 교수인 李國章 씨 및 조선어 전공 부주임인 單體瑞 부교수의 마중을 받아, 三星級인 國際飯店 508호실에 김윤수 씨와 함께 투숙하였다. 이후의 전체 일정을 통하여, 나는 계속 동행인 김윤수 씨와 더불어 2인 1실의 같은 방에 배정되었다.

4 (토) 심한 黃沙現象에다 더움

일곱 시 반에 양식으로 조반을 들고서, 洛陽 일대의 관광을 위해 전세 버스 한 대에 우리 일행이 타고, 봉고차 정도의 소형 자동차에 대전 팀이 타서, 두 대에 분승하여 함께 호텔을 출발하였다.

도중에 劉備·關羽·張飛 세 의형제가 呂布 한 사람을 상대로 접전을 벌였다는 虎牢關의 三英戰呂布의 현장을 지나쳤고, 打虎亭漢墓古墳群을 참관하기도 하였다. 중국의 五嶽 가운데서 中嶽에 해당하는 崇山을 찾아가는 도로 변에는 도처에 오동나무가 무성하고 굴곡이 다양한 황토 언덕의 여기저기에 사람이 살았거나 더러는 지금도 살고 있는 토굴들이 눈에 띄었다.

1996년 5월 4일, 소림사

崇山의 太室山 남쪽에 있는 程子 형제와 司馬光 등이 講學한 중국의 四大書院 중 하나인 崇陽書院을 둘러보았고, 少室山 북쪽의 숲속에 있는 少林寺와 그 塔林을 참관하고, 멀리 절 뒷산 봉우리 아래의 達磨大師가 面壁한 지점도 바라보았다. 소림사에서 북쪽으로 露天의 석탄 굴들이 널려 있는 八坂이라는 고갯길을 지나, 玄奬의 고향이라고 하는 緱氏鎭 마을과 偃師市도 지났으며, 중국에 불교가 전래된 이후 처음으로 세워진 사찰인 白馬寺를 둘러보았다. 洛陽의 牡丹이 한창일 시절이라고는 하지만, 모란은 이미거의 져 버리고 시들어 가는 남은 꽃잎들이 사찰 경내에 더러 보였다.
일찍이 소 한 마리 누울 자리도 없을 정도로 무덤들이 널려 있었다는 낙양 북쪽의 이른바 北邙山 언덕 지대를 지났는데, 이제는 모두 농토로 변해 있었다. 邙山鄕 冢斗村에 있는 邙山洛陽古墳博物館에서 西漢에서 北宋 시대에 걸친 여러 고분들의 샘플과 박물관 건물 바깥에 있는 北魏의 世宗 宣武帝 무덤인 景陵 등의 내부에도 들어가 보았다.

洛陽의 中州西路 15號에 있는 洛陽牡丹大飯店의 509호실에 여장을 풀고서, 밤에는 東漢의 궁궐이 있었던 자리라고 하는 호텔 부근의 王城公園 쪽으로 산책을 나갔다. 이 유서 깊은 곳에는 이제 당시의 흔적이 아무것도 남아 있지 않고 어린이놀이터로 변했는데, 안에서는 바야흐로 牡丹大會가 개최되고 있는 모양이었다. 우리가 묵은 호텔 2층의 레스토랑에서 李楠永 교수, 鄭相峰 군과 더불어 밤 아홉 시 반 무렵부터 다음날 두 시 반 무렵까지 중국 전통악기의 연주를 들으며 孔府家酒를 마셨다.

5 (일) 심한 황사현상

河南省 일대는 가도 가도 끝없는 들판에 오동나무와 밀·보리가 한없이 펼쳐져 있는 거의 같은 풍경이 계속되고 있으며, 黃塵萬丈이라더니 우리가 이곳에 머무르는 동안, 대낮에도 다소 떨어진 곳은 바라보이지 않을 정도로 심한 황사 현상이 내내 계속되고 있었다. 가이드에게 물어 보았더니, 일 년 중 9개월은 맑고 3개월 정도가 이러하며, 특히 봄여름의 교체기에 심하다고 한다.

洛水에 걸쳐져 황제들이 지나다니던 데서 그 이름이 유래한다는 天津橋 옆에 새로 생긴 다리를 지나, 唐代의 궁궐터에 자리 잡은 周公廟를 참배하고, 궁궐의 應天門址에 세워진 일본 遣隋使·遣唐使의 방문을 기념하는 비석도 보았다. 중국인 가이드의 설명에 의하면, 洛陽에는 조선족이 30세대 정도 살고 있는데, 그들은 모두 조선어를 알지 못한다고 한다.

邵康節의 安樂窩와 北魏에서 宋代에 걸쳐 건설되었다는 龍門石窟 등을 둘러보았다. 석회암으로 된 이 석굴은 외국 제국주의 세력의 침탈과 文革 기간 중 紅衛兵의 파괴에 의해 많은 손상을 입고 있었다. 알타이 민족의 하나인 선비족은 山西省의 雲崗에서 낙양으로 수도를 옮겨 온 이후, 雲崗

石窟에 이어 이곳에도 또 하나의 석굴을 만들기 시작했던 것인데, 그 이후 漢化되어 황족의 성도 元氏로 바꾸었다고 한다.

伊水 건너편의 용문산 모퉁이에 위치한 白居易의 은거지 白園과 그 구내에 있는 백거이의 무덤을 둘러보고서, 伊水 상류에 위치한 伊川縣으로 二程子의 고향 마을을 찾아갔다. 伊水 주변의 들판에는 河南省 어디에서나 보이는 밀·보리의 밭이 끝없이 펼쳐져 있고, 縣廳 소재지에는 술의 창시자이자 曹操의 시에도 '何以解憂, 只有杜康'이라고 보이는 八大名酒의 하나 杜康酒의 이름이 거기서 유래한다는 杜康의 동상이 서 있었다. 二程의 사당과 묘소를 참배하고서, 돌아오는 길에 두강주 최고급품 세 병을 사서 한 병은 이남영 교수께 드렸다. 關羽의 머리를 묻었다는 關林을 둘러보고서, 낙양에서 저녁 식사를 마친 후, 洛陽과 開封 간에 새로 건설된 고속도로를 경유하여 개봉으로 향했다.

도중에 杜甫의 고향인 邙義 마을과 두보의 무덤이 있다는 首陽山도 지나쳤다. 우리 차의 가이드인 중국인 單 교수는 80년대 후반기에 도합 일 년 반 정도의 기간에 걸쳐 두 차례 북한을 방문한 적이 있다고 한다. 첫 번째는 연수 목적이었고, 두 번째는 중국 측의 청년 대표단을 인솔하고서 였다고 하는데, 그의 설명에 의하면, 북한은 자유도 없고 경제적으로도 비참할 정도로 궁핍하여, 중국과 북한과의 차이는 일본과 중국의 차이 정도나 된다고 한다. 중국은 10년 전 국민소득이 1인당 300불 정도의 수준이었는데, 개혁 개방이 시작된 이래 급속한 발전을 계속하여 현재는 1,500불 정도의 수준에 이르러 있다고 한다.

다시 鄭州에 도착하여 대회 측이 마련한 二星級의 호텔 亞細亞假日飯店에 여장을 풀었다. 로비에서 짐을 정리하다가 두강주 한 병을 깨트리고 말았다.

6 (월) 황사현상

7시 30분에 조반을 들고서, 우리 이외의 국제학술회의에 참여한 전체 학자들과 더불어 어제 이용한 바 있는 開洛高速道路를 경유하여 鄭州에서

開封市로 향했다. 대전서 온 일행은 조종업 교수를 제외하고서는 논문을 발표할 예정인 사람이 없고 대부분이 학자도 아니라고 하는데, 간밤에 아세아호텔에서 등록을 할 때 주최 측으로부터 늦게 신청한 사람들은 미화 백 불의 등록비의 두 배에 해당하는 이백 불을 내야 한다는 말을 듣고서, 대회 참가를 거부하고서 별도로 자기네의 일정을 정하여 떠나가 버렸다. 대회 기간 중 중국 측 참가자와 해외의 참가자가 각각 버스 한 대씩에 분승하여, 두 대가 시종 함께 움직이게 되었다.

開封에 도착한 직후, 開封大學 총장 등이 베푸는 환영회에 참석한 후 이 대학 구내를 돌아보았고, 開封府에 위치한 判官 包靑天의 사당인 包公祠 와 包公湖를 지나쳐서, 일곱 王朝의 궁궐이 있었던 자리라고 하는 龍亭과 鐵塔·大相國寺 등을 둘러보았다. 大相國寺에는 일본의 승려 弘法大師 空海 를 기념하는 건물도 있다고 한다. 楊家府를 지나서, 유명한 황하의 잉어 요리로 점심을 들며, 잉어 요리 위에 얹는 가느다란 국수 만드는 과정을 보여주는 요리 시범도 관람하였다.

점심을 마친 후, 開封黃河大橋를 건너서 북쪽으로 네 시간 정도를 이동 하여 학술회의 장소인 濮陽市로 향했는데, 말로만 듣던 黃河를 난생 처음 바라볼 수 있었으나, 심한 가뭄에다 연안에서 농업 및 공업용수 등으로 강물을 많이 빼어 쓰는 까닭으로, 위대한 黃河가 진주의 남강 정도 강폭 밖에 되지 않았다. 中原이라더니, 가도 가도 끝이 없는 건조한 황토의 대 평원이어서 풍경은 한국에 비해 무척 단조로웠다.

濮陽賓館 212호실로 배정되어, 뷔페식의 저녁 식사를 마친 후, 周月琴 씨와 더불어 새벽 한 시 무렵까지 내 논문의 번역이 잘못된 곳을 수정하 는 작업을 계속하였다. 周 여사는 생각 밖으로 젊고, 中國社會科學院 硏究 生院에 소속되어 있는 사람이었다. 人民大學에서 張立文 교수의 지도로 학 업을 마친 후, 바로 黨에 의해 사회과학원으로 배속되어 오늘에 이르고 있다고 하며, 徐遠和 씨가 주임으로 있는 東方哲學硏究室에 소속되어, 중국 사회과학원 내에서 한국 철학을 연구하는 사람으로서는 유일한 존재라 고 한다. 작년에 연세대 한국어학당에 와서 반 년 정도 공부한 적이 있다고 하며, 금년 10월경에 다시 한국으로 와 연구를 계속할 것이라고 한다. 내 논문은 『경남문화연구』에 실린 「남명학 연구의 의의」를 번역한 것인데, 아직 한국어가 서툴러서 誤譯투성이었다.

7 (화) 맑으나 황사 현상

오전 중 濮陽賓館의 식당 건물 2층 회의실에서 개막식 및 대회 학술보고가 있었다. 濮陽市長 및 부시장 등이 환영사를 하고, 北京大學의 朱伯昆, 한국의 趙駿河, 臺灣文化大學의 哲學硏究所長 李杜, 香港 中文大學의 王煜 교수 등이 학술보고를 행하였다. 학술보고 도중 演壇 가까운 곳에 위치한 上席에 나가 있던 한국의 유명종 교수가 몇 차례에 걸쳐 中原宋學硏究會長인 石訓 씨 및 이번 학술회의의 참가 학자 중 가장 거물급 인사라고 할 수 있는 北京大學 朱伯昆 교수의 의견에 대해 신랄하게 비판하는 발언을 하여 좌중을 놀라게 하였고, 혼자서 따로 참석한 啓明大의 林樹茂 교수도 발언을 하였다. 개막식에서의 보고에 의하면, 이번 학술회의의 참가자는 모두 90명이며, 그 구체적 내역은 중국 61명, 대만 4명, 홍콩 1명, 한국 24명이라고 한다. 중국 측에서는 朱伯昆 교수 외에도 평소에 그 이름을 익히 들어 왔던 人民大學의 葛榮晋 교수 내외와 淸華大學의 羊滌生 교수, 伊川의 29代孫으로서 鄭州에서 살고 있는 程德祥 씨 등이 참가하였으며, 발표 논문은 73편에 달한다고 한다.

오후에는 복양 시내의 고등기술 산업개발구에 대한 산업시찰을 하였고, 밤에는 濮陽賓館 연회장에서 환영 만찬이 있었다. 밤에 나의 통역으로 한국의 학자들과 伊川 후손인 程德祥 씨와의 대화가 있었다.

8 (수) 맑으나 黃沙

오전 중 복양 시내의 노동자공원·어린이공원·관공서·석유탐사국 등을 시찰하였다. 濮陽은 중국 전체에서 네 번째 가는 규모의 中原油田이 부근에 위치해 있는 관계로 석유와 관련된 연구 기관이 정비되어 있었다.

시내 시찰을 마친 후, 중국 측 참가자들은 호텔로 돌아가 회의를 계속

하고, 우리 일행 및 臺灣·홍콩에서 온 사람들은 濮陽에서 서쪽을 향해 버스로 두 시간 정도의 거리에 있는 安陽으로 가서 殷墟를 참관하였다. 박물관 및 발굴 후 다시 복개한 유적들과 武丁 妻의 묘 등을 둘러보고서 돌아왔다.

저녁 식사 후, 세 개의 분회로 나뉘어 학술 보고회가 진행되었는데, 나는 濮陽賓館 3층에서 진행된 제2분회에 참가하여 두 번째로 발표하였다. 이로써 대회의 학술 발표 일정은 일단 마친 셈이다. 오늘 아침「濮陽日報」1면에 어제의 개막식에 관한 기사가 사진과 함께 크게 다루어졌다. 밤에는 이남영·정상봉·정화순 등 서울대 팀 네 명이 밖으로 나가 술을 마시다가 밤 11시 경에 돌아왔다.

9 (목) 黃沙

오전 중 濮陽 시내의 역사적 유적들을 시찰하였다. 濮陽은 춘추 시대에 衛나라의 수도로서, 孔子가 14년에 걸친 천하 유세 기간 중 10년을 보낸 곳이므로, 공자의 제자들 중에는 이곳 衛 나라 출신이거나 이 나라에서 벼슬한 사람이 많다. 유명한 子路의 무덤과 사당이 있는 子路坟(仲夫子祠)와 근년에 복원된 邑城에서 衛의 도읍인 戚城과 孔悝城, 中華第一龍·顓頊祠堂·孔子賓館 등을 둘러보았다. 유명한 顓淵之盟의 현장에서는 御井과 宋眞宗의 친필로 된 廻鑾碑, 즉 契丹出境碑를 보았으며, 해방 이후 중국 고고학계의 큰 성과라고 하는 中華第一龍 무덤의 발굴 현장인 댐에도 가 보았다. 濮陽이란 濮水의 북쪽에 위치한 도시라는 뜻이며, 고대에는 黃河가 이 城 남쪽으로 흘러가고 있었다고 한다.

호텔로 돌아온 후, 오후 두 시에 대회학술보고 및 폐막식이 있었다. 폐막식이 끝난 후 한국에서 온 우리 일행은 혼자서 따로 온 임수무 씨를 제외하고서 모두 오후 다섯 시에 濮陽賓館을 출발하여, 네 시간 정도 걸려서 鄭州의 亞細亞假日飯店으로 돌아왔다. 밤에 다시 정상봉 씨에게 불려나가 이남영 교수를 모시고서 서울대 팀 네 명이 호텔 맞은편의 술집에서 함께 술을 마셨다.

10 (금) 鄭州는 黃沙, 北京은 맑음

새벽 여섯 시 경에 호텔을 출발하여 공항으로 향했는데, 어제 우리 일행과 함께 鄭州로 돌아온 程伊川의 후손 德祥 씨가『二程全書』의 목판 두 개를 들고서 호텔로 찾아와 나에게 보여 주었으며, 線裝本『二程全書』한 권씩을 나와 이남영 교수에게 각각 선사하였다.

여덟 시에 鄭州에서 비행기를 타고서 한 시간 정도 걸려 北京에 당도하였다. 짐을 먼저 호텔로 보낸 다음, 우리 일행은 四環路를 지나, 건설 중인 고속도로를 따라서 만리장성으로 향했다. 도중에 友誼商店에 들러 점심 식사를 하였는데, 거기서 물건을 팔고 있는 조선족 및 漢族의 젊은이들 중에는 흑룡강성 출신이 제법 있고, 외삼촌이 있는 鷄西, 이모가 있는 尙志, 외삼촌의 딸 영숙이가 있는 海林 출신도 골고루 있어서 피차에 반가웠다.

八達嶺長城에 두 번째로 올랐는데, 지난번에 주로 걸었던 쪽과는 반대 방향으로 거의 인적이 드문 곳까지 올라가 보았고, 돌아오는 길에 居庸關에서 잠시 내려 보았다. 北京 시내로 돌아와서는 頤和園을 참관하고, 圓明園과 淸華大學 입구를 지나, 學院路를 거쳐서 王府井 거리에 있는 和平賓館에 들었다.

밤에 劉廣和 교수 댁과 人民大學으로 전화하여 劉 교수의 아들 및 부인 王寧 여사와 통화하였고, 이남영·정화순 교수와 더불어 부근의 음식점으로 나가 중국에서의 마지막 밤을 기념하는 술을 마셨다.

11 (토) 맑음

오전 중 天安門廣場과 紫禁城을 관람하였다. 이곳들도 모두 지난번에 와 본 적이 있었으나, 성 안의 황족들 거주 공간이 개방되어 있고 더구나 그곳들이 박물관으로 꾸며져 있다는 것을 비로소 알고서 거기를 두루 둘러보느라고 북문인 神武門 쪽으로 먼저 나온 일행을 상당히 오랫동안 기다리게 하였다. 北海公園 내에 있는 御膳堂으로 버스를 탄 채 들어가서 北京오리 요리 등으로 점심을 들었다.

공항 면세점에서 남은 人民幣로 모두 중국차를 산 후, 오후 3시 10분 발 중국국제항공 편으로 이륙하여 두 시간 후에 김포공항에 당도하였고, 오후 일곱 시 5분발 대한항공으로 서울을 출발하여 한 시간 후에 사천공항에 당도한 후, 공항 리무진으로 집에 돌아왔다.

 박사학위청구논문 제출

30 (목) 흐림

평소 출근 시간에 집을 나서, 김해공항에서 오전 11시 50분 대한항공 편으로 이륙하여, 12시 25분에 關西新空港에 당도하였다. 고속 열차 히카리로 갈아타고서, 오후 네 시 무렵에 숙소로 예약해 둔 京都市 左京區의 世稱 百萬邊에 있는 재단법인 內外學生센터에 당도하였다.

3층 2호실에다 짐을 풀고서, 內山俊彦 교수와 내일 낮 12시 10분에 內山 교수 연구실에서 만나기로 약속하였고, 池田秀三 교수 댁에 두 번 연락하여 보았으나 모두 부재중이었다. 京都大 構內의 中央食堂으로 가서 저녁을 든 다음 朋友書店을 거쳐 돌아와서, 다시 서울대 철학과 후배로서 京都大 中國哲學史 연구실에 유학 와 있는 李惠京 양과 연락해 보았다. 밤 여덟 시 무렵 내 숙소까지 자전거를 몰고서 방문해 온 이 양과 더불어 百萬邊 사거리 부근에 있는 맥주집으로 가서 생맥주를 마시다가, 아홉 시 반 무렵에 돌아왔는데, 때마침 池田 교수로부터 내게 전화가 걸려와 있어 통화할 수가 있었다. 내일 內山 교수 연구실에서 같이 만나기로 했다.

31 (금) 맑음

오전 중 山口市의 자택에 있는 小林淸市 군과 통화해 보았다. 小林 군은 내 원고를 읽고서 일본어 등 수정할 곳을 표시해 연락해 주기로 하고서는 결국 오늘에 이르기까지 한 번도 도와주지 않았다.

오전 중 同志社大學 쪽으로 산책을 나가, 내가 村上朝子와 더불어 결혼식을 올린 바 있는 이 대학 구내의 明治時代 건물로서 문화재로 지정되어 있는 채플 옆의 연못가에 있는 이 대학 출신인 시인 尹東柱의 詩碑를 둘러보았다. 한글과 일본어로 나란히 '序詩'가 새겨져 있는 이 시비는 작년 초에 건립되었는데, 번역이 엉터리라는 曺亨均 씨의 글을 읽은 바 있어 유의하여 거듭거듭 읽어 보았으나 별로 하자를 발견할 수가 없었다. 이 대학 뒤편에 있는 相國寺 경내로 들어가 水上勉의 소설 무대가 된 암자인 '雁寺' 등을 둘러보았고, 오전 10시의 미술관 開館 시간에 맞추기 위해 천황의 궁전인 御所에까지 가서 시간을 보내다가, 相國寺 경내로 도로 돌아와 이 절의 부속 미술관에서 개최되고 있는 豊臣秀吉과 桃山文化展을 참관하였다. 예전에 늘 지나다니던 寺町과 出町柳驛 앞을 지나 숙소로 돌아와서, 약속 시간에 맞추어 內山俊彦 교수의 연구실로 가, 작년 10월 이후 오랜만에 다시 內山 교수와 池田 조교수를 만났다.

內山 교수와 둘이서 東一條의 日佛文化會館 부근에 있는 레스토랑으로 가서 양식으로 점심을 들고, 도로 건너 쪽의 京都大 구내로 다시 돌아와, 內山 교수와 함께 文學部 사무실로 가서 第二敎務掛長 村上弘夫 씨를 만나 한국에서 준비해 온 서류 및 논문들을 제출하고서, 논문박사 심사료 5만 엔을 납부하고 학위신청서를 그 자리에서 작성·제출하였다. 이로서 이번의 訪日 목적은 일단 마친 셈이 되었다.

內山 교수 연구실로 돌아와 얼마간 시간을 보내다가 留學生掛로 가서, 내가 이 대학에 있던 시절부터 이 부서에서 근무하고 있었던 大橋 양을 만나 京都大의 學位服 등에 대해 문의해 보았고, 內山 교수와 함께 오후 다섯 시에 池田 조교수 연구실로 가서 얼마간 함께 차를 마시며 대화를 나누다가 內山 교수는 돌아갔다. 얼마 후 末岡 助手가 나타나 셋이서 함께 대화를 나누었으며, 末岡 助手는 자기 차로 나를 숙소까지 데려다 주었으므로, 끌고 갔던 가방을 방으로 옮겨다 놓은 다음, 그 부근 第一勸業銀行 앞에서 다시 池田 조교수를 만나고 末岡 씨와는 거기서 헤어졌다. 차기 주임교수인 池田 씨와 함께 근처의 스낵으로 가서 맥주를 마시며 대화를

나누다가, 아홉 시 남짓에 숙소로 돌아왔다. 어제 이 양과의 저녁술은 선배인 내가 샀고, 오늘 점심과 저녁은 內山·池田 교수의 대접을 받은 셈이다. 학위 논문을 심사 받을 사람이 심사할 교수를 대접하는 한국의 관례와는 대조적인 셈이다.

京都大 中國哲學史 연구실에서는 적어도 湯川幸孫 교수가 주임을 맡아 있던 시절 이래로 수십 년 동안 한 번도 학위논문을 접수한 적이 없었다가, 금년 초에 吳震이라는 중국의 유학생 한 명이 과정박사로서 王陽明에 관한 주제로 학위를 받았고, 논문박사로서는 내가 처음이라고 한다. 내 논문의 심사위원으로서는 內山·池田 교수 이외에 동양사연구실의 夫馬 進 조교수가 참여할 예정이라고 한다. 主審인 內山 교수의 말에 의하면, 12월 경에 試問이 있고, 1·2월경에 문학부 교수회의에서 內山 교수가 심사보고서를 낭독하여 전체 정교수들의 투표에 의해 결정되는 것이므로 투표 결과 여하에 따라서는 통과되지 않을 수도 있는 법이라고 하는데, 池田 조교수의 설명에 의하면 통과되지 않을 논문이라면 주임 교수가 애당초 수리를 하지 않는 법이라며, 내 논문의 통과는 거의 100% 확실하다고 한다.

6월

1 (토) 맑음

간밤에 체코슬로바키아 출신으로서 미국 뉴욕 주의 시라쿠사대학에 유학 중인 사람과 더불어 京都의 內外學生센터 지하의 목욕탕에서 함께 샤워를 하면서 한동안 영어로 대화를 나누고 난 후, 3층 2호실의 방으로 올라와서 TV를 보다가, 한국과 일본이 2002년에 월드컵 축구대회를 공동개최하기로 결정되었다는 보도에 접했었다. 3층 로비의 신문 비치대에 가서 「朝日新聞」을 들고 와 그와 관련된 뉴스들을 상세히 읽어 보았다.

京都大 중앙식당에서 오전 열 시 경 늦은 조반을 들고서, 일본 도착

첫날 오후에 이어 두 번째로 朋友書店으로 가서 留學시절부터 서로 아는 사이인 이 서점의 주인 土江澄男 씨를 만나, 내 학위 논문의 출판 가능성에 관한 상의를 해 보고자 했지만 오늘도 부재중이었다. 그 아들인 洋宇 씨에게 나의 논문 한 부와 명함을 전해 두고서, 한 번 검토해 본 후 한국으로 연락해 줄 것을 당부했다.

關西新空港에서 오후 2시 20분발 대한항공을 타고서, 3시 45분에 부산 김해공항에 도착하였고, 시내버스로 사상시외버스 터미널 부근 덕포 정거장에서 내려 더블로 여름 양복 한 벌을 구입한 후 진주로 돌아왔다.

중국 남부

24 (월) 비

오전 중 연구실에서 『中國旅游指南』을 읽었고, 점심 때 식당에서 劉廣和 교수를 만나, 빗속을 걸어 함께 뒷산을 산책하였으며, 다시 내 연구실에서 퇴근 무렵까지 대화를 나누었다. 퇴근 후 아내 및 회옥이와 더불어 포도주와 갈비 등으로 작별의 저녁 식사를 든 후, 짐을 챙겨 저녁 7시 40분경에 집을 나섰다.

출근 버스 타는 장소에서 金玄操 교수와 만나기로 약속했었는데, 얼마후 망진산악회에서 본 적이 있는 택시 기사가 운전하는 차로 도착하였으므로, 그 택시에 동승하여 빗속을 달려 사천공항으로 향하였다.

공항에서 8시 50분 발 서울행 대한항공 편으로 김포에 도착한 후, 택시로 갈아타고서 여의도 대방역 부근에 있는 김현조 교수의 전세 아파트에 밤 열 시 반경에 도착하였다. 김 교수의 부인은 진주로 내려가 있고, 대학에 다닌다는 아들도 밤늦게야 돌아왔으므로, 나와는 대면할 기회가 없었다.

25 (화) 맑음

아침 일찍 김현조 교수의 아파트를 출발하여, 시내버스로 김포 공항으로 향하였다. 공항 제2청사 1층의 대한항공 안내소 앞에서 제천으로부터 출발하여 미리 와 있던 권호종 교수와 합류하여, 구내의 스낵에서 간단한 샌드위치로 조반을 때운 후, 오전 9시 35분 발 대한항공으로 한국을 떠났다.

山東省의 靑島 공항에 당도하니, 출구에 치마저고리를 입은 젊은 아가씨 두 명이 눈에 띄었는데, 그들이 타고 온 봉고 차에 동승하여 靑島 시내로 향하던 도중 난데없이 폐허 같은 허름한 공장 구내로 차가 들어가더니 거기서 무한정 지체하는 것이었다. 그 차에는 경남 창원에서 혼자 온 사업가가 동승하였는데, 그는 山東省 萊州에서 최신 기계를 구입하기 위한 목적으로 종종 혼자서 중국을 방문하는 모양이었다. 중국말도 전혀 하지 못하지만, 그 때 그 때 일당을 주고서 조선족 가이드를 통역으로 고용하여 商談을 진행한다는 것이었다.

景福宮이라는 한국 음식점 겸 호텔로 우리를 데려다 준다던 아가씨들이 난데없는 곳에다 차를 세워 두고서 한 시간이 넘도록 떠날 생각을 하지 않고 있으므로, 우리 일행 세 명은 마침내 배낭을 메고서 차에서 나와 택시를 잡고자 하였는데, 그제야 타고 온 봉고차가 움직이기 시작하는 모양이었으므로, 다시 동승하여 시내로 들어왔다. 湛山大路의 湛山村에 있는 海天大酒店에서 大路 건너편에 위치한 景福宮에 당도하여, 3명 1실의 온돌방을 170元으로 빌려서 짐을 풀었다.

숙소를 정한 후, 택시를 타고서 八大關景區에서 내려 과거 독일 총독의 관저였다가 한동안 蔣介石 부부의 여름 별장으로 사용되기도 했다는 花石樓를 둘러보고, 그 옆에 펼쳐진 제2 해수욕장 부근의 독일식 저택이 많은 거리를 산책하여 滙泉灣景區를 거쳐 文物局 부근에 있는 康有爲의 故居를 방문하였다. 이 건물에는 해방 후 한 때 康有爲의 후예가 살고 있었는데, 문화혁명 당시 홍위병들로부터 심한 박해를 받고서 떠났다고 한다. 현재는 매우 황폐해 있었으며, 靑島시의 동쪽 변두리인 浮山에 있는 康有爲의 묘는 가짜라고 한다.

오후 네 시 반 무렵 康有爲故居에서 그리 멀지 않은 黃海飯店의 로비에서 중학교의 영어 교사를 한다는 권호종 교수의 知人인 高玉玲 여사를 만나, 그녀의 안내로 택시를 타고서 靑島灣景區에 있는 독일 식민지 당시에 건설되었다는 棧橋에 갔다가, 다시 天主敎堂 건너편의 번화가를 둘러보고, 碧波灣美食城의 재래식 식당들도 구경하였다. 저녁 무렵 택시로 高 여사의 집에서 가까운 곳에 위치한 靑島市 동쪽 끝 부근의 辛家庄에 있는 華僑餐廳에 가서, 高 여사의 네 살 난 딸 및 은행원인 그녀의 남편 王 씨와 더불어 山東 요리인 魯菜로 만찬을 들었다.

밤 열 시 경에 숙소로 돌아와, 한 여름에 군불 땐 방에다 에어컨을 켜 두고서 취침하였다.

26 (수) 맑음

景福宮에서 김치 및 된장찌개·해장국으로 조반을 들었다. 이 지역의 명승지인 崂山으로 가 보기로 하고서, 어제의 택시 기사 胡氏와 아침 여덟 시에 출발하기로 약속하였고, 그에 따라 기사는 7시 40분경에 이미 景福宮 입구로 와서 대기하고 있었으나, 함께 가기로 한 高 여사가 8시 15분이 지나도록 나타나지 않았다. 셋이서 이 대절 택시로 滙泉灣의 皇朝大飯店 1층에 있는 景福宮 식당 분점으로도 가 보았고, 다시 湛山大路에 있는 본점으로도 돌아와 보았으나 여전히 高 여사가 눈에 띄지 않으므로, 별 수 없이 8시 40분 무렵에 셋이서 출발하였다.

崂山의 太淸宮에서는 스키장에서 흔히 보는 식의 2인승 케이블카를 타고서 下站에서 上站으로 올라갔다가, 걸어서 좀 더 올라간 곳에 위치한 정상 아래의 明霞洞까지 관람하였다. 明霞洞을 나와 上淸宮 쪽으로 내려가다가 도중에 포기하고서 도로 올라와 하산하기 위해 케이블카의 上站으로 향하였는데, 김 교수와 권 교수가 길가에 늘어서 있는 기념품점의 아주머니들과 이곳 특산의 마노 제품이라고 선전하는 목걸이 등을 흥정하노라고 많은 시간을 소비하였다. 나는 무료한 시간을 메우기 위해 上站

부근에서 거의 바위와 소나무만으로 이루어졌다고 할 수 있는 嶗山의 풍경들과 거기서 내려다보이는 바다의 모습을 조망하였다. 마침내 일행은 下站으로 내려와, 타고 온 대절 택시로 바닷가에 위치한 太淸宮의 下宮으로 가서 경내를 관람하였다.

이곳 太淸宮은 西漢의 建元 元年(BC 140)에 張廉夫가 창건한 것으로서, 현재는 全眞道敎의 天下第二叢林으로 되어 있고, 제11차 中共黨 三中全會의 결의에 따라 대폭 수리를 가하여, 1990년에 준공하였다고 한다.

돌아오는 길에 石老人景區에 들렀다가, 西部開發地區를 경유하여 景福宮에 다다라 중국인 기사랑 함께 불고기로 점심을 들었고, 高 여사와도 여기서 다시 합류하였다. 靑島는 피서지라 그런지 비교적 깨끗하고 정돈된 분위기였는데, 특히 서부 지역을 중심으로 새로운 고층 건물들의 건설이 활발하였다. 이곳을 비롯한 山東省 지역의 외국 투자 규모는 한국·대만·홍콩의 순이라고 하며, 고층건물들은 대부분 중국 정부 및 개발공사 등이 건설하여 임대하고 있다 한다. 한국 자본의 진출이 활발한 탓으로, 시내 도처에서 한국어로 된 유흥업소의 간판들을 목도할 수가 있었다.

오후 세 시 무렵까지 국제부두로 나가 한국에서 어학 연수차 오는 본교 학생들 15명을 마중하였다. 가이드인 華菁 少姐는 키가 훤칠하고 인물도 뛰어난 미인으로서, 우리 학생들과 거의 동년배였다. 그녀의 안내에 따라 小靑島(琴島)·海軍博物館·魯迅公園·八大關景區 등을 둘러본 후, 가라오케 식당으로 가서 중국 음식과 술을 들며 한국 및 중국 노래들을 부르며 놀았다. 밤 아홉 시 경에 식당을 나와 바로 靑島 역으로 향하여, 밤 10시 45분발 湖北省 武昌 행의 열차에 올랐다. 역 입구에서 高 여사와 작별하였고, 플랫폼에서 華 少姐와도 작별하였다.

27 (목) 아침에 곳에 따라 때때로 비 온 후 개임

간밤에 기차가 출발하자말자 나는 三段으로 된 硬臥席 맨 아래 칸의 김현조 교수와 마주한 좌석을 잡았고, 가장 후배인 권호종 교수는 밤에 코고는 소리가 시끄럽다 하여, 김 교수가 이웃한 다른 칸으로 보냈다.

자리에 누워 잠을 청한 후, 우리가 탄 靑島發 武昌行 直快 열차가 山東省의 淄博市를 지날 무렵 잠시 깨었다가 다시 잠을 재촉하여, 기차가 泰山 부근의 泰安市를 지날 무렵에 자리에서 일어났다. 孔子의 고향인 兗州市(曲阜)와 孟子의 고향인 鄒城市를 지나 南行하던 열차가, 西楚覇王을 자처한 項羽의 居城이었던 江蘇省 北端의 徐州市(彭城)에서 서쪽 방향으로 접어들어, 周 나라 때 殷의 후예들을 책봉한 宋의 옛 도읍지이며 墨子의 고향이기도 한 商丘와 北宋의 수도였던 開封를 거쳐, 河南省의 省都인 鄭州에 도착하니 이미 저녁 무렵이었다. 鄭州驛에서 상당한 시간을 지체한 후, 다시 南行하기 시작하여 밤 속으로 내내 달렸다.

아침에 山東省에서는 그래도 황량하나마 여기저기에 그다지 높지 않은 돌산들이 보였는데, 그 지역을 벗어나니 가도 가도 끝없는 들판이었다. 기차 안에서는 靑島에서 열린 회의에 참가하고 돌아오는 武漢의 電力局 간부 직원들 및 한국에서 물건을 사와 장사를 하려고 靑島까지 갔다가 한국 비자를 얻지 못해 헛걸음하고서 돌아가는 파키스탄人 남자 그리고 그의 통역인 新疆省 우루무치 출신의 위구르族 중국인 한 사람과 대화를 나누어 보았다.

온종일을 기차 안에서 이동하며 보냈는데, 아침은 라면으로 때웠고, 점심과 저녁은 열차의 식당 칸에서 맥주를 곁들여서 들었다.

28 (금) 흐리고 오후에 때때로 비

새벽에 漢口驛에서 열차가 이십 분 정도를 정체한 후, 목적지인 武昌驛에 당도하니, 본교와 자매결연 관계에 있는 華中理工大學(華工)의 外事課 주임인 王 선생과 外事課 여직원 한 사람이 마중을 나와 있었다. 그들이 가지고 온 학교 버스에 올라 武昌市 동남쪽 변두리의 喩家山 남쪽 기슭에 위치한 華中理工大學 구내로 들어가, 우리 교수들은 外賓招待所 (外招) 8동 4층의 두 방에 나누어 들었고, 학생들은 外事課 건물 안에 있는 유학생 기숙사에 짐을 풀었다.

外招 구역 안에 있는 友誼餐廳에서 조반을 든 후, 택시를 타고서 학교에

서 얼마 떨어지지 않은 곳에 위치한 武昌의 대표적 名勝地인 東湖로 향하였다. 東湖의 磨山 입구에서 내려, 거대한 호수 한 가운데로 난 沿湖大道를 따라 산책하여 건너편 언덕에 다다른 후, 다시 물어 물어서 한참을 걸어 겨우 湖北省博物館에 다다랐다. 두 시간 이상을 걸어 12시 반 경에 박물관 옆문 입구에 다다랐으나, 중국의 관례에 따라 정오부터 오후 두 시까지는 점심시간으로서 休館이었다.

별 수 없이 도로 돌아 나와 부근의 博雅園이라는 식당에서 점심을 들며 시간을 보낸 후, 博物館 건너편의 東湖에 면해 있는 毛澤東別墅를 참관하였다. 이곳은 전국에 산재해 있는 毛澤東의 별장들 가운데서, 毛가 비교적 오랜 기간 체재한 곳이며, 또한 여기서 북한의 金日成 주석 등 외국의 귀빈들을 접견하기도 한 터이지만, 이 별장은 원래 毛主席 한 사람을 위한 것이었으므로 毛가 사망한 이후로는 거의 외부에 공개되지 않은 채로 폐쇄되어 있다가 최근에 와서야 기념관의 형태로 개방한 것이어서, 실내 수영장을 비롯한 구내의 시설물들은 그동안 손질이 미치지 않아 老朽化가 심한 점이 눈에 띄었다.

湖北省博物館으로 돌아와서, 隨州市 擂鼓墩에서 출토된 戰國時期 曾侯乙墓의 출토품을 중심으로 한 大型編鐘 등의 유물을 관람하였다.

박물관을 나온 후 江南三樓의 하나인 黃鶴樓로 가서, 엘리베이터를 타고서 꼭대기 층의 전망대에 올라 제1·제2 長江大橋를 비롯한 揚子江과 漢水의 모습, 그리고 武漢三鎭의 모습을 조망하였고, 내려서는 부슬비를 맞으며 黃鶴樓 뒤편의 蛇山公園을 산책하여 岳飛像 조각이 있는 곳까지 갔다가 하산하였다.

九江으로 가는 배표를 예약하기 위해 漢陽으로 갔으나, 6시 이후가 되어야 발매한다 하므로 그냥 華工으로 돌아왔다. 그런 까닭에 이 대학 중문과 주임교수로서 다음 학기부터 劉廣和 교수에 이어 본교 중문과의 외국인 교수로 초빙되어 올 예정인 黃國榮 교수와의 저녁 식사 약속 시간에서 반시간 정도 늦게 되었다. 8동 건너편의 같은 外招 구내 건물 2층에 있는 綠園이라는 식당에서, 黃 교수의 초대로 우리 학생들의 중국어 강좌를 담당할 이 대학 중문과 교수들과 더불어 회식을 하였다.

29 (토) 대체로 맑으나 몇 차례 부슬비

三國鼎立의 결정적 계기가 된 저 유명한 赤壁大戰의 무대가 된 浦圻의 武赤壁을 보러 갔다.

학생들이 靑島에서 열차 편에 별도로 탁송한 짐을 찾기 위해 아침에 학교 버스로 武昌驛에 나가는데, 그 차에 동승하여 역 부근의 一日遊 관광 버스가 있다는 곳으로 나가 보았으나, 어제 黃 교수로부터 들은 그러한 버스는 존재하지 않았다. 결국 그 부근에서 택시 한 대를 350원에 전세내 기로 하여 廣州까지 이어진다는 국도를 따라 岳陽 방향으로 남행하였으나, 도로 사정이 믿기지 않을 정도로 형편없어 속도를 낼 수가 없는데다, 구덩 이를 피하여 우회하려다 진흙에 빠져 움직일 수가 없게 된 택시를 몸으로 밀기도 하였으며, 또 이 차가 몇 차례 낡아빠진 타이어의 펑크로 그 수리 및 교체 관계로 지체하기도 하여 예상 외로 시간이 많이 걸렸다.

浦圻 관내에 다다라 점심을 들었는데, 우리를 태워 온 石 기사는 우리들

1996년 6월 29일, 무적벽

의 권유에도 불구하고 거의 함께 음식을 들려고 하지 않았다. 거기서 또 한두 시간을 더 간 지점에 위치한 長江 기슭의 赤壁에 당도하여, 赤壁大戰 展示館 및 吳나라 都督 周瑜의 글씨라고 전해 오는 강가 바위에 붉은 색 大字로 새겨진 赤壁이라는 글씨를 둘러보고서, 모터보트로 赤壁 一帶의 長江을 건너본 후, 이쪽 기슭으로 도로 돌아와서 周瑜의 戰艦 모형 위로 下船하였다. 돌아 나오는 길에 입구에 있는 諸葛亮이 東南風을 빌었다는 拜風臺도 참관하였다.

갈 때와 마찬가지로 돌아오는 길에도 앞자리에 앉은 권 교수는 石 기사 와 더불어 계속 중국의 창녀 및 色酒家에 관한 대화를 나누고 있었다. 중국은 개혁·개방 정책이 실시된 이래로 날이 갈수록 拜金主義의 풍조가 심해져, 오늘날 여성의 性의 상품화 경향은 자본주의 국가들보다도 오히 려 심한 모양이었다.

예정보다 훨씬 늦은 밤 열 시 무렵에 華工의 正門 부근 식당에 당도하여 늦은 저녁식사를 들었다. 기사가 오전 중의 약속을 무시하고서 미터기에 나타난 수치를 가리키며 추가 요금을 요구하는지라, 기름 값과 추가 요금 및 도로 사용료를 포함하여 도합 500元 정도를 지불한 셈이 된다. 식사를 마치고서 초대소로 돌아오니 밤 11시 무렵이었다.

30 (일) 오전 중 흐리고 때때로 부슬비 온 후 개임
蘇東坡의 前後赤壁賦의 무대가 된 湖北省 黃州市의 文赤壁으로 향하였다. 어제와 같이 전세 택시로 고속도로를 경유해 동쪽으로 달려, 三國時代 에 吳의 孫權이 일찍이 여기다 避暑宮을 건설했었다는 鄂城市에서, 또 한 척의 汽船이 끄는 나룻배 페리에 차와 함께 올라타 누런 흙탕물인 長江을 가로질러 건너편 언덕의 黃州市에 도착하였다. 蘇東坡는 일찍이 五臺詩案 으로 말미암아 이곳으로 좌천되어 와 있던 동안에, 당시 赤壁의 古戰場으 로 알려져 있었던 이곳 東坡赤壁에 자주 노닐며 스스로의 號도 여기서 취했던 것이었다. 그러나 지금은 지형이 변해져 蘇軾이 벗과 함께 배를 타고 노닐던 강의 모습은 찾아 볼 수도 없고, 다만 붉은 바위로 이루어진

언덕 아래의 回廊 안에 그다지 크지 않은 흐린 못 하나가 되어 그 자취를 남기고 있는 것이다.

黃州 시내에 있는 諸葛亮의 八卦陣塔이라는 곳도 둘러 본 후, 다시 長江을 건너 왔던 길로 되돌아오는 도중의 고속도로에서 택시 안 뒷좌석에 나란히 타고 있던 金玄操 교수와 내가 언성을 높여 심하게 다투는 해프닝이 벌어졌다.

김 교수는 서울에서 자기 집을 떠나던 날 아침에 자기 짐에다 라면 열 개 정도와 참치 통조림 및 고추장 등을 포함시켰었는데, 그 중 라면 세 개와 통조림 하나를 내 배낭 속에다 넣어 가게 하더니, 기차 속에서 라면 세 개를 먹어 처분한 이후로는 오히려 자기 짐 속에 들어 있던 라면 두 개를 더 나에게 주어 넣어 가게 하는지라 나의 불만이 꽤 고조되어 있었던 터였다. 나로서는 오랜 여행에 대비하여, 집에서 출발할 때 不要不急한 짐을 줄일 수 있는 데까지 최대한으로 줄여서 가져온 터이며, 아무리 대학의 선후배 사이라고는 하지만 나도 이미 마흔여덟 살의 중년에 달한 처지이니, 도리 상으로도 제 졸개 부리듯 할 수가 없을 터이다. 그러나 김 교수는 옛날부터 가지고 있던 얌체 버릇을 남 주지 못하여, 자기 짐은 주로 권 선생이나 나에게 맡기고 자신은 거의 빈 몸으로 다니는 터에, 배낭에는 부피만 많이 차지하는 라면 등의 식료품을 주로 넣어 와서, 그것을 소모하고 난 빈 자리에는 내 보기에 실로 하잘 것 없는 기념품 따위를 잔뜩 사서 넣어 갈 작정인 모양이었다.

언쟁의 발단으로 말하자면, 내가 중국에서의 명산들 등반에 대비하여 등산화를 신고 온 것이 불찰로서, 무더운 여름 날씨에 매우 갑갑할 뿐 아니라 신고 벗기에도 편리하지 못하고, 더구나 중국의 명산들은 거의가 정상 부근에까지 車道나 케이블카가 놓여 있는데다 步道도 돌로 잘 닦여져 있어, 사실상 등산화가 필요치 않은 터이다. 赤壁에서 돌아오는 길에, 내가 등산화를 신고 온 것이 실패작이라며, 간편한 신발을 하나 사 신고자 해도 신고 있던 등산화를 배낭 속에 넣어 다닐 수도 없으니 난처한 노릇이라고, 중국에 온 후 입버릇처럼 되뇌던 말을 또 한 차례 꺼낸 바 있었다. 내가 그런 말을 할 때마다 긴 여행에는 등산화가 오히려 편하다는 의견을 피력한 바 있던 김 교수가 이번에는 그럼 새 신발을 하나 사신으라고 하므로, 그렇다면 김 교수의 배낭이 이미 많이 비어 여유가 있을 테니 내 등산화를 그 자리에 좀 넣어도 되겠느냐고, 나의 불편한 심사에 빗대어 넌지시 비꼬아 주었다.

한동안 아무 대꾸 없이 가만히 있던 김 교수가 얼마 후 나를 향해, "너이 새끼 건방지구나!" 운운하며 손찌검을 할 듯한 태도로 나오므로, 나도 참고 있던 분노가 터져 나와 그 따위 말버릇이 어디 있느냐며 정면으로 맞받아 김 교수의 예의에 어긋난 언동을 거론하며 반박해 주었다. 권 선생의 중재로 일단 차 안에서는 김 교수가 입을 닫았으므로, 나도 더 이상 대들지 않고 대체로 별 대화 없이 다음 목적지인 漢陽市의 古琴臺에 당도하였다. 저 유명한 伯牙와 種子期 사이의 知音故事의 무대가 된 이곳에 들어서자말자, 나에게 손찌검을 하겠다고 험악한 태도로 나서는 김 교수에 대해, 나도 多年間의 그에 대한 가지가지의 울분이 복받쳐 폭언을 서슴지 않으며 그에게 대항하였고, 나는 논문을 써서 바치고 연구비까지 갖다 바치며 아첨하는 허권수와 같은 사람이 아니라는 말까지 나오게 되었다.

권 교수의 만류로 일단 폭행 사태에까지는 이르지 않았지만, 권 교수가 서울문리대의 선배인 나와 김 교수를 따로따로 면담하여 앞으로 이 여행의 성사 여부에 관한 의사를 물어 왔다. 나로서는 김 교수가 나와 더불어 이치를 따져서 조용히 대화할 의사가 있다면, 김 교수의 하는 말을 끝까지 들을 용의가 있고, 내가 하고 싶은 말도 해 보겠으며, 김 교수가 더 이상 나를 자극하지 않는 이상, 지금까지와 마찬가지로 선배 및 연장자로서 그를 대할 뜻이 있다는 의사를 표명하였다.

이어서 대체로 같은 취지의 대화를 나누었을 김 교수가 한 말이라며 권 교수가 나에게 전해 준 바에 의하면, 이치를 따지자면 자기는 할 말이 없다고 하면서 여행을 중단하고 돌아갈 의사를 표명했다고 하는 김 교수가, 그곳을 떠난 지 얼마 후에는 다시 태도를 바꾸어 이번 여행을 끝까지 우리들과 함께 하겠다는 뜻을 밝혀 왔다고 한다. 이 시간 이후로 김 교수는 평소의 허세가 모두 사라져 버리고, 풀이 죽고 말수도 적은 한 늙은이의 모습일 따름이어서 다소 가여운 느낌이 들기도 하였다. 약자에게 강하고 강자에게 약한 것이 小人의 참 모습인 것이다.

다시 택시를 잡아 漢口의 부두로 가서 江西省의 九江行 三等船票를 예매하였고, 오후 두 시 반 무렵 華工 부근에서 점심을 들고서 招待所로 돌아왔다. 김 교수는 숙소에서 쉬겠다고 하므로, 권 교수와 둘이서 오후 시간을 이용하여 근처의 珞珈山 기슭에 있는 武漢大學으로 가서 珞珈山 산책로를 한 바퀴 두르고, 이 대학 중앙도서관과 인문과학관 등을 둘러보고서 일곱 시가 넘어 숙소로 돌아왔다. 나는 빨래를 하여 실내에다 널어 둔 다음, 권 선생과 둘이서 밤 두 시 무렵까지 맥주를 마시며 대화를 나누다가 취침하였다.

7월

1 (월) 흐리고 때때로 비

오전 중 각자 자유 시간을 가졌다. 나는 중국의 모든 대학들 중에서 北京의 淸華大學에 이어 규모가 두 번째로 크다는 華中理工大學의 구내를 산책하며, 전체 학생과 교직원 가족, 그리고 그들 및 그 자녀들을 위한 각급 학교와 생활편의 시설들이 교내에 혼재하여 도시 안에서 또 하나의 도시를 이루고 있는 중국식 캠퍼스의 이모저모를 살펴보았다.

점심때는 내가 구내의 友誼식당에서 음식을 주문하여 보았다. 지금까지 끼니때마다 대부분 권호종 교수가 식단을 검토하여 우리 세 명이 먹을 음식들을 주문해 오고 있는데, 권 교수는 반찬 가지 수가 갖추어져야 한다면서 번번이 음식 종류를 많이 주문하는 데다 湯과 밥은 또 반드시 따로 주문해 한국식으로 들고자 하므로, 매 끼니마다 절반 정도의 음식을 남겨 왔었던 것이다. 나는 값은 高下間에 먹을 수 있는 만큼만 주문하는 것이 좋겠다는 의견의 여러 차례 피력해 왔었고, 김 교수도 대체로 내

의견에 동의해 온 편이었지만, 그럼에도 불구하고 그것이 실행된 적이 한 번도 없으므로, 오늘은 내가 시범을 보여 白飯을 제외하고서는 사람 숫자만큼만 음식을 주문하기로 다시 한 번 합의를 보았다.

오후에는 권호종 교수와 둘이서 다시 한 번 武漢大學 인문과학관을 방문하여, 중문과의 학과장 네 명 (正 1명, 副 3명) 중 두 명을 만나고, 중문과 자료실 담당 여직원의 안내를 받아 중문과·인문과학·철학과의 자료실들을 둘러보았다.

華工으로 돌아온 후, 나는 다시 혼자서 한 시간 정도 대학 구내를 산책하며, 학교 뒤의 瑜珈山에도 올라 東湖를 비롯한 사방의 풍경을 조망하였다.

오후 5시 20분경에 黃國營 교수가 外招 로비로 방문해 와, 우의식당에 서 있는 총장 초청 만찬회장으로 우리를 안내하였다. 이 대학의 부총장 및 중문과와 사회학과, 그리고 外事課의 담당 책임자들이 참석하여 우리 일행을 환영하는 모임이었다.

만찬을 마친 후, 밤 여덟 시에 출발하는, 武漢에서 우리의 다음 목적지인 江西省 九江까지 우리를 실어다 줄 여객선의 3등 칸에 몸을 실었다. 선박회사에 근무한다는 중국인 한 명과 더불어 네 명이 같은 방을 쓰게 되었는데, 나는 배 뒤편의 갑판에 나가 한 시간 정도 揚子江의 밤 모습을 바라보다가 돌아와 취침하였다.

2 (화) 비

새벽 여섯 시 경에 九江市(舊名 潯陽)의 부두에 당도하였다. 김 교수는 엊그제 이후 계속 의기소침해 있는 모습이다. 역전의 식당에서 간단한 중국식 조반을 들고서, 택시를 세내어 廬山(廣廬山)으로 향하였다. 택시 안에서 바라보니 멀리에 廬山의 봉우리들이 구름 속에 가려져 있었다.

毛澤東의 별장을 개조한 廬山博物館에 들러, 나도 우리 일행의 다른 사람들이 모두 사는 것을 보고서 毛澤東 誕辰百周年紀念이라고 쓰인 금빛 懷中時計를 하나 샀다. 박물관 바깥쪽의 毛澤東 詩碑園, 蔣介石·宋美齡 부부의 여름 별장(夏都)이었다는 美廬를 둘러보고서, 白居易가 노닐었다는 花

徑 부근의 식당에서 점심 식사를 들고 난 후, 우리에게 바가지요금을 요구하는 식당 주인 내외에게 항의하며 한바탕 말다툼을 하였다. 오후에는 廬山의 天橋·錦綉谷·圓通殿·仙人洞 등을 둘러보았다. 하산하는 길에 비바람이 더욱 심해져 지척을 분간하기 어려웠고, 산을 다 내려 九江으로 가는 도중에 돌아다보니 아침에 이 길에서 본 廬山의 遠景은 흔적조차 찾아볼 수가 없어, '廬山眞面目'을 알기 어렵다던 蘇東坡의 시 구절을 더욱 실감케 하였다.

九江市에 거의 접어든 지점에서 白居易의 '琵琶行'의 무대를 옮겨지었다는 琵琶亭에 올랐고, 『水滸志』에서 宋江이 反詩를 써 붙인 곳으로 되어 있는 潯陽樓에도 올라 보았다.

오후 여섯 시에 安徽省 貴池(池州)로 가는 여객선의 2등실에 올랐다. 四川省 重慶에 집을 두고 萬縣에서 일을 하고 있으며, 浙江省 嘉興에 있는 시댁에 다니러 간다는 60대 전후의 중국인 노부부와 그들의 며느리를 만나 함께 대화를 나누었다. 오늘은 배 안의 식당에서 저녁 식사를 들었다.

3 (수) 맑음

새벽 세 시 무렵 배가 貴池市의 부두에 도착하였다. 마즈다라고 부르는 인력거 비슷한 오토바이로 끄는 2인승 승합차에 세 명이 올라타고 어둠을 뚫고서 시내 중심부의 시외버스 터미널이 있는 지점에까지 진입하였다.

麵的(빵차)이라고 부르는 노란 6인승 택시의 전세 요금을 교섭하다 실패하고서, 별 수 없이 날이 밝아 버스 터미널의 업무가 시작되기를 기다리며 그 부근의 街販 음식점에 들러 계란 프라이 세 개를 시켜 두고서 주인아주머니와 이런저런 대화를 나누었다. 그녀가 하소연 조로 신세타령 하는 말에 의하면, 자신은 30대 후반의 과부로서 지체부자유아 및 입양아를 각각 하나씩 거느리고 낮에는 호텔의 客房部 주임 일을 보며 한 달에 400元(호텔 수입이 원래는 월 400元이었지만, 지금은 불경기로 말미암아 월 200원 밖에 받고 있지 못하다고 한다)의 수입을 올리고 있고, 퇴근 후에는 가계에 보태기 위하여 이런 일을 하고 있다는 것이었다. 그녀의 요구에 따라 자리 값으로서 두어 차례 더 얼마간의 요금을 지불하지 않으면 안 되었는데, 여섯 시 경에 그녀가 이 점포를 거두어 돌아갈 무렵에는 남편으로 보이는 남자가 나타나 철수 작업을 거들어 주는 것이었으니, 그녀의 말을 어디까지 신용해야 할지 종잡을 수 없는 노릇이었다.

날이 밝아 온 후, 다시 6인승 택시를 교섭하여 중국 불교의 四大聖地 가운데 하나로서 地藏菩薩 신앙을 중심으로 하는 九華山으로 향하였다. 목적지에 이르러 祇園禪寺 부근의 호텔 프런트에서 나는 달러 100불을 가지고서 810元의 인민폐로 환전하였고, 각자 로비 부근의 화장실에 들러 세수를 하며 모양새를 가다듬었다. 그러던 중에 권 교수의 의견에 따라 근처 식당의 젊은 안주인의 교섭을 받아들이기로 하여, 점심 식사를 그녀의 집에서 든다는 조건으로 그녀의 안내로 內山의 각 사찰들을 두루 둘러보기로 하였다. 이곳에 전해 오는 말에 의하면, 九華山은 金喬覺이라는 신라의 승려가 개창한 곳으로서, 明代 및 현대의 두 長壽한 승려의 시체를 도금 또는 검은 칠을 하여 모셔 두고서 거기에다 경배를 드리고 있었다.

우리를 안내해 준 식당 안주인의 집에서 점심을 든 후, 그녀의 친척이 된다는 사람과 400元에 黃山까지 우리를 데려다 준다는 조건으로 6인승 택시를 빌리기로 합의를 보고서, 그 차로 九華山의 外山 구경에 나섰다. 外山의 정상 아래쪽까지는 케이블카로 왕복하고서, 정상에 올라 주변의 풍광을 감상하다 산 아래 출발 지점으로 내려왔는데, 뒤늦게 외국인 요금 문제로 公安員까지 합세한 케이블카 직원들과 승강이가 벌어졌다. 결국 외국인 요금을 추가로 물기를 거부하고서 그 자리를 떠났는데, 이번에는 처음의 약속을 무시하고서 外山까지의 별도 요금을 요구하는 택시 기사 측과 말다툼이 벌어졌다. 결국 30元을 더 주기로 하고서 타고 내려가다가, 엉뚱하게도 이번에는 黃山까지는 근자에 내린 비로 물이 불어서 도중의 太平湖 나루를 건널 수가 없으므로, 아침에 약속한 요금으로 太平湖까지만 태워다 준다는 기사의 말에 너무나 어처구니가 없어 도로 九華山

버스 정거장까지 데려다 줄 것을 요구하여 되돌아와서 하차하였다. 결국 순진해 보이고, 불교 성지라 결코 손님을 속인다든가 하는 일은 있을 수 없다는 점을 강조하던 식당 안주인의 말에 속아 넘어가 오늘 일정을 그르치게 되고 만 셈이다.

중형 버스를 타고서 靑陽으로 나왔으나, 거기까지 오면 내일 아침 黃山가는 버스 편이 있다던 버스 기사와 차장 등의 말도 새빨간 거짓말임이 확인되어, 靑陽에서 다시 택시를 잡아타고서 밤중에야 간밤에 우리가 당도했던 貴池市로 돌아왔다. 우선 부두에 가서 그곳 파출소의 公安員을 만나 내일 武漢으로 돌아가는 승선권의 입수를 당부해 두고서, 다시 마즈다 편으로 시내로 들어가 저녁 식사를 든 후, 새벽에 왔던 시외버스 터미널 부근의 九子賓館이라는 三星級 호텔에 투숙하였는데, 시골이라 호텔의 시설이 형편없었다.

권 교수와 둘이서 다시 부두로 나와 파출소의 젊은 公安員에게 내일 새벽 네 시 반 배편을 당부해 두고서 돌아와 11시경에 취침하였다.

4 (목) 흐리고 밤 한 때 천둥 번개

간밤에 池州港 파출소의 公安員(경찰관)이 우리더러 네 시 반에 漢口 가는 배가 있는데, 前後로 반시간 정도는 이르거나 혹은 늦게 오는 수가 있으므로, 세 시 반까지는 항구로 나오라고 하였으므로, 그 말에 따라 상오 3시 15분 전에 기상하여, 두 대의 마즈다에 분승하여 어두운 밤 속을 달려 부두로 향하였다.

그러나 기다리는 배는 아무리 지나도 나타나지를 않으므로, 대합실의 벤치에 누워 여섯 시 반 정도까지 눈을 붙이며 있어 보아도 허사였다. 더구나 오기로 되어 있는 네 시 반의 배에는 2등실이 없고, 아홉 시 반의 배에만 있다 하므로, 부득이 호텔로 다시 돌아가 휴식을 취하다가 아홉 시 반의 배를 타기로 하였다.

호텔 식당부에서 아침을 들고서 아홉 시 경에 항구로 다시 나가 보니, 2등 표는 두 장 밖에 살 수가 없었고, 더구나 여권을 제시했었던 까닭에 외국인 요금으로서 중국인에 비해 150%의 요금을 내야 했으며, 한 장은 3등표를 끊을 수밖에 없었다. 대합실에서 배를 기다리고 있는 도중에 붉은 완장을 찬 중년 여자 하나가 내게로 다가와 공공장소에서 흡연한 벌금으로 1元을 낼 것을 요구했지만, 왜 다른 중국인의 경우는 묵인하면서 나의 경우에만 벌금을 요구하느냐고 이의를 제기하면서 버티는 도중에 9시 45분경에 배가 도착하여, 끝내 벌금을 내지 않고서 개찰하여 승선해 버렸다. 권 선생의 말에 의하면, 그 여자가 만약 벌금을 징수할 권한을 가지고 있었더라면 나를 그렇게 호락호락 놓아 보내주지는 않았을 것이라고 한다.

2등 선실의 우리 방에는 에어컨이 고장 나 있었으므로, 그것이 수리될 때까지 승무원이 비어 있는 3등 선실 하나 전체를 우리 일행이 사용할 수 있도록 배려해 주었는데, 九江市에 다다라서야 다른 2등 실을 배정받았고, 권 선생도 補票를 사서 2등 선실을 따로 배정받았다.

南京에서부터 타고 오는 중국인 여객들과 대화를 나누어 보았다. 그들의 설명에 의하면 揚子江을 비롯한 중국의 하천들은 8~9할이 황토물인데, 長江 물은 黃河보다는 덜 누르며, 가을 겨울 무렵에는 다소 푸른빛을 띤다고 한다. 남부 지방의 梅雨로 長江의 수량이 매우 늘어 강폭이 평균 2~3킬로에 달할 정도이니, 長江 유람에는 적절한 시기라고 하겠다. 그러나 중국인 승무원과 승객들은 모든 쓰레기를 강에다 함부로 내버리며, 먹고 난 음식물 껍질 등도 배 안의 바닥에다 함부로 버리는 등 공중도덕이 거의 全無한 상태라고 할 만 했다.

권 교수의 권유에 따라 밤에는 舞廳에 나가 잠시 앉아 있었고, 九江에서 과일을 좀 사서 수박을 나누어 먹은 후, 밤 열한 시 무렵에 취침하였다.

5 (금) 흐리고 때때로 비
홍수로 말미암아 黃山·南昌 행을 포기하고서 漢口로 돌아왔다. 오늘도 여전히 어제 쓰던 3등실 전체를 우리 일행이 사용할 수가 있어, 젊은 아가씨, 교량 건설 설계사, 중년의 여류 중국화 및 서예가 등 南京 출신의 몇몇 중국인들과 배 안에서 대화를 나누었다.

낮 12시 반 무렵에 漢口에 도착하여 택시를 타고서 紅日火鍋大酒店이라는 연쇄점으로 가서 四川式 전골 요리로 점심을 든 후, 交通銀行의 지점을 거쳐 그 본점 2층의 국제부로 가서 나는 여행자수표로 미화 800불을 인민폐로 환전하였는데, 이번에는 1불에 대한 환율이 830元을 넘었다.

華中理工大學 外賓招待所로 돌아온 후 408호실에 들어 짐을 풀고서, 나는 대학 구내의 채소 시장으로 가서 고장 난 우산의 수리를 맡겼다. 다섯 시 반경에 고친 우산을 찾고서, 간편한 여름용 신발을 한 켤레 산 후, 荔枝라고 부르는 楊貴妃가 좋아 했다는 과일을 사서 방으로 돌아왔다. 友誼식당에서 저녁을 든 후, 유학생 기숙사로 가서 컬렉트콜로 한국의 우리 집에다 전화를 걸어 아내 및 회옥이와 대화를 나누었다. 중국에 온 이후로 점심과 저녁 식사 때마다 맥주를 거른 적은 한 번도 없었던 듯하다.

6 (토) 맑음

오전 8시 30분경에 華中理工大學 外事課에서 마련한 대형 버스 및 봉고차 각 한 대씩에 분승하여 이 대학의 유학생들 및 외사과 직원들과 함께 長江 상류의 三峽 유람 길에 나섰다.

武漢~宜昌 간의 고속도로인 漢宜公路를 따라, 武昌까지는 육로로 가게 되었는데, 우리가 탄 봉고차에는 리비아인 유학생 부부와 그들의 세 자녀, 그리고 黃州~宜昌 간에 고속버스 25대를 운행하고 있다는 금호고속에서 파견 나온 한국인 직원 내외와 그들의 두 아들이 동승하였다. 華中理工大學의 유학생들은 주로 아프리카의 흑인과 아랍계였다. 금호고속의 직원 가족은 신변안전 상의 이유로 이 대학 外賓招待所에 장기 투숙하고 있으며, 도합 15평 정도 되는 주방 딸린 두 개의 방에 대해 정가에서 15% 할인한 가격으로 한 달에 6,700元 정도를 지불하고 있다고 한다. 이는 한국의 방세보다도 오히려 비싸다고 할 수 있겠는데, 중국인 한 사람의 한 달 평균 수입이 500元 미만인 점을 감안한다면 대학에서조차 외국인에게 얼마나 바가지를 씌우고 있는지 짐작할 수가 있겠다.

정오 무렵에 江陵(荊州)에 도착하였다. 지도상에 보이는 江陵은 荊州市의 한 구역을 이루고 있다고 하며, 荊州市는 2·3년 전부터 이웃한 沙市市와 합하여 현재는 荊沙市를 이루고 있었다. 荊州에서 춘추시대 楚나라의 첫 번째 수도였던 郢의 유허인 紀南城址 및 赤壁大戰 이후 이 지역을 蜀이 차지하여 關羽가 지키고 있다가 결국 吳 나라에 빼앗기고 만 荊州古城을 둘러보았다.

荊州古城 앞의 강가에서 우리 학생들이 준비해 온 주먹밥으로 점심을 때우고서 다시 길을 떠나, 宜昌의 三峽호텔에서 휴식을 취하다가 거기서 저녁을 든 후, 오후 일곱 시 경에 승선하여 三峽으로 진입하였다. 나는 배 뒤의 전망대에서 三峽 중 湖北省 쪽에 위치한 西陵峽의 풍경을 감상하다가, 친구들과 함께 그곳으로 나와 있는 周念이라는 이름의 武漢政法學院에서 經濟法系 2학년에 재학하고 있는 여대생이 내가 한국의 철학 교수라는 걸 알고서 말을 걸어와, 그녀와 더불어 자정 무렵까지 대화를 나누었다.

7 (일) 快晴

새벽 여섯 시 무렵에 기상하여, 西陵峽과 巫峽을 거쳐, 오전 여덟 시 경에 四川省의 巫山에서 下船하였다. 周念 양 일행과도 여기서 작별하였다.

巫山에서 朝飯을 든 후, 長江의 한 지류인 大寧河로 들어가 小三峽을 구경하였고, 그 고장 인부 너덧 명이 끄는 작은 배들에 나누어 타고서 급류를 거슬러 더 올라가 小小三峽에서 급류타기도 하였다. 小三峽으로 가는 배 안에서 아내와 회옥이에게 선물하기 위해 鷄血石으로 된 팔찌 세 개를 샀다. 小小三峽의 雙龍餐廳이라는 곳에서 점심을 들었는데, 小小三峽이 시작되는 小三峽의 안쪽 마을 바위 벼랑에는 古代의 棧道가 복원되어 남아 있는 곳도 있었다. 이 골짜기의 주위에는 높은 산봉우리가 가파르게 솟아 있어 奇景을 연출하고 있는데, 그 중 최고봉인 五老峯은 1,470m라고 하며, 협곡의 암벽에는 여기저기에 棧道의 흔적과 자연적으로 서식하고 있는 원숭이들의 모습이 보였다.

밤 열 시 경에 巫山에서 다시 여객선에 올라 몇 시간 동안 강물을 거슬러 오른 후, 다음날 상오 한 시 반 무렵에 三峽의 상류 쪽 끝인 奉節에 도착하여, 여인숙 수준의 詩城大飯店이라는 호텔에 투숙하였다.

8 (월) 快晴

奉節에서 조반을 든 후, 여덟 시 경에 배를 타고 瞿塘峽의 어귀에 있는 白帝城으로 향하였다. 이곳은 關羽의 원수를 갚기 위해 출정한 劉備가 吳나라 군대에 대패한 후, 이곳까지 물러나 이 山城에서 諸葛亮에게 遺囑을 남긴 후 운명한 것으로 유명하다. 근처의 下船場 부근 長江 한 가운데에는 南冥의「民巖賦」에 나오는 灩澦堆가 위치하고 있었으나, 中共 정권이 성립된 이후 항로에 방해가 된다 하여 폭파되어 없어졌다 한다. 또한 瞿塘峽의 입구에는 夔門이 위치해 있는데, 이 일대의 옛 夔州는 詩聖 杜甫가 成都로부터 이주해 와 2년 정도를 머물며 그의 전체 시 가운데서 약 1/4 정도를 지은 곳으로도 알려져 있다.

詩城大飯店으로 돌아와 점심을 들고서 얼마 간 휴식을 취한 후, 간밤에 통과했던 瞿塘峽을 이번에는 대낮에 배를 타고 내려가게 되었는데, 나는 역시 2층 갑판의 벤치에 혼자 앉아 大三峽의 장관을 감상하였다. 오후 다섯 시 남짓에 湖北省의 巴東에 도착하여, 내년 7월 중에 三峽 댐의 1차 공사가 완료되면 수몰될 예정인 이 마을의 老城(산 윗부분에 새로 건설 중인 新城에 대비한 말)에 있는 恒昌旅行社(이 여행사에서 우리의 三峽 여행 일정 중 일부를 떠맡은 모양임) 건물 안에 있는 여관에다 방을 배정 받은 후, 이 여행사와 같은 이름을 지닌 근처의 식당에서 저녁 식사를 들고, 나는 혼자서 老城의 거리를 산책하였다. 여관으로 돌아오니, 4층의 홀에서 흥겨운 민속 음악 소리가 들려오므로 그리로 올라가 보았는데, 이 지역의 소수민족인 土家族의 젊은 남녀들이 여행사 측의 부름을 받아 자기네 民俗舞蹈를 披露하고 있었다.

9 (화) 흐리고 비

여섯 시 무렵에 기상하여 여관 4층 홀에서 조반을 들고, 어제 이 자리에서 공연을 했던 土家族 젊은이들의 안내를 받으며 빗속에 나룻배로 長江을 건넜다. 건너편에서 다시 버스로 갈아타고서 험악한 산길을 달리다가 차가 여러 차례 고장이나 펑크 등으로 정거하기도 한 끝에 마침내 土家族의 집단 거주 부락에 도착하였다. 이 마을 주민들은 이제 거의 漢化되어 고유의 의상이나 생활 방식, 언어 등을 거의 지키고 있지 않으며, 관광객들이 떨어트리고 가는 얼마간의 돈에 생계의 많은 부분을 의지하고 있는 듯했다.

이 마을에서부터 神農溪 급류타기를 시작하여, 고대로부터 그 제작법이 전수되어 내려오고 있다는 이 부족 특유의 원시적인 나무배로 60킬로미터에 달하는 神農溪의 전체 길이 가운데서 약 1할에 해당하는 6킬로 정도의 급류를 타면서, 각 배에 한 명씩 올라탄 土家族 아가씨의 설명을 들으며 주위의 기암괴석들을 감상하면서 長江 부근에까지 내려왔다. 이 行程이 거의 끝나가는 지점에도 杜甫와 그 가족이 약 두 달 정도를 체재한 草堂이 있었다는 마을을 지나갔는데, 지금은 조그마한 마을을 이루고 있지만 인적이 드문 심심산골로서 神農溪의 淸流와 長江의 濁流가 합류하는 지점이었다. 巴東의 여관으로 돌아와 짐을 챙겨서, 다시 여객선을 타고 윗부분에 屈原과 王昭君의 고향 마을이 있다는 香溪 하류의 秭歸 고을 및 西陵峽을 지났으며, 宜昌에서는 白居易와 蘇軾 등이 노닐던 三游洞과 閘門式 댐으로 유명한 葛洲壩를 통과하였다.

김현조 교수는 형님이 암으로 위독하다는 이유를 대며 귀국하겠다고 하므로, 학생들로 하여금 김 교수의 전송을 당부해 두고서, 權鎬鍾 교수와 나는 다음의 여행 일정을 계속하기 위해 밤에 宜昌에서 일행과 작별하고, 며칠 전에 들렀었던 三峽호텔에 투숙하였다. 廬山에서 산 작은 배낭이 벌써 잭이 고장 나 쓸 수 없게 되었으므로, 그것을 버리고서 샘 가죽으로 된 새 배낭을 하나 새로 샀다. 김 교수는 여행을 시작한 이후로, 자신은 黃山과 廬山 및 三峽을 보고 나면 먼저 돌아갈 것이라는 말을 진작부터 하고 있었다.

10 (수) 맑음

새벽 네 시 반에 기상하여 다섯 시 반의 普通急行列車로 湖北省 북부에 있는 襄樊으로 향했다. 도중에 硬座 표를 硬臥 표로 바꾸어, 정오 무렵에 襄樊市에 당도하였다. 襄樊은 漢水를 경계로 하여 남북으로 나뉘어져 있는 襄陽과 樊城의 두 市가 하나로 합쳐진 것이다.

역 광장 부근에서 짐을 맡긴 다음, 陝西省 남부의 漢中으로 가는 臥鋪 표를 사기 위해 담당자를 만나기도 했으나 구하지 못하고, 역전의 鐵路大飯店에서 점심을 든 후, 택시를 대절하여 鹿門山으로 향했다. 이 산은 南冥의 詩에 보이기도 하여 일찍부터 그 이름을 듣고 있었던 것인데, 도중에 시인 孟浩然이 살던 마을을 지나치기도 했다. 그러나 실제로 도착해 보니 산은 상상했던 것보다는 훨씬 작은 야산 정도의 규모에 지나지 않았다. 龐德公·孟浩然·皮日休 등이 은거했던 鹿門寺에 들러, 대웅전 뒤의 우물에서 바가지로 물을 떠 중국에 온 후 처음으로 천연의 샘물을 맛보았다.

鹿門山에서 돌아온 후, 襄陽의 서쪽 교외에 있는 諸葛亮의 古隆中을 방문하였다. 諸葛亮이 劉備로부터 三顧草廬의 禮를 입어 마침내 천하를 위해 몸을 일으킨 이른바 臥龍崗의 위치에 대해서는 河南省의 南陽市와 湖北省의 襄樊市 간에 서로 입장의 대립이 있어 몇 년 전 이 문제에 관한 국제학술회의가 개최되기도 하였다는 소문을 들은 적이 있지만, 오늘날 학계에서는 이곳의 古隆中으로 보는 것이 대체적인 경향인 듯하다. 예상보다도 넓고 잘 정비되어 있는 古隆中의 구내를 두루 둘러본 다음 입구로 돌아나오자, 함께 탔던 남녀 두 명의 택시 업자가 애초의 약속을 무시하고서 시간이 지체되었다며 추가 요금을 요구하고, 이를 거부하는 권 선생의 옷깃을 잡는 등 험악한 분위기가 연출되어, 결국에는 근처의 파출소를 찾아 公安員에게 이 분쟁의 해결을 당부하는 해프닝까지 벌어졌다. 공안원의 지시에 의해 그들은 처음 약속한 요금으로 애초에 합의했었던 夫人城과 米公祠 입구에까지 우리를 데려다 주지 않으면 안 되었다.

鐵路大飯店으로 돌아와 늦은 저녁 식사를 든 후, 밤 9시 15분 열차로 漢中으로 향했다.

11 (목) 맑음

襄樊을 떠날 때에는 硬座 표를 사 가지고서 硬臥의 차창 옆에 딸린 茶席에 앉아 가야 하였는데, 한참 후에 硬臥의 맨 위 칸을 배정 받아 겨우 자리에 누워 잠을 청할 수가 있었다.

기차가 漢中 평야를 지날 무렵 잠이 깨어 茶席에서 차창 밖의 풍경을 구경하다가, 漢中을 지나 勉西驛에서 내렸다. 먼저 이곳의 定軍山 아래에 있는 諸葛亮의 묘를 참배하였는데, 그 부근에는 전국에 있는 諸葛亮의 사당 가운데서 가장 오래된 것이라고 하는 武侯祠가 있음에도 불구하고, 그것이 묘에 부속되어 있는 사당과 같은 것인 줄로 착각하고서 찾아가 보지 못했다. 勉縣(원래는 沔縣) 읍내에서 택시를 타고서, 그 지방에서 가장 고급에 속하는 식당으로 가서 아가씨들의 시중을 받으며 점심을 들었고, 중형 버스를 이용하여 漢中으로 와서는 또 이 도시에서 가장 고급이라고 하는 華苑賓館에다 숙소를 정했다. 오후에 지금은 漢中市博物館으로 되어 있는 古漢臺를 방문하였다. 이곳은 기원전 206년에 훗날 漢高祖가 된 劉邦이 漢王으로 책봉되었을 당시의 궁전 遺址였다. 택시를 세내어 留壩의 褒斜棧道 입구에 있는 張良廟도 찾아볼까 했으나 이미 시간이 늦어 거기까지 갓다올 형편이 못될 듯하여 포기하고, 시가의 변두리에 위치해 있는 劉邦이 韓信을 大將軍으로 임명하는 의식이 행해졌던 현장이라는 拜將臺를 방문하였다.

漢中은 사방이 첩첩산중으로 둘러싸인 가운데에 위치한 넓은 분지로서, 기후와 토질이 모두 사람 살기에 적합한 곳이기 때문에 '小江南'이라는 美稱으로 불렸던 곳인데, 그런 까닭에 陝西·甘肅·四川·湖北의 네 省으로 진출하기 위해서는 필요불가결한 전략상의 요충이 되었던 곳이다. 기원전 325년에 秦이 楚의 영토였던 이곳을 장악하여 漢中郡을 설치함으로써 천하통일의 발판을 마련하였고, 그 후 劉邦이 漢水의 발원지이기도 한 이곳을 근거지로 하여 패업의 근거지로 삼았으므로, 후일의 漢이라는 국명도 이 지명에서 유래한 것이며, 諸葛亮이 여섯 차례에 걸쳐 祁山에 출병하여 曹魏를 북벌할 때에도 역시 이 분지를 그 후방 기지로 삼았던 것이

다. 漢中의 동쪽 편에는 또한 張騫과 蔡倫·李固의 묘 등도 산재해 있다고
한다.

밤에 호텔 식당에서 일하는 아가씨 두 명과 함께 부근의 중심가를 산
책하고, 거리의 상점 의자에 앉아 과일을 들기도 하다가 자정 무렵에야
취침하였다.

12 (금) 맑았다가 도중에 흐리고 때때로 비

漢中의 華苑賓館을 떠나, 어제 타고 왔었던 9시 50분발 기차로 四川省의
成都로 향하였다. 漢中 분지를 지나자 계속 산악 지대가 이어져 무수한
터널을 지났다. 則天武后의 고향인 廣元市를 지났고, 李白이 그 부친을 따
라 西域에서 옮겨 와 젊은 시절을 보냈던 고향인 江油市의 靑蓮場, 歐陽修
의 고향인 錦陽市에 들러 보기를 원했지만, 시간과 열차 사정이 여의치
않아 그냥 지나치고 말았다. 上海에서 출발한 이 기차에는 浙江省 溫州市
부근의 시골에다 남편을 놓아두고서, 딸이 살고 있는 成都로 돈 벌러 오
는 아주머니와, 같은 浙江省의 金華市 부근 義烏라는 곳에서 역시 成都로
장사하러 오는 20대의 젊은이 등이 타고 있어, 그들과 더불어 중국 改革開
放政策의 문제점 및 중국 관리들의 부패상 등에 관한 대화를 나누었다.

밤 10시 40분경에 成都 北驛에 도착하여, 그 부근의 成都大酒店에 투숙
하였다.

13 (토) 흐리고 부슬비

간밤에는 두 시 넘어 취침하였기 때문에 평소보다 늦은 오전 일곱 시
무렵에 기상하였다.

어제 漢中에서의 저녁 식사 때 평소와는 달리 권 선생과 더불어 맥주
대신 白酒 한 병을 마시고, 아울러 술김에 그 지방 특산이라는 담배를
한 갑 새로 사서 피우기 시작한 까닭인지, 마침내 감기 기운이 있어 콧물
과 재채기가 끊이지 않았다. 권 선생이 약을 넣어 온다기에 나는 華工의
유학생 기숙사에 맡겨 둔 등산용 배낭 속에 들어 있던 감기약을 따로

챙겨 오지 않았었는데, 알고 보니 권 선생의 짐 속에는 약이 들어 있지 않아, 아침에 호텔 안에 있는 약국에 들러 콧물감기 약을 사서 복용하기 시작했다.

오늘은 주로 成都 시내와 그 주변 지역을 둘러보기로 하고서, 玄奘法師의 두개골이 보존되어 있다는 시내의 文殊院과 唐代의 여류 시인 薛濤의 故居를 개조한 錦江 가의 望江樓公園, 劉備의 묘가 있고 諸葛亮 등 『三國志』에 나오는 蜀의 인물들을 合祀하고 있는 武侯祠, 浣花溪 가의 杜甫草堂, 巴金의 대표작 『집』에 묘사된 건물을 본떠서 이 소설가의 기념관으로 삼고 있는 百花潭公園 등을 둘러보았다.

점심은 四川式 套菜로 유명하다는 시내 중심가의 식당으로 가서 들었다.

오후 네 시 무렵에 중형버스를 이용하여 成都 시가를 벗어나 서북쪽으로 두 시간 정도를 달려 都江堰에 다다른 후, 다시 택시로 갈아타고서 東漢 때의 第1代 天師였던 張陵이 이곳에 입산한 이래로 道敎 發祥地의 하나가 된 靑城山으로 향했다. 그러나 이미 시각이 꽤 늦어 月沈湖를 건너는 배나, 호수 건너편 언덕에서부터 정상 쪽으로 올라가는 케이블카 등의 운행이 중지되었으므로, 모노레일을 타고서 대문 쪽으로 도로 돌아 내려와, 입구에 있는 建福宮 만을 둘러본 다음, 택시를 대절하여 成都로 돌아왔다. 역 부근에서 내려 호텔까지 걸어서 돌아오는 도중에 심한 惡寒이 있어, 저녁 식사도 하지 않고서 간밤에 사 둔 수박을 좀 썰어 먹은 후, 이불을 겹으로 두텁게 끌어 덮고서 혼자서 먼저 취침하였다.

14 (일) 흐림

간밤에 속옷이 흠뻑 젖도록 땀을 흘리고 나니 감기 기운이 다소 나아졌다. 호텔을 나서 역전으로 가서 樂山大佛과 峨眉山의 二日遊에 참가하였다. 중형 버스 한 대로 다섯 시간 정도를 달려, 岷江과 大渡河 및 靑衣江이 합류하는 지점에 위치한 樂山市에 당도하였고, 거기서 유람선을 타고서 세계 최대의 石刻佛像이라고 하는 凌云寺의 摩岩彌勒坐像을 구경하였다. 이 불상은 唐 開元 元年(713年)에 僧 海通에 의해 창건되어, 90년 후인 803

년에 완성된 것이라고 하는데, 높이 71미터에 달하는 것이다.

다시 선착장으로 돌아와, 봉고차로 바꾸어 타고서 凌云山 뒤편의 붉은 바위벽을 깎아 중국을 비롯한 세계 각국의 불교 조각품 및 탄트라 계통 密敎의 조각들을 모각하여 한 곳에 진열하고 있는 東方佛都라는 곳을 구경하고, 이어서 凌云山에 올라가 凌云寺를 거쳐 大佛 주위의 棧道 및 蘇東坡 讀書樓 등을 둘러보았다. 三蘇의 고장인 眉山과 郭沫若의 고향인 沙灣鎭도 여기서 멀지 않은 지점에 있다.

凌云山에서 峨眉山의 특산물이라고 하는 녹차 竹葉靑 한 兩을 사고, 內蒙古 烏蘭察布博物館에서 옮겨왔다고 하는 거란족 여인의 미라 진열관도 둘러 본 다음, 다시 길을 떠나 해가 저문 다음에 峨眉山의 오늘 밤 우리들 숙박지인 淨水旅社에 도착하였다.

15 (월) 흐리고 때때로 부슬비

새벽 세 시에 기상하여 국수로 간단히 아침을 때우고, 오전 네 시에 봉고차로 여관을 떠나 여러 시간 동안 계속 산길을 달려 올랐다. 정상에서 조금 아래인 雷洞坪(해발 2,430m)에서 차를 내려 거기서부터 얼마간 걷노라니 날이 점차 밝아지기 시작하였다. 대부분의 사람들은 차에서 내리자 상인들로부터 국방색 코트를 하나씩 빌려 입었으나 권 선생과 나는 그렇게 하지 않았는데, 케이블카를 타고서 정상인 金頂(3,077m) 부근에 내리니 아닌 게 아니라 다소 한기가 들었다. 여기서 조금 떨어져 있는 최고봉인 萬佛頂은 3,099m라고 하지만, 金頂만 하더라도 내가 지금까지 올라본 산들 가운데서는 가장 높은 것이다. 이 산 역시 九華山과 더불어 중국 불교의 四大聖地 가운데 하나로서, 普賢菩薩의 道場이다. 金頂에서부터 雷洞坪까지는 빗속에 우산을 받쳐 들고서 걸어 내려오며 도중에 길가의 상점에 들러 이 산의 특산이라고 하는 차들을 맛보며 다시 竹葉靑 두 兩을 사기도 했는데, 산길 주위의 숲에는 야생의 원숭이들이 많았다.

오전 10시 40분경에, 새벽녘에 봉고차로 어둠을 뚫고서 올랐던 길을 도로 내려와 숙소인 萬年寺 아래쪽 淨水 마을에 있는 여관에 도착하였다.

우리 일행의 대부분은 三日遊에 참가하여 왔으므로 점심을 든 후에 다시 萬年寺 쪽으로 올라가는 모양이었지만, 권 선생과 나는 二日遊이므로 여기서 그들과 헤어졌다. 가이드가 주선해 준 다른 봉고차로 돌아오는 도중에 峨眉山의 관문이라고 할 수 있는 報國寺를 참관하였고, 거기서 다시 다른 차로 갈아타고서 돌아오는 도중에 眉山에서 下車하였다.

北宋의 저명한 문학가인 蘇洵·蘇軾·蘇轍 부자의 故居를 개조한 三蘇博物館을 참관하고서, 거기서 아내와 회옥이에게 줄 이 지방 특산의 대나무로 만든 크고 작은 핸드백 각각 하나씩과 등산용으로 쓰기 위한 대나무 지팡이를 샀다. 완행의 중형 버스를 타고서 어두운 시각에 成都 北驛 부근에서 하차한 다음, 엊그제 투숙했던 成都大飯店 안의 식당에서 四川式 火鍋 뷔페로 서둘러 저녁 식사를 때웠다. 우리들의 峨眉山 여행을 주선했던 역전 광장의 여행사 직원으로부터 부탁해 두었던 기차표를 전해 받고서, 밤 9시 48분발 重慶 行 特快 열차에 몸을 실었다.

16 (화) 흐리고 무더움

새벽 다섯 시 무렵에 눈을 뜨니 기차는 長江 상류 지역을 지나가고 있었다. 상류의 長江은 하류보다도 한층 더 짙은 흙탕물로 보였다. 여섯 시 반경에 江津市를 통과했고, 오전 8시 10분경에 重慶驛에 도착하였다. 重慶은 長江과 嘉陵江이 합류하는 지점에 위치해 있는 공업도시로서, 고대의 巴國이 존재했던 곳이고, 對日抗戰 기간 중 蔣介石 정부의 임시수도가 되어 본격적인 발전을 시작한 것인데, 지금은 四川省 최대의 도시가 되어 있다.

역 부근의 식당에서 간단한 아침 식사를 마친 후, 일제 말기의 大韓民國臨時政府 청사를 찾아보기 위해 여기저기에 물어 보았으나 아는 사람이 없었다. 역 부근에 있는 한국 大宇 그룹의 고속버스 회사 사무실에 들렀더니, 그곳의 중국인 직원들이 시청 外事課로 찾아가 보라고 하므로, 다시 택시를 타고서 人民路에 있는 市政府 청사로 찾아갔다. 그 입구에서 우연히 한 젊은 청년을 만나 韓國의 임시정부가 市中區 蓮花池에 있다는 정보를 얻었다.

다시 택시를 타고서 蓮花池 38號에 있는 大韓民國臨時政府의 청사를 찾아가 보았다. 이곳은 해방 전의 마지막 임시정부 건물로서, 우중충한 골목 안에 위치해 있기는 했으나, 당시 蔣介石 정부의 상당한 지원을 받고 있었던 탓인지 上海 馬當路에 있는 것보다 훨씬 크고 짜임새가 있는 것이었다. 이 청사는 1991년에 복원을 위한 작업이 시작되어 1995년에 완공된 것인데, 棟數는 다섯 개이며, 대지 약 313평에 연건평이 약 400평에 달하는 규모였다. 미인인 중국인 여직원 한 명과 동북 지방에서 왔다는 한국어를 유창하게 구사하는 李鮮子라는 조선족 여직원이 우리를 친절하게 안내하고 또한 접대해 주었다.

임시정부 건물을 둘러본 다음, 解放碑 구역에 있는 당시의 한국 독립군 총사령부 건물에까지 가 보았는데, 이 유서 깊은 건물은 이제 味苑이라고 하는 이름의 重慶에서도 대표적인 四川 요리 전문점이 되어 있었다. 여기서 점심을 들고서 그 부근의 거리를 좀 산책해 보다가, 市中區의 한가운데에 있는 枇杷山公園에 올라가 시가를 조망하고, 거기에 와 시간을 보내고 있는 젊은 실업자들 가족과도 얼마간 대화를 나누어 보았다. 그들은 개혁 개방정책이 실시된 이후 시골에서 도시로 무작정 몰려온 농민들로 말미암아 일자리를 잃은 사람들이었다.

시의 중심부로부터 꽤 멀리 떨어져 있는 重慶 北站으로 이동해 가서, 오후 3시 7분발 武昌行 直快 열차를 탔다. 내내 좌석을 얻지 못해 창문가의 보조 의자에 앉아 있다가, 저녁 식사 후 비로소 硬臥 上層의 자리를 배정받을 수가 있었다. 저녁 식사 때 식당차에 가서 맥주를 시켰더니 병만 갖다 주고 잔을 주지 않았는데, 몇 번 부탁하여 겨우 얻은 잔이란 막걸리 잔보다도 오히려 큰 사발로서, 그나마 온통 깨어져 이가 빠진 것들이었다.

17 (수) 흐림

기차가 湖北省의 十堰市를 지날 무렵 자리에서 일어났다. 襄樊市와 曾侯

乙墓의 출토로 유명한 隨州市, 그리고 秦簡의 출토로 유명한 雲夢 등을 거쳐 武昌으로 향하였다. 도중에 근자의 홍수로 철로가 무너져, 十崗이라는 곳에서 몇 시간 동안이나 정거해 있었다. 그러한 까닭에 오후 네 시 반 무렵 도착 예정이던 열차가 밤 8시 45분경에야 목적지에 당도하게 되었다. 홍수 때문에 여기저기에 집이 침수되어 있는 모습을 볼 수가 있었고, 강이든 냇물이든 모두 진흙 빛이었다. 근자에는 모두들 火葬을 하고 있는 탓인지 중국에 온 후 별로 눈에 띄지 않았던 개인 무덤들도 이 철로 변에서는 더러 볼 수가 있었다.

언젠가 들른 바 있었던, 武昌 역 부근 大東門 519號에 위치한 근자에 유행하고 있는 娛樂城의 하나인 OK100夜總會의 中餐廳에서 늦은 저녁을 든 후, 華工의 外招 505호실에 입실하여 밤 한 시 경에 취침하였다.

18 (목) 비온 후 오후에 개임
종일 자유 시간을 가졌다.

나는 오전 중 시내버스를 타고서 武昌의 黃鶴樓 부근 閱馬場에 있는 辛亥革命武昌起義記念館으로 가서, 당시 起義軍政府가 접수하여 帝制를 폐지하는 제1호 법령이 선포되었던 이 건물 본관 내의 孫文 및 武昌首義와 관련된 여러 전시품들과, 양측 별관에 전시되고 있는 河南省 三門峽博物館 소장 90년대에 발굴된 대량의 周代 청동기들 및 辛亥革命 당시 혁명군 총사령관이었던 黃興의 生平事迹展을 관람하였다.

그 부근의 대중식당에서 간단한 점심을 들고서, 다시 시내버스와 택시를 번갈아 고쳐 타고서 東湖 안에 있는 磨山風景區로 들어가 보았다. 특히 이 구내의 언덕 위에 신축되어 있는 楚天臺는 楚나라의 궁전 건물을 본뜬 것으로서, 그 안은 일종의 楚文化 종합박물관으로 꾸며져 있었고, 曾侯乙墓의 대형 編鐘까지 동원된 고대 음악의 합주와 무용 등도 감상할 수가 있었다. 이 풍경구 일대를 두루 산책하며, 湖北省을 중심으로 한 楚나라 문물의 이모저모를 살펴보다가, 택시를 타고서 숙소로 돌아왔다.

오후 여섯 시에 권호종 교수가 본교 학생들의 중국어 연수단 인솔교수 자격으로서, 姉妹大學인 華中理工大學 측의 환대에 감사하는 답례의 뜻으로 友誼餐廳 별실에서 이 대학 중문과 학과장들 및 행정 당국자들을 초치한 작별의 만찬 모임을 가졌다. 나는 이날 밤 중국에 온 후 두 번째로 집에 전화를 걸어 보았다.

19 (금) 맑음

새벽 네 시 반에 기상하여 처음의 武昌 도착 직후부터 각지로의 여행을 전후하여 여러 차례 신세진 이 外招 8號樓를 마지막으로 체크아웃하고서 武昌 역으로 나가 보았으나, 우리가 타려고 했던 여섯 시 반 무렵의 기차는 홍수로 말미암아 철로가 두절되는 바람에 운행이 중단되었다는 것이었다. 별 수 없이 택시를 타고서, 그 일대에서 가장 고급이라는 호텔로 찾아가 조반을 들고서, 그 호텔 로비에서 다음 기차 시간을 기다리며 시간을 보내는 중에 黑龍江省 尚志市 河東鄉의 큰 딸네 집에 가서 집을 보아주고 있는 이모님께 전화를 걸어 보았다. 어제 한국으로 전화를 걸었을 때 아내가 전해준 소식 중에, 지금 한국에 나와 있는 이모의 큰딸 내외가 우리 집으로 전화를 걸어 와 조만간에 한 번 방문할 뜻을 표명했다는 내용이 있었으므로, 내가 귀국한 후에 찾아와 주도록 연락할 것을 당부하기 위해서였다.

오전 10시 20분경에야 硬臥 칸의 좌석을 얻어 출발할 수가 있었다. 그러나 湛江 行의 이 기차는 廣西省 柳州 부근에서 홍수로 철로가 두절되었다 하여, 우리의 다음 목적지인 湖南省의 岳陽으로 향하는 도중 咸寧驛에서 무한정 지체하게 되었다. 결국 오후 네 시 무렵에 이 열차는 武昌驛으로 되돌아가게 되었는데, 우리는 당초에 역 창구에서 표를 산 것이 아니라, 軟臥 승객의 대합실을 거쳐 표 없이 플랫폼으로 들어와 列車長에게 여권을 제시하여 외국인의 신분임을 이용해 車廂 안에서 補票한 것이기 때문에, 이 차표를 도로 물리기 위해서는 또 한동안 고생을 하지 않으면 안 되었다.

기차가 되돌아가게 되자, 열차장은 찾아간 권 교수에 대해 武昌 역에 돌아간 이후 처리하겠노라고 하였으나, 武昌 역에 도착하여서는 그 열차 장의 모습은 찾아볼 수도 없고, 다른 열차장을 비롯한 이 열차의 승무원 들은 하나같이 역으로 나가서 처리하면 된다고 하므로, 별 수 없이 역으로 나가니 그곳 담당자들은 또한 차 안에서 補票해 준 열차장에게서 사인을 받아오라고 책임을 돌리는 등, 서로서로 책임전가만 할 뿐 손님의 고충을 진정으로 해결해 주려는 자세가 별로 보이지 않았다. 결국 우여곡절 끝에 다른 열차장의 메모를 받아 우리는 상당한 시간이 지난 후 이럭저럭 수수료를 제외한 열차 요금을 환불 받을 수가 있었으나, 우리와 비슷한 사정의 다른 중국인 승객들은 우리가 역을 떠날 무렵까지 계속 우왕좌왕 하고 있는 모습이었다.

다시 OK100夜總會 2층의 중국 식당으로 가서 저녁 식사를 들며 그 식당 종업원으로서 우리 테이블의 시중을 들어 주는 미모의 余永珍 少姐 등과 대화를 나누며 시간을 보내다가, 漢口의 부두로 가 廣州에서 온 중국인 단체 여행객들 속에 어울려 몇 시간을 더 기다린 후, 밤 11시가 넘은 시각에 重慶 行의 여객선에 오를 수가 있었다.

20 (토) 흐리고 때때로 비와 번개

간밤에 탄 배에는 승객이 별로 없었고, 우리가 배정받은 2등실은 2층 맨 앞인데다 앞쪽과 옆쪽의 벽은 모두 유리창으로 되어 있어, 침대에 누워서도 長江의 경치를 구경할 수 있게 되어 있었다. 그러나 어제 漢口의 부두에서 사 온 수박으로 아침 식사를 대신한 후, 내내 방 앞의 갑판으로 나와 등받이 없는 의자에 걸터앉아서 바깥 경치를 구경하였다. 浦圻의 武赤壁도 다시 한 번 지나가게 되었다. 長江은 강둑 안쪽의 집과 들판들이 모두 물에 잠겼고, 강폭이 최대한으로 넓어져 장관을 이루고 있었다. 옆 방에서 보고 있는 TV의 실황 중계를 통해 오늘 애틀랜타 올림픽의 개막식이 있음을 알았지만, 한 달 가까이 신문이나 TV 뉴스를 거의 접하지 못하고 있어도 별로 세상 소식에 대한 궁금증은 느끼지 못했다. 武漢의 漢陽地區는 百幾十年만에 두 번째로 크다고 하는 이번의 홍수로 말미암아

市街가 물에 잠겨 배를 타고 다녀야 한다는 소문을 들었지만, 중국 사람들은 매년 있는 홍수라 그런지 별로 대단한 반응을 보이지 않는 듯했다.

오후 한 시 남짓에 洞庭湖 입구의 岳陽市에 당도했다. 선착장 부근의 호텔에 들러 하룻밤 묵고 갈 예정으로 방을 정했지만, 洞庭湖의 범람으로 인하여 호수 안의 명소인 君山으로 가는 배편이 끊어졌으며, 오후 세 시 남짓에 岳陽에서 출발하는 기차 이외에는 우리들의 다음 목적지인 湖南省의 省都 長沙로 갈 수 있는 모든 교통편이 두절되었다는 말을 듣고서, 한 시라도 빨리 여기를 벗어나야겠다는 판단이 들어 숙박을 포기하고서 역으로 갔다. 오후 다섯 시 남짓에도 岳陽을 떠나 廣東省의 深圳으로 가는 特快 열차가 있기에 그 기차의 硬坐 표를 구입한 후, 짐을 역에다 맡기고서 시내의 臺灣茶라는 식당으로 가서 늦은 점심을 들었다. 식사 후 비를 무릅쓰고 岳陽樓로 가서, 보수 공사 중인 岳陽樓와 그 구내의 杜甫를 기념하는 懷甫亭, 周瑜의 부인 무덤을 옮겨다 놓은 小喬墓 등을 참관하였다.

長沙로 향하는 열차 안에서, 며칠 전 峨眉山에서 우리를 만나 대화를 나눈 적도 있다는 廣州 사람 부부 및 그들의 외아들과 자리를 마주해 앉게 되어, 같이 오면서 차창 밖으로 내다보이는 湖南省 일대의 심각한 홍수 상황이며 중국의 현 상황 등에 관해 대화를 나누었다. 그 남편 되는 사람은 중국의 현 共産黨 主席의 이름이 (江)澤民인 점을 풀이하여, 백성을 익사시켜 죽게 만들면서도 아무런 대책을 세우려 하지 않는 점을 비꼬고 있었다. 經濟特區인 深圳으로 가는 이 기차는 지금까지 보아 왔던 중국 국내의 어떠한 열차와도 비교할 수 없을 정도로 시설이 훌륭하고 깨끗하였다.

밤 8시 20분경에 長沙에 도착하여, 역전의 新興大酒店에다 숙소를 정하고서, 도로 건너편의 廣東式 식당으로 가서 君山의 名茶인 銀針茶와 더불어 늦은 저녁을 들었다. 우리와 함께 왔던 廣州 사람 일가족도 廣州까지의 臥鋪 표를 구하지 못해 우리가 든 호텔에다 숙소를 정해 있었다. 역에 가서 이 지방의 旅游圖와 열차 시각표를 구해 와, 자정 가까이 되어 취침하였다.

21 (일) 맑으나 무더움

호텔 4층의 구내식당에서 조반을 든 후, 숙소에서 그다지 멀지 않은 長沙 역 건너편의 馬王堆 西漢古墳의 현장을 둘러보았다. 湖南省博物館으로 가서 馬王堆出土遺物의 소장품들과 그 유명한 第2號墳 출토 여인의 미라를 구경하였고, 이어서 박물관 구내의 다른 장소에서 전시되고 있는 中國歷代古墳展 및 湖南省의 명승과 인물들을 소개하는 回廊의 게시물들을 참관하였다.

박물관을 나온 후, 중심가로 가서 湖南省의 요리인 이른바 湘菜로 가장 이름이 있다는 又一村飯店에 들러 점심을 든 후, 그 부근에 있는 船山學社로 찾아갔다. 우리는 여기가 王船山의 故居인 줄로 알고 찾아왔던 것이지만, 알고 보니 淸末의 光緒年間에 창건된 학교로서, 젊은 시절의 毛澤東 등에 의해 후일 自修大學으로 개칭된 곳이었다.

長沙에 3년간 좌천되어 내려와 있으면서 그 시기에 주요한 글들을 집필했던 前漢 시대 賈誼의 故居를 찾고자 하였는데, 택시 기사들조차 거기에 대해 아는 사람이 없었고, 심지어는 우리를 전혀 엉뚱한 곳에다 데려 놓고서 차비만 받아먹고 달아나는 기사도 있었다. 다시 시내버스를 타고서 물어물어 찾아갔으나, 그 부근이라고 하는 재래식 시장 통 입구에 내려 시장 안을 오고가는 수많은 사람들에게 물어 보아도 역시 아는 사람은 없었다.

시간 관계로 일단 포기하고서, 湘江 다리를 건너 岳麓山 기슭의 湖南大學 구내에 있는 岳麓書院을 찾아갔다. 몇 달 전 河南省의 崇山에서 같은 宋代 四大書院의 하나인 崇陽書院을 방문했을 때와는 달리, 이 서원은 千年學府답게 규모도 크고 잘 정비되어 있었다. 王船山이나 龔自珍도 이 서원의 출신자라고 하며, 王船山의 故居는 長沙가 아니라 그의 고향인 衡陽에 있음을 비로소 알았다.

旅游圖에 賈誼의 故居가 표시되어 있음을 확인하고서, 돌아오는 길에 택시를 그 부근의 위치에 대게하고서, 다시금 묻고 물어 마침내 太傅里의 太傅商場 부근에 있는 그 장소를 찾아내었다. 지금은 祠堂도 없어지고 그

일대에는 모두 민가가 들어섰으며, 사당 건물의 내부는 창고로 변해 있으나, 太傅라는 지명만은 분명 賈誼의 직함에서 유래하는 것이었다.

　호텔 식당에서 저녁 식사를 마친 후, 표도 없이 바로 軟臥乘客 대합실로 들어가 오후 7시 17분발 기차를 타고자 했으나 실패하고, 硬坐 표를 사서 어제 우리가 타고 온 岳陽 發 深圳 行 特快 열차에 올라, 세 시간쯤 후인 밤 12시 반 경에 衡陽 역에 내려서, 역 출구 바로 옆에 있는 衡鐵大酒店에 투숙했다. 중국의 호텔은 어떤 곳에서는 외국인 추가 요금을 받고 어떤 곳은 그렇지 않으며, 또한 지역에 따라서는 외국인은 이른바 3星級 이상의 涉外 호텔에 들어야 하는가 하면 이곳처럼 2星級에서 받아 주는 곳이 있기도 하여, 전국적으로 통일된 일정한 기준은 없는 듯하다. 떠나오기 전, 밤의 長沙驛 부근은 대기 오염이 너무도 심하여 호흡하기가 싫을 정도였다.

　22 (월) 맑으나 무더움

　衡陽의 시외버스 주차장에서 택시를 전세 내어 중국의 五岳 중 南岳에 해당하는 衡山에 다녀왔다. 南岳鎭에 당도하여 우선 南岳大廟와 祝聖寺를 둘러보고서, 중형 버스들과 케이블카를 번갈아 타면서 南岳의 최고봉인 祝融峰(1,290m)에 올랐다. 이 衡山은 朱子와 南軒 張栻이 올라 수많은 시들을 주고받은 곳이어서 이른바 湖湘學派와 관련하여 성리학 史上에 유명한 곳이지만, 또한 南岳懷讓과 馬祖道一이 활약한 南宗禪의 본고장이기도 하다. 그러나 중국의 명산들이 다 그렇듯이 정상 부근에까지 큰 도로가 닦여져 있어 차가 드나들고, 지나치게 상업화 되어 있어 오히려 한국의 지리산에 오른 것보다도 감흥이 적었다.

귀로에는 아침에 올 때처럼 60元을 주기로 하고서 다시 다른 택시를 대절하였는데, 언제나 그렇듯이 이번에도 기사는 원래의 약속대로 우리를 石鼓公園을 거쳐 호텔이 있는 衡陽驛前까지 데려다 주지 않고서, 아침의 출발지인 衡陽시외버스 터미널 앞에다 내려놓았다. 다투기가 싫어 거기서 다시 다른 택시를 타고서 시내 북쪽의 石鼓公園으로 향했다. 지금 공원이 들어서 있는 湘江과 蒸水가 만나는 지점의 남쪽 자리에 위치하고 있었던, 역시 중국 4대서원의 하나였다고 하는 石鼓書院은 抗日戰爭 중 불에 타 흔적조차 없어져 버렸다. 衡陽市의 서북쪽 끄트머리에 위치한 王船山의 墓와 그 故居에 꼭 가보고 싶었지만, 시간이나 권 선생의 남아 있는 여비 사정으로 말미암아 결국 들르지 못한 것이 못내 아쉬웠다.

호텔에서 간단한 저녁을 든 후, 밤 아홉 시발 廣州로 가는 特快의 硬臥 칸에 올랐다. 衡陽 출신으로서 현재 深圳에서 일하고 있으며, 작년에 거기서 만난 사람과 결혼했다는 한 젊은 여인이 우리 맞은 편 자리에 앉아 있어 함께 대화를 나누었다.

23 (화) 서늘하며 흐리고 때때로 부슬비

새벽 세 시 반경에 廣東省의 省都인 廣州에 닿았다. 택시를 잡아 南宗禪의 開祖인 六祖 慧能이 住錫했던 光孝寺로 향하고자 했으나, 택시 기사가 이번에도 우리를 속여 요금을 올리기 위해 엉뚱한 곳으로 향하므로, 도중에 차에서 내려 인적도 드문 컴컴한 거리를 한참동안 물어가며 걷다가, 다시 택시를 타고서 바로 근처에 있는 光孝寺에 마침내 당도했다. 다행히도 절은 입구의 옆문을 통해 24시간 개방되어 있으므로, 그 시각에도 입장하여 얼마 후 시작되는 스님과 신도들의 아침 예불 모습을 지켜볼 수가 있었다. 중국이나 臺灣에서 흔히 보아 온 절들과는 달리, 이 절은 道敎와의 유착을 거의 찾아볼 수 없는 절다운 절이었다.

옆문으로 들어갔다 정문으로 나온 다음, 達磨가 526년(南朝 梁 普通7年)에 인도로부터 海路로 중국의 廣州에 들어온 후 처음으로 세운 암자 자리에 위치한, 동아시아 禪佛敎의 발상지라고도 할 수 있는 下九路의 華林禪寺를 찾아갔다. 이 절은 光孝寺에 비해 훨씬 작고 시장 통 골목 안에 위치해 있어 근처에서도 아는 사람이 별로 많지 않았다. 개성이 다양한 수많은 羅漢들의 좌상을 안치해 놓은 羅漢殿이 절의 중심이었다.

下九路에서 第十甫路 일대는 유서 깊은 거리여서, 우리도 이 길을 산책하며 廣州第一이라는 액자가 걸려 있는 歐成記麵食專門家에 들러 鮮蝦雲呑麵으로 아침 식사를 마치고, 유명한 레스토랑인 蓮香樓나 月餠 전문점으로서 입구에 康有爲가 쓴 간판이 걸려 있고 魯迅도 드나들었다는 陶陶居 등을 둘러보기도 했다.

다시 택시로 역전까지 돌아와 마카오와의 접경지인 珠海까지 가는 중형버스에 올랐으며, 도중 몇 차례 버스를 바꾸어 타면서 광대한 珠江 三角洲의 수많은 강들과 다리들을 지나 아열대의 들판 풍경들을 감상하면서 마침내 중국의 남쪽 관문인 珠海市에 다다랐다.

간단한 출국 수속과 포르투갈령 마카오로의 입국 수속을 마친 후, 마카오의 택시 기사에게 물어 東望洋山(松山) 남쪽 비탈에 위치한 東望洋酒店 203호실에다 여장을 풀었다. 우선 호텔 차를 이용하여 마카오 전체에서 가장 유명한 도박장이 있는 葡京酒店(리스보아 호텔) 부근의 中國銀行에 들러 권 선생은 카드 대출을 받았고, 나는 거기서 다시 얼마간 더 걸어간 지점에 있는 CITIBANK에서 여행자수표 100불을 이곳에서도 널리 통용되는 홍콩 달러로 바꾸었다.

오후 네 시 반 경에 부두로 나가 다시 간단한 출입국 수속을 거친 다음 제트포일 쾌속정을 타고서 한 시간 정도 걸려 香港島에 당도하였다. 2층

버스로 섬 뒤편의 香港仔(에버딘)이라는 곳으로 가서 船上食堂에서 저녁을 들기로 했다. 세계적으로 널리 알려진 이곳에서는 옛날처럼 帆船을 띄운 소박한 船上生活者의 모습은 찾아보기 어렵고, 우리가 작은 배를 타고서 찾아간 곳은 珍寶(점보)海鮮舫이라고 하는 이곳에서도 대표적인 水上의 대형 호화식당이었다. 우리 두 사람은 메뉴 가운데서 가장 값이 싼 套菜 하나를 주문했는데, 식사 후 청구서에 적힌 금액은 모두 해서 660 홍콩 달러였다. 홍콩 돈이나 마카오 돈, 그리고 중국 人民幣의 가치가 거의 같다고 하니, 이는 우리 중 한 사람이 중국에서 2~3일간 생활할 수 있는 액수라고 하겠다. 아홉 시 남짓에 쾌속정을 타고서 다시 마카오로 돌아와 葡京 카지노에 들어가서 구경하다가, 11시에 호텔로 출발하여 자정이 지나 취침하였다. 카지노에서도 어떤 젊은 여자가 내 곁에 다가와 귓속말로 유혹을 하더니, 한밤중에 호텔 프런트로부터 방으로 전화가 걸려 와, 여자가 필요치 않은지를 묻는 것이었다.

24 (수) 맑았다가 흐리고 한동안 소나기
　오전 중 권 교수와 함께 마카오 시내를 산책하며 관광 명소들을 돌아보았다. 우선 숙소인 東望洋酒店에서부터 걷기 시작하여, 잡지 등에서 자주 본 17세기 초의 예수회 계통 천주당의 殘骸인 大三巴牌坊 및 그 주변의 大砲臺와 氣象臺에 들렀고, 이어서 중심가인 新馬路에 있는 市廳舍와 그 주변의 포르투갈 식 건물들을 둘러보았다. 이 지역 날씨의 특색인 듯한 아열대성 스콜 같은 소나기가 내리기 시작하였으므로, 시청사 2층의 도서관에 올라가 잠시 쉬려고 하였으나, 아직 입장 시간이 아니라 허락되지 않았으므로, 시내버스를 타고서 반도의 남서쪽 끄트머리 부분에 있는 媽閣廟에 들렀다. 거기를 둘러본 후, 다시 두 차례 시내버스를 타고서 마카오의 市區를 두루 둘러본 후, 호텔로 돌아와 정오경에 체크아웃 하였다.
　氹仔島에 있는 국제공항으로 나갔지만, 오후 한 시 출발 예정이었던 서울 행 대한항공이 50분 정도 지체하여 서울 도착 시각이 많이 늦어졌으므로, 오후 7시 5분 서울발 진주행 연결 편을 탈 수 없는 것은 물론,

만일의 경우에 대비하여 권 선생의 부인을 통해 아내가 신용 카드로 예약해 둔 7시 30분발 아시아나 항공의 마지막 비행기도 타기 어렵게 되었는데, 다행히 이 비행기도 출발 시각이 20분 지연되었으므로, 이럭저럭 8시 50분경에는 사천공항에 당도할 수가 있었다.

시외버스 편으로 꼭 한 달 만에 집으로 돌아오니, 아내와 회옥이가 반겨 주었다. 샤워를 하고서, 밤 열한 시 무렵에 취침하였다.

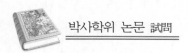 박사학위 논문 試問

12월

17 (화) 흐리고 때때로 부슬비, 일본은 비

박사학위 논문의 試問에 응하기 위해 부산에서 오전 11시 5분발 비행기로 大阪을 향해 출발하기로 되어 있는 날이다. 평소의 출근 시간인 오전 여덟 시 무렵부터 출발 준비를 시작하였는데, 비디오의 사용설명서를 참조하며 며칠 분의 TV 프로그램을 자동으로 예약녹화 하는 방법을 시도하다가 결국 실패하고서 시간만 허비하고 집을 나섰다. 이미 비행기 출발 시간까지 두 시간 반 정도 밖에 남아 있지 않아 마음이 다급하였는데, 개방대학 앞의 시외버스 정거장에서 부산 가는 시외버스를 기다리고 있다가 문득 여권을 연구실에 있는 파일 캐비닛 속에다 그냥 놓아두고 온 것이 아닐까 하는 생각이 들어 주머니를 뒤져 보니 아니나 다를까 여권이 없었다. 정신이 아찔해져 급히 택시를 대절해 학교로 달려가서 여권을 찾고 그 택시로 다시 개양의 시외버스 정류장으로 가 부산행 버스에 올라탔다. 만약 조금이라도 늦게 그 생각이 들어 그냥 시외버스를 타고서 출발했더라면 10년 공부가 나무아미타불이 되고 나의 박사학위는 영원히 사라져 버리게 되는 상황이었다.

남해고속도로 상에는 아침이라 부산 쪽으로 향하는 교통량이 비교적 적어 버스는 1시간 20분 정도 걸려서 사상 터미널에 당도하였는데, 거기서 택시를 잡아 김해공항까지 들어가는데 다소 시간이 걸렸다. 그러나 이럭저럭 비행기 출발 시각에서 반시간 정도 남겨두고 대한항공 카운터에 도착했지만, 탑승 수속은 이미 마감된 상태였다. 운 좋게도 그날따라 大阪 행 손님이 많아 오전 11시 50분에 또 한 대의 비행기가 출발한다고 하므로, 그 편으로 무사히 關西新空港에 당도할 수가 있었다. 실로 九死一生이라 하지 않을 수 없다.

고속전철 하루카를 타고서 한 시간 반 남짓 걸려 京都에 도착하여, 예약해 둔 百萬邊의 內外學生센터에 당도해 3층의 3호실을 배정 받았다. 이곳은 다다미 열 장 크기의 꽤 넓은 방이며 있을 것은 다 있는 정도의 편리한 시설인데도 1인 숙박비는 학생이 아닌 일반인의 경우 하루 3,900엔에 불과하며 세금을 포함하면 4천 엔 정도인 것이다.

먼저 內山 교수와 池田 교수의 자택으로 전화를 걸어 도착했다는 연락을 드리고, 愛知縣 瀨戶市의 李珠光 군, 山口市의 小林清市 군, 京都 시내의 李惠京 양 등에게 전화를 걸어 보았다. 모두 부재중이었는데, 이주광 군의 경우는 그의 어머니인 듯한 분이 전화를 받아 이즈음 그가 잠 잘 시간도 없을 정도로 매우 바쁘다고 하므로 이곳 전화번호를 알려 주며 연락을 당부하였지만 결국 전화는 걸려오지 않았다.

18 (수) 맑음

어제 도착한 이후 줄곧 김윤수 씨의 논문을 다시 읽었고, 그가 자기 반론의 근거로 삼은 『生員公實紀』 및 『三緘齋集』의 관계 기록들을 검토해 보았는데, 오늘도 오전 내내 그 자료들을 검토한 후에 내 학위논문의 끝부분에 김 씨의 주장을 비판한 補論「異說에의 檢討」도 다시 한 번 읽어 보았다. 점심 무렵에 숙소를 나섰다. 약 반년 만에 다시 와 보니 京都大學文學部의 새 건물은 그 새 공사가 상당히 진척되어 骨組는 이미 다 올라가 있었다.

中央食堂에서 점심을 들고서 3층에 있는 中國哲學史 연구실로 가서 대기하였는데, 후배인 龜田勝見 군이 컴퓨터로 이 연구실에서 발행하는 『中國哲學史研究』 최신호를 편집하고 있었다. 마침 小林淸市 군이 투고한 「기러기(雁)의 四德」이라는 논문을 편집하고 있는 중이었다. 얼마 후 助手인 末岡宏 군이 나타나 지금 준비 중이므로 조금 기다리라고 하더니, 그 후 얼마 지나 전화가 걸려 와서 2층에 있는 內山 교수의 연구실로 나를 오라고 했다.

평소의 연구실 모습 그대로인데, 內山·池田 두 교수는 내 앞쪽의 탁자 양쪽에 있는 의자에 앉았고, 東洋史學의 중국 明代 및 朝鮮史 전공인 夫馬進 교수는 건너 쪽 긴 의자에 앉아 있었다. 먼저 內山 교수부터 질문을 시작하여, 池田·夫馬 교수의 순으로 진행되었는데, 오후 한 시 반 무렵부터 시작된 試問이 어두워질 무렵까지 계속되었다. 내가 만일을 위해 답변을 준비해 둔 金崙壽 씨의 주장과 관련한 질문은 하나도 없었고, 대체로는 부분적인 인쇄의 착오나 일본어 표현상의 문제점, 그리고 緖論에 적힌 남명의 사상에 관한 질문들이었다. 대체로 試問을 맡은 이 세 교수는 남명 사상과 實學, 禮學 및 壬亂 중 의병활동, 임술민란 등과의 관계에 대해 회의적인 생각을 가지고 있는 모양이었다.

試問이 끝난 후 內山 교수가 일본 煎餠을 내 놓으며 들기를 권했고, 학위 수여에 대해서는 아직 文學研究科 회의의 투표가 남아 있지만 별로 문제될 것이 없다는 뜻을 표했으며, 수여 일자는 내년 1월 24일과 3월 24일 중 어느 하나가 되겠지만, 1월은 시기적으로 너무 촉박하여 3월이 될 것 같다는 말을 했다. 池田 교수의 연구실로 따라가 김해공항 면세점에서 사 온 문배주 한 병을 선물로 드리고 잠시 대화를 나누었는데, 나의 논문 내용은 만족할 만한 것이었기 때문에 내용에 관한 질문이 별로 없었던 것이라고 하면서, 학위 수여는 틀림없으니 염려할 것 없다고 하였다.

19 (목) 맑음

어제 試問에서 돌아온 이후로는 주로 TV를 보며 시간을 보냈는데, 페루의 日本大使館 무력 점거 사태가 각 채널마다 크게 다루어지고 있었다.

오전 일곱 시 開館 무렵에 숙소를 나서 東山의 銀閣寺 입구로부터 시작되는 '철학의 길'을 따라 南禪寺까지 산책하여 돌아왔다. 若王寺 입구에서는 京都大學의 철학교수로서 저명인사라고 할 수 있는 梅原猛 씨 일가와 우연히 마주치기도 하였다. 岡崎公園을 거쳐 내가 京都大學 文學部에 研修員으로서 처음 왔을 때 반년 동안 머물고 있었던 法勝寺町의 아파트 龍山莊에도 가 보았다. 이 모든 곳들이 내가 유학생으로 와 있을 당시와 거의 아무것도 달라진 것이 없었다.

내가 머물던 이 龍山莊은 岡崎의 동쪽에 위치해 있는데, 法勝寺란 동네 이름은 院政의 창시자로 유명한 白川天皇이 平安時代에 귀족인 北藤原 가문으로부터 별장 白川院을 기증받아 六勝寺의 하나인 法勝寺로 개조한 자리이기 때문에 붙여진 것이다. 내가 龍山莊의 다다미 넉 장 반짜리 방에 거주하고 있을 당시 친절히 돌보아 주었던 大溝 씨 부부가 경영하는 바로 옆의 大溝 다다미店 앞에도 가 보았는데, 주인 내외는 외출 중이고 당시 어린아이였던 아들이 제법 장성하여 점포의 문을 열기 위한 소제 작업을 시작하고 있었다. 平安神宮을 거쳐 京都 핸디크래프트 센터 앞을 지나 내가 늘 통학하던 길을 거쳐 京都大學 쪽으로 왔고, 아홉 시 반 무렵에 체크아웃 하여 공항으로 향했다.

특급 전철 하루카 안에서 나전기술자라고 하는 젊은이와 나란히 앉게 되었는데, 그는 거제읍 출신으로서 충무에서 나전 기술을 배웠고, 현재는 서울에서 생활하고 있다는 것이었다. 93년도에 北京에도 일 년간 가 있었다고 하며, 일본에는 이번이 처음이라고 한다. 약 보름간 京都에 있는 일본인의 소규모 공장에 출장 근무하며 여성들 머리에 꽂는 핀이나 기모노의 오비 장식품 등에다 나전을 새기는 작업을 했으며, 반 달 동안 일하여 서울에서의 한 달 수입을 올렸다고 한다.

공항에 너무 일찍 도착하여 구내의 여기저기를 둘러보다가, 오후 2시 20분발 비행기로 귀국하였다. 김해에 도착해서는 먼저 도착한 좌석버스를 타고서 사직 터미널로 가 우등고속으로 갈아타 진주로 돌아왔는데, 아내는 학회 관계로 오늘 아침 서울로 가고서 부재중이었다.

박사학위 수여식

3월

23 (일) 한국은 맑으나 일본은 흐리고 저녁 무렵부터 부슬비

오전 7시 반 경에 집을 나서서 일본행 길에 나섰다. 지난번 박사학위논문 試問 때 낭패를 보았던 일을 거울삼아 이번에는 다소 시간 여유를 두고서 출발하였던 것이다. 오전 11시 30분 아시아나항공 편으로 부산 김해공항을 출발하여 오후 12시 45분경에 關西국제공항에 도착하였고, 거기서 이번에는 일반 전철 표를 사서 윙이라는 열차를 타고서 大阪 역에 도착한 다음, 新快速 전철로 바꿔 타고서 京都 역에 당도하였다. 예약해 둔 숙소인 百萬邊의 京都學生硏修會館, 즉 사단법인 內外學生센터로 향하는 도중에 비로소 學位記受領證이 포함되어 있는 內山 교수가 보내 준 우편물들을 서재의 책상 서랍에 놓아 둔 채 그냥 온 것을 알았다.

오후 네 시 십 분 전쯤에 숙소에 도착하여 숙박 수속을 마친 다음, 우선 內山俊彦 교수의 자택으로 전화하여 도착 사실을 알리고, 수령증을 잊어

버리고서 가져 오지 않은 사실을 설명했더니, 집에다 팩스로 연락하여 보내오도록 하는 것이 어떻겠느냐는 의견이었다. 김해공항 면세점에서 학위논문을 심사해 준 세 분 교수들에게는 감사의 표시로 高麗象嵌靑磁를 모조한 십여만 원짜리 찻잔을 하나씩 준비하였었는데, 內山 교수는 예의 결벽증으로 말미암아 끝내 사양하였고, 이 달 27일에는 京都大學의 연구실을 비우고서 새 근무지인 愛知大學으로 이사하는 준비에 바쁜 까닭인지 25일 정오경에야 시간이 나겠다는 것이었다. 그 날은 내가 귀국하기로 되어 있어 서로 일정이 맞지 않는지라 결국 만나지 못하게 되고 말았다.

山口市에 있는 小林淸市 군의 자택으로 전화해 보았더니, 그는 京都大 인문과학연구소의 중국과학사 연구의 대가인 山田慶兒 교수의 정년퇴임식에 참가했다가 방금 귀가했다고 한다. 내가 『중국철학사』를 번역한 狩野直喜의 손자이며 내 번역서의 서문을 써 준 京都女子大學 학장 狩野直禎 씨에게 전화를 걸었더니, 내가 있는 숙소에까지 직접 나와 주었다. 田中大堰町의 자택 부근에 있는 田中의 일본 음식점으로 나를 데리고 가서 맥주와 저녁을 사 주며 얼마간 함께 대화를 나누었다. 나의 학위논문 한 부를 드리고, 망설이던 끝에 결국 內山 교수에게 선물하기 위해 가져 간 찻잔도 그에게 함께 드렸다.

숙소로 돌아와 아까 부재중이었던 池田秀三 교수 자택으로 다시 전화해 보았더니 이번에는 돌아와 있었다. 역시 學位記受領證을 가져 오지 않은 사실을 말했더니, 內山 교수의 말과 마찬가지로 집에다 전화하여 팩스로 부쳐 달라고 하는 것이 어떻겠느냐는 것이었다. 아내에게 전화하여 팩스의 사용법과 池田 교수 댁 팩스 번호를 일러주고서 문제의 학위기수령증을 전송해 달라고 했더니, 얼마 후 池田 교수로부터 팩스를 받았다는 연락이 있었으므로, 나도 다시 한국에 국제전화를 내어 팩스가 무사히 도착한 사실을 아내에게 알렸다.

24 (월) 오전에 눈 온 후 쌀쌀함
오전 여덟 시 무렵에 숙소를 나서 바로 이웃에 위치한 狩野直喜 이래의

狩野氏 古宅을 지나 下鴨神社 경내를 산책하였고, 다시 田中 西樋之町의 내가 2년간 거주하며 村上朝子와 결혼 생활을 하고 첫 아들인 世圓이를 길렀던 一二三莊, 즉 지금의 增田商事 앞을 지나, 한국 중학교가 있었던 北白川 일대를 거쳐 人文科學研究所와 神樂岡町의 朋友書店 앞을 지나 京都大學 구내로 들어갔다.

먼저 본부 건물 2층의 研究協力課에 들러 수료증을 가져오지 못한 사실을 말하고, 이어서 文學部 庶務課에 들러 신청해 둔 英文 학위기 및 영문과 日文의 학위수여증명서를 발급받고자 했는데, 담당자인 村田弘夫 씨는 질병으로 말미암아 계속 휴직 중이고, 영문 서류에 『南冥集』의 한자 표기를 첨가한 사실이 문제가 되어 이미 한 달 전에 신청해 둔 이 서류들이 아직도 준비되어 있지 않음을 알게 되었다.

숙소로 잠시 돌아왔다가, 어제 내 논문심사위원 중의 한 사람인 동양사학과의 夫馬進 교수와 만나기로 약속한 12시 50분은 학위수여식이 시작되는 오후 한 시의 직전이므로 아무래도 11시 50분의 착오가 아닐까 싶어 서둘러 夫馬 교수 연구실로 가 그를 만나서 얼마간 대화를 나누었다. 정오부터는 바로 옆방의 池田 교수 방으로 가서 간밤에 아내로부터 전송되어 온 팩스를 전해 받고 잠시 대화를 나누다가, 12시 15분에 夫馬 교수와 함께 학위수여식장인 總合體育館으로 향했다. 알고 보니 夫馬 교수는 池田 교수와 마찬가지로 나보다 한 살 위였는데, 오늘 나와 함께 논문박사로서 학위를 받게 된다고 한다.

입구의 接受部에서 팩스로 된 학위기수령증에 날인을 해 접수시켜서 이럭저럭 식장의 좌석을 배정받을 수가 있었다. 京都大學의 학위수여식은 일 년에 세 번 정도 있는 모양인데, 이번 3월의 것은 과정박사와 함께 치르는지라 대규모의 式典이 되어 京大會館이 아닌 체육관에서 치른다고 들었다. 그렇다 할지라도 授與받는 인원수가 내가 예상했던 것보다는 훨씬 많아 무려 447명이나 되었다. 그 대부분은 이공 계통이며 문학박사의 숫자는 퍽 적은 편이라고 한다. 오후 한 시부터 식이 시작되어 배정된 좌석 순에 따라 한 사람씩 호명 받는 대로 단상으로 올라가 총장으로부터

學位記를 수여받게 되는데, 먼저 과정박사부터 시작하여 논문 박사로는 314번인 내가 첫 번째 순서였다. 나의 학위기 번호는 論文博第316號였다.

京都大学　博士学位授与式　H9.3.24　於 京都大学総合体育館

1997년 3월 24일, 교토대학 종합체육관

　수여식이 끝난 후 기념촬영이 있었고, 잠시 근처에 있는 숙소에 들러 학위기를 방에 놓아둔 뒤 리셉션이 열리는 京大會館으로 향했다. 거기서는 夫馬 교수로부터 오늘 논문박사를 수여받은 동양사 전공의 서울대 후배 朴永哲 씨 및 역시 동양사의 논문박사인 京都女子大學의 壇上寬 교수를 소개받아 함께 대화를 나누었다.

　모든 일정을 마치고서 夫馬 교수와 함께 文學部 건물로 돌아와, 池田 교수를 다시 만나 연구실에서 둘이서 대화를 나누다가, 해질 무렵이 되어 지난번에 함께 들렀었던 百萬邊의 구레시마 라는 술집으로 가서 밤 아홉 시 무렵까지 池田 교수와 더불어 술과 저녁을 들며 대화를 나누었다. 池田 교수가 나의 학위 취득을 축하하여 대접해 준 것이었지만, 지난번 試問 때에 이어 이번에도 대접을 받기만 하는 것이 미안하여 내가 대금을 치를 것을 제의했더니, 자기가 3분의 2를 내고 내가 그 나머지를 내게 하였다.

25 (화) 맑고 따뜻함

아침 일곱 시 반 무렵에 숙소를 나서, 다시 狩野 宅 앞을 지나 增田商事
와 한국 중학교 터를 거쳐서, 내가 北白川에 살던 당시 거의 매일처럼
산책하던 코스 중의 하나인 疏水 길을 따라 北大路의 이즈미야 백화점
앞을 경유하여, 이번에는 加茂川의 고수부지 옆길을 따라 京大會館 부근을
거쳐서 숙소로 돌아왔다.

산책을 마친 후, 아홉 시 경에 체크아웃 하여 숙소를 나섰고, 京都驛에
서 快速전철로 大阪驛에 당도한 다음, 다시 快速의 윗으로 갈아타서 關西
국제공항에 다다랐다. 면세점에 들러 지난번 왔을 때 눈여겨 보아둔 바
있는 연구실용 루페를 하나 사고서, 체크인하여 오후 1시 15분 발 대한항
공 편으로 귀국하였다. 오후 다섯 시 무렵에 귀가하였다.

제2차 韓中孟子學術硏討會―山東省 鄒城; 中韓儒釋道三敎關系學術硏討會―陝
西省 咸陽

7월

26 (토) 맑음

오전 중 연구실에서 『中國名勝詞典』을 계속 읽다가, 1시 10분의 토요일
퇴근 버스를 타고서 일찍 돌아왔다. 밤 7시 30분 발 대한항공으로 서울로
출발하였는데, 사천공항에서 동아고등학교 선배인 이종우 소아과 의사
와 회옥이의 출산을 맡아 준 문진수 산부인과 의사를 우연히 만나 함께
대화를 나누었다. 그이들은 아내와 자식들이 이즈음 서울에 살고 있는지
라 주말마다 비행기로 상경하는 모양이었다.

김포공항에 도착한 후 택시를 잡아 공항 부근의 호텔로 가 달라고 했
더니, 바로 부근의 어느 莊級 호텔 앞에다 내려 주었는데, 들어가 보니
에어컨도 제대로 작동하지 않고 무언가 쑥쑥하여 마음에 들지 않았으므
로, 다시 택시를 잡아 몇 군데의 호텔을 전전하다가 겨우 강서구 등촌동

505-2번지에 있는 그린월드호텔에서 빈 방을 하나 얻어 그 601호실에 투숙하였다.

밤 열 시가 된 늦은 시각에 부근의 식당에서 된장찌개와 칡냉면으로 늦은 저녁을 들었으나 전혀 입맛에 맞지 않았다.

27 (일) 맑음

일곱 시에 출발하는 호텔의 미니버스로 공항을 향해 떠났다. 7시 30분에 김포공항 제2청사 2층 신한은행 앞에서 집결하기로 되어 있었다. 여기에 모인 우리 일행은 교수 및 그 가족으로는 조준하 동덕여대 교수와 그 조카인 제주대학 중문과의 조성식 씨, 유명종 전 원광대, 김익수 한국체육대, 김필수 동국대 경주 분교 철학과 및 국민학교 교사인 그 부인, 배상현 동국대 경주 분교 한문학과, 송준호 연세대 한문학과 및 우리 가족 세 명을 합해 모두 11명이었고, 그 외에 김필수 교수의 스승이라고 하는 주역을 연구하는 한학자 박용재 노인, 김필수 교수의 동국대 경주 분교 제자라고 하는 남녀 스님 다섯 명, 孟氏 종친회의 일가족 다섯 명을 합해 모두 22명이었다. 우리 가족은 한화 30만원을 가지고서 신한은행에서 인민폐 2,680원으로 교환한 것이 전부였고, 그 외에는 내가 작년의 여행에서 쓰다 남은 미화 200불 남짓을 소지하고 있을 따름이었다.

9시 30분발 대한항공으로 서울을 떠나, 중국 시간 10시 15분에 중국의 山東省 靑島 공항에 도착하였다. 나로서는 작년에 이어 이 공항에 두 번째 내리는 셈인데, 작년처럼 울긋불긋한 한복을 차려 입은 처녀 몇 명이 눈에 띄었다. 스루가이드인 劉 여사 및 현지 가이드로서 역시 延邊 출신인 조선족 교포 3세 朴紅 양의 영접을 받아 그들의 안내에 따라서 에어컨이 잘 듣지 않는 山東省 공항 리무진 버스로 靑島 시내로 이동하였다. 湛山寺 부근에서 점심을 들기로 되어 있었으나, 예약해 둔 식당이 停電이라 단체 손님을 받을 수 없다고 하므로, 중심가의 다른 식당으로 옮겨 가 식사를 하였다.

늦은 점심을 든 후, 해수욕장이 널려 있는 해안 길을 따라 八大關 및

新開發 지구 등을 지나서 山東省의 중심 도시인 濟南으로 향하는 濟靑 고속 도로에 진입하였다. 鄭玄의 고향인 高密과 先秦시대 齊나라의 수도였던 臨淄 등을 지나 밤에야 濟南市의 濼源大街 3號에 위치한 최신식 설비의 3星級 호텔인 良友富臨大酒店에 도착하였다.

작년에 河南省에서 열린 학술회의에서 만났던 山東大學 교수이자 이 대학에서 발간하는 전통 있는 학술지『文史哲』의 主編인 蔡德貴 씨, 山東大 철학과의 최원로 교수인 周立昇 씨, 山東省 社會科學界聯合會 主席인 劉蔚華 씨 등 및 성균관대 출신으로서 대동문화연구원 연구원으로 있다가 山東師大에 교환교수로 와 있는 소현성 씨 및 성대의 자매학교인 山東大學의 대학원 철학과에 유학 와 있는 김덕균 씨가 호텔 로비에서 우리를 기다리고 있었다. 그들과 함께 시내의 다른 장소로 가서 함께 저녁 식사를 마치고 돌아오니, 山東大學 전통문화연구소 교수이자 中國實學會 부회장인 丁冠之 교수 등 세 명이 또 호텔로 와서 우리 일행을 환영하였다. 蔡德貴 교수는 北京大 출신으로서 작년에 河南省에서 만났던 山東省 사회과학원 劉宗賢 여사의 남편인데, 둘 다 원래는 北京大에서 아랍어를 전공하였으며 蔡 씨는 현재도 동서비교철학 강좌를 맡고 있다. 쿠웨이트와 이집트에 각각 1년씩 체재한 경험이 있다고 한다.

28 (월) 맑음

새벽에 기상하여 호텔 안에서 뷔페식으로 아침 식사를 마친 후, 泰山으로 이동하였다. 어제 관람할 예정이었던 작돌천은 새벽에 그 앞을 지나치기만 했을 따름이었다. 에어컨에 문제가 있었던 어제의 리무진 버스 대신 미니버스 두 대와 승용차 한 대를 동원하였는데, 미니버스 한 대는 짐차였다.

泰山에 당도한 후, 금년 초에 개통되었다는 뒤편의 桃花源 索道(케이블카)로 산의 윗부분까지 오른 후, 거기서부터는 걸어서 정상으로 향하였다. 내려오는 길에 앞쪽의 전통적인 옛 돌계단 길과 케이블카 등을 조망하였다. 泰山은 山東省의 산들이 대부분 그렇듯이 돌로써 이루어진 것이었지만, 작년에 올랐던 靑島 부근의 嶗山에 비해서는 소나무 숲이 제법 우거진 편이었다.

濟南에서부터 타고 간 미니버스로 曲阜에 도착하였다. 숙소인 闕里賓舍 부근의 식당에서 점심을 든 후, 兗州市와 濟寧市를 지나 서쪽으로 계속 달려서 嘉祥縣 祥城에 있는 曾子의 故里로 가서 曾子廟인 宗聖祠와 그 근처에 있는 曾子의 묘소를 참배하였다. 그 마을에는 曾子의 후손이 다섯 명 거주하고 있다는데, 묘소는 문화혁명 당시에 파괴된 채로 밭 가운데 방치되어 있었고, 부근의 산에서는 돌을 캐내기 위해 다이너마이트를 터트리는 폭발음이 요란하였다. 우리 일행의 리더 격인 맹자학회 회장 조준하 교수는 曾子의 묘소를 복원할 의사를 표시하며 종손 격으로 보이는 후손과 그 문제를 협의하였다.

비포장도로에다 길에 돌멩이가 많아 돌아오는 도중에 타이어가 펑크나 버렸는데, 마을 사람들이 우르르 몰려나와 우리를 구경하고 있었다. 曲阜로 돌아오는 도중에 大運河를 지나기도 하였다. 점심을 든 식당에서 저녁 식사를 마친 후 2성급인 闕里賓舍의 120호실에 투숙하였다.

29 (화) 맑으나 38℃ 전후의 무더위

조식 후 曲阜의 孔廟, 孔子故宅, 孔林 그리고 孔府를 둘러보았다. 孔林에서 공자의 묘소를 촬영할 무렵 카메라의 배터리가 다 소모되어 더 이상 사용할 수 없게 되었으며, 伯漁와 顔子·子貢의 무덤도 참배하였다.

曲阜를 출발하여 약 반 시간 정도 남으로 차를 달린 끝에 孟子의 고향인 鄒城에 당도하였다. 앞으로 이틀 동안 擇鄰山莊이라는 호텔의 1105호실에 투숙하게 되었는데, 崗山路 129號에 위치한 비스듬한 언덕의 자연 지형을 이용하여 세워진 이 호텔의 이름은 "孟母擇鄰"의 故事에서 취한 것이라고 한다. 이 호텔에서 蔡德貴·劉宗賢 씨 내외뿐만 아니라 지난 해 河南省의 학술회의에서 만났던 程伊川 후손인 程德祥 씨, 河南行政學院의 孫玉杰 부교수(미혼녀), 河南大學 부교수로서 上海 復旦大學 철학과 출신인 徐儀明 씨 등을 다시 만난 것은 참으로 뜻밖이었다.

오후에 孟廟와 孟府 및 거기서 상당히 떨어진 곳에 위치한 孟林을 방문하였다. 孟林 주변 마을은 孟氏의 집성촌인 모양인데, 주민 약 4천 명 가운데서 천 명 정도가 나와 우리를 구경하는 등 大소란이었고, 鄒城 시장이 출현하는가 하면 경찰차 두 대가 선두에서 우리 일행을 에스코트하는 등 내 평생에 일찍이 경험해 보지 못한 정도의 극진한 귀빈 대접이었다. 또한 어제 濟南에서부터 우리가 가는 곳마다에 환영의 뜻을 표시하는 붉은 플래카드가 걸리거나 혹은 젊은 사람들이 그것을 들고서 우리를 맞이하고 있었다.

이 일의 발단은 1994년 5월 16일에 조준하 교수 일행이 鄒城의 孟林을 방문하였다가 孟子墓 앞의 石床이 문화혁명 당시 紅衛兵들에 의해 파손된 이후 그대로 방치되어 있는 것을 보고서 그 재건의 의사를 표시하였고, 작년 1월 5일에는 새로 완공된 石床 및 亞聖林 標識石 제막과 告由式을 겸한 제1차 韓中孟子學術思想硏討會를 가진데 있었다. 이번이 그 제2회 모임에 해당하는 셈이다. 조준하 교수는 작년에 가 본 程子 일족의 묘소에도 石床을 세우기로 후손과 합의한 모양이었다.

만찬 후 孫玉杰·徐儀明 부교수 및 北京大學 출신으로서 黑龍江大學 철학과 교수로 있는 孫實明 씨 등과 더불어 호텔 부근을 산책하였다.

30 (수) 흐림

제2차 韓中孟子學術研討會가 擇鄰山莊 2층의 多功能室(가라오케 및 댄스장)에서 개최되었다. 개막식에 이어 오전 오후로 나누어 학술발표를 진행하였는데, 대부분의 발표 논문은 조준하 교수가 이번에 만들어 간 『孟子研究』(韓國孟子學會, 1997) 第1輯에 실려 있었다. 조 교수가 중국인 학자 약 80명에게 초청장을 띄웠다고 하는데, 그 중 약 20명이 참가하였으며, 멀리는 하얼빈 및 南京과 重慶 등지에서 온 사람들도 있고, 前 山東省長인 趙建民 씨 등 거물급 인사도 참석하였다. 우리 일행 중 동양철학을 전공으로 하면서 중국어를 구사할 수 있는 사람은 나 밖에 없었으므로, 처음 서울에서 출발할 당시부터 조준하 교수가 나더러 한국인 발표자 네 명

중 중국어로 발표하는 두 사람을 제외한 나머지 두 사람의 발표만을 요약하여 중국어로 소개하는 역할을 맡아 달라는 요청을 해 왔었다. 그러나 중국어에 자신이 없어 도무지 무리라고 거듭 사양해 왔었지만, 달리 그 역할을 맡을 사람이 없어 어제 밤에 마지못해 승낙을 한 터였다.

결국 중국인 한 명과 더불어 공동 좌장(主持人)의 역할을 맡게 되었다. 두 사람의 발표 내용을 중국어로 요약하는 역할 정도로 부탁받았었지만, 사회자를 겸한 것인데다 어떤 의미에서는 회의의 주최 측이 오히려 한국 쪽인 셈이라 내가 전체 학술회의의 진행을 이끌어 나가는 중심 역할을 맡지 않을 수 없게 되었다. 오전에는 중국인 발표자의 발표 내용 소개는 하지 않았었는데, 멀리 한국에서 온 사람들이 발표 내용을 알지 못한 채 온종일 멍청히 앉아 있기만 하는 것이 어색하기도 하여, 오후부터는 중국 측 발표 내용의 소개도 나의 어학 능력이 미치는 범위 내에서 행하기로 하였다.

점심때의 鄒城 시장 초청 오찬에 이어, 12명의 발표가 모두 끝난 다음 저녁에는 폐막식을 겸하여 조준하 회장이 초청하는 답례 만찬이 있었다. 중국에서는 별미로 친다는 자라탕 등이 나왔다.

밤에 유명종 교수 방에서 咸陽의 儒佛道關係學術研討會 참가 여부에 관한 대화가 있었다. 이 학술회의는 처음 '中韓儒釋道三敎學術研討會'라 하여 西安에서 금년 8월 25~27일간 개최되며, 한국 학자는 일인당 會務 및 資料費로 미화 150불을 내면 왕복 비행기 표를 제외한 회의 기간 중의 食·宿·교통비는 주최 측이 부담하며, 그 외에도 불교 聖地인 法門寺 등 명승고적을 참관하도록 한다는 것이었다. 그런데, 내가 망설이던 끝에 한국 측 여행사를 통한 관광 일정에 마음이 끌려 결국 신청한 이후 초청장과 함께 보내져 온 등록 안내서에는 '中韓'이라는 말이 빠지고 그 대신 '儒釋道三敎關係學術研討會'라고 하고, '中·韓·日 및 臺灣'의 학자 40여 명이 참가하며, 일인당 150불을 낸다는 것은 전과 같으나, 왕복 교통비 및 숙박비는 스스로 부담한다고 되어 있고, 그 외에 지난번 예약서에 적혀 있었던 조건들이 하나도 들어 있지 않았던 것이다. 이는 결국 처음부터 돈벌이가 주된 목적이라고 판단할 수밖에 없으므로, 나로서는 이미 논문을 준비하기는 하였으나, 실로 참가하고 싶은 생각이 없었던 것이었다. 유명종 교수의 설명으로는 중국사회과학원 측이 한국의 불교 및 유교 재단인 성균관대학교와 원광대학교 측에다 이러한 주제의 학술회의 개최를 제안한 후 미화 2,000불씩의 지원을 요청했었던 것인데, 원광대 측이 그 액수의 出捐을 거절하는 바람에 조건이 이렇게 달라진 것일 터이라고 한다.

31 (목) 맑으나 南京 지역은 흐리고 약간의 비가 온 흔적

조식 후 전용 소형버스 두 대로 山東省의 鄒城을 출발하여 滕州·薛城·微山湖 등을 거쳐서 남으로 계속 달려 江蘇省 영내로 들어선 후, 인구 180만의 徐州(彭城)에서 호텔의 淮陽菜 요리로 점심을 들었다. 이 徐州는 西楚覇王 項羽의 居城으로서 漢代의 兵馬俑이 유명하고, 삼국 시대의 名醫 華陀의 무덤이 있으며, 蘇東坡가 다스린 적도 있는 유서 깊은 곳이다. 점심 식사후 다시 남으로 계속 달려 睢寧을 지나서부터는 지도상에도 나타나 있지 않은 새로 만들어진 寧徐公路를 따라 宿遷縣 지경과 泗洪을 거쳐서 洪澤湖의 남부를 가로질러 盱眙 및 淮河大橋를 건너 淮陰市로부터 내려오는 고속도로에 진입하였다. 밤 여덟 시 경에 南京의 長江大橋를 지나서 오늘의 목적지인 南京 시내에 도착하였다.

中山北路 259號에 있는 南京飯店에 투숙하였는데, 유서 깊은 호텔이면서도 최신식 설비를 갖춘 곳이었다. 부근의 식당에서 늦은 저녁을 들었다. 우리 일행을 의식해서인지 한국식의 녹차와 야채가 나왔다.

8월

1 (금) 맑으나 저녁 무렵 한 때 비

아침에 秦淮河로 나가 TV에서 여러 차례 본 夫子廟 부근 일대를 둘러보았으며, 夫子廟에서는 카메라의 배터리를 하나 새로 구입하였다. 소문으

로만 알고 있었던 秦淮河는 실제로 와 보니 온통 시커먼 구정물이었다.

오전 열 시에 南京大學 총동창회관인 知行樓로 가서 이 대학 國學硏究所의 前任 소장으로서 鄒城 맹자학회 모임에서 만났던 周繼芳 씨 등을 면담하였다. 버스를 타고서 이 대학 구내를 둘러본 다음, 시내에서 그들과 함께 점심을 들고서 헤어졌다. 紫金山으로 가서 中山陵과 靈谷寺, 朱元章의 무덤인 明 孝陵, 孫權을 비롯한 東吳 왕족들의 무덤 터인 梅花園 등을 둘러보았고, 明代의 성벽을 지나 한참을 가다가 長江大橋의 엘리베이터에 올라 揚子江 풍경을 바라보았다. 다시 시내로 돌아와 南京의 명소인 玄武湖에 들러 거기서 양식하는 진주조개로 만든 물건들을 파는 상점에서 아내의 생일 선물 조로 진주 목걸이를 하나 사 주었다.

저녁 식사 후 南京飯店으로 돌아와 1층 로비에서 쉬면서 朴用載 노인과 더불어 『周易』 繫辭傳에 관해 담론하였다. 밤에 南京驛으로 나가 軟車 대합실에서 오랫동안 기다리다가 밤 11시 38분 발 軟臥 칸에 타고서 黃山으로 향했다.

2 (토) 맑으나 오후 한 때 비

기차가 安徽省 남부의 績溪를 지날 무렵 자리에서 일어나 차창 밖의 풍경을 바라보기 시작하였다. 歙縣을 지나 屯溪, 즉 오늘날의 黃山市에서 기차를 내려 朴紅 양에 이은 새로운 현지 가이드인 조선족 3세 김 양의 영접을 받아 黃山으로 향했다. 도중의 기념품점에다 짐을 맡긴 후, 두 시간 쯤 더 간 후에 黃山에 당도하였다. 溫泉賓館을 지나 雲谷寺에서 케이블카를 타고 白鵝嶺에 내렸다. 始信峰의 수려한 경치를 구경한 다음 北海賓館에서 점심을 들었고, 오후에는 두 팀으로 나누어 우리 가족은 비교적 젊은 축이 가는 코스에 참가하여 光明頂을 지나 최고봉인 蓮花峰 아래를 거쳐 막다른 곳까지 갔다가 돌아와 玉屛樓에서 케이블카를 타고 慈光閣으로 내려왔다.

온천 마을 부근의 호텔에서 나머지 일행과 합류한 후, 돌아오는 길에 다시 기념품점에 들러 맡겨둔 짐을 찾고서 黃山市로 나와 新安江 부근의

黄山國際大飯店 6층에 투숙하였다.

3 (일) 흐리고 때때로 부슬비

2주간에 걸친 중국 여행의 제8일째, 여행도 이제 절반을 넘어섰다.

오전 일곱 시 北京發 福州行 特快 열차에 무작정 올라타고서, 처음에는 좌석도 없이 硬座 칸에 섞여 가다가 도중에 유 가이드가 列車長과 교섭하여 그럭저럭 硬臥 칸으로 바꿀 수가 있었다. 江西省의 景德鎭을 지나 江西省과 福建省의 경계를 이루는 武夷山脈을 넘어서, 오후 세 시 경에 福建省의 昭武 역에 내렸다. 여기는 조선족이 거의 살지 않는 시골인지라 중국인 남자 가이드가 나왔는데, 그의 안내에 따라 버스로 바꾸어 타고서 朱子가 중년 이후 대부분의 세월을 보낸 建陽을 거치지 않고서 시골길을 바로 달려 오후 다섯 시 무렵에 崇安, 즉 오늘의 武夷山市에 닿았다.

朱子가 提擧로 있었던 도교 사원인 冲佑宮 터는 이제 朱子紀念館으로 변해 있었는데, 저녁을 들고서 朱子의 事蹟에 대해 잘 안다는 후손을 만나기로 약속이 되어 있으므로 다시 기념관으로 가 보았으나 朱子의 후손이라는 사람은 나와 있지 않았다. 기념관 구내의 기념품점에서 이 지방 특산이라는 武夷岩茶 중 최고의 품질을 갖춘 것이라는 小紅炮를 흥정하여 한 근에 인민폐 백 원으로 구입하게 되었는데, 동행한 비구니들이 옆으로 와 자기네도 같이 구입하겠다고 흥정해 달라고 하므로 그들을 위해 다시 물어보니 이번에는 白牧丹이라는 것이 앞의 것보다 더 좋은 품질이라고 하므로, 스님의 요구에 따라 다시 그것을 흥정하여 한 근에 백 원씩으로 바꾸어 구입하게 되었다. 武夷山市의 交通大飯店 312호실에 투숙하였다.

4 (월) 오전 한 때 비 온 후 개임

조식 후 武夷山 부근의 武夷岩茶硏究所라는 곳을 방문하였다가 武夷九曲의 뱃놀이에 나섰다. 대나무로 엮은 뗏목 하나에 앞뒤로 뱃사공이 서서 배의 방향을 조정하고 손님은 대충 다섯 명씩 탔는데, 우리 가족은 김필수 교수 부부와 같이 타게 되었다. 가이드의 안내에 따라 한 배 당 인민폐

50원의 팁을 사공에게 주기로 하였으나, 우리 배는 김 교수의 의견에 따라 10원을 추가로 주게 되었다.

1997년 8월 4일, 무이산 옥녀봉

九谷에서부터 一曲 방향으로 강물의 順流를 따라 내려왔다. 朱子 당시에는 木船을 타고서 逆流로 거슬러 올랐으므로 一周하는데 반나절이 걸렸다고 한다. 武夷九曲 뱃놀이를 마치고서, 역시 沖佑宮 터의 일부분으로서 朱子紀念館 앞쪽에 세워진 武夷山博物館을 참관하였고, 이곳 특산인 뱀들도 구경하였다. 박물관에는 建甌의 孔子廟에 세워져 있었던 것이라는 朱子自畵像 비석의 탁본이 전시되어 있었다. 그 원래의 비석은 이미 毁損되어 없어졌다 하므로, 조준하 교수는 여기서도 박물관 직원들과 자신의 出捐으로 그 비석을 다시 건립하는 문제에 대해 상의하고 있었다. 그러나 『中國名勝詞典』 등에는 그 비석이 다른 장소에 아직도 건재해 있는 것으로 기록되어 있으므로, 아마도 속임수에 걸려들고 있는 듯하였지만, 나의 일이 아니라 말하지는 아니하였다.

호텔로 돌아와 점심을 든 후, 마즈다라고 불리는 인력으로 달리는 삼륜 자전거를 타고서 어제 두 차례 들렀었던 朱子紀念館으로 다시 가서 『武夷勝景理學遺迹考』라는 책을 한 권 구입하였다. 마즈다의 기사가 내가 원하지 않는데도 불구하고 자꾸만 따라와 고급 차를 판다는 곳으로 데리고 간다고 하므로, 겁이 더럭 나서 지나가는 승합 택시를 타고서 서둘러 호텔로 돌아왔다. 武夷山 시내의 茶 가게를 몇 군데 둘러보고 난 후에야 어제 구입한 白牧丹은 처음 구입하기로 했었던 小紅炮의 절반 값에도 미치지 못하는 싼 물건임을 비로소 알았으나, 속은 줄을 뒤늦게 알았어도 이미 어쩔 수가 없었다.

오후에는 武夷山 제5곡의 天游峰을 등반하였다. 깎아지른 절벽의 뒤편으로 올라 정상에 위치한 彭祖를 모신 도교 사원을 거쳐서 앞쪽의 돌계단으로 내려왔다. 아내와 회옥이는 등반에 참가하지 않았는데, 그들이 기다리고 있는 제5곡의 九谷호텔 자리가 朱子의 武夷精舍, 즉 후일의 紫陽書院이 있었던 곳으로서, 그 잔디밭에 주자의 얼굴과 사적을 새긴 기념비가 세워져 있었다.

武夷山市로 다시 돌아와 골동품 수집가가 경영한다고 하는 茶道具店에 들렀다. 우리 일행 중 배상현 교수는 그 점포의 주인이 조각했다는 삼나무로 된 차 도구 받침대를 인민폐 2,000元, 즉 한화 20만 원에 구입하였다.

저녁 식사 후 호텔 로비로 돌아와 휴식을 취하다가, 武夷山 비행장으로 나가 밤 아홉 시 발 福州 行 비행기를 탔다. 福州의 長樂飛行場은 거금을 들여 최근에 개장하였으며 아직도 공사가 진행 중이라고 하는데, 北京 공항보다도 더 크고 또한 최신식 설비를 갖춘 것이라고 한다. 공항에서 福州 시내까지는 다시 차로 두 시간 정도의 거리가 있었는데, 차 안에서 다들 꾸벅꾸벅 졸다가 밤 11시가 넘어서 五四路 218號에 위치한 四星級의 溫泉大飯店 720호실에 투숙하였다.

5 (화) 맑음

유명종 교수는 北京에서 열리는 牧隱學會 대회에 참가하기 위해 오늘 새벽 가이드인 유 여사의 안내로 먼저 공항으로 떠났다.

오전 중 福州 시내의 명승지인 西湖와 于山, 그리고 이 도시의 상징인 榕樹 등을 구경한 뒤, 간밤에 내린 長樂 비행장 쪽으로 이동하였다. 도중에 鼓山 아래의 공산당 건물 안에 위치한 기념품점에 들르기도 하였다.

비행장 구내의 지하 식당에서 점심을 든 후, 오후 한 시 발 武漢 행 비행기를 탔는데, 탑승 수속 중 아내의 가방에 들었던 나의 등산용 칼이 匕首에 해당한다고 하여 압수를 당하였고, 아내가 자기 가방 속에 든 탑승권을 찾지 못하기도 하여 한동안 소동이 있었는데, 이런 일로 우리 때문에 비행기의 이륙 시간이 다소 지연되었다. 여행 중 과일을 깎는데 사용하려고 가져왔던 등산용 칼은 내가 다년간 사용해 왔었던 것이라 꽤 정이 든 물건인데, 뜻밖에도 여기서 압수를 당하게 되어 화가 치밀어 올랐으나 어쩔 도리가 없었다. 武漢 비행장 구내에서 다시 西安 행 비행기로 갈아타기 위해 상당 시간을 지체하였으며, 咸陽에 있는 西安 비행장에 도착한 다음 공항 광장의 바로 맞은편에 위치한 航空大酒店 709호실로 배정을 받아 짐을 부린 후, 공항 건물 구내의 실크로드 식당으로 나가 저녁 식사를 하고서 돌아왔다.

학술회의 주최 측과 연락한 결과, 우리가 식당으로 간 사이에 사회과학원의 徐遠和 室長이 우리가 투숙한 호텔에 다녀갔다고 하며, 우리 외에도 성균관대학교 유학대학으로부터 한국인 10여 명이 참가했다는 소식을 들었다.

6 (수) 흐리고 한 때 빗방울
航空大酒店 호텔 구내의 1층에서 조식 후, 여덟 시 경에 중국 사회과학원의 주최 측에서 보낸 승용차 세 대에 우리 발표자 다섯 명이 나누어 타고, 나머지 일행은 대절 버스에 타고서 서쪽으로 달려 咸陽市 西蘭路 5號에 위치한 鐵道部咸陽基建管理幹部學院 안의 회의장으로 향했다.

준비해 온 논문 세 부를 제출하고서, 9시부터 한 시간 동안 3층의 學術報告廳에서 진행된 개막식 행사에 참가하였다. 徐遠和 씨의 사회로 각계 인사들의 大會致詞가 있었다. 기념 촬영을 마치고서, 우리 일행은 基調發

言 및 歡迎宴會에는 참석하지 않고서 바로 호텔로 돌아왔다. 중국사회과
학원과 한국 성균관대학교 유학대학의 공동 주최에 의한 이 대회에는
중국인 43명과 우리 일행 중 발표자 다섯 명을 포함한 한국인 13명, 그리
고 일본인으로서는 유일하게 香川大學 敎育學部의 村瀨裕也 교수 한 명이
참가하여 있었고, 臺灣人은 없었다. 한국 측은 모두 여덟 명, 그리고 일본
인 한 명이 발표를 한다고 하며, 중국 측을 포함하여 모두 20명 미만의
학자가 발표를 하는 모양이었다. 한국인 학자로는 우리 일행 중 趙駿河·
金益洙·金弼洙·裵相賢 그리고 나를 포함한 다섯 명 외에 성대 유학대학장
인 梁再赫 교수와 이 대학 동양학부 중국철학전공의 주임인 朴商煥 교수
및 계명대학교 철학과의 林秀茂 교수가 논문을 발표한다고 한다. 퇴계학
연구원의 李允熙 간사장도 참가해 있었다. 대회 명칭은 다시 中韓儒釋道三
敎關係學術硏討會로 환원되어 있었으며, 숙박을 자비로 하는 것 외에는
처음 약속했던 바와 같이 참가자들이 도착한 이후 숙박비를 제외한 여타
모든 비용은 주최 측이 부담하는 모양이었다.

　우리 일행은 호텔로 돌아오는 길로 곧바로 짐을 정리하여 西安으로 이
동하였다. 도중에 渭水를 건너기 전 西漢의 제4대 황제인 景帝와 그 황후
의 능을 지나쳤다. 西安 시내에 도착한 후, 예전에 처음 西安에 들렀을
때 식사를 한 기억이 있는 하와이식당에서 점심을 들었고, 그 길로 秦始皇
兵馬俑과 驪山 아래의 華淸池 등을 다시 한 번 둘러보고서, 시내로 돌아와
역시 지난번 처음 왔을 때 투숙했었던 곳인 듯한 4성급의 建國飯店 10273
호실에 투숙하였다. 밤에 바로 옆의 박용재 노인 방으로 가서 박 씨가
『周易』 繫辭傳의 순서를 자신의 관점에 따라 새로 편집한 것을 얻어서
돌아왔다.

7 (목) 흐리고 오전 한 때 부슬비

　오전 중 長安 城內의 碑林博物館을 참관하였다. 책으로만 알고 있었던
開成石經이나 大秦景敎流行中國碑 등을 처음으로 보았다. 시내의 어느 호
텔에서 점심을 든 후, 두 조로 나누어 우리 발표자들과 박용재 노인 등은

유 가이드의 안내로 소형차를 전세 내어 咸陽의 학술회의장으로 향했고, 아내와 회옥이 등 나머지 일행은 현지 가이드의 안내로 西安 시내의 小雁塔·歷史博物館·興慶宮 등을 참관하였다.

함양에서는 두 조로 나뉘어 오후 일정이 우리를 위해 배정되어 있었는데, 나와 조준하·배상현 교수는 3층의 소회의실에서 열린 제2조 불교와 도교 조에 참가하였고, 김익수·김필수 교수는 2층의 제1조 삼교 관계와 유교 조에서 발표하였다. 우리 조에서는 北京大學 哲學科의 樓宇烈 교수가 사회를 맡았고, 어제 기조발언을 했었던 중국사회과학원 亞太所 硏究員 黃心川 씨도 참가해 있었다. 발표 후 약 한 시간 동안의 토론에는 나의 발표에 대한 질문이 많았고, 대체로 평이 좋은 듯했다.

分組討論이 끝난 후 개막식이 있었던 3층의 學術報告廳에서 각 조의 座長, 즉 主持人들이 각자의 발표와 토론 내용을 차례로 보고하는 綜合發言과 폐막식이 있었고, 招待所 식당에서 연회가 있었다. 나는 樓宇烈 교수와 徐遠和 씨의 사이에 좌석이 배정되어 있었고, 우리 테이블에는 杭州大學 前總長인 沈善洪 씨도 동석하였다. 유일한 일본인 학자인 香川大學의 村瀨裕也 교수는 京都大學 中國哲學史 전공의 선배였으므로, 그의 좌석으로 가서 일본어로 술잔을 권하기도 하였다.

어두워진 후에 우리 일행은 먼저 자리를 떠서 西安으로 돌아왔다. 내일 하루 동안 나머지 사람들은 法門寺와 唐 高宗 및 그 황후 則天武后의 무덤인 乾陵을 참관하는 모양이지만, 우리 일행은 내일 上海로 떠날 예정이므로 이것이 咸陽 모임과는 마지막 작별이 된 셈이다.

8 (금) 맑음

오전 중 長安城의 東大門과 慈恩寺의 大雁塔을 참관하였다. 현재의 장안성은 명대에 중건한 것으로서 원형이 고스란히 보존되었는데, 唐代의 長安城은 원래 三重으로 되어 있었고, 지금 것은 그 內城에 해당한다고 한다. 城內 중앙의 鐘樓 호텔에서 책을 사러 나갔던 일행 몇 명과 합류한 후, 咸陽의 비행장으로 향하던 중 景帝陵을 좀 지난 지점에서 漢高祖 내외의 능도 바라보며 지나쳤다.

航空大酒店 1층의 식당에서 점심을 들고서 오후 2시 30분 비행기로 上海를 향해 떠났다. 약 두 시간 후에 上海에 도착하였는데, 내가 처음 중국에 왔었을 때 내렸던 上海空港은 마치 한국의 어느 시골 공항처럼 초라한 것이었으나, 지금은 꽤 크게 확장되고 또한 산뜻하게 변모되어져 있었다. 공항에서부터 시내로 진입하는 길은 고가도로가 건설되어져 있어 그리로 통과하였고, 주위의 여기저기는 고층건물들이 숲처럼 늘어서 있어, 중국에서 제일 인구가 많다고 하는 이 대도시의 놀라운 변모는 내 눈을 의심케 할 정도였다. 가이드의 설명에 의하면 上海에는 지금도 일만 수천 군데에서 건설 공사가 진행되고 있다고 한다.

시내로 진입하여 馬當路의 구 프랑스 租界 내에 위치한 대한민국 임시정부 청사를 다시 찾았다. 이 건물도 그 사이에 말끔하게 단장되어 있었지만, 그 구내에는 기부한 사람들에게만 記名이 허용되는 방명록에다 바가지요금이 매겨진 기념품점 등이 들어서 있어, 이 역사적인 건물이 중국인의 한국인을 상대로 한 또 하나의 점포로 둔갑한 감이 없지 않았다. 일찌감치 남 먼저 거기를 나와서 도로 건너편의 중국인이 사는 옛 거리를 둘러보았고, 왕년에 들어가 본 적이 있었던 그 골목 어귀에 위치한 좁디좁았던 幼兒園의 입구와 임시정부 청사 쪽에 위치한 북한 물건을 파는 새로 생긴 기념품점에도 들러보았는데, 일본 내 조선인 거주 지역 문제를 다룬 북한에서 간행된 고대사 관계 서적 한 권의 가격을 물었더니 미화 백 달러라는 대답이었다. 그것은 중국인의 한 달 평균 월급을 넘는 가격이라 失笑를 금할 수가 없었다.

한국음식점에서 한식으로 저녁을 든 후, 역시 놀랍게 변모한 外灘의 夜景을 구경하였고, 그 부근 友誼商店 자리에 옛 건물을 6층으로 더 높이고 깨끗하게 새로 단장하여 백화점으로 개조한 곳에서 각층마다에 진열된 물품들을 구경하다가, 밤 아홉 시 반 무렵에 거기를 떠나 공항 방향으로 한참 간 곳의 林田開發區에 위치한 千鶴賓館으로 가서 그 16층에 투숙하였다.

9 (토) 上海는 비, 한국은 맑음

　새벽 다섯 시 반에 기상하여, 여섯 시에 千鶴賓館 1층의 작은 식당에서 양식 뷔페로 조반을 들고, 여섯 시 반에 호텔을 떠나 공항으로 향했다. 지금까지는 차에 오르내릴 때 우리가 손수 큰 짐을 운반할 필요가 없었으나, 마지막 공항에서는 비 오는 가운데 우리가 직접 그것을 하지 않으면 안 되었다. 공항으로 오는 대절 버스 안에서 어제 각자로부터 일인당 20 달러, 혹은 인민폐 200圓, 韓貨 2만 원씩을 거둔 팁을 스루가이드인 유 여사에게 전달하였다.

　9시 5분에 출항할 예정이었던 中國東方航空의 서울 행 비행기가 기상 관계로 한 시간이나 늦게 뜬 관계로 한국 시간 12시 반 무렵에야 서울에 당도하였다. 아무리 서둘러도 오후 한 시 반의 진주행 대한항공으로 갈아타기에는 무리였지만, 다행히도 남부 지방의 태풍 관계로 이 비행기도 한 시간 늦게 이륙하는 관계로 이럭저럭 무사히 진주에 당도할 수가 있었다. 사천공항에서 택시를 대절하여 두 주 만에 우리 집으로 돌아왔다.

태국

10월

2 (금) 한국 쾌청, 泰國은 흐림

새벽 네 시경에 起床하여 CCTV의 「中國文藝」를 시청하며 평소처럼 간
단한 조반을 든 다음, 출국 준비에 착수하여 아침 여섯 시 반 무렵에 가족
과 함께 집을 나섰다. 삼천포행 시외버스를 타고서 사천 공항 입구에서
내려 국제선 연결 수속을 하였고, 트렁크 두 개의 짐을 탁송한 다음, 오전
7시 50분발 아시아나 항공편으로 한 시간 후에 서울에 도착하였다. 공항
셔틀버스로 국제선 2청사로 이동한 다음, 출국 수속을 마치고서 16번 탑
승구로 이동하여, 로비의 의자에 앉아서 가지고 갔던 狩野直禎 교수의 기
증본 저서 『『三國志』の知慧』(東京: 講談社現代新書 G762, 1985)를 계속 읽
었다.

정오 발 싱가포르 행 아시아나 항공편으로 서울을 떠나 다섯 시간 40
분 정도 걸려 타일랜드의 수도인 방콕 돈무앙 국제공항에 도착하였는데,

현지 시각으로는 한국보다 두 시간이 늦은 15시 40분이었다. 공항 출구에서 현지의 골드투어 여행사로부터 나온 조규태라는 이름의 33세 된 남자 가이드가 피켓을 들고서 우리를 기다리고 있었다. 방콕·파타야 3박 5일 일정으로 된 우리 가족의 추석 연휴 여행은 부산 초량3동 팔각회관 2층에 본사를 두고서 본교 학생회관 2층에다 지점을 두고 있는 우진항공 여행사가 부산 부산진구 부전1동 유원골드타워 1025호에 있는 엑스포 여행사에다 의뢰하고, 엑스포 여행사는 부산경남지구의 고객들을 모집 하여 현지인 방콕에 있는 준 타이 월드 투어社와 연락한 것이다. 태국 공항에서 처음으로 합류하고 보니 우리 일행은 가이드와 현지인 운전사를 빼고서 모두 하여 여섯 명으로서 우리 가족 세 명 외에는 부산 연산동에 있는 병원의 내과 의사로서 35세인 남자 한 명과 울산에서 직장에 다니는 여자 두 명이었다.

관광용 소형 차량을 타고서 방콕 시내에 있는 민속관이라는 이름의 교포가 하는 한식집에서 저녁식사를 마친 다음, 책을 통하여만 알고 있었던 메남 강을 내려다보는 디럭스 급의 몬티엔 리버사이드 호텔 22층에 투숙하였는데, 창밖으로 내다보이는 밤경치가 그저 그만이었다.

3 (토) 흐리다가 개임

호텔 2층의 식당에서 양식 뷔페로 조식을 든 다음, 그 바로 옆의 강가에서 배를 타고 오늘 관광을 시작하게 되었다. 어제 가이드에 의해 고객을 대표하는 총무의 역할을 위촉받은 젊은 의사가 식사 때 하는 말에 의하면 가이드가 자기에게 줄 팁을 미리 달라는 요구를 해 왔다는 것이었다. 어제 밤 호텔에 막 도착했을 때도 이 가이드가 우리 회옥이에게 제공될 사이드 베드의 요금을 별도로 지불할 것을 요구하므로 그것은 계약 위반이라 하여 나와 한 차례 신경전을 벌인 적이 있었다. 총무는 가이드가 팀 당 미화 40불씩을 달라고 하는데, 아가씨들은 가지고 온 돈이 별로 없다고 하므로 모두 20불만 내게 하고 자기와 우리 가족이 각각 40불씩 내어 백 불을 주자는 것이었다. 팁이란 고객이 알아서 주는 것이며, 하물며 지금까지 경험해 본 바로는 사전에 팁을 요구하는 적이 없었으므로 어떨까 했으나, 이런 일로 여행 기분을 망치고 싶지 않아 그렇게 하기로 동의하였다. 식사를 마치고 나서도 호텔 바로 옆에 있는 선착장에 가이드가 나타나지 않으므로 한참을 기다렸는데, 나중에 알고 보니 가이드는 1인당 40불씩 모두 240불의 팁을 요구한다는 것이었다.

결국 그러한 요구에 응하지는 않고 부산의 같은 여행사에서 모집하여 온 사람들로서 우리와 같은 일정이면서 파타야 대신 푸켓을 택한 다른 일행과 합류하여, 태국인 여자 가이드의 한국어 설명을 들으면서 통통배를 타고서 어머니인 물이라는 뜻을 가진 메남 강을 거슬러 올라가며 오전 일정을 시작하였다. 먼저 약 700년 이상의 역사를 가진 태국의 제3王朝로서 1代로 끝난 돈부리 왕조의 궁궐에 부속된 절이었다고 하는 새벽사원에 들렀다. 전체가 清朝의 흰색 도자기로써 장식된 사원 안은 현재 수리 중이어서 들어갈 수가 없었는데, 옥수수 모양의 탑들은 크메르 양식을 본받은 것이라 하며, 타이 문자도 크메르에서 유래한다고 들었다. 사원 앞 강가에는 관광객을 대상으로 하는 갖가지 상인들이 우글거리고 있었다.

거기를 떠나 좀 더 거슬러 오른 지점의 華僑式 불교사원 앞에 방생되고 있는 메기 떼를 구경하였다. 관광객들이 배에서 식빵을 사서 그것을 떼어 주면 제법 큼직한 메기들이 배 주위에 수없이 몰려드는데, 물 반 고기 반이라는 말이 실감났다. 거기서 조금 더 올라간 지점의 水上市場은 이미 시각이 늦은 까닭인지 TV에서 보던 바와 같은 번창함은 없고 다만 관광객을 상대로 기념품을 파는 배들 정도가 좀 있을 뿐이었다.

거기서 돌아 나와 새벽사원과는 반대편 對岸에 있는 현재의 제4왕조인 차크리 왕조가 세운 궁전과 왕궁 부속의 왕실 전용 사찰인 에메랄드사원을 구경하였다. 차크리 왕조의 시조인 차오프라야 차크리, 즉 라마 1세가 수도를 이곳으로 옮긴 까닭인지 메남 강의 정식 명칭 역시 현지에서는 메남 차오프라야, 혹은 그냥 차오프라야 강이라고 부르고 있었다. 이곳이 우리의 태국 여행에 있어서 정점을 이루는 대표적인 관광지라고 할 수 있겠다. 사진을 통해 낯익은 각종 모자이크나 도금 혹은 순금으로 장식된

1998년 10월 3일, 에메랄드 사원

건축물 및 탑과 조각들이 많이 눈에 띄었다. 중이 살고 있지 않은 이 사원 안의 높은 壇 위에는 전체가 한 덩어리의 녹색 옥으로 된 몸체에다 각종 보석으로 치장된 진짜 에메랄드 불상이 안치되어 있었는데, 이곳을 에메랄드사원이라고 부르는 것도 이 불상에서 유래하는 것이다. 태국의 날씨는 여름과 雨期 및 乾期의 세 계절로 이루어진다고 하는데, 계절이 바뀔 때마다 국왕이 직접 순금으로 된 佛像의 袈裟를 갈아입힌다고 하며, 현재의 국왕은 이곳에서 약 5킬로미터 정도 떨어진 다른 궁전에서 거처하고 있는 모양이었다. 우리가 온 시기는 우기에 해당하지만 다행히 비는 내리지 않고 흐리기만 하여 관광하기에 적절한 기온이었다.

오전 일정을 마친 후 어제의 그 한식집에서 점심을 들고서 그 다음의 목적지인 파타야로 향하여 출발하였다. 파타야는 泰國灣을 끼고서 동남쪽 방향으로 세 시간 정도 내려간 지점에 위치해 있는데, 내가 가진 한국의 세계지도집이나 마이크로소프트社의 세계지도 CD에 이름조차 보이지 않을 정도로 한적한 곳이었던 것이 월남전에 참전한 미군들을 위한 위락시설이 이 지역에 생기기 시작한 것을 계기로 하여 약 15년 전쯤부터 대대적으로 개발되기 시작하여, 지금은 이 일대의 파타야·좀티엔·라용에 걸친 광대한 해변에 동양 최대의 관광 휴양 및 해양 스포츠 시설이 들어서게 된 것이었다. 우리가 투숙하게 된 호텔은 좀티엔 지구에 위치한 앰버서더 시티 좀티엔이라는 이름의 1급 호텔로서 방안 내부 시설은 간밤에 들었던 몬티엔 리버사이드보다 떨어지지만, 88년도까지는 기네스북에 올랐을 정도로 세계 최대의 호텔이었다고 한다. 따라서 두 개의 호텔 건물 사이 정원에 위치한 大小 네 개의 풀을 비롯한 각종 시설은 과연 괄목할 만한 것이었다.

우리 가족은 9층 40호실의 방을 배정 받아 여장을 푼 다음, 파타야 지구에 있는 미니시암이라고 하는 세계 및 태국의 유명 건축물들을 소형으로 모조하여 진열해 둔 곳으로 가서, 그 構內의 교포가 경영하는 한식집에서 일본식 샤브샤브나 스끼야끼와 다소 유사한 태국 傳統食을 한국인의 구미에 맞도록 개조했다고 하는 스끼라는 음식으로 저녁식사를 하고, 조명 시설이 된 미니시암 구내를 걸으며 구경하고서 호텔로 돌아왔다.

4 (일) 맑음

호텔 1층의 대형 식당에서 조식을 마친 후 산호섬 관광에 나섰다. 총무인 내과의사는 방콕에서의 첫날밤에도 그러했지만 간밤에도 혼자 파타야 지구로 가서 밤늦게까지 놀다가 오늘 상오 네 시경에야 호텔로 돌아왔는데, 오전의 일정에는 참가하지 않고서 다시 혼자 방콕으로 돌아갔다. 그러므로 가이드까지 포함하여 여섯 명이 파타야 해변에서 다른 한국관광객 일행과 합류하여 쾌속정을 타고 얼마간 달려 산호섬에 도착하였다. 섬을 오른 편으로 돌아 들어간 지점의 해변에 상륙하였는데, 하와이에서의 경우처럼 바닷물이 하늘빛으로 맑고 모래가 흰빛이어서 이국적이었다. 회옥이는 울산 아가씨들과 함께 쾌속정이 끄는 바나나 모양의 고무보트를 타고서 해변 주위를 한 바퀴 돌았고, 우리 내외는 그냥 해변에서 때늦은 해수욕을 하였다. 알고 보니 흰모래는 산호가 부서진 것이었으며, 해수욕장 물밑에서 바위처럼 밟히는 것들도 역시 산호였다. 돌아오는 길

에 회옥이와 아가씨들은 또 패러세일링이라고 하는 쾌속정이 끄는 낙하
산을 타고서 하늘 위를 나는 놀이를 하였다. 이 패러세일링 이외의 해양
스포츠 장비들은 삼천포 앞바다의 금년 여름에 들렀던 수영장에서도 볼
수 있었던 것이었는데, 다만 바나나 보트가 10불, 패러세일링이 20불 등
으로 가격이 상당히 비쌌다.

오후에는 호텔 내의 풀에서 혼자 수영을 하며 쉬다가 저녁에 파타야
지구의 한식점으로 식사하러 나갔다. 울산 아가씨들이 카바레 쇼인 알타
자 쇼를 보고 싶다고 하므로, 우리 가족도 1인당 30불씩을 지불하고서
함께 보았다. 이 쇼는 남자들이 여자 모양을 하고서 출연하여 한국을 포
함한 세계 각국의 노래와 춤들을 공연하는 것인데, 극장의 시설은 별로
볼품이 없었지만 세계 3대 쇼의 하나라고 선전하고 있었으며, 세계 각국
의 관광객들로 초만원을 이루고 있었다.

5 (월) 맑고 다소 무더움
오늘이 한국에서는 추석에 해당하는 날이다.

호텔 1층의 어제와 같은 대형 식당에서 뷔페식 아침식사를 하고, 호텔
을 체크아웃 한 다음 짐을 차에다 싣고서 아홉 시 반 무렵에 좀티엔의
농눅 지구에 있는 열대 정원으로 향했다. 광대한 정원의 여기저기에서
기념촬영을 하고, 실내 공연장에서 민속 공연을 관람하였으며, 그 공연장
바로 뒤편 야외에서 잇달아 공연되는 코끼리 쇼도 관람하였다. 20바트를
주고서 야자열매를 사서 맛보기도 하였다.

농눅 빌리지를 나와 방콕으로 돌아오는 도중에 차도 가의 상점에서
현지에서 생산되는 파인애플을 맛보고, 40바트를 주고서 열대 과일들을
좀 샀다. 올 때 들렀었던 촌부리市의 교포가 경영하는 기념품점에 정거하
였다가 또 길가의 어느 한국음식점에도 들렀는데, 음식 준비가 너무 늦어
그 바로 옆에 잇달아 있는 태국음식점으로 자리를 옮겨 볶음밥과 비슷한
진짜 태국 요리를 처음으로 맛보았다. 태국에서의 식사는 호텔의 뷔페식
당에서 드는 조반을 제외하고서는 모두 한국 교포가 한국관광객을 위해

경영하는 식당에서 한식을 들었는데, 가이드의 설명으로는 한국 손님들 중에는 독특한 향료와 풀이 들어가는 태국 음식을 싫어하는 사람이 많기 때문이라고 한다.

일정표 상에는 오늘 중식 후에 차이나타운 등 방콕 시내관광을 하기로 되어 있었는데, 가이드는 교통 혼잡과 주차 문제 등을 이유로 들어 우리를 한국인이 역시 한국관광객을 대상으로 하여 경영하는 기념품점들로만 계속 데리고 다녔다. 처음에는 가오리 가죽으로 만든 가방 등을 파는 점포에 들렀다가 두 번째는 국제보석센터 건물 안에 있는 한국인 보석상에 들렀고, 내가 지겨운 표정을 짓고 있자 세 번째 들를 예정이었던 한약방은 생략하고서 가이드 조 씨가 약 7개월 전에 결혼했다는 중국계 태국인 부인이 경영하는 셔츠점이 들어 있는 오픈한지 일 년이 채 못 된 대형백화점으로 데리고 갔다. 아내는 인정 상 조 씨네 상점에서 T셔츠 두 개를 샀다.

점심 때 가이드가 방콕 시내에 바다가제 등의 活魚를 마음대로 먹을 수 있는 뷔페식당이 있다고 소개하고 울산 아가씨들이 거기로 가 보고 싶어 하므로, 우리 가족도 1인당 30불씩 지불해야 하는 그곳에서 태국에서의 마지막 저녁식사를 들어보기로 하였다. 메남 강에 면한 메남호텔의 부속식당이라고 하는데, 엄청나게 큰 식당에 손님의 절반 이상은 한국관광객인 듯하여 좀 놀랐다. 이 IMF 시대에 태국에서 우리가 가는 곳곳마다에 한국관광객이 넘쳐나고 있었으므로 내가 그 점을 이상하게 생각하자 가이드가 설명한 바로는 한국인이 잘 가는 곳만 가서 그렇다는 것이었다. 그 식당의 음식은 호텔의 뷔페보다 별로 나을 것이 없었고, 바다가제라는 것도 어린이 손바닥만 한 정도의 크기에다 불에 구운 것이었다. 가이드가 없는 사이에 웨이터가 와서 음료를 주문하라고 하므로, 나는 식사에 딸려 나오는 것인 줄로 알고서 위스키를 시켰고, 더 필요한 것이 없느냐고 하기에 태국식 위스키 한 잔을 더 시켰는데, 알고 보니 우리가 이렇게 마신 음료들은 모두 별도로 추가 부담해야 하는 것이었다. 테이블에 가이드의 좌석까지 마련되어 있으므로, 우리끼리만 식사를 하기도 민망하여 가이드의 식사비 문제를 상의하여 보았으나, 울산 아가씨들은 이러한 문제에 대해서는 시종 전혀 반응이 없으므로, 별 수 없이 우리가 가이드의 식사비까지 부담하지 않으면 안 되었다.

식사 후 공항으로 가서 출국수속을 하고, 밤 11시 50분발 아시아나 항공편으로 귀국 길에 올랐다.

6 (화) 맑음

한국 시간 오전 7시 15분에 김포공항에 도착하여 9시 20분발 아시아나 국내선으로 갈아타고서 오전 11시쯤에 집에 당도하였다.

아버지의 문병-하모니 양로원

1월

8 (금) 맑음

7시 50분경 황 서방이 운전하는 차로 남해고속도로를 통해 김해공항으로 이동하였다. 공항에는 병상에서 일어난 큰 자형이 아직 성치 못한 몸을 이끌고서 전송을 나왔다. 미국의 둘째 자형이 내 편에 맡겨 갖다 주도록 부탁한 둘째 자형이 나가는 성당의 새로 부임한 신부를 위한 천주교 典禮集을 항공편으로 우송하였다고 하며 그 책값 및 우송료의 영수증을 전해 주며 그 대금을 받아오라고 하는지라, 그에 해당하는 26만 원의 한화를 아내가 우선 큰 자형에게 지불하였다. 공항에서는 큰 자형과 같은 택시를 타고서 일본 손님을 전송하러 나온 부산외국어대학의 김문길 교수를 우연히 만나기도 하였다.

출국 수속을 마친 후 비행기의 탑승이 시작될 때까지 김해공항의 면세점에서 아내는 처제가 부탁한 물건을 찾고, 나는 배석원 선생으로부터 빌린 팸플릿 지도로 미국 각 州의 위치를 익혔다. 부산과 大阪을 왕복하는 JAL 편으로 12시 30분에 출발하여 오후 1시 40분에 關西新空港에 도착한 후, LA행 44번 탑승구 앞 안락의자에서 하이비전 텔레비전을 시청하며 계속 대기하다가, 오후 5시 10분발 大阪~LA 간을 왕복하는 점보 비행기의 2층 좌석에 탑승하여 一路 미국으로 향하였다. 기내식으로 저녁 식사를 마친 후, 미국 도착 후의 시차를 고려하여 한국 시간 오후 일곱 시 남짓에 일찌감치 눈을 감고서 잠을 청했다.

8 (금) 맑음

날짜변경선을 넘어온 관계로 사실상 하루가 지났지만 미국 시간으로는 여전히 8일이다. 눈을 붙인 지 얼마 되지 않아 벌써 착륙 시간이 가까워졌다 하여 기내식을 주는지라, 그것으로 아침식사를 때웠다. 우리가 탄 비행기는 태평양을 가로질러 약 열 시간 만에 목적지에 도착하게 되는데, 일단 샌프란시스코 부근에서 육지를 따라 남으로 선회하여 LA 공항에 당도하였다. 부산 출발 시각이 8일 오후 12시 30분이었는데, LA 도착 시각은 같은 날 오전 10시 5분이니, 시간이 거꾸로 간 것이다.

입국 수속에 한 시간 반 정도나 지체되었다가 겨우 출구로 빠져 나오니, 작은누나의 둘째 아들로서 일리노이대학교(어바나 샴페인 校) 공과대학을 졸업하고서 2년 전부터 이곳에 있는 휴즈 우주통신사에 근무하며 방송용 인공위성 안테나의 디자인 부문을 담당하고 있는 동환이가 마중 나와 있다가 우리를 픽업하였다. 동환이의 차 뒤 트렁크에다 우리 짐을 싣고서 코리아타운 안에 있는 서울팔레스호텔 5층에 체크인 한 다음, 다시 점심 식사를 하러 밖으로 나갔다. 나의 의견에 따라 외국에서는 되도록 한국에서 맛보기 어려운 음식을 먹어 보기로 하고, 어느 카페 식의 이탈리아 식당으로 가서 동환이와 나는 파스타를 들고 아내와 회옥이는 미트볼 스파게티를 주문하였으며, 곁들여 나온 마늘빵을 올리브유에다 찍어 먹고 큼직한 아이스티도 들었다. 점심은 동환이가 샀지만, 우리는 여행 중 가능한 한 현금보다는 신용카드를 사용하여 결제하기로 하였다.

늦은 점심을 든 후, 이번으로 세 번째 미국을 방문하게 된 내가 첫 번째 방문에서 LA에 왔을 때 들른 적이 있었던 할리우드 거리의 차이나 시어터를 둘러보고, 그리피스 공원에 들어가 제임스딘이 주연한 영화 〈이유 없는 반항〉의 무대가 되기도 했던 천문대에 올라 LA 시가의 아름다운 풍경을 조망하기도 하였다. 이어서 부자들의 주택가인 비벌리 힐스를 드라이브하고, 그 부근의 로데오 거리에 내려서 영화 〈프리티 우먼〉에 나오는 백화점 근처를 산책해 보기도 하였다.

돌아오는 길에 슈퍼마켓에 들러 회옥이의 머리를 묶을 끈과 과일 샐러드 등을 사서 돌아와 숙소에서 저녁 식사를 하고 아홉 시경에 취침하였다.

9 (토) 맑음

아침 일곱 시 반 무렵 동환이가 전화를 해 올 때까지 계속 잤다. 동환이가 사 온 유대인식 빵과 크림치즈 및 바나나로 조반을 들고서 오전 여덟 시경에 호텔을 체크아웃 하였다. 어제처럼 짐을 동환이 차의 트렁크에다 싣고서 먼저 UCLA에 들러 대학 구내를 산책하였고, 동환이가 한국계 및 중국계 미국인 젊은이 두 명과 더불어 거주하는 산타 모니카 부근의 아파트 입구에다 차를 세워둔 다음, 그 마을 부근을 지나는 버스를 타고서 석유재벌 J. 폴 게티가 수집한 미술품들을 전시하며 1년 전에 말리부로부터 보다 더 동쪽의 언덕 위로 옮겨 개관한 게티 센터에 들러 전체를 흰 대리석으로 지은 이 새 박물관의 소장품들을 감상하였다.

게티 센터에서 택시를 타고서 동환이 아파트로 돌아와, 이어서 동환이 차로 산타 모니카 해안으로 이동하여 주차장 부근의 유명한 徒步 거리에 면한 레스토랑에 들러 큰 샌드위치와 검은 생맥주 등으로 점심을 든 다음, 모래사장 위에 다리 모양으로 가설해 바다까지 연결되게 한 건조물을 따라 산책하였다. 이곳은 미국을 대표할 정도로 세계적으로 유명한 해수욕장이지만, 지금은 해수의 오염으로 태양욕과 세일링 정도만 가능할 정도라고 한다. 산타 모니카를 떠난 후 태평양에 면한 해안선을 따라 좀 더 북상하여 말리부 해안의 곶 부분 산기슭에 위치한 페퍼다인대학 구내로 들어가 석양의 태평양 풍경을 바라보며 잔디 위의 벤치에서 이름 모를 새들과 더불어 한가로운 시간을 보냈다.

LA로의 귀로에 동환이가 사준 셰이크 같은 찬 과일 주스로 저녁식사를 때우고서, 러시아워의 교통 혼잡을 피해 도중에 고속도로를 벗어나 일반 국도를 취하여 6시 40분경 LA의 앰트랙 열차 출발지인 유니언 역에 도착하였고, 거기서 580불의 정규 요금으로 동환이가 미리 예약해 둔 열차의 탑승권을 받아 7시 15분발 사우드웨스트 치프 號 4번 열차를 탔다. 우리가 탄 열차는 장거리용인 2층의 슈퍼라이너로서, 우리 좌석은 2층 1·2·3호 코치 석이었으며, 바로 다음 칸이 바닥과 천장 일부를 제외한 거의 전체가 유리창으로 된 眺望 차량인 사이트시어 라운지이고, 그 다음 차량은 식당 칸이었다. 거기서 동환이와 작별하였으며, 기차는 7시 45분경에 출발하였다.

10 (일) 맑음
날이 새기 시작할 무렵 우리가 탄 기차는 애리조나 州를 통과하고 있었고, 얼마 후 뉴멕시코 주의 갤럽 역에 도착하였다. 미국의 기차역이 한국과 다른 것은 역 주위에 그 지명을 표시하는 간판 등이 거의 없고 심지어 역 건물에서도 이름이 잘 눈에 띄지 않는 경우가 많아 기차가 통과하고 있는 지점이 어디쯤인지를 알기 어렵다는 점이다.

조반을 들러 식당 칸에 들렀다가 우연히 남미계인 듯한 이상한 복장의 중년 남자를 만났는데, 그는 플로리다 주에 살며 LA에 거주하는 모친을 방문하고서 열차 편으로 시카고와 워싱턴을 거쳐 플로리다로 돌아가는 도중이라고 했다. 우리 내외는 오믈렛을, 회옥이는 팬케이크를 각각 시키고 나는 커피를 마셨는데, 대화 중 우리가 한국인이며 며칠 전 미국에 도착하여 여행 중이라는 것을 알고서, 그는 무슨 마음에서인지 우리의 식비까지 함께 지불하였다.

캘리포니아 주를 벗어나고서 태평양 시간대에서 산악 시간대로 바뀌어 미국 국내에서 한 시간이 빨라졌는데, 뉴멕시코와 콜로라도 주를 지나고서는 다시 한 시간이 빨라져 시카고와 같은 중부 시간대가 적용되게 되었다. 뉴멕시코 주의 중심 도시인 앨버커크에 도착하여 약 한 시간 동안 정거하였다. 인디언들이 철로 주변에서 기념품을 팔고 있었으므로, 아내는 20불을 주고서 그들로부터 은빛 금속으로 된 귀걸이를 한 쌍 구입하였다. 앨버커크에서 동북쪽으로 얼마간 더 간 지점인 라미 역 북부에 예전 이 지역이 스페인 영토였던 시절 북부 지역 통치의 중심지였고, 미국의 서부개척사와 더불어 유명한 산타페가 있는데, 우리가 이번에 열차로 통과하는 곳들은 대체로 과거 개척시대의 서부로 통하는 대표적 도로 중 하나인 산타페 트레일과 일치하는 것이다. 그러므로 서부 영화에서 흔히 보는 황무지 및 붉은 흙으로 이루어지고 위가 평평한 언덕들이 이따금 보이며 소와 양 등을 방목하는 목장들이 여기저기에서 눈에 띄는 광막한 평원이 한없이 계속되고 있었다. 이른바 카우보이라는 말은 이러한 목장들에서 유래한 것이리라. 중등학교 시절 국어 교과서에서 읽은 적이 있는 장기영 씨의 미국 여행기 「기차는 원의 중심을 달린다」를 연상케 할 정도로 가도 가도 끝이 없는 평원의 연속이었다.

로키산맥의 남쪽을 통과하여 라스베이거스라는 이름의 작은 역에 닿았으나, 완만한 언덕으로 된 삼림지대가 이어지고 먼 산에서 눈을 볼 수 있었다는 점을 제외하고서는 이렇다 할 풍경의 변화는 없었다. 낮의 여러 시간을 전망 칸에서 보냈는데, 그 일층에 스낵도 있으므로 거기서 먹을 것을 사와 들면서 때로는 옆자리에 앉은 미시건 주에 산다는 미국 젊은이 등과 대화를 나누어 보기도 하였다. 콜로라도 주에 이르기 전에 날이 어두워졌다.

11 (월) 흐림

간밤에 잠이 깨어 기차가 콜로라도 주의 라 전타를 지나 캔서스 주의 가든 시티에 정거한 것을 보고서 다시 잠들었었는데, 깨어 보니 캔서스 주의 동쪽 끝 부근을 통과하고 있었다. 캔서스 시티는 캔서스 주와 미주리 주의 접경에 위치하면서도 이름과는 달리 미주리 주에 속해 있으며,

고층건물들이 보이는 제법 큰 도시인데, 기차는 이 도시에서 다시 약 한 시간을 정거하였다. 사방은 눈으로 덮여 있고 여기서부터는 동북 방향으로 나아갈수록 점점 더 눈이 두터워져 집 주변의 승용차들이 온통 눈에 파묻혀 있는 광경을 자주 볼 수 있었다. 캔서스 주에서부터 동쪽으로는 사막에 가까울 정도로 건조한 서부의 황무지를 이미 벗어나 인가가 비교적 있고 숲이 보이는 이른바 대평원 지대가 이어지는데, 그렇다고는 하지만 끝 간 데 없이 계속되는 광막한 평야로서, 산이 있고 강이 있고 바다가 있어 변화에 풍부한 지형에 익숙한 우리의 눈으로서는 심심하기 이를 데 없을 정도로 대동소이한 단조로운 풍경이 계속되고 있었다.

아이오와 주의 동남단을 잠시 거쳐 포트 메디슨에서 눈에 덮인 미시시피 강 위로 놓인 철교를 통과하여 우리의 목적지인 시카고가 있는 일리노이 주로 접어들었다. 여기까지 오는 동안 우리가 탄 기차는 캘리포니아-애리조나-뉴멕시코-콜로라도-캔서스-미주리-아이오와-일리노이라고 하는 여덟 개의 주를 경과한 셈이다. 오늘의 식사는 모두 조망 칸 1층의 스낵을 이용하였다. LA 시간에 비해 두 시간이 빠른 중부 시간으로 오후 네 시 무렵 시카고 중심가에 위치한 유니언 역에 도착하였다. 기차가 역 구내에서 한 시간 정도 지체한 까닭에, 하차하여 출구에서 대기하고 있는 두리를 만나서 함께 짐을 찾고 하다 보니 이미 어둑어둑해 질 무렵이었다. 역 바깥의 차안에서 우리를 기다리고 있는 마이크 씨를 만나 그가 운전하는 두리의 승용차로 역 부근의 그들이 자주 간다는 그리스 식당으로 향하여 양고기 요리와 올리브가 든 야채샐러드 등으로 저녁 식사를 하였다.

시카고 市 북쪽 끝 일리노이 주와의 접경 지역인 웨스트 버치우드 2051번지에 위치한 마이크 씨 소유의 지상 3층 지하 1층으로 된 지은 지 백 년 이상이 된다는 벽돌 주택에 도착하였다. 1층 거실에서 포도주를 마시며 대화를 나누다가 마이크 씨가 농담으로 EXECUTIVE SWEET라고 부르는 3층의 두리가 거처하는 공간으로 옮겨서, 2박 3일의 기차 여행 후 모처럼 샤워를 하고 11시가 넘은 시각에 취침하였다. 이 3층에는 양탄자 및 모피로 간 두 개의 거실 및 테라스, 욕실 겸 화장실이 있고, 회옥이가 쓰는 싱글베드가 있는 침대 방과 우리 부부가 쓸 더블베드가 있는 침대 방이 각각 하나씩 있으며, 그 외에도 붙박이장 등이 여기저기에 있어 일급 호텔의 방에 못지않으므로 특등실이라는 의미에서 마이크 씨가 그렇게 호칭하는 것이다.

12 (화) 흐림

입고 온 옷을 벗고 두리가 준 방한복과 방수 구두로 갈아입고서 아버지가 약 반 년 전부터 들어 계신 웨스트 포스터 에브뉴 3919번지의 하모니 너싱 홈을 방문하였다. 그곳은 체코人들을 의미하는 듯한 보헤미안 공동묘지 맞은편에 위치한 3층으로 된 건물인데, 이런 종류의 시설로서는 미국에서도 퍽 깨끗한 편에 속한다고 한다. 1층에는 심신이 비교적 성한 노인들이 들어 있고, 2층에는 아버지처럼 중풍으로 신체가 부자유한 사람들, 3층에는 치매에 걸린 사람들이 거처한다고 한다. 소셜 워커라고 하는 미국인 젊은 여자가 책임자인 모양이고, 진주 출신의 교회 집사라는 중년 여성이 副 소셜 워커로 있으며, 간호사들은 대부분 필리핀 사람이거나 흑인이었다. 아버지는 일본계 미국인 노인과 더불어 둘이서 같은 방을 쓰고 있었는데, 그이도 아버지와 마찬가지로 다른 사람의 도움이 없이는 똥오줌이 묻은 샅바를 갈 수도 없고 TV의 채널이나 볼륨을 조절할 수 없을 정도로 몸이 불편하며 의사를 표현할 정도의 언어 능력도 부족한 모양이었다. 일본어로 말을 붙여 보았으나 잘 알아듣지 못하는 듯하였다.

아버지와 그이가 각각 침대 발치의 옷장 위에 TV를 한 대씩 놓아두고 있으니 서로 다른 방송을 시청할 경우 시끄러워서 나 같으면 정신이 어수선할 터인데도 습관이 되었는지 별로 불편해 하는 기색은 없었다. 아버지는 이곳에서 거처하시다가 다이닝룸이라고 하는 대형 TV가 있는 넓고 밝은 방의 가운데 모서리에서 식사를 하시고, 낮 시간은 대부분 그 자리의 의자에 앉아 지내시도록 양로원 측에서 배려하고 있는 모양이었다.

이곳에 들어 있는 노인들은 대부분 백인이지만, 간혹 한국 사람도 눈에 띄었다. 먹는 음식은 환자들의 상태에 따라 각각 다르며, 아버지는 재료를 갈아서 가루로 만들어 요리한 음식과 커피 등 여러 종류의 음료수를 들고 계셨는데, 식욕이 좋아 평소의 나보다 더 많은 음식을 드시는 듯한데도 천천히 씹어 삼키며 거의 남기지 않고 다 드신다고 한다.

정오 무렵에 도착하신 어머니를 너싱 홈에서 만나 아버지의 식사가 끝난 후 함께 방으로 모시고, 두리가 샅바를 갈아 드린 후 주무시게 하였다. 우리는 그곳을 나와 4년 전 우리 가족이 아버지의 문병 차 왔을 때 미국 가족들이 다함께 모여 환영 만찬을 함께 들었던 한인 타운의 식당으로 가서 불고기 등으로 늦은 점심 겸 저녁 식사를 들었고, 어머니를 노드 쉐리던 에브뉴 4945번지에 있는 아버지 아파트로 바래다 드린 후 마이크 씨 집으로 돌아왔다.

밤에 본교 경제학과 교수로서 방학 때마다 미시건 주립대학에 유학 중인 부인과 아이들이 있는 미시건 주 이스트 랜싱으로 와서 지내는 정성진 씨와 아내와 마찬가지로 본교 간호학과 교수로서 안식년을 얻어 아이오와 주의 아이오와시티에 있는 아이오와대학에 방문교수로 와 있는 구미옥 씨, 역시 안식년으로 가족과 함께 위스콘신 주 메디슨에 있는 위스콘신대학에 방문 교수로 와 있는 정병훈 교수에게 전화하여 우리가 도착한 사실을 알렸다. 국제운전면허증을 받아 왔다고는 하지만, 그들이 있는 미국의 중북부 일대에는 근자에 눈이 많이 내린 데다 미국의 지리나 교통법규도 잘 알지 못하는지라, 정성진·구미옥 교수에게는 방문하기 어렵겠다는 뜻을 전했다.

13 (수) 맑음
오전 중 마이크 씨가 두리 차를 운전하여 두리와 우리 가족을 시내 중심가에 있는 아트 인스티튜트 오브 시카고로 데려다 주었다. 이 미술관은 미술학교에 부설되어 있는 것으로서, 지하 1층 지상 2층으로 되어 있는데, 뉴욕의 메트로폴리탄 미술관, 워싱턴의 내셔널 뮤지엄과 더불어 미국을 대표하는 3대 미술관의 하나이며 그 규모는 두 번째라고 한다. 성인 한 사람 당 입장료가 8불이지만, 두리가 이 미술관의 회원으로 가입해 있는지라 우리는 입장권을 사지 않고서도 출입할 수가 있었다. 이 미술관 역시 나의 뜻에 의해 방문하게 된 것인데, 오늘은 2층의 인상파 회화 작품을 중심으로 대충 훑어 감상하였다. 이 미술관의 전시품은 대부분 여러 개인 소장가들의 기증에 의한 것으로서, 서양미술사에서 저명한 거의 모든 화가 및 조각가의 작품들이 수장되어 있고, 개중에는 책을 통해 익히 접해 왔었던 명품들도 대단히 많다.

1999년 1월 13일, 아트 인스티튜트

아픈 다리도 쉴 겸 점심을 들러 밖으로 나와, 거기서 그다지 멀지 않은 곳에 위치한 독일 식당에서 나는 칠면조 요리에다 검은 맥주를 주문하여 식사를 하였다. 독일 식당을 나온 후 다시 미술관으로 돌아가, 이번에는 1층의 동양 미술 및 서양 중세의 장식품 등을 관람하였다. 한국의 고려청자 등도 상당수 수집되어 있지만, 數的으로 중국이나 일본의 것에는 훨씬 미치지 못하였다.

어느덧 시간이 제법 많이 흘렀으므로, 다시 들르기로 작정하고서 그곳을 나와 지하철을 타고서 아버지의 너싱 홈을 방문하였더니, 아버지는 저녁 식사 중이었다. 아버지는 대체로 정신이 맑으시나 웬일인지 글자를 잊어 글을 읽지 못하신다고 하며, 언어 능력이 없는 데다 어둡거나 문중의 복잡한 이야기 같은 것은 듣고 싶어 하시지 않는다고 하니, 나는 아버지와 대화할 거리가 별로 없어 잠자코 바라보고 있기가 다소 어색하였다. 다만 회옥이를 보고는 늘 매우 반가와 하시며 손을 잡아 깨물어 보시는 등 평소의 유머 감각은 여전하시었다.

식사가 끝난 후 휠체어를 밀어 방으로 모셔다 드리고, 두리가 세수를 시켜 드린 후 침대에 뉘어 주무시게 하고서 7시경 거기를 떠났다. 차로 마중 나온 마이크 씨와 더불어 슈퍼마켓으로 가서 장을 보았는데, 미국의 슈퍼마켓이란 평범한 것이라도 마치 야구장처럼 넓고 그 안에 갖가지 종류의 물건이 산더미처럼 쌓여 있어 한국이라면 수도 서울에도 그만한 것이 있을까 싶을 정도인지라, 미국이 얼마나 물자가 풍부한 나라인지를 실감할 수가 있었다.

돌아와 샤워를 한 후, 1층 거실에서 라면과 방금 사 온 로스트 치킨으로 늦은 저녁 식사를 들고서, 회옥이 및 마이크 씨와 더불어 비디오테이프로 코미디 영화를 시청하였다.

14 (목) 흐리고 때때로 눈

느지막이 기상하여 오전 중 다시 마이크 씨가 운전하는 차로 하워드 역으로 가 전철로 갈아타고서 아트 인스티튜트로 향하였다. 시카고의 북쪽 끝에 위치한 하워드 역은 미화가 처음 미국에 와 독신으로 있을 무렵 두리의 소개로 이 역 구내의 스낵에서 한동안 종업원으로 일하기도 한 곳이다.

이틀째인 오늘은 미술관의 지하층으로부터 1층·2층의 전시실을 차례로 둘러보고, 2층의 서양 미술 명품들은 다시 한 차례 훑어보았으며, 점심은 미술학교에 부설된 태국인들이 경영하는 카페테리어에서 들었다. 제각기 관람하는 속도와 취미가 같지 않으므로, 관내에서 자유로이 시간을 보내다가 오후 세 시 반 무렵에 1층 입구의 로비에 다시 모여, 전철과 시내버스로 갈아타고서 두리네 집으로 일단 돌아왔다. 비프스테이크 등으로 저녁을 든 후, 아버지의 양로원을 방문하였다. 침대에서 자고 있는 아버지를 억지로 깨워 한 시간 정도 같이 있다가 돌아왔다. 아버지는 오늘따라 더욱 정신력이 있어 보였다.

1층에서 마이크 씨 및 회옥이와 함께 애니메이션 영화인 〈라이언 킹 II〉를 보다가 3층 홀로 돌아와 두리와 더불어 의자에 마주앉아서 새어머니 문제에 관한 대화를 나누었는데, 서로 의견이 맞지 않아 다소 언성이 높아지기도 하였다. 나는 새 어머님이 미국에서는 아버지의 합법적인 배우자이며, 중풍으로 불구의 몸이 되신 아버지의 말년을 함께 지내며 힘들게 돌봐드린 분이고, 두리나 미화는 그분을 할머니라 불러왔어도 나나 두 누나는 지금까지 어머니라고 호칭해 온 터이니, 母子의 명분이 있는 이상 그분의 장래를 나 몰라라 할 수 없는 것이 아니냐는 입장이었다. 두리는 어머니의 제의에 의해 아버지가 너싱 홈에 입원하신 이후 작년 10월부터 4년 전 우리 가족이 방문했을 때 아버지 아파트에서 있었던 가족회의에서 두리 자신의 제의에 의해 작은 누님과 함께 우리 셋이서 분담해 왔던 새어머니의 생활비 보조금을 더 이상 낼 수 없다고 선언해 이미 그렇게 실천하고 있는 터이며, 새어머니는 단지 자신의 미국 영주권을 취득하기 위한 목적으로 아버지와 결혼하였고, 평소에도 자신의 이익만을 챙겨왔을 뿐 아니라, 이제는 이미 스스로 아버지에 대한 아내로서의 의무를 저버리고 자신의 살길을 찾아 돈벌이에 나섰으므로, 우리가 그분에 대해 더 이상 어떤 의무감을 느낄 필요가 없다는 것이었다. 그러면서 두리는 내가 아버지에 대한 자식의 도리를 별로 한 것이 없으면서 이분에 대한 도리를 운운하는 것은 말이 안 되는 소리라고 비판하기도 하였다.

이때 두리와의 대화에서, 우리 가족은 작은누나의 딸인 명아가 있는 콜로라도 주의 덴버와 로키산맥을 경유하는 캘리포니아 제퍼 號를 타고서 28일 오전 2시 20분에 LA의 유니언 역에 도착한다는 것은 미국 내 치안의 현실에 비추어 무척 위험하기도 하거니와, 당일 정오 무렵에 출발하는 비행기를 타고서 일본을 향해 떠난다는 것은 더욱 무리한 일정이라는 것이었다. 두리의 주장에 따라, 처음 한국에서 예정했었던 코스대로 23일 오후 5시 55분발 텍사스 이글 호를 타고서 26일 오전 7시 10분에 LA에 도착하여 거기에서 2박을 하기로 작정하고, 두리가 전화를 통해 그렇게 예약하였다.

15 (금) 흐림

새벽에 두리와 마이크는 컴퓨터 계통에 이상이 생긴 두리 차를 수리하기 위해 밖으로 나가고, 우리 가족끼리 시리얼 등으로 조반을 들고 모처럼 종일 집안에서 지냈다. 아내는 두리네 집 가스레인지의 사용법을 몰라 점심도 짓지 못하고서 있는 음식과 과일로 이럭저럭 때웠다. 오후 늦게 그들이 돌아왔는데, 마이크는 혼자서 집 뒷면 베란다와 계단 등의 눈을 치우는 작업을 하느라고 별로 얼굴을 볼 수가 없었다.

어두워질 무렵 경자 누나가 어머니를 태우고서 우리를 데려 가기 위해 두리네 집으로 왔으며, 아버지와는 누나의 휴대폰으로 잠시 통화를 하였다. 누나네 집이 있는 일리노이 주 블루밍데일로 가는 차안에서 누나는 계속 두리의 험담을 하고 어머니는 그 이야기에 동조하는 어투였다. 경자 누나와 두리는 친 혈육으로서 고국을 떠나와 서로 가까운 거리에 살고 있으므로, 상식적으로는 의당 남달리 다정하게 지내야 할 터이지만, 사이가 좋지 않아 오래 전부터 서로가 서로를 험담하는 관계에 있다. 누나의 말에 의하면, 두리가 나이 차가 많은 미국 사람과 살아(마이크는 나보다 열 살 정도 많고 약 반 년 전에 60세로 옥턴대학 수학 교수직을 명예 퇴직했다) 매사에 한국적 정서와 맞지 않는 점이 있으며, 의사 결정이 독단적이고 매정하다는 것이다. 근자에 있어서 그들 대립의 주된 원인은 아버지의 양로원 등을 두리가 상의 없이 제 맘대로 결정하고 어머니에 대해 몰인정하다는 것인 듯하다. 두리의 말에 의하면, 작은누나는 착하기는 하지만 너무 감정에 치우치며 책임지지 못할 말을 자주 하여 변덕스럽다는 것이다.

누님 댁에 도착하여 한식으로 늦은 저녁 식사를 들고, 늦게 돌아온 자형과 더불어 담소하였다. 자형은 4년 전에 방문했을 때는 리무진 승용차 네 대를 가지고서 영업하고 있었는데, 근자에는 건강 상태가 좋지 못해 사업을 크게 축소하여 리무진 한 대만을 운행하는 모양이었다. 내가 중국 이모님 및 한국에 나와 있는 이종사촌 누이 영실의 주소 및 전화번호를 일러주어, 누나 댁에서 중국 黑龍江省 尙志市 河東鄕에 있는 영실이네 집으로 전화하여 외손자들을 데리고서 집을 지키고 있는 이모님과 통화하였으며, 밤 열 시경에 시카고 시내에 있는 한인 계통의 금융기관 포스터은행에 근무하고 있는 창환이도 돌아왔다.

우리 내외는 4년 전에 썼던 명아 방에 들고, 회옥이는 할머니와 함께 동환이 방에서 잤다.

16 (토) 맑음

조반 후 오늘 하루를 어떻게 보낼까 하여 스키나 드라이브 등에 관한 대화를 나누던 중 창환이로부터 아이오와란 말이 나와 내가 즉석에서 그리로 가 보자고 제의했다. 원래 예정했었던 대로 아이오와대학으로 구미옥 교수를 방문하기 위해서이다.

조카 창환이가 경자누님의 일제 캠리 차를 운전하여 눈에 덮인 프레리의 풍경을 바라보며 80번 고속도로를 달려 서쪽으로 향했는데, 일리노이주와 아이오와 주의 경계를 이루고 있는 미시시피 강을 두 번째로 건넜지만 오늘은 날씨가 화창해서인지 푸르게 넘실거리는 강물을 온전히 볼수가 있었다. 오전 10시 무렵에 출발하여 약 세 시간 후인 오후 1시 무렵에 약속장소인 아이오와대학 학생회관에 도착하였으며, 목적지인 아이오와 시에 닿기 얼마 전에 허버트 후버 대통령의 史蹟地를 지나치기도 했다. 아이오와 시는 인구 6만이 채 못 되는 조그만 곳인데, 주의 수도가 중부의 데스 모인즈로 옮겨가기 전까지 州廳 소재지였으며, 주청이 옮겨 간 이후로는 옛 청사를 중심으로 대학을 건설한 까닭에 현재 이 시 인구 의 절반 이상이 학생으로 되어 있다. 한국 유학생도 수백 명이 된다고 했다.

1층 홀의 소파에 앉아 기다리다가 그 건물의 엉뚱한 곳에 가서 우리를 찾다가 오는 구미옥 교수를 만났다. 함께 주 청사였던 대학 중심부의 언덕을 가로질러 대학에 면한 조그만 거리인 다운타운으로 가서 함께 점심 을 들고자 했다. 그러나 구 교수가 더러 간다는 이탈리아 식당이 때마침 휴업 중이라 그 건너편의 바로 들어가서 나는 파스타와 검은 생맥주를 주문했는데, 그곳의 파스타란 것은 미국화 된 까닭인지 예상했던 음식과 는 전혀 다른 것이었다.

함께 담소를 나누다가 처음 만났던 학생회관 부근으로 돌아와 일행이 두 대의 승용차에 분승하여 대학 구내를 드라이브한 후, 강을 내려다보는 언덕 위에 위치한 간호학과 건물로 들어가 휴일임에도 불구하고 구 교수 가 방문교수로서 미국인 한 명과 더불어 사용하고 있다는 연구실을 구경 하고, 커피를 마시며 대화를 나누었다.

작별하여 돌아오는 길에 창환이는 자기가 더러 가 있곤 하는 수도원을 보여 준다며 올 때와 같은 코스가 아닌 동북 방향으로 차를 몰아 고속도 로를 벗어나서 일반 국도를 한참 달렸는데, 도중에 두 차례나 과속으로 교통경찰에 적발되어 벌금 딱지를 받았으므로, 내가 그 벌금 중 백 불을 분담해 주었다. 수도원은 아이오와·일리노이·위스콘신 세 주의 접경에 위치해 있는 듀부크 시 서쪽 피오스타라는 곳에 있는 뉴 멜러레이 애비였 다. 들판 가운데 우뚝 선 돌로 된 고풍스런 건물이었는데, 나는 전날 경자 누님으로부터 큰아들인 창환이가 금전적인 문제 등 여러 가지로 말썽을 부려 避靜 차 이 수도원에 보내고서 누님이 더러 찾아가 보곤 하였다는 말을 들은 적이 있었다.

이 수도원은 노동을 주로 하며 엄격한 실천을 중시한다는 트라피스트

派에 속한 것으로서, 우리는 지하의 식당에서 이곳의 들판에서 그러한 노동의 소산으로 생긴 농축산물로써 만들어진 음식으로 식사를 하고 밀크와 커피를 들어보기도 하였다. 우리가 한국에서 왔다는 말을 듣고서, 서울의 서강대에서 약 30년간 영어를 가르치다가 반년쯤 전에 퇴직하고, 지금은 이 수도원의 평신도로서 농장에서 육체노동을 하며 수도사가 되기 위한 수업을 하고 있다는 윌리엄 번즈 씨가 우리의 식탁을 찾아왔으므로 한국말로 얼마간 함께 대화를 나누었다. 하루에도 일곱 여덟 차례 올린다는 미사 중 밤의 마지막 미사에 참석하여 어둠 가운데 수도사들이 중세적 頌歌를 부르는 그 엄숙한 분위기를 맛보고, 별이 총총한 밤하늘을 바라보며 다시 차를 몰고서 돌아왔다.

이곳 대평원에는 수많은 야생 사슴이 살고 있다는데, 더러 도로로 들어와 차에 치어 죽은 사슴의 시체나 사슴 경고 표지를 볼 수 있었다. 밤에 듀부크에서 다시 미시시피 강 위로 놓인 철교를 지나 일리노이 주 경내로 들어왔고, 전형적인 미국의 시골 마을 풍경들을 지나치며 어떤 유명한 화가가 꼭대기에 올라 그림을 그렸다는 나무로 만든 높은 전망대에 올라가 보기도 하였다. 밤 11시 무렵 블루밍데일의 누님 댁에 당도하였다.

17 (일) 비

두 대의 차에 분승하여 누님 네 가족 전원과 우리 가족 및 어머님이 함께 누님 네 가족이 다니는 블루밍데일 부근 아이태스카라는 곳의 노드 알링턴 하이츠 로드에 있는 대건성당(St. Andrew Kim Catholic Church)으로 가 오전 11시부터 열리는 일요일 본미사에 참석하였다. 시카고 교구에는 세 개의 한인 성당이 있는데, 이 대건성당은 자형을 비롯한 네 명의 신도가 중심이 되어 세운 것이며, 자형 崔根和 씨는 신도 중 지명도가 높아 시카고 교구의 세 성당에서 모두 널리 알려진 존재라고 한다. 諸氏 성을 가진 지난 번 신부는 진주에서 가까운 경남 班城 지역의 성당을 담임하다가 이리로 파견된 사람이라 여러 해 전에 경상대학교를 방문하였을 때 나를 만나보기도 하였다. 그 신부가 74세의 고령으로서 은퇴할

나이가 이미 지났음에도 고집이 세어 독단적인 데다가 老貪을 내어 여러 가지 비리를 저지르므로, 자형 내외가 지난 번 혁자 동생의 사제 서품식 참석 차 한국을 방문했을 때 자형이 특별히 그의 소속 주교에게 청원을 내어 그를 소환하도록 하고서 최근에 부산 출신의 젊은 신부를 초빙해 온 것이라고 한다.

이 새 신부를 위해 새로 바뀐 典禮集들을 구하여 내가 오는 편에 전하도록 부산의 큰 누님 내외에게 당부하였으나, 내가 그런 짐을 운반하기를 원치 않기 때문에 결국 미화 220불에 상당하는 비용을 들여 직접 항공편으로 우송하여, 우리가 도착하기 전에 이미 그 책들이 젊은 신부의 손에 전달되게 된 것이다. 오늘 아침 우리가 부산공항에서 큰 자형에게 대불해 준 그 대금을 받았는데, 어머님이 아버지가 소속된 시카고 성당의 노인회비 60여 불을 부담해 주기를 원한다 하므로, 그 중 백 불은 받는 즉시 어머니께 드렸다. 미사가 끝난 후 빗속에 차를 몰고서 중국 음식점으로 가서 함께 점심을 들었고, 식사를 마친 후 우리 가족과 어머니는 창환이가 운전하는 차로 아버지가 계신 하모니 양로원으로 향하였다.

두 시 반경에 당도하여 뒤이어 온 두리와 회동하였고, 약속 시간인 세 시 무렵에 다이닝 룸에서 아버지의 주치의인 닥터 陳을 면담하였다. 진 씨는 경북의대 출신으로서, 두리는 평소 그의 아버지에 대한 태도나 병세에 따른 처방에 대해 매우 호감을 가지고서 칭찬하고 있다. 닥터 진에게 한국에서 준비해 온 인삼정과를 예물로서 전하고, 아버지가 위급할 시에 생명을 연장시키기 위한 구명 조치를 취할 것인지에 관한 우리들의 의사를 전하였다. 사실은 이 문제가 오늘 닥터 진을 면담하게 된 주된 용건인데, 현재로서는 당사자인 아버지 본인을 비롯하여 가족 중 아무 누구도 그것을 원하고 있지 않으며 또한 미국의 일반적 관례가 그렇다고 하므로, 그러한 조치는 취하지 않기로 합의하였다. 작은누나는 오늘 이 자리에 참석하지 않았으나 다른 누구보다도 그러한 입장을 강조해 오고 있는 터이다. 또한 아버지가 드시는 음식의 양이 너무 많지 않으냐고 물었더니, 진 씨는 아버지의 체중이 정상보다 꽤 많이 늘었다고 하면서 간호사에게 음식의 양을 다소 줄이도록 처방하였다.

　돌아오는 도중에 어머니가 버스를 탈 수 있는 장소에다 내려다 드리고 우리 가족은 두리가 운전하는 차로 마이크 씨 집으로 돌아왔다. 마이크 씨나 두리는 물건을 사는 것이 취미인지 중고 시장 등에서 이런저런 물건을 사서 4층이나 되는 집의 여기저기에 보관해 두었다가 거의 매일처럼 우리 가족에게 선물을 주고 있는데, 오늘밤도 아내에게 다른 구두를 선사하였다. 지금까지 내가 몸에 걸치고 있는 옷가지나 구두들은 대부분 두리가 이러한 방식으로 미국에서 사서 소포로 한국에 부쳐 준 것이며, 아내의 말에 의하면 나는 이미 앞으로 평생 옷을 사지 않아도 좋을 정도로 옷가지가 많다고 한다. 우리 가족뿐만 아니라 두리 스스로 자기 옷을 입지 않은 사람이 있느냐고 할 정도로, 한국의 큰 누님 내외 뿐 아니라 귀국한 미화에게까지 옷가지들을 사서 부쳐 주고 있는 모양이었다.

　마이크 씨가 회옥이를 위해 빌려 온 〈라이언 킹 II〉의 비디오테이프를 복사해 둔 후, 모두 함께 두리와 마이크 씨가 종종 간다는 멕시코 식당으로 가서 내가 답례 차로 사는 저녁 식사를 들었다. 마르그리다라는 데킬라 술의 칵테일 등을 들고서, 어두운 가운데 근처 일리노이 주의 에반스톤에 있는 노드웨스턴대학까지 드라이브해 갔다가 돌아왔다. 마이크 씨가 2층 방을 새로 꾸며서 음악감상실로 개조한 것을 나에게 보여 주었는데, 그는 자기가 부품을 사 와서 손수 짜 맞춘 앰프로 음악회 현장을 방불케 하는 음향의 마리아 칼라스 등이 출연하는 벨리니의 가극 '노르마'의 하이라이트를 들려주었다. 그 음악은 레코드로부터 녹음테이프에 복사하여 수록한 것이었는데, 그의 이 방에는 두 대의 앰프가 있고, 녹음 시설이 갖추어져 있으며, 그는 이 집 안에 5천 장 이상의 고전음악 레코드를 소장하고 있다고 한다. 음악은 단순히 취미가 아니고 자기 생활의 일부라고 말하고 있듯이, 그는 집에서나 차안에서나 거의 쉴 새 없이 클래식 음악을 틀어놓고 있다.

18 (월) 흐리고 시카고 지역은 눈

늦게 일어나 평소처럼 오전 중 1층 거실에서 마이크 씨와 영어로 대화를 나누었다. 11시 30분경 두리가 운전하는 차로 하모니 양로원으로 아버지를 방문하였고, 거기서 정오 무렵 위스콘신 주의 메디슨으로부터 일부러 차를 몰고서 찾아온 본교 철학과의 정병훈 교수 부부와 회동하였다.

아버지를 뵌 후 함께 며칠 전에 들렀던 한국식당으로 가서 내가 데리러 와 준 데 대한 답례로 점심을 샀는데, 뷔페식임에도 불구하고 두리의 말과는 달리 오늘따라 제법 비싸서 약 백 불을 지불하였다. 식사를 마친 후 두리와 작별하고서, 우리 가족은 정병훈 교수가 운전하는 차에 동승하여 고속도로를 따라 북으로 달려서 여러 차례 톨게이트를 거쳐 일리노이 주의 지경을 넘고, 약 세 시간 만에 위스콘신 주의 주청 소재지인 메디슨 시에 이르렀다. 이 도시는 인구 20만 남짓으로서 이 주에서 제일 큰 것은 아니지만 주청사와 위스콘신 주립대학이 위치해 있어 행정 및 문화의 중심지로 되어 있으며, 인구의 대부분이 이 두 기관에 관련된 직업을 가지고 있다 한다. 범죄율도 매우 낮아 매년 미국 전체의 통계에서 살기 좋기로 1·2위를 다투는 것으로 보도되고 있다 한다.

일리노이 주립대학 메디슨 교에는 현 서방이 10년 정도 재학해 있었던 까닭에 미화도 결혼 후 귀국할 때까지 학교 부근의 미들튼 구역에 있는 알렌 불리바드 2113번지에 거주하고 있었다. 이 대학의 한국인 방문 교수는 현재 네 명인데, 개중에는 어찌된 셈인지 본교 교수가 특별히 많아, 내가 잘 아는 의대 내과 전공의 황영실 교수를 비롯하여 정병훈 교수를 포함하면 모두 세 명이나 된다고 한다.

정병훈 교수는 모레인 뷰 드라이브 1128번지에 있는 언덕 위의 아파트 2층에 방이 세 개 있는 곳을 세 들어 살고 있었는데, 이 아파트는 제법 훌륭해 보였지만 년 수입이 3만 불 이하인 빈민만이 들어올 수 있는 일종의 복지 시설인 모양이다. 근년에 한국이 IMF 사태를 맞아 환율이 크게 바뀌었으므로 정 교수 가족이 들어오는데 별 문제는 없었으나, 지금은 한국 돈의 가치가 다시 제법 올랐으므로, 엄밀하게 말하자면 입주 자격이 없는 셈이라고 한다. 본교의 다른 교수들도 대개 이 아파트에 살고 있는 모양이었다. 밤 11시 무렵까지 위스콘신 주의 특산물인 브랜디와 밀러 맥주 그리고 치즈를 들면서 대화를 나누다가, 우리 내외는 평소 정 교수 부부가 사용하는 큰방을 쓰고, 회옥이는 정 교수네 딸인 소연이 방에서 함께 취침하였다.

19 (화) 맑음
　이곳 미국은 각종 학교의 수업 시간이 매우 빨라, 초등학생인 정 교수의 딸 소연이와 그 오빠인 고등학생 준민이는 모두 7시 남짓이면 스쿨버스를 타고서 미들튼에 있는 학교로 떠난다고 한다. 이곳은 방문교수의 자녀일지라도 고등학교까지는 학비가 전액 무료로서 다들 현지 생활에 잘 적응하고 있으며, 정 교수네 가족은 과거에 캐나다 온타리오 주 안의 미국 미시건 주와 가까운 런던 시에 위치한 웨스턴 온타리오대학에 정 교수가 2년 반 동안 가 있어 서양 생활이 처음이 아닌지라, 준민이는 학교에서 에세이 작문을 포함한 영어 성적이 늘 1등이라고 한다.
　우리는 정 교수 내외와 함께 집에서 기계로 만든 빵으로 조반을 든 후, 정 교수가 운전하여 위스콘신대학 구내를 일주하며 구경하였고, 구내 서점 앞에서 우리 가족 및 정 교수 부인과 작별하여 나는 정 교수를 따라 철학과와 영문과가 공동으로 사용하고 있다는 헬렌 C. 화이트 홀에 있는 역시 공동으로 쓰는 정 교수 연구실을 방문하였다. 이곳에 와서 처음 알았지만, 미국 대학의 일반 연구실은 한국 국립대학 교수 연구실의 2/3쯤 될 정도로 매우 작은 것이었고, 그나마 방문 교수는 다른 한 사람과 공동으로 쓰는 것이 일반적인 듯했다. 때마침 오늘이 겨울 방학이 끝나고서 봄 학기 첫 수업이 시작되는 날인지라, 수업을 참관해 보고 싶다는 나의 의사에 따라 정 교수가 담당 교수의 출근을 기다려 양해를 얻어 주었으므로, 나는 정 교수와 함께 11시부터 12시 15분까지 5193강의실에서 실시되는 맬콤 포스터 교수의 '자연과학의 철학' 수업 첫 강의에 들어가 보았다. 철학과 강의실은 학과 사무실을 사이에 끼고서 대학 전면의 드넓은 멘도타 湖를 조망하는 위치에 두 개가 있었으며, 이 수업은 대학원생을 위한 것이나 학부생도 수강할 수 있다고 했다. 우리 두 사람은 호수를 등지고서 창문 옆에 따로 나란히 앉았으며, 수강생들은 몇 개의 탁자를 이은 것을 사이에 두고서 여남은 명 정도가 장방형으로 앉아 수강하고 있었다.

수업을 마친 후 서점에서 다시 우리 일행과 회동하였다. 아내는 서점에서 간호학 관계 전공 서적들을 10여 권 사서 진주에 배편으로 부치게 했다고 한다. 구내식당에 들러 우연히 이 대학 철학과의 핵심 교수들과 가까운 자리에 앉아서 점심을 들었는데, 그 중 현재 미국 중부 지역 철학회의 회장으로 있는 교수는 최근 정병훈 교수의 주선으로 한국을 방문하여 서울의 학회들에서 몇 차례 강연을 행하고서 돌아왔다고 한다. 정 교수의 설명에 의하면, 미국 대학의 철학과에서는 정 교수가 전공하는 과학철학의 비중이 압도적으로 높으며, 이들 교수들도 대체로 이 분야의 연구에 종사한다고 하는데, 그것은 미국다운 실용적인 학풍의 소치인 듯하다. 함께 멘도타 호반의 노벨 의학상 수상자인 이 대학 교수의 이름이 붙여진 산책로를 걸어 보다가 귀가하였다.

오후 세 시경에 소연이가 다니는 미들튼 지구의 초등학교를 방문하여 수업이 끝난 소연이를 승용차에 태워서 돌아왔다. 학교 입구에서 소연이 담임교사를 만나보기도 하였는데, 정 교수 부인은 유창한 영어로 그 여교사와 대화를 나누고 있었으며, 매 주 이 학교에 와서 도서관의 책 정리하는 일을 돕고 있기도 한 모양이었다. 소연이와 준민이는 모두 회옥이와 같은 진주교대부속초등학교 재학생이거나 졸업생인데, 회옥이는 4학년 때부터 학교의 외국인 교사에게서 영어를 배우고 집에서도 한동안 토요일마다 캐나다인 선생으로부터 영어 회화 개인교습을 받고 있었으므로 영어를 제법 할 수 있을 줄로 생각했으나 전혀 입도 떼지 못하는 정도였고, 아내도 새벽에 영어 회화 라디오 방송을 듣는 모습을 더러 보았지만 그것 역시 아무 쓸모없는 것이었음을 미국에 와 보고서 알았다.

돌아와서 아파트 부근에서 아이들은 썰매를 타고 아내는 정 교수와 더불어 평지에서 하는 스키를 하며 놀았다. 회옥이는 언덕 위에서 미끄러지는 썰매가 눈 더미에 부딪혀 떨어지는 바람에 이마를 조금 긁히기도 하였다.

밤 여섯 시부터 우리 내외는 정 교수 부부를 따라 드리프트우드 에브뉴 5702번지의 한인 장로교회 목사관에서 있은 바이블 스터디에 참가하였다. 이 집의 주인 격인 장진광 목사는 서울대 종교학과 출신이므로 그 학과에 1년간 몸을 담았던 적이 있는 나에게는 같은 학과의 선배가 되기도 하는 셈이며, 18년 전에 미국으로 와 아이오와 주의 듀부크에 한동안 체재하다가 여기로 왔다고 한다. 오늘은 본교 공과대학 재료공학과의 허보영 교수 및 서울의 가톨릭대학 의류학과 여교수가 얼마 후에 귀국하게 되어 그 환송 예배를 겸한 모임이었다. 허 교수는 십여 년 전에도 1년간 이 대학에 방문교수로 와 있었던 적이 있다고 하며, 이번 경우는 심장병으로 위스콘신 대학병원에서 대수술을 받아 예정된 기한보다 반년을 더 체재하게 되었으므로, 현재 본교에는 휴직해 두고 있는 상태라고 한다. 손영실 교수 부부는 나와 종들의모임 선교사 집회에서 다년간 함께 영어 성경 공부를 했었던 사이다.

예배가 끝난 후 근처에 있는 어느 건물의 바닥에 있는 공간으로 자리를 옮기어 장 목사가 모아온 나무로 환송의 캠파이어를 하였다. 이 자리에서 고국으로 돌아가게 되는 두 사람은 간증을 겸한 송별 인사를 하였다. 아파트로 돌아온 후, 이웃에 사는 허보영 교수는 정 교수 댁으로 와서 밤늦게까지 거실에서 브랜디를 마시며 함께 대화를 나누었는데, 나는 도중에 졸음이 와서 밤 한 시 무렵 먼저 취침하였다.

20 (수) 맑음
조식 후 출발 짐을 싸 정병훈 교수 차에다 싣고서, 같은 아파트의 건너편 棟에 사는 황영실 교수 댁으로 茶菓 초청을 받아 갔다. 얼마 간 담소하고 나와서 아파트 입구에서 기념 촬영을 마친 후 정 교수 내외와 함께 차를 타고서 위스콘신 주청사 주위를 한 바퀴 돌았고, 그들과 작별하여 위스콘신대학 구내의 메모리얼 유니언 앞에서 11시 30분에 출발하는 밴 갤더 회사 버스를 타고서 시카고로 향했다. 더치 밀, 제인스빌, 사우드 벨로이트, 록포드 정류소를 거쳐서 오후 2시 40분경 종점인 시카고의 오 헤어 국제공항 국제선 5번 터미널에 도착하였더니, 창환이가 차를 가지고 마중 나와 있었다. 오헤어 공항은 누님 댁이 있는 블루밍데일에서 가까운 곳인데도 교통 정체로 상당한 시간이 걸려 당도하였다.

밤에 현재 블루밍데일에 사는 누님 댁 전 가족과 우리 가족이 함께 두 차에 분승하여 고속도로를 한참 달려 시카고 시 북부에 있는 대형 한식 뷔페식당으로 가서 저녁식사를 들었고, 돌아오는 길에 누님을 직장인 우체국 본부 건물 앞에다 내려 주었다. 누님은 미국에 와 난생 처음 가지게 된 직장으로서 시카고 중앙우체국의 우편물 분류하는 일을 맡은 공무원이 된 이후, 지금까지 계속 이처럼 야간 근무를 하고 있는 것이다. 보수는 주간 근무보다 많은 모양이지만, 정신적 육체적 부담이 상당할 터인데도 누님은 이 생활이 습관이 되어 오히려 좋으며 미국 생활이 한국보다 마음에 든다고 말하고 있는 것이다.

우리가 메디슨으로 떠나기 전 창환이더러 LA에 형제가 있는 자형과 상의하여 우리가 거기에 도착한 이후의 숙소와 관광 일정을 잡아 두도록 신신당부해 두었었는데, 현실에 충실하지 못하고 空想家의 경향이 있는 창환이는 자기 직장 부근에 있는 한국인 여행사와 연락하여 요세미티국립공원과 샌프란시스코를 두르는 2박 3일 일정 및 라스베이거스와 그랜드캐니언까지를 포함하는 4박 5일 일정의 패키지 상품 스케줄 표를 받아 두고 있을 따름이어서, 시간적으로 도저히 우리의 실정과 맞지 않는 것이었다. 그리하여 두리 및 LA에 있는 동환이와 통화하여 결국에는 다시 동환이에게 그 문제를 부탁하기로 하였는데, 두리에게 상의하였을 때는 하루 70불 전후면 그럭저럭 숙소 문제가 해결될 터임에도 140불 및 180불짜리를 거론하는지라, 서로 기가 막혀 다소 언성이 높아졌다.

21 (목) 흐리고 비

아침에 경자 누나와 더불어 어머니에 대한 지원금 문제에 관해 협의하였다. 두리는 4년 전 아버지 아파트에서 있었던 가족회의에서 자신이 발의했던 이 지원금의 분담을 이미 중단하고 있는 터이므로, 당시 우리들의 합의는 무효해 진 셈이라 하겠는데, 어머니와 가장 가까운 관계인 작은누나는 새 어머니가 추방을 당해 한국으로 돌아가게 될 때까지 미국에 계시는 한 지금까지 지원해 왔던 월 백 불의 돈을 계속 드리겠다고 하였다.

누나 댁을 작별하고서 창환이의 출근길에 함께 시카고 시내로 나와, 링컨우드의 노드 링컨 에브뉴에 있는 리 여행사를 방문하였다. 창환이가 알아 본 패키지여행이 우리의 일정에 비추어 과연 가능한 것인지를 물어 보기 위한 것이었는데, 창환이와 잘 안다는 소냐 리의 출근을 기다리느라고 오전 10시 40분 무렵까지 여행사 안에서 지체하였고, 그녀가 출근한 후에 LA의 여행사와 연락해 보았더니 그 쪽은 시차 관계로 아직 담당자가 출근해 있지 않으므로, 별 수 없이 다시 연락하기로 하고 11시 남짓에 아버지 양로원으로 갔다.

다이닝룸 안의 늘 앉는 좌석에서 졸고 계신 아버지를 깨워 대화하였다. 두리가 도착하기를 기다려 점심을 드시는 아버지 앞에서 두리와 더불어 아버지 장례식 문제 등에 관한 협의를 하였다. 오후 한 시경에 두리 차로 아버지 아파트로 가서 어머니의 점심 초대에 응하였고, 그 자리에서 몇 가지 현안 문제에 관한 의견을 조정하기 위한 대화를 나누었다. 아버지의 아파트는 지금까지 지불해 오던 월 백 불 정도의 싼값으로 어머니가 계속 거주할 수 있다고 하므로 그렇게 하시도록 하고, 아버지 장례식은 아버지가 다니시던 성당에서 천주교 식으로 치르기로 하되, 한국인 교포 사회에서 관례가 되어 있는 부조금은 받지 않고 비용도 두리와 작은누나가 이를 위해 적립하고 있는 만 불의 범위 내에서 치르되 이를 초과하게 된다면 그런 일을 벌인 사람이 부담하도록 하며, 어머니가 한국으로 돌아오시게 된다면 역시 두리의 제안에 따라 4년 전에 우리 내외가 돈을 내어 시카고 서북쪽 데스 플레인즈에 있는 천주교 묘지에다 아버지와 나란히 마련해 둔 어머니 무덤 자리에는 묻히시기를 포기한다는 의사를 확인하였다. 이 자리에서 나는 작년도에 송금한 것과 같은 액수의 돈을 금년에도 어머니께 보내 드리겠다는 의사를 표명하였다.

어머니는 미국에 세금을 낸 바가 없이 이민 온 이래로 미국 정부의 복지 혜택을 계속 제공받아 온 아버지와 결혼하였기 때문에 사실상 영주권 취득이 불가능할 전망이라고 하며, 법원의 판결로 한국에 추방될 것에 대비하여 아버지를 너싱 홈에 들어가시게 한 후 어머니는 한국인 교포 가정의 노인 환자 간호나 아기 돌보는 일로 돈을 버는 생활을 계속하고 계신데, 우리 가족이 이번에 재차 미국을 방문해 오는 관계로 그 접대를 위해 1월 한 달은 쉬기로 하고 있다고 한다.

두리네 집으로 돌아와 1층 거실에서 마이크 씨와 더불어 오늘 있었던 일로 어머니 문제에 관한 대화를 나누었다. 우리 一族에 대한 마이크의 의견은 거의가 두리와 판에 박은 듯이 같은 것이다. 마이크 씨는 새 어머니에 대해 매우 좋지 않은 인상을 가지고 있어 이분이 아버지와 결혼한 것은 오로지 미국 영주권을 취득하기 위한 것이었고, 신체가 부자유한 아버지의 허벅지를 손톱으로 할퀴어 여러 줄의 상처가 또렷이 나 있는 상태를 자기 눈으로 직접 확인한 바 있으며, 말 못하는 아버지도 이분에 대한 미움의 감정을 가지고 계시므로, 나의 이러한 관대한 태도를 달가워하시지 않을 것이라는 말이었다. 나는 두 분의 결혼에 관해 사전에 아무런 연락을 받은 바 없었지만 아버지가 자식들 몰래 이러한 결혼을 하신 이상 미국 법으로는 두 분이 엄연한 부부이므로 나에게는 모자의 도리가 있는 셈이라는 것, 그리고 두 분이 결혼한 것은 어느 일방의 이익을 위한 것이라기보다는 쌍방의 이익을 위한 것이었을 터이며, 설사 마이크 씨의 말이 사실이라 할지라도 아버지로서는 자신의 행위에 대해 스스로 책임을 지실 수밖에 없다는 의견이었다.

저녁 식사 후 마이크 씨가 빗속으로 두리 차를 몰아 우리 가족과 함께 시카고 북쪽 일리노이 주에 속하는 미시건 호 주변의 고급주택가를 드라이브하고 돌아왔다.

22 (금) 흐리고 비

오전 11시 경 다시 리 여행사에 들러 요세미티·샌프란시스코 2박 3일 패키지 일정에 관해 알아보았으나, 결국 무리라고 판단되어 포기하고 말았다.

정오 무렵에 하모니 양로원에서 작은누나 및 어머니와 합류하였다. 아버지의 점심 식사가 끝난 후 방으로 모셔다 드리고서, 우리 가족은 작은누나 차로 누나의 시어머니가 들어 계시는 한인 구역 내의 앰버서더 너싱홈을 방문하였다. 자형의 어머니는 올해 83세로서 정신은 보통 사람처럼 매우 맑으나 관절염 등으로 말미암아 타인의 도움이 없이는 수족을 전혀 움직이지 못하시는 상태이며, 낮에는 종일 다른 노인들과 더불어 다이닝룸에서 한국 TV를 시청하신다고 한다. 그곳은 4인 1실로서 한 층 전부가 한국 노인이었는데, 일본 사람이 세워서 경영이 잘 되지 않자 현재는 유태인이 인수하여 있다는 아버지가 들어 계신 하모니 양로원보다는 시설 수준이 떨어지는 데다, 엘리베이터가 있는 복도로 나가는 문을 특수 열쇠로 채워놓아 비밀번호를 모르면 밖으로 나갈 수도 없게 만들어 놓았기 때문에, 우리가 할머니와 함께 다이닝룸에 있는 동안 양복 정장을 차려 입은 어떤 남자가 그것은 인권을 유린하는 것이라며 간호사에게 행패를 부리려고 하여 한국인 간호사가 피해 달아나는 광경도 보았다.

그곳을 나와서 누나는 직장에 출근하고 어머니는 아파트로 돌아갔으며, 우리는 집으로 돌아와 마이크 씨와 더불어 시카고대학 영문과 교수인 노먼 맥컬린이라는 사람이 쓴 자전적 소설 『강물이 흘러간 길(A RIVER RUNS THROUGH IT)』을 가지고서 로버트 레드포드가 제작·감독하여 만든 同名의 영화를 감상하였다.

저녁 무렵에 시 북부 일리노이 지역의 쇼핑 몰과 서점을 산책하며 아내와 두리는 약간의 쇼핑도 하였으며, 스코키에 있는 이탈리아 식당에서 피자와 맥주로 만찬을 들었다. 빗속에 돌아와 밤 열 시 무렵까지 낮에 보던 영화를 계속 시청하였다.

23 (토) 구름 끼고 비 오다가 눈이 됨

느지막이 일어나 1층에서 마이크 씨 및 회옥이와 더불어 로버트 레드 포드가 제작 출연한 영화 〈말의 속삭임〉 비디오테이프를 시청하였다. 11시 무렵에 아버지 양로원으로 가서 거기에 미리 와 계시던 어머니와 회동하였다. 어머니는 내가 당신에 대한 좋지 못한 말을 많이 들었겠지만, 당신으로서는 미국 영주권 문제가 원만히 해결되지 못해 장래가 불안하므로 여러 가지로 애를 태워 왔으나 결코 나쁜 사람은 아니니까 오해하지 말아 달라고 당부하였다. 나는 무슨 오해가 있겠느냐고 하면서 내가 어머니에 대해 앞으로도 섭섭하게 하지는 않을 것이라고 말하여 마음을 위로해 드렸다.

어제 누나의 시어머니를 방문하러 가는 길에 마이크 씨가 강조해서 말한 아버지 허벅지의 할퀸 상처 문제에 대해 누나가 알고 있느냐고 물었더니(나는 그 소식을 한국에 있을 때 이미 들은 기억이 있다), 누나는 두리가 그런 말을 내 귀에다 흘렸을 줄로 짐작하고서, 두리가 장기려 박사를 곁에서 다년간 모셨으니 사랑이 풍부할 만하건만 성격이 몰인정하기 짝이 없다고 비난하면서, 자기는 그런 말을 들은 적이 없거니와 설사 그것이 사실이라고 할지라도 어머니의 힘든 사정을 우리가 이해해 드려야 한다고 하면서, 제발 우리 남매들은 따뜻한 마음씨를 가지자고 나에게 당부하는 것이었다.

우리가 돌아올 때 아버지는 작별을 아쉬워하며 휠체어로 1층까지 내려오셔서 우리와 더불어 작별을 기념하는 사진을 찍었고, 우리의 모습이 사라질 때까지 유리창 건너의 문간 홀에서 성한 왼쪽 손을 번쩍 치켜들어 우리를 전송하시는 것이었다. 너싱홈에서 아버지와 어머니를 작별하고서 마이크 씨 집으로 돌아와 두리가 간밤 1시 무렵까지 준비했다는 포도잎 쌈 등의 요리로 마지막 점심 식사를 성대히 가졌다. 두리는 우리 가족의 이번 방문으로 말미암아 2주 동안 직장에 휴가를 받아 놓고 있었던 것이다.

우리 세 명은 1층에서 영화 감상을 계속하고 아내와 두리는 아침부터

3층에서 짐 꾸리는 일을 하였는데, 마이크와 두리로부터 받은 선물이 너무 많아, 올 때 각자 하나씩 가지고 온 세 개의 트렁크 외에도 몇 개의 짐 꾸러미가 더 생겼고, 그래도 다 가져가지 못할 것들은 남겨 두면 두리가 배편으로 부치겠다고 하였다. 내 트렁크에는 한국서 가져온 짐들만 스스로 챙겨 넣고 여기서 얻은 선물들은 거의 그냥 남겨 두었다. 마이크 씨로부터 안경과 그 케이스도 하나 얻었는데, 책 읽을 때 돋보기안경을 쓰기 시작한 지가 그리 오래 되지 않았건만 지난번에 학교 구내 복지매점에서 맞춘 안경을 쓰더라도 글자를 잘 읽을 수 없게 된 것은 나의 시력이 한층 더 나빠졌기 때문임을 이 안경을 써 보고서야 비로소 알았다. 마이크 씨가 고심하여 두리 차의 짐칸에다 꾸려 놓은 우리 짐을 빼곡히 채워 넣었는데, 회옥이와 함께 마이크 씨의 해설을 들으며 오전부터 영화를 보고 있던 나도 결국 그것을 중단하고서 이 일을 거들 수밖에 없었다.

오후 다섯 시 무렵 두리네 집을 나서서 눈에 덮인 미시건 호수 가의 하이웨이를 달려 올 때 도착했던 시카고 유니언 역으로 향했다. 도심지의 주차 규정이 엄격하여 차에 남은 마이크 씨와는 역 건물 밖에서 작별 인사를 나누고, 두리와 더불어 구내로 들어가 오후 5시 55분발 텍사스 이글 호의 코치 석에 탑승하였다. 탑승 시기의 차이때문인지 올 때는 2박 3일 여행에 세 식구의 기차 요금이 580불이었는데, 돌아갈 때는 3박 4일 일정에 320불밖에 되지 않았다. 플랫폼에서 두리와 작별하여 歸途에 올랐고, 두리는 LA에 도착할 때까지 우리가 먹을 음식물을 모두 가방 속에 챙겨 넣어 주었다고 한다.

24 (일) 맑음

간밤에 미시시피 강을 지나 일리노이 주를 넘어선 지점에 위치한 미주리 주의 중심 도시 센트 루이스에 도착한 것을 보고서 다시 잠이 들었는데, 깨고 보니 아칸소 주의 월넛 리지를 통과할 무렵이었다. 이 주에서 가장 큰 도시인 리틀록을 지나가게 되었지만, 시골 같은 분위기가 역력했다. 이 도시 부근에 모처럼 나지막한 언덕이 보이기는 했지만, 남쪽으로 내려가도 눈이 보이지 않을 뿐 올 때와 마찬가지로 가도 가도 끝이 없는 대평원이 계속됨은 여전했고, 소나무 숲과 늪이 자주 보였다. 텍사카나는 아칸소와 텍사스 주의 경계에 위치한 도시인데, 그곳을 지나도 풍경은 별로 달라지지 않았으며, 케네디 대통령이 암살당한 텍사스 주의 대도시 댈러스를 지나 그 왼쪽으로 얼마간 떨어진 위치에 있는 도시인 포트 워드에 도착하니 다시 날이 어두워졌다. 밤 열 시 경 텍사스 주청 소재지이며 텍사스대학이 소재한 오스틴에 당도하여, 어둠 속의 차창 밖으로 대부분 단층 주택으로 이루어진 이 도시의 풍경을 졸음 오는 눈에다 담아 두었다.

25 (월) 맑음
　텍사스 남부의 큰 도시로서 미국과 멕시코의 전적지로서 유명한 알라모 요새가 소재해 있는 산 안토니오 역에서 약 여섯 시간을 정차하였다. 원래 이 텍사스 이글 호는 시카고와 산 안토니오 사이를 한 주에 네 번 왕복하는 열차인데, 여기에 정거해 있는 동안 우리처럼 로스앤젤레스까지 가는 손님이 탄 코치 차량 하나만 남겨 두고서 나머지 부분은 모두 교체해 달아서 출발하는 관계로 이처럼 이례적으로 장시간을 주차하는 모양이었다. 플로리다로부터 오는 선세트 리미티드 호와 연결한 것인지, 교체를 마친 열차는 어둠 속으로 서서히 움직이기 시작하였는데, 우리 차량은 한동안 좌석이 놓인 것과는 반대방향으로 진행하더니 몇 시간쯤 달리다가 다시 정상 위치로 바뀌어졌다.
　새벽어둠 속의 차창밖에 강물 같은 것이 계속 보이더니 날이 차츰 밝아지자 그것이 기복이 있는 들판의 구렁 지대에 쌓인 새벽안개라는 것을 식별할 수가 있었다. 멕시코와의 접경에 가까운 델 리오를 지나고서는 평지가 지각 변화로 갈라진 듯한 협곡 사이로 흐르는 큰 강이 두어 차례 보이더니, 점점 사막 지대로 접어들어 선인장과 용설란이 도처에 보이고 군데군데 목장이 산재한 풍경이 전개되기 시작했다.
　시카고 역에서 눈에 띈 한국사람 부부가 우리와 같은 칸에 탔었는데, 이 부근을 지나면서부터 차츰 서로 대화를 나누게 되었다. 나중에 그의 말을 종합해 보니 그의 이름은 김충기로서 나보다 몇 살 정도 연상이고, 현재 서울에서 스쿨버스의 기사를 하고 있으며, 그의 부인은 보험 외판원이다. 딸이 미국에 와 LA에서 낮에는 로데오 드라이브의 다방 같은 데서 아르바이트를 하며 스스로 학비를 벌어 야간 대학에 다니고 있고 미국 각지에 친지도 있어 김 씨는 이미 15차례나 미국을 방문하였으며, 방학 때면 열차로 미국을 여행하는 것이 관례로 되어 있다고 한다. 그들은 아이스박스에다 여러 가지 먹을 것을 넣어 싣고 다니면서 여행 경비를 절약하고 있었는데, 김 씨로부터 미국 열차 패스와 여행에 관한 여러 가지 정보를 얻을 수가 있었다. 김충기 씨는 교회의 집사라고 하면서도 담배를 많이 피우고 술도 좋아하며, 술이 들어가면 섹스와 관련된 이야기도 어렵지 않게 꺼내곤 하여 말수가 많은 편인지라, 나는 주로 듣고 있는 편이었다.

텍사스를 빠져 나오기 전에 멕시코와의 접경 도시인 엘 파소 역에서 40분 정도 정차하였다. 회옥이가 휴대용 테이프레코더의 건전지 수명이 다 되어 새 것을 사고자 하며, 또한 김 씨도 시중에서는 열차 내의 스낵보다 맥주 값이 몇 배나 싸다고 하여 그것을 사 오기를 원하므로, 회옥이와 셋이서 시내의 상점으로 나갔는데, 상점가가 예상보다 꽤 멀고 원하는 물건을 파는 상점을 찾기가 간단치 않으므로 시간이 꽤 지체되고 말았다. 시각표에는 오후 4시 37분에 출발한다고 되어 있지만 지금까지 계속 연착이었고, 우리 차량의 승무원으로부터 47분에 출발한다고 들은 듯한데, 우리가 서둘러 역으로 돌아오려 하니 타고 온 열차는 멀리서 시간표대로 정시에 이미 서서히 움직이고 있는 중이었다. 나는 황급히 달려서 역무원 및 아직 밖에 서 있던 승무원들에게 발견되어 간신히 열차를 탈수 있었지만, 김 씨와 회옥이가 도착하기까지에는 또 시간이 걸렸고, 결국 열차를 몇 분 더 정거시켜 모두 탈수가 있었다. 그러나 내가 돈을 내어 어렵게 사서 김 씨가 뒤에 들고 오던 캔 맥주 한 다스는 압수되어 폐기 처분 당하고 말았다 한다. 그렇다고는 하지만 실로 아찔한 순간들이었고, 한국에서라면 역에 내렸다가 늦게 돌아오는 승객들을 위해 열차가 십 분 정도나 대기한다는 일이 과연 있을 것인지 의문이라고 하겠다.

엘 파소에서 미국과 멕시코의 국경을 이루는 리오그란데 강을 구경할 수 있으리라고 기대했었으나, 내가 목도한 것은 시가를 흘러가는 시내처럼 자그만 탁류 하나일 뿐이었고, 그 대신 언덕 위에 세워진 기둥들에 철조망으로 표시된 국경선은 볼 수 있었으며, 그 너머로는 내가 예전에 태평양 연안의 국경 도시 티화나에서 본 것처럼 멕시코의 판잣집들이 눈에 띄었다. 이 도시의 주민은 생김새나 차림새에서부터 멕시코 계통의 혼혈이 대다수임을 금방 알 수 있었다. 이쪽 남부 지역에서는 모래가 아닌 사막 가운데로 산들이 여기저기 눈에 띄었다. 나는 전망차에서 김 씨와 더불어 김 씨가 시카고에서 사 온 몰도바産 브랜디를 내가 정병훈 교수 댁에서 선물로 받은 치즈를 안주로 마시며, 김 씨로부터 얻은 컵 라면으로 저녁 식사를 때우고자 했으나 더운물을 얻을 수 없어 난감해 하다가, 결국 김 씨가 식당차에 가서 얻어 온 물로 이럭저럭 그것도 들 수가 있었다.

26 (화) 흐리다가 비

우등고속버스처럼 좌석을 뒤로 젖힐 수 있고 발과 종아리에 받침대가 있으며 좌석 공간이 제법 넓다고는 하지만 허리를 펴고 누울 수가 없어 불편한 앰트랙 열차의 코치 좌석에서 며칠간 새우잠을 자다가 마지막 날 눈을 뜨니, 기차는 이미 뉴멕시코의 튜슨과 애리조나의 유마, 캘리포니아의 팜 스프링 등 내가 눈에 담아 두고 싶었던 역들을 한밤중에 지나쳐 LA 직전인 포모나 근처를 통과하고 있었다. LA 지역은 비가 내리고 있었는데, 여기는 일 년에 두 주 정도 주로 겨울에 비가 내리며 며칠 전에도 한 번 비가 왔었다고 한다.

예정 시각보다 반시간 정도 이른 새벽 여섯 시 반 무렵에 LA 유니언역에 내렸다. 대합실 옆의 화물 찾는 방에서 김 씨 내외와 작별하여, 가장 늦게 도달한 우리의 마지막 짐 하나를 마저 찾고서 대합실로 나왔으나, 7시 10분인 우리의 도착 시간을 알고 있을 동환이는 아직 나와 있지 않았다. 조금 늦게 도착한 그의 차에 타고서 동환이가 예약해 둔 코리아타운

내 사우드 웨스턴 에브뉴 921번지에 있는 웨스턴 인에 도착하여 108호실에 이틀간 계약으로 체크 인하였다.

함께 근처의 햄버거 집으로 가서 간단한 조식을 마친 후 동환이는 직장으로 출근하고, 우리는 숙소 지하의 캘리포니아 웨스턴 관광택시(Cal Western LIMO Service)로부터 팁까지 40불(나중의 팁을 포함하면 45불)을 주고서 승용차를 대절하여 유니버설 스튜디오로 향했다. 나는 이미 여러 해 전 첫 번째로 미국에 왔을 때 LA의 명소들을 대개 둘러본 바 있었으므로, 이번에는 열차 안에서 김 씨로부터 얻은 정보에 따라 혼자서 샌디에이고나 산타바바라에 가서 그 지역의 캘리포니아대학 등을 둘러보며 산책하다 돌아올 생각이 있었다. 그러나 영어나 외국 물정에 어두운 가족을 따로 떠나게 하고서 나 혼자 움직인다는 것이 마음 편하지 못할 뿐 아니라 비용도 加外로 드는지라, 결국 행동을 같이 하기로 마음먹었다.

우선 여러 개의 에스컬레이터 계단을 타고 내려가 첫 번째로 왔을 때 보았던 스튜디오 센터에서 E.T., BACKDRAFT, CINEMAGIC 등을 보고, 다시 에스컬레이터를 타고 올라가 BACK TO THE FUTURE THE RIDE, BACKLOT TRAMTOUR 등을 거쳐, 엔터테인먼트 센터에서 예전에 보지 못했었던 각종 프로들을 시간에 맞춰 대부분 관람하였다.

개였던 날씨가 도중에 다시 비로 변하였으므로 추위를 참고서 둘러보다가 약속한 여섯 시에 정문에 해당하는 입구 앞에서 대절한 승용차(기사는 경상남도 거창 출신의 여성)를 타고서 숙소로 돌아와, 여덟 시 반 무렵에 동환이와 합류하였다. 밤에 일본계 주민들의 마을인 리틀 도쿄를 거쳐 LA 카운티 밖에 있는 가장 크다는 차이나타운으로 가서 중국음식으로 만찬을 들고 浙江省 紹興 지방의 명주로서 소문을 듣고 있던 女兒紅을 시켜 마셨다. 돌아오는 길에 코리아타운 내의 슈퍼에 들러 아침 식사거리와 음료수 등을 좀 사서 돌아와 자정 무렵 취침하였다.

27 (수) 맑음
어제 슈퍼에서 사 온 빵과 과일 등으로 조반을 들고서, 아침 아홉 시에 숙소 앞에서 코리아나 관광택시에다 예약해 둔 밴을 타고서 5번 국도를 따라 남으로 달려 오렌지카운티에 있는 디즈니랜드로 향했다. 어제 내린 비로 말미암아 멀리 바라보이는 산들이 흰 눈을 이고 있었는데, 전주 출신으로서 어릴 때부터 서울에서 자랐고 한국에서는 공무원 생활을 하다가 9년 전에 이민 와 계속 여기에 살고 있다는 기사도 이런 모습은 처음 본다고 했다.

트램을 타고서 디즈니랜드 입구로 진입하여 온종일 곳곳을 둘러보았다. 회옥이와 아내의 놀라움과 만족감은 말할 것도 없고 나 자신도 지난번에 보지 못했던 새로운 시설물들이 더러 눈에 띄었다. 오후 일곱 시 무렵 다시 트램을 타고 나와 약속한 주차장에서 반시간 남짓 기다리다가, 실수로 다른 주차장으로 가서 우리를 찾다 돌아왔다고 변명하는 기사와 합류하여 숙소로 돌아왔다. 숙소 근처에서 칼국수와 산채 비빔밥, 우동 등으로 늦은 저녁 식사를 들었다.

28 (목) 맑음

오전 여덟 시경에 느지막이 일어나 프렌치 빵과 우유, 오렌지, 자두 말린 것 등으로 조식을 마치고, 9시 30분에 체크아웃 하여 숙소 앞에 대기한 어제의 코리아나 택시회사의 밴에다 짐을 싣고서 LA 공항을 향해 출발했다. 차안에서 이 개인 회사의 주인이기도 한 어제 그 기사와 대화를 나누면서 유니버설 스튜디오까지 왕복하는데 요금이 얼마며 팁은 어떻게 하느냐고 물었더니 자기네는 팁 없이 20불을 받는다는 것이었다. 그렇다면 어저께 우리가 대절한 가주 웨스턴 관광택시 요금의 절반 이하가 되는 셈인데, 한인 여행사의 패키지에 참가하면 후자보다 또 상당한 요금을 더 내야 한다는 말을 숙소 종업원이나 가주 웨스턴 측으로부터 들은 바 있었다. 어제의 디즈니랜드 행도 여행사와 가주 웨스턴과 코리아나의 요금이 각각 상당한 차이가 있으며, 오늘의 공항 행만 해도 코리아나는 17불을 받는데, 가주 측의 말로는 그 배 정도의 요금에다 팁과 우리처럼 짐이 많을 경우 이에 대한 별도의 차지가 추가된다는 것이었다.

여행사의 패키지여행에 참가해 보면, 작년 태국 여행의 경우처럼 국내 여행사와 현지 여행사 및 각종 한인 상점들이 서로 밀접히 결합되고, 교포 상점의 주된 고객이 본국의 관광여행자임을 알 수 있다. 70만 정도의 교포가 산다는 LA도 그 경기가 미국 현지보다는 한국의 경제 동향에 의해 크게 좌우된다는 기사의 설명으로 미루어, 그들의 생계가 얼마나 동족의 호주머니에 의존해 있는지를 짐작할 수가 있겠다.

공항 2층의 JAL 카운터에서 탑승 수속을 마치고 난 후, 반시간 정도 앞서 도착해 있었다는 동환이를 만나 3층에서 아이스크림을 사 먹고 기념촬영을 한 후, 출국장으로 들어갔다. 1시간 반 정도 탑승 게이트 앞의 의자에서 대기하며 디즈니랜드에서 받은 안내 팸플릿과 어제 숙소의 자동판매기에서 구입한 LA 지도를 검토하다가 탑승하여, 예정 시각인 오후 12시 30분보다 꽤 지체하여 이륙하는 올 때 타고 온 것과 같은 형의 점보 여객기 2층 좌석에 나란히 앉아 일본을 향해 출발하였다.

샌프란시스코로 향하는 도중 유리창 아래로 흰 눈에 덮인 산들의 풍경이 계속되었다. 비행기는 예상했던 바와 달리 올 때처럼 태평양을 바로 횡단하는 코스가 아니라 알래스카의 앵커리지 부근을 우회하는 일반적인 항로를 취하였으므로, 목적지까지는 모두 12시간 이상을 비행하며 일본 부근의 기류 이상으로 한 시간 정도 지체될 예정이라는 안내 방송이 있었다. 비행기 안에서 미국의 SF 활극 영화 〈아마겟돈〉을 시청한 외에 내내 책 한 권 분량 정도가 되는 「THE LA TIMES」 및 「每日新聞」을 읽었고, 날짜변경선을 지나자 시차로 말미암아 벌써 29일 오후가 되었다.

29 (금) 맑음

비행 도중 시차로 말미암아 갑자기 29일 오후가 되었는데, LA에서의 이륙이 한 시간 정도 지체되었으므로 예정보다 한 시간 가량 연착된 오후 6시 50분경에 大阪灣 바다 한가운데의 關西國際空港에 도달하였다. 짐을 찾아 국제선 공항 청사 2층과 쇼핑센터 및 호텔과 연결된 육교를 따라 걸어가, 공항 내 도착 로비에서 걸어서 5분 정도 걸리는 거리에 있으며

JAL 측에서 트랜짓 손님을 위해 제공하는 숙소인 HOTEL KANSAI AIRPORT의 4011호실에 체크인 하였다. 바다 쪽에 면한 방으로서 전망도 전망이려니와 시설이 썩 훌륭하였다.

기내식으로 이미 저녁식사를 마쳤으므로, 아내와 회옥이에게 일본의 모습을 보여주기 위해 공항 내의 일반 전철를 타고서 한 시간 정도 걸리는 거리에 있는 大阪 역까지 가서 大阪環狀線 전철을 타려고 하다가, 나의 실수로 環狀線 외측 라인을 둘러보려는 계획은 포기하고서 올 때의 內側 라인을 경유하여 밤 11시 무렵에 호텔로 귀환하였다. 굳이 한 바퀴를 다 두르려고 하면 그것도 불가능한 것은 아니었겠으나, 엘 파소에서의 경우처럼 호텔로 돌아오는 마지막 전철을 놓치지나 않을까 불안한 생각이 있고, 또한 장시간의 비행으로 말미암아 피곤하고 졸음이 와서 아내가 빨리 돌아갈 것을 재촉하므로, 마침내 한국에서부터 계획했었던 뜻을 이루지 못하였다.

30 (토) 맑음
關西國際空港 구내의 HOTEL KANSAI AIRPORT(호텔 關西空航) 2층의 일식점 弁慶에서 和定食으로 조반을 들고서 호텔을 체크아웃 하여 오전 10시 발 부산행 JAL 967號機를 탔다. 한 시간 반쯤 후에 김해공항에 도착하였는데, 간밤에 미리 전화로 연락해 둔 바와 같이 同壻인 황 서방이 자기 소유의 코란도 밴을 몰고서 마중 나왔고, 그가 전날 부산에다 놓아둔 그의 승용차는 부산 周禮里 백양마을에 살면서 보험회사에 다닌다는 그의 친구가 몰고 나왔다. 우리 가족은 짐을 황 서방이 모는 밴에다 싣고 몸은 그의 친구가 운전하는 승용차에 맡기고서 약 한 달 만에 귀국하여 남해고속도로를 따라 一路 진주의 우리 아파트로 향했다.

7월

22 (목) 흐리고 때때로 부슬비

새벽 다섯 시가 채 못 되어 서울의 강남고속버스 터미널에 도착하였다. 아직 지하철 운행이 시작되지 않았으므로, 터미널 바깥의 벤치 및 경부선 구내의 대합실 벤치에서 기다리다가, 5시 40분에 지하철 운행이 시작될 무렵 그것을 타고서, 교대와 신도림역에서 각각 갈아타 한 시간쯤 후에 동인천역에 하차하였다. 황 서방 가족 네 명과 우리 가족 세 명이 각각 두 대의 택시에 분승하여 인천국제여객 터미널에 도착하였으나, 역시 집결 시간까지는 상당한 시간이 남아 있어 구내식당에서 대기하였다. 나는 과일과 빵으로 아침 식사를 때우고 나머지는 식당 음식을 들었다.

오전 10시 무렵에 투원여행사의 남자 직원들이 나와 중국 비자가 첨부된 우리들의 여권과 배표를 전해 주었고, 오후 한 시 무렵에 우리들이 탄 天津~仁川 간 여객선인 천인2호가 인천항을 출항하였다. 월미도 옆의 갑문을 통과한 다음 꽤 빠른 속도로 一望無際의 大洋을 항해하였는데, 나는 시종 객실 및 조종실 지붕 위의 갑판들이나 조종석 옆에서 바다를 구경하였고, 도중에 날씨가 흐려져 빗방울이 떨어지면 등산용 우의를 입고서 다시 나와 밤 일곱 시 무렵까지 바다를 바라보았다.

처음 선실에 들었을 때, 우리의 티켓에 지정된 3등 314호 칸의 좌석을 중국을 넘나들며 보따리 무역하는 젊은 사람 두 명이 차지하고서는 3등실에는 원래 정해진 좌석이 없다면서 우리더러 위층으로 올라가라고 하므로, 그 문제로 나와 승강이를 벌이다가 결국 관리원을 불러 그들을 몰아내고서 우리 일행 일곱 명의 좌석을 확보하였다. 진천 페리라고도 불리는 천인 2호는 배 안 여기저기에 일본어로 된 안내문이 보이는 것으로 보아 일본에서 만든 것인 듯한데, 한국 측이 전체 지분의 56%, 중국 측이 44%를 가져 양국의 공동 소유로 되어 있으며, 선장을 위시한 고급 승무원은 양국이 각각 같은 비율로 두고 있고, 일반 선원들은 대부분 중국 사람이라고 한다. 승객은 한국 사람이 대부분인 듯하며 갑판 옆에 달린 보트에도 한글로 적은 페인트 글씨가 보임에도 불구하고, 船內의 안내 방송이나 게시물은 거의 반드시 중국어·영어·한국어의 순서로 되고 있어 그 점이 좀 의아스러웠다.

간밤에 버스로 오느라고 수면이 부족하여 여덟 시 무렵에 일찌감치 취침하였다.

23 (금) 흐리고 오후에 개임
여섯 시 무렵에 기상하여, 배 안에서는 계속 갑판 등에 나가 있었고, 船首로 가 미끄러지듯 나아가는 배의 모습과 함께 주변 바다의 풍경을 감상하였다. 蒙古 말을 하는 젊은이들과 일본인·중국인·臺灣人·서양인의 모습도 보였다. 선실 안에서는 중국 각지를 찾아다니며 한약재를 구입하여 한국으로 들어오는 보따리장수를 하는, 전라도 출신으로서 서울 산다는 朴甲植이라는 노인이 말을 부쳐와, 그로부터 중국 여행의 요령에 관한 이런저런 이야기를 들었다.

배가 天津 항에 가까워 올수록 푸르던 바닷물이 누런 색깔로 변하고, 바다 위에 솟아 있는 導船 시설도 눈에 띄었다. 오후 두 시 무렵에 塘沽新港에 도착하여 배 안에서 입국 수속을 마치고서 세 시 반쯤에 下船하였다.

塘沽 터미널에는 중국 측의 同源國際旅行社로부터 나온 내몽고 출신의 조선족 가이드 李承鉉 씨와 여자 가이드 한 명이 나와 있었는데, 터미널에서 北京으로 가는 버스 비용 문제로 1인당 미화 10$를 요구하는 이승현 가이드와 그 요금이 부당하다면서 다른 차를 타겠다는 서울의 배재중고등학교 교사 팀 간에 승강이가 붙어 중국의 경찰인 公安員들이 나타나는 사태까지 빚는 바람에 거기서 상당한 시간을 지체하였으나, 결국 한국 돈 1인당 만 원씩으로 낙착이 되어 여행사 측이 마련해 온 일제 버스에 타게 되었다. 그러나 天津 톨게이트에서 범죄자가 톨게이트 시설을 파괴하고 도주한 사건이 발생한 모양이어서, 그 때문에 경찰이 통과 차량들을

일일이 점검하여 탑승자의 신분증 제시를 요구하는 사태가 있어 또 많은 시간이 지체되었다. 天津 톨게이트를 지나고서는 한없이 펼쳐지는 華北 평원의 광활한 옥수수 밭을 바라보며 北京으로 향하였다. 우리들의 北京 숙소가 웬일인지 3星級인 遠方賓館으로부터 4星級의 五洲大酒店으로 바뀌었다고 하므로, 三環路의 朝陽區를 통과하여 北京市 北端 올림픽 스포츠 센터 뒤편에 있는 그 호텔 西樓(西館)의 5층에 방을 배정 받았다. 우리 일행 일곱 명에게 네 개의 방이 배정되었으므로, 회옥이는 독방을 쓰게 되었다.

밤 아홉 시가 지난 시각에 호텔을 나와 그 부근의 小菜 식당에서 340元 정도로 일곱 명이 함께 저녁식사를 들었고, 자정이 지난 시각에 취침하였다. 나로서는 韓中 수교 직후의 교수단 방문과 河南省 濮陽市에서의 宋學 국제학술회의, 그 해 여름에 재차 권호종·김현조 교수와 더불어 우리 대학의 어학연수 학생들을 인솔하여 武漢으로 갔었던 것, 그리고 우리 가족을 동반하여 孟子의 고향과 陝西省 咸陽에서 있었던 국제학술회의에 참석했었던 데 이어, 이번이 다섯 번째 중국 방문이 되는 듯하다.

24 (토) 맑으나 섭씨 40도의 무더위

어제 가이드 이승현 씨와의 합의에 따라 우리 일행 중 희망자들은 1인당 미화 55$의 참가비를 내고서 明十三陵·八達嶺 長城·龍慶峽 관광에 나섰다. 東樓의 뷔페식당에서 조반을 든 다음, 여덟 시 반까지 西樓 1층 로비에 모여 반시간쯤 후에 봉고 규모의 차량 두 대에 분승하여 호텔을 출발하였다. 나로서는 明十三陵 중의 定陵(神宗陵) 지하궁전은 두 번째, 八達嶺 萬里 長城은 세 번째로 와 보는 셈이지만, 후자의 경우 이번에는 케이블카로 오른 점이 다르다고 하겠다.

만리장성 위에서는 스프라이트 사이다 한 깡통에 다른 곳 요금의 다섯 배쯤이나 되는 10元씩 받고 있었는데, 회옥이는 중국말을 못하는 데다 세상물정에 어둡기도 하므로 한 깡통에 40元을 주는 바가지를 썼으나, 내가 노하는 모습을 본 가이드가 나중에 회옥이를 따라가서 30元을 도로 받아 내었다. 13陵을 보고 난 후 점심 식사 차 들른 식당에 부설된 友誼商店에서 한 시간 반이나 지체하였고, 八達嶺에서 케이블카 요금 1인당 40元, 龍慶峽 입구에서 정거장으로부터 매표소까지의 빵차 승차비 20元을 추가하는 문제로 우리 일행 중 일부와 가이드 이승현 씨 사이에 승강이가 있었다. 조선족이 우리 동포라고는 하지만, 그들의 국적이 중국이며 다민족 국가 속에서 중국인으로서의 교육을 받고 자란데다가 중국 여행사나 상점에 소속된 직원이기 때문에, 중국인의 앞잡이가 되어 우리들 주머니 속의 돈을 털어 내는 데 혈안이 되어 있는 것은 어제오늘의 일이 아니라고 하겠다. 더구나 이승현 씨가 속해 있는 同源국제여행사는 한국의 경우 통일원에 해당하는 중국의 국가 기구가 운영하는 회사라고 한다.

이번에 처음 가 본 龍慶峽은 심한 지각 변동에 의한 가파른 협곡의 물을 댐으로 막아서 최근에 개발한 곳이라고 하는데, 배를 타고서 오고가며 본 바위산들 모습이 桂林을 연상케 하여 절경이었다. 그 배 안에서 內蒙古에서 온 같은 직장의 漢族 가족 팀과 만나 중국어로 대화를 나누어 보았다. 그 중 인솔자의 딸이라고 하는 呼和浩特市 제1중학 高1년생이라고 하는 王秀連(연락 전화 5977379) 양과 중년 부인인 楊靜(집 전화 3962209) 씨가 한국에서 온 우리에게 관심을 보이며, 우리가 내몽고에 들를 때 꼭 전화해 주며 한국으로 돌아간 후에도 펜팔로서 서로 연락하자고 당부하였다.

예정보다 시간이 꽤 지체된 까닭에 새로 생긴 고속도로로 居庸關을 지나 北京 시내로 진입하였으나, 朝陽劇場에서 상연되는 雜技, 즉 서커스 공연 시간에 맞추지 못하고 10분쯤 늦게 입장하였다. 서커스 구경을 마친 다음 北京오리 요리 집으로 가서 저녁을 든 후 호텔로 돌아와, 밤늦게 中國人民大學 철학과의 葛榮晋 교수 부인과 전화로 우리의 일정을 협의하였다. 葛 교수 댁에는 우리의 중국 방문에 대해 따로 연락하지 않았으나, 무슨 경로를 통해서인지 그 소식을 알고서 우리의 숙소로 예정되어 있었던 원방빈관에다 여러 차례 전화하였다고 하며, 같은 대학의 劉廣和 교수 부인을 통해 우리의 바뀐 숙소와 전화번호를 알았다고 한다. 오랜 통화를 마치고서 자정 무렵에 취침하였다.

25 (일) 맑으나 39도의 高溫

아침 일곱 시경에 어제 들렀던 호텔 구내의 뷔페식당으로 가 보았으나 좌석이 없다고 하므로, 1인당 6원의 비싼 요금을 받는 803번 좌석 버스를 타고서 바로 天壇公園 南門 앞으로 갔다. 매표소 부근의 노점에서 만두 등으로 간단한 조반을 마치고서 天壇 일대를 둘러보았는데, 마침 일요일이기도 하여 사람들로 人山人海를 이루고 있었다. 공원 구내를 돌아다니는 유람 차를 타고서 西門으로 빠져 나와, 시내버스를 이용하여 前門 거리로 이동하였다.

天安門 광장을 둘러본 후 그 옆의 수리 중인 중국역사박물관에 들러 전시품들을 走馬看山 격으로 훑어본 후, 다시 시내버스를 타고서 西單으로 나가 점심식사를 들었다. 적당한 음식점을 찾다가 결국 마땅한 데가 눈에 띄지 않아 中友백화점 부근의 식당에서 包子, 즉 만두 등으로 점심을 들었는데, 양이 많은 데 비하여 별로 먹으려는 사람이 없어 대부분을 남겼다. 아이들은 中友백화점 지하층의 패스트푸드店으로 가고, 황 서방과 나는 그 백화점 위층에서 쇼핑을 하였다. 황 서방은 반바지를, 나는 葛 교수 및 劉 교수 부인을 위한 LG 화장품을 각각 구입하였다.

다시 버스로 天安門 광장으로 돌아와서 紫禁城을 구경하고(나로서는 역시 세 번째), 景山公園에 들어가 崇禎帝가 목을 맨 나무 및 산꼭대기의 정자에서 바라보는 북경 시내의 풍경을 몇 바퀴 돌아가면서 조망하였다. 혹심한 무더위 가운데서 온종일 걸어 다녀 다들 몹시 피곤해 하였으며, 나는 얼굴 등이 햇볕에 새까맣게 그을렸다. 택시 두 대에 나누어 타고서 鼓樓를 거쳐 호텔로 돌아왔다. 여섯 시 무렵 샤워를 마친 후, 東樓의 한국 식당에서 저녁식사를 들고서 방으로 돌아오니, 葛 교수 부인으로부터 전화 연락이 있었다는 전갈이 왔다. 내가 다시 그 댁으로 전화하여 내일 일정에 대해 협의한 후, 아홉 시경에 취침하였다.

이 호텔의 엘리베이터 등에는 남북한 청년학생회담이 오늘 2층의 연회실에서 열린다는 한글로 적힌 게시물이 여기저기에 눈에 띄었다. 우리 일행 중 어떤 사람으로부터 들은 바로는, 우리들의 숙소가 당초 예정되었던 원방빈관으로부터 갑자기 그보다 고급인 이 호텔로 변경된 것은, 한국 정부 측이 이 회담을 방해하기 위해 北京 시내의 한국 관광객들 숙소를 이 호텔로 변경시키게 하여 회담에 참가하는 사람들에게 숙소를 제공할 수 없게 함으로써 이 회담 자체를 무산시키기 위한 정치 공작 차원에서일 것이라 한다.

26 (월) 맑으나 무더움

아침 다섯 시의 모닝콜로 기상하였는데, 5시 45분경에 葛 교수의 제자로서 中央政治大學 政敎部 副敎授이자 主任助理이며, 北京社科聯 中國哲學 理事, 中國實學硏究會 秘書長인 철학박사 李志軍 씨가 호텔의 1층 홀로 와서 전화하였다. 6시경에 호텔을 체크아웃 하여 짐은 프런트 옆에다 보관해 두고서, 택시 두 대에 분승하여 葛 교수 부인과의 약속 장소인 淸華大學 남문으로 갔다. 남문 밖 식당에서 油條 등으로 조반을 때운 후, 남문으로 다시 가서 葛 교수 부인과 회동하였다. 葛榮晋 교수 내외가 내가 학과장으로 있을 때 진주를 방문하여 우리 대학 철학과에서 초청강연을 행하고 우리 집에서 이틀쯤 머물다 간 이후 여러 해 만에 다시 만난 셈이다. 葛 교수는 臺灣에서 열리는 학술회의에 참석 차 출국하면서 나에게 편지와 함께 내가 이미 구입해 있는 그 자신의 글이 실린 책 두 권(『明淸實學簡史』; 『中韓實學史硏究』)을 남겨 두었고, 편지 속에서는 남명학연구원이 그의 진주 방문 당시 약속했던 논문 집필에 따른 연구비 250만 원을 200만 원으로 감한 데 대해 재고를 요청하는 내용이 적혀 있었다. 나는 이에 대해 외국인 학자에 대한 대우 변경과 葛 교수의 경우에 대한 조처는 원장을 비롯한 연구원의 최고 책임자들이 결정한 사항이므로, 나나 김경수 국장이 변경할 수 있는 성질의 것이 아니라는 입장을 설명하였다.

그들의 안내를 받아 중국의 대학 캠퍼스 중에서 가장 크다는 淸華大學 구내의 일부와 蓮花池 일대를 둘러보고서 頤和園으로 향하였다. 유명한

頤和園의 長廊은 수리 중이었고, 피곤해 하는 아이들은 李志軍 씨와 함께 남겨 두고서, 우리 내외와 처제는 葛 교수 부인과 함께 萬壽山 일대를 둘러보았다. 蘇州街 일대의 관람을 끝으로 頤和園을 나와, 人民大學 부근에서 葛 교수 측이 대접하는 점심 식사를 든 다음, 나와 李志軍 씨는 호텔로 돌아와 맡겨 둔 짐을 찾아서 택시로 北京驛으로 가고, 나머지 일행은 葛 교수 부인을 따라 버스 편으로 바로 역으로 향했다. 택시가 북경 역이 있는 建國門 부근을 지나면서 중국사회과학원 빌딩과 天文臺를 바라보았다. 우리가 역에 당도하여 한참을 기다려도 먼저 떠난 일행이 나타나지를 않으므로, 이러다가 東北 행 기차를 타지 못하는 것이 아니냐는 불안감이 있었는데, 열차 출발 20분 전쯤에야 그들이 당도하였으므로 전송 나온 葛 교수 부인이나 李 교수와는 작별인사도 제대로 나누지 못한 채 급히 엘리베이터에 올라 플랫폼으로 들어갔다. 역으로 오는 도중에 葛 교수 부인이 두 번이나 내려서 다른 버스로 바꿔 타는 바람에 이렇게 지체된 것이라고 한다.

우리가 탄 北京 발 圖們 행 555호 열차의 硬臥 침대칸인 4호차의 2·3층에다 좌석을 배정 받았는데, 한국에서 같은 배를 타고 온 사람들도 이 칸 안에서 모두 만날 수 있었다. 우리가 탄 열차는 도로 天津과 塘沽 역을 지나 渤海灣을 끼고서 동북 지방으로 향하는 것이었다. 열차 안에서 도시락을 사서 저녁 식사를 해결하고, 차창 밖의 풍경을 바라보다가 밤 여덟 시 지나서 어두워질 무렵에 취침하였다.

27 (화) 맑음

기차가 간밤에 唐山·秦皇島를 지나 遼寧省의 省都인 瀋陽, 즉 일제시대의 奉天에 이르렀을 무렵 날이 새기 시작하였다. 露天炭鑛의 소재지로서 학창 시절 지리 시간에 배운 바 있는 撫順市를 지나 吉林省의 梅河口市에서 海龍 쪽 노선을 취해 吉林 방향으로 향하였다. 吉林市에서는 책을 통해서만 알고 있었던 松花江을 건넜고, 저녁 무렵 敦化와 安圖를 거쳐 밤 여덟 시 무렵에 목적지인 延吉市에 당도하였다. 열차 안에서는 계속 차창 가의 의자에 앉아 바깥 풍경을 구경하였고, 때때로 창문 가 맞은편 의자에 앉은 중국인 남자와 대화를 나누었다. 그가 나중에 내가 대학 관계에 종사하는 사람이 아니냐고 물으므로 헤어질 무렵 명함을 나누고 보니, 전자통신 관계의 회사로서 미국의 사이판 島에 있으며 친구와 둘이서 경영한다는 文蒂納國際有限公司(Wintina International Corporation)의 中國總經理라는 직함을 가지고 있는 陳雅華라는 사람이었다.

황 서방이 식당차에 가 보니 에어컨이 있어 시원하더라고 하면서 그리로 가서 맥주나 마시며 시간을 보내자고 하므로 조카 두 명과 함께 따라가 보았는데, 승무원 여자가 영업시간이 지났다면서 소리를 지르다시피 하며 우리를 쫓아내는 것이었다. 그러나 거기에는 중국인들이 여러 명 앉아 있었으므로 우리는 손님이라면서 버티었는데, 결국 그대로 있으려면 자리 값을 1인당 10元씩 내라고 하므로 조카들은 돌아가고 황 서방과 나는 오기로 자리 값 20元을 내고서 지나가는 판매원에게 깡통 맥주 두 병을 8元에 사 마시고 돌아왔다. 그러나 다른 중국인들에게서는 돈을 거두는 모습을 보지 못했으므로, 돌아오는 길에 列車長을 찾아 우리가 식당차에서 당한 처지를 설명하였다. 조선족 여자 승무원의 통역을 거쳐 열차장이 설명한 바로는, 침대 칸 손님이 아닌 좌석 칸 사람들이 식당차에 와서 시간을 보내는 경우가 많으므로, 그러한 사람들에게는 영업시간 외에 한 해 한 사람 당 10元씩 자리 값을 받기로 규정하고 있다는 것이었다.

東北 지방으로 올수록 한국처럼 산들이 많이 보이고, 초가지붕을 한 집들에다 옥수수 밭 이외의 논들도 제법 눈에 띄었다. 이 논들에는 남부 지방과는 달리 1년에 1모작을 하는 자포니카種의 벼를 재배하여 중국에서 가장 품질이 좋은 쌀을 생산하고 있다고 한다.

인구 20여 만의 延吉市에는 한국 관광객 때문인지 비행장도 있었다. 역에 도착한 후 한참을 기다리고서야 김 씨 성을 가진 젊은 남자 가이드를 만나, 그를 따라 조선족이 경영하는 식당으로 가서 모처럼 조선 음식으로 포식하였다. 中心街에 있는 三星級의 고려호텔에 투숙하였는데, 우리 가족은 3인 1실의 802호실을 배정 받았다.

28 (수) 맑았다가 백두산 부근은 흐리고 때때로 비

다섯 시 반에 모닝콜로 기상하고, 여섯 시에 호텔에서 조식을 든 후, 대절 버스 한 대로 延吉을 출발하였다. 예전에 북간도의 서울로 불렸다는 龍井市를 지나면서 '선구자' 노래에 나오는 해란강과 一松亭을 바라보았다. 해란강은 옛날에는 水量이 많아 건너기가 힘들었다고 하는데, 지금은 개울 정도의 수준이었다. 일송정은 용정에서 바라다 보이는 위치의 그다지 높지 않은 산마루에 서 있는데, 한국 측의 기증으로 거기에다 선구자 비를 세웠다가 한국 사람들이 그 앞에서 高句麗의 故土 회복을 주장하는 구호를 외치는 등의 사태가 있어 중국 측이 그 비는 제거해 버렸다고 한다.

和龍市의 일부 및 김좌진 장군의 靑山里 전투로 유명한 청산리 甲山 마을에서 잠시 정차하였다. 거기서 한국인 관광객을 상대로 기념품이나 음료수 등을 팔고 있는 조선족 여인들은 중국을 '우리나라'라고 부르며, 한국인 동포들에게 바가지요금을 씌우는 데다 가짜 인삼 등을 팔고 있었다. 청산리는 뚜렷한 마을이 없고, 주로 숲이 울창한 山地이며 가끔씩 조그만 부락이 눈에 띄는 정도였다. 우리는 그러한 산 속의 비포장도로를 따라가다가 松江 마을에서 오전 10시경에 점심을 들었다.

백두산 입구에 닿았을 무렵에는 일기가 흐려지고 비도 내리고 있었다. 백두산은 10일 중 7일 정도는 흐리거나 비가 내리며, 하루 안에도 기상 변화가 심하다는 것이었다. 입구의 매표소를 경유하여, 울창한 삼림 속의 도로를 따라 들어가 天池로 향하는 지프차들이 대기하고 있는 지점의 주차장 옆에 있는 運動員村이라는 호텔 화장실로 들어가 용변을 보고, 날씨가 개이기를 기대하며 우선 長白瀑布로 걸어 올라가 폭포 아래서 기념 촬영을 하였다. 白頭山, 즉 중국 측이 일반적으로 長白山이라고 부르는 이 산은 여러 차례에 걸친 화산 폭발로 이루어진 것으로서, 天池의 한쪽 모서리에서 비교적 낮은 골짜기가 형성되어 그 끝에서 장백폭포, 또는 백두폭포라고 불리는 이 유명한 폭포가 떨어지고 있는 것인데, 그 주변은 온통 나무가 없는 거친 바위 절벽으로 형성되어 있어 황량하였다. 폭포 옆에서부터 天池를 향하여 돌계단으로 만든 등산로가 이어져 있고, 폭포 입구의 게시판에 韓中 합작으로 그 계단 길을 만들었다는 내용이 적혀 있었으나, 지금은 폐쇄되어 사용되고 있지 않았다. 왜 폐쇄되었는지는 알 수 없으나, 그것이 설사 사용된다고 한들 한국 측이 과연 투입한 돈에 상당하는 수익금의 배당을 받을 수 있을지는 의문이라 하겠다.

다시 우리 버스와 지프차 등이 대기하고 있는 주차장으로 돌아와서 날씨의 변화를 기다리며 상당한 시간을 지체하였으나 결국 허사로 끝나고 말았다. 천지로 올라가는 지프차는 주로 일본제 도요타나 독일제 폴크스바겐으로서 1인당 미화 10$의 요금을 징수하며, 이곳의 화장실도 한 번 사용료가 인민폐 1元으로서 다른 곳보다 훨씬 비쌌다. 가이드의 말에 의하면 이 모든 것들은 국가 소유로서 운전사나 화장실 관리인은 월급을 받고서 국가에 고용된 사람들이라 한다. 우리가 대기하고 있는 중에 영업용 중고 택시를 가진 조선족 남자 하나가 자기가 없는 새에 바람이 빠져버린 뒤쪽 타이어 두 개를 빼 내어 새것으로 교환하면서 일부러 자기 차에다 그런 못된 짓을 한 중국인을 지칭하여 '되놈의 새끼'라고 욕하며 투덜거리고 있었다. 아마도 지프차 기사 중의 누군가가 그의 영업을 방해하기 위해 그런 짓을 한 듯한데, 그는 이 일제 중고 승용차 한 대를 한국 돈 2천만 원 정도에 구입하였다고 한다.

애초에 우리가 묵기로 예정되어 있었던 온천호텔은 또 웬일인지 온천장이 있는 지점에서 훨씬 내려온 長白山 입구의 三江賓館으로 바뀌어져 있었고, 우리 가족 3인은 그 호텔의 222호실에 투숙하였다. 호텔에서 저녁 식사를 마친 후 부근을 좀 산책하다가 일찌감치 취침하였다. 감기 기운이 있어 콧물과 기침이 나고 목이 불편하므로, 황 서방이 준비해 온 감기 약 하루 분을 얻어서 복용하였다.

29 (목) 맑음
모닝콜이 여섯 시에 있었고, 여섯 시 반에 출발할 예정이었으나, 조선족 기사가 1인당 20원씩을 자기에게 더 주어야 갈 수 있다고 버티는 바람에 출발 시간이 꽤 지체되었다. 우리 일행은 모두 34명 정도였는데, 장백산 입구 밖으로 숙소를 변경하는 바람에 오늘 새로 내야 하게 된 입장료 40元을 포함하여 결국 각자 60元씩 더 내지 않을 수 없었다. 떠날 무렵 가이드는 오늘도 날씨가 별로 좋지 않다고 걱정하고 있었으나, 운동원촌 호텔 옆의 주차장에서 지프차로 갈아탈 무렵 다소 흐렸던 날씨가 맑아지기 시작하여 天池에 도착할 무렵에는 활짝 개었다. 천지 바로 아래까지는 2차선 정도의 콘크리트 포장 도로가 나 있었는데, 고산 지역이라 삼림이 끝나고서 풀밭이 이어지는 고지대에는 여기저기 야생화가 피어 있었다. 중국인 지프차 기사들이 천지 도착 이후 반시간에다 반시간을 더 대기하는 조건으로 1인당 인민폐 10元씩 더 줄 것을 요구한다고 하므로, 그것이 억지임을 알면서도 우리는 이미 지불한 10$에다 또 그들이 요구하는 추가 요금을 지불하지 않을 수 없었다.

쾌청한 날씨의 천지에서 기념촬영을 하며 그 일대 여기저기를 걸어다니며 주변 경치를 둘러보았다. 우리 민족의 상징이며 건국 신화의 무대인 백두산의 천지는 압록강·두만강·松花江 세 강의 발원지이기도 하다. 일찍이 周恩來와 金日成 간의 협상에 의해 두만강과 압록강의 발원지를 기준으로 양쪽의 국경을 설정하여 분할했다고 하며, 그 결과 천지의 60%가 조선 측에 40%가 중국 측에 속하게 되었다고 한다. 북한 측 경계선의 한 쪽 지역에는 초소 건물 및 케이블카가 설치되어 있고, 그 아래 天池가에 사람들도 몇 명 보였다.

이럭저럭 중국 동북 지방 관광의 주된 목표인 백두산의 천지를 구경하고서 내려와, 버스로 갈아타고 송화강의 상류인 二道白河를 따라 올 때의 코스인 白河·松江·三道를 지나 靑山里 甲山 마을에 다시 정거하여 거기 상점에다 과일을 배달해 주는 사람으로부터 싼값으로 토마토를 좀 샀다. 龍井에서 점심을 들었는데, 식당의 기념품 상점 입구에 있는 안내 아가씨 두 명에게 시인 尹東柱의 묘소 소재지를 물었더니, 한 사람은 모른다고 하고 다른 한 사람은 아는 모양이었으나, 구체적 위치를 물으니 귀찮은 표정으로 대답을 회피하였다.

식사를 마친 후 龍井中學校를 방문하였다. 이 학교는 1946년에 龍井에 있었던 大成中學校를 비롯한 6개의 학교를 통합하여 이루어진 것이라고 하는데, 현재 한국인의 재정 부담에 의해 옛 대성중학교 건물이 원형대로 복원되어 있었다. 그 출입구 위에 적힌 글에 의해 이 학교가 儒敎 이념에 따라 설립된 것임을 알 수 있었다. 대성중학교 교사는 2층으로 이루어진 조그만 것이었는데, 그 2층은 이 학교의 역사와 龍井 마을의 연혁을 소개하는 전시실로 꾸며져 있고, 1층은 기념품점이었다. 上海 馬當路의 대한민국 임시정부 건물이 그러했던 것처럼 이 학교 2층의 전시실 끝에도 방명록이 있어 서명자에게서 찬조금을 받고 있었으며, 황 서방은 100元의 성금을 내었다. 이 돈은 학교의 발전을 위해 쓰이는 것이 아니라 모두 중국 정부의 수입으로 들어가는 것이니, 한국 관광객들은 절 모르고 시주하는 격이라고 하겠다. 중국의 조선족 학교가 모두 그러한 것처럼 이 학교에서도 한국어를 제외하고서는 자기 민족의 역사나 문화에 대해 거의 아무것도 가르치고 있지 않을 것으로 짐작되는데, 운동장 한 쪽 모서리에 설치된 긴 흑판에는 백묵으로 쓴 한글 글씨로 여러 가지 내용을 적어 놓은 다음, 그 끝 부분에 중국어로 미국의 유고에 주재하는 중국 대사관 폭격을 맹렬하게 비난하는 내용의 '중국 인민은 모욕될 수 없다'라는 제목의 정치적 선동 구호가 적혀 있었다.

학교 입구에서 鑛泉水 판매하는 아주머니에게서 회옥이가 물 2병을 3元에 구입했다고 하므로, 내가 가서는 깎아서 병 당 1元씩 주고 다섯 병을 샀다. 중국에서는 대체로 물건에 정가가 없어 관광지에서나 현지의 물정을 잘 모르는 사람, 특히 외국인에게는 형편없이 바가지요금을 씌우는 것이 관례이며, 어떤 의미에서는 그것이 중국의 국가 시책이라고 할 수 있는 것이다. 그리하여 이 물 한 병이 경우에 따라서는 4元, 5元 혹은 10元을 呼價하는 곳도 있으므로, 싼 김에 여러 병을 한꺼번에 구입한 것이다. 延吉에서 圖們까지는 기차로 한 정거장 거리로서, 기차로 2元, 버스로 10元, 택시로는 20元의 요금을 주면 갈 수 있는 곳이다. 거기에 가서 두만강과 다리 건너편의 북한 풍경을 보고 오는데, 가이드는 1인당 미화 30$, 즉 인민폐로 300元이 좀 못되는 액수를 요구하므로, 우리 일행은 옵션으로 정해진 코스인 북한 땅을 지척에 두고서 결국 아무도 가지 않고 말았다. 그래서 龍井으로부터 延吉로 돌아오는 도중에 반달곰 오백여 마리를 사육하는 농장에도 들렀었는데, 거기서도 웅담 한 케이스의 값이 한국 돈 10만 원, 15만 원을 호가하므로 비싸서 아무도 사는 사람이 없었다.

延吉의 고려호텔로 돌아온 후, 우리 가족은 705호실에 배정되었다. 호텔 옆에 딸린 식당에서 냉면으로 저녁식사를 마친 후, 황 서방 가족과 우리 가족은 延邊朝鮮族自治州의 중심 도시인 延吉市 중심가 일대를 산책하며 쇼핑을 하기도 하고, 다방에 들러 모처럼 한국산 커피를 마셔보기도 하였다.

30 (금) 흐리고 때때로 비

호텔 1층의 식당에서 일곱 시 반경에 조반을 들고서 고려호텔을 체크아웃 하여 역으로 향했다. 北京의 가이드 이승현 씨는 우리가 延吉을 떠날 때 우리가 탄 열차 및 그 號數를 자기에게 전화로 알려주면 자기나 혹은 그 대리인이 北京 驛으로 마중 나가 蒙古 행 열차 표를 전하겠노라고 당부하였다. 현지의 가이드들끼리 서로 연락하여 처리할 문제임에도 불구하고 손님에게 그런 요구를 해 온다는 것이 다소 불쾌하게 느껴져 선뜻 승낙하지 않았으나, 외국에 나와서는 약한 쪽이 우리라고 하며 은근한 위협을 깃들여 강요하는 데는 딱 잘라 거절할 도리도 없었던 것이다.

그럼에도 불구하고 北京으로 나 자신이 그러한 연락을 해야 한다는 것이 못내 내키지 않아, 延吉의 가이드 김 씨에게 北京 여행사로 전화 통지해 줄 것을 여러 차례 당부한 바 있었다. 김 씨는 그 때마다 그렇게 하겠노라고 선선히 수락해 두고서는 전화번호를 알려 주려고 하면 아직 시간 여유가 있으니 잠시 기다리라는 식으로 말하더니, 결국 우리를 延吉 역에 실어다 놓고서는 다시 돌아온다고 말하고서 가 버린 후 우리가 떠날 때까지 끝내 나타나지 않는 것이었다.

이 가이드 김 씨의 팁 문제로 또 아침에 호텔 앞 버스 안에서 한 차례 해프닝이 있었다. 우리 일행 중 그룹의 숫자가 제일 많은 서울 배재중고 등학교 교사 팀의 간사로부터 1인당 20元으로 하자는 의견의 제시가 있었다는 전갈을 받은 바 있었으나, 그 정도의 금액이면 모두 합해 팁이 인민폐 680元에 상당하여 웬만한 중국인 한 사람의 월급에 필적하는 액수이고, 그가 이런저런 명목을 붙여 우리로부터 뜯어낸 돈 중에서 그의 포켓으로 들어갈 부분이나 그가 안내하여 우리 일행이 들르게 된 기념품점·식당 등으로부터 받는 사례비의 액수도 만만치 않을 것으로 짐작되므로, 우리 팀 일곱 명은 나의 의견에 따르기로 합의하여 수입이 없는 아이 셋을 제외한 어른 네 명만이 팁 20元씩 내겠다는 의사를 밝혔던 것이다. 그랬더니 그 배재중고 교사 팀의 간사라는 사람은 그 액수라면 자기는 거둘 수 없다면서 우리더러 따로 가이드에게 팁을 주라고 하였는데, 아내는 창피스럽다면서 황 서방과 의논하여 아이들을 포함하여 각자 20元씩 도합 140元을 황 서방을 통해 가이드에게 전달하고 말았다. 그런데 조금 후에 그 간사라는 사람이 버스에 탄 일행에게 公表한 바로는 처음 우리가 제시했던 의견대로 아이들을 제외한 어른들만 팁을 내기로 하자는 것이었으므로, 결국 우리는 모양새만 어색해지고 남들보다 돈을 더 낸 샘이 되고 말았다. 중국에 오는 한국 관광객이 현지인의 鳳이 되어 엄청난 바가지와 수탈의 대상으로 변해 있는 오늘의 현실은 국내 여행사간의 가격 경쟁 탓도 있고 중국 정부나 중국인의 교활한 상술 내지는 中華思想의 탓도 있겠지만, 보다 큰 부분은 외국에 나와서까지 허세 부리기를 좋아하여 현지 주민들에게 큰돈을 거침없이 뿌리며 호기를 부려 온 우리 한국인들의 自業自得이라고 해야 할 것이다.

우리가 탄 556열차는 오전 10시 39분에 延吉을 출발하여 올 때와 똑같은 코스로 圖們으로부터 北京으로 향하는 것이었는데, 다만 발차 및 각 驛의 경유 시간이 같지 않아 올 때 못보고 지나쳤던 풍경들을 새로 볼 수 있는 기회가 있었다. 대체로 보아 동북 지방은 산과 수목이 많았고, 특히 백두산 일대는 和龍市 경내의 靑山里를 지날 무렵까지 몇 시간 동안 원시림에 가까운 방대한 규모의 숲을 구경할 수가 있었다.

기차 속에서 北京의 同源國際旅行社 및 福建省 福州에서 있었던 중국언어학회 모임에 다녀온 劉廣和 교수와 통화하여 北京 역에서 만나기로 합의하였다. 열차 안에서 전화기를 들고 다니는 아가씨는 조선족이었는데, 집이 圖們에 있고, 중학을 졸업하고서 직장 생활한지 1년 정도 되었다고 하며, 한 달 월급은 400元이라고 했다. 그녀의 말에 의하면 朝鮮族 동포는 씀씀이가 헤퍼서 중국인에 비해 평균적인 생활수준이 떨어진다고 한다. 우리가 延吉에서나 백두산에 오가는 동안 도처에 한글은 많이 보였지만, 거기가 조선족 자치주 경내임에도 불구하고 한국어가 통하지 않는 경우가 많았고 일반 상점 등에서는 대체로 중국어를 사용하고 있는 듯했다. 연변조선족자치주의 주민 약 40% 정도만이 조선족이며, 출산 기피로 말미암아 조선족의 숫자는 그나마 점점 줄어가고 있는 실정이라고 하니 그럴 법도 한 이야기다.

그러나 올 때와는 달리 이번에 우리가 탄 硬臥 칸 열차 안은 승무원이나 승객의 대부분이 조선족이었다. 회옥이와 3층 칸에 마주 누워 대화하고 있던 아가씨는 플루트 연주에 능하며 현재는 작곡을 지망하고 있다는데, 北京藝術大學에 입학시험을 치를 준비를 하기 위해 그 모친과 함께 北京으로 가는 중이라고 하였다. 그 모친은 선조 대대로 중국에서 살아온 중국 토착의 조선족이라고 스스로를 소개하며, 한국인 기업가로서 사업차 수시로 延吉을 방문하면서 딸을 원조해 주고 있는 어떤 사람을 삼촌이라고 부르고 있었는데, 그 딸을 한국으로 데려가 공부시키겠다는 제의도 있었으나 北京에서 원하는 대학에 입학하게 되면 한국으로 보내지 않을 생각이며, 그녀 자신이 딸의 학비를 대기 위해 한국이나 미국 같은 곳으로 일하러 나갈 생각이라고 했다. 내 자리인 아래 칸 침상에서 조선족 청년 두 명이 섞인 역무원 네 명이 트럼프 판을 벌이는 통에 밤 아홉 시 무렵이 되어서야 겨우 내 자리를 찾아 누울 수가 있었다.

31 (토) 맑음, 흐렸다가 北京 부근은 개임
기차가 瀋陽을 지나 遼寧省의 錦州市를 지날 무렵 날이 밝아지기 시작하였다. 이미 渤海灣에 가까워졌는데, 나는 또 계속 창가에 앉아 바깥 풍경을 바라보았다. 몇 시간 후에 河北省 경내로 진입하여, 山海關과 秦皇島·北戴河 역을 거쳐 갔다. 이 일대는 중국에서도 손꼽히는 관광지이며, 특히 北戴河는 해수욕장과 별장들이 많이 있는 피서지로서 중공 정권 歷代의 중요 회의들이 이곳에서 열려 국제적으로도 널리 알려진 곳인데, 지금은 그저 역에 잠시 머물다가 지나쳐 갈 따름이다.

이 기차 안에서는 자기 자리가 아님에도 불구하고 내 앞 침상의 延吉에서 탄 조선족 아가씨에게로 와서 주로 지내는 조선족 청년이 있었다. 중국의 남자들이 여름철에 혼히 그러하듯이 기차 안에서 시종 위통을 벗고 있었으며, 그리하여 드러난 윗몸에는 여기저기 큰 흉터가 보여 깡패가 아닌가 하고 다소 경계심이 들었다. 그는 태연히 내 침상을 차지하여 계속 앉아 있는가 하면 드러눕기도 하고, 양해를 구하지 않은 채 지도책 따위의 내 물건에 손을 대는가 하면 내가 자리를 비운 새에 창문 옆의 내가 늘 앉던 좌석 위 조그만 탁자에다 자기 물건을 펼쳐 놓고서는 내게 그 자리를 비켜 달라고 말하기도 하였다. 그가 天津에서 내리기 몇 시간 전부터 나에게로 말을 건네 왔으므로 좀 대화를 나누어 보았다. 그는 직업이 어느 통근 버스의 운전사로서 몸의 흉터는 교통사고로 말미암은 것이라고 하며, 그의 모친은 한국으로 돈 벌러 나간 지 약 5년이 되는데, 그 동안 한국에서 호적을 사 한국 국적으로 위장하여 중국에도 두 번 다녀갔으며, 한국에서 큰 병을 앓아 병원에 입원하기도 하여 아직 별로 많은 돈을 모으지는 못했다고 한다. 그는 차창 가의 내 맞은편 좌석에 앉아 주위를 상관하지 않고 계속 담배를 피워대며 'THIS' 담배의 한국 가격을 묻기도 하였는데, 한국에서 1,500원 하는 그 담배가 중국에서는 인민폐 10元, 즉 한국보다 다소 싼 가격으로 팔리고 있다고 한다. 그는 한국 노래도 많이 알고 있는 모양으로, 내 귀에 익은 유행가들을 홍얼거리기도 했다.

唐山 대지진으로 유명한 唐山市를 지나 塘沽·天津을 거쳐서 오후 세 시 무렵에 北京 역에 당도하였다. 우리가 탄 기차는 예정 시각보다 약 반시

간 정도 연착하여 목적지에 도착하였다. 플랫폼에는 同源여행사의 조선족 직원이 나와 있어 우리들의 蒙古 행 열차 표를 전해 주었고, 劉廣和 교수도 플랫폼에 나와 기다리고 있었다. 天津에서 배재중고등학교 교사 팀을 비롯한 백두산 배낭여행의 일행이 대부분 내리고, 北京 역에는 甘肅省의 蘭州를 거쳐 四川省 成都로 갈 예정이라는 서울 교외의 여고 교사 세 명과 우리 일행 일곱 명 및 우리 일행을 따라 內蒙古까지 동행하기로 되어 있는 부천의 초등학교 여교사 박은숙 씨 등 모두 11명이 내렸다.

우리 일행 일곱 명은 劉廣和 교수와 함께 역을 나와, 北京 역 옆의 國營 짐 보관소에다 우리들의 배낭을 맡겨두고서, 지하철을 이용하여 北京 최대의 라마교 사원으로서 원래는 雍正帝의 태자 시절 거처이고 乾隆帝가 태어난 곳이기도 한 雍和宮으로 가서 구경하고, 그 근처의 孔廟 및 國子監도 둘러보았다. 국자감에서는 마감 시간이 되어 다 보지 못하고서 辟雍 부근에서 밖으로 쫓겨 나와, 雍和宮 입구 부근의 식당에서 劉 교수가 사주는 저녁 식사를 들었다. 劉廣和 교수와는 그가 우리 대학 중문과에 와 있었던 1년 동안 거의 매일처럼 함께 어울려 점심을 들고 학교 뒷산을 산책하였었는데, 그가 한국을 떠난 지 이제 꼭 3년 정도 되는 셈이다. 그는 현재 北京의 4대 명문 대학 중 하나인 中國人民大學 對外語言文化學院 소속의 정교수로 있는데, 자신이 主編者의 한 사람으로 되어 있는 그의 北京師範大學 대학원생 시절 은사인 저명한 언어학자 兪敏의 八旬기념 논총이자 추모논문집이 된 『薪火編』과 자신의 논문 두 편이 실려 있는 인민대학 대외어언문화학원 기관지 『漢語言文化論集』 第1集을 내게 선물로 주었다. 이 학원은 주로 외국인에게 중국어를 가르치는 곳인 모양인데, 정규 과정에 등록해 있는 외국인이 3백 명 정도 된다고 하며, 그 중 일본인과 한국인 학생의 숫자가 절반 정도를 차지한다고 한다.

식사를 마치고서 劉 교수와 함께 다시 지하철을 타고서 北京 역으로 돌아왔다. 北京의 지하철은 아직도 故宮 주변의 중심가를 한 바퀴 돌고 西單에서 서쪽으로 빠져나가는 노선이 하나 있을 정도에 불과한 단순한 것인데, 이 지하철의 역사는 이미 30년 정도 된다고 한다. 플랫폼에서 밤 여덟 시 北京 발 呼和浩特 행 89次 열차를 타고 劉廣和 교수와 작별하였다. 이 열차는 냉방 장치가 되어 있어 지금까지 이용했었던 동북 방향의 열차에 비해 다소 편안하였다.

8월

1 (일) 맑음

기차가 河北省의 張家口市와 山西省의 大同市를 지나 內蒙古自治區의 集寧市를 지날 무렵 날이 밝아지기 시작하였다. 차창 밖의 풍경이 일변하여 넓은 초원과 황량한 산들, 그리고 들판에 계속 펼쳐지는 해바라기 밭과 보리밭 등이 눈에 들어왔다.

아침 7시 3분 무렵에 내몽고자치구의 중심도시인 呼和浩特市, 약칭하여 呼市라 불리는 곳에 도착하여, 역의 플랫폼에서 中國靑年旅行社로부터 파견된 현지 가이드 김영란 양의 영접을 받았다. 김 양을 따라 시내 중심가의 호텔 1층 식당으로 가서 몽고 뷔페식으로 조식을 들었다. 김 양은 延吉 출신의 조선족으로서, 내몽고에서 경제 관계 學院, 즉 한국의 초급대학에 해당하는 2년 과정을 마치고서 가이드 생활을 시작한지 반 년 정도밖에 되지 않는다고 한다. 그래서인지 지금까지 보아왔던 조선족 가이드들에 비해서는 비교적 세상 때가 덜 묻은 듯한 인상이었다. 한국 관광객도 거의 매일처럼 온다고 하는데, 내몽고 지방은 1년 중 7·8·9월 3개월만이 관광 시즌이라 중국에서는 수입이 좋은 직업인 관광 가이드라고는 하지만 별로 돈을 벌지는 못하며, 나머지 기간 중에는 다른 일을 해야 한다고 말했다. 그러고 보면 延吉의 가이드 김 씨도 그런 말을 하고 있었다.

식사 후 고물이 된 일제 미츠비시 봉고차 한 대로 呼市 북쪽의 중국 역사상 유목민족과 농경민족의 경계선으로 되어 온 陰山山脈을 넘고 武川縣을 지나 呼市로부터 150킬로미터 정도 북상하여 차로 약 세 시간 반 정도 걸리는 지역에 위치한 四子王旗 북쪽 格根塔拉 초원에 위치한 旅游中

心(몽고말로 오락을 의미한다는 那達慕草原이라 적혀 있었다)에 이르렀다. 陰山山脈을 넘어서는 비교적 초원이 많았지만 그래도 농경지가 적지 않았는데, 여기서부터 북쪽으로는 외몽고에 이르기까지 一望無際의 대초원이 펼쳐진다고 들었다.

몽고족은 淸代 이후부터 이미 중국 중앙정부의 강력한 통제로 말미암아 유목 생활을 금지 당한 채 초원에 정착하기 시작한 것으로 알고 있는데, 이 초원 속에 마련된 오락 센터에는 몽고식 주거인 파오(包)가 여기저기에 처져 있었으나 그것들은 모두 시멘트로써 바닥을 편편하고 둥글게 다듬은 위에다 蒙古包를 친 것이었고, 심지어는 위 부분까지 전체가 모두 콘크리트로 된 파오式 숙소도 있었다. 우리 일행 여덟 명은 간단한 환영 의식을 거친 다음 콘크리트 위의 蒙古包 두 채를 배정 받아 남자와 여자 각 네 명씩이 나뉘어 들었다. 식당에서 점심을 들었는데, 양고기 찜이 큰 쟁반에 담겨져 나왔으나 다른 사람들은 입맛에 맞지 않다고 하여 별로 들지 않으므로 거의 나 혼자서 다 들었다. 소문으로 들어 온 馬乳酒를 마셔보고자 카운터로 가서 물어 보았더니 세 종류가 있었다. 황 서방의 의견에 따라 그 중 가장 비싼 작은 도자기 병에 든 것을 100元 주고 하나 사서 마셔보았더니, 두 잔이 채 못 되는 분량에다 알코올 농도는 8도 정도밖에 되지 않고 설탕물처럼 달아서 맛이 신통치 않았다. 우리 파오로 돌아오는 길에 파오 내의 상점에다 물어보았더니 맥주병 크기의 유리병 하나에 채워진 馬乳酒가 10元이라 하므로 차라리 그것을 마시는 편이 나았으리라는 생각이 들었다.

센터 맞은 편 초원 가에 말 타는 곳이 있어 가이드의 안내에 따라 거기로 가 보았는데, 1인당 한 시간에 60元이요 세 시간 정도 타야만 우리의 일정표에 적힌 유목민족 가정 방문과 祈雨祭 드리는 장소까지 다녀올 수 있다고 하므로, 역시 본전 생각이 나 그만두고서 황 서방과 나는 광막한 초원 위를 걸어서 센터 부근에 있는 유목민의 집까지 갔다가, 멀리 언덕 위에 보이는 기우제 지내는 장소라는 곳까지도 가 보고자 했으나, 초원이 철조망 울타리로 차단되어 있어 도중에 되돌아왔다. 초원에는 메뚜기들이 많고, 360도로 펼쳐진 푸른 풀밭 위의 구름과 하늘빛이 아름다웠다.

1999년 8월 1일, 내몽고 초원

　돌아오는 길에 나 혼자서 旅遊中心 입구의 蒙古包 몇 개가 처져 있는 곳으로 가 보았다. 그곳은 국도를 지나는 차량의 손님들이 묵어가기도 하고 식사를 하기도 하는 주막 같은 곳이었으며, 시멘트 위가 아닌 땅바닥 위에 바로 파오가 처져 있었다. 중년의 남매가 있는 지저분한 곳을 기웃거리다가 들어오라는 주인의 권유에 따라 거기로 들어가 날아드는 파리들을 쫓으며 內蒙古에서 생산된 白酒와 담배, 커피 빛깔의 젖茶와 역시 젖을 말려서 만든 누룽지처럼 딱딱한 음식물 등을 대접받으며 중국어로 얼마간 대화를 나누었다. 주인 남매의 설명에 의하면 지금 내몽고 지방의 몽고족 주민은 남녀노소를 막론하고서 중국어를 모르는 사람이 거의 없으며, 내몽고에는 지금 말을 치는 곳이 별로 많지 않아 馬乳酒도 그다지 흔치 않은 형편이고, 이제는 대부분 양을 치고 있다고 한다.

　오후에 다시 말 타는 곳으로 가서 말을 타고서 벌이는 간단한 경주와 묘기, 그리고 몽고 씨름 등을 구경하고, 처제와 박은숙 선생 및 회옥이는

반시간에 30元씩 주고서 말을 타 보기도 하였다. 내가 중국인 손님들이
몽고인 기사와 나누는 대화를 들어보니 그들에게는 한 시간에 30元이라
고 하나 손님들은 15元에 하자고 협상하고 있었다. 그에 대한 우리 가이
드의 설명으로는 외국인 요금과 내국인 요금이 다르다고 하나 지금 중국
내의 다른 곳들에서는 그런 차별 요금 제도가 모두 철폐되어 있었으므로,
그 말은 내게 설득력이 없었다. 그곳 바로 옆의 울타리 밖에서 삼륜차에
다 물건을 싣고 온 행상인이 수박과 물 등을 팔고 있었는데, 값이 싸서
몇 개씩 사서 돌아왔고, 저녁 무렵 근처의 입구 부근을 산책하다 보니
수박을 한 개당 2元에 팔고 있으므로, 또 수박 두 덩이와 과자·맥주 등을
좀 사서 파오로 돌아왔다.

밤 아홉 시 남짓부터 센터 중앙의 광장에서 동물의 똥 말린 연료로
불을 피우고서 몽고식 복장을 한 청년 남녀들이 馬頭琴 등의 반주로 춤과
노래를 피로하였는데 제법 볼만하였다. 그 大尾에는 관중을 포함한 참가
자 전체가 손에 손을 잡고서 원형으로 대열을 지어 춤판을 벌이므로 우리
부부도 거기에 참가해 보았다. 밤하늘의 별이 유난히 초롱초롱하고 공연
장소 뒤편에서는 일본인 등이 오랫동안 불꽃놀이를 하고 있었다.

2 (월) 맑음
아침 다섯 시 반쯤에 초원의 일출 구경을 나갔다. 旅游中心 뒤쪽의 나지
막한 언덕에 올라 해 떠 오는 풍경을 바라보았는데, 주위에는 일본인이
대부분이었다.

조식 후에 그곳을 출발하여 呼市로 돌아왔다. 도중에 大靑山이라고 적
힌 명칭이 자주 눈에 띄었으므로 가이드에게 물었더니, 이는 陰山山脈 중
의 呼市 부근 산들에 대한 호칭이라고 한다. 呼和浩特市로 돌아와서는 먼
저 남쪽 교외에 있는 王昭君의 묘를 방문하였다. 그 무덤이란 것은 광막한
평원 위에 볼록하게 솟은 조그만 산 같은 언덕으로 이루어져 있었고, 그
정상에는 사방을 조망할 수 있는 정자가 세워져 있었다. 王昭君은 前漢
元帝의 후궁으로서, 당시 漢室과 匈奴 간에 진행되고 있었던 和親 정책의

일환으로서 내몽고 지방을 지배하고 있던 匈奴族의 單于, 즉 王에게로 시집을 와 아들을 하나 낳았고, 그 單于가 죽자 匈奴의 풍습에 따라 아버지의 지위를 계승한 차기 單于의 처가 되어 두 女息을 낳았으며, 그 딸 중하나는 漢나라에 있던 王昭君의 조카와 다시 결혼하는 등, 지금의 우리 상식으로서는 이해하기 어려운 복잡한 혼인관계에 얽혀 있었던 모양인데, 오늘날에는 중국의 소수민족 융화 정책에 의해 이민족 간 和親 정책의 선구자로서 칭송되고 있었다. 王昭君의 무덤으로 일컬어지는 장소는 이곳 외에 다른 곳에도 있는 모양이다.

呼和浩特은 역사적으로도 내몽고 지방의 중심도시였다고 하며, 여기서 남쪽으로 40킬로미터 남짓 더 내려간 곳에 和林格爾, 줄여서 和林이라고 부르는 곳이 있는데, 이는 元나라가 太宗 때 지금의 北京, 즉 당시 大都로 일컬어졌던 새 수도로 천도하기 전의 수도였던 和林이 아닌가 한다.

呼市 시내로 돌아와 어느 호텔 식당에서 점심을 든 후, 內蒙古博物館과 小召라는 이름으로 일반적으로 알려져 있는 席力圖召(延壽寺)라는 라마교 사원을 참관하였다. 일정표 상에는 五塔寺를 방문하기로 되어 있는데, 우리에게 사전 통지도 없이 日程이 변경되어 가게 된 이 절은 淸朝의 황제들이 방문했던 곳이라 하나 비교적 규모도 작고 초라하여 별로 볼만한 것이 없었다.

呼市 시내 관광이 끝난 후 呼市에서 包頭로 가는 차량만의 일방통행 노선으로 된 2차선 고속도로를 따라 陰山山脈을 오른쪽으로 바로 옆에 끼고서 서편으로 두세 시간 정도 달려서 內蒙古自治區 전체에서 두 번째 가는 도시이며 철강 산업으로 경제의 중심지를 이루고 있다는 包頭市로 향했다. 가는 도중에 바라본 陰山山脈에는 초목이 거의 없어 莊重하면서도 황량한 모습이었고, 산 중턱과 기슭 여기저기에 흰 바위처럼 점점이 보이는 양 떼의 풍경이 이국적이었다. 산맥 반대편의 고속도로 왼편에 지평선을 이루며 광활하게 펼쳐진 평야에는 내몽고 지방 가는 곳마다에서 흔히 볼 수 있는 해바라기 꽃밭의 풍경이 여기서도 한없이 펼쳐지고 있었다. 呼市는 과거에 푸른색 성벽으로 둘려져 있었다 하여 靑城이라고 하는데

비해 包頭는 그 몽고어의 의미에 따라 鹿城이라고도 부르는데, 도착하고 보니 처음 인상은 거리마다 메마른 먼지가 일며 의외로 초라해 보였다. 우리의 숙소는 靑山區에 있는 三星級의 靑山賓館이었다. 그 입구 바깥에는 분수가 솟아오르는 공원의 녹지가 산뜻하고, 호텔도 마치 대학의 캠퍼스처럼 넓은 대지에다 수목이 많고 건물도 여러 棟으로 산재하고 있어 사막 속의 오아시스 같은 느낌이었다. 여기서는 회의가 자주 개최되는 모양이다. 저녁 식사를 하러 우리가 투숙하게 된 5호관으로부터 제법 멀리 떨어진 식당으로 걸어가던 중 어떤 젊은 여자가 카메라의 셔터를 눌러달라고 하므로 어디서 왔는지 물어 보았더니, 臺灣에서 왔다는 것이었다.

저녁 식사 때 황 서방과 함께 白酒 작은 병을 두 개 시켜서 들었다. 중학교 2학년생인 누님의 아들에게 사막 풍경을 보여주기 위해 데려왔다는 우리 대절 차의 기사가 건너편 좌석에 조카와 더불어 앉아 있다가 우리 좌석으로 건너오므로 함께 대화를 나누어 보았다. 英桓明이라는 이름을 가진 40대 정도로 보이는 이 남자는 알고 보니 內蒙古에서 대학을 졸업하고 內蒙古師範大學의 物理 교수로 있는 사람이었는데, 내몽고 지방의 교수는 월급이 인민폐 500~600元 정도에 불과한지라 방학을 이용해 자기가 구입한 중고차를 운전하여 부수입을 올리고 있는 것이라고 했다.

包頭로 오는 도중 도로 가의 상품 선전 등에 河套라는 地名이 자주 눈에 띄었으므로 거기가 어디쯤인지를 이 기사에게 물어본 적이 있었다. 그의 설명에 의하면 包頭에서 더 서쪽으로 달려서, 黃河가 북상하다가 陰山山脈에 부딪쳐 庫布齊사막을 끼고서 동쪽으로 크게 弧를 그리면서 남쪽으로 굽어 도는 지역의 弧 바깥쪽 黃河 지류 일대를 통칭하는 말이라는 것이었다. 이 河套, 즉 오르도스는 중국 역사상 漢民族과 북방 유목민족간의 혈투가 되풀이 된 것으로서 역사에 기록된 지역인 것이다. 萬里長城은 이 일대에서 남쪽으로 굽어 도는 黃河의 弧 안쪽 일대에 널리 분포된 사막지대의 아래로 이어져, 사막 서남쪽의 甘肅省 嘉峪關에서 끝나고 있다.

3 (화) 맑음

조식 후 靑山賓館을 떠나 남쪽으로 달려, 하늘에서 바라보면 반달 모양을 하고 있고, 모래 위에서 미끄럼을 타면 울리는 소리가 들린다 하여 響沙灣이라고도 불린다는 庫布齊沙漠의 동쪽에 위치한 達拉特旗로 향하였다. 도중에 黃河大橋를 건넜는데, 이 일대의 黃河는 색이 비교적 맑을 것이라던 劉廣和 교수의 말과는 달리 강물은 짙은 흙빛이었으며, 상류라 水量이 풍부할 것으로 기대했던 나의 예상과도 빗나가 晋州 南江 정도의 수량이 될까 말까 할 정도였다. 전에 관광객을 안내하여 한 번 와 보았다는 가이드의 말에 따라 사막이 가까이 바라보이는 지점에서 국도를 벗어나 사이 길로 접어들었다가 차바퀴가 모래에 빠져 우리가 차를 밀기도 하였다.

그 길에서 도로 나와, 다시 남쪽으로 곧장 가면 몇 시간 정도 떨어진 거리에 위치한 칭기즈칸 陵으로 향하는 국도를 따라가다가, 沙漠旅游中心이라는 안내 표지가 있는 곳에서 주차하였다. 거기서 사막의 모래 언덕에 걸쳐진 사다리 끈을 밟고 올라가, 우리 일행 전원은 30분간 낙타를 타고서 건너편 사막의 구릉 위에 깃발이 꽂혀 있는 지점까지 갔다 왔다. 예전에 처음 중국에 왔을 때 八達嶺 만리장성에서 낙타 등에 타고서 기념사진을 찍은 적은 있었으나, 이렇게 제법 떨어진 지점까지 왕래해 본 것은 처음이었다. 언덕 위에서 이번에는 나무판 스케이트를 타고 손으로 속도를 조절하며 언덕을 내려온 후, 초원에서부터 가지고 온 수박 두 덩이를 썰어먹고서 包頭로 돌아왔다. 길가에는 역시 해바라기와 옥수수 밭이 계속 펼쳐지고 있었다.

중식을 마친 후 이번에는 국도를 이용하여 동쪽으로 달려 呼和浩特으로 돌아왔다. 오는 도중 지하수가 솟아나는 도로 가의 밭에서 세수를 하고 도중에 사 온 포도를 물에다 씻었는데, 규호가 물을 가두어 둔 곳 가장자리의 흙 두둑을 잘못 밟아 물이 터져서 마구 흘러내리는 통에 밭주인의 호통을 당했다.

呼市에서는 蒙古 민예품을 파는 외국인용 상점에 안내되었다가, 靑年旅行社와 같은 건물의 1층에 있는 식당에서 저녁 식사를 하였다. 거기서 가이드의 안내에 따라 여행사 사무실로 올라가서 北京 同源旅行社의 이승현 씨와 통화하였다.

식사를 마치고서도 기차가 출발할 때까지는 한 시간 정도 여유가 있으므로, 우리 일행은 시내의 백화점에 들르고, 나는 백화점 부근의 新華書店에 들어가서 중국 여행용 지도책 몇 권을 구입하였다. 역전에서 기사인 英씨와 작별하고, 구내에서 가이드와도 작별하여 오후 7시 54분 발 北京行 90次 열차의 加3호 硬臥 칸에 탑승하였다. 열차 안에서 나는 아래 칸을 차지하였는데, 맞은 편 자리의 중국 인민해방군 무장경찰 두 명과 呼市 食量部에 근무한다는 젊은이와 더불어 중국어로 한국 사정 및 유고슬라비아 주재 중국대사관에 대한 나토 연합군 소속 미국 전투기의 폭격, 臺灣 독립 문제 등에 대한 대화를 나누었다.

4 (수) 맑음

기차가 北京 교외의 八達嶺 고개에 정거해 있을 무렵 잠에서 깨었다. 北京에 도착하여 역의 출구를 향해 지하도를 걸어 나오고 있는 도중 여성 역무원이 天津 行 기차로 갈아탈 사람들을 부르고 있는 소리를 듣고서, 역무원의 안내를 따라 7시 50분 발 北京~天津 간 열차의 軟坐 2층 칸에 올랐다. 열차 안에서 파는 간단한 음식으로 조반을 마치고서 9시 10분경 天津 역에 도착하여, 두 대의 택시에 분승하여 市 남쪽 河西區 環湖中路에 있는 先達大酒店으로 향했다.

투원여행사에 의해 지정된 이 호텔 주변에는 한국어 간판이 많이 보이며, 호텔 카운터에도 한국어를 하는 조선족이 여러 명 배치되어 있는 것으로 보아 한국 손님들이 많이 이용하는 곳인 모양이었는데, 호텔은 낡아서 시설이 고장 난 곳이 많았다. 우리 일행은 13층의 1호실부터 4호실까지 네 개의 방을 배정 받았다. 그러나 우리 방은 세면대의 배수관이 막혔는지 물이 잘 빠지지 않아 카운터에 연락하여 한 번 수리를 했음에도 불구하고 별로 소용이 없었고, 다른 방들에도 문제가 있는지 바꾸는 사례가 많았다.

박은숙 선생은 방에서 쉬겠다고 하여 우리 두 가족 일곱 명만이 호텔을 나서서, 天津의 대표적인 명소인 水上公園으로 향했다. 공원 입구의 한국음식점에서 점심을 들고서 東門으로 들어가 넓은 호수들에 피어 있는 연꽃을 감상하였다. 구내를 산책하여 먼저 동물원으로 가서 아이들이 원하는 판다와 호랑이·사자 등을 구경하였고, 되돌아 나오는 길에 묻고 또 물어서 西門 밖으로 새로 옮겨 개관한 周恩來·鄧穎超記念館을 찾아가 참관하였다. 미인 안내원으로부터 영어와 중국어로 설명을 들으며 館內의 전시실들을 둘러보고서 나오기 전에 또 휴게실로 안내되어 차를 대접받기도 했다. 周恩來記念館은 원래 다른 장소에 있었는데, 周의 탄생 백주년을 맞아 작년에 이곳으로 옮겨 신축 개관했고, 명칭도 바뀌어 진 것이라고 한다.

기념관을 나와서는 南開大學과 天津大學의 동편으로 난 도로를 따라 市 북쪽의 古文化거리로 가서 남북으로 길게 이어진 골동품 가게 길을 산책하였고, 북쪽 출구로 나와서는 규호의 슬리퍼를 사기 위해 大胡同 도매시장에 들렀다가, 다시 빵차를 타고서 南市食品街로 갔다. 거기서 나는 세 종류의 차를 각각 반 근씩 200元어치 구입하고, 天津名物이라고 하는 狗不理包子 전문점에서 일행이 저녁을 들었다. 그러나 이 만두는 얼마 전 北京의 西單에서 점심 때 먹은 것과 별로 다를 바 없었으므로, 우리 중 나외의 다른 사람들은 거의 손을 대지 않았다.

5 (목) 흐리고 오후 한 때 빗방울

다들 오랜 여행으로 피곤한지 쉬고자 하므로, 아침 일찍 나 혼자서 天津市 교외 구역 북쪽 끝의 薊縣으로 가기 위해 택시를 타고서 시외버스 주차장으로 향했다. 가는 도중 왕복에 걸리는 시간을 물었더니, 기사가 350元에 자기 차를 하루 대절하기를 권하므로, 다소 망설이다가 그렇게 하기로 작심하고는 호텔로 돌아와 아내를 태우고 둘이서 함께 출발하였다. 나머지 일행은 오전 중 天津의 번화가인 濱江道에 있는 吉利大廈 백화점으로 가서 쇼핑을 하고 오후에는 호텔에서 쉬었다 하며, 박 선생은 水上公園에 다녀온 모양이었다.

薊縣으로 가는 도중 武淸에서 우체국에 들러 새벽에 호텔에서 쓴 일본의 內山俊彦·池田秀三·夫馬進·坂出祥伸 교수에게 보내는 內蒙古의 풍속 사진이 든 그림엽서 녁 장을 부쳤다. 도중의 길 수리로 말미암아 상당히 둘러서 崔黃口·大口屯·寶坻 등을 경유하여 薊縣에 당도하였다. 城門 옆에 차를 대기시킨 후, 우선 獨樂寺 부근의 사거리에 있는 비교적 깨끗해 보이는 식당을 골라서 점심을 들었고, 隋나라 때 건축되었고 唐代에는 이 지방의 節度使 安祿山이 반란을 모의한 장소라고 하는 獨樂寺에 들러 遼代에 만들어졌다는 觀音閣 안의 높이 16미터에 달하는 중국 최대의 泥塑十一面觀音像과 山門의 四天王像 등을 참관하였으며, 예전엔 獨樂寺의 일부였다고 하는 白塔寺로 가서 역시 遼代에 만들어졌다는 높이 30.3미터의 白塔을 감상하였다.

마즈다라고 불리는 오토바이로 끄는 2人乘 수레를 타고서 城門인 漁陽門(漁陽은 薊縣의 古名)으로 돌아와 그 부근의 노점에서 망고와 복숭아를 사서, 다시 동북 방향의 국도를 달려 河北省 遵化市에 속하면서도 天津과의 접경에 위치한 淸東陵으로 향했다. 淸代의 皇陵은 북경을 중심으로 보아 東陵과 西陵으로 나뉘어져 있는데, 그 규모가 실로 예상했던 정도가 아니어서 천천히 걸어 다니며 보자면 하루로도 모자랄 지경이었다. 대절 택시로 이동하며 먼저 서쪽 끝 부분에 위치한 西太后·東太后의 陵을 시작으로 하여, 咸豊·順治·乾隆·康熙帝의 능을 차례로 참관하였다. 陵의 구조는 대체로 비슷하였는데, 西太后 및 乾隆帝의 陵은 대리석으로 만든 地宮에까지 들어가서 무덤 주인의 시신이 들어 있는 棺槨을 참관할 수 있었고, 西太后 陵의 殿閣에는 이 무덤들에서 나온 물건 중 도난을 면한 것들이 전시되어 있었다.

이미 시각이 오후 다섯 시를 넘었으므로 이 정도만 보아두기로 작심하고서 歸途에 올랐으나, 도중에 기사가 길을 잘못 들어 馬蘭峪의 萬里長城 쪽으로 향하다가 호수 부근에서부터 차를 되돌려 묻고 물어서 薊縣 방향의 국도를 찾아들었다. 시간을 절약하기 위해 차안에서 낮에 산 과일로 저녁 요기를 때웠다. 그럼에도 불구하고 돌아오는 도중에 해가 저물어,

숙소인 先達大酒店에 도착했을 때는 이미 밤 열 시 반 무렵이었다.

아침에 기사와 더불어 350元에 모든 비용을 포함하며 그 이외에는 일체 추가 요금을 요구하지 않기로 굳게 다짐했음에도 불구하고, 薊縣으로 향하는 도중에 둘러서 가는 길이 100里나 된다는 등 東陵에서의 주차비가 무덤 하나마다에 10元이라는 등 말하며 다소 수상한 기미를 보이므로 현장에서 가만히 알아보니 주차비는 6元씩 모두 두 차례만 받는다는 것이었다. 아니나 다를까 호텔에 당도하였을 때는 또 거짓말을 하며 주차비의 추가부담을 요구하였지만 주지 않았다.

한 밤중에 샤워의 찬물이 나오지 않아 또 한 차례 직원들이 우리 방으로 오고가는 사태가 벌어졌다. 결국 수리는 되지 않았지만 이럭저럭 샤워를 마치고서 자정 무렵에야 취침하였다.

6 (금) 맑음

아침 일곱 시 남짓에 우리가 든 1301호실을 체크아웃하고, 구내 2층의 한국 식당에서 조식을 마친 후, 빵차 두 대에 분승하여 우리가 중국에 올 때 下船했었던 塘沽新港으로 향했다. 출근 시간의 天津 시내를 지나 한 시간 남짓 동쪽으로 이동하였는데, 이 지역의 대기 오염이 너무도 심하여 숨쉬기가 싫을 정도였다. 오전 아홉 시 남짓에 중국에서는 客運站이라고 부르는 국제여객 터미널에 당도하여 출국 수속을 마치고서, 얼마간 대기한 후에 배에 올랐다.

탑승권에 오전 11시 출발이라고 씌어 있지만, 실제로는 정오 가까운 시각에 출항하였다. 올 때 타고 온 津川2호인데, 우리 일행은 올 때와 같은 좌석에 자리를 잡았고, 박 선생은 홀로 위층으로 갔다. 두 끼를 배 안의 식당에서 해결하였으며, 배 안의 음식 값이 상대적으로 비싼 것을 보고서 중국과 한국간의 물가 차이를 새삼 실감하게 되었다. 황 서방 가족과 우리 가족은 중국에 처음 올 때에는 지불을 하고 난 다음마다 사용된 액수를 계산하여 兩家가 분담하는 방식을 취하다가, 나중에는 그것이 번거롭다 하여 똑 같은 액수의 100元 券을 몇 장씩 거두어 중국말을 할 줄 아는 리더인 내가 가지고 있으면서 함께 지불하고, 다 쓸 무렵이면 다시 거두는 방식을 취하였다. 저녁 식사 때는 중국에서라면 여덟 명 전원이 한 끼를 잘 차려먹을 수 있을 정도의 액수인 250元 남짓이 최후로 남았는데, 이 돈으로는 다섯 명이 배 안에서 식사하기에도 부족하여 결국 상호 한 사람은 가격이 낮은 음식을 택하고 회옥이가 10元을 보태어 이럭 저럭 해결하였다. 이로써 여행 중 공급을 관리해 온 내 임무는 모두 끝난 셈이며, 이제부터는 제각기 지불하기로 하였다. 황 서방 가족은 네 명이고 우리 식구는 세 명이므로, 그 동안의 차액에 해당하는 금액을 補塡하기 위해서인지 어제 황 서방이 天津 시내의 백화점에 들렀을 때 중국 최고의 名酒로 알려진 貴州産 茅台酒 한 병을 280元에 사 와서 나에게 선물하였다.

배가 처음 天津港을 빠져 나올 무렵과 저녁 식사 후 해질 무렵까지 나는 갑판과 조종석 옆의 공간으로 나가서 바다를 구경하였고, 나머지 시간은 선실의 내 자리에 드러누워 중국에서 사 온 관광용 지도책들과 劉廣和 교수가 선물한 책들, 특히 謝紀鋒·劉廣和 두 사람의 主編으로 된 그들의 스승 兪敏 교수 기념논문집 『薪火編』(太原, 山西高校聯合出版社, 1996)을 읽었다. 중국 대륙 학자들의 恩師에 대한 숭배 경향이 臺灣 학자의 그것과 다르지 않음을 확인할 수가 있었다.

7 (토) 맑으나 진주 지방은 밤 한 때 부슬비

배 안에서는 계속 중국에서 사 온 관광 여행용 地圖 책들을 들추면서 시간을 보냈고, 아침 식사 후와 낮에 가끔씩 바람 쐬러 갑판과 조종석 옆, 또는 船首로 나가 바다의 풍경을 바라보았다. 오후에는 한국의 섬들과 육지가 보이기 시작하였으나, 인천 앞바다에서 갑문식 도크의 입항 명령을 기다리느라고 꽤 시간을 지체하여, 결국 예정 시간인 오후 세 시보다 상당히 늦은 오후 다섯 시 남짓이 되어서야 월미도 옆의 도크를 통과하여 內港에 들어올 수가 있었다.

출국할 때와 마찬가지로, 입국 수속을 마친 다음 택시 두 대에 분승하여 동인천역으로 향했고, 지하철로 두 번 갈아탄 다음 일곱 시 반이 지난 시각에 서울의 강남고속버스 터미널에 당도하였다. 박은숙 선생과는 배에서 내릴 무렵부터 헤어져 작별 인사도 나누지 못했다. 17일 만에 모처럼 보는 한국은 인천항이 天津에 비해 매우 협소하고 초라한 점이 눈에 띄었으나, 터미널을 나서고 보니 모든 점에서 중국에 비해 깨끗하고 수준이 높아 보이며, 특히 공기가 맑은 점이 인상 깊게 느껴졌다.

이미 일반 버스는 떨어지고, 8시 반 출발의 진주행 우등고속도 다섯 좌석밖에 남아 있지 않았으므로, 그 버스 편으로 두 집의 아내와 아이들을 먼저 태워 보내기로 하고, 황 서방과 나는 밤 10시 10분발 야간우등고속버스 표를 끊어서 강남고속 터미널 지하상가의 황토벽을 바른 식당에서 소주잔을 기울이며 시간을 보냈다.

8 (일) 진주는 비 온 후 개임

새벽 세 시 무렵 진주 터미널에 당도하니 비가 온 뒤끝이었다. 중국에서도 소문을 들은 바 있었지만, 신문을 보니 근자에 한국의 남부 지방에는 심한 태풍과 폭우가 있어 상당한 이재민이 발생한 모양이었다.

北海道 남부

9월

23 (목) 한국은 폭우, 일본은 흐리고 때때로 비

나흘 동안의 추석 연휴를 맞아 우리 가족은 일본 北海道 남부 지방 관광 여행을 떠나게 되었다. 아침 여섯 시 반 무렵에 큰처남이 우리 아파트로 와서 우리 차를 운전하여 김해공항까지 전송해 주었다. 가는 도중 태풍의 북상으로 말미암은 폭우로 고속도로의 視界가 흐려질 정도였으나, 진주 방향으로 오는 차선은 붐비고 있는 데 반해 진주에서 부산 쪽으로 향하는 고속도로는 비교적 한산하였다.

7시 40분경에 김해공항 국제선 청사에 도착하여 처남과 작별하였다. 조금 후 1층 로비에 우리 가족이 소속된 2호 차의 가이드 金鶴悅 씨가 나타났으므로, 그에게 여권과 마일리지 카드를 맡기고서 우리 가족은 2층 로비로 올라가 좀 쉬다가 체크인 하였다.

10시 30분에 출발하는 대한항공 전세기 편으로 부산을 출발하였는데, 도중의 상공에서는 하늘이 맑게 개었다가, 오후 1시 반 무렵 北海道의 관문인 新千歲空港에 당도하였을 때 다시 흐리고 이따금 부슬비가 내리는 날씨로 변했다. 우리 일행은 일본에서 전세 낸 관광버스 세 대에 분승하였는데, 우리가 탄 2호차는 모두 36명이었고, 그 중 절반 정도는 진주에서 온 사람들이었다. 우리 가족 이외의 진주 사람들은 중소기업을 하는 사업가 모임의 가족들인 모양이었고, 다른 차에도 진주 사람들이 더러 있었다. 千歲는 원래 이름이 支笏이었는데, 이 도시는 동부 지역에 自衛隊 演習場이 있는 군사도시로서 그 일본어 한자 발음이 '死骨'과 같으므로 불길하다 하여 이렇게 바꾸었으나, 원래 이름은 모두 원주민인 아이누族의 말에다가 明治시대 이후에 이주해 온 일본 본토 사람들이 그와 비슷한 발음의 한자를 대입시킨 것이라 한다.

입국 수속을 마친 후, 먼저 千歲市 花園 2丁目에 있는 인디언水車公園으로 이동하였다. 공원 안을 흐르는 千歲川은 서쪽 近郊에 있는 支笏湖에서 발원한 것으로서, 강 위에 설치된 다리에서 물레방아 모양의 쇠로 만든 水車가 강 오른쪽에 설치되어 있는 것을 내려다 볼 수 있었다. 이것은 강을 거슬러 오르는 연어를 포획하기 위한 시설로서, 원래는 미국 콜로라도 강 유역의 인디언들이 사용하던 것을 재현하여 1896년 이래로 연어 및 송어의 증식사업에 사용하고 있는 것인데, 지금은 세계적으로도 다른 예가 없다고 한다. 이 공원 안에는 '연어 故鄕館(サケのふるさと館)'이라는 전시관이 있었다. 그 안에서는 두꺼우면서도 유리처럼 투명한 플라스틱으로 만든 거대한 水曹와 대형 멀티비전, 그리고 강에 직접 설치된 지하의 水中觀察室 등을 통하여 연어나 북방 담수어의 생태를 견학할 수 있도록 되어 있었다.

그곳을 떠나서는 국도 36호선을 따라 서남쪽으로 태평양 연안의 室蘭
街道를 달려서 白老町에 있는 아이누민족박물관에 들렀다. 이곳은 아이누
말로 포로토 湖畔에 있는 마을이라는 뜻인 '포로토코탄'이라는 애칭으로
알려져 있는 곳인데, 北海道의 3大 아이누 코탄 중 하나로 일컬어지던 곳
이라고 한다. 현재 아이누 문화는 이러한 민속마을에서만 일종의 골동품
으로서 보존되고 있는 것이다. 그 구내에서는 치세라고 불리는 주거에서
아이누민족의 역사와 문화에 관한 해설을 듣고 아이누 전통 음악과 무용
공연을 시청하였으며, 박물관에 들러서 상설 전시되고 있는 1,500여 점
의 아이누 민속자료들을 관람하였다.

빗방울이 제법 굵어진 저녁 무렵 포로토코탄을 떠나 그보다 더 서남쪽
의 산중에 있는 登別溫泉으로 가서 1泊하게 되었다. 우리 부부는 그랜드호
텔 443호실에 투숙하고, 회옥이는 바로 옆의 442호실에 부산에서 온 고
등학교 2학년 언니와 함께 묵게 되었다. 여섯 시 반 무렵 3층의 대연회장
大雪에서 저녁 식사를 든 후, 반시간쯤 지나 일본식 浴衣와 덧옷으로 갈아

1999년 9월 23일, 노보리베츠온천

입고서 2층의 대중탕으로 가서 온천욕을 하였다. 登別온천은 북해도의 여러 온천 가운데서도 대표적인 것으로서, 하나의 욕장 안에 單純泉·明礬泉·鹽化物泉·硫黃鹽泉·硫黃泉 등 탕의 구별이 있었고, 실외의 베란다에서 야외 온천도 즐길 수 있게 되어 있었다. 아내는 때마침 오늘부터 멘스가 시작되어 온천을 할 수 없게 되었으므로, 온천을 마치고 난 후에는 浴衣 차림으로 혼자 우산을 받쳐 쓰고서 그 부근의 地獄谷 입구까지 밤중에 산책을 하고 돌아왔다.

저녁 식사 전에 東京의 武本民子 여사 자택으로 전화해 보았으나 교회에 가고 없어 그 남편이 받았다. 산책을 마치고서 호텔 방으로 돌아온 후 취침 전에 다시 전화하여 한동안 통화하였다.

24 (금) 오전 중 부슬비 내리다가 차차 개이고 밤에는 다시 비

새벽 네 시 무렵에 일어나 세수 대신으로 또 2층의 대중탕에 내려가 온천욕을 하였다. 이번에는 남탕과 여탕의 위치가 바뀌어져 있었는데, 이쪽의 실외온천은 호텔 옆 野山에 접해 있어서 산에서 흘러내리는 물이 바로 실외온천으로 지나가게 되어 있었다. 아침 일곱 시 무렵에 大津市의 內山俊彦 교수 자택으로 전화해 보았으나, 녹음된 목소리가 흘러나오는지라 『荀子』를 보내 줘서 고맙다는 것과 추석 연휴를 이용하여 가족을 데리고 北海道로 놀러와 있다는 인사말을 녹음해 두었다.

3층의 그랜드 홀에서 뷔페 식 아침 식사를 든 후 호텔을 체크아웃 하여, 버스를 타고서 간밤에 혼자서 산책한 바 있는 地獄谷으로 이동하였다. 이곳은 화산 폭발로 말미암아 내부의 지면이 드러난 넓은 골짜기에 지금도 김이 무럭무럭 솟아나고 있는 유황 산의 모습이 황량하게 노출된 곳이었다. 登別, 즉 '노보리베츠'라는 지명도 원래는 아이누語로 흐린 강이라는 뜻인데, 유황으로 말미암아 냇물이 우유 빛 탁류를 이루고 있는 데서 연유한 것으로서, 이 지역은 온천지로 개발되기 이전에 주로 유황을 채취하는 탄광촌이었다고 한다.

우산을 받쳐 쓰고서 우리 가족은 地獄谷과 그 일대 산속의 산책로를 한 바퀴 돌아 입구의 주차장으로 돌아왔다. 이어서 主要道 2호선을 따라 단풍으로 유명하다는 오로후레山(1,231m)을 통과하였다. 이상기온으로 말미암아 아직 단풍이 들지는 않았으나, 도중에 차도 가에까지 내려 온 야생 여우를 보기도 하였다. 고개 마루의 전망대에서는 맑은 날이면 태평양의 조망이 좋다고 하는데, 오늘은 가스와 비로 말미암아 이렇다 할 풍경은 구경할 수 없었다. 차를 타고서 카루루스 온천이라는 곳을 지나쳤다. 이곳은 체코의 카를로스 지방 온천과 같은 수질이라 이런 이름이 붙여진 것이라고 한다.

오로후레 산을 다 내려와서 차는 과수원이 많은 평지를 달리므로, 昭和新山이 바라보이는 지점의 과수원에 부설된 상점 앞에 내려 사과와 청포도를 사서 맛보기도 하였다. 支笏洞爺國立公園 지역에 속하는 昭和新山(402.3m)은 昭和 18년(1943)에 强震이 있은 이래 계속된 지진의 결과 昭和 20년(1945)에 이르기까지 이전에는 밭이었던 곳이 점점 솟아올라 마침내 산이 된 것인데, 昭和 19년(1944) 3월에서 4월까지 융기활동이 활발할 때는 하루에 30센티씩이나 솟아올랐다고 한다. 昭和 19년 6월 23일부터 10월 하순까지 噴火가 계속되었고, 이 해 11월이 되자 분화구에서 굳어진 용암이 지표로 솟아 나오면서 융기 활동은 더욱 활발해져 오늘날과 같은 산의 모습을 이루게 된 것인데, 이 산 전체에서는 아직도 연기가 무럭무럭 솟아오르고 있었다. 昭和新山 앞의 상점 건물 2층에서는 케이블카로 그 서쪽 편에 있는 有珠火山(732m)으로 이동할 수 있게 되어 있었다. 有珠火山은 1663년 이래 일곱 차례에 걸쳐 주기적으로 대폭발을 일으키고 있는 활화산으로서, 가장 최근으로는 1977년 8월 7일부터 10월말까지 7개의 火口로부터 12,000미터의 噴煙과 2억 입방미터의 降灰를 내뿜었다고 하며, 통나무로 지은 昭和新山美化센터에서 당시의 噴火 모습을 사진으로 볼 수가 있었다. 昭和新山 아래에는 이 산이 형성될 당시 매일의 상황을 세밀하게 기록하여 세계의 학계에다 보고한 前任 우체국장의 동상이 세워져 있었다. 그 부근의 곰 목장에 들러 北海道山 불곰들의 모습을 구경하고 그 일대의 기념품점에서 일본식 슬리퍼인 草履를 한 켤레 사기도 하였다.

스키야키로 점심을 든 후, 洞爺湖로 가서 유람선을 타고 호수 한가운데 의 中島까지 가보았다. 이 호수 역시 원래는 바다였다가 활발한 화산 활 동으로 말미암아 생긴 칼데라湖로서, 中島에는 사슴 목장이 있었다. 여기 서는 고무 태엽을 감아서 하늘을 날게 하는 장난감 새를 하나 구입하였고 아내는 모자를 샀다.

中島로부터 돌아와서는 다시 전세버스를 타고서 국도 230호선을 따라 洞爺湖의 서쪽을 돌아 도중의 旭浦에 있는 사일로展望臺에서 호수와 주변 화산들을 배경으로 기념 촬영을 하였고, 아스파라거스 재배와 '붉은 구 두'라는 노래로 유명하다는 留壽都村을 지나서는 국도 276호로 접어들어 蝦夷富士라는 별명으로 불리기도 하는 富士山 모양의 羊蹄山(1,898m) 동 쪽 산록 京極町에 있는 噴出公園에 들렀다. 이리로 오는 도중에는 도로 가 여기저기에 防雪用 鐵柵이 눈에 띄었고, 北海道 어디를 가나 차들이 규정된 속도를 위반하지 않는지라 과속방지 턱이나 교통경찰, 혹은 몰래 카메라 등이 전혀 눈에 띄지 않는 점이 인상적이었다. 심지어는 교통신호 도 거의 찾아볼 수 없었다. 噴出公園은 거대한 필터 역할을 하는 羊蹄山이 여러 해 동안 저장하여 걸러내고 있다가 밖으로 뿜어내는 시냇물 가운데 가장 큰 것으로서, 일본의 名水 중 하나로 손꼽히는 것이라고 한다. 이 명수를 마시고 가족과 함께 공원 일대를 산책하였다. 아내는 일본에 와서 구경한 곳 중에서는 가장 인상적인 장소라면서 공원의 풍경에 감탄을 금치 못했다.

羊蹄山은 중턱에서부터 구름으로 덮여 그 부근에서는 산의 全容을 구경 할 수가 없어 아쉬웠었는데, 우리 일행이 다시 국도 230호선을 따라 札幌 市와의 경계지점인 中山峠에 올라 전망했을 때는 그 수려한 모습을 모두 바라볼 수가 있었다. 어두워질 무렵 札幌市 서쪽 외곽의 定山溪溫泉에 당 도하여 호텔 밀리오네의 613호실에 들었고, 회옥이는 612호실에 들었다. 이 호텔은 마르코 폴로의 『東方見聞錄』을 소재로 실크로드를 테마로 한 것이었다. 우리가 투숙한 것은 넓은 일본식 다다미방이었다. 이곳은 定山 이라는 이름의 禪僧이 발견한 온천이라고 하는데, 오후 여섯 시에 지하

1층의 마르코 폴로라는 대형 식당에서 뷔페식 저녁식사를 들고서 온천욕을 하였다. 이곳의 물은 유황온천이 아니어서 그런지 모두 무색투명한 색깔이었다.

밤에 또 산책을 해 보고 싶었으나, 낮에는 개었던 날씨가 태풍의 접근에 따라 또다시 비로 변하였고 근년에 보기 드문 초대형 태풍이 곧 北海道 지방에 닥친다고 하므로, 방에서 TV를 보다가 아홉 시경에 취침하였다.

25 (토) 비바람 친 후 오후에 개임

어제와 마찬가지로, 기상한 후 세수 대신에 대중탕으로 내려가 온천욕을 하였다. 이곳은 登別과 달라 男女湯이 날마다 교대하여 바뀌지도 않고, 타월 등도 방에 있는 것을 각자 지참하여 入浴하도록 되어 있었다. 일곱 시 반 무렵 어제 들렀던 지하 1층의 마르코 폴로 식당에서 뷔페식으로 조식을 들었다. 창밖에 비는 오고 있었으나, 간밤에 태풍 18호가 札幌 일대를 스쳐 지나가 이미 北海道 북부 지역에까지 올라가 있는 지라 TV뉴스에서 보도된 것보다는 그 기세가 그리 대단치 않았다. 식당 등에는 臺灣이나 홍콩에서 온 중국인들이 많이 눈에 띄었다.

여덟 시 반에 호텔을 출발하여, 主要道 1호선을 따라 북상하여 定山溪 댐으로 이루어진 삿포로湖를 지나서 札幌市의 外港이라고 할 수 있는 小樽市에 이르렀다. 시내의 駐車 사정을 고려하여 버스에 탄 채로 시내의 운하를 둘러보았는데, 오늘날에는 운하 주변의 창고들은 대체로 개조하여 레스토랑 등으로 사용되고 있다 한다. 札幌이 北海道 지방 행정의 중심지라면, 이 도시는 물자의 집산지라, 일찍부터 무역 및 금융의 중심지로 되었다고 한다. 내가 소년 시절에 읽은 바 있는 소설『태양의 계절』의 저자로서, 유명한 작가이자 현 東京都知事이기도 한 정치가 石原愼太郎과 그의 아우로서 간염으로 요절한 인기 영화배우 裕次郎도 이 고장 출신이며, 시내에 石原裕次郎記念館도 있다고 들었다. 우리가 점심을 들기로 되어 있는, 역시 창고 모양의 식당 뒤편에 차를 세워두고서 비바람 속을 걸어서 그 부근의 北一硝子 전시관에 들어가 그 제3호관에서부터 5호관까지 건물 안에 전시된 갖가지 유리제품들을 둘러보았다. 회옥이는 3호관에서 너무 오래 지체하므로 우리 부부끼리 먼저 다른 곳으로 옮겨갔다가, 처는 회옥이를 돌보러 3호관으로 돌아가고 나 혼자서 그 부근의 상점들과 오르고르 전시관 등을 둘러보았다. 11시 남짓에 해산물 전골과 맥주로 점심을 들었는데, 회옥이는 토라졌는지 혼자 차로 돌아와서는 식욕이 없다면서 점심을 걸렀다.

중식 후 札幌市로 이동하여, 먼저 中央區에 있는 중요문화재 北海道廳 舊本廳舍를 관람하였다. 이 건물은 明治 21년(1888)에 지어진 미국식 네오바로크 양식의 붉은 벽돌 건물이므로 '붉은 벽돌 廳舍'라는 애칭으로 불리고 있는 것인데, 그 뒤편에 위치해 있는 새 청사가 완성될 때까지 80년간에 걸쳐 北海道 행정의 중심이었고, 지금은 明治時代의 중요건축물로서 보존되고 있었다. 그 2층에서 한국어 비디오를 통해 北海道 관광 홍보용 테이프를 시청하였다. 이어서 그 부근에 위치한 시계탑 건물을 역시 차안에서 구경하였는데, 이곳은 저 유명한 札幌農學校의 鍊武場 건물로서, 원래 있던 위치로부터 한 블록 정도 옮겨져 移築된 것이라고 한다.

거기서 다시 開拓使麥酒記念館인 삿포로맥주박물관으로 이동하여, 붉은 색 제복 차림 여자 안내원의 인도에 따라 공장 내부와 박물관을 견학하였고, 돌아올 때는 1인당 캔 맥주 한 통씩과 비스킷 같은 안주 한 봉지씩을 선물로 받았다. 일본의 맥주는 대체로 이른바 '가라구치(辛口)'로서 한국의 것에 비해 짠맛이 있는데, 나에게는 이것이 입에 맞는 듯하다. 삿포로맥주는 1876년에 개업하였고, 현재의 박물관은 1987년에 개관한 것이라고 한다.

맥주박물관을 나와서는 다시 이시야 초콜릿 팩토리로 이동하였다. 맥주박물관은 무료로 참관하고 선물까지 받은 데 비하여, 이곳 초콜릿 박물관은 1인당 수백 엔씩 참관료를 받는다고 한다. 이 역시 규모는 상대적으로 작으나, 초콜릿의 역사와 유리창 너머로 공장 안의 작업 모습 등을 견학할 수 있게 된 곳이었다.

이시야 초콜릿 팩토리를 나와서는 겨울철 눈 축제 등이 열리는 시내 중심부의 녹지대인 大通公園으로 와서, 그 가장 안쪽 부분에 위치한 NHK 방송탑 앞에서 하차하여 두 시간 남짓 자유 시간을 가졌다. 우리 가족은 그 일대의 번화가를 산책하며 둘러보았고, 도로 방송탑 부근으로 돌아와서는 紀伊國屋書店 내부를 구경하기도 하였다.

어두워진 후에 모두 다시 버스에 승차하여 거기서 한참 떨어진 시 외곽 지역으로 이동하여 샤브샤브와 한국의 영덕 대게 같은 큰 게를 삶은 요리로 저녁식사를 들었다. 식사를 마친 후 거기서 다시 버스로 반시간 정도 달린 후 新삿포로 팔레스호텔에 도착하여, 우리 부부는 1724호에 투숙하였다. 이 호텔은 서양식 비즈니스호텔이었다.

26 (일) 맑음

札幌市 厚別區 厚別中央 2條 5丁目에 있는 札幌에서 가장 높은 32층의 新삿포로팔레스호텔 1724호실에서 잠이 깨어 창밖의 주변 풍경을 둘러보니 광활한 평원지대였다. 여덟 시에 3층의 대연회장 팔레스 홀에서 뷔페식 조식을 들고서 아홉 시 무렵에 호텔을 출발하여, 국도 453호선을 따라 국립공원 支笏湖로 향했다. 이 역시 화산활동으로 말미암아 생긴 칼데라湖인데, 惠庭岳(1,320m)·風不死岳(1,103) 및 분출된 鎔巖이 굳어져서 150미터쯤 솟아올라 위 부분이 평평하게 된 樽前山(1,041)이 앞뒤로 펼쳐져 있는 이 호수는 水深 300여 미터로서, 내가 유학 시절 村上朝子와 결혼하기 전에 그 부모와 함께 넷이서 가 본 바 있는 秋田縣의 田澤湖에 이어 일본에서 두 번째로 깊은 호수라고 한다.

차에서 내려 이 호수의 자연에 관한 정보들을 소개하는 비지터 센터를 방문하고서, 유람선 타는 곳과 千歲川이 시작되는 지점의 철교에까지 걸어가서 기념사진을 촬영한 후, 올 때와 마찬가지로 숲속으로 계속 이어지는 主要道 16호선을 따라 千歲市로 돌아왔다.

東郊1-6에 있는 비어 워크스 치토세(BEER WORKS CHITOSE)라는 음식점에서 점심을 든 후 新千歲空港으로 향했다. 출국 수속을 마치고 나서 가족과 함께 국내선 로비 쪽 끝까지 산책을 하다가, 도중에 로비 안의

紀伊國屋書店에서 社團法人 日本自動車聯盟이 監修한『JAF 全日本 로드서비스』(東京, JAF出版社, 1999. 7.)라는 20만 분의 1 도로지도책을 한 권 샀다.

　오후 2시 30분 발 대한항공 전세기 편으로 千歲를 출발하여, 오후 다섯 시 무렵에 부산의 김해공항에 도착하여 입국수속을 마치고서 공항 로비로 나오니, 큰처남 晃光이 내외가 우리 차를 몰고서 마중 나와 있었다.

2000년

南九州·沖繩
북인도·가르왈 히말라야

南九州·沖繩

1월

11 (화) 맑음

향토문화사랑회의 5박 6일간에 걸친 일본 南九州 및 沖繩 지방 답사 여행이 시작되는 날이라, 우리 가족 모두는 약속 시간인 오전 아홉 시까지 진주역 광장으로 나가 이 여행의 실무를 주관하는 진주 봉곡동 소재 여행사 (주)여행나라의 대표이사인 이순갑 씨가 직접 우리 일행과 동행하는 가운데 여행사 전용버스에 탑승하여 한국 출발지인 부산을 향해 떠났다. 도중에 마산에서 한 명이 동승하고, 창원에서도 몇 명이 동승하였으며, 前 회장인 황만수 씨 부인과 딸 및 그의 회사 고문이라고 하는 경남대학교 교수 한 명은 김해공항에서 합류하였다. 김해공항에서는 서울에 있는 일본인이 경영하는 여행사 투어랜드로부터 여행나라의 위촉에 따라 파견되어 나온 일본 전문의 여자 스루가이드 김혜경 씨도 동행하였는데, 우리 일행은 가이드 격인 김혜경·이순갑 씨를 제외한다면 모두

25명이 되었다.

출국 수속을 마친 다음, 12시 20분 발 대한항공 편으로 김해공항을 출발하여 13시 10분 경 일본 九州의 중심도시 福岡 국제공항에 도착하였다. 우리 일행의 이번 여행 주제는 고대 일본 및 琉球國과 우리나라와의 교류 실상을 답사한다는 것이다. 황만수 씨가 이미 이런 주제와 관련하여 과거에 몇 차례 이 지역들을 답사한 바 있었고, 회지인 『鄕土文化』에 이에 관한 논문을 실은 적도 있어, 사실상은 황 씨의 예전 답사 지역들을 뒤따라가며 그의 설명을 듣는 데 의의가 있는 것이라고 할 수 있다.

福岡은 九州의 西北端에 위치하여 대륙에서 가장 가까운 그 지리적 위치와 항구에 적합한 지형적 조건으로 말미암아 예로부터 일본의 주된 대외 항구로서 한반도를 비롯한 외국과의 교류가 빈번하였는데, 이곳은 임진왜란에 출정했던 왜장 黑田長政의 領地이며, 博多港은 정유재란 이후 일본의 全軍이 조선으로부터 撤兵하여 귀환한 곳이기도 하다. 나도 두 차례에 걸친 九州 여행에서 海路와 항공로의 차이가 있기는 하지만 모두 이곳을 첫 寄着地로 삼게 되었다. 일정상으로는 맨 먼저 福岡박물관을 방문하여 거기에 소장되어 있는 AD 57년 중국 漢나라의 光武帝가 이 일대 부족국가의 통치자에게 보낸 것으로서 1784년에 博多灣 건너편 바다 속으로 돌출해 있는 곳이며 지금은 國營 '海の中道' 海濱公園으로 지정되어 있는 지점에서 농부에 의해 발견되어 현재 일본의 국보로 지정되어 있는 金印 등을 관람하기로 예정되어 있었으나, 금년부터 명칭과 기간이 변경된 종전의 成人의 날 관계 휴일로 말미암아 때마침 휴관 중이었다. 그러므로 대절 버스로 이 도시에서 가장 땅값이 비싸다는 모모츠(百道) 지역에 있는 그 박물관과 부근의 개폐식 천장으로 유명한 건축물인 돔 球場 등을 바깥 모습만 대충 둘러보고서 다음 방문지인 太宰府로 향했다.

太宰府는 福岡으로부터 九州自動車道路를 따라 남으로 약간 내려간 도중의 동쪽 편에 있는데, 고대에 있어서 일본의 출입국을 관리하던 관청이 있었던 지역으로서, 政廳의 遺墟는 부근에 위치한 天滿宮으로 가고 오는 도중에 버스로 그 앞을 지나치면서 차창 밖으로 바라보기만 하였다.

太宰府天滿宮은 平安時代인 AD903년에 文人 관료인 스가와라노미치자네(菅原道眞)가 좌천되어 부임해 온 땅인 太宰府에서 病死한 이후 그 무덤을 쓴 장소에다 세운 것이라고 한다. 후일 그에게 조정으로부터 首相에 해당하는 太政大臣의 작위가 追贈되고 또한 天滿大自在天神(天神님)으로 숭앙됨에 따라, 이후 학문의 신이 되어 明治 이래 이곳이 全國 天滿宮의 總本山으로 일컬어지게 된 것이다. 그가 당시 권력을 장악하고 있던 대표적인 귀족 가문인 藤原氏로부터 모함을 받아 고향이기도 한 京都를 떠나 天皇 측근의 右大臣이라는 요직으로부터 멀리 太宰府로 좌천되어 사실상 귀양길에 오를 때 지었다고 하는 和歌 "동녘 바람 불거든 냄새 풍겨다오 梅花여/ 주인은 없더라도 봄을 잊지 마라(東風吹かば匂ひおこせよ梅の花/ あるじなしとて春な忘れそ)"는 일제시기의 국민학교 교과서에 실려 있었던 모양으로, 내 아버지가 아직도 그 시를 기억하고서 읊어주는 것을 들은 적이 몇 번 있었다.

太宰府를 떠나, 여러 해 전에 한 번 경유한 적이 있는 九州自動車道路를 타고서 다시 남으로 달려 해가 진 후에 熊本市에 있는 오늘의 숙소 本陣호텔에 당도하였다. 차 속에서 스루가이드인 김혜경 씨가 들려준 바로는 한국 국적을 가진 재일교포들의 일본 귀화가 빠른 속도로 이루어지고 있어서, 이런 추세라면 2010년 무렵에는 우리의 재일교포란 사실상 거의 소멸할 것이라고 한다. 그것은 내가 일본 유학 시절에 이미 짐작하고 있었던 바였으나, 그 속도가 예상했던 것보다도 훨씬 빠르다고 하는 점이 놀랍다고 하겠다. 문제의 핵심은 교포의 자제들이 일본인의 학교에 다니지 않을 수 없는 사회적 조건으로 말미암아 그들이 모국어의 습득은 물론 민족의식을 가질 수 없게 되는 데 있는 것이라고 할 수 있는데, 그 배경에는 일본 사회에 내재해 있는 한민족에 대한 차별 대우가 개재되어 있다고 하겠다.

本陣호텔은 다소 작은 규모의 것이었다. 저녁 식사에서 난생 처음으로 말로만 들었던 이 지방 명물 음식인 말고기로 만든 불고기를 맛보았다.

12 (수) 흐리고 때때로 부슬비

호텔에서 조식을 마친 후 부슬비 속에 대절 버스를 타고서 熊本城으로
향했다. 熊本 시내에는 아직도 보통 모양의 전차나 트롤리버스 비슷한
승합차들이 많이 다니고 있었다. 이 성은 임진왜란이 끝나고서 왜군이
朝鮮으로부터 撤兵하여, 1600년에 세키가하라(關ヶ原)의 내전이 있었던
직후인 1601년부터 7년의 세월을 들여 加藤清正이 축조한 것으로서 일본
에서는 大坂城·名古屋城과 더불어 3大 名城의 하나로 꼽히는 것이다. 가이
드의 설명에 의하면 이 3大 名城은 모두 加藤清正이 쌓은 것이라고 한다.
그러나 熊本城의 건물들은 明治 10년(1877)에 이 성이 西南戰爭의 격전지
가 되어 50여 일에 걸쳐 수비군이 버티는 동안 포격으로 많이 소실되었
고, 현재의 天守閣은 1960년에 熊本市에 의해 재건된 것이다. 그러나 이웃
한 지역인 宇土城의 領主로서 朝鮮 전쟁에서 加藤清正의 앙숙이었던 小西行
長이 세키가하라의 전투에서 石田三成이 중심이 된 西軍에 가담하자, 그
본거지를 공격해 함락시켜 城의 天守閣을 이리로 옮겨 건축한 것이라고
하는 우토 성루(宇土櫓) 등 12개의 건조물만은 원래의 것으로서, 현재 일
본의 중요문화재로 지정돼 있다.

加藤清正은 세키가하라에서 德川家康의 東軍 측에 가담하였으나, 이 肥
後 지역에 대한 加藤家의 통치는 2대 44년만으로 그치고, 그 가문은 德川
幕府의 정책에 의해 몰락하고 말았던 것이다. 그러나 이 지역에서 加藤清
正은 전설적인 인물로서, 오늘날에 있어서도 가장 인기 있는 존재임을
도처에서 확인할 수 있었다.

다음으로는, 加藤家의 몰락 이후 오늘날의 北九州市에 해당하는 小倉城
에서 細川忠利가 이리로 옮겨와서 이후 11대 239년간을 통치하게 되었는
데, 그 첫 영주인 忠利로부터 3代에 걸쳐 축조했다고 하는 桃山 양식의
정원인 水前寺 成趣園에 들렀다. 나로서는 지난번 여행에서도 이곳에 온
적이 있으므로 두 번째인 셈이다. 이는 阿蘇山의 湧出水를 끌어들여 연못
을 만들고 그 주위에 흙과 잔디로 크고 작은 언덕 같은 것들을 만들거나,
소나무 등의 식물을 심어 江戶에서 京都까지의 간선도로변 숙박소인 東海

道 五十三次의 유명한 풍경들을 모방하여 산책로 주변에다 배치한 回遊式 庭園이다.

회옥이와 함께 한 바퀴 돌아 나오는 길에, 그 입구에 있는 '古今傳授의 방(古今傳授の間)'이라고 불리는 초가집에도 들어가 보았다. 이 소박한 건물은 원래 京都의 桂離宮에 있었던 것으로서 京都 부근의 長岡으로 옮겨진 후 細川家에 下賜되었으며, 大正 12년(1923)에 현재의 장소에 복원된 것인데, 細川藤孝가 後陽成天皇의 동생인 智仁親王에게 『古今和歌集』을 가르친 장소라 하여 이런 이름이 붙은 것이다.

熊本 시내를 벗어나서는 小西行長의 영지였던 宇土市를 지나 宇土半島의 57번 국도와 大矢野島의 266번 국도를 따라가다가 유명한 天草五橋를 건너서 天草上島로 들어갔다. 이 지역은 雲仙天草國立公園에 속하는 多島海이며, 天草島는 百十餘 개의 섬들로 이루어져 있으나 上下 두개의 섬이 主島이다. 우리는 그 중 上島의 어귀까지 들어가 天草松島로 이름난 해상 풍경을 잘 조망할 수 있는 전망대의 레스토랑에서 점심을 들었다.

우리가 이 섬에 들른 주된 이유는 아마도 下島의 서쪽 끝 해안에 있는 妙見浦라는 곳을 우리의 인솔자인 황만수 씨는 伽倻의 妙見公主가 상륙한 지점이라고 간주하고 있기 때문일 터인데, 거기까지는 가지 않고서 돌아나오는 도중에 大矢野島의 도로 변 언덕 위에 천주교회당처럼 보이는 건물이 있어 차를 멈추어 보았다. 일행의 대부분은 이곳이 성당인 줄로만 알고서 기념사진을 찍고서는 빗방울도 꽤 굵어지고 하여 차로 돌아가 버렸는데, 내가 아내와 더불어 입구에 이르러 내부를 바라보니 교회가 아니라 무슨 전시장인 듯하였다. 입구 매표소의 관리인에게 물어보았더니, 이곳은 天草四郎 메모리얼 홀이라는 것이었다. 天草四郎이란 盆田(四郎)時貞의 별칭으로서, 그는 德川幕府 3代 將軍 家光의 통치 시대인 1637~38년에 천주교도가 중심이 되어 天草 및 그 맞은 편 바다 건너 長崎縣의 島原 지역에서 일어난 民亂의 首領이며, 당시 불과 16세의 미소년이었다. 그에 대해서는 아직도 전설과 수수께끼로 덮인 면이 남아 있는 모양으로서 이 일대의 간판 등에서 그 별칭을 자주 접할 수가 있었다. 바로 이 장소는 四郎의 外家가 있던 곳이며, 그 자신도 여기서 몇 년을 생활한 적이 있었다고 한다.

관리인의 말에 의하면, 이곳은 또한 朝鮮의 壬午軍亂 이후 일본 辨理公使가 되어 甲申政變에 깊이 관여했었던 竹添進一郎의 출생지인데, 漢學者로서 東大에서 經書를 강의하기도 했던 그는 당시 조선에서 기독교도들을 돕고자 노력했다고 한다.

不知火海라고도 불리는 본토와의 사이에 있는 八代海를 끼고서 266호 국도를 따라 宇土半島를 돌아 나오는 도중에 도로변 민가의 귤을 파는 無人 판매대에서 집행부가 공동경비로 비닐 그물에 든 귤을 몇 꾸러미 샀다. 제법 큼직한 꾸러미 하나가 불과 300엔이라, 한국에서는 보기 드문 형태의 상점인데다 그 물건 가격이 너무나도 싼 데 모두들 놀랐다.

八代市에서 내려 妙見宮이라는 이름으로도 알려진 八代神社의 下宮을 둘러보았다. 게시판의 설명서에 의하면 이 신사는 각각 다른 장소에 위치하는 上中下의 세 宮으로 이루어져 있으며, 가이드의 말로는 이 신사는 일본에서 역사가 가장 오래된 것이라고 한다. 입구의 설명서나 비석에 의하면 일본을 건국한 神武天皇 당시에 중국 寧波에서 바다를 건너온 신을 모신 곳이라고 하나, 황만수 씨는 그가 바로 우리나라 문헌에 보이는 伽倻의 妙見公主라고 한다.

妙見宮을 본 다음, 해자와 성벽만이 남아 있는 八代城과 그쪽의 八代神社를 지나 묻고 물어서 큰 철교가 놓아진 바닷가 제방 위에 위치한 河童上陸碑를 찾아갔다. 河童은 일본의 만화나 애니메이션 영화 등에 주로 등장하는 거북 모양을 한 물귀신을 의미하는 것인데, 오늘날은 보통 '갓파'라고 부르지만, 비석에는 '가랏파'라고 적혀 있었다. 일본 측 기록에는 옛날 이곳에 3,000여 명의 가랏파가 상륙하여 춤추며 놀았다고 되어 있는 모양인데, 황만수 씨는 그 가랏파는 물귀신이 아니라 바로 伽倻의 군대라고 보고 있는 것이다.

八代市를 떠나서는 다시 九州를 남북으로 縱斷하는 자동차도로를 따라 人吉市 부근에서 熊本縣을 벗어나 가장 남쪽에 위치한 鹿兒島縣 경내로 진입하였다. 이 일대는 九州中央山地를 통과하는지라 크고 작은 수십 개의 터널을 지나게 되었다. 그 중 많은 것들이 수십 킬로의 길이에 이르는 것이라, 나로서는 이렇게도 많고 또한 긴 터널은 처음으로 경험해 보는 것이었다.

깜깜해진 이후에 鹿兒島市 與次郎1丁目 8番10號에 위치한 鹿兒島선로열 호텔에 들었다. 층수가 높아질수록 위 부분이 점점 좁아져 피라미드식으로 되어 가는 특이한 구조의 호텔이었다. 우리 내외는 505호실을 배정받았고, 우리 모임의 여자 총무와 룸메이트가 된 회옥이는 이번 여행기간 중 시종 우리 부부의 옆방을 배정 받게 되었다. 호텔 앞쪽에 위치한 식당으로 가서 늦은 저녁식사를 들고서 돌아왔다.

호텔 복도를 지날 때, 우리 일행이 든 방의 조금 열려 있는 출입문을 통하여 실내 TV의 유료 채널에서 방영되는 포르노 필름으로부터 情事 중인 여자의 신음 소리가 흘러나오고 있었으므로, 우리 방으로 돌아와서 나와 아내도 잠시 그 채널을 틀어 함께 시청해 보았다.

13 (목) 맑음

잠을 깨고 보니 창밖에 錦江灣이라고도 불리는 鹿兒島灣의 건너편으로 검은 화산 연기를 뿜고 있는 저 유명한 櫻島가 정면으로 바라보였다. 이 鹿兒島는 임란 당시 사천 船津城 전투에서 朝明연합군에게 심대한 타격을 입혔고, 노량 해전에서 倭城 안에 포위된 小西行長을 구출하고 충무공이 전사하기에 이르도록 만든 왜장 島津義弘의 영지이며, 明治維新을 일으킨 근세 일본의 인걸들을 많이 배출한 곳이기도 하다.

뷔페식의 호텔 조식을 마친 후, 간밤에 지나온 九州自動車道를 따라 다시 북상하여, 오늘의 주 목적지인 霧島국립공원으로 향했다. 간밤에 올 때는 어두워서 잘 보이지 않았었지만, 도로 주변에 아열대성 가로수나 식물들이 자주 눈에 띄었다.

鹿兒島 공항을 지나 橫川 인터체인지를 통해 고속도로를 빠져 나와 지방도로 접어들어서 霧島國立公園으로 향했다. 霧島山으로 접어들자 여기

저기의 숲이 우거진 산중턱에 흰 연기가 뿜어 나오고 있는 온천마을들이 눈에 띄었다. 高千穗峰(1,574m) 아래 등산로 입구의 토리이(鳥居)가 있는 高千穗河原에서 차를 내려, 그곳에 있는 비지터 센터로 들어갔다. 이 일대의 고산지대는 최고봉인 韓國岳(1,700m)을 비롯하여 23개의 火山群과 霧島48池로서 알려진 火口湖가 집중되어 있는 세계적으로도 보기 드문 지형으로 이루어진 곳이다. 일본 신화에서 최고 지위에 있는 태양의 여신 天照大神의 손자에 해당하는 니니기노미코토(瓊瓊杵尊, 邇邇芸命)가 天照大神의 命을 받아 일본 국토를 통치하기 위해 天界인 高天原으로부터 처음으로 下降한 장소가 바로 이곳 日向國의 高千穗峰이라 하며, 니니기노미코토의 증손자에 해당하는 神武天皇이 그 동북쪽 지금의 宮崎縣에 속하는 日向市에서 바다를 건너 지금의 畿內 지방으로 들어가서 大和의 橿原 땅에서 처음으로 나라를 건설한 것으로 되어 있으니, 이 일대는 말하자면 우리나라의 단군신화와 같은 일본 건국신화의 현장인 것이다.

황만수 씨는 니니기노미코토의 하강 설화가 가락국 金首露王의 하강 설화와 너무도 유사한 점이 많으므로, 이 신화는 伽倻人이 九州 남부지방을 정벌하고, 마침내 畿內 지방으로 쳐들어가 일본 天皇家의 始原을 이룬 史實을 반영한 것으로 보고 있는 터이다. 그러나 황만수 전 회장을 포함하여 김해공항에서 우리 일행과 합류했던 네 명은, 올해로 환갑을 맞이하게 되는 황 씨의 환갑기념을 겸하여 이번 여행에 참가한 것이므로, 鹿兒島에서 이미 비행기 편으로 우리에 앞서 沖繩으로 출발하였고, 한국에서 그 친척의 결혼식이 있다하여 우리보다 하루 먼저 역시 항공편으로 福岡을 거쳐 부산으로 귀국하는 모양이었다. 그러므로 우리가 이곳을 방문한 이유에 대해 설명해 줄 수 있는 사람이 아무도 없으므로, 내가 霧島山으로 오고 가는 도중의 버스 속에서 대충 자신이 상식적으로 알고 있는 한도 내에서 『古事記』와 『日本書紀』에 적힌 일본의 건국 신화 및 任那와 百濟 문제를 중심으로 고대의 한일 관계사에 대한 한국과 일본 양측 학계의 시각에 대해 설명하였고, 비지터 센터에서 방문객을 위한 안내 비디오를 시청하면서도 그 대체적인 내용을 통역하여 들려주었다.

그러나 시간 관계로 등산은 하지 않기로 하고, 거기서 차를 돌려 6세기 초 창건된 것을 高千穗河原으로 이전했다가 噴火로 말미암아 소실되자, 15세기에 거기서 수 킬로 떨어진 이 산의 남쪽 기슭으로 옮겨서 재건된 霧島神宮만 방문하였다. 이 神宮은 니니기노미코토 이래 神武天皇에 이르기까지 4대에 걸친 종손과 그 배우자들 7位를 봉안한 곳인데, 神武의 배우자는 거기에 포함되어 있지 않다.

　　돌아오는 길에 霧島溫泉鄕을 지나오다가 도로변 언덕의 숲속에서 노루 같은 산짐승 한 마리를 발견하였고, 그 부근 마호로바(眞秀處라는 뜻) 마을이라는 유원지에 들러 점심을 들고서 얼마간 휴식을 취했다. 鹿兒島로 돌아오는 도중에는 國分市 準人町에 있는 古墳을 구경하기 위해 올 때와는 달리 223호 국도를 취하여 도중에 準人熊襲窟을 지나쳤고, 準人塚에도 들렀으나, 공사 중이라 하므로 내리지는 않고서 정거한 버스의 차창 밖으로 잠시 바라보는 데서 그쳤다. 황 씨는 熊襲의 熊字를 단군 신화의 곰 토템 신화와 관련 지우고 있는 모양이며, 이 일대의 지명이나 유적의 이름에 七字가 들어간 경우가 많음도 金首露王의 7 왕자 전설과 연관시켜, 南九州 지방의 유물·유적을 거의 다 上古時代 伽倻人의 지배에서 유래하는 것으로 설명하고 있다.

　　錦江灣을 끼고서 220호 국도를 따라 내려와, 화산에서 분출된 시커먼 바위들과 화산재가 황량하게 널려 있는 도로를 따라 櫻島의 동남쪽 有村溶岩展望臺에 이르렀다. 이곳에서 기념촬영을 하고 산책하면서 시커먼 연기를 뿜어내고 있는 분화구와 그 부근 바다 풍경을 조망하였는데, 화산재가 머리와 얼굴 등에 싸락눈처럼 어지러이 떨어지는 것을 느낄 수가 있었다.

　　이 일대도 霧島屋久國立公園에 속해 있는데, 櫻島는 원래 섬이었다가 1914년인가에 있었던 큰 噴火와 지진으로 말미암아 동남쪽 일부가 본토의 垂水市와 붙어버려 지금은 버스로 진입할 수가 있게 된 것이다. 이 화산은 금년에만 해도 이미 여러 차례 크고 작은 폭발을 일으키고 있으며, 언제 다시 대폭발이 있을지 몰라, 鹿兒島市에서는 그것에 대비한 防災訓練을 실시하고 있음을 오늘 아침 식당에서 들고 온 「讀賣新聞」을 통해 읽었다.

우리 일행은 有村의 전망대를 떠나 섬 남쪽 해안의 224호 국도를 따라 서쪽의 櫻島港에 이른 다음, 버스를 탄 채 페리船에 올라 약 15분 만에 바다를 가로질러 對岸의 鹿兒島港에 도착하였다. 시내의 泉町 공원에 있는 五代友厚 銅像 앞에서 하차한 후 그 부근의 번화가 일대를 산책하였고, 한두 시간 후에 다시 本港으로 가서 沖繩으로 향하는 대형 페리船에 탑승하였다. 배는 오후 6시 30분에 출항할 예정이었으나 컨테이너에 적재된 화물들을 싣는 관계로 한 시간이나 늦게 출발하였다.

우리 일행은 2층의 2등실에 들었는데, 우리 이외에는 승객이 거의 없어 이 넓은 방 전체를 우리가 전세 낸 듯 독차지하였다. 3층의 식당에서 늦은 저녁식사를 든 후, 배의 구조를 한 번 둘러보았더니, 인천과 천진 사이를 왕복하는 津川페리와 별로 다를 바 없었다. 그러나 이 배는 그것보다도 훨씬 더 낡아 화물선에 가까웠고, 항해 도중의 요동이 만만치 않은데다 실내의 조명도 밝아, 평소처럼 밤 아홉 시 무렵 자리에 누웠어도 깊은 잠을 이룰 수가 없었다.

14 (금) 흐리고 때때로 빗방울

鹿兒島 아래의 해상에 평소 이름을 익히 알고 있는 種子島·屋久島 등이 있고, 그 아래로는 역시 한 번쯤 가보고 싶었던 奄美大島나 與論島 등이 나열되어 있으나, 밤과 아침 사이에 모두 지나쳐 버린 모양이어서, 우리가 탄 배에서는 가고 가도 끝이 없는 수평선만을 바라볼 수 있을 따름이었다. 다들 실망하여 선실에서 화투 놀이를 하며 무료함을 달래기도 하고 드러누워 낮잠을 자기도 하였는데, 나는 일본에 도착한 이후 각지에서 받아둔 지도나 관광지 안내 자료들과 가지고 간『홍루몽』제2권을 읽으며 시간을 보냈고, 때때로 갑판에 나가 있기도 하였다.

오후 한 시 경에 배가 沖繩諸島의 西北端에 위치한 伊平屋島를 지나면서부터 서쪽으로 육지가 보이기 시작하였고, 얼마 후에는 저 멀리 동남쪽으로 아슴푸레하게 沖繩本島가 나타났다. 그로부터 약 세 시간 후 예정보다 한 시간 정도 늦은 시각에 이 섬의 중심도시로서 서남쪽에 위치한 那覇港에 도착하였다. 가이드의 설명에 의하면, 沖繩의 인구는 40여 만인데, 그 중 30여 만이 那覇에 살고 있다고 한다. 아열대라고는 하지만 날씨가 좋지 못한 까닭인지 기후는 그다지 덥게 느껴지지 않았다. 우리가 타고 온 배는 얼마 후 다시 출항하여 더 남쪽의 臺灣 동북쪽에 있는 宮古島와 石垣島까지 가는 모양이었다.

거의 하루가 걸린 지루한 배 여행을 마치고서, 현지의 중형 대절버스로 갈아타고서 那覇에서 동북쪽 방향으로 길게 이어진 이 섬의 본토를 따라 名護市 아래의 許田까지 연결되는 沖繩自動車道를 달려 북상하여, 名護市를 지나서 사방이 깜깜해진 후에야 沖繩縣 國頭郡 本部町 崎本部 4666의 바닷가에 위치한 벨뷰(BELLVUE) 호텔에 도착하였다. 우리 내외는 405호실에 투숙하였는데, 모토부(本部)라고 특이하게 발음하는 이곳은 한적한 곳이지만, 골프와 해양 휴양지로서 알려진 모양이었다. 호텔 1층의 식당에서 저녁식사를 들고서 2층의 욕실에서 온천욕을 한 다음, 간밤의 수면부족도 있고 하여 일찌감치 자리에 들었다.

금년 7월에 九州의 鹿兒島市와 沖繩의 名護市에서 2000년 서미트 회담이 열리게 되는데, 오는 도중 那覇 부근에서는 가로수를 새로 심는 등 그것에 대비하고 있는 모습을 볼 수가 있었다. 沖繩은 그다지 크지 않은 섬인지라, 自動車道를 따라 올라오는 도중에 섬 양쪽의 해안선 너머로 펼쳐지는 바다를 바라볼 수가 있었다.

15 (토) 비

여덟 시 반 경 벨뷰 호텔을 출발하여 那覇로 향하였다. 名護市에서 동북쪽으로도 꽤 넓은 땅이 이어져 있지만, 그쪽은 이른바 國頭山地로서 인구밀도가 희박한 지대인 모양이었다. 간밤에 이리로 들어올 때는 어두워서 名護市를 지난 후부터는 거의 풍경을 구경할 수 없었으나, 돌아가는 길에는 벚꽃을 포함하여 주변에 핀 이국적인 꽃이랑 현지 사람들의 특이한 가족 무덤 같은 것도 자주 눈에 띄었고, 비가 내리는 가운데 차를 세우고서 오렌지나 탱자 비슷하게 생겼으되 씨가 많은 과일을 사 먹어 보기도 하였다.

원래의 예정으로는 돌아가는 길에는 우리나라의 고속도로에 해당하는 자동차도를 따라가지 않고서, 올 때와는 달리 海岸國定公園으로 지정되어 있는 서부 해안의 58호 국도를 따라 간다는 것이었으나, 도중에 빗발이 다소 굵어진 까닭에 그 길을 취하지 않고서 올 때와 같은 코스로 내려왔다. 어제 올 때도 정거했었던 伊藝에서 정거하여 그곳 전망대에 올라 산호초가 많은 金武灣의 바다 풍경을 바라보기도 하였다. 沖繩에는 지명을 특이하게 읽는 경우가 많아 '金武'를 본토에서처럼 '킨부' 따위로 읽지 않고서 '킨'이라고만 발음하고 있었다.

약 두 시간 후 那覇에 도착하여, 여기서부터는 유니폼인 듯한 노란색 상의를 입은 현지의 일본인 여자 가이드의 안내를 받아 먼저 首里城부터 들렀다. 그녀는 제법 미모였는데, 태어나서부터 沖繩을 떠나본 적이 한 번도 없었다고 한다.

首里城은 沖繩島가 怕氏의 北山國, 尚氏의 中山國, 承氏의 南山國으로 아직 분립되어 있었던 三山時代인 1427년에 첫 번째로 확장공사를 한 이후, 그 2년 후 中山國의 尚巴志가 1429년에 三山을 통일하면서부터 1·2차에 걸친 尚氏의 宮城이었다. 1470년에 尚圓이 王位에 오르면서부터 제2 尚氏 王朝가 시작되는데, 沖繩을 포함한 琉球諸島地域의 별칭인 琉球는 중국의 『隋書』에 '流求'라는 문자로서 보이는 것이 최초인 모양이다. 독립국이었던 琉球國은 일찍이 중국·한국·일본에 대해 조공 관계를 가지면서 중국으로부터 冊封을 받아왔고, 동남아 일대에까지 이르는 원거리 해상 중계무역으로 번영하였다. 17세기 初頭에 일본 薩摩藩의 島津氏에게 정복되었다가, 明治維新 이후에 들어오면서 이른바 琉球措處에 의해 1872년(明治 5)에 琉球藩이 설치되었고, 明治 12년에 해당하는 1879년 봄에 廢藩置縣이 실시되면서 왕국이 최종적으로 소멸되어 일본의 한 지방 행정구역인 沖繩縣으로서 반강제적으로 병합되고 말았던 것이다.

그리하여 2차 대전 말기인 1945년에는 沖繩戰으로 말미암아 首里城이

燒失되어 폐허로 변했다가, 미국에 의한 통치 시대인 1958년에 궁성으로 들어가는 도중에 있는 여러 개의 성문 중 첫 번째인 守禮門이 복원된 이래로 복원 작업이 시작되어, 1972년 일본 영토로 복귀된 이후 성문의 복원이 차례로 진행되었고, 작년인가에 비로소 궁성 건물이 복원 준공되어 성대한 낙성식을 치른 이후 유료 공원으로서 일반에 공개된 것이다. 공원 안에는 아직도 여기저기에 공사가 진행 중이었다.

우리나라의 기록으로서는, 『高麗史』에 "昌王 원년[1389] 8월 琉球國의 中山王 察道가 玉之(과일)를 보내면서 表를 받들어 臣이라 칭하고"云云이라고 보이는 것을 필두로 하여, 그 이후 443년에 걸쳐 266 차례의 관계 기록이 史書에 보이는데, 『朝鮮王朝實錄』에는 조선 사람이 琉球國에 표류했다가 돌아와 이 나라의 국정과 풍습에 대해 보고한 내용들이 네 차례에 걸쳐 기록되어 있고, 靖難으로 말미암아 조선에 망명 온 琉球國王에 관한 것도 있으며, 마지막 기록은 純祖 32년(1832) 9월 제주도 대정현의 포구에 표류해 온 琉球國 那覇府 사람 세 명을 구휼해서 중국 北京을 통해 돌려 보낸 것이라고 한다.

우리들이 낸 패키지 여행비에는 궁전의 입장료까지는 포함되어 있지 않다 하여 일행은 다들 정문인 奉神門 앞에서 正殿 쪽을 기웃거려 보고는 돌아갔다. 나는 망설이다가 여기까지 와서 그냥 돌아가기는 차마 아쉬워서 회옥이와 함께 입장료를 내고 궁전 안으로 들어가 박물관처럼 되어 있는 각 건물을 돌면서 내부의 전시품들을 살펴보고, 北殿 뒤편으로 빠져 나온 이후 여러 겹으로 된 성벽들을 둘러보며 차로 돌아왔다. 首里城의 건물들은 대체적으로 보아 규모가 작다는 느낌이었으며, 사진에서 자주 보던 守禮門의 앞길은 현재 발굴조사 중이어서 통행할 수 없게 되어 있었다.

那覇市를 떠난 이후, 507호 국도를 경유하여 더 남쪽으로 내려가, 絲滿市 眞榮平 1300번지에 있는 히메유리(姬百合) 파크에 이르러서 沖繩式 소바(메밀국수)로 점심을 들었다. 히메유리란 백합과에 속하는 산나리의 일종인데, 沖繩戰 당시 간호요원으로서 동원된 현지 여학교의 직원·생도

(히메유리 部隊)들이 비극적인 최후를 마침에 따라, 당시의 현장에다 그들을 기념하여 세운 히메유리塔이 여기서 멀지 않은 서쪽 지점에 있으므로 이러한 이름이 붙여진 듯하다. 그들에 관하여는 나도 언젠가 吉永小百슴이 출연하는 흑백영화를 본 적이 있었다. 그러나 이곳은 臺灣 花蓮 출신의 華僑가 세운 테마파크로서, 미국 서부의 이국적 정취를 맛볼 수 있도록 만든 선인장 공원이었다.

2000년 1월 15일, 히메유리 파크

점심을 마친 뒤, 다시 동쪽으로 버스를 달려 玉城村 字前川 1336번지에 있는 玉泉洞王國村에 이르렀다. 玉泉洞이란 珊瑚礁에서 생긴 鐘乳洞으로서, 1967년 3월에 愛媛大學 학술탐험부가 조사를 행한 결과 비로소 그 전모가 밝혀졌다는 것이다. 全長이 5km로서 일본에서 두 번째이며, 현재는 觀光洞으로서 890m를 공개하고 있다고 한다. 회옥이와 함께 그 안을 걸어보니, 한국에서 여러 번 본 적이 있는 석회암 동굴과는 달리, 흙빛의 크고 작은 무수한 石筍들이 아래위로 林立해 있는 모습이 동양에서 가장 아름답다는 선전 문구가 헛소리만은 아니라고 느껴질 정도로 장관이었다. 沖

繩에서는 역시 산호초 때문인지 아름다운 석회석이 많이 나는 모양이어서, 건물이나 步道, 담 등은 석회석으로 이루어진 것이 많았다.

동굴을 다 빠져 나오면 거기서부터 王國村이 시작되는데, 이는 178,200㎡에 달한다는 넓은 부지에다 옛 琉球王朝의 역사와 문화, 그리고 沖繩의 자연을 체험할 수 있게 만든 테마파크였다. 玉泉洞을 포함하면 모두 열 개의 구역으로 나뉘어져 있으며, 오래된 民家를 移築해 와서 옛 거리의 모습을 재현한 工藝村을 비롯하여, 각종 열대 과일들이 열려 있는 열대과수원, 沖繩 특산의 毒蛇 공원과 그것으로 만든 각종 술이나 강장제 따위를 판매하는 기념품 센터, 중국으로 보내던 進貢船을 야외에다 재현해 놓은 것 등이 있었다. 거기서 우연히 약간 술기가 있는 중년 남자 한 사람을 만나 우리 일행의 여러 사람이 소프트아이스크림이나 음료를 대접받기도 하였다. 그는 젊은 시절 마산 공단에 있는 일본인 회사에 와서 10여 년의 세월을 보냈다면서, 한국을 매우 좋아하며 지금까지도 계속 독신으로 살고 있다고 했다.

玉泉洞을 떠나서는 오늘의 마지막 목적지인 서남쪽 바닷가 마부니(摩文仁)의 平和祈念公園 구역 내에 있는 한국인위령탑으로 향했다. 높다란 탑 모양의 平和祈念堂 바로 아래에 위치한 것으로서 박정희 대통령 때 만들었다. 한국식 土墳 모양으로 돌을 쌓아 제법 크게 만든 둥근 무덤에다 沖繩戰 및 태평양전쟁에서 희생된 동포들을 招魂하여 함께 葬事한 듯하였고, 그 입구에는 韓·英·日語로 각각 동일한 내용이 적힌 비석들도 있었다. 일동이 묵념하고서 그 주위를 돌아본 후, 공원 구역을 두루 둘러보았다.

여기에 平和祈念展示館도 있었으나, 낡고 작았던 것을 7월에 있을 서미트 회의에 대비하여 건너편 장소에다 현대식 디자인을 한 새 건물로 크게 고쳐 짓는 공사가 진행 중이었다. 新·舊의 두 전시관 사이에는 넓게 깎은 돌판에다 희생자들의 이름을 새긴 수많은 비석이 列立하여 있었는데, 沖繩人, 本土人, 그리고 外國人의 세 구역으로 나뉘어져 있었다. 한국인들의 비석도 있다고 하므로 찾아보았더니, 외국인 구역의 뒤쪽 끄트머리에 朝鮮民主主義人民共和國과 大韓民國으로 나눠져 기재되어 있었고, 그 숫자도

100명이 채 되지 못할 만큼 소수여서 다소 실망을 느꼈다. 현지 가이드의 설명에 의하면, 현재 확인되어진 희생자만도 20만 명이 넘으며, 이 숫자는 아직도 계속 늘어나고 있는 중이라고 한다. 왜 하필이면 여기에다 이러한 장소를 마련했느냐고 물어 보니, 이 마부니 지역은 沖繩戰 당시 가장 희생자가 많이 났던 지역이었기 때문이라는 것이었다.

그곳 일대는 바다에 면한 절벽으로 이어진 곳이었는데, 慰靈碑가 있는 곳이나, 전시관 뒤편 언덕 위의 일본 各縣別 희생자 추도비 구역들에 새겨진 비문을 읽어보니, 沖繩戰 뿐만이 아니라 南太平洋이나 중국에서 사망한 사람들도 여기서 기리고 있었다. 2차 대전 당시 일본 본토에서 벌어진 전투로서는 沖繩이 거의 유일한 것이었고, 또 지리적으로도 일본의 남단에 위치하여 南洋에서 가장 가깝기 때문이라고 한다.

那覇로 돌아오는 도중에 331호 국도를 따라 이 섬의 西南端을 두르게 되었다. 이 일대에는 히메유리 탑을 비롯하여 여기저기에 追念하는 탑이 많이 널려 있어 마부니 부근의 이 일대 다른 지역에서도 전쟁의 희생자가 많았음을 짐작할 수가 있었다. 那覇市 구역으로 진입하여, 도로 변에 있는 明洞食堂이라는 한국음식점에 들러 일본에 온 후 처음으로 불고기정식으로 우리 음식을 먹어 보았다.

那覇市 西3丁目 6番地의 1에 위치한 11층으로 된 퍼시픽 호텔에 투숙하였다. 많은 사람들이 일본에서의 마지막 밤이라 하여 쇼핑을 하러 밖으로 나가는 모양이었다. 나도 아내의 권유에 못 이겨 회옥이의 고장 난 워크맨 대신 일제를 하나 사 주러 나가기로 했으나, 바깥에 소나기가 주룩주룩 쏟아지고 있는 것을 보고서는 도로 방으로 올라와 버렸다. 방에서 샤워를 마친 후, 혼자서 有料 포르노 영화들을 방영하는 레인보우 채널을 시청하고 있으려니 몇 시간 후에 아내도 돌아왔으므로 함께 보았다.

16 (일) 아침에 부슬비 온 후 개임

오전 11시까지 자유 시간이므로 느지막이 1층으로 내려가 뷔페식 식사를 한 후, 아내 및 아내와 같이 온 본교 간호학과의 교수들인 배행자·

박옥희 교수와 함께 택시를 타고서 那覇市에서 가장 번화가라고 하는 국제거리로 가서 산책하며 쇼핑도 하였다. 도중에 아케이드 형태의 재래식 시장 골목인 평화거리로도 들어가 둘러보았다.

다시 택시를 타고 돌아와서는 호텔을 체크아웃 하여 舊해군사령부를 보러갔다. 지금은 정식 명칭이 海軍壕公園이라고 되어 있었는데, 市 중심부의 다소 높은 언덕 꼭대기에 위치해 있어 那覇市 全域과 동서 양측의 바다를 모두 조망할 수 있는 위치였다. 건물 안으로 들어가서 아래로 내려가면 전시관과 매표소가 있는데, 그 아래로 沖繩戰 당시에 판 넓은 지하 터널과 방들이 있는 모양이었다. 아마도 미군의 空襲에 대비하여 당시 일본 해군의 사령부를 이렇게 지하에다 설치한 모양인데, 이 壕 안에서 大田實 중장을 비롯하여 4,000여 명이 사망하였다고 한다. 시간이 없어 입장권을 사서 壕 안에까지 들어가지는 못하고 태평양전쟁 및 沖繩戰의 양상을 설명하는 전시관만 구경하고서 나와, 바깥 공원의 기념비에 적힌 글들을 읽어보았다.

이로써 우리의 이번 일본 여행 일정은 모두 끝났으므로, 那覇 공항으로 가서 출국수속을 하였고, 나는 남은 돈으로 日本酒인 月桂冠 큰 병 하나와 산토리 위스키 角瓶 하나를 샀다. 아시아나 항공편으로 두 시간 남짓 날아 서울 김포공항에 도착한 후, 우리보다 반시간 후에 김해공항으로 떠나는 창원·마산 팀과 작별하고서, 진주로 가는 우리는 서둘러 국내선 터미널로 옮겨가 오후 네 시 반에 출발하는 진주행 아시아나 항공으로 갈아탔다. 공항 안에서 이륙이 반시간 정도 늦어져 오후 5시 40분경에 사천공항에 당도하였고, 여행나라 여행사 측의 버스가 마중 나와 주어서 그 편으로 우리 아파트까지 쉽게 올 수가 있었다.

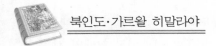

7월

27 (목) 맑음

어제 23시 40분 발 중앙고속 심야우등버스로 진주를 출발하여 서울로 향하다가, 대구 부근에서의 고속도로 追突 사고로 말미암아 예정보다 약간 늦게 서울의 강남고속 터미널에 당도하였다. 지하철로 갈아타서 김포공항 국제선 제2청사로 이동한 다음, 그 2층의 은행 부근 로비에서 진해에서 온 김찬숙 여사와 합류하였다. 김 여사는 30대 후반의 주부로서, 국어 교사 출신이라고 하는데, 남편은 해군 소령이며 두 자녀를 두고 있다고 한다. 성낙건 씨를 통하여 우리의 비자 수속과 항공권 예약을 위촉받은 혜초여행사의 직원 한 사람도 나와서 印度 비자가 포함된 각자의 여권 및 항공권을 전해 주었다. 成 씨는 당초에 왕복 항공권 모두가 직항일 것이라고 하였으나, 요금을 싸게 하기 위한 때문인지 갈 때는 홍콩을 경유하여 여섯 시간 반을 홍콩 국제공항에서 대기했다가 다른 비행기로 갈아타야 할 뿐만 아니라, 아내와 회옥이 및 김 여사는 국제선 제2청사에서 대한항공 편으로 오전 8시 50분에 출발하고, 나와 성 씨는 제1청사로 이동하여 10분 후인 9시에 아시아나항공 편으로 출발하여 홍콩 공항에서 합류하게 된다 하며, 올 때는 인도항공의 표를 사 가지고서 아시아나항공의 비행기에 탑승하여 델리에서 서울로 직행하게 된다고 한다.

제2청사 3층에서 필름 및 카메라용 건전지를 구입한 다음 아내 등과 작별하였다가, 몇 시간 후에 홍콩 공항 로비에서 다시 합류하였다. 성 씨는 공항 구내에서 계속 대기하자고 하였으나, 한 나절을 그렇게 보낸다는 것은 너무나도 무료한 터이라, 이즈음 홍콩에서 다신[大信?]증권의 펀드 매니저를 하고 있는 경자 누나의 큰아들 창환이에게 전화를 걸어 불러낼까 생각해 보기도 하였으나, 그의 전화번호를 적어둔 메모장이 내 배낭 속에 든 채로 서울에서 델리로 직송되고 말았으므로 그것도 불가능해지고 말았다. 결국 나의 의견에 따라 우리 일행은 일단 홍콩 입국 절차를 밟고서 밖으로 나와, 우리 가족의 돈 150달러를 홍콩 달러로 환전한 다음, 2년 전에 새로 생겼다는 공항쾌속전철의 당일 왕복 티켓을 끊어 九龍驛까지 가서는 무료셔틀버스로 번화가인 침사초이(尖沙坦)로 이동하였다.

尖沙坦의 식당에서 중국식 국수로 점심을 들고서는 그 부근의 觀音廟를 참관하고 거리를 산책하며 백화점에도 들러보았고, 越南에서 수입했다는 火龍頭 등의 열대 과일을 사 가지고 공항으로 귀환하여 다시 출국 수속을 밟았다. 나로서는 세 번째로 홍콩에 들러본 셈이지만, 아내나 회옥이는 모두 처음인 것이다. 홍콩에서부터는 오후 6시 10분 발 AIR INDIA의 비행기로 갈아타고서 한밤중에 델리의 인디라 간디 국제공항에 도착하였는데, 한국과의 시차는 세 시간 반이라고 한다.

성 씨가 가격을 교섭하여 대절해 온 택시에 타고서 뉴델리의 파하르간즈 區 메인 바자르 1534-50번지에 있는 비벡호텔에 도착하여 그 3층에 투숙하였다. 이곳은 성 씨가 델리에 올 때마다 단골로 묵는 곳인 모양인데, 서양인 투숙객들이 많아 보이기는 하나 우리가 든 방들은 형편없는 싸구려인 듯하였다. 방 세 개를 빌려 나는 아내와, 회옥이는 김 여사와 같은 방을 쓰고 성 씨는 따로 방 하나를 얻었다. 천장에 달린 선풍기 소리와 벽에 붙은 고물 에어컨의 팬 소리에 잠을 이루지 못하다가 결국 모두 꺼버리고 말았다. 집을 떠난 이후 이틀 밤에 걸친 수면부족으로 피로가 쌓였으나, 모처럼 방에 들었으므로 샤워를 하고 빨래도 해 두었다.

28 (금) 흐린 듯 맑음

아침에 우리 일행 다섯 사람이 모두 근처의 뉴델리 역까지 산책을 나갔다가 자전거 릭셔를 타고서 호텔로 돌아왔다. 우리가 든 비벡 호텔은 메인 바자르라는 시장 통 안에서도 채소 상점이 많은 곳 부근에 위치해 있다. 이 좁고 복잡한 거리에는 소들이 적지 않게 어슬렁거리고, 길바닥에는 여기저기 쇠똥이 널려 있으며, 수많은 외국인들과 머리에 터번을 쓰고 이마에 물감을 칠하였는가 하면, 더러는 손에 시바 神을 상징하는 삼지창을 든 사람들이 오가고 있는 풍경이 꽤나 이국적이었다.

　우리 호텔과 연결된 2층의 레스토랑에서 중국식 치킨 수프 등 인도 음식으로 조반을 들었고, 음식이 나오기를 기다리면서 프랑스의 브루타뉴 지방에서 왔다는 중년 여인과 영어로 대화를 나누어 보기도 하였지만, 그녀는 영어를 거의 하지 못했다.

　성 선생에게 부탁하여 우선 백 달러를 인도 돈으로 환전하였더니 4,430루피 정도가 되었다. 호텔을 체크아웃하고서 택시를 대절하여 시외버스 터미널로 향했는데, 도중에 무굴제국 당시 황제의 居城이었던 레드포트의 성벽을 지나쳤다. 붉은 沙巖으로 지어졌기 때문에 이런 이름으로 불리는 것이다. 델리는 야무나 강변에 위치한 유서 깊은 옛 도시들의 터전으로서 회교의 정복 왕조인 무굴 제국의 샤자한 황제 때 아그라로부터 수도를 옮겨오기 위해 건설한 곳이며, 뉴델리는 영국의 식민통치 시대인 1910년대에 캘커타로부터 델리 부근으로 수도를 옮겨오게 되면서 정연한 도시 계획에 따라 새로 건설한 것이다. 지금은 이 두 도시가 서로 이어져 하나로 되어 있는데, 우리가 머물던 뉴델리 역 부근이 이 두 구역의 경계에 해당한다고 한다.

　시외버스를 타고서 하리드와르(혹은 하르드와르)로 향하는 도중에 도로 가의 식당에서 점심을 들게 되었는데, 좌석이 부족해서인지 같은 차에 탔던 서양인 청년 하나가 우리 테이블에 합석하게 되었다. 그와 영어로 대화를 나누어 보니, 이스라엘의 하라파 출신으로서 중국 西安의 항공기 부품회사에 근무하다가 중국인 여성과 결혼하게 된 친구의 결혼식에 왔다가 北京과 西安에서 한 달 정도 체재하였으며, 그 후 태국의 어느 섬으로 들어가 두 주를 보내다가 인도에 온 지는 한 달쯤 되었는데, 하리드와르보다 좀 더 북쪽에 있는 리쉬케쉬로 간다는 것이었다.

　우리가 델리에서부터 北上하는 도로의 주변에는 코알라가 좋아하는 유칼리나무와 大麻 등이 많이 보였고, 길에서는 시종 울긋불긋한 종이 같은 것으로 꽃 장식을 한 반원형의 물건을 어깨에 짊어지고서 걸어오며 더러 노래를 부르기도 하는 남자들을 이루 헤아릴 수 없을 정도로 많이 보았다. 뒤에 알게 된 것이지만, 이들이 어깨에 짊어지고 있는 것은 칸와르라고 부르는 갠지스 강의 물을 담은 항아리 두 개를 나르는 지게이며, 그것을 짊어진 사람들은 칸와리라고 한다. 이들은 7월부터 8월 중순 무렵까지에 걸쳐 웃타르 프라데시 州 및 그 부근의 여러 州들로부터 걸어 와서 갠지스 강의 물을 떠 리쉬케쉬 북쪽에 있는 락쉬만줄라 사원의 시바 神에게 바친 다음, 다시 갠지스 강물을 떠 항아리에 담아서는 그것을 짊어지고 자기네가 사는 고장까지 不遠千[萬]里하고 걸어서 돌아가 자기 마을의 시바 神에게 바친다는 것이었다. 버스가 달려가는 도중에 일부러 차를 세워서는 승객 모두에게 한국의 박상 비슷한 튀긴 쌀에다 설탕을 섞은 신성한 과자를 한 움큼씩 나누어주는 사람들도 만났다. 과연 소문에 듣던 대로 인도가 종교의 나라임을 실감할 수가 있었다. 이 길은 대체로 도로 주위에 사탕수수 밭 등이 펼쳐진 농촌으로 이어진 것인데, 승객 중에는 순례자의 길이라고 나에게 일러주는 사람도 있었다.

하루 종일 버스로 달려서 밤중이 되어 하리드와르에 도착한 다음, 자전거 릭셔로 갠지스 강가의 浴場인 비슈누 가트에 접해 있는 강가니하르 호텔에 든 후, 샤워를 하고서 근처의 식당으로 가 늦은 저녁 식사를 들었다. 이 호텔과 이 식당도 각각 성 씨가 한국의 여행객을 데리고 하리드와르에 오면 단골로 정해 놓고서 이용하는 곳임을 짐작할 수가 있었다. 인도인의 主食 중 하나인 난 등으로 늦은 석식을 마친 후, 시장 통을 거쳐서 갠지스 강의 다리를 건너 산책을 나갔다가, 호텔로 돌아올 때는 석류와 야자 등의 과일을 샀다. 이곳의 석류는 큼직하고 알맹이가 많은 데다 한국의 것과는 달리 거의 시지 않아서 먹기 좋으며, 야자는 충분히 익어서 속에 든 주스가 하얗게 말라 고체화하고 바깥의 껍데기는 갈색으로 부슬부슬하게 일어나 있었다.

하리드와르는 '神의 門'이라는 뜻이라고 하는데, 하르는 시바 신, 하리는 비슈누 신의 별칭이므로, 결국 시바 신을 모신 케다르나트 사원과 비슈누 신을 모신 바드리나트 사원으로 가는 순례의 출발지라는 뜻을 내포한 이름인 모양이었다. 이곳에서 히말라야의 산골짜기를 흘러 온 갠지스 강이 비로소 큰 평야 지대와 만나게 되므로 힌두교에서는 예로부터 가장 신성한 도시의 하나로 간주되어 온 곳이며, 3년 만에 한 번씩 네 도시를 돌아가며 열려 결국 12년 만에 한 번씩 그 도시들을 각각 찾아오는 인도 최대의 축제인 쿰바 멜라가 열리는 장소이기도 하다. 成 씨는 그가 다녀 본 인도의 여러 도시 중에서도 이곳이 가장 마음에 든다고 하며, 힌두교는 시대의 변화에 따라 신앙의 내용도 바뀌어 가므로 영원히 지속될 수 있을 것이라고 설명해 주기도 하였다.

　29 (토) 흐린 듯이 맑음
　하리드와르는 쉬발리크 산맥의 끝에 위치해 있는 인구 187,392명, 해발 292.7m의 도시로서, 唐나라의 승려 玄奘도 이곳을 방문하여 여행기에 기록을 남기고 있다고 한다. 갠지스 강 동편의 마지막 산등성이에는 만사 데비 사원이, 그리고 서쪽 산등성이에는 찬디 데비 사원이 위치해 있다.
　오전 중 오토 릭셔를 타고서 하리드와르의 남쪽 교외에 있는 닥슈와르 만디르 부근에 있는 아난다 마이 마의 아쉬람을 방문하였다. 이곳은 생전에 인도를 대표하는 여자 聖人으로서 서양에도 널리 알려졌던 아난다 마이 마가 생전에 오래 머물렀고 또한 세상을 떠났던 장소이기도 하다. 건물은 대체로 대리석으로 지어져 있는데, 우리는 입구에서 연꽃을 한 송이씩 사 들어가서 그녀의 제단에 바치고는 그 앞쪽의 대리석 바닥에 앉아 얼마간 명상을 하며 시간을 보내다가 나왔다. 그 아쉬람의 매점 문이 열리기를 기다려 나는 힌두교 명상 음악의 테이프를 하나 구입하였다.
　아쉬람 앞의 냇가에 있는 보리수 아래에서 6.25 전쟁 직후에 원조 물자를 수송하는 해군의 한 사람으로서 한국에 왔던 적이 있다고 하는 노인을 한 사람 만났다. 그도 지금은 구도자가 되어 있었고, 내가 찬 시계를 대단히 비싼 물건이라고 생각하는지 관심을 가지고서 어느 나라 제품인지 묻고 있었다.
　하리드와르의 호텔로 돌아온 후 성 씨와 함께 버스 터미널로 가 내일의 가르왈 행 버스 편 예약을 시도해 보았으나, 어떤 곳은 터무니없는 바가지요금을 부르는가 하면, 정부에서 운영한다는 사무실에서는 오늘 오후 다섯 시 무렵에 이 일대의 버스 회사 노동자들이 파업 여부를 결정하게 된다면서, 그 시간 이후에 다시 와 보라는 것이었다.

2000년 7월 29일, 구루의 집

우리가 들어 있는 호텔 앞을 흐르는 갠지스 강은 위쪽에다 댐을 막아 인공적으로 강물을 끌어들인 것이며, 원래의 강줄기가 흐르고 있는 건너편 강가에는 火葬場이 있다고 하므로, 오후에 그것을 보러갔다. 화장장은 강가에 별다른 설비 없이 장작을 쌓아 시체를 태우는 곳이었다. 하나는 이미 거의 다 타 버렸고, 다른 시체 하나는 하얀 천에 싸여 그냥 강가에 놓여 있었다. 그 근처 찬디 데비 사원으로 올라가는 입구 부근의 강 가 절벽에 성 씨가 예전에 방문하여 하룻밤을 신세진 적이 있는 구루가 사는 집이 있다고 하기에 거기를 방문해 보았다. 그 구루는 거의 벗은 몸에다 노란빛이 도는 머리카락을 매우 길게 길렀는지 꼬불꼬불 틀어 올린 모습으로 붉은 깃발을 두어 개 단 나무 아래의 움막에 살고 있으며, 동료인지

제자인지 모를 사람들도 몇 사람 함께 있었다. 우리 일행을 반갑게 맞이하며 나에게는 대마초를 권하기도 하였으나, 아내가 질색을 하며 만류하므로 그것을 받아 피워보지는 못하였다. 힌두교의 구도자들은 거의 대부분 대마초 중독자들이라고 하며, 그들은 대체로 그것을 여러 차례 돌려가며 나눠 피우는 모양이었다.

그 구루는 영어를 전혀 하지 못하는지 힌디어로만 말하므로, 成 씨가 서투른 힌디어와 눈치코치로 그와 대화를 나누는 동안 나는 옆에서 미소를 짓고서 지켜보기만 하였다. 우리 일행 중 김 여사는 그 자리를 벗어나 갠지스 강물에 면한 언덕 위에서 참선하는 자세로 앉아 있으므로, 성 씨와 나도 얼마 후 그리로 가서 얼마 동안 강물을 바라보며 앉아 있기도 하였는데, 김 여사는 무슨 감동을 느꼈는지 혼자서 눈물을 글썽이고 있었다.

그쪽 갠지스 강가에 갔다 오는 동안 우리는 자전거·오토·말 등 다양한 종류의 릭셔를 이용하였다. 밤 일곱 시 무렵에 만사 데비 사원 바로 아래쪽의 강이 평야와 만나는 지점이자 댐으로 말미암아 강물이 두 갈래로 갈라지는 지점에 위치한 가장 신성한 浴場인 하르 키 파우리로 가서 반시간 정도 계속되는 불의 의식인 아르티 푸자를 관람하였다. 갖가지 음색의 종소리와 노래 소리에 맞추어 여기저기서 수많은 횃불을 돌려대며 경배를 드린 다음, 모여든 순례자들이 디아라고 불리는 촛불을 밝힌 나뭇잎 조각배를 강물에 띄워 보내는 의식으로서, 매일 밤 이 시간에 거행되는 것이라고 한다.

30 (일) 비 내리고 오후에는 대체로 흐림

아침에 성 씨가 다시 버스 터미널로 가서 가르왈 행 버스 편을 알아보았더니 다행히도 파업은 철회되었다고 하므로, 비 내리는 가운데 우리 일행 한 사람이 자전거 릭셔 한 대씩에 올라타고서 터미널로 가서 하리드와르를 출발하였다. 원래는 히말라야의 4대 성지 중 야무노트리에서부터 우리의 트레킹 일정을 시작할 예정이었지만, 하리드와르에서는 오늘 바드리나트로 향하는 버스밖에 없다고 하므로, 순서를 거꾸로 잡아 바드리나트에 먼저 가기로 했다.

오전 아홉 시 무렵에 하리드와르를 출발하여 얼마 후 동북쪽으로 약 24킬로미터 떨어진 지점에 위치한 해발 348미터의 리쉬케쉬에 도착하였다. 이곳은 오래 전부터 히말라야 일대의 수행자인 사두들이 머무는 장소로서 이름난 곳인데, 1967년에 비틀즈가 그들의 스승인 T.M.(Transcendental Meditation)의 마하리쉬 마헤쉬 요기를 따라 인도에 와서 여기에 머물게 된 이후로 서구에도 널리 알려지게 된 곳이다.

우리는 바기라티 강과 알라크난다 강이 합류하여 비로소 갠지스 강이 되는 데오프라야그를 거쳐, 인구 18,791명의 비교적 큰 고장으로서 네팔의 구르카 족에 의해 물러나야 했던 가르왈의 옛 왕조가 14세기에서 18세기까지 수도로 삼고 있었다는 스리나가르를 지나, 루드라프라야그·고챠르·카란프라야그·난드프라야그·챠몰리를 거쳐 해발 1,219미터의 피팔코티 마을에서 뜻밖에도 1박을 하게 되었다. 우리가 지나온 길은 계속 히말라야 산지의 갠지스 강 상류를 거슬러 오르는 협곡이었는데, 끝에 프라야그라는 말이 붙은 지명들은 두 강물이 합류하는 지점임을 뜻하는 것이라고 한다. 이처럼 갠지스 강은 히말라야 산중의 여러 계곡 물들이 모여 점점 더 큰 물줄기를 형성해 가는 것이었다.

우리가 탄 버스는 원래 피팔코티로부터 35킬로미터 정도 더 올라간 지점인 죠시마트(해발 1,875m)에서 하룻밤을 묵고서 내일 아침 일찍 다시 바드리나트를 향해 출발할 예정이었는데, 도중에 성 씨가 소변이 마렵다면서 억지로 차를 세우게 했으므로 뜻밖의 장소에서 자게 된 것이었다. 리쉬케쉬를 떠나 스리나가르 부근까지 오는 도중에는 우거진 밀림 속에 야생 원숭이들이 많이 보였다. 점점 높이 오를수록 밀림은 사라지고 여기저기 농토로 개발되어 있는 데다 키 작은 나무 정도가 드문드문 자라는 수직에 가까운 험준한 산지였다.

우리는 피팔코티의 한 여관에 들었는데, 회옥이에게 감기 기운이 있다 하여 아내가 안절부절 하고 있고, 선도선법을 배웠다는 김 여사가 氣 치료를 한답시고 누워 있는 회옥이 몸 위에 무당처럼 팔을 뻗치고서는 주문을 외우듯 손을 흔들어대고 있는 모습 등이 영 마음에 들지 않았다. 나는 성 씨에게서 얻은 볼펜을 며칠 전 아내에게 맡겨두었었는데, 그것이 필요하여 되돌려 받고자 하니 아내는 이미 나에게 돌려주었다면서 고집을 피우는 바람에 내가 신경질이 나 차 속에서 미쳤느냐고 심한 말을 한 바 있었으며, 그 일 이후로 아내가 토라져 내내 서로 침묵을 지키고 있다. 그 볼펜은 결국 아내의 가방 속에서 나왔다.

지리산 達人이라는 성낙건 씨가 하는 말에 의하면, 히말라야의 규모는 지리산의 약 3천 배이며, 그 중 우리가 이번에 여행하는 가르왈 지역은 히말라야 전체의 300분의 1쯤 된다고 하니, 그것을 단순 계산하여 보면 가르왈만 하더라도 지리산의 열 배쯤 되는 셈이다. 차는 이 험준한 히말라야의 산허리를 지그재그 식으로 꼬불꼬불 돌아가며 차츰 고도를 높여가고 있었다. 길이 좁고 커브 진 곳이 많아 위험하므로 저녁 다섯 시 이후로는 통행을 허용하지 않는데다가, 지금은 雨期라 곳곳에 산사태로 말미암아 무너진 길들이 많으므로 오늘밤은 이쯤에서 멈추게 된 것이라고 한다.

31 (월) 비 오다가 흐렸다가

아침 일찍 어제의 버스를 타고서 바드리나트를 향하여 다시 출발하였다. 우리가 맨 처음 그 길을 통과하였는데, 간밤에 비가 꽤 많이 왔던지 곳곳이 산사태로 말미암아 도로가 막혀 있어 떨어진 바위와 돌멩이들을 치우며 천천히 조금씩 나아갔다. 그러나 피팔코티 바로 위에 있는 안수야 데비 마을에까지도 이르지 못했는데, 또다시 우리가 지켜보고 있는 가운데 여기저기서 커다란 돌멩이와 흙덩이들이 무너져 내려 다시금 도로를 차단하고 있었으므로, 실로 위험천만이었다. 한참 후에 경찰도 인부들을 데리고 와서 도로를 소통시키려고 노력하기는 하였지만 별로 효과가 없었고, 그 새 뒤이어 온 차량들로 말미암아 길은 북새통을 이루어 우리는 오도 가도 못한 채 천 길 낭떠러지 위의 눈앞에서 산사태가 이어지고 있는 1차선 비포장 도로 위에서 발이 묶여버리고 말았다. 遠近의 깎아지른 히말라야의 산봉우리들에는 곳곳에 안개가 피어오르고 여기저기의 산중턱에서 수백 미터씩 수직으로 아득히 쏟아져 내리는 폭포수들이 어우러져 사방은 꿈같은 절경을 빚어내고 있었다.

하루 종일 버스 안에서 갇혀 지냈는데, 고향이 꽃들의 계곡 입구의 강가리아 마을이고 지금은 리쉬케쉬에서 멀지 않은 데라둔에 살고 있다는 중년의 인도인 퇴역 장교와 영어로 대화를 나누면서 시간을 보내기도 하였다. 우리가 탄 버스는 선두에 서 있다가 오후 무렵에 앞쪽의 길이 좀 트여서 반대편인 죠시마트 쪽에서 다가오는 차량들에게 진로를 열어 주기 위해 계속 조금씩 후진하다가 마침내 맨 끝자리로 돌아와 버렸다. 결국 바드리나트로 나아가는 것은 포기하고서 어제의 출발지인 하리드와르에 내일 되돌아가기로 했다고 한다.

그러나저러나 피팔코티로 돌아갈 길도 산사태로 막혀버리고 땅거미가 져서 날은 점점 어두워져 오는데, 이 산중의 도로 위 버스 안에서 밤을 지샌다는 것도 여간 난감한 일이 아닌지라, 위험을 무릅쓰고서 용기를 내어 내가 성 씨를 제외한 우리 일행 네 명을 인솔하여 그 때까지도 여전히 흙과 돌멩이가 무너져 내리고 있는 도로를 건너서 4킬로미터 정도 떨어진 피팔코티까지 걸어서 돌아가고자 하였다. 다행히도 산사태 난 지점을 종종걸음으로 건너오니 곧 지프차가 있어 요금을 내고서 그 뒤 칸에 얹혀 탈 수가 있었다. 우리가 마을로 돌아오자 곧 사방이 깜깜해졌다. 식당에서 우리끼리 저녁 식사를 들고 있노라니, 얼마 후에 성 씨 및 우리의 배낭이 실린 버스도 돌아왔다. 우리가 떠난 직후에 경찰이 다이너마이트로 폭파하여 마침내 길을 틔웠다고 한다.

8월

1 (화) 快晴, 해 질 무렵부터는 비

날씨가 맑아져 오늘이야말로 바드리나트에 올라갈 수 있을까 했더니,

뜻밖에도 김찬숙 씨가 위통으로 말미암아 울고 있다고 하므로, 그녀 때문에 또 하루를 하는 일없이 피팔코티 마을에서 지체하게 되었다. 김 여사는 감정과 意思의 기복이 심하여 이번 여행을 시작한 이후 이미 여러 차례 눈물을 보이고 있다. 어제는 내가 너무 위험을 느껴 자칫하면 우리 일가족이 몰살을 당할 염려가 없지 않다면서 생명을 거는 것보다는 차라리 雨期의 히말라야 여행을 중지하고서 그 대신 비하르 州의 불교유적지 등을 돌아보는 것이 어떻겠느냐는 의견을 말했더니, 자기는 전 가족을 한국에 두고 여기까지 왔다면서 기어코 히말라야를 둘러보아야겠다고 했었는데, 이제는 또 한국에 두고 온 가족이 그립다면서 히말라야 여행을 포기하고 자기 혼자 리쉬케쉬로 내려가 아쉬람에서 명상이나 하다가 한국에 돌아가겠다고 한다는 것이었다.

우리가 들어 있는 호텔 이름은 알라크난다인데, 그것은 바드리나트의 위쪽에 있는 빙하에서부터 발원하여 이 마을 아래쪽 협곡을 따라 흘러내리고 있는 갠지스 강의 상류인 알라크난다 강에서 취한 것으로서, 그 강은 강고트리 동쪽 가우묵의 빙하에서부터 발원하는 바기라티 강과 더불어 데오프라나그(데바 혹은 데브프라나그라고도 함)에서 합류하여 비로소 갠지스 강(강가)으로 불리게 되는 것이다. 인도의 신화에 의하면, 사가르 왕의 고손자인 바기라트 왕이 현자인 카필과 대립하다가 모두 재로 변한 사가르 왕의 6만 명 아들들을 구해내기 위해 히말라야의 타포반에 들어와 오랜 명상을 통해 하늘의 신들을 감동시켜, 마침내 하늘의 강인 강가를 시바 신의 머리카락을 타고서 지상으로 내려오게 하여, 그 강 물길을 인도하여 오늘날의 갠지스 강을 이루게 하였다는 것이다. 그러므로 바기라티 강의 원천인 가우묵의 빙하를 일반적으로 갠지스 강의 발원지로 간주하고 있지만, 성낙건 씨의 주장에 의하면 사실상은 알라크난다 강 쪽이 길이도 더 길고 수량도 많다고 한다.

종일 호텔 방에서 성 씨로부터 빌린 정창권 著,『우리는 지금 인도로 간다』중의 가르왈 부분에 대한 설명을 거듭거듭 읽었다. 회옥이의 건강 상태로 말미암아 아내는 어제부터 회옥이 및 김 여사와 같은 방을 쓰고,

나는 성낙건 씨와 더불어 3층의 3인용 방에 함께 들어 대화를 나누고 있으며, 더러는 옥상에 올라가 주위의 산 모습을 둘러보기도 하였다. 이 마을은 히말라야의 4대 성지 가운데서도 대표적인 곳인 바드리나트로 향하는 도로 변에 위치해 있기 때문인지 온종일 스피커를 통하여 힌두교의 신들을 찬양하는 聖歌들이 흘러나오고, 식당에서는 모두 채식만 팔고 있다. 성 씨의 말에 의하면 인도에서는 술을 마시는 것을 일종의 범죄행위처럼 여긴다고 한다.

강가리아 부근 해발 4,150미터의 호수 가에 위치한 헴쿤드 사히브는 시크교의 구루 중 10대째이자 마지막 교주인 고빈드 싱이 전생에 명상을 했던 곳이라 하여 시크교의 중요 聖地로 되어 있는데, 그래서 이 길이나 마을에서는 색깔 있는 터번을 단정히 쓰고 수염을 길렀거나, 혹은 앞머리 부분을 상투처럼 둥글게 천으로 묶은 미혼의 시크교도들이 힌두교 신자들 못지않게 많이 왕래하고 있는 모습을 볼 수가 있다. 인도의 금융계를 장악하고 있다는 시크교도들 중에는 부유한 사람들이 많아, 한두 명이 오토바이를 운전해 오거나 혹은 제법 깨끗한 대형이나 중형 버스를 전세내어 단체로 순례를 오는 경우가 많았다.

2 (수) 맑으나 곳에 따라 흐리고 부슬비

날씨는 맑아졌으나, 죠시마트에서 통행을 제한하고 있으며, 간밤의 비로 말미암아 피팔코티의 2km 위쪽에 다시 산사태가 나서 차들이 되돌아오고 있다고 하므로, 일단 바드리나트 쪽 산행은 포기하고서 케다르나트 쪽으로 먼저 갔다가, 돌아오는 길에 이쪽의 도로 사정을 탐문해 보기로 했다.

택시 한 대를 대절하여 차몰리 마을까지 되돌아 내려온 다음, 거기서 지름길을 취해 해발 1,219미터의 고페쉬와르를 경유하여 춉타라는 마을에서 정거하여 차를 마시며 중간 휴식을 취한 다음, 천길 절벽 길과 안개 자욱한 밀림지대를 지나 쿤드라는 곳에서 루드라프라야그로부터 올라오는 主도로와 만나서는 케다르나트로 향하였다. 도중에 파손되어 복구 중인 도로도 지나쳐서 이럭저럭 올라오기는 하였으나, 손프라야그 마을 못 미친 지점에서는 산사태가 워낙 심해 택시는 거기서 돌려보내고 우리 짐은 짐꾼들에게 맡긴 채 걸어서 마을까지 다다른 다음, 지프를 대절하여 해발 1,981미터인 가우리쿤드 마을의 아래까지 와서는 다시 짐꾼을 고용하여 1킬로미터 정도를 걸어서 올라왔다. 도중에 내 우산이 무너진 도로 아래의 절벽 중간까지 떨어져 그것을 집으러 언덕을 타고 내려가기도 하였다.

우리는 가우리쿤드 마을의 뉴 수닐이라는 여관 2층에 방 세 개를 잡고서, 나는 성 씨와, 아내는 회옥이와 같은 방을 쓰고, 혼자 있기를 원하는 김 여사는 독방을 쓰도록 배정하였다. 여관의 구내식당에서 점심 겸 저녁 식사를 든 다음, 마을 아래위를 산책하며 내일 타고 갈 말(나귀라 하는 편이 옳을 정도로 체구가 작은 것)을 예약하고 지팡이가 없는 사람은 나무로 만든 것을 샀으며, 김 여사는 방한복 조끼를 하나 구입하였는데, 알고 보니 그 방한복은 한국 제품이었다.

산책이 끝난 후에도 몇 명은 마을 안의 힌두 사원 앞으로 가서 어떤 노인이 바닥에 앉아 북을 치며 노래 부르는 모습을 지켜보았고, 나는 그 후에 다시금 혼자 내려가서 자주 들리던 힌두교의 聖歌들을 수록한 테이프를 하나 구입하고, 사원의 저녁 예배에도 참관해 보았다.

3 (목) 맑으나 저녁 무렵 비

가우리쿤드 마을에서 다섯 필의 말을 빌려, 한 마리에는 우리의 배낭들을 싣고, 배낭 속의 물건 중 당분간 불필요한 것들은 뉴 하닐 여관의 방 하나를 계속 빌려 거기에다 모아 두었다. 나머지 네 필의 말을 가지고서 여자 세 사람은 한 사람이 한 마리씩 타고 성 씨와 나는 교대로 타기로 했는데, 반쯤 올라가다가 도중에 또 한 마리를 빌려서 결국 전원이 모두 말을 타고 가게 되었다. 마부들이 말을 제어하여 가우리쿤드로부터 해발 3,584미터에 위치한 케다르나트까지 14킬로미터에 달하는 거리의 급경사를 돌과 시멘트로 포장된 길을 따라 지그재그 식으로 나아가는데, 도중에 순례자를 위한 상점들이 있어 여러 차례 이런 곳에 들러 쉬면서 인도에서는 자이라고 불리는 우유와 설탕을 탄 홍차 등을 마시기도 하였다.

가르왈 히말라야에 있는 힌두교의 4대 성지 중 하나인 케다르나트는 해발 6,940미터의 케다르나트 등 설산들을 배경으로 하고 있으며, 만다키니 계곡이 시작되는 위치에 형성된 작은 분지였다. 수닐이라는 여관 2층에다 방을 정하고서, 마을을 둘러보았다. 케다르나트의 사원은 서사시『마하바라타』에 나오는 판드바스(아르주나 등 다섯 형제)가 전쟁에서 구루와 친척들을 많이 죽인 죄를 시바 신으로부터 속죄 받기 위하여 여러 가지 우여곡절을 거친 끝에 건설한 시바 신전인데, 그 입구의 광장에서는 온몸에 재를 뒤집어쓰고 손에 삼지창을 든 사람과 그 밖의 수행자들을 여러 명 만났다. 이들은 모두가 외국인인 우리에게 매우 친절하였으나, 그것은 아마도 우리에게 금전적 보시를 기대해서인 듯하였다.

저녁 무렵에 회옥이를 제외한 우리 일행은 신전의 왼편 앞 1킬로도 못되는 위치에 떨어져 있는 언덕 위에 울긋불긋한 깃발 등이 꽂혀 있는 바위를 보러 올라갔다. 이 바위는 신전 바깥에서 시바 신의 호위를 맡아 있는 것이라고 한다. 고지대이므로 공기가 희박한 까닭인지 나는 거기까지 갔다 오는데도 몹시 숨이 가쁘고 피곤하였다. 기온이 제법 내려갔으므로 겨울용 등산복으로 갈아입었으나, 우산을 썼다고는 하지만 그 바위까지 갔다 오는 동안에 옷은 비에 젖어 눅눅해져 버리고 말았다. 바위 부근에는 흉측한 모양을 한 갖가지 우상들이 널려져 있고, 우상으로 가려진 뒤쪽의 구석에는 촛불이 켜져 있었다. 마을로 돌아와서는 雨中에 신발을 벗고서 케다르나트 신전 안에 들어가 보기도 하였다.

4 (금) 맑음

高所症勢로 말미암아 밤새 두통과 호흡곤란으로 신음하며 잠을 이루지 못했다. 성 씨를 제외한 다른 사람들도 어느 정도 고소증세를 느끼기는 하는 모양이었지만, 젊은 시절에 右肺上葉切除手術을 받아 다른 사람들보다 폐활량이 떨어지는 나로서는 특히 고통이 심하였다.

히말라야 지역의 산촌들은 자가발전으로 전기를 공급하고 있었다. 이곳 케다르나트에서는 신전 주위에는 밤새 불이 켜져 있었으나, 우리가 든 여관 등에서는 발전기는 갖추고 있는 듯하지만 밤이 되어도 전혀 전기를 공급해 주지 않았다. 그러므로 여관 전체는 해만 지면 깜깜해지고 마는 것이었다. 여관 입구에 창고 같이 木造로 지어져 있는 집은 다른 사람이 경영하는 식당이었는데, 그 집에서는 실내에 촛불을 켜고 나무 바닥 위에 때가 잔뜩 긴 담요 같은 것을 깔고서 같은 방 한구석에서 음식을 만들어 손님에게 내놓고 있었으나, 그 음식이란 모두 인도식의 채식으로서 너무나 빈약하였다. 거의 식욕을 잃고 말았지만 억지로 남들과 함께 조금 들었다. 이 마을에는 4천 미터 이상의 고지대에서만 자란다는 히말라야 연꽃이라고 불리는 브라마까말이라는 흰 꽃을 줄에다 매어 벽에 늘어놓은 모습을 더러 볼 수가 있었으며, 이 식당에서도 그것이 우리에게는 구경거리였다.

원래 오늘은 케다르나트 마을에서부터 산 능선을 타고서 6킬로미터쯤 떨어진 위치에 있는 해발 4,135미터 지점의 바수키탈이라는 호수까지 트레킹을 갔다 올 예정이었다. 그러나 회옥이는 이런 힘든 등산에는 아예 취미가 없고, 나는 가고 싶은 마음이 있으나 6킬로는 고사하고 단 600미터도 힘든 처지라, 결국 포기하고서 그 대신 그리로 향하는 4,400미터 높이의 산 아래쪽에 있는 그다지 높지 않은 능선에 올라 주위를 조망하고, 山地의 초원에 핀 갖가지 들꽃들을 감상하다가 돌아왔다. 나로서는 그 정도로도 숨이 가쁘고 피곤하여 간신히 산봉우리에 올라서는 거의 풀밭에 드러누워 있었다. 바수키탈의 바수키는 독사인 코브라를 의미하며, 탈이란 호수를 의미하는 말인데, 시바 신의 畵像 목에 걸쳐져 있거나 신전 안의 시바 神을 상징하는 링가에 보이는 뱀과도 관계가 있는지 모르겠다.

케다르나트의 만년설로 덮인 連峰들은 새벽의 해 뜰 무렵부터 여관 옥상에 올라가서 계속 감상하였다. 히말라야 산지의 물이나 폭포들은 대부분 중턱에서부터 쏟아져 나오는 것으로 보아 산 내부에 물이 저장되어 있다가 바깥으로 흘러나오는 伏流水임을 알 수 있었다.

하산하여서는 케다르나트 사원 뒤편에 있는 샹카라차랴의 사마디라는 곳으로 가 보았다. 성 씨는 여기를 샹카라차랴가 명상으로 三昧에 들었던 장소라고 설명하였지만, 뒤에 알고 보니 힌디語에서 사마디란 죽은 후에 시체를 화장한 장소를 가리키는 말이었다. 아디구루라는 존칭으로 불리는 이 인물은 1200년 전에 생존했던 사람으로서, 남인도에서 출생했으나, 주로 북인도에서 추종자들을 얻었던 것인데, 아소카 왕 이후 힌두교가 쇠퇴하고 불교가 盛行하던 당시에 그러한 상황을 역전시켜 힌두교를 부흥시키는 데 결정적인 역할을 한 인물이었다고 한다. 그가 바드리나트의 힌두 사원을 회복시키고 인도 전국에다 후일 聖地로 된 사원들을 짓고 난 다음, 32세 때 케다르나트로 와서 사원에 참배하였고, 그 뒤편의 마하판트, 즉 "하늘로 가는 문"이라는 곳에서 죽어 遺體를 화장했던 것이었다.

그것은 조그만 건물 안에 사람의 塑像이 하나 안치되어 있고 벽에 물감으로 그림들이 그려져 있는 조촐한 곳이었다. 그 부근의 텐트에 사는 수행자가 우리를 손짓으로 부르므로, 그리로 가서 차를 대접받고 그가 보여주는 자신의 앨범도 뒤적여 보았다. 하리드와르의 쿰브멜라 축제에 참가하여 다른 사람들과 더불어 性器까지 드러낸 나체로 찍은 사진들도 여러 장 들어있었다. 다소 큰 그의 텐트에는 네 명의 구도자가 함께 거주하고 있는 모양이었다.

숙소 옆의 식당에서 점심을 든 후, 나귀 여섯 마리를 빌려서 타고 가우리쿤드 마을로 하산하였다. 그저께 우리가 묵었던 방 세 개에 들었는데, 나는 모처럼 아내와 한 방을 쓰게 되었다. 마을에 온천이 있다고 하기에 나 혼자서 안내해 주는 마을 청년을 따라 그리로 가 보았는데, 집들이 이어진 마을 한 복판의 빈터에 남자용과 여자용인 듯한 계단식 풀 같은 온천이 두 개 있었으나, 入浴해 있는 사람이 아무도 보이지 않고, 나도 衆人이 環視하는 가운데서 탕에 들어갈 용기가 없어 그냥 돌아와 버렸다. 뒤에 성낙건 씨가 알려준 바에 의하면, 인도의 온천은 대체로 이처럼 露天湯이며 또한 무료라고 한다.

5 (토) 맑음

케다르나트에서 다시 가우리쿤드 마을로 내려와 하룻밤을 자고 나니 두통이 좀 가라앉았다. 케다르나트에서 바로 리쉬케쉬로 돌아가겠던 김찬숙 씨가 오늘 아침에는 아쉬운 마음이 들었는지 다시 우리들과 함께 히말라야 여행을 계속할 의사를 표명하였으므로, 그녀를 아쉬람으로 데려다 주기 위해 리쉬케쉬까지 내려가 또 며칠의 시간을 낭비할 필요가 없어졌다. 우유 등으로 간단한 조식을 마친 후, 강고트리 쪽으로 향할 예정으로 지프차를 빌려서 손프라야그까지 내려와, 보수 중인 도로를 각자 스스로 자기 배낭을 지고서 건넜더니, 뜻밖에도 바로 거기에 바드리나트 행 버스가 있어 막 출발하려고 탈 손님을 부르고 있는지라, 성 씨와 상의한 끝에 즉석에서 그 버스를 타기로 결정하였다.

만다키니 계곡을 따라 파타·굽트카시·쿤트·아가스트무니를 지나 틸와라·루드라프라야그까지 내려온 후, 처음 지났던 코스를 따라 피팔코티까지 다시 올라가 알라크난다 호텔에 실수로 놓아두고 왔던 성 씨의 전기 포트 코드를 찾았고, 마침내 안수야 데비 마을을 통과하여 조시마트에 이르렀다. 우리는 이 버스가 오늘 중에 바드리나트까지 간다고 들었던 것이지만, 죠시마트의 검문소에서 저녁 다섯 시 이후의 차량 통행은 일체 허용하지 않으므로, 결국 조시마트에 머물러 하룻밤을 잘 수밖에 없었다. 우리는 샛길로 빠져 비슈누프라야그까지 걸어가서 다른 지프차를 빌려 보려고 시도도 해 보았지만, 결국 포기하고서 죠시마트 마을 산 중턱의 케다르 홀리 홈 게스트하우스라는 곳에서 하룻밤을 묵게 되었다. 그곳은 지대가 높아 주변의 웅장한 산세를 조망하기에 좋았고, 밤에는 북두칠성을 비롯한 하늘의 별들이 매우 선명하였다. 회옥이와 더불어 2층의 베란다에서 한참동안 별을 바라보다가 나는 아내 방에서 취침하였다.

6 (일) 아침에 흐렸다가 개임

죠시마트의 여관을 아침 여섯 시 무렵에 체크아웃하고서, 다시 지프를 대절하여 바드리나트로 향했다. 고빈가트에 이르니 강가리아를 거쳐 꽃의 계곡과 햄쿤드 사히브 쪽으로 향하는 산길이 바라보였다. 그러나 이미 피팔코티에서 사흘을 허비하였으므로, 시간 관계상 그쪽 일정은 포기할 수밖에 없었다. 해발 3,096미터의 바드리나트 마을까지 차로 들어갈 수가 있었는데, 우리가 거기에 이르렀을 때는 만년설에 덮인 6,600미터의 닐칸트 峰이 우람하게 버티고 있는 모습을 바라볼 수 있었다.

깨끗하고 큰 식당을 골라 간단한 음식과 음료를 든 후, 식당의 한쪽 구석에다 짐을 놓아두고서 바드리나트 사원을 참배하였다. 오늘날 히말라야의 4대 성지 가운데서도 가장 유명한 이 사원은 한동안 불교의 절로 변해 있었는데, 8세기에 샹카라차랴가 이를 다시 비슈누 神像을 모시는 힌두교 사원으로 회복시켰다고 한다. 사원 참배를 마친 후 성 씨와 나는 그 앞의 온천탕에 들어가 聖水로 목욕을 하였으며, 우리 일행이 함께 그 일대의 상점을 둘러보며 산책을 하였다. 사원 입구의 계단과 그리로 건너가는 알라크난다 강의 다리 위에는 수많은 거지들이 늘어앉아 순례객들에게 구걸을 하고 있었는데, 나도 남들이 하듯이 지폐를 동전인 잔돈으로 바꾸어 거지들에게 골고루 나누어주기도 하였으나, 그 많은 숫자는 도무지 감당할 수가 없었다.

산책을 마친 후 짐을 맡겨 둔 식당으로 돌아와 점심을 들고서, 성 씨가 타고 갈 차편의 가격을 교섭하는 동안 마을 모퉁이에서 닐칸트를 조망하며 기다렸으나, 그 무렵에는 봉우리가 대부분 구름에 가려 보이지 않았다. 한참 후에 성 씨는 다시 죠시마트까지 가는 지프를 빌려 우리를 태웠다. 죠시마트에 도착한 다음에는 다시 한참을 교섭한 끝에 다른 지프를 빌려 차몰리로 향하였다. 차몰리에 내려서도 가격 문제로 또 한참 시간을 끌다가 결국 600루피를 주고서 루드라프라야그까지 다른 지프를 빌리기로 했다. 그러나 시각이 늦어 다른 교통수단을 이용하기 어려운 우리의 약점을 이용한 현지인들의 바가지요금에다 우리 일행과는 관계없는 엉뚱한 사람들까지 마구 태우는 바람에, 결국 때마침 도착한 하리드와르행 마지막 버스를 집어타고서 스리나가르로 향하다가, 역시 시각이 늦어 카란프라야그에서 1박을 하게 되었다. 그 버스 정거장 옆의 여관은 우리가 인도에 온 이후 들었던 여러 숙소 가운데서도 가장 시설이 형편없는 것이었으며, 잦은 정전으로 말미암아 전기도 없는 것이나 마찬가지였다.

7 (월) 맑음

카란 프라야그의 여관에서 새벽 네 시 무렵 아내가 우리 방으로 와 깨워줘서 起床하여 출발 준비를 하고서, 5시경에 출발하는 어제의 그 버스를 탔다. 아직 어두컴컴한 길을 따라 한참을 내려가니 주위가 점점 밝아졌다. 차를 갈아타기로 예정한 장소인 스리나가르에 도착하여 주차장 부근의 빵집에 들러 대충 아침식사를 때우고, 가우리쿤드에서 내려와 바드리나트로 향하는 버스를 탈 무렵부터 이 며칠간 버스나 온천 등에서 자주 우리와 마주치게 되었던 비하르州에서 순례 차 온 두 쌍의 중년부부와도 여기서 헤어지게 되었다.

테리까지 일반버스 표를 끊어 알라크난다 강을 따라 데오프라야그 쪽으로 좀 더 내려가다가 알지 못하는 산길 쪽으로 접어들었다. 형편없이 낡은 버스가 끙끙거리며 천천히 산길을 오르는데다가, 마을마다 그리고 손을 드는 사람이 있는 곳마다 거의 다 정거하는지라 완만한 산길을 몇 구비 올라서 또 오른 만큼 천천히 내려가 테리에 도착하기까지는 예상보다 상당히 많은 시간이 소요되었다. 우리 일행은 기사 바로 옆 좌석에 자리를 잡았는데, 주위의 경치를 조망하기에는 좋으나, 좌석이 좁아 발을 두기가 불편한데다 기사와의 사이에 있는 엔진 장치의 덮개로부터 열기가 전해와 제법 더운 장소였다.

테리는 산을 다 내려간 지점에 있는 교통의 요지였다. 온통 쓰레기와 먼지, 수많은 소들과 그 똥으로 말미암아 우리가 인도에 온 이후 경험한 곳 가운데서는 가장 지저분하다는 느낌이었다. 버스를 타고서 이리로 오는 도중에 내 야외용 샌들의 밑창이 벌어져 있음을 발견하고서는 주차장에 닿자말자 10루피를 주고서 수리를 하였는데, 저녁 무렵이 되자 다시 접착제로 붙여놓은 부분이 떨어져 도로아미타불이 되었다.

테리에서 식당에 들러 점심을 주문하고는 주인인 듯한 사람에게 화장실 위치를 물었더니 출입구 바깥의 오른쪽 옆길을 가리키면서 힌디語로 무어라고 지껄이므로 나가 보았지만, 그 부근 어디에도 화장실 같은 곳은 눈에 띄지 않는 것으로 보아 근처의 벽에다 대고 적당히 소변을 보라는 뜻인 모양이었다. 일행 중의 여자들도 화장실을 찾으므로 다시 물었더니 젊은 남자 점원 한 사람에게 안내하라고 지시하였는데, 그가 우리를 데려다 준 곳은 그 식당으로부터 수백 미터 떨어진 곳의 바기라티 강가 언덕에 있는 키 작은 나무들이 제법 있는 곳이었고, 그 부근은 온통 人糞으로 말미암아 악취가 진동하고 있었다.

식사를 마친 후 낡은 택시 한 대를 대절하여 계속 바기라티 강을 따라 북상하여 얌노트리와의 갈림길이 있는 다라수도 지나 이 일대에서 가장 큰 마을이며 이쪽 편 히말라야 수행자들의 겨울철 避寒地이기도 하다는 웃타르카시에 이르렀고, 거기서는 또 다른 택시를 대절하여 역시 바기라티 강을 따라 계속 나아갔다. 점차 히말라야의 깊고 높은 협곡 속으로 들어감에 따라 반소매 옷으로는 추위를 느낄 정도로 기온이 낮아지고 풍경도 갈수록 장엄해졌다. 도중에 수키라는 곳에 이르니 언덕 일대가 온통 사과 과수원이며 길가에다 내놓고서 팔기도 하는지라, 기사의 권유에 따라 정거하여 한국 것보다는 훨씬 알맹이가 작은 이 사과들을 사보기도 하였다. 티베트 출신 사람들의 집단 거주지로서 집집마다 색깔 있는 큰 깃발들을 집밖에 세워두고 있는 하르실 부근의 마을도 지나, 오후 6시 40분 무렵에 해발 3,048m 지점에 위치한 히말라야 4대 聖地의 하나 강고트리에 이르렀다.

가르왈 만달 비카스 니감이라고 하는 일종의 정부 기관이 가르왈 지역의 웬만한 관광지마다에 지어두고서 운영하는 투어리스트 레스트하우스에다 숙소를 정했다. 우리는 두 사람이 방 하나씩 각각 디럭스 룸에 들었고, 성 선생은 혼자 일반 객실 2층의 202호에 들었다. 이 숙소 바로 입구 부근에는 황토색 갠지스 강의 물이 거창한 폭포를 이루어 우렁차게 떨어지고 있어 대낮에 무지개를 구경할 수도 있었다. 구내 1층의 식당에서 모처럼 입에 맞는 음식으로 늦은 저녁식사를 들고서 조금 있다 취침하였다. 이곳에도 취침 시간 무렵에는 발전기를 돌리지 않고서, 그 대신 석유 랜턴을 방마다 하나씩 주었다.

8 (화) 맑음

아침 일곱 시, 어제의 식당에서 오트밀(인도에서는 뽈리지라고 함)과 우유·콘플레이크 등으로 조식을 들고는 강고트리에서 18킬로미터 정도 떨어진 갠지스 강의 발원지 가우묵(해발 3,892m)을 향한 등산길에 나섰다. 먼저 강고트리 사원에 들러, 말로만 익히 듣고 있던 남성 성기 모양의 神體 시바링가를 처음으로 보았다. 사원은 바드리나트나 케다르나트의 경우보다도 한층 더 간소하여 별로 크지 않은 본체 건물 하나만이 있었다.

어제 도착했을 때부터 계속 우리를 따라다니며 가이드하기를 원한다고 하던 인도인 청년이 만류에도 불구하고 오늘 아침 기어이 우리를 따라 나섰다. 회옥이와 아내는 3킬로쯤 걷다가 강고트리로 돌아간다 하므로 그 편에 그녀들을 안내하도록 가이드를 따라 보냈다. 길은 거의 평지처럼 완만한 것으로서 바기라티 강물이 흐르는 계곡을 따라 계속 이어지는데, 강고트리 부근의 처음 3~4킬로미터 정도는 소나무와 雪松 등 키 큰 고목들이 우거져 있다가 차츰 풀밭으로 바뀌며, 4,000미터 가까이 계속 올라가면 이제는 거의 바위와 흙만이 보이게 되는 것이다. 김찬숙 씨도 4킬로쯤에서 돌아가고, 나와 성 씨만이 계속 걸었다.

강고트리로부터 8킬로쯤 떨어진 중간지점의 치르바사(3,600m)라는 곳에 있는 상점에서 라면으로 점심을 때우고, 14킬로 지점인 보즈바사(3,792m)에는 오후 세 시 반쯤에 도착하였다. 주위는 온통 바위로 이루어진 협곡으로서, 주위로 장엄하게 펼쳐진 산들이 실로 절경이었고, 세계 5大 美峰 중의 하나로 꼽힌다는 시블링이나 갠지스 강의 전설에서 유래하는 이름인 바기라티 1·2·3봉 등 6천 미터 급의 雪山들이 바로 코앞에 버티고 서 있었다. 여기까지 오는 도중에는 순례하러 온 수행자나 외국인들이 종종 눈에 뜨이고, 그 외국인들 중에는 가끔 나귀를 탄 사람들도 있었는데, 프랑스 사람들과 자주 마주쳤다.

성 씨는 보즈바사에서 하룻밤 자고 가우묵에는 내일 새벽에 올라가 주변 산들의 일출을 구경하자는 것이었지만, 아직 시간이 꽤 남아 있는 데다 내일 날씨가 어떨지도 알 수 없는지라, 나는 계속 가자고 했다. 그런데 보즈바사까지는 비교적 무난히 올라왔지만, 거기서부터 가우묵까지는 高山 증세로 말미암아 나는 급격히 기력이 떨어져 호흡곤란과 피로로 헐떡거리며 뒤에 계속 쳐져서 거의 50미터에 한 번 정도씩 쉬어야만 했다. 그러므로 나머지 4킬로에서 엄청 시간을 소모하여 해질 무렵에야 간신히 가우묵에 도착하였다. 가우묵은 '소의 입'이라는 뜻이라고 하는데, 수십 킬로미터에 달하는 강고트리 빙하의 아래쪽 끄트머리에서 황토 빛 강물이 힘차게 콸콸 쏟아져 내리며, 그 물 가운데는 커다란 얼음 덩어리도 여기저기에 보였다. 가우묵을 일러 빙하라고는 하지만, 오랜 세월 동안의 흙과 먼지가 묻어 주위의 바위보다도 더 시커먼 것이어서, 수직으로 쩍 벌어진 크레바스를 통해 그것이 얼음임을 알 수 있을 정도였다.

성 씨가 가우묵에 있다고 하던 숙소도 없어져 버려, 별 수 없이 기진맥진한 채로 밤길을 걸어서 투어리스트 레스트하우스가 있는 보즈바사까지 도로 내려왔다. 저녁식사는 식욕이 없어 거르고, 두터운 겨울 등산복 차림 그대로 침대의 이불 속에 들어가 밤 여덟 시경에 취침하였다. 그러니까 오늘 모두해서 산길 22킬로를 걸은 셈이다.

9 (수) 아침에 흐리고 때때로 부슬비 내리다가 개임

다섯 시에 기상하여 아직 어두운 산길을 따라 14킬로를 하산해 내려오는 동안 날이 새었다. 안개가 점점 짙어져 주위의 풍경이 아무 것도 보이지 않게 되더니, 마침내 빗방울이 떨어지기 시작했다. 간밤에 저녁식사를 거른 데다 아침도 비스킷과 호두 등의 간식으로 때웠다.

아홉 시 반 무렵 강고트리의 숙소에 도착하여, 또다시 비로 말미암은 산사태로 도로가 파손되어 갇히게 될 것을 염려하여 바로 짐을 꾸려서 대절 택시로 출발하였다. 웃타르카시에 도착하여 점심을 들기 위해 도로가의 호텔 식당에 들렀는데, 프랑스인 단체 손님과 젊은 한국인 단체가 우리보다 먼저 이미 그 식당에 들어와 있었다. 대화를 나누어보니 그 한국인 청년들은 쉬블링 뒤편의 탈레이샤가르峰을 등정하러 온 울산대 OB 및 재학생 등산 팀 12명이었다. 거기서 모처럼 양고기를 넣어 만든 인도음식 달과 닭고기 구운 것을 포식하였다.

웃타르카시에서 다시 지프를 빌려 다라수까지 내려온 후, 바기라티 강을 따라 내려가는 도로를 버리고서 얌노트리 쪽 갈림길로 접어들었다. 가는 도중 내내 車 안이나 바깥으로 빨랫감을 손으로 내다 널어서 바람에 말렸다. 우리는 여행 중에 주로 이런 식으로 매일의 세탁물을 처리했던 것이다. 여러 시간동안 비교적 완만한 산을 넘어가는데, 한참을 가고 나니 건너편 골짜기로 야무나 강을 내려다 볼 수가 있었다. 야무나 강은 인도 북부를 흐르는 또 하나의 큰 강으로서 중북부의 알라하바드市에서 갠지스 강과 합류하게 되는데, 그 발원지는 갠지스 강의 발원지로부터 그다지 멀지 않은 히말라야 산 속의 호수라고 한다. 그러므로 빙하에서 발원하는 갠지스 강에 비해 강물이 연한 푸른빛을 띠고 있으며, 수량도 적고 흐름도 비교적 온화하여 여성적이라고 할 수 있다.

우리는 얌노트리(해발 3,185m) 입구의 산 아래에 위치한 하누만챠티 마을까지 가서 오늘밤 투숙할 예정이었으나, 그 앞 2km 지점인 라나챠티 마을 부근의 산사태로 말미암아 도로가 파손되어 차로는 더 이상 갈 수 없다 하므로, 별 수 없이 이 마을에 머물러 숙소를 정하게 되었다. 샤우한 투어리스트 로지라는 여관의 2층에 방 두 개를 빌리고, 성 씨는 3층에서 독방을 쓰게 되었다. 밤에 소나기가 내렸다.

10 (목) 부슬비

새벽 여섯 시 반에 힌디어로 고라라고 하는 나귀(말?) 다섯 마리를 빌려서 한 사람이 한 마리씩 타고 마부와 함께 얌노트리로 향하였다. 산사태로 파손되었던 부분의 길은 간밤에 내린 비로 말미암아 거의 완전히 무너져 내려버렸으므로, 우리 일행과 다른 순례자들은 탈것에서 내려 그 한참 아래쪽의 야무나 강 옆 개울에 걸쳐진 다리를 건너 둘러가서 다시 건너편의 도로로 올라갔다.

길가에는 호두나무 같아 보이는 키 큰 수목 등이 제법 자주 눈에 띄고, 가르왈 지역을 비롯한 인도 북부의 민가는 널빤지 같은 頁巖을 쪼개어 지붕을 덮고 또한 그것으로 계단이나 담을 쌓은 곳도 많았다. 산으로 올라가는 도중에 보이는 길가의 상점들은 나무 기둥에다 갑바나 양철로 지붕을 이은 것이 대부분이었다. 우리는 하누만챠티·풀챠티·잔키챠티 등 끝에 챠티가 붙은 이름의 마을들을 차례로 지나갔는데, 챠티는 정류장을 뜻하는 말로서 순례 도중의 쉬어 가는 마을이라는 뜻인 모양이었다.

잔키챠티에서부터는 가파른 급경사가 계속되므로 산비탈에 지그재그식으로 길이 이어지며 고도를 점차 높여 가는 것이었다. 물안개에 가려진 산봉우리들과 골짜기의 풍경이 또한 빼어나고, 높이 올라갈수록 이끼 같은 풀로 온통 뒤덮인 산들도 자주 눈에 띄었다.

마침내 간밤의 숙소로부터 14킬로 정도 떨어진 협곡 속의 얌노트리 마을에 도착하여 점심을 들었다. 신전의 주된 건물은 히말라야의 4대 성지 가운데서도 가장 초라하여, 최근에 새로 지은 것인 듯 탑은 콘크리트로, 지붕은 양철로 되어 있었다. 신전에 이르렀더니, 사당 앞에는 神輿인 듯한 것을 두어 사람이 짊어지고 사당 앞에서 북소리에 맞추어 한참동안 사납게 혼들어대더니 얼마 후에는 신전 주위를 빙 도는 것이었다. 신전 바로 옆에는 온천수가 흘러내리는 작은 돌 벽이 있었는데, 그 물을 순례자들에게 발라 축복의 행위를 하며 주위를 둘러싸고 앉은 신도들의 이마나 두 눈썹 사이에 붉은 물감을 발라주기도 하였다.

이 신전 구내에도 역시 노천온천이 있었는데, 물이 너무 뜨거워서 탕에 들어가지는 못하고 성 씨와 나는 비가 내리는 가운데 탕 밖에서 바켓으로 온천수를 퍼 팬츠만 입은 몸에다 몇 차례 끼얹었다. 성낙건 씨의 인도에 따라 신전 구내의 탑 세 개로 지붕을 이룬 건물에 들어가 보았더니, 거기에는 하누만·남·야무나 神像을 차례로 벽에 설치해 놓은 방이 있었으며, 그 방의 바닥 아래로는 온천수가 흐르고 있어 겨울에도 방안에 따뜻한 기운이 있다고 한다. 神像 옆의 방바닥보다 꽤 높게 만든 臺座에는 30년 정도 여기에 거주하고 있다는 네팔人 구루와 그의 추종자인 듯한 사람들이 몇 명 앉아 있다가 외국에서 온 우리를 친절하게 맞아 주었다. 그들로부터 종교적인 의미가 있는 것인 듯한 몇 가지 과자들을 받아서 맛을 보고, 예의 브라마까말이라는 이름의 성스러운 꽃도 각각 한 송이씩 얻었다.

비를 무릅쓰고서 갔던 길을 되돌아 숙소가 있는 마을로 내려왔다. 입산 당시 관리소에 낸 세금을 누가 부담해야 하는지를 두고서 성 씨와 마부들 간에 한참 승강이가 있다가 결국 우리 측이 양보하고 말았다고 한다. 돈에 대한 집착은 인도인들도 중국인 못지않아, 그들과 사전에 한 약속은 지켜지지 않는 것이 상례라는 것이었다. 하루 종일 나귀를 타고서 먼 산길을 왕복하였으므로, 다들 엉덩이가 부었고, 아내는 언덕을 오르내리며 나귀에서 떨어지지 않기 위해서 용을 쓰노라고 양쪽 허벅지에 시퍼런 멍이 들었다.

11 (금) 흐리다가 개임

아침 일곱 시 반쯤에 바르코트 행 버스로 라나챠티를 출발하여, 바르코트(해발 2,118m)에 도착하여서는 다시 리쉬케쉬 행 버스로 갈아탔다. 엊그제 지나갔던 길을 따라 산길을 58킬로쯤 달려 강고트리 쪽과의 갈림길이 있는 다라수까지 되돌아 온 다음, 바기라티 강을 따라 테리(770m)까지 내려왔고, 거기서부터는 다른 산길을 취하여 참바·나렌드라나가르를 경유하여 저녁 여섯 시 반쯤에 목적지인 리쉬케쉬(348m)에 이르렀다. 참바는 산 능선에 위치한 마을인데, 예전 한 때 성 씨는 히말라야의 산들이 바라보이는 이곳에다 방을 얻어 인도에 정주할 것을 고려했던 적이 있었다고 한다.

리쉬케쉬의 수행자 구역에서 버스를 내려, 모터 릭셔로 갈아타고 갠지스 강 위에 놓인 두 개의 긴 줄다리 중 하나인 람줄라(시바난다줄라라고도 함) 부근에 내려서 다리를 건너는데, 첫눈에 한국인으로 보이는 어떤 중년 여인이 작은 배낭을 메고 앞에서 걷고 있었다. 잠자코 그 옆을 지나쳐가려 했더니, 상대편에서도 내가 한국인으로 보였던지 먼저 말을 걸어왔다.

우리 일행은 그녀와 함께 우선 다리 건너편에 있는 초티왈라라고 하는 이름의 대형 식당에 들러 저녁식사를 하면서 대화를 나누어 보았다. 그녀는 이미 135개국 정도를 여행하였고, 인도에는 여섯 번째 왔다고 한다. 명함을 보니 주부여행가 노소남이라 적혀 있고, 그 아래에 『세계가 궁금한 여자』 1·2권을 명진출판에서 간행한 사실도 소개되어 있었다.

대화중에 그녀가 몇 년 전 본교 철학과의 권오민 교수 등과 더불어 중국 실크로드를 거쳐 파키스탄까지 함께 여행한 사실도 알 수 있었고, 이번에도 그 코스를 경유하여 파미르 고원과 델리를 지나 조금 전에 여기에 도착하여 람쥴라 다리 건너편 요가 니케탄에다 숙소를 정했다는 것이었다. 유명한 산악인인 성낙건 씨의 이름도 등산 잡지 등을 통하여 익히 알고 있었다고 하며, 성 씨도 그녀가 쓴 세계 여행기들을 읽은 적이 있어 이름을 기억하고 있는 모양이었다. 초티왈라 식당 부근에 서성거리는 사람들은 우리가 한국인임을 금방 알아보았고, 그 식당의 종업원 역시 그러했다. 또한 초티왈라에서 우리는 피팔코티 마을에 사흘간 머물렀을 때 늘 이용했던 채식 식당의 남자종업원 한 사람과도 우연히 다시 만나게 되었다.

식사를 마친 후 노 여사는 우리의 숙소인 요게쉬와르 비슈와구루 요가 유니버시티까지 함께 따라와, 우리들이 방을 배정 받고 수속을 마칠 때까지 입구의 계단에 주저앉아 기다리고 있었다. 대학이라는 이름이 붙었지만 일종의 아쉬람인 이 숙소는 방 하나에 120루피로서 노 여사가 숙소로 정한 곳에 비하면 절반 값에도 미치지 못하였다. 방은 턱없이 넓기만 하지 거의 청소를 하지 않아 누추하기 짝이 없는 데다 심한 곰팡이 냄새가 비위를 거스르며, 심지어는 처음 우리 내외가 배정 받았던 방은 침대에 걸터앉자말자 침대 한쪽 모서리의 나무 받침대가 부러져 내려 방을 바꾸기도 하였다. 다른 곳에서도 그런 적이 있었지만, 김찬숙 씨는 회옥이와 함께 방을 쓰지 않고 독방에 들겠다고 하고, 아내는 또한 내가 성 씨의 방으로 가는 것을 반대하며 한사코 나와 한 방을 쓰겠다고 하는 데다, 내가 밖에서 오랫동안 기다리고 있는 노소남 씨를 혼자 두기 안쓰러워 그리로 가서 그녀와 대화를 나누려는데 대해서도 매우 신경을 곤두세우며 저지하는지라, 마침내 부아통이 터져 아내에게 눈을 부라렸다. 아내는 바드리나트로 향하는 버스 안에서도 내가 혼자 있는 김 여사 옆에 앉아 잠시 대화를 나누는 데 대해 남들이 보는 앞에서 그것을 이상하다고 하며 저지하여 나를 무안스럽게 만든 적이 있었던 것이었다. 결국 회옥이와 김찬숙 씨는 각각 따로 방 하나씩을 쓰고 나는 아내와 같은 방에 들게 되었다. 떠나려고 하는 노소남 여사를 배웅해 주러 성낙건 씨랑 함께 밖으로 나갔다가, 성 씨는 한국에 국제전화를 걸러 가고 내가 노 씨를 람줄라 다리까지 전송하였으나, 방금 아내와 그 일로 다툰 끝이라 어색한 마음을 어쩔 수 없었다.

12 (토) 맑음

초티왈라 식당은 거리에 내건 간판의 색깔이 붉은 것과 푸른 것 두 개가 있어 서로 나란히 붙어 있는데, 성 씨는 가는 곳마다 대개 단골로 정해둔 숙소와 식당이 있으므로 우리 일행은 리쉬케쉬에 머무는 동안 늘 이 초티왈라에서 식사를 하였다. 오늘 아침에는 그 두 식당 중 푸른 간판 집의 옥상에 올라 조식을 들었다. 그 옥상 한 모퉁이에는 어떤 뚱뚱한 남자가 위통을 벗은 채 의자에 앉아 있고, 다른 남자 하나는 그의 얼굴과 목 부위에다 페인트 같은 물감으로 짙은 칠을 하고 있었다. 물어보았더니, 초티왈라란 그처럼 화장을 하고 머리카락을 이상하게 위로 꼬아 올린 사람을 뜻하는 것으로서, 두 식당이 모두 그런 화장에다 특이한 인도식 복장을 한 사람을 트레이드마크처럼 온종일 상점 입구의 높다란 의자에 앉혀 두고서 지나가는 사람들의 주의를 끌게 하는 모양이었다. 하리드와르의 숙소에서도 그러했지만, 이 옥상 건너편 건물의 옥상에도 원숭이들이 올라가 이리저리 기어 다니고 있었다.

회옥이는 아침에 이 식당에서 아이스크림을 먹은 까닭인지 배탈이 나 종일 방에서 누워있었고, 아내도 회옥이를 돌보느라 바깥을 나돌아 다닐 수 없게 되었으므로, 나머지 세 명만이 람줄라 오른편 갠지스 강가의 기넘품점들이 늘어서 있고 수행자들이 많이 거주하고 있는 구역을 산책하여 상류 쪽으로 걸어가 보았다. 도중에 우체국을 발견하고는 내 박사학위 논문의 심사위원들인 京都大學의 內山俊彦·池田秀三·夫馬進 교수에게 여름 인사 차 쓴 그림엽서를 부쳤고, 나무 그늘에서 외국인들에게 바가지 가격으로 물건을 팔고 있는 수행자들과도 한동안 나란히 앉아 영어로 대화를 나누어 보았다.

강 상류 쪽에 걸쳐져 있는 또 하나의 줄다리인 락슈만줄라를 건너 건너편 강가의 번화가로 갔다가 다시 람줄라 다리를 건너 한 바퀴 돌아왔다. 리쉬케쉬에는 한국인 여행객이 꽤 많아 눈에 띄는 황인종은 죄다 우리나라 사람인 듯하였다. 산책 끝에 점심을 들기 위해 다시 함께 초티왈라에 들렀다가, 숙소에 남아 있는 아내와 회옥이를 부르러 내가 떠났으나 도중에 그냥 돌아와 버렸고, 그 대신 숙소로 갈 때 열대 과일인 파파야 큼직한 것을 하나 사서 맛보라고 아내에게 전하였다.

김찬숙 여사는 처음 내가 산사태로 말미암은 위험을 걱정하여 히말라야 여행을 포기하고서 불교유적지 쪽으로 방향을 바꾸자고 했을 때는 강한 어조로 히말라야 쪽을 고집하더니, 당장 그 다음날에 몸이 불편하다며 드러눕고서는 가족이 그리워 혼자 한국으로 돌아가겠다고 하는가 하면, 리쉬케쉬의 아쉬람으로 내려가 명상을 하겠다고 하므로 우리가 일정을 변경하여 케다르나트에서 돌아올 때 차로 하루 이상 가야하는 거리인 리쉬케쉬까지 그녀를 데려다 주기로 양해한 바 있었다. 그러나 막상 당일 아침이 되어서는 또 마음을 바꾸어 함께 여행을 계속하겠다고 했다가, 자기와 상의 없이 바드리나트로 가는 버스를 탔다고 우리가 듣지 못할 자리에서 성 씨에게 불평을 늘어놓았는가 하면, 고소증세로 컨디션이 좋지 못한 나 때문에 바수키탈까지 트레킹을 하지 못했다고 후에 아쉬워하기도 하고, 나중에는 또 일정에도 없는 리쉬케쉬에서 귀국할 때까지 머물겠다고 고집하는 등 실로 변덕이 죽 끓듯 하는 것이었다.

가이드인 성 씨도 이곳의 싸구려 숙소에서 여러 날 자유 일정을 가지면 비용이 크게 절약되어 결국 자기 몫으로 남는 돈이 많아질 것이므로,

델리는 무덥고 대기 오염이 심하여 돌아가고 싶지 않다면서 그 의견에 찬동하는 입장을 표명하였다. 처음에는 그다지 자기주장을 내세워 이에 반대할 생각까지는 없었으나, 간밤에 또 김 여사가 회옥이와 같은 방을 쓰지 않겠다고 고집을 부려 그 일로 아내와 내가 다투기까지 하고 난 직후에는, 그녀에 대한 불쾌한 감정을 억제하기가 어려워 마침내 성 씨에게 그녀가 개인적 취향에 따라 일정표에 적힌 내용을 무시하고 이곳에서 계속 머물기를 원한다면, 그녀를 남겨두고서 우리는 먼저 델리로 돌아갔다가 귀국할 무렵 델리에서 그녀와 다시 합류하자는 뜻을 표명한 바 있었다. 오늘 아침 성 씨가 나의 그러한 의사를 전달한 모양인데, 그녀는 우리와 함께 내일 델리로 돌아가겠다는 의사를 말했다고 한다.

오후의 자유 시간에는 갠지스 강가의 가트라는 계단식 목욕장소로 나가 혼자서 목욕을 하고, 람줄라 건너편까지 다시 산책을 하고서 새 슬리퍼를 하나 사서 돌아왔다. 혼자서 산책하는 도중에 길가의 이런저런 아쉬람에 들어가 둘러보았는데, 그곳의 거주 환경이 너무나도 열악하여 간디가 인도인의 이상적 생활양식으로 주장하고 있었던 아쉬람을 내 나름대로 상상해 왔던 것에 비해 실망을 금할 수 없었다. 이번 여행을 통해 대체로 인도에 대한 환상이 많이 깨어지며, 인도 문화와 인도인의 가치관에 대해 회의적인 생각을 오기 전보다 많이 가지게 되어, 그런 문제에 관해 성 씨와 서로 의견의 차이를 표명하기도 하였다. 내가 보기에 인도인 대부분이 믿는다는 힌두교에는 미신적인 요소가 많고 그들의 현실에 대한 자세는 너무도 비합리적이어서, 그것이 오늘날 이 나라의 말할 수 없는 빈궁과 인간다운 생활이라고 하기 어려운 비참한 상황을 초래한 주된 원인일 것이라고 판단하게 되었으며, 인도에서는 사람의 가치가 소의 그것에 비해 절반 정도밖에 되지 않는 것이 아닌가 하는 회의마저도 가지게 되었다.

인도인 전체 숫자의 1할 정도나 되어 보이는 소들은 거의 아무 것도 하는 일없이 도처에 어슬렁거리며 교통을 방해하고 있고, 또한 인도 인구의 1할 정도나 되어 보이는 사람들은 사실상 거지인 것이다. 우리 숙소

주위에는 도처에 소똥과 사람 똥이 널려져 있고, 비록 싸구려이기는 하지만 우리처럼 외국인이 머무는 아쉬람은 철책으로 몇 겹을 둘러친 데다 라이플을 소지한 경비원이 지키고 있었다.

어두워질 무렵 저녁식사 하러 나가다가 우연히 길가의 여행사를 발견하고서 내일 델리로 가는 디럭스버스의 차표를 예매하였고, 또한 람줄라 부근의 커다란 가트에서 하리드와르에서 보았던 아르티뿌자(불의 제전)를 다시 한 번 구경하기도 하였다.

13 (일) 맑음

초티왈라에서 조식을 들고 있는 도중에 일곱 시 반 약속 시간이 되어 성 씨가 여행사로 가더니, 안내인과 합류할 방법이 합의되었음을 돌아와서 일러주었다. 람줄라 부근에서 여행사 측의 젊은 안내인을 만나 함께 다리를 건너서 오토릭셔를 타고 건너편 갠지스 강가의 버스 터미널로 갔는데, 릭셔 요금을 어느 쪽이 부담해야 하는 지에서부터 서로 의견이 맞지 않아 승강이가 벌어졌다. 결국 우리 측 가이드인 성 씨가 지불하게 되었는데, 터미널에 이르자 문제는 한층 더 심각해졌다.

어제 여행사 사무실에서는 분명 여덟 시에 출발하는 디럭스 버스로서, 에어컨이 있고 좌석을 뒤로 젖혀 몸을 누일 수 있는 고급 차이며, 예약이 되지 않고 남아 있는 좌석은 일곱 개뿐이므로 당일 안내인을 따라가 보고서 차가 마음에 들지 않는다면 언제든지 요금을 환불해 줄 수 있다고 하는 말을 나도 옆에서 들었던 것이다. 그런데 실제로 가보니 에어컨이 장치된 디럭스 버스는 고사하고 버스 자체에 예약이 되어 있지 않은데다 아홉 시 출발이라고 하며, 여덟 시 무렵까지 와 있는 승객이라고는 우리 밖에 없었다.

설상가상으로 이 버스는 델리까지 바로 가는 것이 아니라 하리드와르에서 세 시간 정도 머물러 관광을 하고서, 델리에는 밤 아홉 시경에 도착하게 된다고 하니 기가 막혀 더 이상 할 말이 없어지는 것이었다. 하리드와르에서 몇 시간 관광을 하고 델리로 간다는 말은 내가 어제 여행사 사무실에서 들은 바 있어 성 씨에게 그런 뜻을 설명하기도 하였으나, 그가 그런 뜻이 아니라고 하므로 나의 영어 듣기 능력이 부족하여 잘못 이해한 줄로 여겨 더 이상 말하지 않았는데, 그것은 오히려 성 씨 측의 영어 실력이 문제였다. 성 씨 자신은 스무 차례 정도 인도 여행을 하면서 의사소통에는 아무런 불편을 느끼지 않았다고 말하고 있었으나, 함께 다니면서 그가 말하는 것을 곁에서 들어보면 경험에 의해 핵심이 되는 영어나 힌디어 단어들을 적당히 나열하여 상대방에게 이쪽 의사를 전달할 수 있을 뿐 그것은 실로 영어라고도 할 수 없는 정도의 것이었다.

성 씨가 다시 강을 건너 여행사 사무실로 간 사이에 우리를 데리고 왔던 가이드가 자기 소유의 것이라는 여덟 시 반 출발의 다른 버스를 타라고 우리를 자꾸만 성가시게 보채므로 내가 노기 띤 목소리로 거듭 거부하자, 얼마 후에는 영어를 제법 유창하게 구사할 수 있는 다른 남자를 데리고 와서 또 계속 우리를 그 버스에 타도록 설득하는 것이었다. 나는 그들의 권유를 우리가 이미 여행사에 낸 요금 이외의 다른 차비를 요구하지 않음을 전제로 한 것으로 이해하였었는데, 한 참 후 성 씨가 돌아와서 어제 지불한 돈을 우여곡절 끝에 결국 돌려받았노라고 우리에게 알렸을 때 그 사람들이 성 씨에게 와 설명한 바에 의하면, 자기네 버스라는 것은 델리까지 1인당 요금이 370루피여서 여행사로부터 돌려받은 것보다 오히려 더 비싼 것이었다.

그래서 다시 성 씨가 한참을 돌아다니며 교섭한 끝에 리쉬케쉬의 다른 합동 버스주차장으로 가기 위해 지프를 하나 대절해 왔는데, 또 무엇 때문인지 이 지프의 운전사와 다른 릭셔 꾼들 사이에 우리를 태운 문제를 가지고서 시비가 벌어져 한참 옥신각신 아귀다툼을 벌이던 끝에 우리는 결국 다른 차를 타고서 델리 행 버스가 있는 주차장으로 가게 되었다. 거기서 출발하는 델리 행 버스는 1인당 요금이 100루피 남짓이지만, 차는 오히려 빠르고 시원하였다. 뒤에 들은 바에 의하면, 그 차 속에서 성 씨가 여행사로부터 돌려받은 돈으로 요금을 지불하려고 하니 500루피 두 장은 위조지폐라고 하면서 차비로서 받기를 거절했다는 것이었다.

처음 델리에서 하리드와르로 갈 때와는 달리 리쉬케쉬에서 델리로 돌아올 때에는 하리드와르를 지나서부터 다른 길을 경유하여, 무자파르나가르·메루트 등 꽤 큰 도시들을 경유하여 비교적 짧은 시간 안에 목적지인 델리에 당도할 수 있었다. 회옥이와 나는 델리로 오는 도중 도로 변의 선전 간판 가운데서 한국 회사의 것을 누가 더 빨리, 그리고 더 많이 발견하는지 시합 같은 것을 하였다. 수도 델리로 향해 남쪽으로 내려가는 그 국도 주변에서는 현대·LG·삼성·대우 등 한국 대기업들의 광고가 실로 너무나도 많이 눈에 띄었다. 델리 시내에 도착하여서는 어느 인터체인지 아래 부분의 정거장 표시도 없는 도로 위에서 승객들이 모두 내리므로, 우리도 함께 내려 한참 동안 배낭을 人道에다 놓아두고서 기다린 끝에 성 씨가 대절해 온 택시와 자전거 릭셔를 번갈아 타서 처음 우리가 묵었던 파하르간즈 區 메인 바자르 안의 비베크 호텔에 도착하였다. 이번에는 2층 방들을 배정 받았는데, 고급과는 거리가 먼 것들이지만, 그런 대로 지난번에 머물었던 3·4층의 방보다는 훨씬 깨끗하고 나았다.

14 (월) 맑으나 낮 한 때 소나기
어제 성 씨와 협의하여 우리의 델리 체재 기간 중에는 인도 여행사의 1일 관광버스를 이용하여 라자스탄州의 수도 자이푸르, 웃타르 프라데쉬州 중남부에 있는 古都 아그라, 그리고 델리 시내를 관광하며, 마지막 하루는 자유일정을 가지기로 합의한 바 있었다. 그래서 오늘은 새벽 여섯 시에 출발하여 자이푸르로 향하게 되었다. 성 씨는 이런 곳들을 과거에 이미 다 둘러보았으므로, 호텔에 남아 쉬게 되었다.
여행사에서 우리를 픽업하러 온 안내인을 따라 가 관광버스에 타고서, 파하르간즈 구역 일대를 돌며 다른 여행객들을 더 태운 다음 출발하게 되었다. 1인당 250루피의 참가비 중에는 차비만 포함되어 있고 식비나 관광지 입장료는 각자 부담이므로, 델리를 벗어나 하리야나州의 어느 도로 가 음식점 앞에 정거하여 제각기 알아서 아침 식사를 하고, 오후 자이푸르에 도착하여서는 또 어느 호텔 식당 등에서 각자 점심을 들었다.

여기까지 오는 도중은 드넓은 평원이며, 라자스탄 주에서는 더러 언덕이나 나지막한 산들도 바라볼 수가 있었다. 우리가 취한 길은 아마도 8호선 고속국도였을 터인데, 라자스탄 주는 타르 사막이 있는 곳이라 고속도로임에도 불구하고 도중에 낙타가 끄는 짐수레들을 자주 볼 수 있었고, 이따금 소들이 도로 중간으로 들어와 어슬렁거리는 풍경도 볼 수 있었다. 버스 안에서 우리 옆에 앉은 흰색 인도 복장을 한 중년 남자가 여러 차례 영어로 말을 걸어왔다. 그는 비하르 州에서 영화관을 경영하고 있으며, 자녀 세 명과 조카 한 명을 데리고서 관광 여행을 왔다고 했다. 이리하여 서로 친밀감이 생기게 되었으므로 자이푸르 여행 중 내내 그와 행동을 같이하게 되었다.

2000년 8월 14일, 암베르 포트

자이푸르에 도착하여서는 먼저 비하르 사람 일족과 더불어 지프를 타고서 이곳 영주인 마하라자의 옛 居城이었던 암베르 포트로 들어가 그곳의 궁전과 성벽들을 둘러보았다. 이 성은 인도의 건축물에서 흔히 볼 수 있는 붉은 沙岩으로 이루어져 있는 듯 붉은 색을 띠며, 궁전 내부는 대부분 대리석이었다. 중국에서뿐만 아니라 인도에서도 외국인과 내국인 사이에는 현격한 입장료 액수의 차이가 있으며, 카메라를 소지하고서 입장할 경우에는 그에 대한 요금이 별도로 부과되었다. 다시 지프로 우리의 관광버스가 대기하고 있는 곳까지 내려와 마하라자가 암베르 포트로부터 옮겨가 만든 현재의 자이푸르 중심가의 마하라자 사와이 만 싱 2세 박물관 市 궁전을 관람하였다. 그 궁전 내부는 옛 마하라자 시절의 유물들을 박물관 형식으로 보존하여 전시하고 있었다. 개중에는 기네스북에 올라 있다는 사람 키보다도 큰 거대한 銀製 항아리도 두 개 있었다.

라자스탄이란 라자의 땅(나라)이라는 뜻으로서, 이 지역의 영주가 인도 다른 지역의 수많은 마하라자들에 비해 강력한 권력과 부를 소유하고 있었던 데서 유래한 이름일 터이다. 이 영주 가문은 힌두교도로서 지금의 파키스탄 지역을 거쳐 당시 인도 북부 지역으로 진출해 온 회교 세력과 여러 차례에 걸쳐 대립 항쟁하고 있다가, 마침내 무굴 제국의 아크바르 大帝 때 그와 혼인을 통한 동맹 관계를 맺어 이후 무굴 제국에 복종하는 대신 그 각별한 비호를 입어서 이러한 부와 권력을 유지할 수 있었던 것이라고 한다. 영국의 식민 통치 시대가 되어서도 영국은 통치의 편의를 위해 이러한 마하라자들의 기득권을 보호해 주는 정책을 취했던 것이었다. 이 궁전 안에는 전직 브루네이 대사를 지낸 마하라자의 후예 일족이 지금도 거주하고 있어 그들이 城 안에 있는지 없는지는 그들의 사는 건물 바깥의 깃발로써 표시하고 있다고 한다. 지금 그는 상징적으로 인도 정부로부터 월(년?) 1달러의 급료를 지급 받고 있다고 들었다.

핑크 시티로 들어가 천문대를 관람하고 있는 도중에 갑자기 소나기가 쏟아져 내렸다. 핑크 시티란 영국 식민지 시절 대영제국의 황태자가 여기를 방문하게 되었을 때 그를 환영하는 뜻에서 성 안팎의 건축물들을 온통 붉은 색깔로 칠하게 한 데서 유래하는 이름이라고 하는데, 지금도 여전히 그러한 옛 모습을 보존해 두고 있었다. 그 외에도 돌아오는 도중의 버스 속에서 자이푸르 교외의 호수 가운데 있는 수상궁전을 조망하고, 근년에 복원했다는 힌두 사원에도 들어가 보았다.

자정 무렵에 뉴델리 역 부근에서 관광버스를 하차하여, 두 대의 자전거 릭셔에 네 명이 나누어 타고서 비벡 호텔로 돌아왔다. 호텔 로비에서 성 씨가 그 때까지 우리를 기다리고 있었다. 그는 어제의 약속과는 달리 내일 아그라로 가는 관광버스를 예약하지 않았다고 한다.

15 (화) 맑음

성 씨가 어제 아그라 행 관광버스를 예약하지 않았으므로, 비하르 주에서 온 일족과는 그 버스에서 다시 상면할 수가 없게 되고, 우리는 오늘 하루 델리 시내 관광으로 때우게 되었다. 성 씨는 밤늦게까지 여행사 직원을 호텔에 불러다 놓고서 기다렸으나 우리가 너무 늦도록 도착하지 않아 예약권을 사지 못했다는 식으로 얼버무리려 했지만, 여행사도 업무시간이 있을 터이니 애초 예상했던 우리들의 귀환 시간인 밤 아홉 시 이후까지 직원이 호텔에 남아서 우리를 기다리고 있었을 리가 없고, 그것은 여행에 소요되는 비용이 많아져 자기 몫으로 남길 돈이 적어질 것을 염려한 성 씨의 계산으로 말미암은 것이 분명하다고 나는 판단하였다.

성 씨는 애초에 자기와 잘 아는 혜초여행사를 통해 항공권을 구입하므로 서울과 델리 간의 왕복 모두 직항 편을 이용하게 될 것이라고 했는데, 결과적으로는 홍콩에서 여섯 시간 반이나 체류하며 마일리지가 적용되지 않는 인도항공을 이용하게 된 것도 결국은 비용을 줄이려고 한 의도에서 나온 것일 터이다. 우리 네 사람이 낸 돈으로 가이드인 그 한 사람의 항공료와 숙식비 모두가 지불되니 그것만으로도 우리의 부담이 적지 않은 것인데, 그는 그러한 가운데서도 인도 여행 중 가능한 한 모든 경비를 줄이고서 그리하여 남는 돈은 자기가 차지할 생각을 가지고 있다. 그것이 부당한 것은 아니겠지만, 워낙 참여 인원이 적다 보니 결과적으로 그의 손에 떨어지는 액수가 얼마 되지 않을 뿐 아니라 우리 가족으로서는 실로 이제까지 경험해 본 적이 없을 정도로 싸구려 수준의 해외여행을 참아내지 않을 수 없게 되고 만 것이다. 우리 가족은 이번 여행의 처음 며칠 간 올해 겨울에 성 씨가 기획하고 있다는 남인도 여행에도 참여하겠다는 의사를 표명한 바 있었고, 아내는 다른 의과대학 교수들도 여러 명 함께 참여할 수 있을 것이라고 말하고 있었으나, 명색이 교수 가족인 우리가 이런 수준의 여행에 동참한다는 것은 품위에 관계되는 일이라 그 후에 단념하고 말았다.

성 씨는 오늘 우리를 국립박물관으로 데리고 가서 상당한 시간을 보낸 다음 레드 포트 성 밖으로 가 성벽을 구경시키는 정도로써 델리 관광을 때우려고 했으나, 결국 김 여사와 나의 의견에 동의하여 자유 일정을 오늘로 앞당기고 내일과 모레 이틀 동안 원래 예정했던 여행사를 통한 아그라와 델리의 1일 관광버스를 타기로 하며, 버스 비 이외로 소요되는 비용은 어제처럼 우리가 돌아온 후 그에게 보고하면 환불해 주겠다고 하였다. 비벡 호텔 부근의 인도인이 경영하는 한국 식당에서 조식을 들며 그러한 내용의 합의를 보고 난 후, 오토릭셔를 타고서 함께 국립박물관으로 향하였으나, 오늘이 한국의 광복절이자 인도의 독립기념일이기도 하기 때문에 박물관은 다른 대부분의 관공서나 상점과 마찬가지로 휴관이었다.

아내와 나는 그 길로 인도 최고의 명문인 델리대학을 둘러보기 위해 타고 갔던 오토릭셔를 계속 이용하여 묻고 물어서 그 대학의 정문이 있는 곳으로 가 보았다. 도착해 보니 그곳은 델리대학 본부와 인문·사회과학의 캠퍼스가 한 울타리 안에 있는 곳이었다. 정문을 지나 메인 캠퍼스 구내를 산책하는 도중에 지나가는 한 여성에게 인문대학 건물이 어디에 있는지를 물어보았다. 안내해 주는 그녀를 따라가며 대화를 나누다 보니, 그녀는 중국 瀋陽師範學院의 외국인에게 중국어를 가르치는 國際文化交流學院 강사인 金學麗 여사로서, 현재 이 델리대학 中日硏究科에 專家 자격으로 와 있으면서 중국어를 가르치고 있다고 한다.

그녀의 안내에 따라 메인 캠퍼스 구내를 두루 둘러본 다음, 거기서 그다지 멀지 않은 위치에 있는 경제학 캠퍼스에까지 가 보았으나, 경비원이 출입을 허가하지 않아 그 정도로써 대학가 산책을 마쳤다. 金學麗 여사의 설명에 의하면, 이런저런 명목으로 현재 이 대학에 적을 두고 있는 학생 총수는 70만 명 정도가 된다고 하니, 그 정도라면 아마도 학생 숫자로서는 세계 제일이 아닐까 싶었다.

다시 오토릭셔를 타고서 호텔로 돌아와 구내 레스토랑에서 뒤이어 도착한 우리 일행과 더불어 점심을 든 후 쇼핑을 나갔다. 나는 메인 바자르와 델리 역 부근에서 인도 전국의 도로교통 지도책 한 권과 새로운 야외용 샌들을 구입하였다.

밤에는 다시 한국식당에서 닭국 등으로 성찬을 들고, 관청가에 있는 인도의 문 근처로 가서 독립기념일 기념행사를 구경할 예정이었으나, 4~6시 무렵에 이미 끝났다는 말을 듣고서 취소하였다.

16 (수) 흐리고 아침에 비

여섯 시의 픽업 시간에 맞추어 일찍 기상하였다. 아그라 행 관광버스는 일곱 시 무렵에 출발하였는데, 어제 아침 한국식당에서 우연히 만났던 광운대학교 학생 한 명 및 전주에 있는 신학대학에 다닌다는 학생 두 명도 우리가 아그라에 간다는 말을 듣고서 동행하게 되었다.

델리는 하리야나 주와 웃타르 프라데시 주의 경계 지점이지만 하리야나 쪽에 치우친 위치에 있으므로, 고속국도 2호선을 따라 하리야나 주를 한참 지난 후에 다시 아그라가 있는 U.P. 주의 지경으로 들어가게 되었다. 아그라는 델리로 수도가 옮겨지기 전 무굴제국의 수도가 있었던 곳인데, 델리로부터의 거리는 자이푸르까지보다 60킬로 정도 가까운 지점이어서 이동에 소요되는 시간은 상대적으로 적게 걸렸다. 도중의 식당에 들러 어제처럼 식사를 하게 되었다. 같은 차에 탔던 한국 학생들에게 음식이나 음료수를 좀 권하고 싶은 마음은 있었으나, 거기에 소요되는 식비를 나중에 성 씨에게 청구하기로 되어 있는지라 내 마음대로 사주기도 무엇하여 그렇게 하지 못했고, 오히려 그들이 권하는 맥주를 한 잔 얻어 마시기도 하였다.

아그라에 도착하여서는 그 일대의 유적지 대여섯 곳에 대한 외국인 참관권을 1인당 550루피씩 주고서 끊었다. 그 중 가장 유명한 타지마할 참관료가 500루피로서 한국 돈으로 환산한다면 대충 15,000원 정도 되는 모양이었다. 그것은 中·下 층의 인도인으로서는 거의 한 달 월급에 해당할 정도의 거금이지만, 우리가 실제로 그 표로써 참관한 곳은 아그라 포트와 타지마할뿐이었다. 아그라 포트는 아크바르 대제가 건축하고 건축광으로 유명한 샤자한 황제 때 대폭 개수한 것이라고 하는데, 인도에서 흔히 볼 수 있는 붉은 사암으로 만든 것이었고, 내부의 궁전은 역시 대부분 대리석으로 이루어져 있었다. 델리와 아그라는 모두 야무나 강가에 위치한 古都로서, 샤자한은 그의 죽은 아내를 위한 묘소인 타지마할을 짓느라고 오랜 세월에 걸쳐 많은 국력을 소모하여, 아들인 아우랑제브에 의해 폐위된 후 자신이 지은 아그라 포트 안의 건물에 유폐되어 여생을 마쳤다고 한다. 그가 유폐된 이 성곽 안의 궁전에서는 야무나 강 저쪽편 멀지 않은 위치에 타지마할의 옆모습이 빤히 바라다 보였다.

타지마할의 어귀에서는 1인당 3루피씩 하는 소형 버스를 타고서 입구까지 나아갔다. 거기서도 짐 검사를 받고서 체크된 물건들은 돈을 내고 다른 곳에 보관시키느라고 회옥이와 김 여사가 적지 않은 시간을 소모하였으며, 나는 靈廟로 들어가는 두 번째 문에서 라이터가 체크되어 그것을 맡기고서 들어갔는데, 나올 때 또 그 보관료 1루피를 달라고 하므로 성이 나서 아예 가지라고 했더니 그냥 돌려주었다. 인도의 관광지에는 신발을 벗고서 들어가야 하는 건물이 많은데 그런 곳은 거의 반드시 나중에 일종의 팁에 해당하는 돈을 요구하며, 또한 화장실에 들어갔다 나올 때도 문 앞에서 아무 권리도 없는 사람이 돈을 요구하는 법이지만, 나는 대개 주지 않았다. 타지마할의 靈廟는 사진에서 흔히 보듯이 흰 대리석으로 되어 있지만, 그 주위의 구내 건물들은 역시 대체로 붉은 沙岩을 소재로 쓴 것이었다.

타지마할 앞 정원의 잔디밭에서 소 두 마리가 끄는 기계로 잔디를 깎고 있는 광경을 보았는데, 내가 인도에 온 이후로 소가 일하는 모습을 본 것은 그것이 처음이자 마지막이었다. 인도에서는 히말라야에서 마구간을 본 적이 더러 있었으나, 그 외에는 짐승을 가두어두는 우리를 본 적이 전혀 없었으니, 이 나라는 동물의 천국이라고나 해야 할까? 심지어

돼지까지도 거리를 유유히 돌아다니며, 땅에 떨어진 채소 따위의 쓰레기를 주워 먹고 있는 모습을 흔히 볼 수 있으며, 산이나 들판은 온통 방목하고 있는 동물들 천지였다. 그러므로 그 중에서도 특별한 대접을 받는 소는 한국의 그것에 비해 여유만만 하여 기품이 있고 신령스러워 보이기도 한 것이다.

돌아오는 길에 마투라市에 들러 비슈누 神의 화신이라고 하는 크리슈나의 출생지에 세워진 쉬리 크리슈나 잔부미 사원을 참관하였다. 거기서 나온 뒤에는 또 다른 가이드인 듯한 중후한 체격의 중년 남자가 우리 차에 올랐다. 그는 마이크를 잡고서 관광버스 안에 있는 손님의 절반이 넘을 외국인들이 전혀 알아들을 수 없는 힌디어로 열정적인 웅변조의 말을 끝없이 쏟아놓고 있었으며, 때때로 그가 신을 찬양하는 짤막한 구호를 선창하면 버스 안의 인도인들이 그 후렴을 합창하기도 하였다. 우리 옆 좌석의 교사 출신인 인도 여성에게 그가 무슨 소리를 하고 있는지 물었더니, 우리가 지나가고 있는 지역에는 유달리 힌두교 사원들이 많은데, 그것은 여기가 크리슈나의 어린 시절 소치는 목동 생활을 한 브린다반이라는 고장이기 때문이라는 것이었다.

그 가이드는 밤이 꽤 깊었고 우리 모두가 저녁 식사를 하지 못했음에도 아랑곳하지 않고서 브린다반의 중심지인 듯한 마을에다 차를 세우더니, 사원과 순례자들의 숙소가 많은 깜깜한 골목 안으로 우리를 인도하여 헌금한 신도들의 이름이 새겨진 대리석 판들로써 벽을 가득 메운 어느 사원에 이르러 입구의 계단 위에 올라서서 또 한참 기부를 권유하는 내용인 듯한 연설을 하더니, 인도인들을 데리고 안으로 들어가서는 반시간이 넘도록 나오지를 않았다. 마침내 우리 외국인들끼리 이럭저럭 들어갔던 길을 기억하여 되돌아 나와, 사원에 들어갔던 인도 사람들이 모두 돌아올 때까지 또 한참을 기다려야 했다. 그러므로 이 날도 예정에 없던 코스에서 너무 시간을 허비하여 자정 무렵이 되어서야 자전거 릭셔를 타고서 숙소인 비벡 호텔로 돌아올 수 있었다.

17 (목) 맑음

오늘은 델리 시내 관광을 하기로 되어 있는 날인데, 김 여사는 간밤에 잠을 못 자 피곤하다면서 따로 국립박물관을 둘러보겠다고 하므로 우리 가족 세 명만이 오전 아홉 시 무렵 픽업하러 오기로 한 여행사의 안내인을 따라가게 되었다. 어제의 아그라 관광 참가비는 200루피이며, 오늘의 시내관광 참가비는 100루피였다.

먼저 인도 굴지의 재벌 중 하나인 벌라 家의 발데스 다스 벌라가 세운 뉴델리 구역의 힌두 사원인 벌라 만디르, 혹은 락스미 나라얀 템플이라고 하는 곳에 들렀다. 벌라 집안은 마하트마 간디의 후원자이기도 하여 이 사원의 낙성식에 간디도 참석했었다고 하며, 그는 뉴델리 시내의 벌라 家가 제공한 집에 주로 머물고 있다가 거기서 암살을 당했던 것이다.

그 다음 뉴델리 중심부의 관청가로 가서 국회의사당과 수상 공관 앞, 그리고 인도의 문 주위 널찍한 잔디밭에서 가져간 소형 카메라로 기념촬영을 하였다. 인도의 문은 1차 대전 때 영국군의 일원이 되어 싸우다가 전사한 인도 병사 9만여 명의 이름을 새겨둔 아치형 石門으로서 높이 42미터이며, 이 일대 주요 관청들의 설계를 맡았던 E. 루텐스의 설계에 의해 1921년 이래 10년의 세월을 들여 완공한 식민지 시대의 기념물이다.

인디라 간디가 시크교 신도인 자신의 경비원에 의해 암살당한 후 그녀의 기념관으로 만들어 놓은 저택으로 가 보았으나, 인도인들이 길게 장사진을 치고서 입장을 기다리고 있었으므로, 그 대신 그녀의 부친인 독립 이후 인도의 초대 수상 자와할랄 네루가 거처하던 저택인 네루 기념관으로 가서 내부의 전시실들을 둘러보았다. 독립 이후의 인도는 근년에 이르기까지 네루의 딸과 손자에 의해 영도되어 왔고, 지금도 그 집안이 정계에 막대한 영향력을 유지하고 있다. 네루 자신은 일찍이 영국으로 유학하여 이튼校와 더불어 주로 영국의 귀족 자제들이 입학하는 대표적인 명문 사립고교인 해로우校를 거쳐 케임브리지대학을 졸업한 특권 계층 출신이었다.

이 일대는 인도 정치의 1번지답게 수목이 우거지고 자동차의 통행이 한산하며 거주하는 일반인도 별로 없어 별천지였다. 그러나 여기서 좀 벗어나면 그야말로 사람이 사는 곳이라고 말하기 어려울 정도로 빈민이 득실거리며, 쓰레기와 소똥과 숨쉬기 싫을 정도로 대기오염 천지인 거리가 도심지 곳곳에 널려 있는 것이다.

우리 가족이 탄 관광버스는 대사관 거리를 지나 남부 델리 지역의 꾸뜹 미나르 입구에 있는 식당 앞에 멈추었으므로, 거기서 인도식 점심을 들고 맛있는 망고 주스도 주문하여 마셨다. 꾸뜹 미나르는 1193년에 꾸뜹-우드-딘-에이백이라는 군주가 착공한 높이 72.5m에 달하는 회교식 勝戰塔과 회교 사원 등이 그 주위를 둘러싼 성곽식 담장 안에 모여 있는 곳이었다. 그곳의 건축물들도 역시 주된 재료는 붉은 沙岩이었다.

그 다음으로는 중동지역의 국가인 바하이에서 19세기 초에 시작된 신앙운동(Bahai Faith)의 사원인 바하이 사원, 일명 연꽃 사원에 들르게 되었다. 건물을 마치 시드니의 오페라 하우스를 연상케 하는 흰색의 연꽃 모양으로 지었으므로 이런 이름이 붙게 되었는데, 사진으로 보면 무척 우아하지만, 실제로 가보니 별 느낌이 없었고, 그 사원 경내에서는 아직도 건설 작업이 진행 중이라 좀 어수선하였다.

샤자한이 아그라로부터 이곳으로 수도를 옮기려고 당시의 이름인 딜리에 새로운 도시 샤자하나바드를 조성하며 쌓은 성인 랄 낄라, 즉 레드 포트에도 갔다. 이 역시 붉은 사암을 주된 재료로 사용한 데서 유래한 이름이다. 그 정문인 라호르 게이트는 인도의 天安門에 해당하는 것으로서, 1947년에 초대 수상 네루가 성 앞의 광장을 독립기념일 행사장으로 사용한 이후 라호르 게이트의 옥상은 광장에서 벌어지는 분열식을 참관하거나 광장을 채운 군중들에게 연설을 행하는 국가와 정치의 행사장으로 사용되어 왔던 것이다. 그 내부에는 역시 대리석으로 된 낡은 궁전들이 있었고, 광장 건너편으로는 샤자한이 세운 인도 최대의 회교 사원 자미 마스지드를 바라볼 수가 있었다.

마지막으로는 1948년 뉴델리에서 암살당한 간디를 화장한 야무나 강변의 장소인 라즈 가트를 방문하였다. 라즈 가트는 간디 박물관에서 도로를 하나 건너 맞은편에 위치해 있는데, 네루를 비롯하여 암살당한 인디라 간디와 그 큰아들 라지브 간디, 그리고 역시 암살당한 둘째 아들 산자이 간디가 화장된 곳도 모두 이 라지 가트 인근에 있어, 도로 변에 그 입구를 알리는 표지판들이 눈에 띄었다.

오후 다섯 시에 델리 시내 관광을 모두 마치고서 호텔로 돌아와 샤워와 저녁식사를 하였다. 어제와 오늘의 관광버스 참가비 이외에 우리가 따로 쓴 비용은 일체 성 씨에게서 돌려받지 않기로 아내와 합의하였고, 서울을 출발할 때 아내 등이 낸 공항 사용료도 성 씨 측으로부터 별 말이 없으므로 새삼스레 언급하지 않았다. 성 씨도 돌아가는 마당에 우리의 마음을 위로하기 위해서인지 각자에게 한두 가지씩 선물을 마련하였다가 전해 주었다.

밤 아홉 시경에 호텔을 체크아웃 하여, 대절한 지프로 인디라 간디 국제공항으로 향하였다. 성 씨는 만나기로 약속한 사람이 있다면서 며칠 더 인도에 남아 있다가 뒤에 오겠다고 하며, 우리들의 탑승 수속을 마쳐 준 후 공항에서 작별하였다. 출국 수속을 모두 마치고서 공항 내부로 들어간 후 우리 가족이 쓰고 남은 루피를 모두 거두어 인도 술 한두 병을 사 가기 위해 상점에 들러보았다. 그러나 내가 사려고 했던 인도 고유의 술이나 백파이프 위스키 같은 것은 없다고 하면서 다른 인도산 위스키 몇 병을 가져왔다. 남아 있는 돈을 일일이 세어 보기 귀찮아서 1루피 이하의 것들을 제외하고서는 있는 대로 내주면서 그 돈만큼 달라고 하였더니, 그들은 거의 세 보지 않고서 계산기를 눌러 1병 값이 700루피라고 화면에 나타난 그 숫자를 보여주면서 위스키 한 병을 건네주고는, 내가 낸 돈 중의 15루피만을 거스름으로 내 주며 그것을 입구에 있는 헌금함에다 넣으라고 손가락으로 가리키는 것이었다. 어차피 루피를 남겨 가봤자 소용이 없으므로, 따지기 귀찮아서 더 이상 말하지 않은 채 술 한 병을 받았고, 거스름돈은 기념으로 한국에 가져가기로 하였다.

18 (금) 맑음

델리 발 서울 행 아시아나 항공으로 오전 1시 30분에 출발하여 오후 12시 30분 무렵 김포공항에 당도하였다. 우리가 구입한 항공권은 에어인디아의 것이었지만, 아시아나의 좌석을 인도 항공이 일부 배정 받았으므로, 사실상 우리는 아시아나 편으로 귀국하게 된 것이었다. 인도로 갈 때 시차로 말미암아 세 시간 반 늦게 시계를 조정하였던 것을 한국 시간에 맞추어 도로 조정하였다.

비행기 안에서 접한 한국 신문을 통해 이번 광복절을 기해 며칠간 양측이 각각 100쌍씩의 남북한 이산가족 상봉이 이루어졌고, 장기려 박사의 아들인 서울대 의대 해부학과의 장가용 교수도 평양으로 가서 마침내 그 어머니와 형제들을 만난 사실을 알았다. 김포공항에 도착한 이후에는 김해공항으로 향하는 김찬숙 여사와 작별하여, 우리 가족은 오후 3시 30분 서울 발 진주 행 대한항공의 표를 구입하였고, 사천 공항에 도착한 다음에는 택시를 타고서 집으로 직행하였다. 김 여사는 돌아오는 비행기 안에서 옆에 앉은 아내에게 인도 여행의 소감을 물으므로, 아내가 가족이 함께 여행하며 즐거운 시간을 가질 수 있어서 행복했노라고 대답했는데, 그에 대해 김 여사는 여행 중 다른 일행이 어떻게 이처럼 자기를 배려해 주지 않는지 이해할 수가 없어서 자기는 앞으로 남에게 그렇게 하지 말아야지 하는 생각을 했다고 대답했다 한다. 참으로 기가 차는 말이다. 우리 가족이 함께 해외여행을 해 본 적이 한두 번이 아니지만, 이런 희한한 여자는 처음으로 경험한 바이다.

2001년

호주·뉴질랜드
중국 강남

 호주·뉴질랜드

7월

27 (금) 흐림

『교단문학』최근호에 실린 뉴질랜드 여행기를 다시 한 번 읽어보고
있는 도중 오후 세 시 반쯤에 처제가 차를 가지고서 우리 아파트 앞에
도착하였다는 전화연락이 왔으므로, 바캉스 해외여행을 위한 트렁크를
들고서 나가 처제의 차로 사천공항으로 이동하였다. 16시 35분 발 대한
항공 편으로 김포공항으로 이동하였고, 거기에 도착하여서는 리무진 버
스로 갈아타고서 편도 4차선 모두 8차선의 새로 건설된 고속도로를 따라
영종도에 있는 인천국제공항으로 이동하였다.

신공항 3층 출국장의 K, L 카운터 사이 미팅 테이블 5번에서 하나투어
의 호주/뉴질랜드남북섬 완전일주 11일 상품의 참가자 일행 15명이 합류
하여 인솔자 고수경 양의 인도에 따라 예정된 20시 45분 발 대한항공
828기편으로 출국하였다. 영종도로 가는 도중 바닷가 얕은 갯벌의 빨간

꽃을 피운 식물 군락이 인상적이었다. 한밤중에 기내식 쇠고기백반으로 저녁식사를 때웠다.

28 (토) 맑음

기내에서 오믈렛으로 조식을 취하였다. 뉴질랜드는 한국보다 세 시간이 빠르다고 하므로, 내리기 전에 손목시계의 시각을 조정하였다. 뉴질랜드 최대의 도시인 북섬의 오클랜드에 도착하여 공항에서 현지 가이드와 미팅을 하였다. 그는 한재국이라는 이름의 30대 후반 정도로 보이는 남자로서, 인하공대 전산과를 졸업하고서 서울의 SK텔레콤에서 근무하고 있다가 약 5~6년 전에 기술이민으로 건너왔다고 한다. 뉴질랜드는 남반구의 남극에서 그다지 멀지 않은 곳에 위치하므로 한국과는 기후가 반대여서 지금이 겨울이라고 하는데, 그다지 쌀쌀하지는 않고 한국의 봄이나 가을 정도 날씨이므로, 공항 구내에서 입고 갔던 여름옷에다 긴 팔 셔츠 하나를 꺼내어 더 껴입었다. 그러나 나중에는 다소 한기가 느껴졌다.

뉴질랜드는 남·북섬을 합하면 한반도 전체보다 면적이 다소 크지만, 영국의 식민지로부터 독립할 무렵에 100만 정도의 인구였다고 하는데, 현재는 외국 이민을 받아들여 인구가 380만으로 늘어나 있다. 그 중 280만 남짓은 기후가 온화하고 목초지가 보다 많은 火山島인 북섬에 살고 있고, 식민지 시대의 수도였던 오클랜드에는 그 가운데서도 1/3 정도의 인구가 집중되어 있으며, 총 15,000명 정도 되는 한국 이민도 4/5 정도가 이 도시에 살고 있다고 한다.

코치 버스를 타고서 현지 가이드의 안내에 따라 시내로 들어가 교포가 운영하는 한식집에서 찌개백반으로 중식을 든 후, 오클랜드 시내관광에 나섰다. 원래는 영국 국왕의 직할지라는 의미였으나 지금은 각 도시에 존재하는 시민공원으로 되어 있는 도메인을 비롯하여, 시내 전경과 동쪽의 남태평양 및 서쪽의 타스만海가 한눈에 바라보이는 화산 분화구 지역인 에덴山頂과 요트들이 밀집해 있는 하버 지역, 그리고 고급주택들이 집중되어 있는 전망 좋은 언덕길인 타마키 드라이브를 거쳐 예전에 선교사들이 거주하였던 지역이라는 미션 베이 등 시내의 명소들을 두루 둘러 보았다. 에덴산정에서 深圳에서 왔다는 중국인 중년부인과 잠시 대화를 나누어보기도 하였다.

2001년 7월 28일, 에덴산정

오클랜드는 쥘 베른의 소설 『15소년 표류기』의 무대가 된 곳이기도 한데, '돛배의 도시'라는 별명답게 연안의 바다에 요트가 많았고, 최근에 는 미국을 젖히고서 아메리칸 컵 세계요트대회를 제패한 바 있다. 뉴질랜 드의 1인당 평균 국민소득은 미화 16,000불 정도이며 사회보장제도가 잘 정비되어 있다고 한다. 그래서 그런지 어린이의 자살률이 세계 제1이라 고 들었다. 총인구가 한국의 부산 정도밖에 되지 않는데도 불구하고, 창 의적 사고를 중시하는 교육방식 때문인지 저명한 원자물리학자인 러더 포드를 비롯하여 근년에 김대중 대통령과 같은 시기에 물리학상을 받은 사람까지 포함하여 모두 세 명의 노벨상 수상자를 배출했다고 한다.

둘째 날의 숙박 호텔인 앨버트 거리에 있는 특급호텔 스템포드 플라자 오클랜드에서 아내와 나는 825호실을 배정 받고 회옥이는 인솔자와 더불어 그 부근의 다른 방에 들어 짐을 내려놓았다. 겨울옷을 꺼내 입고서 호텔 부근에 있는 한국인 교포가 경영하는 일본식당으로 가서 일식으로 저녁식사를 들었다. 호텔에서 우선 미화 20달러를 뉴질랜드 달러로 환전하였다. 고등학교와 대학 시절의 동창으로서, 空土 교수를 지내다가 경남 고성으로 내려와 농사를 짓기도 한 具春洙 군 가족이 몇 년 전 뉴질랜드로 이민을 갔다는 소문을 들은 바 있었으나, 한국 이민 대부분이 거주하는 오클랜드에 사는 현지 가이드도 그의 이름을 들은 적이 없다고 한다.

29 (일) 흐리고 저녁 무렵 때때로 부슬비

호텔에서 뷔페식의 아침 식사를 들었다. 1층 식당으로 들어가는 입구의 벽면에는 근자에 있었던 아세안 회의에 모였던 각국 정상 등 이 호텔에 투숙했던 저명인사들의 사진이 든 액자가 많이 걸려 있었다.

제3일인 오늘은 아침에 코치로 출발하여 오클랜드 남서쪽 오토로항가라는 지역에 위치한 관광 명소인 와이토모 동굴로 이동하였다. 이동하는 도중 길가에 펼쳐지는 이 나라의 농촌 풍경을 감상하였는데, 거의 대부분이 평지와 산지를 개발하여 목초지로 가꾸고서 양이나 소 같은 동물들을 넓은 공간에서 방목에 가까운 상태로 키우는 목장이었다. 뱀이나 맹수가 전혀 없는 자연환경이라 동물의 우리도 없이 그냥 드넓은 牧草地에다 쇠줄로 울타리를 치고서 한 구역의 풀이 많이 없어지면 다른 구역으로 동물들을 옮기는 정도의 낙농업이었다.

와이토모 동굴을 이룩한 석회석은 약 3천만 년 전에 형성된 것으로서 해저에 두텁게 퇴적되어 쌓인 조개껍질들이 오랜 기간 압축되어 석회석을 형성한 후 지각변동에 의해 해수면 위로 솟아올라 풍화 침식되어 이루어진 것이라고 한다. 이 동굴은 1887년에 현지의 마오리 부족장과 영국인 측량기사에 의해 처음 탐험되었는데, 여행객이 보트를 타고서 침묵을 지킨 채 어두운 수로를 얼마간 따라가면 천정에 은하수처럼 매달린 수없이 많은 반짝이는 불빛을 구경할 수가 있다. 이것은 반디벌레라고 하는 균상곤충의 유충이 먹이를 유인하기 위해서 발광하는 것이라고 한다. 그 아래에 구슬처럼 매달린 끈적끈적한 줄에 다른 벌레가 걸려들면 유충이 그것을 잡아먹으면서 성장하며, 성충은 입이 없어 먹이를 섭취할 수 없고 교미 후 120개 정도의 알을 낳는데 불과 며칠밖에 살지 못한다고 한다.

와이토모 동굴을 떠나 동쪽으로 로토루아를 향해 가는 도중, 일부러 차에서 내려 수력발전소가 있는 계곡의 강물 위에 아슬아슬하게 걸쳐진 쇠줄다리를 건넜다. 그 아래로는 녹색에 가까운 강물이 흐르고 뉴질랜드 어디서나 흔히 볼 수 있는 고사리나무 등의 숲이 우거져 있었으며, 다리 위에서는 이 나라에서부터 시작되었다고 하는 번지점프를 시도하려는 젊은이도 만날 수가 있었다. 이 다리는 1920년대에 계곡에 발전소를 건설할 때 인부들의 통행을 위해 만들어진 것이라고 한다.

1시간 30분 정도 걸려서 로토루아로 이동하는 도중에 정거한 휴게소에서 인솔자인 고 양이 우리 일행 15명으로부터 1인당 미화 110불씩을 전체 일정 중의 팁으로서 거두었다. 인천공항에서 배부 받은 하나투어의 스케줄 표 첫 장에 붙은 여행 안내문 중 봉사료 조에는 "팁은 서비스에 대한 고마움의 표시입니다. 상황에 따라서 적절한 팁을 지불하셔야 합니다. 남태평양 지역의 경우 한국에서의 인솔자, 현지 가이드, 기사분등은 통상 손님 1인당/1일 USD 10불 정도의 팁은 관례입니다"라고 적혀 있었고, 고 양은 그것을 근거로 미리 팁을 거둔 것이었다. 그러나 미국과 영국에서 오랫동안 생활한 본교 영문과의 황소부 교수로부터 들은 바에 의하면 외국 패키지여행의 경우 팁을 따로 거두거나 손님을 쇼핑 장소로 데려가는 일은 없다고 하며, 나로서도 가이드가 일률적으로 팁의 금액을 정하여 직접 거두는 경우는 처음 보았다.

때때로 부슬비가 내리는 등 일기가 불순하므로, 화산 지대임으로 말미암은 관광지로서 유명한 로토루아에 도착하여서는 먼저 각종 양들과 그것을 통제하는 개, 그리고 양털 깎는 쇼를 보여주는 아그로돔 농장으로 가서 건물 안에서 쇼를 구경한 후, 바깥으로 나와 개가 사람의 지시에 따라 양들을 모는 쇼도 구경하였다. 우리 하나투어 팀은 특별히 쇼를 보여주던 젊은이가 모는 관광객용 트램을 타고서 농장 울타리 안으로 들어가서 구내를 두루 둘러보았다. 알파카와 에뮤 등 특이한 가축들도 구경하며 각자 직접 먹이를 주었고, 키위 농장에서는 키위로 만든 술을 시음해 보기도 하였다. 아그로돔에서는 부산 慈悲寺의 金三中 스님 일행과 함께 쇼를 구경하였는데, 그들의 오늘 숙소도 우리와 같은 호텔이었다.

로토루아에서는 거버먼트 가든을 둘러보고서 폴리네시안 풀에서 유황 온천욕을 하였다. 온천 풀을 비롯하여 온도가 다른 여러 노천탕들이 실외에 마련되어 있었다. 오후 7시 무렵 로토루아 호수 가의 로열 레이크사이드 노보텔 로토루아라는 호텔의 134호실에 여장을 푼 후, 부슬비를 맞으며 그 부근에 있는 별채의 식당으로 이동하여 마오리 전통 요리로서 地熱에다 쪄서 만든 항이식으로 저녁식사를 하고 마오리족의 무용 등을 피로하는 민속공연을 관람하였다. 식사 도중에는 뉴질랜드 특산이라는 백포도주와 적포도주도 각각 한 잔씩 별도로 주문하여 마셔보았다.

30 (월) 흐리다 맑았다 때때로 부슬비

조식 후 가족과 함께 호텔 근처의 호수 가를 거닐었다. 백조 비슷한 모습의 검은 새와 갈매기 등이 떼를 지어 물위에 노닐고 있고, 주위의 풍경은 달력에서 보는 사진처럼 아름다웠다. 시내에 있는 레드우드 수목원에 들러 숲속 길을 산책하며 삼림욕을 하였다. 레드우드란 미국 캘리포니아 지방에서 수입한 소나무의 일종인 모양인데, 뉴질랜드는 겨울에도 별로 춥지 않아 식물이 계속 자라므로 그 성장속도가 매우 빠르다고 한다. 아름드리나무들이 죽죽 뻗어 올라서 하늘을 가리고 있었다.

수목원을 나와서는 녹용 상점에 들렀다. 먼저 뉴질랜드의 사슴 농장과 녹용 제조 과정을 소개하는 비디오를 시청한 다음 한국인 박사라는 사람으로부터 구두로 설명을 듣고 몇 사람은 거기서 파는 제품을 구입하기도 하였다.

와카레와레와라고 하는 마오리 민속촌으로 가서 거기에 보존되고 있는 마오리 건축물과 민속품 및 공예학교를 둘러보았고, 그 구내의 땅에서 김이 무럭무럭 솟아오르는 대지열지대에서 간헐천·진흙열탕 등을 둘러보았다. 컴컴한 원형 건물에 들어가 뉴질랜드 특산의 날지 않는 새 키위도 구경할 수가 있었다. 거기를 나와서는 다시 부산 출신의 한국인이 경영하는 상점에 들러 양탄자 및 양모 제품들을 구경하였다.

귀로에 파라다이스 밸리라는 곳에 들렀는데, 거기는 큼직한 송어와 징그러울 정도로 크고 굵은 민물장어 등을 양식하고 있었고, 그 외의 각종 진귀한 동식물들도 키우고 있는 일종의 유료 공원이었다.

로토루아를 좀 벗어난 농장 지대에서 이전에 로토루아 시장의 저택이었다고 하는 꽤 광대한 토지가 딸린 집을 구입하여 1년쯤 전부터 여관겸 식당을 운영하고 있는 한국인 부부의 집에 들러 점심을 들었다. 그들 내외는 미국에서 살다가 8년 전에 투자이민을 왔다고 하는데, 남편은 건축과 출신이고 부인은 화가였다. 이곳은 하나투어 여행사의 전용 식당인 모양이며 음식들은 부인이 직접 만든 것이라고 했다. 여기서도 주인에게 구춘수 군에 대해 물어보았으나 역시 알지 못한다는 대답이었다. 뉴질랜드의 이민은 투자이민과 기술이민으로 나뉘는데, 전자는 상당한 재산이 있어서 이 나라에 투자할 사람들이고, 후자는 대학졸업자로서 이 나라가 필요로 하는 전문 지식이나 기술을 지녔고 영어에도 상당한 능력이 있음을 증명할 수 있는 사람이어야 하는 모양이었다. 한국인 이민은 대부분 7~8년 전부터 건너왔는데, 기술이민에 대해서는 5년쯤 전부터 선발 기준이 꽤 까다로워졌다고 했다. 점심 식사 후 농장의 벤치에 앉아 우리 코치의 기사와 영어로 좀 대화를 나누어 보았다. 중년인 그는 5대 전에 영국서 이민 온 사람의 후예로서 취미로 운전을 하고 있으며, 부인은 회계사이고 자녀가 다섯이나 된다고 했다.

서너 시간 정도 걸려 오클랜드로 귀환하여 시내 중심가에 있는 이 도시의 상징 중 하나인 스카이 타워 바로 옆에 위치한 뉴질랜드에서 가장 크다는 스카이시티 오클랜드 호텔 408호실에 들었다. 근처의 한국 식당에서 해물탕으로 저녁식사를 들고서 호텔로 돌아왔는데, 로토루아의 호텔에다 내 세면도구를 놔두고 왔고, 게다가 도중 어디에선지 내 트렁크의 열쇠를 잃어버려 난처한 상황에 처하였다. 그러나 프런트에 전화로 연락하였더니 마오리와 백인 직원 두 명이 와서 시행착오 끝에 트렁크 바닥 바깥 면의 작은 나사들을 풀어 젖혀서 트렁크 안에 들어 있던 스페어 열쇠를 끄집어낼 수가 있었고, 밖에 나가 칫솔과 임시 면도기도 구입해 와서 그럭저럭 당면한 곤란을 해결할 수가 있었다.

31. (화) 쾌청

7시경 호텔 식 아침식사를 하고서 오클랜드 국내선 공항으로 이동하였다. 북섬의 가이드 한 씨와 공항에서 작별한 후 9시 50분발 오스트레일리아 소속의 콴타스 항공 5115호 편으로 남섬 최대의 도시 크라이스트처치로 향하여 11시 10분경에 도착한 후 이 도시에 거주하는 현지 가이드 최환기 씨의 출영을 받았다. 그 역시 5년쯤 전에 기술이민으로 와서 아내 및 자녀 두 명과 함께 살고 있는 30대 후반 정도의 온순한 사람인데, 뒤에 알고 보니 독실한 기독교인이며 서울법대 출신이었다.

공항에서 바로 코치로 이동하여 뉴질랜드의 북섬 북단에서 남섬 남단까지 연결된다는 고속국도 1호선을 따라 남쪽으로 향했다. 고속도로라고는 하지만 인구가 적은지라 왕복 2차선에 불과하였다. 비행기에서 내려다볼 수 있었던 이 나라 최대의 평야인 캔터베리 대평원을 관통하여 윗부분이 흰 눈으로 덮인 南알프스 산맥을 서쪽으로 바라보며 계속 남쪽으로 내려가다가 도중에 79번 국도를 따라 남알프스 쪽으로 접어들어 제랄딘이라는 마을에 멈추어서 도로변 공원의 벤치에서 가이드가 준비해 온 도시락으로 점심을 들었다.

다시 출발하여 산맥 방향으로 한참 더 다가가니 테카포라는 이름의 빙하의 침식으로 이루어진 커다란 호수를 만나게 되었고, 그 건너편에 남반구에서 가장 높다는 해발 3,754미터의 마운트 쿡이 바라보였다. 그러나 아쉽게도 산의 정상 부분은 구름에 가려 있었다. 테카포 호수는 빙하에 의해 침식된 석회석이 물에 섞여 있어 '밀키 블루'라고 하는 다소 탁한 푸른빛이었고, 호반의 바위에도 석회석 가루가 눌러 붙어 마치 재빛 페인트를 칠한 듯하였다. 우리 차가 멈춘 주차장 부근의 호반 언덕에

'선한 목자의 교회(Church of the Good Shepherd)'라는 이름의 돌로 만든 조그만 성공회 교회가 있는데, 그 예배당 설교단 쪽의 벽이 호수를 향해 툭 트여 있고, 그 트인 벽 속으로 호수와 마운트 쿡이 대형 화면의 풍경화처럼 들어오게 되어 있었다. 가이드는 백만 불짜리 풍경이라고 소개하였는데, 실제로 이 교회는 종종 달력의 사진이 되기도 한다고 들었다.

거기서 더 가면 보다 큰 푸카키 호수에 이르게 되고, 푸카키 호수에서는 마운트 쿡을 곧바로 바라볼 수가 있다. 원래는 이 두 호수 부근에서 경비행기를 이용하여 50분 정도의 시간을 들여 마운트 쿡 일대의 풍경을 구경하고, 산 중턱의 빙하 위에 착륙해 볼 수도 있는 옵션이 포함되는 법인데, 우리 가이드는 시간 관계상 돌아올 때나 고려해 보자고 하였다. 마운트 쿡은 이 나라 사람으로서 히말라야의 에베레스트 산을 세계에서 처음으로 등정했던 에드먼드 힐러리 경이 그것을 위한 등반 연습을 하던 곳이기도 하다.

테카포 호수 부근에서부터 도로 근처에 인공 운하가 끝날 줄 모르고 계속 이어져 있다. 이 일대에 산재하는 여러 개의 빙하호들을 운하에 의해 연결하여 낙차를 이용한 수력발전소를 만들고, 또한 운하를 연어 양식장으로서도 이용하고 있는 모양이었다. 차를 타고 가다가 호수 가에 마치 인공 제방처럼 길게 이어진 높고 낮은 대형 段丘들을 구경하기도 하였다.

북섬이 화산섬인데 비해 남섬은 빙하 활동의 흔적이 많으며, 캔터베리 평원을 제외하고서는 황무지와 산악지대가 많고 기후도 보다 추우므로 상대적으로 인구가 적은 모양이었다. 들판에는 캘리포니아産 리기다소나무의 숲이 방풍림으로서 조성되어 있는 풍경을 어디서나 볼 수 있었다. 한국서는 이를 소나무 중 下品으로 치고 있지만, 여기서 보니 그 나름으로 풍치가 있었다. 뉴질랜드에서는 목축의 대상 중 가장 많은 것이 양이라고 하나, 실은 양보다도 많은 것은 토끼로서 들판에서 눈에 잘 띄지는 않으나 도로 여기저기에서 차에 치어죽은 토끼나 다른 들짐승들을 종종 볼 수가 있었다. 토끼는 한 때 그 털이 모피로서 인기가 있어 외국으로부터 도입해 온 것이었는데, 그 후 상품 가치가 떨어져 기르지 않게 되자들에 흩어져 야생하게 되었으며, 그 왕성한 번식력으로 말미암아 급격히 숫자가 늘어나 목초를 먹어치우는 등 골칫거리로 변해 버렸다고 한다. 또한 기온이 낮은 남섬의 산악지대에서 뉴질랜드 사슴의 대부분이 생산된다고 하며, 길에서도 사슴 목장을 자주 지나쳤다.

오늘의 목적지인 퀸즈타운은 남섬 서남부의 와카티푸 호수에 면해 있는 인구 팔천 정도인가 되는 관광도시이다. 원래는 원주민 마오리가 블루스톤이라고 하는 일종의 옥을 채취하기 위한 기지로 개발한 곳으로서, 후에 그 부근 강가에서 사금이 발견됨으로 말미암아 급속히 발전한 것이라고 한다. 우리가 지나가는 도로 가에도 금광의 흔적과 거기서 노예처럼 일하던 중국인의 오두막들이 아직도 보존되어 있었다. 어두워져 올 무렵 세계에서 최초로 번지점프가 행해졌다는 협곡의 강 위 다리에 이르러 기념사진을 촬영하기도 하였다. 캄캄해 진 후에 퀸즈타운에 도착하여 한국 식당에서 한정식으로 저녁식사를 들고, 중심가에서 좀 떨어진 주택가쯤에 위치한 밀레니엄 호텔 퀸즈타운에 투숙하였다.

8월

1 (수) 맑으나 밀포드 사운드 지역은 비

오전 5시에 기상하여 6시에 조식 후 7시 아직 컴컴할 무렵 호텔을 출발하였다. 코치가 S자 모양으로 길게 구부러진 와카티푸 호수와 그 동쪽의 눈에 덮인 리마커블즈山(The Remarkables) 기슭을 따라서 반시간 정도 달려가다가 호수가 끝난 무렵부터 점차 날이 밝아지기 시작하였다. 퀸즈타운에서 오늘의 목적지인 타스만 바다에 면한 피오르드 식 해안 밀포드 사운드까지 직선거리로는 그다지 멀지 않으나, 파이브 리버즈·모스범·테 아나우를 거쳐 남쪽으로 큰 호를 그리며 둘러가야 하기 때문에 시간이 많이 걸리게 되는 것이다. 그 중에서도 뉴질랜드에서 두 번째로 큰 빙하호를 끼고 있는 테 아나우는 중국인이 비교적 많이 사는 곳이어서 한자 간판이 여기저기에 눈에 띄었고, 상점에는 값싼 중국제 물품도 많다고 한다.

테 아나우 호수에서부터 서쪽 편으로는 뉴질랜드에서 가장 크다는 피오르드랜드 국립공원이 이미 시작되고 있다. 우리가 이 마을에 잠시 정거하여 휴식을 취하고 있는 동안에도 한국인 관광객을 태운 코치 버스가 꼬리를 물고서 들이닥쳐 마치 한국 땅에 있는 기분이었다. 이 나라에 온 이후로 곳곳마다의 호텔과 관광지에서 한국인들을 만나게 되었고, 중국인도 적지 않았는데, 한국은 현재 무역 규모 및 관광객의 숫자 면에서 모두 뉴질랜드의 다섯 번째 가는 파트너로 되어 있으며, 중국은 그 네 번째라고 한다. 특히 이즈음 한국인이 많이 눈에 띄는 것은 지금이 한국으로서는 여름방학이라 관광 피크 시즌에 해당하는 데다 여행사마다의 패키지 상품 내용이 천편일률적으로 같기 때문에 더욱 그런 모양이다.

밀포드 사운드에 거의 다가온 지점에 위치한 호머 터널은 제법 길지만 비스듬히 경사가 져 있어 통풍이 잘 되고 마치 탄광의 터널처럼 안팎으로 아무런 꾸밈이 없는 곳이다. 그 직전에 정거하여서는 캬우 캬우 하는 소리를 내며 운다고 하여 이름이 정해진 캬우 새를 도로 가에서 여러 마리 구경할 수가 있었다. 터널을 지나면서부터 길은 급경사로 되고 이 나라 최대의 강우량을 기록하는 지역답게 안개와 비가 자주 내리는 기후로 변했다. 곳곳에 정거하여 사진을 찍고 비지터 센터를 방문하거나 밀림 속의 산책로를 따라 15분 정도 걷기도 하고, 건너편 산의 모습을 반영하고 있는 거울호수 가를 거닐며 구경하기도 하였다.

약 1만2천 년 전 氷蝕작용에 의해 형성된 밀포드 사운드에 도착한 후에는 먼저 가이드를 따라가서 유람선 출발지 부근에 있는 최대 규모의 보웬 폭포를 둘러보았다. 유람선에 올라서 뷔페식 점심을 들고서, 나는 雨天임에도 불구하고 준비해 간 등산용 겨울 雨衣 차림으로 배 위의 갑판에 올라가 회옥이와 함께 주위의 풍경을 감상하였다. 船內 방송은 영어와 일본어로 행해지고 있었는데, 협곡을 다 빠져나가 타스만海 어귀에서 뱃머리를 돌려 출발지로 돌아올 무렵에는 일본어 다음으로 경상도 말씨의 한국어

방송도 보태어졌다. 이 유람선에는 일본 손님도 적지 않게 눈에 띄었다.

돌아오는 길에 제일 먼저 출발했던 우리 일행의 버스가 국립공원 구역을 채 벗어나기도 전에 고장을 일으켜 기사와 승객이 모두 뒤에 오는 하나투어의 다른 코치에 동승하여 함께 퀸즈타운까지 왔는데, 두 가이드가 번갈아 가며 교민들의 생활 실태에 대한 설명을 하였다. 뉴질랜드는 세계 최초로 여성 참정권을 부여한 나라답게 여성 중심의 사회라고 할 수 있으며, 그렇게 된 배경에는 남성들이 英 연방의 일원으로서 한국전쟁을 포함한 세계 각 지역의 중요한 전쟁에 참전하여 싸우고 있는 동안 여성들의 힘으로 농장을 지켜온 점이 작용하고 있을 것이라고 했다. 남섬의 인구는 98만 정도인데, 북섬의 오클랜드는 110만이라고 한다. 경제적으로는 호주 다음으로 일본에 대한 의존도가 높은 모양이다.

오늘도 캄캄해 진 후에 퀸즈타운에 도착하여 한국 음식점에서 저녁 식사를 들고, 호수 가의 번화가를 산책하다가 이 지방 특산의 블루 스톤 보석 상점에 들르거나 거리의 악사에게 미화 1불의 지폐를 건네주기도 하였으며, 어제 투숙했던 밀레니엄 호텔의 235호실에 다시 들었다.

2 (목) 비 온 후 북부는 대체로 맑으나 때때로 부슬비

6시에 기상하여 7시에 조식을 든 후 8시에 출발하여 여덟 시간 정도 소요하여 크라이스트처치로 돌아갔다. 퀸즈타운에서는 2박을 하였지만, 밀포드 사운드로 가고 오는 중간 기착지로서 이용하였을 따름이므로, 모두 밤에 도착하여 새벽에 출발하는지라 마을의 모습을 찬찬히 구경할 시간적 여유가 없었다.

오늘은 처음 올 때에 통과했던 호수를 낀 길이 아닌 리마커블즈 산의 서쪽 편 고개를 넘어가는 코스를 취했다. 도중에 미국 서부영화의 세트 같은 옛 탄광촌 애로우 타운을 지나고 산 위의 퀸즈타운 스키장을 바라보기도 하다가 올 때에 들렀던 43미터 높이의 번지점프대와 사금 광산이 있는 길로 다시 접어들었다. 뉴질랜드에서 처음 사슴을 방목했던 장소라고 하는 황무지 산의 고갯마루에 정거하여 드문드문 쌓인 눈을 배경으로

사진을 찍기도 했다.

처음 올 때 들러서 과일 말린 것 등을 샀던 과수원 동네인 크롬웰에 다시 정거하였다. 당시 나는 그리스 이민이 경영한다고 하는 이곳 휴게소 의 과일 상점에서 아내가 산 물건 값을 지불하기에는 환전해 둔 뉴질랜드 돈이 부족하여 미국 달러로 지불해도 되느냐고 물었더니 계산대의 점원 이 된다고 하므로 미화 20불을 주었는데, 거스름으로 받은 것은 뉴질랜 드 달러 4불 정도에 불과하였으므로, 그 물건 값이 비싼 데 놀란 바 있었 다. 오늘 다시 들러서 물건들에 붙은 가격표를 훑어보고서, 역시 짐작했 던 대로 당시의 점원이 뉴질랜드 돈과 미국 돈의 현 시세(2.1429 대 1)에 따라 계산한 것이 아니라 1 대 1로 계산했음을 알게 되었다.

푸카키 호수 부근은 구름에 덮여 있어 돌아올 때 자세히 보기를 기대 했던 마운트 쿡은 자취도 찾아볼 수 없었다. 그곳 비지터 센터에서 미화 10불로 가이드 최 씨에게서 뉴질랜드 돈을 교환해 받아 그림엽서와 지도 를 구입하기도 하였다. 호수 가에 콜리 개의 동상과 선한 양치기 교회가 있는 테카포 마을의 현지 식당에 들러 양식으로 점심을 들었다. 그 식당 에는 미국 캘리포니아 지역으로부터 인터넷을 통해 직장을 구해 왔다는 한국인 청년 한 명이 점원으로 일하고 있었다. 이 곳 날씨가 제법 쌀쌀한 데도 그가 거주하는 건물에는 난방 시설이 별로 되어 있지 않아 고생을 하고 있는 모양이었다. 올 때 점심을 먹었던 제랄딘 마을은 경유하지 않 고 거기서 조금 아래쪽의 국도를 따라 고속도로 1호선에 접어들었으며, 캔터베리 평원 부근에 들어와서는 알파카 목장 및 '연어의 수도'라고 하 는 간판과 사람 키의 두어 배나 되는 연어 조각이 내걸린 마을(애쉬버 튼?) 입구에 멈추어 아내와 나는 양측에서 그 연어를 두 손으로 떠받드는 모습으로 기념사진을 찍기도 하였다.

크라이스트처치에 도착하여서는 먼저 고급주택가를 따라 산 위의 성 터로 올라가서 도시 전체와 남태평양 및 눈 덮인 남알프스 연봉의 모습을 조망하였고, 번화가의 한인 상점으로 가서 녹혈을 구입하기도 하였다. 며칠간의 일정을 통하여 가이드 최 씨의 인격적 성실성을 일행이 대부분

신뢰하게 되었으므로, 판매가의 2할을 할인하여 현지 교민이 구입하는 가격으로 판다는 말에 많은 사람들이 샀고, 우리 가족도 백만 원 어치 정도를 구입하였다.

빅토리아 공원에서 빅토리아 여왕과 제임스 쿡의 동상, 도심을 헤치면서 꾸불꾸불 흘러가는 시골의 시내처럼 맑은 에이본 강과 182ha의 광대한 면적을 지닌 해글리 공원, 그리고 러더포드가 학부를 졸업했다는 캔터베리대학교 등을 둘러보았다. 그 대학에는 산업혁명 무렵의 어수선한 영국을 떠나 뉴질랜드로 이주하여 크라이스트처치를 건설하였다고 하는 옥스퍼드대학 크라이스트처치 칼리지 출신의 인사 네 명 중 한 명의 동상도 서 있었다. 남섬 최대이자 영국 밖에서 가장 영국적이라고 하듯이 고풍이 많이 남아 있는 이 도시의 현재 인구는 30만 남짓으로서 우리 가족이 사는 진주와 비슷한 규모인데, 오늘의 우리 숙소는 크라이스트처치의 상징인 고딕 양식의 성공회 대성당 바로 옆에 면한 밀레니엄 크라이스트처치 호텔이었다. 먼저 호텔 옆의 한국 식당에서 불고기로 저녁 식사를 들었는데, 손수 음식을 나르면서 손님 시중을 들고 있는 이 식당의 주인은 18년쯤 전에 태권도 사범으로 건너왔던 사람으로서 이곳 교민 사회에서는 가장 장로에 속한다고 한다.

3 (금) 맑음
새벽에 일어나 5시 경 크라이스트처치 국제공항으로 이동하여 가이드 최환기 씨와 작별한 후, 6시 45분발 뉴질랜드항공 181편으로 오스트레일리아의 뉴사우드웨일즈州 주도인 시드니로 향했다. 공항 면세점에서 남은 뉴질랜드 돈을 털어 이 나라 특산인 백포도주 한 병을 샀다.

8시 30분 시드니공항에 도착하여 현지 가이드인 박순자 여사와 합류하였다. 한국인 기사가 운전하는 한국산 코치로 시드니 교외의 블루마운틴 지역으로 이동하며 차창 밖을 내다보니, 이 도시 개인주택의 특징인 붉은 지붕과 정원들이 눈에 들어왔다. 가이드인 박 씨는 12년 전 유학생의 신분으로 호주에 와서 32세에 중국인 남자와 결혼하여 두 자녀를 두었으며, 현재는 38세(?)라고 하는데 꽤 수다스럽고 얼굴 모습이나 성격이 미화를 연상케 했다.

뉴사우드웨일즈 주는 호주 대륙을 발견하여 시드니에 처음 상륙한 제임스 쿡이 영국의 웨일즈 주 출신이므로 이런 이름이 붙게 되었는데, 현재 주 재정의 7할 정도가 관광 수입에 의존하고 있다 한다.

블루마운틴 국립공원은 이 나라 특산인 유칼리나무가 전체 수종의 98% 이상을 차지하는데, 이 나무에서 뿜어나는 기체가 구름 같은 띠를 이루어 숲이 다소 푸른 빛깔을 띠므로 이런 이름이 붙었다고 한다. 산이라고는 하지만 거의 평지와 마찬가지인 경사진 땅이 이어지다가 가운데에 미국의 그랜드캐니언을 연상케 하는 광대한 단층 지대가 나타나는 정도였다. 그 斷崖 이쪽 끝 에코포인트에서 건너편의 유명한 세자매봉을 바라보고, 탄광시대에 개설되었다고 하는 궤도열차를 탑승하여 단애 아래로 내려가 숲속을 산책하다가 곤돌라를 타고서 돌아 올라오기도 하였다. 그 부근의 엣지 시네마(Edge Cinemas)라는 IMAX영화관으로 이동하여 식당에서 중식을 든 다음, 40분 동안 알래스카의 대자연을 다룬 영화를 감상하였다. 원래는 블루마운틴에 관한 다큐멘터리 영화를 보기로 되어 있었는데, 방영 시간이 여의치 않아 알래스카 편을 보게 된 것이었다.

北시드니로 귀환한 다음 원더랜드라고 하는 유원지의 일부분인 야생동물원에 들러서 호주 특유의 동물인 코알라, 캥거루 등과 함께 기념촬영을 하기도 하였다. 이곳이 한국의 동물원과 다른 점은 울타리 안으로 들어가서 직접 동물을 접해 볼 수 있게 되어 있는 것이었다. 블루마운틴으로 가는 오고 도중의 차창 밖으로 2000년 시드니 하계올림픽의 경기장 건물들도 바라볼 수가 있었다.

가이드의 안내에 따라 양모 모피 가공점에 들렀다. 우리 일행은 다른 아무도 물건을 사는 이가 없었으나, 나만 여기서 여름용 카우보이모자와 어린양의 흰털로 만든 자동차 시트를 구입하였다. 한국인 거리에서 雅敍苑이라는 상호의 한국인이 경영하는 중국 식당으로 가서 저녁 식사를 든 다음, 北시드니에 있는 호텔 스탬포드 노드 라이드에 투숙하였다. 여기서는 회옥이를 포함한 우리 가족이 모처럼 한 방에 들어 아내와 회옥이가 안방을 쓰고 나는 문간방 쪽의 침대에서 따로 잤다.

4 (토) 맑음
아침 여섯 시 무렵 아직 컴컴할 때부터 우리 가족 셋이서 호텔 주변을 산책하였다. 한 시간 정도 침례교 신학대학 캠퍼스 안과 아파트 및 연립 주택 단지들을 구경하였다.

8시에 호텔을 출발하여 부자들이 많이 산다는 북 시드니로부터 하버 브리지를 지나 남 시드니의 번화가 지역으로 들어갔다. 먼저 동부의 서핑으로 유명한 해수욕장인 본다이 비치에 들렀고, 사암 절벽에 위치한 景勝地인 갭 파크를 둘러보았으며, 더들리 페이지라는 주택가의 언덕에서 미국의 샌프란시스코, 브라질의 리오 데 자네이로와 더불어 세계 3대 美港의 하나로 손꼽히는 시드니의 全景을 조망하기도 하였다.

항만 지구로 돌아들어 시드니의 상징물이기도 한 오페라 하우스를 둘러보았으며, 왕립 식물원과 그 끄트머리에 위치한 영국이 파견한 3대 총독 부인의 이름이 붙은 맥콰리 포인트에서 오페라 하우스 등의 근경을 항만 건너편에서 바라보기도 하였다. 달링 하버로 가서 유람선을 타고서 船內에서 식사를 하고 시드니 항구를 일주하였다. 배에서는 악사가 갑판에서 색소폰과 만돌린으로 음악 연주를 하고, 머리 위의 하늘에서는 비행기가 흰 글씨로 'NATALIE I ♡ U'라는 문장을 공중에다 쓰기도 하였다.

시내의 한인 지구로 가서 다시 어느 건물 속으로 들어가 로열 젤리와 스쿠알렌 등의 건강식품을 쇼핑하였는데, 나는 이러한 상업주의에 신물이 나 혼자 밖으로 나와 버렸다. 거기서 나와서는 다시 중국인이 경영하고 한국인들이 종업원으로 있는 어느 잡화 상점에 들렀다. 나는 거기서 큼직한 부메랑 하나와 연구실 의자용 양모 방석 하나를, 그리고 아내는 선물용 화장품들과 뒤집으면 '메에에'하고 우는소리가 나는 회옥이가 원하는 양의 인형 하나를 샀다.

중심가의 하이드파크에 들러 얼마간 산책을 하다가, 공항으로 이동하여 17시 5분 발 콴타스 항공 540기편으로 퀸즈랜즈 州의 주도인 브리즈번으로 향하였다. 18시 30분에 도착하여 현지 가이드인 박성광 씨의 출영을 받은 다음, 어둠 속에 코치를 타고서 남쪽으로 골드코스트를 향해 한 시간 남짓 이동하였다. 30대 후반 정도로 보이는 박 씨는 서울의 무역회사를 사직하고서 5년 전에 브리즈번으로 이주해 있으며, 마산고등학교를 졸업하고 단국대학교를 나왔는데, 모친은 함안 사람이라고 한다. 한밤중에 골드코스트에 도착한 다음, 한인식당에서 늦은 저녁 식사를 들고서 래디슨 팜 메도우즈 호텔의 8114호실에 들었다. 나지막한 건물들이 여러 채 연이어져 있는 특이한 구조의 호텔이었는데, 회옥이는 다시 인솔자인 고수경 양과 한 방에 들었다.

5 (월) 맑음
조식 전에 다시 우리 가족끼리 호텔 구내의 광대한 골프장을 산책하였다. 생각보다 너무 커서 출발 시각에 맞추기 위해 도중에 호텔로 돌아왔다.

아홉 시 무렵에 출발하여, 42km에 달하는 골드코스트의 해변 중 스핏이라고 하는 지역에 들러 낚시터가 있는 등대까지 방파제를 산책하고, 해상에서 여러 가지 수상 스포츠를 즐기는 사람들을 바라보았다.

테마 파크인 씨 월드 나라 리조트에 들러 돌고래 쇼와 버뮤다 삼각지대 탐사 및 해적단를 주제로 한 삼차원(3D) 영화, 수상 스키 쇼 등을 둘러보았고, 우리 가족은 모노레일을 타고서 리조트 구내를 한 바퀴 일주하기도 하였다. 씨 월드 구내의 중국 식당에서 중화요리로 점심을 든 다음, 그곳을 떠나 역시 한국인이 경영하는 양모 제품 창고에 들러 쇼핑을 하였다.

메인 비치를 찾아갔다가 교통 정체로 말미암아 시간을 꽤 소비하였기 때문에 오팔 판매점에는 들르지 않고서 그 대신 케스케이드 가든이라는 공원으로 가서 잠시 휴식의 시간을 가졌다.

간밤에 들렀던 한국관이라는 이름의 식당에서 저녁 식사를 든 후 어둠 속에 브리즈번으로 이동하여 시내의 캥거루 포인트라고 하는 굽이쳐 흐르는 강의 절벽 위에 전망대인 정자가 서 있는 지점에서 건너편으로 양쪽 강변의 브리즈번 중심가에 펼쳐지는 야경을 감상하였다. 이 도시는 호주에서 세 번째로 크며 퀸즈랜드州의 주도라고 하지만 인구는 불과 수십만에 불과한 규모이며 도시 규모도 그다지 크지 않다고 한다. 호주 사람들은 오후 다섯 시면 퇴근하여 집에서 가족과 함께 시간을 보내므로 밤이 되면 거리는 인적이 끊어져 썰렁한데, 그럼에도 불구하고 도심의 건물들은 미관상의 이유로 밤새도록 모두 불을 켜 두는 모양이었다.

공항에서 출국 수속을 마친 다음, 남는 시간에 가족과 함께 구내의 면세 상점을 어슬렁거리다가 스낵에서 저녁 식사 때 따로 주문하여 마신 바 있는 호주 특산의 XXXX맥주라는 것을 다시 한 병 맛보았다. 뉴질랜드에서 사 온 백포도주는 시드니 공항에서 짐을 정리하다가 트렁크에서 병이 굴러 떨어져 깨져버렸으므로 맛도 보지 못한 채 버리고 말았다.

면세점에서 원주민들이 끈에 묶은 채 손으로 빙빙 돌려서 소리를 낸다는 나무로 만든 토산품 하나를 구입하였는데, 판매원인 백인 여성이 제법 한국어로 말을 걸어왔다. 열흘간의 여름 해외여행 일정을 마치고서 밤 10시 발 대한항공 편으로 서울을 향해 출발하였다.

6 (월) 맑으나 무더위

9시간 30분 정도 비행하여 기내식으로 조식을 마친 후 오전 6시 40분경 인천국제공항에 도착하여 짐을 찾은 후 각자 뿔뿔이 헤어졌다. 우리 가족은 맨 마지막으로 나온 짐을 찾아 들고서 공항리무진 편으로 30분 정도 걸려 김포공항으로 이동한 후, 9시 5분 발 아시아나 항공편으로 진주로 다시 이동하였다. 갈 때와 마찬가지로 사천공항에 와 대기하고 있는 처제의 차를 타고서 집으로 돌아왔다.

12월

31 (월) 맑음

아침 8시 30분 무렵 집을 나서서 우리 가족 세 사람이 함께 4박 5일 일정의 중국 江南지방 여행길에 올랐다.

내가 우리 차를 운전하여 한 시간 10분 정도 걸려서 부산의 김해국제 공항 입구에 도착한 다음, 그 부근의 주차장에다 차를 맡겨두고서 봉고차로 국제선 터미널로 이동하였다. 10시 무렵에 우리들의 인솔자인 김은현 양과 합류하여 트렁크를 맡긴 다음 11시 무렵에 나머지 참가자 15명과도 합류하였다. 우리의 일행은 부산·창원·마산·울산·진주 등지의 여행사에서 모집한 사람들이 골드투어라는 이름으로 합친 것이었다. 15명의 손님 중에는 울산에서 온 나보다 한 살이 많고 컴퓨터 점을 경영한다는 박도수 씨와 그의 미국인 사위 Duane Harlan Berry 씨도 포함되어 있었다.

13시 15분에 부산을 출발하는 中國東方航空 5313편으로 중국시간 13시 40분에 上海虹橋空港에 도착하였다. 비행기 안에서 상해에서 발행되는 중국신문 「解放日報」를 읽어보았다. 중국 입국수속을 마친 다음 공항 안에서 17시 15분에 계림으로 출발하는 동방항공 비행기로 갈아타기 위해 3시간 이상을 대기하였는데, 우리가 국내선 비행기를 탈 탑승구 앞의 의자에서 휴대폰으로 통화를 하고 있던 한 중년 여인과 중국어로 대화를 나누어 보았다. 그녀는 四川省의 成都에서 개인 가게를 경영하고 있으며, 남편은 비행기 관계 일을 하고 있는데, 하나 있는 아들도 上海에서 비행기 관계 대학의 3학년에 재학하고 있으므로 아들을 보러 왔다가 돌아가는 길이며, 上海에서 成都까지는 비행기로 2시간 반 정도가 걸린다고 했다.

우리 일행도 2시간 반 정도를 비행하여 19시 40분에 廣西壯族自治區의 북부에 위치한 桂林에 도착할 때까지 나는 계속하여 上海에서 발행되는 중국 신문 「文匯報」와 「勞動報」를 읽어보았다. 「勞動報」에 의하면 上海 경제는 10년 연속 두 자리 수로 성장을 하여 1992년에서 2001년까지의 10년 중 평균성장률이 12.5%에 달했으며, 특히 금년은 미국 경제의 성장률이 낮고 9.11 뉴욕 테러사건이 세계경제에 준 충격에도 불구하고 두 자리 수의 성장을 달성하여 세계적인 주목을 받고 있다. 상기 10년 중 上海의 국내총생산은 893억元에서 5000억元 전후에 달했고, 1인당 GDP는 $1307에서 $4600으로 성장하였으며, 국내총생산에서 차지하는 3차 산업의 비중은 34.9%에서 50%로 늘어났다고 한다. 「文匯報」에 의하면 2005년에 전국의 인터넷 사용 가정은 1.5억 戶에 달하여 30% 이상의 가정이 인터넷에 접속하게 될 것이라고 한다.

桂林 공항에 도착한 다음, 吉林省 출신의 조선족 3세라고 하는 현지 가이드 신선옥 여사의 영접을 받아 시내로 이동하여 한식당에서 늦은 저녁 식사를 들었고, 穿山路에 있는 桂山大酒店에 투숙하였다. 계림에서는 발마사지가 유명하다고 하므로, 우리 가족 전원은 호텔로 들어가기 전에 1인당 $20씩 주고서 그것을 해보았다.

2002년

아버지의 문병-토렉 병원
아버지의 장례

1월

1 (화) 흐림

외국에서 새해를 맞아 나는 보통나이로 54세, 아내는 49세, 회옥이는 17세가 되었다.

오전 5시 무렵에 기상하여 1층에서 호텔 조식을 들고서, 아직 새벽이라 주위가 어두운 데도 불구하고 대절버스로 漓江 유람에 나섰다. 리강의 선상 유람은 보통 桂林市에서 8시간 정도 걸려 남부의 陽朔까지에 이르는 코스를 말하며, 내가 학교 구내의 코알라여행사에 물어 보았을 때에는 분명 이 코스 전체를 배로 커버한다고 들었었는데, 막상 계림에 도착해 보니 그 중간지점인 冠岩까지 29km의 구간을 버스로 이동하고 관암의 鄕吧島라는 지점에 있는 선착장에서 배에 올라 1킬로 이내의 구간을 한 시간 정도 걸려 왕복하는 것이 전부였다.

관암까지 가는 도로는 내가 가진 다른 지도에 나타나지 않는 것으로 미루어 관광 사업의 일환으로 근년에 닦아진 것인 듯한데, 아직 비포장으로서 곳곳에 공사가 진행되고 있었다. 그 길은 리강의 오른편을 따라 이어져 있는 것이어서 멀고 가까운 곳에 석회암으로 말미암아 이루어진 카르스트 지형의 사진에서 보아온 것과 같은 기이한 모양의 산들이 바라보였다. 버스에서 내려 반시간 정도 걸어서 선착장까지 이동하는 도중에 땅콩 봉지나 갈색 무늬를 새긴 돌멩이를 들고서 '한국 돈 천 원' 혹은 '한국 돈 이천 원'이라고 외며 어린 아이들이 집요하게 따라오고 있었다. 리강은 겨울철이라 수량이 줄어 바닥이 훤히 들여다보이고 있었다. 아내가 한국에서 필름은 충분히 준비해 갔으나, 얼마 전에 우리 아파트 구내의 슈퍼마켓에서 산 국산 배터리가 다 소모되어 버렸는지 작동이 되지 않다가, 나중에 현지에서 일제 새 배터리를 사서 교환하였더니 전원에 연결은 되었는데 기계가 고장이라 역시 작동이 되지 않으므로 결국 포기할 수밖에 없었다.

관암은 리강 가에 위치한 거대한 석회동굴로서, 그 산 모양이 帝王의 金冠 같다 하여 붙여진 이름이다. 그 안에 1km에 달하는 지하 하천이 있는 乾式 석회암 동굴이었다. 1997년도부터 관광객에게 개방하고 있다고 하는데, 최신식 설비를 하여 동굴 안에 높이 40m의 엘리베이터가 있는가 하면 출구 부근엔 臺灣 사람이 투자해 건설했다는 모노레일까지 설치되어 있었다. 이 모노레일을 타고서 동굴 밖으로 나오는 것도 옵션이라 하여 편도 $6을 받고 있었다.

여행 중 미국인 배리 씨와 영어로 더러 대화를 나누었다. 1992년에 중국과 수교가 된 직후 교수 시찰단의 일원으로 참가하여 처음 중국에 온 이래로 이번이 일곱 번째 중국 여행이 되는 듯한데, 이번에 와보니 가는 곳마다 화장실 출입할 때 돈을 받지 않고 각 변기의 입구에 문도 달려 있으며, 음식 그릇에 흠집 있는 것이 별로 눈에 띄지 않는 점이 현저하게 달라져 있었다.

관암 동굴 구경을 마치고서 계림 시내로 돌아와, 리강에서 배를 타고 조금 아래쪽의 象鼻山까지 내려가 보았고, 배에서 내려 다시 버스로 이동하여 그보다 북쪽에 위치한 리강 가의 伏波山에 올라 계림 시가와 그 주변에 펼쳐진 산들의 전경을 조망하였다. 일정표에 들어 있는 穿山公園에는

가지 않고서 옥돌 파는 상점과 臨桂路에 있는 中醫醫院 2층의 旅遊醫療諮詢
服務部라는 곳으로 데리고 가서, 번호가 붙은 방이 나란히 이어져 있는
簡報室 중 하나에 들어가 조선족 의사라는 사람으로부터 장장 15가지나
되는 약품에 대한 선전을 듣게 하는 것이었다. 우리가 가는 코스마다에
조선족 안내원이나 점원 등이 나와 한국 관광객을 상대로 설명이나 판매
혹은 상품 선전을 맡고 있었다. 이들은 모두 중국 동북지방으로부터 돈
벌러 나온 사람들로서 계림시에만 해도 무려 700명 정도 있다고 하니
중국 전체에는 얼마나 많을지 짐작할 수가 있겠다. 길림성 출신인 현지
가이드의 말로는 나의 외삼촌 일가가 살고 있는 흑룡강성의 鷄西市는 火
賊村이라고 불릴 정도로 강도가 많으며, 외가 쪽 친척들이 거주하는 흑룡
강성의 牧丹江 以西 지역은 모두 치안 상태가 좋지 못하다고 한다.

쇼핑 코스를 두른 다음, 가이드는 우리 일행을 1인당 20$씩 하는 옵션
상품으로 雄森熊虎山莊娛樂城이라는 이름의 동물 쇼를 하는 테마파크 형식
의 동물원으로 데려갔다. 나는 동물원 같은 데 가고 싶은 생각이 전혀
없어 처음에는 안가겠다고 했지만, 다들 가는데 나만 혼자 남아 있어도
어찌해 볼 방도가 없으므로 결국 따라가는 수밖에 없었다. 그 다음은 廣西
自治區에 거주하는 여러 소수민족의 문화와 생활풍습을 전시하는 계림박
물관으로 갈 차례인데, 내가 일정표대로 하지 않는 점을 항의한 까닭에
그곳을 방문한 후 이미 어두워진 가운데 천산공원에도 들르게 되었다.

그 때문에 예정보다 시간이 늦어졌으므로 시내의 한식당에서 저녁식
사를 들려고 했던 일정을 변경하여 천산공원에서 바로 어제 밤에 내렸던
桂林兩江國際機場으로 이동하여 공항 구내의 식당에서 중국식으로 저녁
식사를 든 후, 20시 20분 발 동방항공 편으로 상해로 이동하여 22시 30분
에 도착하였다. 비행기 안에서 이번에는 「靑年報」와 「廣州日報」를 읽어보
았다.

上海虹橋國際機場에서 전북 익산군으로부터 이주한 교포 2세로서 길림
성 延邊에서 왔다는 현지 가이드 최용철 씨와 합류하여 梅園路 330號에
위치한 中亞飯店으로 이동한 후, 아내와 나는 2108호실에 투숙하였다. 이

번 여행기간 중에도 회옥이는 내내 한국 측 가이드인 김은현 양과 같은 방을 써서 우리 옆방에 들었다.

2 (수) 맑음

오늘도 새벽에 기상하여 호텔 2층의 식당에서 조식을 마친 후, 상해 시내 관광으로부터 시작하여 蘇州를 둘러본 후 杭州에까지 이동하였다.

먼저 지금은 魯迅公園이라고 불리는 예전의 虹口公園에 들렀는데, 魯迅墓 바로 옆에 4년 전에 새로 생겼다는 축구장이 들어섰고, 그 밖에도 공원의 모습이 많이 달라졌으며, 인민복 차림을 한 사람은 전혀 눈에 띄지 않았다. 공원 여기저기에 에어로빅이나 칼춤 등의 아침 운동을 하는 사람들은 지금도 많았으나 예전에 혼했던 太極拳을 하는 사람은 보이지 않았고, 여기저기에 시멘트 포장한 길바닥에다 白樂天의 '長恨歌' 등 물로 붓글씨를 쓰는 사람들이 새로웠다. 내가 10년 전 처음으로 중국에 왔을 때는 없었던 尹奉吉의 폭탄 투척 기념비도 그 현장에 세워져 있었다. 이 홍구공원은 110년의 역사를 가지는 것으로서 상해에서는 가장 오래된 공원이라고 한다.

그 다음으로는 馬當路 306弄 4號의 당시 프랑스 租借地 내에 있었던 대한민국 임시정부 청사에 다시 들렀다. 상해의 변모는 실로 엄청난 바가 있지만 이 마당로 일대는 해방 전 당시 상해의 중심가여서 그런지 옛 모습이 대체로 유지되어 있는데, 그럼에도 불구하고 내가 이번에 세 번째로 와 보는 듯한 이 청사의 모습은 올 때마다 달라져 지금은 깨끗하게 수리하여 옛 모습으로 복원되었고 그 옆집의 건물 전체도 구입하여 전시실과 상점 등으로 사용되고 있었다.

지금 마당로에 속하는 이곳은 당시 普慶里 4호로서 1925년에 건설된 중국 근대식 石庫門 구조의 건축인데, 대한민국 임시정부는 1919년 4월 13일 상해에서 창설된 이후 수차의 이전을 거쳐 1926년에 이곳으로 옮겨 왔으며, 1932년 홍구공원의 폭탄투척사건이 있은 이후 부득이 상해를 떠나게 되었던 것이다. 임시정부는 이곳에서 7년간 공무활동을 하였으며,

상해 중에서도 사무활동을 한 기간이 가장 길고 또한 지금까지 가장 완전히 보존된 곳이라고 한다. 부근의 한 블록 건너편 坡南路에는 중국공산당의 제1차 전당대회가 열렸던 장소도 위치해 있다.

현지 가이드의 설명으로는 2001년 9월의 통계에 의하면 중국의 현재 인구는 12억9천만인데, 1가정 1자녀 원칙 때문에 호적에 오르지 못한 俗語의 이른바 '黑人'까지 포함한다면 13억5천만 정도가 될 것이라고 한다. 지난 10년 사이에 중국 특히 상해의 발전이 어느 정도였던지 도처에서 실감할 수가 있었다.

임시정부 청사를 둘러본 다음 우리 일행의 대절 버스는 상해 가이드를 대동하여 上海에서 南京에 이르는 4차선 고속도로인 滬寧高速公路를 따라 江蘇省의 蘇州로 이동하였다. 이 도로의 주변 일대는 언덕 하나 없는 평원의 연속인데, 도중에 顧炎武의 고향인 昆山을 경유하였다.

소주에 도착하여서는 소주 현지 가이드인 키 작고 못생긴 조선족 아가씨(?)의 영접을 받아 먼저 拙政園을 둘러보았다. 중국의 四大名園 가운데 포함되는 拙政園과 留園이 소주에 있는 바와 같이 이곳은 정원과 비단, 그리고 운하의 도시로서 예로부터 이름난 곳이다. 지금은 공업도시로 변해 있으며, 중국에서도 가장 소득수준이 높은 부유한 고장이라고 한다. 졸정원은 明代 초기에 御使의 벼슬을 지낸 바 있는 王獻臣이라는 사람이 중앙 정계에서 뜻을 얻지 못하고 고향에 돌아와 칩거하여 1509년에 만든 개인 정원으로서, 면적이 5.2hr에 달하는 소주 최대의 정원인 것이다.

그 다음으로는 소주 서북쪽의 楓橋鎭에 있는 寒山寺에 들렀다. 이 절은 남북조 시기의 梁代 天監 연간에 해당하는 502년에서 519년 사이에 창건된 것으로서, 원래 이름은 妙利普明塔院이었다. 寒山·拾得의 故事로 유명한 寒山子가 唐 太宗의 貞觀 연간에 이곳에 거주하였다고 전하므로 한산사로 이름이 바뀐 것이다. 특히 唐代의 시인 張繼가 지은 七言絶句 '楓橋夜泊'으로 유명한데, 그 시는 지금도 비석에 새겨져 절 구내에 남아 있었다. 宋代에 節度使 孫承佑가 일찍이 7층탑을 세웠으나 元代 말기에 탑은 모두 훼손되었고, 그 후 여러 차례의 중건 끝에 지금 것은 근년에 일본 측의 기부에 의해 일본의 木塔 양식을 본뜬 형태로 재건되어 있었다. 5층으로 된 그 탑의 3층까지 올라가 사방을 조망해 보았다.

다음으로는 한산사에서 조금 더 북쪽으로 올라간 곳에 위치한 虎丘에 들렀다. 이곳은 해발 수십 미터에 불과하므로 한국에서는 언덕이라 불러야 할 정도이다. 바다처럼 넓은 호수인 太湖에서 가까운 평원 가운데 위치해 있으므로 原名은 海涌山이라 하였고, 춘추 시대에 소주에다 수도를 두었던 吳나라 王 闔閭가 越나라와의 전쟁에서 부상하여 귀환하던 도중에 사망한 후 여기에다 장사하였으며, 그 후 산의 모습이 웅크린 호랑이 같다 하여 虎丘라 부르게 된 것이다. 경내에는 합려를 매장할 당시 名劍 3,000자루를 副葬했다는 故事로 유명한 劍池와 그 앞의 남북조 梁代에 천 명이 앉아 고승의 설법을 들었다는 널찍한 바위인 千人石이 있다. 이 일대는 東晋 시대에 개인의 별장이 세워졌다가 후에 그 저택을 절로 고쳤다. 호구의 정상에는 송나라 초기인 961년에 세워진 높이 47.5m의 7층 八角塼塔인 雲巖寺塔 일명 虎丘塔이 있으며, 그 탑은 이탈리아 피사의 斜塔처럼 15도 정도 기울어져 있는 것이 육안으로도 식별될 정도였다.

호구를 둘러본 후, 시내로 돌아와 소주의 상징으로서 梁나라 때 창건되고 南宋代인 1153년에 중건된 높이 76미터의 北寺塔 바로 옆에 위치한 실크전시관에 들렀다. 人民路 656번지의 蘇州綢緞練染二廠이라고 하는 명칭을 가진 이곳에서는 아가씨들이 나와 무대에서 10분간 패션쇼도 하고 누에고치에서 실을 뽑는 과정을 보여주는 공장에서부터 실크제품의 판매장에 이르기까지 두루 갖추어져 있어 소주의 비단 산업을 홍보하는 곳이었다. 소주의 인구는 상해의 1/10 정도로서 100만 명에 미달이라고 한다.

소주 관광을 마친 후 현지 가이드와 작별하여 상해 가이드의 차내 설명을 들으며 6차선 국도를 따라 浙江省의 省都인 杭州로 향했다. 이 국도는 대체로 大運河를 따라 건설되어져 있으므로, 이번 기회에 저 유명한 대운하의 모습을 자세히 관찰할 수가 있었다. 오늘날 이 대운하는 목재나 석탄 등 부피가 큰 화물을 운반하는 용도로만 사용되고 있는 모양이었다.

도중에 吳江市를 경유할 때 시내의 교통 정체로 말미암아 상당히 지체되었고, 嘉興市 교외의 고속도로 휴게소에서 한동안 정거한 후, 이미 어두워진 가운데 상해와 항주를 연결하는 滬杭高速公路를 따라 항주에 접근하였다. 도중의 어디에서도 예전에 흔히 보이던 벽에 붉은 페인트로 쓴 구호들이 눈에 띄지 않는 점이 또한 새로워 보였다. 가흥의 휴게소 매점에서 40元 한다는 菊花茶 한 박스를 흥정하여 25元에 샀다.

항주시에 도착하여 다시 현지에서 나온 조선족 남자 가이드의 안내를 받아 西湖에 가까운 平海路 53號에 위치한 杭州友好飯店 1210호실에 투숙하였다.

3 (목) 맑음

아침 일찍 호텔을 출발하여 杭州 구경에 나섰다. 내가 처음 중국에 온 것은 1992년에 韓中國交가 맺어진 직후의 겨울방학 때였던가 싶은데, 교수시찰단의 일원으로 참가하여 서울에서 전세비행기 편으로 상해에 도착하여 復旦大學으로부터 그다지 멀지 않은 곳에 위치한 호텔에서 하루를 투숙하였고, 그 다음날 항주로 출발하기 위해 새벽 일찍이 호텔을 출발하여 공항에 도착하였으나, 우리가 탑승하기로 예약되어 있었던 프로펠러식 비행기의 좌석 일부가 공산당 간부인지 모를 어떤 권력층 사람에 의해 일부 차지되어 버리고 말았으므로, 한국의 지방도시 비행장처럼 초라했던 당시의 상해공항에서 여러 시간을 대기한 후, 마침내 중국 측 여행사가 마련해 준 대절버스를 타고서 항주로 이동하였던 것이었다.

당시 우리는 비행기로 와서 항주를 관광한 다음, 당일 중에 역시 비행기 편으로 西安까지 이동할 예정이었는데, 도착 시간이 늦어졌으므로 항주에서 한 끼 식사만 들고서 항주 공항으로 직행하게 되었다. 그러나 이번에는 서안의 咸陽空港 쪽 기상 상태가 좋지 못하다 하여 비행기가 출발하지 못하고서 여러 시간을 확장 공사가 진행 중인 초라한 공항 구내에서 대기하다가 부득이 낡아빠진 트롤리버스 하나를 빌려서 西湖의 남쪽 산기슭에 위치한 花港飯店으로 이동하여 紹興酒를 마시며 除夜를 보낸 다음,

1992년 정월 초하루 아침에 다시 항주 공항으로 이동하였던 것이었다. 그러나 그 날도 서안 공항 쪽의 기상 상태가 좋지 못하므로 공항 대합실에서 아침부터 오후 늦게까지 대기하다가 도중에 내가 심장 쪽 가슴의 통증을 느껴 공항의 의료진을 불러 약을 처방해 먹는 해프닝도 벌어졌으며, 저녁에 가까워 올 무렵이 되어서야 겨우 비행기가 뜰 수 있었던 것이다.

당시 항주 시내의 모습도 초라하기 짝이 없었는데, 지금은 모든 점이 일변하여 중국에서 가장 부유한 현대적 도시로 탈바꿈되어 있는 것이다. 항주에 8년 정도 체재해 있다는 현지 가이드의 설명으로는 항주를 찾는 1년 관광객의 수는 4500만에 달한다고 하며, 항주시의 총인구는 480만이요, 주위의 위성도시까지 합하면 800만 가까운 숫자라고 한다. 그러나 상해에서부터 동행해 온 가이드가 어제 이리로 오는 도중의 차 속에서 설명한 바로는 항주시의 인구가 160만 정도라는 것이었으니, 어느 쪽 말을 믿어야 할지 모르겠다. 또한 우리가 간밤에 투숙한 호텔 방안에 비치되어 있는 관광안내지도의 설명에 의하면, "항주 서호는 전국 10대 여행 풍경 명승의 하나로서, 매년 1700여만의 국내 유람객과 40여만의 해외 유람객을 접대한다."고 되어 있다.

중국에서도 관광 가이드가 되기 위해서는 자격시험에 합격해야 한다고 들었으나, 이번 여행 중에 만난 조선족 가이드들의 지식수준은 꽤 낮은 모양이어서 서로의 설명이 어긋나거나 내가 책 등을 통해 이미 알고 있는 바와 다른 점이 한두 가지가 아니었다. 예컨대 춘추시절 吳·越 두 나라가 패권을 다툴 당시 월나라의 수도는 會稽 즉 지금의 절강성 紹興임에도 불구하고 항주라고 하거나, '至誠이면 感天'이라는 속담이 虎丘에 있는 憨泉에서 유래했다고 하고, 千人石은 "남북조 시대 梁代에 천 명이 이 바위 위에 앉아서 고승의 설법을 들었다는 데서 그 이름이 유래했다"고 관광 안내서에 적혀 있는데도 불구하고, 합려의 무덤을 만든 후 도굴을 방지하기 위해 공사에 참여한 인부 천여 명을 모두 살해한 데서 유래했다고 설명하는 것 등이 그러하다.

항주 가이드의 설명에 의하면 이 도시 안에는 공원이 34개가 있으며, 북송의 시인 蘇東坡가 17년간 항주 지사로 있는 동안 미인 西施의 이름을 따서 西湖라는 명칭을 지은 것을 비롯하여 서호의 모습을 정비하는 데 많은 힘을 기울였고, 元代에 마르코 폴로는 항주에 14년간 체재하였다고 한다. 또한 중국의 34개 省 가운데서 이 浙江省의 해안선이 가장 길다고도 했다. 그러나 이것도 앞서 언급한 관광안내지도에 의하면, 북송의 소동파는 두 차례 항주에서 지방관을 지냈는데, 처음은 通判의 직책이었고 1089년에서 1091년까지 知州가 되었으며, 唐代의 白居易는 822년에서 824년까지 杭州刺史를 지냈다. 또한 서호는 唐代에 항주城이 남에서부터 북쪽으로 발전하게 되자 호수가 성의 서쪽에 위치하게 되었으므로 이렇게 부르게 된 것으로서, 원래는 호수도 아니고 다만 바닷가의 얕은 灣이었다가 泥沙의 퇴적에 의해 서호가 생기게 된 것은 대략 東漢 이전 무렵이라 하니, 서시가 살았던 춘추 시대에는 이런 호수 자체가 존재하지도 않았던 것이다.

　　내가 예전에 서호 가에서 하루 밤을 묵었을 때 저 유명한 서호에 와서 구경도 못하고 그냥 가는 것이 너무 아쉬워 새벽에 기상하자 말자 혼자서 호텔을 빠져 나와 아직 어두운 가운데 서호 안의 여러 小路들을 두루 걸어본 바가 있었다. 오늘은 먼저 서호에 다다라 岳飛의 사당인 岳王廟 부근에서 2층 유람선을 타고서 50분 정도 호수 안을 두른 다음 소동파가 만들었다는 蘇堤의 映波橋 선착장에서 下船하였다. 우리가 탄 유람선의 1층에는 대만 관광객이 타고, 2층 뒤쪽의 선실에는 홍콩에서 온 유람객이 탔으며, 우리 일행은 2층 앞방에 모였다. 나는 2층 뒤쪽 끄트머리의 갑판에다 의자를 놓고서 풍경을 구경하다가 얼마 후 가이드의 설명을 듣기 위해 선실로 들어갔다. 가이드의 설명을 듣는 가운데 葛洪이 東晋 시절 仙藥을 제조한 장소라고 하는 서호 건너편 산중턱에 세워진 도교 사원인 葛嶺道觀 일명 抱朴道觀을 바라볼 수 있었던 것이 특히 인상 깊었다. 가이드에 의하면 중국의 여행사는 대체로 半官半民의 형태로 경영되고 있다고 하며, 호텔의 경우 4星級 이상은 국가가 관리하고 3성급 이하는 주식회사의 형태로 운영하나 국가가 감독한다고 한다.

서호 구경을 마치고서 배에서 내린 직후에 꾀꼬리 소리가 나는 조그만 대나무 피리를 파는 상인을 만나 하나에 얼마냐고 물으니 1元이라고 하므로 기념으로 여섯 개 정도 샀는데, 그 후 靈隱寺 입구에서 만난 상인에게 물어보니 같은 물건이 여기서는 두 개에 1元이라는 것이었다.

다시 대절버스를 타고서 虎跑路 언덕길을 지나 六和塔과 그 앞을 흐르는 錢塘江 즉 浙江을 둘러보았다. 절강은 강의 흐름이 갈 之字 모양이라 하여 之江이라고도 부르며, 1년에 한 차례씩 가을 무렵에 있는 강물의 大逆流 현상으로 특히 유명하다. 육화탑은 그 潮水의 격류를 진정시키기 위한 목적으로 북송 시대인 970년에 강변의 月輪山 산록에 세워진 것으로서 현존하는 것은 남송 시대인 1153년에 중건된 것이다. 탑의 높이는 59.89m이며, 벽돌과 나무로써 이루어졌는데 내부는 8각 7층이며 외부는 13층으로 보이도록 되어 있다. 1~2년 전에 읽은 『수호지』에 의하면, 怪僧 노지심이 이 절에서 여생을 보낸 것으로 되어 있었다. 처음 항주에 왔을 때 새벽에 서호 구경을 나서는 길에 여기까지 와 보려고 호포로 언덕길을 좀 걸어오다가 시간 관계로 포기하고 말아 아쉽기 짝이 없었는데, 오늘 비로소 육화탑에 와 보게 되었다.

육화탑을 떠난 후 之江路를 따라 가다가 산골짜기 쪽으로 접어들었다. 그 일대는 龍井村이라 불리는 곳으로서 모두가 항주 특산인 龍井茶의 차밭이었다. 그 길을 한참 들어간 곳에 있는 어느 차 전시관에 들렀다. 거기서 조선족 점원의 설명을 듣고서 남들을 따라 용정차 1급품 500g을 인민폐 750元에 구입하였다. 그 건물 안의 기념품 상점에서 소홍주 중의 명품으로 알려진 女兒紅 한 통을 70원에 사기도 하였다. 그러나 우리가 항주에서 상해로 돌아가는 도중 고속도로변의 휴게소에 들렀을 때 구입한 소홍주는 두 병에 30元이었고, 상해 가이드로부터 들은 바에 의하면 그가 보통 마시는 女兒紅은 한 통에 17元이라고 한다.

그 다음으로는 항주 유람의 마지막 코스인 靈隱寺에 들렀다. 이 절은 서호 서쪽의 北高峰山 飛來峰 앞에 위치해 있다. 東晉 시대인 326년에 인도 승려 慧理에 의해 창건되었고, 그 후 여러 차례 興廢를 거듭하였으며, 현존하는 大雄殿은 清朝 때 건축된 것이고, 1953년, 1975년 및 1990년에도 세 차례 큰 수리를 거쳤으므로, 대웅전에 안치된 높이 19.6미터의 석가모니좌상 등 대형불상들은 대체로 근자의 것이고, 별채의 500羅漢像은 불과 1년 전에 만들어진 것이라고 한다. 그러나 사찰 경내에는 또한 五代·北宋·南宋의 문화재들도 남아 있었다. 영은사는 江南의 가장 영향력 있는 사찰 가운데 하나로서 전국 10대 名刹에 속하고, 면적으로는 세 번째로 넓다고 하며, 明나라를 세운 朱元璋이 어린 시절 이 절에서 승려 생활을 한 적도 있었다고 한다. 경내에서는 불상 앞에 절하는 사람이나 향불을 바치는 신도들을 많이 볼 수 있었다.

절에서 돌아 나오는 길에는 飛來峰 중턱의 石壁을 깎아 만들거나 동굴 안팎에 조성된 조각들을 둘러보았다. 이 불상 조각들은 五代에서 宋·元代에 걸쳐 조성된 것으로서 모두 300여 개에 달하며, 全國重點文物保護單位로 지정되어 있는 것이라고 한다. 이 바위들은 모두가 중국의 정원 조성에 많이 사용되는 太湖石처럼 울퉁불퉁하여 그 자체가 마치 조각품 같고, 사람의 발길이나 손길이 자주 닿는 부분은 반질반질하게 되어 광택과 무늬가 있는데, 이 일대는 태고 시절 모두 바다 밑이었다가 융기하여 생성된 산성토양으로서, 이러한 바위는 생선뼈가 퇴적되어 형성된 것이라는 설도 있다고 한다.

영은사에서 나온 후 점심 식사는 예전에 林彪의 별장이었다고 하는 서호 동남부 산록의 浙江賓館에서 들었다. 이곳은 내가 처음 항주에 왔을 때 묵었던 호텔에서 가까운 거리에 위치해 있다.

점심을 든 후 호텔 구내의 민물진주판매장에 들른 다음, 항주에서 상해에 이르는 滬杭高速公路를 두 시간 반 정도 달려 상해로 이동하였다. 예전에 국도를 따라 올 때는 항주 부근에 이르자 산들을 볼 수 있었는데, 현재의 고속도로 주변은 온통 평원지대였다. 항주가 지상의 천당이라 불릴 정도의 경승지로 알려진 것은 이 일대의 땅 모양이 이처럼 가고 가도 끝없는 평원지대여서 경치가 단조롭기 때문인지도 모른다는 느낌이 들었다.

상해에서는 먼저 外灘에 나가 황포 강 주변의 풍경을 구경하였다. 상해의 상징이라고도 할 수 있는 외탄의 강둑길은 훨씬 넓어지고 깨끗해져 있으며, 홍콩 九龍반도 남단의 침사초이에서 보던 것처럼 젊은 남녀가 쌍쌍이 껴안거나 남의 눈을 신경 쓰지 않고서 키스를 하고 있는 모습도 볼 수 있었다. 그 후 중심가에 나가 현대식 대형 빌딩 안으로 에스컬레이터를 타고 올라가 옵션으로 20$ 짜리 서커스를 구경하였다. 몇 년 전 북경에서 본 서커스가 주로 어린이들이 출연하는 것이었다면, 상해의 것은 청년들이 중심이었고, 기술 수준도 한결 높은 듯하였다. 서커스를 보러 오는 도중 우리가 탄 버스가 교통위반 단속에 걸려 벌금 처분을 받았는데, 떠날 무렵에는 다시 주차위반에 걸려 기사가 운전면허증을 압수당하는 사태도 있었다.

4 (금) 맑음

中亞飯店 2416호실에서 새벽 5시 반에 기상하여 6시 반에 조식을 들고서 7시 반 무렵에 호텔을 출발하여 上海공항으로 향했다. 체크인하여 공항의 면세점에서 회옥이가 선물용으로 방울 모양의 조그만 목각품을 두 개 샀다. 그 하나의 가격이 20元이어서 어제 내가 주차장에서 산 紹興酒 한 병 값을 넘었다. 中國東方航空 편으로 9시 50분에 上海를 출발하여 한국 시간 12시 15분에 부산에 도착하였다. 기내에서는 人民日報社가 발행하는 「環球日報」라는 중국어 신문을 읽어보았다. 가이드가 우리의 좌석 배정을 가족 단위로 새로 바꾸었는데, 무엇이 잘못되었는지 기내의 중국인 남자 승무원이 네 차례나 우리 가족에게 여권과 더불어 탑승권을 보여 달라고 하고 한 번은 경찰을 데리고 오기도 하였다. 그런 무례한 짓을 하면서도 미안하다는 말 한 마디 없을 뿐 아니라 내가 중국어로 무엇이 문제냐고 물어도 제대로 대답조차 하지 않는 것이었다. 아마도 다른 단체 손님이 가진 탑승권과 좌석 하나의 번호가 중복되기 때문인 모양이었다.

부산공항에 도착하여 짐을 찾은 후, 휴대폰으로 우리 차를 맡겨 둔 주차장에다 연락하여 오후 1시에 그 주차장의 봉고 편으로 이동하였고, 우리 차를 찾아 내가 몰고서 진주로 돌아왔다.

집에 도착하여서는 며칠 집을 비운 동안 도착해 있는 우편물과 밀린 신문들 및 『교단문학』 최신호(2001년 겨울)를 훑어본 후, 중국에서 사온 두 종류의 紹興酒 古越龍山과 女兒紅을 맛보면서 중국 여행기간에 녹화해 둔 위성TV의 프로를 시청하였다. 古越龍山은 함유량이 640ml짜리 두 병이요, 女兒紅은 한 병 500ml인데, 가격은 후자가 전자 전체의 두 배를 넘으니, 중국의 물건 가격을 믿을 수 없음은 이와 같은 것이다.

2000년 미국에서 제작된 다큐멘터리 「37년만의 귀향~망명 쿠바 인이 본 조국」, 세계 경제 시리즈 제2회 중국 편 '중산계급이 나라를 바꾼다', 「세계의 국립공원」 뉴질랜드 南섬의 피오르드랜드 국립공원 편, 1999년에 제작되어 루빈스타인·파데레프스키·라흐마니노프·호로비츠 등 20세기의 대표적인 피아니스트들이 나오는 「피아노 예술」을 시청하였다. 5년 후쯤이면 중국의 중산층 인구는 2억 정도에 달할 것이라고 한다.

 아버지의 문병-토렉 병원

5월

22 (수) 맑음

가족과 함께 자정 발 동양고속 편으로 상경하였다.

네 시간 쯤 후에 서울의 강남고속버스 터미널에 도착하여 공항리무진이 출발하는 건너편의 호남고속 건물로 이동하여 그곳 대합실의 벤치에 드러누워 잠시 잠을 청하다가, 오전 다섯 시의 첫 리무진을 타고서 50분 쯤 후에 영종도의 인천국제공항에 도착하였다.

업무가 시작되기를 기다렸다가 유나이티드 에어라인의 카운터로 가서 체크인 수속을 한 후 트렁크 세 개의 짐을 맡기고서, 수화물만 지닌 채 출국장으로 들어가 지정된 게이트의 벤치에 드러누워 눈을 붙였다. 가져

갔던 岩波문고본 親鸞의 『敎行信證』 해설문을 읽어보기도 하였다.

예정된 스케줄대로 일본의 나리타국제공항에 도착한 다음, 비행기를 바꿔 타고서 시카고로 향했다. 나리타공항 면세점에서는 선물용으로 일본 떡 두 케이스를 구입하였고, 회옥이가 최근 일본에서 선풍적인 인기를 모은 바 있는 자기와 동갑내기 한국인 소녀 가수 BoA의 CD를 원하므로 하나 사 주었다.

미국으로 향하는 비행기 안에서 내 옆 좌석에 70대쯤으로 보이는 어느 동양인 할아버지가 앉았는데, 서로 대화를 하지는 않았으나 그가 일본어로 된 기내 잡지를 뒤적이는 것으로 보아 일본인인가 하고 짐작하고 있었다. 그런데 그 노인이 비행기가 미국 영역에 진입했을 무렵 내게 유창한 한국어로 말을 걸어왔다. 자신은 시카고에서 비행기를 갈아타고서 뉴욕까지 가야하는데, 시카고의 오헤어공항에서 일단 짐을 찾아야 하는지 묻는 것이었다. 그렇게 하여 그 노인과 한동안 대화를 나누게 되었다. 알고 보니 그는 1948년에 소련으로 들어가 40여 년간 모스크바·우크라이나·흑해 및 발트 해 연안 지역 등에 살면서 공학박사학위를 취득하여 연구소의 연구원 및 대학교수로서 재직하였으며, 러시아인 아내와의 사이에 아들 하나를 두고 있는데, 그 아들이 먼저 미국에 이주한 관계로 아들의 초청으로 8년 전에 아내와 함께 미국으로 이민하여 현재 뉴욕 브루클린의 유태인 거리 아파트에서 내외가 생활하고 있다고 한다. 정치적인 일로 한국에는 두 번째로 다녀오는 중이라고 했다. 그의 말로는 브루클린에 200만(?)이나 되는 유대인이 살고 있으며, 그 중 상당 부분이 러시아에서 이주해 온 관계로 러시아어만 사용해도 언어 문제에 불편을 느끼지 않고 지낼 수 있으므로, 기내의 영어 방송은 잘 알아듣지 못한다고 했다. 그는 일본어와 중국어도 어느 정도 구사할 수 있는 모양이었다.

날짜변경선을 지나온 관계로 시간이 거꾸로 흘러, 일본의 나리타공항에서 22일 16시 50분에 출발했음에도 불구하고 시카고의 오헤어공항에는 같은 날 14시 20분에 도착하였다. 공항에서 경자누나가 우리를 픽업하여 아버지가 계신 시카고 시내 파크로드의 웨스트어빙 850번지에 있는 토렉 병원 및 메디컬 센터 515호실로 직행하였다. 이 병원은 1911년에 토렉(Thorek)이라는 의학박사 및 그 부인이 함께 창건한 것으로서, 자형도 미국으로 이민 온 지 몇 년 후에 이 병원에서 입원 치료를 받은 적이 있었다고 한다. 병실에는 어머니와 두리가 이미 와 있어 그들과도 오랜만에 다시 만났다. 아버지는 최근에 상태가 호전되었다고 하나, 코와 팔 및 배에다 여러 개의 호스를 끼고서 고통스러운 듯 신음을 계속하고 있었다. 그러나 정신은 맑은 모양이어서 우리를 알아보았다.

병원을 떠나 며칠 동안의 숙소가 될 두리네 집으로 가는 도중에 링컨우드의 데본 에브뉴 4462번지에 있는 中醫師 李邁陵 여사의 집에 들러 두리가 척추 교정 치료를 받았다. 아내와 두리가 치료받는 방으로 가 있는 동안 회옥이와 나는 거실의 소파에서 좀 눈을 붙였다. 이 집은 바깥에 아무런 간판이 걸려 있지 않아 그냥 평범한 가정집 같아 보이는데, 李 여사와 그 남편은 모두 중국 北京에서 대학교수를 하던 사람으로서 18년 전에 미국으로 이주하였으며, 아내는 의사, 남편은 약사로서 함께 일하고 있으나 이미 은퇴한 상태임에도 불구하고 환자들이 계속 찾아온다고 한다. 두리가 근무하는 근처의 우체국에 들렀던 李 여사로부터 명함을 받아 둔 것이 인연이 되어 마이크 씨가 한 번 치료를 받았다가 큰 효과를 보았고, 그 이후 두리나 경자누나네 가족 및 미화까지 여기에 다니며 치료를 받은 적이 있는 모양이었다.

오랜만에 웨스트 버치우드 2051번지에 있는 마이크(Michael V. Monita) 교수네 집에 당도하여 마이크와 재회하였으며, 마이크가 '특등실(Executive Sweet)'이라고 부르는 평소에 두리가 쓰는 3층으로 올라가 짐을 풀었다. 3층에는 침대 방이 두 개 있고, 카펫이 깔린 두 칸의 넓은 거실에다 화장실과 욕조 그리고 붙박이 캐비닛들이 있다.

23 (목) 맑음
시차로 말미암은 피로를 푸느라고 오전 11시가 넘어서 기상하여 1층으로 내려가 마이크가 만들어 준 핫도그 샌드위치를 아침 겸 점심으로 들고서 두리의 차로 넷이서 아버지 병원으로 갔다. 경자누나와 어머니가 이미 와 있었다.

　나리타공항에서 사 온 일본 떡 케이스는 우리 가족의 미국 체재 기간 중 계속 신세를 지게 될 斗理와 慶子 누나 집에 각각 하나씩 주었고, 어머니께는 따로 선물을 준비하지 못했으므로, 미화 100불을 드렸다. 어머니는 얼마 전에 큰누나 내외와 미화가 왔을 무렵부터 그 동안 계속하고 있었던 한국인 노인 환자의 개인 간호사 일을 그만두게 되어 현재는 그 동안 모아둔 돈으로 생활하고 계신 모양이었다. 다행히도 그동안 우여곡절이 많았던 영주권은 결국 획득하였지만, 지금은 미국 정부의 이민 정책이 달라져 영주권으로써는 생계의 보장을 받지 못하고, 앞으로 시민권을 취득하더라도 아버지처럼 각종 사회보장제도의 혜택을 받기까지에는 몇 년의 기간을 더 기다려야 하는 모양이다. 그 동안 만약 큰 병이라도 생기게 된다면 그야말로 간단치 않은 실정인 것이다. 예전에 아버지가 중풍에 드신 직후 아버지 아파트에서 우리 남매들이 모였을 때 살림이 어려운 한국의 큰누나와 유학생 남편을 둔 미화를 제외한 나머지 세 명이 아버지와 동거하면서부터 일하지 못하게 된 어머니를 위해 생계비를 보조하기로 합의한 바 있었다. 그러나 그 이후 아버지가 너싱홈, 즉 간호사가 딸린 양로원으로 들어가게 되면서 누이들은 보조를 끊었고, 나만이 누이 각자의 배에 해당하는 월 200불 정도의 금액을 매년 한 번씩 계속하여 송금하였으나, 어머니 자신의 전화 말씀에 따라 금년부터는 나도 송금을 하지 않게 되었다. 동생인 두리와 미화는 아직도 미국 법에 따라 아버지와 결혼한 이 분에 대해 어머니라는 호칭을 쓰지 않고서 '할머니'라고만 부르고 있다. 아버지는 중풍이 와서 몸의 오른쪽 전체가 마비되고 말도 못하시게 된지 이미 8년째 된다고 한다. 매우 고통스러우신 듯 계속 신음하면서 침대 위의 천정 쪽에 설치된 TV로 한국 유선채널에다 시선을 주고 계셨다. 평소 그렇게 함으로써 무료함을 견디시는 모양이었다. 아버지가 들어계신 병실에는 병상 두 개와 TV 두 대가 따로 설치되어 있으며 입구 쪽 실내에는 화장실·욕조와 옷장이 딸려 있는데, 마침 건너편 병상에 든 사람이 없어 원칙적으로 두 명씩만 면회하도록 되어 있는 병실에 우리 식구들이 여러 명 와서 여러 시간을 보내도 다른 사람에게 폐가 될 염려는 없는 것이다. 이 병원의 보조간호사들은 대체로 칠레나 필리핀 등에서 온 이민자나 흑인들이고, 그들을 지휘 감독하는 정식 간호사는 황인종의 얼굴을 하고 있어 아시아 이민인 줄로 짐작하였으나, 두리의 말에 의하면 역시 남미 쪽의 인디언 계통인 모양이었다.

오후 시간을 아버지와 함께 보내다가, 예전에 아버지가 살았고 지금은 어머니가 그 방에 아주 싼 월세를 지불하면서 계속하여 살고 계신 노드 쉐리단 에브뉴 4945번지의 미시건 호수 가 20층 남짓 되는 노인 아파트 건물이 건너편으로 바라보이는 코스를 따라 두리네 집으로 돌아왔다. 어머니의 말에 의하면 내가 여러 차례 가보았던 그 아파트는 현재 대대적인 내부 보수작업을 진행하고 있다고 한다.

저녁 식사는 마이크가 두리 차를 운전하여 한참 가는 정도의 거리에 있는 어느 식당에서 이탈리아식 피자와 파스타를 들고 붉은 포도주도 취기가 오를 정도로 마셨다. 그 부근은 러시아 이민이 많이 산다고 하는데, 아닌 게 아니라 우리가 차를 세운 식당 곁의 점포는 바로 러시아 서적만을 취급하는 서점이었다. 귀가 하니 콜로라도의 덴버에 살고 있는 경자 누나의 딸 명아가 우리 가족에게 안부전화를 녹음으로 남겨 돌아오거든 전화를 걸어달라고 한다는 것이었지만, 이미 밤이 늦었고 취기가 있는지라 다음으로 미루었다.

24 (금) 흐림

마이크가 두리 차를 운전하여 우리 가족을 데리고서 시카고 북쪽의 미국에서 10대 부자 거주지 안에 손꼽힌다는 호화주택 지역으로 드라이브를 하였다. 마이크는 차를 두 대 가지고 있지만 모두 봉고 형의 웨건이라, 우리 가족과 함께 다니기에는 두리가 소유한 미국 뷰익社의 고급형 세단이 적당한 것이다. 먼저 지난번 왔을 때도 밤에 와 본 적이 있었던 미시건 호반의 사립 명문대학인 노드웨스턴대학교의 광대한 캠퍼스 구내를 거쳐 위스콘신 주까지 연결된다는 미시건 호반 도로를 따라 북상하였다. 전망대에서 멈추어 바다처럼 망망한 5대호의 하나인 미시건湖의 풍경을 바라보기도 하였다.

시카고는 대평원 가운데 위치해 있을 뿐 아니라 미시건 호수를 끼고 있어 날씨가 변덕스럽고 겨울의 폭설 및 추위와 여름의 더위가 특히 혹독하므로 '윈디 시티' 즉 '바람 많은 도시'라는 별명을 지니고 있다. 미시건 호수의 파도가 매년 이 고급 주택가의 사유지를 침식하고 있으므로, 그것을 방지하기 위해 해변에다 돌로 둑을 쌓고 있는 모습도 볼 수 있었다. 예전에도 와 본 적이 있는 이 호화주택가는 자동차로 한참을 달려야 할 정도로 매우 넓은 면적을 차지하고 있는데, 널찍널찍한 숲과 잔디 사이로 2~4층 정도의 개인 주택들이 드문드문 늘어서 있는 것이다. 지난 번 왔을 때도 비 오는 날 밤에 들른 적이 있었던 흰 대리석으로 된 바하이 사원 건물을 지나쳐 가기도 하였다. 돌아오는 길에는 스코키 지역 부근의 길가 어느 중동식 식당에 들러 점심을 들었다.

병원으로 가서 아버지 주치의인 한국인 진 선생과 어머니를 만났다. 경자누나는 오늘 병원에 오지 않고서 직장으로 나갔다. 닥터 진의 소견으로는 아버지의 폐렴은 나을 수 있을 정도의 것이나, 노인인데다 당뇨와 고혈압 등 여러 가지 다른 질환들을 지니고 있으므로, 다른 증세와의 합병증이 와 갑자기 사망할 수도 있는 것이라고 했다. 아버지는 1919년생이므로, 올해 우리식 나이로는 84세가 된다. 두리의 견해와 마찬가지로 아버지가 겪고 계신 고통의 주된 원인은 복부로 연결된 호스를 통해 지나친 양의 영양분이 공급되어 배가 불러오고 가스가 찬 데 원인이 있는 듯하다면서, 기계를 사용해 아버지 뱃속의 가스와 음식물을 빼 내고서 앞으로 이틀 정도 양분의 공급을 중단해 보자고 하였다. 그렇게 조처하였더니 과연 저녁 무렵에는 아버지의 신음소리가 거의 그쳤다.

오늘의 저녁식사는 답례 차 우리가 사기로 하였다. 중국 음식을 들기로 작정하고서 저녁 일곱 시 무렵에 예에 따라 마이크가 두리 차를 몰고서 미시건 호수를 낀 드넓은 도로를 달려 미국에서 가장 높은 건축물인 시어즈 타워를 비롯한 현대적 감각의 고층빌딩들이 밀집한 시카고 중심가로 향했다. 「시카고 트리뷴」 신문사 부근의 유람선 터미널 가에서 잠시 정거 하였는데, 그 때 아내와 두 어린이를 거느린 젊은 한국 남자 한 사람이 다가와 거리에 서 있는 나에게 한국인이냐고 물으며 한국음식점으로 가 는 길을 물었다. 그가 지닌 지도를 가지고서 차 안에 타고 있던 두리가 차창 너머로 설명을 하였으나, 안경을 끼었음에도 불구하고 두리의 시력 이 좋지 못해 지도의 잔글씨를 읽을 수 없으므로, 마이크와 두리가 차 밖으로 나가 그에게 영어와 한국어로 한참동안 자세하게 설명해 주었다. 그 한국인 가족은 차를 몰고서 미국 서북부에 위치한 시애틀로부터 왔다 고 하는데, 우리들은 봄임에도 불구하고 두터운 겨울 복장을 하고서 나왔 으나 그들은 전혀 시카고의 변덕스런 날씨에 대한 대비를 하고 있지 않아 얇은 옷으로 추위에 떨고 있는 모습이 안쓰러웠다.

마이크와 두리가 자주 간다는 정통 廣東요리 전문 식당에 들러 게 요리 를 비롯한 몇 코스의 음식을 들면서 홍콩으로부터의 이민자라는 남자 주인과도 北京語로 대화를 나누어보았다. 그 식당을 나온 후 나의 제의에 따라 시카고 시 남부의 시카고대학으로 가는 중간 지점에 위치한 차이나 타운 일대를 차로 둘러보았다. 두리와 마이크는 함께 이 일대의 웬만한 음식점에는 거의 다 들러본 모양이었다.

밤에 마이크네 집으로 돌아오니 명아가 오늘도 전화기에다 메모 음성 을 남겨두었으므로, 3층으로 올라와 시외전화를 걸어서 통화하였다. 작 은 누나의 세 자녀 가운데서 맏이 명아는 예전에 변호사인 영국인 남자와 교제한다는 소문도 들은 바 있었으나, 서른 살을 훨씬 넘긴 지금에 이르 기까지 독신으로 있다. 조애나 초이라는 미국 이름을 쓰고 있는 명아는 여러 해 전부터 덴버에 있는 크레스트라는 통신회사에 근무해 왔었는데, 한동안 잘나가던 그 회사의 실적이 좋지 못해 근자에 구조조정으로 말미 암아 명아가 속해 있던 부서 자체가 송두리째 없어지고 말았으므로, 지금 은 임시로 다른 업체에서 근무하고 있는 모양이었다. 그러나 평소의 활달 한 성격에 따라 내일부터 며칠간 친구들과 함께 산으로 캠핑을 떠난다고 했다. 원래는 금년 여름방학 중에 우리 가족이 미국에 오면 명아가 있는 덴버에 들러 그 일대의 명소들을 두르고 와이오밍 주에 있는 미국의 국립공원 제1호인 옐로스톤에도 가 볼 예정이었는데, 아버지의 병세가 악화되어 그러한 계획이 무산되고 말았다.

25 (토) 흐림

요리가 취미 중 하나인 마이크 씨가 만들어 준 팬케이크로 늦은 아침 식사를 들고서 트렁크를 챙겨 마이크네 집을 떠났다. 두리가 3층에서 이미 트렁크에 다 들어가기 버거울 정도로 많은 옷가지들을 챙겨준 데 이어, 1층에서는 마이크 씨가 또 여러 가지 작별의 선물을 주었는데, 나는 한 쪽 어깨에 메는 검은색 가죽 가방과 구두, 그리고 가죽 지갑 하나씩을 얻었다.

병원에 와 보니 아버지의 신음은 완전히 그쳐 있었고, 우리의 물음에 대해 고개를 끄덕여 훨씬 편안해졌다는 의사를 표시하셨다. 휴게실로 나와 점심으로 햄버거를 사서 먹었다. 두리가 내 지갑 속을 보자고 하더니 웬 돈이 이렇게 많으냐면서 미화 250불을 챙겨서 회옥이와 함께 병원 밖으로 나가 하나에 8불씩 한다는 햄버거 몇 개와 음료수를 사 오고서 나머지 돈은 돌려주지 않았다.

우리가 햄버거를 먹고 있는 중에 닥터 진이 다시 병원으로 왔다. 그는 경북의대 출신으로서 아버지가 중풍에 들기 전부터 주치의로 되어 있었으므로, 평소의 우리 아버지 성격이나 인품을 잘 알고 있다. 그는 어느 병원에 소속되거나 독립적으로 개업해 있는 것이 아니라 몇 명의 의사들로써 구성된 그룹에 속해 있으며, 주로 미국인 환자들을 맡아보고 있는 모양이었다. 두리는 평소 아버지가 의사 복이 있다면서 그에 대한 칭찬을 그치지 않고 있는 터이다. 닥터 진의 말에 의하면 어제 아버지의 X 레이 촬영결과도 좋아서 평소에 비해 별다른 이상은 발견되지 않았으며, 이틀 정도 음식물 급여를 중단하고서 항문에 호스를 연결하여 가스를 좀 더 빼내도록 처방하겠다고 했다. 우리가 가져온 일본 찹쌀떡에 대해 마이크는 전혀 흥미를 보이지 않았을 뿐 아니라 오히려 지난번에 큰 자형이 왔을 때 선물로 준 한국 우표들까지도 모두 우리에게 도로 주며 한국에 가져가서 쓰라고 하는 터이므로, 그 과자는 오늘 두리가 도로 가져와 닥터 진에게 선물하였다.

그가 돌아간 후 두리는 아버지가 예전에 복사해 둔 남인수의 '애수의 소야곡' 테이프를 틀어서 아버지의 귀에다 리시버를 연결해 들려주었다. 나중에는 나도 다른 리시버로 그 곡을 들으면서 박자에 맞추어 아버지와 서로 바라보며 그 곡을 따라 부르기도 하였다.

병원에 온 작은 자형 崔根和 씨와 경자 누나를 따라가 오늘부터 숙소를 누나네 집으로 옮기게 되었다. 작은누나네 가족은 1976년 3월 15일에 미국으로 이민을 오게 되었으며, 그러한 인연으로 우리 가족이 후일 큰누나의 사업 실패로 말미암아 파산 상태에 직면하게 되자 아버지를 비롯한 가족들이 차례차례로 미국에 이민하게 된 것이다. 자형 가족은 독실한 가톨릭 신자인데, 그래서인지 우리 가족에게 먼저 시카고 북부의 먼들라인이라는 곳에 있는 가톨릭 신학대학인 University of St. Mary of the Lake, Mundelein Seminary를 보러 가자고 했다. 지난번에 왔을 때 조카인 창환이를 통해 이 신학교가 시카고 지역을 대표하는 명문교 중 하나임을 들었고, 또한 그 대학의 이름이 찍힌 겨울용 셔츠도 한 벌 얻은 바 있었으므로, 내심 이러한 기회를 얻게 된 것이 반가웠다. 먼들라인 신학교는 커다란 호수를 둘러싼 울창한 삼림의 한쪽 끄트머리에 위치해 있어서 캠퍼스의 풍경이 그림처럼 아름다우므로, 우리가 방문했을 때도 웨딩드레스를 입은 신랑 신부들이 호수와 전망대의 탑을 배경으로 기념사진을 촬영하고 있었다. 화장실을 찾다가 우연히 만난 우간다 유학생으로부터 들은 바에 의하면 현재의 학생 수가 약 200명이라고 하며, 누나 내외도 조만간에 이 캠퍼스로 와서 避靜을 할 예정이라고 한다.

저녁 무렵 시카고 서북쪽 교외의 블루밍데일에 있는 누나 집에 도착하여 늘 그렇듯이 우리 내외는 자녀들 방 중에서 제일 큰 명아의 방에 짐을 풀었고, 회옥이는 그 옆에 있는 창환이 방에 들었다. 누나의 세 자녀 중

장녀인 명아는 콜로라도의 덴버에, 장남인 창환이는 뉴욕에, 막내인 동환이는 LA에 가서 일하고 있으므로, 누나 내외는 이 큰 집에 부부 단 두 명이 요크셔 種의 강아지 한 마리와 더불어 지내고 있으며, 게다가 내외의 직장과 일하는 시간이 서로 다르므로, 일요일과 월요일만 함께 보내는 것이다. 세 자녀는 아마 모두 서른을 넘겼겠지만, 아직 하나도 결혼하지 않고 있다.

누나네 동네 주변을 혼자서 한 바퀴 산책하여 돌아보았다. 이 동네는 이탈리아계 백인이 많이 살고 있다고 하며, 동네 전체가 공원이라고 해도 과언이 아닐 정도로 한적하고 아름다운 곳이다. 누나네 집은 지상 이 층, 지하 일 층에다 입구에 차고가 딸린 독립주택으로서 인도인 의사가 지은 지 얼마 되지 않은 것을 누나 네가 구입한 것이다. 그 얼마 후에 부엌에서 요리를 만들던 중 프라이팬의 과열로 한 차례 화재가 발생하여 그 때문에 당황한 누나가 팔에 화상을 입기도 하였다. 누나와 아내가 함께 만들어 준 한식 불고기 등으로 저녁식사를 들면서 밀러 캔 맥주와 양주인 커티 샤크, 그리고 위스콘신 州의 어느 야산에서 채취해 온 산삼 뿌리들을 보드카에 담근 인삼주 등을 들었고, 샤워를 하고서 잠자리에 들었다. 자형은 한국에서 油公에 근무하고 있었던 젊은 시절에는 술집에 자주 다니고 있었지만, 미국에 온 이후로는 체질에 맞지 않기도 하여 술을 끊었다고 하는데, 오늘은 내가 왔으므로 특별히 몇 잔을 함께 마신 것이다.

누나의 말에 의하면 자형은 순종 한국인으로서, 미국 생활 30년에 가까워 오는 지금까지도 거의 한국 음식만 들며, 일하러 나갈 때도 도시락에다 김치를 반드시 넣어 가고, 번 돈은 자신이 용돈으로 쓸 정도만 빼고서는 누나의 통장에다 모두 넣어 준다고 한다. 그리고 집에서는 「한국일보」 미주판과 「시카고 트리뷴」을 함께 구독하고 있지만, 대화중에 미국과 비교하여 언급하는 한국의 현실에 대한 의견은 언제나 비판적이라고 할 수 있다. 이제는 환갑도 넘겨 스스로를 조만간에 은퇴해야 할 나이의 노인이라고 말하고 있다.

큰 자형과 마이크, 그리고 작은 자형은 모두 각각 한 살 정도의 나이 차이가 있을 따름이라고 한다. 얼마 전에 큰누나 내외와 미화가 아버지 병문안 차 미국에 왔을 때 마이크도 처음으로 작은누나네 집에 와서 함께 어울린 바 있었으며, 그 이후 작은누나로부터 美貨 100불을 받아가 멋진 안락의자 한 쌍과 그것에 어울리는 탁자 하나를 구입하여 보낸 것이 누나 내외의 침실에 놓여 있었다.

26 (일) 맑음

아침에 누나 내외 및 우리 가족 전원과 애완견인 맥스가 함께 널따란 인공 호수를 낀 공원 주변을 산책하였다. 포장된 산책로에는 롤러스케이트 혹은 자전거를 탄 사람들이나 걷는 사람들이 드문드문 아침 운동을 하고 있었고, 주변의 잔디에는 백조처럼 목이 길고 커다란 야생 오리들이 무리를 지어 놀고 있었다. 누나네 집 바로 앞에도 이와 비슷한 산책로가 있어서, 아침에 회옥이가 맥스를 데리고서 한 바퀴 달려 두르기도 하였다. 누나가 사는 블루밍데일에는 또한 마을에 속한 널따란 골프장이 있으며, 그 입장료는 1회에 만 원 남짓이라고 한다. 누나가 자주 가는 글로서리, 즉 우리 식으로 말하자면 슈퍼마켓에 들러보았더니, 세계 각지에서 수입되어 온 온갖 물건들이 실로 풍성하게 쌓여 있어 세계 유일의 초강대국인 미국 사회의 풍요로움을 새삼 실감할 수가 있었다. 잘 익고 큼직한 망고를 자형이 스스로 골라서 담은 스무 개 한 상자의 가격이 불과 10불, 즉 한화 12,000원 남짓이니 또한 얼마나 싼가! 한국에서는 가정주부에 불과했던 고졸 출신의 누나가 미국에 와서 우체국 공무원이 되어 충분한 수입을 얻고 또한 자기의 능력을 실현할 수가 있으며, 매일 헬스클럽에 다니며 체력도 단련하고 있으니, 누나도 살아볼수록 미국 생활이 자신에게는 만족스럽다고 말하고 있다.

글로서리에서 장을 본 물건들을 승용차의 트렁크에다 잔뜩 싣고서 돌아와, 어제 마이크가 작별할 때 만들어 준 소시지 찜을 넣은 샌드위치로 아침 식사를 들었다. 그리고는 블루밍데일의 동쪽 이웃에 위치한 아이태스카(ITASCA) 마을의 노드 알링턴 하이츠 로드 1275번지에 위치한 대건 성당(St. Andrew Kim Catholic Church)으로 가서 아침 미사에 참여하였다. 이 성당은 자형을 포함한 다섯 명의 평신도가 중심이 되어 세운 것이며, 자형은 신도 모임에서 원로에 속하는 모양이어서, 미사를 마칠 무렵의 업무 보고도 자형이 하고 있었다. 예전에 있었던 채 신부는 이 성당에서 십여 년을 근무하며 미국 시민권까지 취득하여 한국으로 돌아가지 않으려 하다가 결국 버티지 못하고서 소환당해 귀국하였으며, 지금은 젊은 김영태 요셉 신부가 미사를 집전하고 있었다.

미사를 마치고서 나올 무렵 누나의 행방이 묘연하여 밖에서 한참을 기다렸는데, 승용차 있는 곳으로 돌아온 누나는 꽤 흥분해 있었다. 누나의 설명을 종합해 보면, 성당의 신도 중 이민 온 지 그리 오래되지 않은 물리치료사가 있는데, 여러 해 전에 자형이 그로부터 의료보험이 적용된다는 말을 듣고서 몇 차례 치료를 받았으나, 그 이후 청구서를 보내주지 않아 보험료를 청구할 수 없으므로 자연히 대금 지불을 하지 않고 있었는데, 근자에 난데없이 변호사를 통해 미화 1,500불에 해당하는 거액의 치료비를 납부하라는 통지서를 보내왔다는 것이었다. 그러므로 오늘 미사를 마치고서 누나가 그 물리치료사의 부인을 찾아 이 문제를 따지자, 그 여인은 보험료가 적용된다는 말은 한 적이 없고, 누나가 직장에서 자기네 험담을 하고 다닌다는 등 성당에서 위선적인 봉사활동을 하지 말라는 등 터무니없는 소리를 늘어놓으면서 누나를 가리켜 '빅 마우스'라고 하는 모욕적인 말을 뱉어놓고는 대화를 거부한 채 차를 몰고서 떠나가 버렸다는 것이었다.

시카고 시내로 들어가는 도중에 지방도를 따라서 자형이 자주 들른다는 중국집으로 가서 한국식 자장면과 짬뽕으로 점심을 들었다. 자형의 말에 의하면, 이 집 주인은 한국에서 이민 온 화교인데, 이 집 자장면의 맛은 한국보다 낫다고 한다. 우리가 먹고 있는 도중에 유학생으로 보이는 고교생 또래의 한국 젊은이들이 무리를 지어 들어온 것으로 보아 교민 사회에서는 제법 소문난 중국집인 모양이었다. 메뉴에도 한국어 페이지가 있고, 웨이터들도 한국어를 구사할 수 있었다.

지방도를 벗어나 고속도로에 접어들자 다운타운 행 전용선으로 진입하여 시카고 중심가에 이르렀다. 미술품처럼 아름다운 현대식 빌딩들이 숲을 이룬 번화가의 지하주차장에다 차를 세운 다음, 노드 미시건 에브뉴 400번지의 링글리 빌딩 아래에 있는 웬델라 독이라는 관광 유람선 터미널로 가서 오후 3시 배를 타고자 하였으나 그 시각의 표는 이미 매진되었으므로, 근처의 햄버거 전문점으로 들어가 커피를 마시다가 누나 내외는 먼저 아버지 병원으로 가고, 우리는 누나가 사 준 티켓을 가지고서 3시 45분에 출발하는 유람선을 탔다. 지난번에 큰누나 내외가 왔을 때도 작은 누나가 이 유람선을 태워주었다고 한다.

1935년에 창업한 웬델라 회사의 이 유람선은 운하 같은 시카고 강을 따라서 시카고 리버 록이라는 갑문식 독을 지나 연안의 빌딩 숲이 한눈에 조망되는 미시건 호수에 나갔다가 다시 돌아와 터미널 반대편의 운하까지 깊숙이 들어갔다가 도로 돌아 나오는 것으로서, 이름난 빌딩들에 대한 가이드의 영어 안내 방송이 따르고 있었다.

한 시간 반 남짓의 보트 유람을 마치고서 터미널 위의 도로 가에서 얼마간 기다리다가 다시 누나 내외가 몰고 오는 차를 타고서 아버지 병원으로 갔다. 병실에는 어머니와 두리가 와 있었고, 그 병실에 조금 머무르다 우리 가족은 아버지와 작별하였다. 내일 정오 무렵에 우리가 한국으로 돌아가는지라 아버지 어머니 및 두리와는 이로써 작별하게 되었는데, 이것이 이승에서의 마지막 만남이 될 것임을 짐작하는 아버지는 내가 작별인사를 하자 울먹이는 표정이었다. 우리 가족은 한 사람씩 아버지의 손을 잡고서 인사를 하였으며, 나는 아버지의 이마에다 손을 얹어 쓰다듬어 드리기도 하고 뺨을 서로 맞대어 보기도 하였다. 아버지는 오늘 고환이 비대해진 증상이 발견되어 그 처치를 하기 위해 보조간호원 두 명이 병실로 들어와서 병상 주변의 커튼을 치는 것을 보면서 우리는 병원을 떠났다.

누나네 집으로 돌아온 후 한국 KBS의 일요스페셜 프로에서 방영된 '예수 탄생 2000년 침묵으로의 초대, 트라피스트 수도원'이라는 타이틀의 다큐멘터리 녹화테이프를 시청하였다. 지난번에 왔을 때 창환이가 운전하는 차로 아이오와대학을 방문하고서 돌아오는 도중의 밤에 아이오와 州 뉴 메릴레이 수도원에 들러서 만났던 전직 서강대학교 교수 윌리엄 번즈 수도사도 이 프로에 몇 장면 나오고 있었다.

밤 아홉 시가 넘어 마이크와 어머니 댁에 전화하여 다시 한 번 작별 인사를 하였는데, 마이크 씨 댁은 부재중이라 서투른 영어로 고맙다는 뜻의 메시지를 녹음해 두었다.

27 (월) 맑음

아침에 두리로부터 작별의 전화가 걸려왔다. 간밤에 마이크와 둘이서 외식을 하고 돌아오니 내 음성이 녹음되어 있더라고 한다. 누나 댁에서 샌드위치로 조식을 든 후, 자형이 운전하는 승용차로 오헤어 공항으로 향했다. 유나이티드 에어라인 입구의 도로에서 누나 내외와 작별한 후, 체크인하여 C18 게이트에서 12시 15분 발 UA 881편을 탔다.

28 (화) 맑음

비행 중 날짜변경선을 지났으므로 하루가 보태졌다. 미국으로 갈 때 하루 벌었던 것이 돌아올 때 도로 반환된 것이다. 갈 때는 태평양의 북쪽을 돌되 좀 남쪽으로 비행하여 캐나다의 밴쿠버를 지나갔는데, 돌아올 때는 더욱 북쪽으로 선회하여 예전에 겨울날 KAL로 캐너디언 로키 산맥을 넘어 시카고~서울 간 논스톱 코스를 왕복할 때 비행했던 것처럼 알래스카의 앵커리지를 지나 베링海를 경유하여 돌아왔다. 기내에서 면세로 판매하는 일제 35mm 올림퍼스 TRIPXB400 휴대용 카메라 한 대와 미국 테네시 주에서 생산되는 잭 대니엘즈 위스키 한 병을 구입하였다.

28일 오후 3시 경에 成田국제공항에 착륙하여 5시 20분 발 같은 유나이티드항공 881機 편으로 출발하여 오후 7시 45분경에 영종도의 인천국제공항에 도착하였다. 成田공항에서 인천 행 비행기를 탑승하려고 짐 검사를 받던 도중 내 수화물 가방 속의 휴대용 소형 나이프가 검사 장치에 체크되어 여자 관원에게 압수당했다. 이 나이프는 스위스제로서 접고 펴고 할 수 있는 것인데, 거기에 이쑤시개가 달려 있으므로 편리하여 등산이나 여행갈 때 늘 지니고 다니던 것이다. 예전에도 중국 福建省 福州市의 長樂국제공항에서 배낭 속에 든 등산용 나이프를 匕首라 하여 압수당해 여자 관원에게 화를 내며 항의하였으나 소용이 없었으므로, 나와의 인연이 다 된 것으로 생각하고서 별 말없이 포기 각서에 서명하고 말았다. 오늘의 여정에서 나는 계속 親鸞 著, 金子大榮 校訂의 岩波文庫版 『敎行信證』을 읽어 일단 해설과 더불어 모두 훑어본 셈이다.

영종도 국제공항에서 공항리무진버스로 야간 조명이 아름다운 월드컵 경기장 부근의 한강 분수를 바라보기도 하며 강남고속 터미널로 이동하였다. 우리가 도착한 밤 9시 무렵에 고속버스 한 대가 막 출발하여 버렸는지라, 터미널 구내의 음식점에서 우동을 한 그릇씩 시켜들고서 밤 10시 10분발 첫 번째 야간우등고속버스를 탔다. 경부 및 대진고속도로를 경유하여 내려오다가 도중에 금산의 인삼랜드 휴게소에서 잠시 정거한 후, 이튿날 오전 2시 무렵에 진주에 도착하였다. 짐을 대충 풀어서 정리해두고 샤워를 한 후 3시 무렵 잠자리에 들었다.

아버지의 장례

9월

28 (토) 맑음

날이 밝아올 무렵 우리 가족 전원이 택시로 진주 사천공항으로 이동하여 오전 7시 발 대한항공 1630편을 타고서 8시 5분경 서울 김포공항에 도착한 다음, 리무진 버스로 인천 영종도의 신공항으로 이동하여 부산에서 올라온 큰누나와 합류하였다. 우리 가족은 사천공항에서 각자의 트렁크를 시카고까지 연결하여 보내고 미국행 탑승권도 함께 받아왔으나, 큰누나는 부산에서 인천까지만 수속하여 왔으므로 인천공항에서는 새로 미국행 수속을 해야 했다. 수속이 끝난 다음 누나를 데리고 대한항공과 아시아나항공의 안내소로 가서 마일리지 카드를 발급받도록 도와주었다.

오후 1시에 인천공항을 출발하는 대한항공 38편을 타고서 약 12시간 걸려 시카고의 오헤어국제공항까지 논스톱으로 비행하는 동안에 '아시아 공동체의 문화와 철학'이라는 대주제 하에 10월 5일 부산시청 12층 국제회의실에서 열릴 대동철학회 2002년 국제학술대회 3부의 발표문들을 두 번째로 한 번씩 읽어보았다. 헤드폰을 달고서 기내 방송되는 한국의 신세대 음악 채널을 들어보기도 하였다. 우리가 탄 비행기는 날짜변경선을 지나서 알래스카의 앵커리지와 캐나다 상공을 거쳐서 같은 28일 오전 10시 20분 무렵에 시카고에 도착하였다. 한국 시간으로 밤 9시 30분경에 창밖이 밝아오기 시작하였고, 창문 밖으로 캐나다 땅의 크고 작은 수많은 호수들이 내려다 보였다. 한국과 시카고 사이에는 14시간의 시차가 있으므로, 우리는 출국할 때보다도 오히려 이른 시각에 미국에 도착한 것이다.

입국수속을 마치고서 밖으로 나와 보니 마중 나온 사람이 눈에 띄지 않았는데, 조금 후에 경자누나의 장남인 창환이가 나타났다. 누나네 차가 고장 나서 좀 늦었다는 것이었다. 창환이가 운전하는 차에 타고서 블루밍데일의 작은누나네 집으로 향하였다. 창환이는 뉴욕 맨해튼 월스트리트의 증권거래소에서 근무하고 있는데, 두 주 전쯤부터 시카고로 와서 일시 근무하고 있다는 것이었다.

작은누나네 집에는 이미 어머니가 와 있었고, 그 집 지하실에 아버지의 빈소가 차려져 있었다. 빈소에 절한 후 우리 가족은 2층의 동환이 방에다 여장을 풀고서 시차를 극복하기 위해 몇 시간 동안 낮잠을 잤다. 오후에 경자누나의 장녀 명아(조애나)가 콜로라도 주의 덴버로부터, 차남 동환이(존)가 LA로부터 날아왔다. 명아와 창환이는 그 새 살이 제법 많이 쪄 있었다. 명아는 한동안 실직한 후 작년에 다시 미국 교원 노조인 전국교육협회에 취직하여 그 본부가 있는 워싱턴 DC까지 종종 출장을 다니고 있다고 하며, 동환이는 현재 iBLAST라는 벤처 기업에서 일하고 있고 비벌리힐즈 부근의 동성애자 마을에 아파트를 한 채 구입하여 거주하고 있다고 한다.

검은색 상복으로 갈아입고서 밤 8시에 자형과 누나가 다니는 대건성당의 교우들이 자형 집으로 와 빈소에서 천주교 의식에 따라 죽은 아버지를 위해 기도하는 연도에 참여하였다. 아버지의 천주교식 이름은 에드워드인데, 나는 상주로서 인도하는 바에 따라 그 중 한 부분을 독송하였다. 아버지는 미국 시간으로 9월 26일(음력 8월 20일) 아침 7시부터 혼수상태에 들어가 오후 4시 55분에 운명하셨다고 한다. 한국 시간으로 환산하면 9월 27일 오전 7시 55분에 운명하신 셈이다. 어머니는 오늘 밤 연도에 참석한 교우 중 한 사람 집에서 아기 보는 가정부로서 매주 5일간 일하고 있는데, 앞으로는 시카고 시내에 있는 아버지가 사시던 아파트로부터 여기까지 기차로 통근할 예정이라고 한다. 연도가 끝난 후 참석자들이 함께 회식을 하였다. 나는 다른 사람들이 권하는 대로 위스키를 몇 잔 받아 마셨더니 제법 취기가 올랐다.

29 (일) 간밤에 비 온 후 개임
누나 내외와 함께 아이태스카의 노드 알링턴 로드에 있는 聖김대건성당으로 가서 오전 7시 30분부터 있는 일요일 첫째 미사에 참여하였다. 30대의 젊은 나이인 김영태 요셉 본당 신부가 집전하였다. 미사가 끝난 후 소식을 전하는 시간에 오늘 오후 7시 30분에 콜로니얼 장의사에서 있을 아버지의 고별식과 내일 오전 10시에 본 성당에서 있을 장례 미사, 그리고 10월 6일 일요일 미사 후에 본 성당에서 있을 연도에 관한 안내가 있었고, 오늘 배부된 주보 1223호에도 그 내용이 인쇄되어 있었다.

어제 우리가 도착한 무렵에 부산 다대포에 사는 막내 누이 미화와 그 남편 현승룡, 그리고 딸 수린이 등 일가족 세 명이 같은 대한항공 편으로 오헤어공항에 도착하였는데, 명아가 차를 몰고 가서 맞이해 왔다. 그들은 원래 노드웨스트 항공편으로 올 예정이었으나, 그 비행기가 결항되어 대한항공으로 바꾼 까닭에 하루 늦게 도착하게 된 것이라고 한다.

점심을 든 후 두 누나와 현 서방, 수린이, 그리고 우리 가족 전원이 작은누나네 집 애완견인 맥스와 더불어 경자 누나가 자주 조깅을 가는 근처의 산책 코스로 걸어가 인공 호수를 둘러싸고서 난 비포장도로를 한 바퀴 돌다가 그 옆의 숲속 길을 경유하여 집으로 돌아왔다. 현 서방과는 그들 가족이 5년 전에 한국으로 영주 귀국한 이후 한 번도 만난 적이 없었다가 오늘 비로소 만났다. 산책 중에 나란히 걸으며 대화를 나누었고, 초등학교 5학년생이 된 조카 수린이도 오랜만에 보는 외삼촌에게 조금도 스스럼없이 대해 주었다. 미화는 현재까지도 미국 시민권을 계속 보유하고 있고, 수린이는 이중국적으로 되어 있으며, 미국 위스콘신대학교 메디슨 캠퍼스에서 13년간 유학한 바 있는 현 서방은 영주권을 포기한 모양이었다. 현 서방은 현재 동아대학교 경영학과 조교수로 근무하고 있는데, 부산의 신발산업 활성화와 관련한 테마파크 계획으로 동료 교수와 더불어 세 명의 공동 명의로 정부로부터 250억 원 정도 규모의 예산을 따와 현재 그것을 집행 중이라 매우 바쁘다고 한다.

저녁에 다시 상복으로 갈아입고서 일리노이 주 나일즈 카운티의 웨스트 골프로드 8025번지에 있는 콜로니얼 장의사(Colonial-Wojciechowski Funeral Homes)로 가서 영어로는 웨이크(Wake)라고도 하고 뷰잉(Viewing)이라고도 부르는 전야 예절에 참석하였다. 90여 년의 역사를 지닌 이 장의사는 폴란드 계 이민으로 짐작되는 워제쵸우스키 패밀리가 소유 운영하고 있는 것으로서, 시카고에서는 대표적인 것이라고 한다. 거기의 홀에서 두리 및 마이크와도 비로소 만났으나 평복 차림의 마이크는 나와 좀 대화를 나눈 후 의식이 진행되기 전에 자리를 떠서 돌아갔고, 그의 친구로서 그리스 출신이라고 하는 수학 및 컴퓨터공학 퇴임 교수 한 사람이 끝까지 자리를 지키고 있다가 행사가 모두 끝난 후 나와 인사를 나누었다. 아버지의 시신은 밀랍 인형처럼 미라로 처리되어 홀 앞쪽 중앙의 꽃으로 장식된 관 속에 안치되어 있었다. 그 모습은 너무나 인공이 많이 가해져서 평소의 아버지 얼굴과는 좀 달라 보였고, 피부는 초를 만질 때 느끼는 것처럼 매끄럽고도 딱딱하였다. 나는 이 행사에 우리 일가족 정도가 참석할 것으로 예상했었으나, 아버지 내외가 다니던 시카고 시내의 성당과 작은누나 내외가 다니는 대건 성당의 신도들, 그리고 아버지 아파트의 한인 친구 등도 참석하여 강당처럼 큰 홀 안이 가득 찰 정도로 많은 조문객이 모였으며, 아버지의 주치의였던 닥터 진은 미리 장의사로 화환을 보내어 관 옆에 세워두었고 본인도 직접 참석해 있었다. 오후 다섯 시 남짓에 뉴저지 주로부터 고종 친척인 혁자의 두 번째 남동생 오영환 가브리엘 신부가 비행기 편으로 시카고에 도착하므로 자형 내외가 공항으로 마중 나갔었다. 올해 마흔 살인 가브리엘 신부는 비행장으로부터 곧바로 장의사로 와서 대건 성당의 요셉 신부와 더불어 공동으로 전야 예절을 집전하였다. 아버지가 다니던 교회의 미국인 신부를 포함하여 모두 네 명의 신부와 몇 명의 수녀도 이 행사에 참석해 있었다.

전야 예절의 끝 부분에 내가 유족을 대표하여 고인의 약력을 소개하고 조문객들에게 인사말을 하는 순서(Eulogy & Memories)가 있었다. 작은누나 집에서 큰누나가 미리 메모하여 건네준 종이쪽지에는 아버지의 생년월일과 새 어머니 및 자녀들에 관한 내용만 적혀 있고, 아버지의 약력에 관한 다른 기록은 전혀 없었으므로, 내가 대충 마음속으로 정리하여 아버지의 생애를 말하였다. 그것을 끝내고서 자리로 돌아온 이후에 옆에 앉은 아내가 귓속말로 어머니에 관한 언급이 빠졌음을 일러주는 것이었다. 어머니와 아버지가 소속된 시카고 한인 성당의 교우들이 자형이 마련해 준 버스를 타고서 200명 정도나 와 있다고 하는데, 아버지께 누구보다도 가까운 존재이며 1992년 10월에 오 카를로 신부의 집전으로 혼배성사를 치러 오늘에 이른 새어머니 서경자 로사에 대한 언급이 전혀 없었으니, 이는 아버지의 네 번째 부인인 새어머니의 존재를 상주가 부인한 꼴이 되어 어머니의 체면이 말이 아니게 되었다. 큰 실수이지만 이미 지나간 일이라 어떻게 해 볼 도리가 없었다.

전야 예절(Wake) 다음에는 조객들이 줄을 지어 차례로 관 속에 누워있는 고인과 유가족을 둘러보는 고별인사 및 그 절차가 진행되는 동안 좌석에 앉아 있는 사람들이 염불 같은 곡조를 붙여 준비된 인쇄물을 대화식으로 읊조리는 위령기도(Processional and Parishoners' Prayer)가 있었으며, 이번 위령기도(연도)에서도 나는 마이크 앞으로 나아가 어제 밤에 누나 집 빈소에서 읽은 부분('세상을 떠나신 부모님을 위하여')을 다시 읽었다.

뒤에 두리에게서 들은 바에 의하면 미국인들은 일반적으로 이 고별식에 평상복 차림으로 참석하며 부의금을 내는 관례도 없고, 장의사에서의 고별식이 끝난 다음 바로 묘지로 간다고 하는데, 우리 교포들은 한국식과 미국식을 절충하여 다소 복잡하게 장례식을 치르고 있는 모양이며, 홀의 입구에 부의금을 넣도록 마련한 것으로 보이는 흰 봉투와 그것을 넣는 함도 비치되어 있었다. 우리 아버지의 경우는 운명 후 5일 만에 장례식을 치르는 5일장으로 지내게 된다.

전야 예절을 마친 다음 시카고 서쪽 교외의 블루밍데일에 있는 작은 누나 집으로 돌아와 근처에서 주문해 온 피자로 늦은 저녁식사를 들었으며, 취침 전에 다시 위스키를 두 잔 마셨다. 의식을 집전한 두 신부는 작은 자형 내외가 모시고 가서 저녁을 대접한 모양이며, 가브리엘 신부는 오늘 밤 대건 성당의 사제관에서 묵는 모양이었다.

장의사에서 두리를 만났을 때 두리가 나더러 아버지 묘소에 비석을 세우기 위한 비용이나 모레 생일을 맞게 되는 작은 자형의 생일잔치 비용 중 하나를 부담해 주었으면 좋겠다고 하므로, 이미 몇 년 전에 부모님의 무덤 자리 두 개를 구입하기 위한 비용을 내가 전액 부담한 바 있었으므로, 이번에는 비석 값을 대겠노라고 대답하였다. 그러나 집으로 돌아온 후에는 아내와 상의하여, 상주에 해당하는 내가 아버지 장례식과 관련하여 시카고에 사는 두 누이에게 신세를 지고만 있다는 것이 미안하므로 자형의 생일잔치 비용도 우리 내외가 부담하기로 합의하고서, 그러한 의사를 가족들이 있는 자리에서 표명하였다. 그런데 그 후 아내가 내게 상의해 온 바에 의하면, 경자 누나가 자형의 의사라고 하면서 아내에게 말한 바로는 작은 누나와 두리가 아버지의 장례를 치르기 위하여 여러 해 동안에 걸쳐 매달 얼마씩의 금액을 적립해 와 이미 만 불이 넘는 돈이 마련되었지만, 그것 외에도 이럭저럭 드는 비용이 있으므로 나와 현 서방도 한국으로 돌아가기 전에 각각 천 불 정도씩 내 달라는 의사를 전하라고 했다는 것이었다. 나는 준비해 온 美貨가 700불 채 못 되는 액수에 지나지 않으므로 좀 난처하였으나, 아내가 이런 경우에 대비하여 천 불 남짓한 미국 돈을 환전해 온 것이 있다고 하므로, 밤에 다이닝룸에서 작은누나의 세 자녀가 외할머니께 위로금으로서 각자 100불씩 모은 돈 300불과 카드를 전달할 무렵에 나는 천 불이 든 봉투를 누나를 통해 자형에게 전달하여 장례비용에 보태 써 달라고 말하였다. 두리에게는 그 후 따로 전화하여 이미 장례비용을 보조하였으니 비석 값은 이걸로 때우겠다는 의사를 표명하였다. 현 서방네 가족은 전야 예절이 끝난 다음 마이크 집으로 거처를 옮겼다.

30 (월) 맑음

아침에 다시 상복을 입고서 콜로니얼 장의사로 향했다. 어제의 그 홀에서 차례로 아버지 시신을 마지막 보는 절차를 마친 후, 관 뚜껑을 덮고서 내가 아버지의 영정을 가슴에 안고 영구를 인도하여 바깥에 마련된 검은색 리무진 영구차로 향했다. 맨 앞에는 장의사의 검은색 선도차가 위치하고, 그 다음은 영구차가 따르고, 세 번째로 상주인 우리 내외와 작은자형 내외가 탄 승용차가 따랐으며, 그 뒤로는 다른 유가족과 조문객의 승용차가 뒤따랐다. 모든 차량의 위에는 누런 색 소형 삼각 깃발을 꽂아 장의 행렬임을 표시하고 전조등을 켜고서 후미의 양측 경고등도 깜박이면서 행진하는데, 먼저 장의사의 차량이 한 쪽 도로를 가로막아 다른 차량의 통행을 차단한 다음, 장의 행렬이 차례로 운행을 시작하여 대건 성당으로 향했다. 미국에서는 장의 차량은 앰뷸런스나 소방차와 마찬가지로 일반 차량들에 대해 우선권을 가지며, 십자로 건널목에 이미 붉은 신호등이 켜져 있을 경우를 제외하고서 다른 신호등은 무시해도 좋은 것으로 되어 있는 모양이었다.

성 김대건 성당에 도착하여 오전 10시부터 아버지의 장례 미사를 치렀다. 어제의 경우처럼 본당의 김영태 요셉 신부와 뉴저지 주 Eaton Town

의 오용환 가브리엘 신부가 공동으로 집전하였고, 강론은 가브리엘 신부가 맡았다. 전야 예절과 장례 미사의 프로그램 뒷면에는 유가족 명단이 적혀 있는데, 거기에 장녀 오기자(카타리나)·임영기(요셉), 차녀 오경자(막달레나)·최근화(안드레아), 장남 오이환·안황란, 삼녀 오두리(젬마), 사녀 오미화(마가레트)·현승용(토마스 무어)으로 되어 있는 바와 같이 우리 내외를 제외하고서 부모님을 비롯한 우리 남매 일족은 현재 모두 영세 받은 가톨릭 신자로 되어 있는 것이다.

미사를 마친 후 장례 행렬은 다시 일리노이 주에서 가장 큰 쿡 카운티의 데스 플레인즈 市에 있는 올 세인츠 묘지로 향하였다. 나는 세 번째 차량에 타고 있어 뒤에 어느 정도의 차량이 뒤따르고 있는지를 알 수가 없었는데, 묘지에 도착하고 보니 길게 열을 지은 수많은 차량들이 줄줄이 뒤따라 들어오고 있어 놀라웠다. 60여 명의 조객이 장례식에 참석했다고 하니, 대충 잡아도 스무 대 정도 되는 승용차가 따라 온 셈이다. 아내나 자형의 말로는 한국 같으면 대통령이 아니고서는 이런 성대한 장의 행렬은 있을 수 없을 것이라는 것인데, 그다지 과장이라고 할 수는 없을 듯하였다.

2002년 9월 30일, 올 세인츠 묘지

아버지 묘소에 도착하여 다시 두 신부의 집전으로 입관 예식을 치른 다음, 나를 위시한 유가족들과 조객들이 차례로 손에 끼었던 흰 장갑과 장미 한 송이씩을 아버지의 관 위에다 얹고서 마지막 고별을 하였고, 레커 같은 차로 하관한 후에는 트럭에 실린 모래를 한 삽씩 떠서 꽃에 덮인 아버지의 관 위에다 붓고는 트럭에 남은 나머지 모레와 무덤가의 흙을 덮어 매장을 하고서 위에다 비바람이 스며들지 못하도록 당분간 나무 덮개와 비닐로 뚜껑을 하였다. 비석은 며칠 후에 할 것이라고 한다. 하관을 마친 후 아버지 내외의 무덤에서 몇 미터밖에 떨어져 있지 않은 위치의 자형 모친 장경자 여사의 묘소도 둘러보았다. 거기에는 자형 댁에서 다섯 개의 묘소를 나란히 구입해 두었는데, 자형과 작은 누나도 죽을 무렵까지 시카고 지역에 살게 되면 이 장소에 묻히게 될 것이라고 한다. 미국 천주교 재단에서 설립한 이 공원묘지는 그 구역이 꽤 넓은데, 구내에 성당도 있고 나무가 많으며 입구에는 근년에 새로 들어선 납골당 건물도 있었다. 한인 성당에서는 이 묘지의 일부 구역을 구입하여 한인 묘소로 삼고 있으나, 이미 묘지가 다 팔려버려 앞으로는 같은 구내의 좀 떨어진 구역에다 따로 묘소를 마련해야 할 것이라고 한다.

오늘 아버지의 장례 예식이 모두 끝난 이후에도 일리노이 주의 테크니에 소재를 두고 있는 디바인 워드 미셔너리즈의 미션 매스 리그에 의해 불교의 49齋 식으로 일정 기간 동안 일곱 차례의 특별 미사 등을 통해 계속 아버지의 가톨릭 이름이 불리어지게 된다고 한다.

장례식을 모두 마친 후 참가자들은 일리노이州 마운트 프로스펙트의 골프 로드 1747번지에 있는 新正이라는 한인 식당으로 가서 뷔페식으로 점심을 든 후 집으로 돌아왔다. 나는 어머니를 위로하는 뜻에서 내 지갑에 든 돈 가운데서 100불 남짓을 제외하고는 500불을 봉투에 넣어 지하실에서 낮잠을 자고 일어난 어머니께 전하고서 포옹해 드렸다.

밤에는 작년에 새로 생겼다는 시카고 시내의 고급 한식당 又來屋으로 가서 자형의 생일 파티를 가졌다. 종이 냅킨에 1946년에 개업했다고 인쇄되어 있는 것으로 보아 서울에 있는 같은 이름의 식당 분점인 모양이었다. 두리에게 마이크 씨도 데려 오라고 말해 두었으나, 그는 이번에도 나에게 시를 한 수 지어 보내고서 가족 모임인 이 자리에는 참석하지 않았다. 자형과 현 서방, 가브리엘 신부 및 나는 작은 테이블 하나에 둘러앉아 불고기를 안주로 百歲酒와 참이슬 소주를 섞은 이른바 오십세주를 들고, 창환이를 포함한 여자들은 그 옆의 큰 테이블에서 음료수와 식사를 주문하였다. 얼마 전에 가브리엘 신부를 포함한 다섯 명이 여기에 왔을 때는 코스 요리를 주문하여 다섯 명이 천 불 정도의 비용을 지출하였다고 하므로, 그보다는 더 많은 액수가 청구될 것으로 각오하고 있었는데, 누이들이 내가 질 부담을 염려해서인지 비용을 줄여주었으므로 팁까지 포함하여도 400불이 채 못 되는 금액을 신용카드로 결제하였다.

생일 파티를 마친 후 두리와 미화네 가족을 포함한 참석자 전원이 블루밍데일의 작은 누나 댁으로 왔다. 남자들은 자형이 연도 후의 파티를 위해 마련한 여러 종류의 위스키를 마시며 밤늦게까지 대화를 나누었고, 두리는 혼자서 먼저 돌아갔다. 가브리엘 신부는 간밤을 함께 보낸 대건 성당의 젊은 신부가 그 성당의 설립자 중 한 사람이자 원로 신도이기도 한 자형과 그 주위 인물들이 신부의 처신 등에 대해 여러 모로 간섭하는 것을 거북해 하고 있다면서, 술을 좋아하는 그 신부가 술 냄새를 풍기면서 미사를 집전하는 행위에 대해서도 좀 더 너그러운 태도로 받아들여 간섭하지 말아 주었으면 좋겠다는 의견을 피력하고 있었다. 나는 이미 술이 과하여 졸음이 오므로 큰누나가 권유하는 바에 따라 한밤중에 2층의 우리 가족 방으로 올라와 먼저 취침하였다.

10월

1 (화) 맑음

새벽 무렵 화장실로 가기 위해 침상에서 일어나 복도에 나가보니 그 때까지도 가브리엘 신부와 큰누나 및 현 서방이 1층의 거실 바닥에 그대로 앉아서 위스키를 마시며 대화를 나누고 있었다. 그래서 나도 다시 그들 가운데 끼어들어 함께 술을 마셨는데, 한참 후 가브리엘 신부가 마침내 2층의 침실로 올라가고 나자 큰누나와 현 서방 간에 언쟁이 벌어져 작은 누나와 미화까지 깨어서 나오는 상황이 벌어졌다. 말끝에 현 서방이 자기 아내인 미화는 우리와 배다른 형제라고 한 것이 꼬투리가 되어, 큰누나는 현 서방이 왜 평소에 미화를 우리 남매 가운데서 분리하려고 하느냐면서 따졌는데, 현 서방의 그에 대응하는 말은 무슨 뜻인지 요지를 파악할 수가 없었다. 이윽고 큰누나는 현 서방이 지금까지 자기를 무시해 온 점에 대한 분통까지 터뜨려 큰소리로 현 서방을 질책하였다. 주위에서 아무리 말려도 그치지 않으므로 나는 도로 침실로 올라와 취침해 버리고 말았다. 그 후 작은 누나가 큰누나를 데리고 밖으로 나갔으나 밖에서도 큰소리를 그치지 않으므로, 도로 집 안으로 데리고 들어왔다고 한다.

현 서방이 아직 자고 있는 오전 10시 반 무렵에 우리 가족과 가브리엘 신부는 자형이 운전하는 차에 동승하여 작은 누나 댁을 떠나서 귀로에 올랐다. 오헤어 공항 국제선 청사 출입문 앞에서 우리 가족은 그들과 작별하여 대한항공의 프런트로 가서 탑승 수속을 하였는데, 올 때와는 달리 짐과 탑승권 및 마일리지 기록까지도 모두 시카고에서 인천까지만 수속할 수 있고, 김포에서 진주까지는 한국에 도착해서 따로 수속해야 한다는 것이었다.

오후 1시 발 대한항공 38편 인천 행 논스톱으로 귀국 길에 올랐다. 두리가 콜로니얼 장의사로부터 받아온 아버지의 사망증명서 두 통을 아내에게 전해 주었다. 아버지 吳守根(Soo Kun Oh)은 1919년 9월 8일에 한국에서 출생하여 2002년 9월 26일 83세로 시카고의 하모니 너싱 센터에서 돌아가셨고, 배우자는 서경자(Kyung Ja Seo), 신분증 번호(Social Security Number)는 328-72-1826이며, 직업은 기계사(Mechanic), 주소는 시카고의 '4945 N. Sheridan Road #810', 통보자인 딸 오두리(Doo Ri Oh)의 주소는 '2051 W. Birchwood- Chicago, IL 60645', 직접적 사망 원인은 'Artherosclerstic Heart Disease', 부차적 사망 원인은 'Type II Diabeles

Mellitus, Failure to Thrive', 사망 시간은 오후 5시, 주치의의 주소 성명은 'Jong L. Jin, M.D. 3414 W. Peterson- Chicago, IL'으로 적혀 있었다.

2 (수) 맑음

비행기는 올 때와 마찬가지로 알래스카 상공을 거쳤는데, 도중에 날짜 변경선을 지나 하루가 더 지난 셈이 되었다. 기류 관계로 인천 도착 예정 시각인 오후 4시 20분보다 좀 더 늦게 도착하여, 올 때처럼 KAL 리무진 버스로 김포공항으로 이동한 다음, 오후 7시 30분 발 대한항공 1639 편으로 한 시간 후에 사천공항에 도착하였다.

다시 공항 리무진 버스로 진주 시내의 우리 아파트 앞까지 이동한 다음, 집에 돌아와 샤워를 하고서 두리에게로 국제전화를 걸어 무사히 도착했음을 알렸고, 아울러 장례비용에 따른 금전 문제로 작은 누나 및 자형에게 따져서 형제간의 의를 상하는 일이 없도록 하라고 당부해 두었다. 작은 누나와 두리는 같은 시카고와 그 주변 지역에 사는 유일한 형제이면서도 평소 서로 간의 성격 차이로 불협화음을 일으킬 경우가 많은 것이다. 이번에 경자 누나가 우리에게 장례비용의 분담을 요청한 건만 하여도, 두리로서는 부족한 비용은 조문객의 부조금으로써 충당하기로 이미 자형과 합의한 바 있었음에도 불구하고 자기와 상의 없이 나에게 요구한 점에 대해 꽤 불쾌감을 느끼는 모양이며, 하물며 미화 내외에게까지 요구한다는 데 대해서는 강한 반대 의견을 지니고 있었던 것이다.

2003년

서유럽

 서유럽

7월

24 (목) 흐리고 저녁부터 부슬비 내리다가 서울 지방은 밤에 폭우
아침에 노상성 씨에게로 다시 전화를 걸어 오늘 밤중에 고속버스로
상경한다는 것은 아무래도 무리이므로 원래 예정했던 대로 내일 오전
여섯 시의 첫 고속버스로 상경하기로 합의하였다. 그러나 점심 때 김병택
교수와 더불어 산책을 하면서 그런 말을 꺼냈더니, 김 교수는 그렇게 불
안한 스케줄을 잡아서는 안 된다고 하면서 오늘 중 비행기로 상경하여
영종도에 있는 인천국제공항까지 이동한 다음 공항 부근의 호텔에서 1박
하고서 내일 느긋하게 일어나 모임 장소로 갈 것을 극구 권하는 것이었
다. 그래서 아내와도 다시 여러 차례 전화 연락을 하고 구내 여행사 및
서울 강남고속 터미널의 공항 리무진을 운행하는 삼화고속에도 전화를
걸어 본 결과 이변이 없는 한 내일 고속버스 편으로 출발하더라도 오전
11시 무렵까지는 공항에 도착할 수 있으리라는 판단이 들어, 결국 처음

예정대로 내일 첫 차로 상경하기로 결론을 내렸다. 대진고속도로가 개통된 이후로 서울까지 세 시간 반에서 네 시간 정도면 갈 수 있게 되었다. 비행기의 이용객이 크게 줄어 진주 발 서울 행 첫 비행기의 출발 시각이 오전 9시 30분이고 마지막 비행기는 7시 30분이라고 하므로 비행기를 탄다는 것은 의미가 없는 데다 아내도 비행기를 타고 싶지 않다는 것이었다. 그러나 귀가한 이후 다시 아내와 상의한 끝에, 역시 만일의 경우에 대비할 수 있도록 오늘 중 상경하기로 마음을 정하고서 밤 8시 30분 발 고속버스를 탔다.

25 (금) 맑음

밤 12시 15분 서울의 강남고속 터미널에 도착할 무렵에는 폭우가 쏟아지고 있더니 얼마 후 그쳤다. 터미널 부근에 숙소를 잡아 아침까지 눈을 좀 붙이고자 했으나, 출구 쪽으로 나오자마자 인천공항으로 직행한다는 대절 차의 기사를 만나 웨건 차 뒤 칸에다 짐을 싣고는 바로 新공항으로 향하였다. 기사의 안내로 공항신도시 구역 내인 인천광역시 중구 운서동에 위치한 호텔 뉴 에어포트의 510호실에 가족 셋이 함께 투숙하였다. 에누리한 6만 원의 가격에 비하면 믿기지 않을 정도로 시설이 훌륭하였다.

충분한 수면을 취한 다음 아침에 호텔 측의 봉고차를 타고서 국제공항 건물로 이동하여 레스토랑에 들러 한식으로 조반을 들었고, 시간적 여유를 가지고서 오전 10시에 3층의 B~C 카운터 교육문화회관 미팅 보드 앞에서 집결하였다. 우리 일행은 인솔자인 노상성 씨를 제외하고서 모두 20명인데, 나를 포함하여 성인 남자는 부부 동반한 3명에 불과하고 중학생인 남자 아이 하나를 예외로 하고서 나머지는 모두 여자였다. 전원이 초·중·고·대학교의 교원 및 그 가족으로서, 미성년자로는 초등학생인 여학생 하나와 고등학교 2학년인 회옥이가 더 있고, 어머니를 따라온 부산대 신문방송학과 1학년인 대학생 한 명도 포함되어 있었다. 회옥이는 오늘 여름방학에 들어가자 말자 바로 미장원에 들러 난생처음으로 머리에 약간 펌을 하고서 이번 여행에 참가하게 된 것이다.

아시아나항공 편으로 12시 30분에 출발하여 같은 날 오후 5시에 독일 중부의 프랑크푸르트에 도착할 예정이었는데, 한국에서 서유럽까지는 여덟 시간(지금은 서머타임 기간이라 일곱 시간)의 시차가 있으며 기내 방송에 의하면 비행시간은 10시간 14분 정도 소요될 것이라고 하였으나 다소 연착하였다. 중국의 北京 부근과 몽고, 러시아 및 북유럽의 상공을 직항하는 코스였다. 프랑크푸르트 공항에서 중년 여성인 현지 가이드의 마중을 받아 스모 선수처럼 뚱뚱한 체구의 독일인 기사가 운전하는 전용버스를 타고서 시내로 이동하여 마인 강변에 위치한 교포의 식당에서 된장찌개 정식으로 석식을 들었다. 중년이면서도 완전히 백발인 주인 남자의 모습은 독일에 오래 살아서 그런지 유럽인의 풍모를 느끼게 하였다.

헤센 주의 중심도시인 프랑크푸르트는 독일을 대표하는 문호 괴테의 출신지로서 현재 인구는 65만 정도이며, 중서부의 지형학적 중심에 위치해 있어 전체 독일에서 가장 중요한 교통의 요지이다. 금융업이 성행하고 연중 각종 무역박람회가 개최되는 도시이기도 하다. 정식 명칭은 '마인 강변의 프랑크푸르트(Frankfurt am Mein)'인데, 그것은 베를린 동쪽 폴란드 국경의 오더 강가에 같은 프랑크푸르트(Frankfurt an der Oder)라는 이름을 가진 또 하나의 큰 도시가 있으므로 서로 구별하기 위해서이다. 마인 강은 라인 강으로 합류하는 한 지류로서, 강폭이 그다지 넓지는 않았다.

식사 후 이젠버거 슈나이제 40번지의 숲속에 위치한 '홀리데이 인 프랑크푸르트 에어포트-노드'로 이동하여 631호실을 배정받았다. 회옥이는 이웃한 632호실에 들었는데, 이번 여행 기간 내내 서울 방배동의 동덕여고 영어 교사이며 독신으로 짐작되는 중년여성인 이재숙 씨와 짝이 되어 우리 내외의 옆방에 들게 되었다. 이재숙 씨는 젊었을 때부터 해외여행에 취미가 있어 대학 시절에 유럽으로 배낭여행을 온 적이 있었다고 하며, 이번 여름방학 기간 중에도 과외 수업은 다른 강사에게 맡기고서 이미 괌을 한 차례 다녀온 데다 돌아가면 또다시 일본 京都 지방 여행에 참가할 예정이라고 한다.

샤워를 마친 후 '도시의 숲(Stadt Walt)'라는 안내판이 있는 호텔 앞 숲속을 혼자서 한 바퀴 산책하였다. 독일에 숲이 많다는 것은 익히 듣고 있었지만, 전용차량으로 이동해 오는 도중 이 도시의 곳곳에 무성한 숲이 있었고, 공항 부근의 교외로 짐작되는 이 호텔 주위에도 끝을 알 수 없는 숲이 이어지고 있었다. 전 국토 중 녹지면적의 비율로 말하자면 산이 많은 한국 쪽이 더 높을지 몰라도 독일 땅은 산이라고 할 만한 것을 보기 어려운 평지가 위주이므로 숲이 생활의 현장과 인접해 있고 게다가 키가 높은 고목들로써 이루어진 것이 한국과 다른 점이다.

숲 가운데 운동장 같은 주차장이 있는 곳까지 걸어갔다가 다른 쪽 포장도로를 경유하여 돌아왔다. 이 넓은 숲속에 별로 사람이 없으나, 이따금 운동을 나온 듯한 남녀 한두 명씩이 자전거를 타고서 지나치는 모습이 눈에 띄었다. 호텔로 돌아와 건물 뒤편으로 한 바퀴 둘러보다가 비어가르텐이라고 쓰인 옥외 카페를 발견하고는 독일 본고장의 생맥주 한 잔을 주문하여 마셨다. 근처의 다른 테이블에는 미국인인 듯한 남자 몇 명이 영어로 담소를 나누고 있었는데, 내게 맥주를 갖다 준 독일인 여자 종업원도 이따금씩 유창한 영어로 그들의 대화에 끼어들기도 했다.

유럽의 대부분 지역은 여름에는 낮이 길고 겨울에는 그 반대여서 3월의 마지막 일요일부터 9월 마지막 일요일까지 1년의 절반 동안 서머타임을 실시하고 있다. 아무리 그렇다고 하더라도 나의 취침 시간인 밤 9시 무렵까지 불을 켜지 않고서도 실내에서 책을 읽을 수 있을 정도로 훤히 밝은 것은 신기했다.

26 (토) 대체로 맑으나 곳에 따라 부슬비

6시에 기상하여 호텔식 조식을 마친 후 아내와 더불어 잠시 어제 걸었던 숲길의 일부를 산책하였다. 8시에 어제의 기사가 운전하는 차로 출발하여 먼저 라인 계곡 유람 길에 나섰다. 라인 강 일대에서는 라인란트-팔츠 주의 마인츠와 코블렌츠 사이가 가장 풍경이 좋다는 구간인데, 그 중에서도 뤼데스하임에서부터 계곡 사이로 흘러내리는 폭이 좁고 구불구불한 강 하류가 특히 멋지다고 한다. 우리는 인구 1만 남짓 되는 이 뤼데스하임에 이르자 차로 마을 뒤의 그다지 높지 않은 산 위까지 올라가 넓게 펼쳐진 라인 강의 풍치를 조망하였다. 그 조망대의 비스듬한 언덕에는 제1제국인 신성로마제국이 나폴레옹에 의해 멸망한 이후 오랜 기간의 소국 분립시대를 거쳐 鐵血宰相 비스마르크의 도움으로 독일을 통일하여 제2제국을 건설한 프로이센의 빌헬름 1세가 普佛戰爭에서 승리한 후 세웠다는 청동으로 된 게르마니아 여신상이 우람하게 버텨 서서 라인 강을 지켜보고 있고, 그 아래 받침대에는 황제와 비스마르크 등의 모습도 청동판의 浮彫로 새겨져 있었다.

독일 중부의 라인 강 일대는 대표적인 포도 재배지로서, 언덕의 비탈마다에 가르마를 탄 듯 세로로 정연하게 골을 이루고 있는 포도밭이 가는 곳마다 널려 있었다. 일조량이 적은 독일에서 재배되는 것은 주로 청포도이기 때문에 이 나라에서 생산되는 포도주는 대부분 화이트와인이라고 한다. 북쪽으로 굽이쳐 흘러가는 라인 강을 따라 좀 더 내려가다가 카우프라고 하는 집이 몇 채 안 되는 작은 마을의 선착장에서 유람선을 기다려 타고서 상크트 고아르하우젠이라는 마을에 이르러 하선하였다. 유명한 로렐라이 언덕은 굽이치는 강의 兩岸에 위치한 상크트 고아르와 상크트 고아르하우젠 부근에 있다. 유람선 안에서는 독·영·일어로 경승지를 안내하는 방송이 되고 있었고, 배의 2층 갑판에서 모처럼 일본인 관광객 무리도 만날 수 있었다. 우리는 배에서 내리자 다시 전용버스를 타고서 로렐라이 언덕으로 올라가 사방의 전망대에서 라인 강의 풍치를 감상하였다. 이 언덕에서 되돌아 내려오다가 어느 독일인 농가의 돌로 된 동굴 포도주 창고에 들러 그 집에서 제조한 백포도주를 시음하기도 하였는데, 나는 한 병을 샀다.

라인 강을 벗어난 후 고속도로 3호선을 따라 계속 북상하여 독일 인구의 4분의 1이 거주한다는 노르트라인-베스트팔렌 주의 중심인 인구 1백만의 도시 쾰른에 다다랐다. 로마는 장군 율리우스 카에사르가 갈리아를 정벌한 이후 프랑스 및 영국의 전부를 지배하였으나, 오늘날의 독일 영토 가운데서는 라인 강 서쪽과 마인 강 남쪽 지방만을 영유하였을 따름인데, 라인 강 하류의 양안에 위치한 쾰른은 로마 시대부터 게르마니아 지방의 주도로서, 당시에는 Colonia Agrippensis로 불리었고 이미 인구 30만에 달하였다고 한다. 오늘날에도 영어로는 Cologne라고 하는데, 아마도 로마의 식민도시(콜로니)라는 뜻에서 유래한 지명이 아닌가 한다. 폭군으로 유명한 로마의 제4대 황제 네로도 이곳에서 태어났다고 한다. 그 이후에도 쾰른은 북유럽의 주요도시이자 19세기까지 독일의 가장 큰 도시로 남아 있었으며, 현재도 독일 로마가톨릭교회의 중심지이다. 프랑크푸르트와 마찬가지로 제2차 세계대전 때 무자비한 야간폭격으로 대부분 파괴되었으나, 유명한 쾰른 대성당 즉 돔이 무사했던 것은 기적적이라고 하겠다.

우리는 돔 바로 옆의 도로 건너편에 위치한 알트 쾰른 식당 2층에서 소문난 독일 감자 요리와 길쭉한 잔으로 나오는 쾰른 특유의 맥주로 점심을 들었다. 한국 음식이 짜다고 하지만 독일의 그것은 소금을 많이 넣어 어느 것이나 다 우리 입맛에는 매우 짰다. 심지어 맥주까지도 프랑크푸르트에서 맛본 것은 짠맛이 강했는데, 쾰른 것은 좀 덜했다.

뾰족탑이 157미터까지 솟아 있는 이 유럽을 대표하는 고딕식 대성당은 독일인의 기풍답게 장중한 멋이 있으며 에펠탑이 건설되기 전까지는 유럽 전체에서 가장 높은 건물이었다고 한다. 1248년 프랑스 고딕 양식으로 착공되었으나 자금 부족으로 여러 차례 중단되기도 하다가 1880년에야 비로소 완성되었는데, 현재도 보수공사가 진행 중이며 도로 측 정면 모서리의 일부에는 바깥에 붙인 석조가 떨어져 나가 내부의 붉은 벽돌이 드러나 있는 부분도 보였다. 내부에 들어가 가이드의 설명을 들으면서 북측 회랑에 있는 성모와 성 베드로의 삶을 묘사한 다섯 개의 스테인드글라스 창문들과 남측 창문의 동방박사 예배 그림, 그리고 동방박사의 유골을 담고 있다는 제단 등을 둘러보았다. 유럽의 기독교 문화에서도 불교 등 동양 종교에 못지않게 미신적 요소가 많음을 느낄 수 있었다.

쾰른 대성당을 관람한 후, 열차 편으로 프랑크푸르트에 돌아가는 현지 가이드와 작별하여 다시 고속도로를 따라 북상하여 네덜란드로 들어갔다. 유럽 여러 나라들 국경에서 입국 절차가 매우 간단하다는 소문은 일찍부터 듣고 있었으나, EU 체제로 들어간 지금에 있어서는 고속도로 상에서 아예 아무런 수속절차가 없어 한나라나 마찬가지이며 통화도 유로로 통합되어 세월이 갈수록 단일화의 정도가 강화되고 있었다. 독일은 북부로 갈수록 평지가 많다고 하나 고속도로 변은 대부분 울창한 삼림으로 뒤덮여있어 들판의 풍경을 바라볼 시간이 그다지 많지는 않았다. 네덜란드의 지경으로 들어가니 더욱 끝없는 평지의 연속으로서 이 나라에서 처음 교배해 낸 홀스타인 등의 소들이 들판에 유유히 노니는 모습을 흔히 볼 수 있었다.

E35 고속도로를 따라 아른헴과 유트레히트 시를 경유하여 저녁 일곱 시 경 수도인 암스테르담에 도착하여 남자인 현지 가이드와 만났다. 그는 예전에 T.C., 즉 우리 팀의 노상성 씨와 같은 인솔자의 역할을 하던 사람이라고 하였다. 중국집에서 저녁을 든 후 다시 이동하여 암스테르담 시내와 공항을 지나서 남서쪽의 대서양 가까이에 있는 NH LEEWENHORT라는 체인 호텔에 투숙하였다. 우리 내외의 방은 다른 일행의 것과는 떨어진 다른 방향에 위치해 있었는데, 창밖으로 펼쳐진 밭들과 그것을 둘러싼 방풍림의 풍경이 그림처럼 아름다웠다. 이 일대는 튤립 꽃밭으로 유명한 곳이라고 하지만, 우리가 도착했을 때는 이미 철이 지난 다음이었다. 프런트 옆에 있는 바로 내려가 독일서 사 온 포도주 병의 코르크 마개를 따달라고 해서는 그것을 우리 방으로 가져와 마셨다.

27 (일) 맑으나 곳에 따라 때때로 부슬비
오전 중 암스테르담 북부의 Zaandam이라는 곳에 있는 풍차마을로 이동하였다. 네덜란드에는 수도인 Amsterdam도 그렇듯이 끝에 dam이 붙은 지명이 적지 않은데, 이는 영어의 댐과 마찬가지 의미로 물을 막아서 이룩한 장소를 뜻한다. 인구 1550만 명에 한반도의 약 5분의 1 정도 되는 면적을 가진 작은 나라인 네덜란드의 공용어는 이웃 독일어와 깊은 연관을 가진 일종의 방언이라고 한다. 네덜란드 하면 누구나 풍차를 연상하게 되지만, 오늘날 풍차는 실용성이 없어 이런 관광단지에서나 찾아볼 수가 있는 모양이다. 이곳은 일종의 민속마을로서, 넓은 운하 가의 둑 여기저기에 풍차가 있는 옛 집들이 몇 채 남아 있고, 그 근처에는 나막신 만드는 모습을 실연해 보여주는 신발상점과 치즈공장 등이 있었다. 책이나 TV에서 익히 보던 이 나라 특유의 나막신을 장식용으로 한 켤레 사고 싶었지만, 자꾸 만지작거리다가 짐이 될 듯하여 포기했다.

다시 암스테르담 시내로 나와서는 어제 저녁식사를 든 중국집 옆의 한식점에서 중식을 들었고, 전용버스에 탄 채 시내를 둘러보았다. 운하에 요트와 배들이 많이 정박해 있는 중심가에서 하차하였는데, 우리 가이드는 그 배들 중 하나에 근무하는 젊은 선원 한 사람과 오랜만에 우연히 다시 만났다면서 서로 반갑게 인사하였다. 그는 네덜란드 여인과 결혼한 까닭에 자신의 인생을 위한 좋은 기회들을 놓치고 만 스웨덴 사람이라고 한다. 얼마 후 다이아몬드 공장에도 들렀다. 그 바로 맞은편에 고흐 박물관이 있음에도 불구하고 쓸데없는 곳에서 시간을 보내느라 들어가 보지 못한다고 다들 아쉬워하였다.

유명한 암스테르담 콘세르트헤보 음악당 앞을 통과하여 고속도로에 진입하여 일로 남쪽으로 향했다. 유트레히트 시와 브레다 시를 경유하여 벨기에 땅으로 들어갔다. 네덜란드의 고속도로 주변은 작은 운하들과 홀스타인 등의 젖소를 방목하는 목장이 이어지는 평평한 들판의 연속이었다. 벨기에에서는 바로크 화가 루벤스의 고향이며 어릴 때 읽은 단편소설 「플랜더스의 개」의 무대가 된 항구도시 안트베르펜(영어로는 앤트워프)의 한가운데를 통과하여 EU 및 NATO 본부가 있는 수도 브뤼셀에 도착하였다. 그 소설은 루벤스의 그림을 흠모하는 가난한 우유배달 소년과 그의 충실한 개 이야기를 다룬 것으로서 세계적으로 널리 알려진 작품이다.

브뤼셀의 중심부에 도착한 후, 안트베르펜으로부터 오는 현지 가이드와 합류하느라고 주차장에서 십 분 정도를 기다린 후에, 손잡이를 길게 뽑고 위는 접은 우산을 표지로 삼아 우리를 인도하는 가이드를 따라 돈키호테와 산초 판사의 동상 및 그 맞은편에 헝가리의 현대 음악가 벨라 바르톡의 동상이 있는 광장을 거쳐 음식점이 많이 늘어서 있는 골목을 통과하여 그랑 플라스라는 광장으로 갔다. 그랑 플라스(Grand Place)란 프랑스어로 너른 광장이라는 뜻인데, 이 나라의 공용어는 네덜란드어의 한 계통으로서 북부 플랑드르 지역에서 사용되는 플라망어와 남부의 프랑스어라고 하는데, 내 귀에 들려오는 것은 주로 프랑스어였다. 벨기에는 인구 약 1016만 명에다 면적은 경상남·북도를 합한 정도의 크기이다.

그랑 플라스는 과거에 각종 장인 길드들이 있었던 곳으로서 舊 시가의 중심이다. 중세적 분위기가 있는 길드 회관들과 프랑스 고딕 양식의 건물 및 황금빛 장식이 화려한 영주의 궁전 등이 장방형의 광장을 둘러싸고 있고, 광장 바닥에는 머지않아 다가올 일 년에 한 번 있는 꽃의 융단 축제를 준비하려고 꽃을 꽂기 위한 흙이 넓게 깔리고 그 주위에는 금줄이 쳐져 있었다. 우리 가족은 1899년에 만들어졌다는 아르누보 양식의 도금 명판과 그 옆에 비스듬히 누워 자신을 쓰다듬는 사람에게 행운을 준다는 14세기의 영웅 에이브라트 으트 제르클라스라는 사람의 동상을 쓰다듬어 보고, 유명한 오줌싸개 소년의 동상 앞으로도 가서 기념사진을 찍었다. 이 영웅의 동상은 늘 사람들이 줄지어 서서 만지므로 매끈하게 닳은 부분이 반들반들하게 황금빛을 드러내고 있었다. 우리는 이리로 오는 도중에 가이드의 안내로 식당 거리의 어느 막다른 골목 벽 안에다 근자에 만들어 놓은 오줌싸개 소녀의 동상을 구경한 바도 있다.

다시 주차장으로 돌아가서 전용버스를 타고는 벨기에 시내의 기타 유명한 곳들을 두르며 가이드의 설명을 들었다. Avenue du Boulevard에 위치한 튤립 인 호텔 611호실을 배정받은 후, 우리 일행은 함께 근처의 중국집으로 가서 저녁 식사를 하였고, 나는 그 집 종업원과 중국어로 대화를 나누고서 그들의 질문에 응하여 "천천히 드세요"와 같은 손님 접대용의 한국어를 가르쳐 주기도 하였다. 그다지 나이는 많지 않은 듯하나 백발이 희끗희끗하고 차림새가 다소 초라하여 고학생인가 싶은 우리의 현지 여자 가이드는 안트베르펜의 집에서 자기를 기다리고 있는 조카에게 준다면서 우리들 테이블의 남은 고기 음식들을 거두어 싸서 반대쪽 어깨로부터 가슴을 지나 비스듬히 걸친 자기 가방에다 넣고서 돌아갔다.

식사 후 우리 일행의 대부분은 다시 걸어서 그다지 멀지 않은 그랑 플라스까지 나갔다. 유럽 어디를 가나 한국 관광객들을 많이 만나게 되지만, 광장 가의 아르누보 명판이 있는 모퉁이 건물 계단에 앉아 있는 단체 배낭여행을 온 한국 대학생 일행과 마주치게 되어 다리도 쉴 겸 그들과 함께 앉아서 대화를 나누었다. 우리 가족은 그랑 플라스 주위의 여기저기를 산책하다가 기묘한 카이저수염을 하고서 의자에 걸터앉은 모습인 옛 시장의 동상이 있는 거리 예술가들이 주로 모이는 장소라는 한 광장에서 자기네 CD를 판매하는 페루 원주민 그룹의 라이브 음악을 경청해 보기도 하였다. 우리 일행은 각자의 취향에 따라 흩어졌다가 시간을 정해 그랑 플라스의 영웅 동상 부근에서 다시 만나 먹자골목의 한 식당으로 장소를 옮겨 이곳 사람들이 가장 즐겨 먹는다는 홍합 찜을 주문하여 맥주와 함께 들다가 호텔로 돌아왔다. 밤에 그랑 플라스에서 전자 빔 쇼가 있다고 하므로 시간에 맞추어 식당을 나섰지만, 광장에 도착해 보니 그 깜짝 쇼는 이미 끝나버린 후였다.

프랑크푸르트와 브뤼셀의 현지 가이드로부터 유럽에서는 호텔의 사우나를 남녀가 벌거벗은 채 같이 사용한다는 말을 들었으므로, 우리로서는 상상하기 어려운 그 희한한 광경을 체험해 보기 위해 호텔로 돌아온 직후인 밤 11시 반 무렵에 우리 방 욕실의 큰 타월 하나를 들고서 엘리베이터를 타고 꼭대기인 29층에 있는 사우나실로 올라가 보았다. 한국과는 달리 욕조는 없고 사우나 실 하나와 그 옆의 샤워 실 정도만이 있었다. 사우나실 안에는 아직도 더운 기운이 남아 있었으나 마칠 시각이 가까워서 그런지 이용객은 아무도 없었으므로 그냥 내려와 버렸다.

28 (월) 종일 활짝 갬
브뤼셀 시내를 통과하고 벨기에 영토의 한 가운데를 비스듬히 종단하여 룩셈부르크로 들어갔다. 브뤼셀을 빠져나와 공원 같은 숲속을 한참동안 달리다가 워털루 쪽으로 향하는 갈림길 표지판을 지나쳤다. 엘바 섬에서 탈출하여 황제에 복위한 나폴레옹과 웰링턴이 이끄는 유럽 연합군의 저 유명한 마지막 격전장이 가까운 것이다. 벨기에나 네덜란드는 모두 유럽 열강의 교차 지점에 위치해 있어 역사적으로 전쟁터가 된 적이 많은 지역이다.

오늘날의 베네룩스 삼국은 과거 모두 스페인의 식민지로 있었는데, 16세기에 신교가 유럽을 휩쓸었을 때 이 지역에서 신교를 받아들이자, 당시 종주국의 군주인 필립 2세가 이를 무력으로써 탄압하려 했던 까닭에 1568년에 반란이 일어나 80년간에 걸친 종교 전쟁 끝에 마침내 네덜란드와 그 동맹 지역들이 분리 독립하고, 벨기에와 룩셈부르크 지역은 여전히 스페인의 지배하에 남게 되었던 것이다. 그 후 200년 동안 벨기에는 연이은 외세의 침략으로 싸움터가 되어, 스페인 후에는 오스트리아, 그 후에는 프랑스의 지배가 뒤따랐다. 1814년 네덜란드 연합왕국의 수립으로 오늘날의 베네룩스 삼국이 다시 통합되었다가, 그 다음해에 나폴레옹이 워털루의 패배로 몰락하게 되자 1830년에 벨기에의 가톨릭 신자들이 반란을 일으켜 네덜란드로부터의 독립을 획득하게 되었던 것이며, 이 나라들은 지금도 모두 입헌군주제를 유지하고 있다.

벨기에 땅에는 그런대로 나지막한 언덕도 눈에 띄었다. 곳곳에 밀밭과 除草車로써 풀을 베어내어 둥글고 큼직한 건초 뭉치들을 만들어서 여기저기에 세워 둔 목초지, 그리고 목장들이 펼쳐진 그림 같은 풍경이었다. 우리 가족은 처음 며칠 동안 전용 버스의 중간 정도 되는 좌석에 자리 잡았으나 그 후 나 혼자서 아무도 없는 뒷좌석으로 옮겨와 있었는데, 오늘부터는 우리 가족 전원이 조망 좋고 널찍한 뒷좌석으로 옮겨 왔다.

大公이 다스리는 룩셈부르크는 인구 약 44만에 제주도의 두 배 정도 되는 영토를 지닌 나라이다. 우리는 독일로 돌아가는 도중 수도인 룩셈부르크 시에 잠시 들르게 되었다. 구 시가지의 높은 고딕식 첨탑 교회가 있고 대공의 궁전 근처에 위치한 전망대 같은 곳에서 하차하였다. 그곳은 숲에 덮인 깊은 계곡을 긴 절벽 위에 위치하고 있어 천연의 요새라는 느낌을 주었다. 유럽에는 아직도 중세 봉건 영주들의 半독립적 군소국가의 잔재 같은 소국들이 여러 개 남아 있는데, 이 나라도 그 중 하나인 것이다. 이곳에서부터 관광용 트램이 출발하고 있었다. 물어보니 한 시간 정도 소요된다고 하므로 우리에게 허용된 시간이 짧아 그것을 타 볼 수는 없었다. 우리 차 바로 옆에 중국 관광객을 태운 버스가 주차하였으므로, 어디서 왔는지 물었더니 山東省의 태산 아래에 위치한 泰安이라고 했다.

협곡 위를 드문드문 가로지른 긴 다리들 중 하나를 건너가 반시간 정도 반대쪽 언덕의 숲속 비탈길을 걸어보았다. 그 산책로 가에는 벌집 모양 여러 개의 문을 가진 토치카 모양의 요새가 눈에 띄었다. 이 계곡 건너편의 전망대 쪽 절벽에는 보다 큰 요새의 흔적도 있었는데, 관광객이 그리로 들어갈 수 있다고 한다. 천년도 더 전인 963년에 아르덴느의 백작인 지그프리트가 절벽 위에다 높이 성을 건설하였을 때 이 계곡의 요새들도 처음 만들어졌다고 한다. 그 후 주변 강대국들에 의한 쟁탈전의 와중에서 이 도시가 400년 동안 스무 차례가 넘게 포위되고 무너지고 다시 세워지는 과정에서 유럽에서 가장 견고한 요새로 변모되었다가, 벨기에가 네덜란드연합왕국으로부터 분리 독립할 당시인 1839년에 이 나라도 네덜란드 쪽에 속했던 반쪽 영토를 가지고서 독립하면서 중립국을 선포하게 되자 런던 조약에 의해 1867년에서 1883년 사이에 요새들은 대부분 해체되었다고 한다. 건너 쪽에 바라보이는 것이 23km의 지하 통로 망을 갖추었다고 하는 막강한 요새인 보크 砲廓의 입구가 아닌가 싶었다.

주차장으로 돌아와 차를 타고 다리를 다시 건너서 신시가지 쪽으로 이동하였다. 예약해 둔 레스토랑에 들러 포크스테이크로 점심을 들었다. 프랑스의 파리 같은 관광 도시에 공중 화장실이 드물다는 것은 작년엔가 읽은 坂出祥伸 교수의 異문화 체험을 다룬 저서에서 읽은 바 있었는데, 내가 직접 와 보니 그것은 프랑스에 국한된 것이 아니라 유럽 어디서나 공통된 현상이었다. 공중화장실은 드물다기보다는 없다고 하는 편이 오히려 사실에 가까우며, 어쩌다 있다 할지라도 중국의 경우처럼 대부분 사용료를 내게 하고 있었다. 반드시 정해진 액수는 아닌 듯하며, 입구의 동전 놓는 곳에 사람이 지키고 있지 않는 경우도 있었지만 말이다. 그러므로 가이드들은 식당 같은 데를 들를 때마다 반드시 화장실에 다녀오도록 당부하는 것이다. 개인주의가 발달된 사회라 공공의 편익에 대해서는 별로 관심이 없기 때문인지도 모르겠다. 룩셈부르크 시내를 걷다가 우리 일행 중에 화장실을 이용하고 싶다는 사람들이 있자 인솔자인 노상성 씨가 길가의 어느 점포에 들어가 주인에게 양해를 구했는데, 그 후 우리 일행이 줄줄이 따라 들어가 그 상점 지하에 있는 화장실을 이용하자 종업원 아가씨가 싫은 표정을 지으며 투덜거리더니 우리에게 사용료를 내라고 하므로 그 상점 앞에 엉거주춤 서서 인솔자가 올 때까지 기다린 적도 있었다. 유럽에서는 지하수에 석회 성분이 많아 어디를 가나 음료수를 사 먹어야 하는 점도 중국과 다름이 없었다.

룩셈부르크 시내를 벗어난 지 얼마 후에 다시 독일 중서부의 라인란트–팔츠 주로 진입하였다. 이 주는 2차 세계대전 이후에 과거의 라인란트와 라인팔츠 지방에 만들어진 것인데, 다른 지역에 비해 완만한 경사의 산들이 많고 강을 낀 깊은 계곡이나 삼림지대가 펼쳐져 있어 인구 밀도가 낮은 곳이다. 다시 독일 영토로 진입한지 얼마 되지 않아 트리어 시 외곽의 공장지대를 지나쳤다. 나는 이 도시가 칼 마르크스의 출생지라는 것과 도시 이름을 지닌 대학 정도를 기억하고 있었을 따름이었으나, 알고 보니 이곳에 사람이 정착한 것은 기원전 400년까지로 거슬러 올라가며, 독일에서 가장 오래된 도시로서 기원전 15년에 Augusta Treverorum이라는 이름의 갈리아 수도로서 건설되었고, 서로마제국에서는 로마 다음으로 주요한 도시였다고 한다. 따라서 알프스 이북에서 여기보다 더 많은 로마 유적지를 지닌 곳은 찾아볼 수가 없을 정도인 모양이다.

도중에 모젤 강가의 가파른 계곡 경사면이 모두 포도밭으로 개발되어 있는 풍경도 바라보았고, 고속도로를 벗어나 계속되는 숲속 골짜기를 한참 지나기도 하였다. 그런 후 다시 고속도로로 진입하여 州都이자 구텐베르크에 의한 서양 인쇄술의 발상지인 마인츠 시가의 외곽 부분을 지나

오늘의 종착지인 프랑크푸르트 암 마인에 도착하였다.

중앙역 옆의 주차장에서 제법 한참을 기다리다가 이 지역의 가이드 아주머니와 다시 만났다. 프랑크푸르트 중앙역은 그 모양과 크기에 있어 서울역과 아주 닮았는데, 실제로 일본인들이 서울역을 기획할 당시 모델로 삼았던 것이라고 한다. 舊시가지의 약 80% 정도는 1944년 3월 연합군의 두 차례에 걸친 폭격으로 지도상에서 사라진지라, 중심가에는 전후에 새로 지어진 초현대식 감각의 빌딩들이 들어차 있었다.

가이드는 우리를 이 도시의 옛 중심가인 Römerberg로 인도하였다. '로마 城'이라는 의미의 명칭으로 미루어보아 역시 이 도시를 처음 건설한 로마인과 관련이 있을 터이다. 여기서는 먼저 독일 헌법을 처음 기초하는 작업이 진행되다가 완성을 보지 못하고서 다른 지역으로 옮겨갔다고 하는 당시 의회의 역할을 하던 교회 건물을 보았고, 다음으로는 그 바로 옆의 옛 시청 건물 즉 Römer가 있는 광장으로 향했다. 2층에 발코니가 있는 세 개의 건물로써 이루어진 이것은 15세기에 건축되었는데, 이 일대의 건물들은 역사적 의미가 크므로 다시 복원한 것이었다. 뢰머베르크의 동쪽에 로마 시대와 카롤링 왕조 시대의 건물 잔해가 남아 있는 '역사적 정원'이라는 곳이 있는데, 가이드는 거기가 로마식 공중목욕탕의 유적이라고 설명하였으나 그다지 학식이 있어 보이지 않는 이 가이드의 설명에 신빙성이 있어 보이지는 않았다.

그 건너편에 15세기에 지어지고 1860년에 완성되었다고 하는 고딕 양식의 대성당 즉 돔(Dom)이 석양 속에 우뚝 서 있었다. 이것은 2차 대전 말기의 폭격에서 살아남은 몇 안 되는 건축물 중 하나로서, 1562년부터 1782년까지 신성로마제국 황제의 대관식이 이곳에서 거행되었다. 성당 남쪽에 있는 투표 예배당(Wahlkapelle)은 1356년 이후로 신성로마제국의 選帝侯 7명이 황제를 선출하던 곳이다. 그러한 역사적 중요성에 비추어서는 교회 내부가 소박한 편이어서 독일 민족의 검소함을 느낄 수가 있었다. 가이드는 제2제국의 빌헬름 1세도 이곳에서 선출되어 뢰머에서 즉위식을 가졌다고 설명하였지만, 프로이센의 수도는 베를린이므로 수도가 아닌 이곳까지 일부러 와서 정말 즉위식을 올렸을까 싶었다.

시내의 한국 교포가 경영하는 MJ쇼핑센터라는 곳으로 인도되어 아내는 내 신용카드로 주방용 칼 한 세트와 가위 등을 샀고, 마인 강변을 따라가 유럽에 도착한 첫날 저녁 식사를 했었던 한식당에서 다시 저녁을 들고는 그 때 숙박했던 홀리데이 인 호텔에 여장을 풀었다. 혼자서 다시 숲속을 산책하여, 주차광장 부근의 고속도로 위에 걸쳐진 육교에 올라가 지금은 그 일대에 보수공사가 진행 중인 건너편 삼림체육관(Waltstadion)이라는 이름의 낡은 건물들을 바라보다가, 지난번보다 좀 더 먼 곳까지 둘러서 호텔로 돌아왔다. 이 일대의 숲속에는 경마장, 축구장 등 여러 체육시설이 산재해 있다고 한다. 또 비어 가든에 들러서 맥주 한 되를 주문하여 사방이 깜깜해 진 다음까지 작은 잔에 따라 마셨다. 이웃 테이블에서는 한국인의 한 무리가 유럽 여행을 마감하는 마지막 밤의 회계 보고 및 맥주 파티를 가지고 있었다.

29 (화) 맑음

조반을 든 후에도 우리가 타고 가기로 예정된 새 차와 운전기사가 도착하지 않으므로 한 시간 이상 호텔 1층의 로비에서 대기하였다. 그 새 회옥이와 한 방을 쓰고 있는 여교사가 레스토랑 쪽으로 갔다가 우연히 프랑크푸르트 팀에 소속되어 있는 한국인 축구선수 차두리를 발견하고는 깜짝 놀라 우리에게 와서 일러주었으므로, 일행이 모두 식당 출입구로 몰려가서 바라보았다. 차두리는 왕년에 독일 축구계를 휩쓸었던 그의 아버지 차범근과 함께 식당의 안쪽 테이블에서 시합에 대비한 협의를 하고 있었던 모양인데, 가이드가 호텔 종업원을 통해 알아 온 바에 의하면 이들 부자는 나흘 전부터 이 호텔에 머물며 부근의 축구장에서 트레이닝을 하고 있다는 것이었다. 차두리는 차범근이 서독 선수로 활약하고 있었을 당시 프랑크푸르트에서 태어났다고 한다. 일행은 그들 부자가 나오기를 기다려 일제히 둘러싸고서 함께 기념촬영을 하고 사인을 받았다. 특히 젊은 차두리의 인기가 대단하여 회옥이도 그와 함께 사진을 찍고 메모

수첩에 사인까지 받고서 꿈인지 생신지 모를 정도로 좋아하고 있었다.

독일 버스회사 측의 업무처리에 무슨 착오가 있었던 모양이므로, 우리는 결국 같은 회사 소속인 지금까지의 기사가 운전하는 전용버스로 다음 목적지인 하이델베르크를 향해 출발하게 되었다. 남쪽으로 한참 고속도로를 달려 넥카 강변에 위치한 대학도시 하이델베르크에 도착하였다. 독일에서 가장 오랜 역사를 지닌 대학을 가진 인구 14만의 이 도시에는 지금도 학생이 상당한 비중을 차지하고 있다 한다. 우리는 구 시가지로 가서 먼저 높은 언덕 위에서 구시가 전체와 넥카 강을 내려다보는 지점에 위치한 古城을 둘러보았다. 인도에서 흔히 보던 붉은 사암으로 이루어진 고딕−르네상스 양식의 이 성은 영국의 공주와 결혼한 영주 오토가 부인을 위해 대대적으로 새로 꾸몄고, 당시 유럽 군주들 간의 복잡한 국제결혼 관계에 기인하는 상속권 분쟁으로 말미암아 프랑스 왕 루이 14세의 군대가 1693년 넥카 강으로부터 함포사격을 하여 많이 파손된 채로 반폐허처럼 방치되어 있다. 그 내부에는 18세기에 만들어진 22만1726리터가 들어간다는 대단한 크기의 나무로 된 포도주 통 두 개가 지금도 남아 있었다.

붉은 색(민가)과 검은 색(관청 혹은 교회)의 지붕으로 이루어진 중세도시인 구시가로 내려와서 내가 학생시절 감상했던 테너 가수 마리오 란자가 주연을 맡은 영화 〈황태자의 첫사랑〉의 무대가 된 하이델베르크 대학과 그 영화에 자주 나오던 대학광장 건너편 도로가에 위치한 간판에 붉은 황소의 머리가 그려진 맥주 집을 배경으로 사진을 찍기도 하였다. 대학 본관 건물 정면에는 '학문의 전당(Akademie der Wissenschaft)'이라는 글자가 뚜렷이 박혀 있었다. 가이드의 설명에 의하면 독일 대학들은 따로 캠퍼스가 없고 시가지 한가운데에 위치해 있는 것이 보통이라고 한다. 옛날의 분위기는 어떠했을지 모르겠으나, 온갖 차들이 소음을 내며 계속 오고가는 이처럼 어수선한 환경 속에서 어떻게 심오한 학문이 전수되고 연마될 수 있는지 의문이 들었다.

프랑크푸르트로 돌아가는 독일 현지 가이드와 작별하고서 하이델베르크를 떠난 지 얼마 후 전위음악제로 유명한 다름슈타트 방향을 알리는 표지판을 보며 한동안 남쪽으로 달리다가 고속도로 6호선을 따라 서쪽으로 방향을 바꾸었고, 몇 시간 계속 달려 뉘른베르크 교외에 이른 다음 다시 남쪽으로 방향을 틀어 9호선을 따라 바이에른 주의 주도인 뮌헨 교외를 둘러서 더욱 남쪽으로 향하였다. 뮌헨에 가까워지니 과연 맥주의 본고장답게 다른 지역에서는 별로 보지 못했던 맥주 원료인 호프 밭이 여기저기 널려 있었고, 남쪽으로 내려올수록 알프스의 연봉이 점점 가까이 다가오기 시작했다. 그러다 언덕 위의 어느 휴게소에 도착하니 눈앞 가득히 길게 펼쳐진 알프스산맥의 모습이 장관을 이루고 있었다.

거기서 더 나아가 잘츠부르크 쪽과의 갈림길에서 99호 고속도로로 진입하여 서남쪽으로 크게 방향을 틀어서 알프스의 널따란 계곡 사이로 빙하가 녹아 회색빛을 띤 인 강을 계속 따라 가다가 저녁 무렵에 유럽연합의 표지가 보이는 어느 다리를 건너니 거기서부터는 오스트리아였다. 저녁 늦게 티롤 주의 주도인 인스부르크에 당도하여, 현지 가이드의 영접을 받았다. 유학생의 아내로서 여기서 공학박사 학위를 취득한 남편이 현재 하고 있는 여행사 일을 돕는다는 백발이 상당히 섞인 중년의 현지 가이드를 따라 종종걸음으로 그 부근에 있는 황궁으로 갔다. 인스부르크는 원래 인스브뤼케 즉 '인 강의 다리'라는 말에서 유래한 지명으로서, 1964년과 1976년 두 차례에 걸쳐 동계올림픽을 치른 도시이다. 알프스산맥의 남북과 동서를 연결하는 교통의 요지인 이곳은 합스부르크家 한 분파의 근거지로서 많은 문화적 유산을 보유하고 있다.

외벽 높은 곳에 합스부르크가의 쌍두 독수리 문장이 뚜렷한 황궁은 1397년에 지어졌지만 특히 女帝 마리아 테레지아 때 많이 고쳐졌는데, 그 규모가 그다지 크지는 않았다. 궁전 한편에 있는 황실 교회 앞에 들른 다음, 황궁 정문 부근의 막시밀리안 황제 때 만들어졌다는 16세기의 도금한 구리 타일 2657개로 이루어진 유명한 황금 지붕을 쳐다보았다. 그 지붕 아래의 발코니는 큰 행사가 있을 때 황제가 광장에서 벌어지는 공연을 지켜보던 곳이라고 한다. 그 부근에는 고풍스런 시가지가 이어져 있고, 큰길을 따라 더 걸어 나오면 이 도시 전체에서 가장 넓은 듯한 마리아 테레지아 거리였다. 큰길에서 옆길로 접어들면 옛 성문 터 가를 흐르는 인 강으로 이어지는 상점가에 레스토랑과 여관을 겸한 별로 크지 않은 건물이 하나 있었는데, 그 앞면 벽에 명판이 몇 개 붙어 있고, 거기에는 모차르트와 괴테 등 저명인사들이 여기서 묵었다는 내용이 적혀 있었다. 우리는 큰길가에서 어린 모차르트가 황제 앞에서 피아노 연주회를 가졌다는 건물도 구경하였다. 괴테는 이탈리아 여행 때 반드시 우리가 스쳐가는 이 길을 지났을 것이다. 10세기 이후 오랜 동안 중앙 유럽의 지배적 정치 세력으로 군림하였던 신성로마제국의 중심 국가로서, 1278년부터 제1차 세계대전까지 합스부르크가가 통치해 온 오스트리아는 1, 2차 세계대전을 거치면서 몰락하여 오늘날은 인구 겨우 810만의 조그만 나라로 변모하여 이러한 관광 자원 외에는 옛 영광을 찾아볼 수가 없게 되어 버렸다.

어두워진 이후 우리는 인스부르크로부터 서쪽으로 21km 떨어진 티롤 州內의 해발 1,180미터 되는 알프스 산중에 위치한 제펠트(Seefeld)라는 관광휴양지로 이동하여, 예약된 호텔 진입로를 찾느라고 그 일대를 이리저리 헤매 다니다가 마침내 포스트 호텔에다 짐을 푼 후 1층에서 늦은 저녁 식사를 들었다. 오스트리아 전통 양식으로 지어진 그 호텔의 붉은 카펫이 깔린 널찍한 방은 마치 궁전에 들어온 듯한 느낌을 주는 환상적인 것이었다.

30 (수) 맑음
간밤에 저녁 식사하는 자리에서 우리 가족의 뒷좌석에 앉은 인솔자와 독일인 기사가 서로 심각한 표정을 짓고 대화를 하고 있었다. 독일 기사는 여러 차례 "It's Impossible!"이라고 말하는 소리가 들렸으므로 오늘 과연 예정대로 출발할 수 있을지 걱정이 되었는데, 다행히도 자정 무렵에 우리를 태워갈 새 독일 기사가 다른 버스를 몰고서 도착하였으므로, 스케줄에 차질이 발생하지는 않게 되었다. 날이 밝고 보니 눈 덮인 알프스의 우람한 봉우리들이 우리를 둘러싸고 있고 마을 전체가 달력의 사진에서 보는 것처럼 아름다워 더욱 감동적이었다. 차가 꾸불꾸불 돌며 알프스의 산길을 내려오는 도중 나는 시종 차창 밖으로 향한 시선을 거두지 못하였다.

다시 인스브루크를 지나 고속도로에 진입하여 그림 속 같은 알프스 산중의 계곡 길을 한참 달리다가 해발 1,374미터의 브랜너 고개 완만한 경사를 지나니 거기서부터 이탈리아 땅이었다. 유럽의 다른 나라에서는 고속도로 통행료가 없으나 이탈리아에는 있다고 하더니, 이탈리아 국경에 접어들기 조금 전에 검문소인지 모르지만 톨게이트 같은 것을 통과해야 했다. 이탈리아 북부의 스키 휴양지인 볼짜노와 공업도시인 트렌토를 경유하여 내려오다가 어느 휴게소에 정거했을 때 매점에 들러보니 책이나 영화에서 더러 보던 알프스 산중 사람들이 흔히 쓰는 위가 뾰족한 염소 털로 만든 녹색 모자가 눈에 띄었으므로, 내 머리에는 다소 작았지만 그 중 보다 커 보이는 것을 골라서 하나 샀다.

우리는 고속도로를 따라 계속 남쪽으로 내려오다가『로미오와 줄리엣』의 무대가 된 베로나에서 동쪽으로 꺾어들어 비첸짜와 세계에서 가장 오래된 대학 중 하나가 있는 빠도바(영어로는 파두아)를 거쳐 오후 한 시 무렵 베네치아(베니스)에 도착하였다. 독일에서는 고속도로가 도시를 우회하므로 차 안에서 실제로 도시의 풍경을 보기는 어려웠으나, 이탈리아에서는 도시의 일부를 지나가거나 가까운 곳을 통과하는 경우가 많으므로 각 도시의 대체적인 모습을 바라볼 수 있다. 또한 이탈리아에 들어오니 다른 나라에서는 보지 못했던 사이프러스 나무가 종종 눈에 띄었다.

베네치아의 주차장에서 성악 공부를 위해 이탈리아에 유학 와 있다는 미남자 젊은 가이드의 영접을 받고서 육지와 섬을 연결하는 여객선으로 갈아탄 다음 산타 루치아 섬으로 향했다. 베네치아는 117개의 작은 섬들 위에 건설되었는데, 원래 潟湖의 섬이었던 이곳에 사람이 거주하기 시작한 것은 5세기와 6세기에 북방 이민족의 침입을 받아 476년에 서로마제국이 멸망하고 혼란이 지속되자 베네토 사람들이 피난처를 찾아들면서 처음으로 정착하였고, 점차로 뗏목처럼 나무기둥을 연결해서 바다물밑

흙에 박아 그 위에다 도시를 건설했다고 한다. 비잔틴제국이 수 세기 동안 통치한 후, 세습 총독(지사)들이 지배하는 공화국으로 발전하면서 천년동안 독립을 유지하였는데, 특히 십자군전쟁 말기에 지중해의 해상 중계무역을 장악하면서 번영의 절정에 다다랐던 것이다.

우리는 산마르코 광장 뒷골목의 중국집에서 점심을 든 후, 산마르코 광장과 이 도시국가의 政廳이었던 두칼레 궁전, 그리고 카사노바가 한때 투옥되어 있었다는 탄식의 다리 등을 둘러보고서 광장 옆에 있는 어느 유리공장에 들러 직공이 유리 제품을 만드는 광경과 전시 판매되고 있는 유리제품들을 구경하였다. 곤돌라를 타본 후 자유 시간을 가지는 동안 우리 가족은 사람의 행렬이 줄어든 산마르코성당 내부에도 들어가 보았다. 금빛 모자이크 그림과 대리석 등으로 정교하게 장식된 이 교회는 베네치아의 두 상인이 이집트의 알렉산드리아에 묻힌 『마가복음』의 저자 마르코(마가) 성인의 시체를 당시 이집트를 지배하고 있던 이슬람교도의 박해를 피해 이슬람교에서 금기시하는 돼지 몸통 속에 숨겨서 이리로 가져온 것을 여기에다 재매장한 데서 유래한 것이라 한다.

이탈리아의 햇볕이 유명하다는 소문은 익히 들었지만, 그 태양의 강열함은 우리가 다녀본 서유럽의 다른 나라들과는 차원이 달랐고, 더구나 이 섬의 곳곳이 사람들로 북새통을 이루고 있는지라 시장판을 방불케 하였다. 산마르코광장의 아케이드 회랑 가 그늘진 곳에서 다시 집결하여, 옵션으로 일정한 돈을 더 내고서 택시라고 불리는 모터보트 두 대에 나눠 타고서 산타 루치아 섬 한가운데를 태극 모양으로 휘도는 대운하를 일주하고 바다로 나오는 도중에 민간인 거주지의 꼬불꼬불한 작은 운하들을 통과한 후, 그 보트를 타고서 처음 여객선을 탔던 장소로 되돌아왔다. 만조로 인한 잦은 홍수와 치솟는 부동산 값으로 말미암아 오늘날 베네치아는 점점 주민이 다른 곳으로 이주하여 여행객들의 도시로 변해가고 있으므로 민간인 거주지에도 사람의 자취를 찾아보기는 어려웠고, 더구나 밤이 되면 이 섬 전체에 인기척이 끊어져 으스스한 기운이 감도는 유령의 도시로 변한다는 것이다.

석호를 가로질러 있는 4km 길이의 왕복 4차선 도로에다 가운데 철로도 있는 다리를 따라 육지로 나온 후, 왔던 코스를 되돌아 고속도로를 따라서 빠도바 부근의 아바노 떼르메라는 곳에 있는 떼르메 알렉산더 팔레스 호텔에 투숙하였다. 호텔 부근의 로터리에 콜럼버스의 대형 석조 상이 있기에 1층 접수계 직원에게 이곳이 콜럼버스와 무슨 관련이 있는지 물어보았더니, 그런 게 아니라 이 고장 출신의 어떤 사람이 미국으로 이민하여 큰돈을 벌었으므로, 두 나라에 감사하는 뜻으로 고향에다 콜럼버스 상을 세워 기증한 것이라는 대답이었다.

31 (목) 이따금 부슬비 내린 후 흐렸다 갰다 함
페라라와 세계 최초의 대학이 설립된 곳인 볼로냐를 거쳐 우리나라처럼 국토의 75% 가량이 산이라고 하는 이탈리아에서도 그 등뼈에 해당하는 아펜니노 산맥을 한 시간 정도 가로질러 토스카나 주로 들어갔다. 들에는 옥수수와 해바라기, 포도, 올리브 밭이 많았고, 이따금씩 하늘을 향해 뾰족하게 치켜 올라가는 사이프러스나무를 볼 수 있었다. 토스카나 주는 오랜 역사를 통해 수많은 인재를 배출한 이탈리아 가운데서도 학문과 예술 분야에서 가장 많은 천재를 배출한 지역인데, 현 지명은 원주민인 에트루리아 인이 투스카나라고 불렀던 데서 유래한 것이라고 한다. 르네상스의 발상지이기도 한 이곳에서는 갈릴레오 갈릴레이의 경우처럼 장남에게는 성과 이름을 비슷하게 붙이는 풍습이 있다고 한다.
이탈리아의 중부 이남지역에서 우리를 안내할 가이드가 로마로부터 올라와 피렌체(플로렌스)에서 우리와 합류하였다. 김영식이란 이름의 그 사람은 지휘 공부하러 로마에 온지 8년 정도 되었다고 하며 나이가 좀 들었으므로 우리 팀의 인솔자로서 부산대 성악과 출신인 노상성 씨는 그를 형님이라고 부르고 있었다. 그의 설명에 의하면 이탈리아의 한국 교민 대부분은 로마와 밀라노에 거주하고 있는데, 개중에는 음악이나 미술을 공부하러 온 유학생이 4천 명 정도 된다고 한다.
피렌체 입구에서 플로렌스 패션 센터라는 면세점에 들러 이 지방의 주요 산물인 가죽제품들을 둘러보았다. 피렌체 시내에 도착하여 먼저 스파게티와 닭다리 요리로 점심을 들었다. 베네치아에서 우리는 남자와 여자의 성기가 노출된 에로틱한 천연색 나체 사진으로 된 비닐 앞치마들을 내걸고 있는 가판대를 보고서 다들 망측하다 했는데, 이 식당의 머리가 벗겨지고 제법 나이든 남자 종업원이 바로 그 여자 나체 사진이 든 앞치마를 두르고서 음식 접시들을 나르며 라틴 음악에 맞춰 연신 몸을 흔들어 대는 것이 감정 표현이 풍부하고 직선적인 이탈리아인의 특성을 잘 보여주고 있었다. 다른 테이블에는 붉은 포도주가 나오고 있었으나, 우리 일행의 대부분은 여자인데다 나 외의 성인 남자 두 명도 모두 독실한 기독교 신자라 거의 술을 입에 대지 않는 모양이므로 우리 식탁에는 쾰른에서의 점심 경우를 제외하고는 술이 올라오는 일이 없었다.

피렌체에서는 이 도시의 상징물인 두오모(Duomo), 즉 독일의 돔에 해당하는 대성당과 그 정문 맞은편에 있는 기베르티의 황금빛 '천국의 문' 조각, 수리 중인 단테 생가와 메디치 가문 공작의 궁전이었고 옛날부터 피렌체 정부 청사로 사용되고 있는 베키오 궁전 및 그 정문 한쪽 옆에 서 있는 미켈란젤로의 다비데 상 복제품, 그리고 그 앞의 1498년 종교개혁가 사보나롤라가 화형당한 장소인 씨뇨리아 광장 등을 둘러보았다. 광장 옆으로 연결된 우피치미술관 쪽으로 하여 아르노 강가로 나가, 베키오 다리 등을 바라보면서 전용버스가 주차할 수 있는 장소까지 강변을 따라 한참 걸은 후, 우리 차가 도착하기를 기다려 미켈란젤로의 언덕 위로 이동하여 피렌체 시의 全景을 조망하였다.

피렌체를 떠난 후, 무솔리니 정권 때 건설된 고속도로 1호선을 따라 로마로 내려왔다. 로마로 향하는 길 주변에는 이렇다 할 이름난 도시도 별로 없는데, 무료함을 면하기 위해 우리 버스에서는 커튼을 치고서 현지 가이드가 준비해 온 테너 루치아노 파바로티의 칸초네와 〈로마의 휴일〉 비디오테이프를 감상하였지만, 나는 영화를 보기에는 시간이 아까워 뒷좌석에서 계속 창밖으로 눈길을 주고 있었다. 일행은 어두워진 후 로마에 도착하여 압피아 누오바 거리에 있는 소나무가든이라는 한식당에서 저녁식사를 든 후, 환상선 도로를 따라 로마의 신도시인 프레찌올리니 거리 5번지에 있는 Blue Glove 호텔 계열의 Eur Suite 호텔로 이동하여 우리 내외는 1층 16호실을 배정받았다. 앞으로 이 호텔에서 며칠을 투숙하게 되므로, 아내는 밀린 빨래를 세탁하여 실내 여기저기에다 널어두었다. 술을 좋아하는 나는 오늘도 고속도로로 이동하는 도중 휴게소에서 이 나라 제품인 붉은 포도주를 한 병 사서 호텔에 도착한 다음 매일 한 잔 정도씩 마셨다.

8월

1 (금) 흐렸다 갰다 하며 때때로 비

이 호텔에서는 내가 가져간 디지털카메라의 배터리 端子가 맞지 않아 아침에 노상성 씨로부터 어댑터를 빌려 해결하였다. 유럽에서도 한국과 마찬가지로 220V를 사용하므로 지금까지는 전자제품의 사용에 별 문제가 없었는데, 이탈리아에서는 특히 단자의 규격이 맞지 않는 경우가 많았다. 이탈리아 사람은 대체로 아침 식사를 들지 않는다 하므로, 호텔 조식이 다른 나라 것보다 훨씬 소박하였다.

오늘은 로마 시내 관광을 하는 날이므로, 이탈리아인 운전기사가 딸린 스무 명 남짓이 탈 수 있는 소형 버스로 갈아타고서 중심가로 이동하였다. 먼저 시내의 성벽을 따라 바티칸市國으로 들어가 입구에서 단체로 빌린 리시버를 귀에 꽂고서 가이드 김영식 씨의 설명을 들으며 바티칸박물관 내부로 들어갔다. 어려서부터 책에서 익히 보아오던 '라오콘' 등 그리스·로마시대의 대리석 조각상들이 진열된 곳을 둘러보았고, 천정이 다량의 순금으로 장식된 긴 회랑을 지나 저 유명한 시스티나 예배당으로 들어갔다. 거기서 한참 머물며 미켈란젤로의 천정화 '천지창조'와 프레스코 벽화인 '최후의 심판'을 감상하였고, 산 피에트로 성당의 거대한 대리석 홀로 나와서는 방탄유리로 보호되어 있는 미켈란젤로 24세 때의 걸작

'피에타'와 전 세계로 위성 중계되는 교황의 크리스마스 미사 집전을 통해 눈에 익은 제단 위 29m 높이의 베르니니가 제작한 바로크 양식 天蓋 등을 둘러보았다. 세계에서 가장 크고 또한 가장 유명한 이 성당은 로마에서 순교한 베드로의 무덤 위에 세워진 것이다. 성당 홀로 들어가는 중앙 문 근처에 있는 붉은 색의 둥근 班岩은 교황이 샤를르 마뉴 대제와 그 후임자들에게 왕관을 씌워주던 장소라고 한다. 홀과 지하 묘지의 여기저기에는 유리관 속에 교황의 시신이 미라 상태로 보존되어 있는 것들도 있었다.

여러 색깔의 대리석으로 장식된 성당 내부의 구경을 마친 다음 베르니니가 설계한 산피에트로 광장으로 나와 이집트 오벨리스크 앞에서 집결하여 사르데냐 거리에 있는 라 바이아라는 식당으로 이동하였다. 그 도중에 교황청의 옛 성벽과 푸치니의 오페라 「토스카」에서 남자 주인공이 아리아 '별은 빛나건만'을 부르고서 총살당한 무대라고 하는 원형 건물을 바라보기도 하였다. 점심으로는 역시 스파게티와 피자, 그리고 포크 스테이크를 들었다.

오후는 로마 시내 관광의 순서로서, 먼저 트레비 분수로 가서 우리 가족은 분수 앞 아이스크림 가게에서 커다란 부온 젤라토 아이스크림을 사서 각자 하나씩 핥아먹으며 이 바로크 양식의 분수에다 동전을 던졌다. 다음으로는 콜로세움으로 가서 우리 가족은 이 일대에 있는 세 개의 개선문 중 첫 번째 것인 콘스탄티누스 황제의 개선문으로부터 시작하여 콜로세움을 한 바퀴 걸어서 두른 다음, 티투스 황제와 베스파시아누스 황제가 대 이스라엘 전투에서 승리한 것을 기념하여 서기 81년에 세운 두 번째 개선문, 그리고 전설상 로물루스가 최초로 도시국가 로마를 건설한 곳이라고 하는 팔라티노 언덕길을 산책하였다. 웅장한 콜로세움이 오늘날과 같은 황폐한 모습을 지니게 된 주된 원인은 그것에 붙어 있었던 대리석 등을 떼 내어 교황청 등 다른 건물들을 지을 재료로 사용한 데 있다고 하니 실소를 금할 수 없었다. 다시 차를 타고서 영화 〈벤허〉에서 본 대전차경기장과 영화 〈로마의 휴일〉에 나오는 '진실의 입'을 둘러보았고, 로

2003년 8월 1일, 진실의 입

마의 발상지인 일곱 개 언덕 중 가장 중요한 언덕으로서 고대 로마제국 정부가 있었고, 지금도 로마 시청이 자리 잡고 있는 카피톨리노 언덕으로 올라갔다. 오늘날 수도라는 의미의 영어 캐피톨은 이 언덕 이름에서 유래한다고 한다. 언덕 위 캄피돌리오 광장과 그것에 접한 세 개의 궁전 정면 또한 미켈란젤로가 설계한 것인데, 광장 중앙에는 마르쿠스 아우렐리우스 황제의 청동 기마상 복제물이 서 있었다.

우리는 카피톨리노 언덕으로부터 고대 로마의 상업·정치·종교의 중심지인 포로 로마노로 내려갔다. 카피톨리노 언덕과 팔라티노 언덕 사이의 계곡에 위치한 이곳은 원래 습지대였는데, 초기 공화정 시대에 배수되어 정치 집회, 공공 행사, 상원 회의의 중심지가 되었다. 그러나 4세기 이후 제정의 몰락과 더불어 그 중요성이 쇠퇴했고, 900년 동안 폐허가 되어 결국 초지로 변했다가 18, 19세기 이후 체계적으로 발굴되었으며, 지금도 발굴은 진행되고 있는 모양이었다.

포로 로마노를 두루 둘러본 후, 우리는 세베로 7세의 개선문을 거쳐 다시 베드로가 감금되었던 장소라고 하는 고대 로마의 건물 옆을 지나

카피톨리노 언덕으로 올라와서, 비토리오 에마누엘레 2세 기념관 쪽으로 나왔다. 이탈리아의 통일을 기념하기 위해 지어진 이 장려한 건축물의 꼭대기 층에는 통일 사업과 관련된 유물들이 전시된 박물관이 있으니, 우리나라의 독립기념관과 비슷한 곳이라고 하겠다. 기념관 앞의 드넓은 장소가 베네치아 광장인데, 그곳에는 과거 무솔리니의 관저로 쓰였던 건물도 남아 있었다. 광장에서 콜로세움 쪽을 향해 일직선으로 뚫린 큰 거리도 무솔리니 당시에 만들어진 것이라고 하며, 그 옆으로는 로마 시대의 시장 건물과 높다란 금속 원주 위에 세워진 티베리우스(?) 황제의 동상도 바라보였다. '모든 길은 로마로 통한다.'고 하고, 로마에는 유물 유적이 이루 셀 수 없을 정도로 많이 남아 있다고 하지만, 고대의 로마는 의외로 그다지 크지 않았으며, 주요 유적들은 콜로세움에서 베네치아 광장에 이르는 반경 불과 1~2 킬로미터 정도 이내의 장소에 밀집되어 있음을 비로소 알았다.

우리는 역시 그 부근을 흐르는 떼베레(티베르) 강을 건너 부유한 유태인 거주지인 로마 리베라 거리에 있는 고려정이라는 한식점에서 저녁식사를 하고서 호텔로 돌아왔다. 오늘은 종일 걸은 셈이니, 해외여행도 힘이 남아 있을 나이에 해야 한다는 것을 새삼 느꼈다.

2 (일) 오전 한 때 흐렸다가 개임

6시에 기상하여 7시에 조식을 든 다음 일찌감치 출발하여 이탈리아 남부 캄파니아 주를 향해 떠났다. 다시 엊그제의 독일인 기사가 운전하는 전용버스를 타고서 고속도로를 세 시간 남짓 달린 후 먼저 州都인 나폴리 시의 교외에 위치한 폼페이에 닿았다. 서기 79년 베스비오(베스비우스) 화산의 대폭발로 火山礫 층 아래에 파묻혀 버린 이곳은 원래 로마시대 부유층의 리조트로서, 발굴된 사원·주택·공중목욕탕·사창가·계단식 극장·도로·수도시설 등을 통해 당시의 생활모습을 실감 있게 관찰할 수 있었다. 고대 도시의 모습이 거의 고스란히 남아 있는데, 그 규모가 그다지 크지는 않아 보였다. 몇 군데 발굴된 당시 모습대로의 사람이나 짐승,

그리고 그릇들을 모아서 전시하는 곳도 있었으나, 중요한 유물들은 나폴리 시내의 국립고고학박물관으로 옮겨져 있다고 한다. 사창가의 어느 집 입구에서 남자의 성기를 강조한 프레스코 벽화 등을 몇 점 볼 수 있었다.

베수비오 산과 폐허를 배경으로 사진을 찍고는, 그 부근의 식당으로 이동하여 스파게티, 오징어 튀김 등으로 점심을 들었다. 식사 중에 대머리 가수와 몇 명의 악사가 들어와서 칸초네 창법으로 '돌아오라 소렌토로' '산타 루치아' '후니쿨리 후니쿨라' 등 이 지방의 노래를 몇 곡 부르고는 테이블을 돌아다니며 팁을 거두었다.

폼페이의 역에서 일반인이 이용하는 전철을 타고서 반시간 정도 걸려 소렌토로 이동하였다. 소렌토는 지중해안의 긴 바위 절벽을 끼고 있는 리조트 도시로서 인구는 2만 명이 채 못 되는 정도이다. 여기서부터 이탈리아인 키 작은 여인이 하나 현지 가이드 격으로 나폴리로 돌아올 때까지 우리와 동행하였는데, 그것은 우리 일행 전원이 1인당 130유로를 지불하는 카프리 유람 상품을 선택하였기 때문이다. 한국인 인솔자와 로마로부터 동행한 현지 가이드가 있으므로 따로 가이드가 따를 필요는 없겠지만, 선택 관광에 이탈리아 인이 동행하는 것이 이 나라 규정이라고 한다. 카프리 유람은 현재 환율을 1유로 당 1400원 정도로 계산하면 한국 돈 182,000원에 상당하므로 적지 않은 액수이지만, 여기까지 와서 안 보고 돌아가기는 섭섭한데다 일행과 떨어져 따로 행동한다는 것도 어색한 일이므로, 옵션이라고는 하지만 결국 전원이 다 추가요금을 지불하는 것과 다름이 없는 것이다. 이 추가요금을 이탈리아 측과 현지의 한국 여행사가 어느 정도 비율로 나누어 가지는지는 우리가 알 수 없지만, 한국 여행사 측에 돌아가는 몫이 오히려 많지 않을까 한다.

카프리에 도착한 후, 타고 온 소형 모터보트로 먼저 섬 주위의 바위 절벽 풍경을 선상 유람하였다. 이 섬의 신기한 물빛을 띤 '푸른 동굴'은 영화에서 몇 번 본 적이 있었으나, 오늘은 파도가 다소 높으므로 동굴 속으로는 배가 들어가지 못한다는 것이었다. 항구에 닿은 후, 배에서 내려 소형 버스로 갈아탄 후, 차 한 대가 겨우 지나갈 수 있는 꼬불꼬불한 길을 곡예처럼 달려 상부의 아나카프리로 이동하였다. 반대쪽에서 차가 올 때는 서로 비켜지나갈 수 있는 장소까지 잠시 후진하는 경우도 적지 않았으며, 히말라야에서의 경우처럼 천길 절벽 위를 아슬아슬하게 통과하기도 하였다. 아나카프리까지에는 별장 건물들이 빽빽이 들어서 있는데, 風光明媚한 이 섬에는 로마시대에 이미 아우구스투스·티베리우스 황제 등이 다녀갔고 또한 별장을 마련해 두고 있었던 것이다. 버스에서 내린 후 다시 1인승 리프트로 갈아타고서 해발 1,100미터가 넘는 카프리 섬의 꼭대기로 이동하였다. 꼭대기에서는 지중해 특유의 짙푸른 바닷물과 건너편 소렌토로부터 이어진 곳의 아말피 해안, 그리고 폼페이와 나폴리 등을 한 눈에 조망할 수가 있었다.

다시 부두로 내려온 후, 그 바로 옆의 자갈밭 해수욕장을 맨발로 산책해 보았다. 여름철 해수욕장 풍경은 우리나라와 별로 다를 바 없었다. 쾌속 페리를 타고서 한 시간 정도 걸려 나폴리로 이동하였다. 나폴리는 2차 세계대전 때 폭격으로 대부분 파괴되었고, 더구나 마피아의 소굴이므로 치안 상태가 좋지 못하다 하여, 부두에서 전용버스로 갈아탄 후 해안 도로를 지나가면서 잠시 바라보았을 따름이다. 不世出의 테너라고 하는 엔리코 카루소와 이탈리아를 대표하는 여배우 소피아 로렌의 출신지인 이 도시는 길가의 집들에 빨래가 밖으로 널려 있는 것이 많았고, 건물들의 색깔이 칙칙할 뿐 아니라 그 사이의 길들도 잘 정비되지 못하여 빈민가의 분위기를 지니고 있었다. 이탈리아에서는 남부와 북부지방 사이에 경제적 격차가 있으며, 남부 지방의 실업률도 대단히 높은데, 그것은 이 지방 사람들의 낙천적인 성격과도 관련이 있다고 한다.

로마로 돌아오는 도중에도 로베르토 벨리니 감독의 영화 〈인생은 아름다워라〉를 방영하였으나, 나는 그것을 이미 본 적이 있는데다 바깥 풍경에 더 관심이 있는지라 계속 창밖을 바라보고 있었다. 올 때의 고속도로를 따라 되돌아왔는데, 밤중에 로마에 도착하여 엊그제 들렀던 소나무가 든 식당에서 저녁식사를 들었다.

3 (일) 맑음

어제처럼 새벽 6시에 기상하여 7시에 식사하고서 바로 출발할 예정이었으나, 다른 한국 팀들이 먼저 식당을 차지하고 있어 반시간 이상을 로비에서 지체하였다. 현대그룹의 정몽헌 회장이 계동 본사 사옥에서 투신 자살했다는 소식을 접했다.

사흘 간 함께 다닌 현지 가이드 김영식 씨와 작별하여 지난번에 내려왔던 고속도로 1호선을 따라 피렌체까지 북상하는 도중에 언덕 위 높은 곳에 성채처럼 남아 있는 중세의 마을들을 바라보았다. 피렌체의 외곽지대를 돌아서 피스토이아를 지나고 오페라 작곡가 푸치니의 고향인 루카 부근을 통과하여 피사에 도착하였다. 피사는 갈릴레오 갈릴레이의 고향이며, 그가 행한 사탑에서의 낙하 실험은 너무나 유명한 것이다.

인구 92,000명인 피사 시에 도착한 후, 트롤리버스로 갈아타고서 중세의 성벽으로 둘러싸인 두오모에 도착하였다. '기적의 들판'이라고 불리는 이 일대는 1063년부터 건설되기 시작한 피사 로마네스크 양식의 줄무늬가 있는 대성당을 중심으로, 그 안쪽에 사탑이 있고, 주위로도 몇 개의 건물들이 둘러싸고 있었다. 사탑 자리는 원래부터 습기가 많아 문제가 있었는데, 총 7층 중 겨우 3개 층을 완공했을 때부터 기울어지기 시작하여 현재는 수직에서 약 4.1m 기울어져 있다고 한다. 계속된 지반 공사로 말미암아 이제는 더 이상 기울지 않는 모양이며, 입장료를 내면 꼭대기 층까지 올라가 볼 수도 있었다.

두오모 부근 마을의 중국집에서 점심을 들고 다시 트롤리버스를 타고 되돌아오려는데, 우리 전용차량의 독일인 기사가 먼저 가 대기하기 위해 만원인 트롤리버스에 올라탔으나 그것이 다른 노선인 기차 역 쪽으로 향하는 것이라, 그가 돌아오기를 기다리느라고 주차장에서 또 한참을 대기하였다. 기사가 돌아온 후 제노바(제노아) 방향으로 북상하였다. 제노바 만에서 멀지 않은지라 잠시 바다 풍경이 바라보이기도 하였다. 도중에 라 스페지아에서 다시 동북부의 내륙 쪽으로 방향을 취하여 한참동안 산맥을 넘은 후 파르마를 지나 광활한 롬바르디아 평원으로 접어들었다.

피아첸치아에서 잠시 휴게 중 2001년도 산 고급 적포도주를 13유로 남짓 주고서 다시 한 병 구입하였다. 학창 시절 지리 시간에 배운 포 강인 듯한 강을 건너서 다시 평야를 한참 달려 이탈리아 북부의 중심 도시이자 산업의 중심지이기도 한 밀라노에 도착하였다. 스포르체스크 성벽 옆에서 패션의 도시답게 몸에 착 달라붙는 이상한 복장을 하고 실처럼 가늘게 다듬은 수염을 기른 유학생 현지 가이드와 합류하여 먼저 이 성을 둘러보았다. 오후 5시 30분 입장 마감 시간이 지난 뒤라 정문과 옆문 밖에서 마당을 바라보는 정도에서 그쳤다.

밀라노는 이탈리아 북부 교통의 요지에 위치해 있는데, 기원전 222년에 로마의 영토로 편입되어 기독교를 공인한 밀라노 칙령이 발포된 곳이기도 하다. 13세기부터 비스콘티 가문이 다스리다가 영주의 후손이 끊어지자 15세기 이후로는 그 사위인 프란체스코 스포르차가 통치하게 되었으며, 이 성 역시 비스콘티의 요새를 그가 견고하게 재건축한 것이다. 역시 붉은 砂巖으로 지어진 것으로서 지금은 그것을 둘러싸는 해자가 잔디로 덮였으나, 옆문에는 예전의 개폐식 다리가 아직도 남아 있었다.

가이드의 안내를 따라 돌로 포장된 널따란 단테 거리를 걸어서 성으로부터 그다지 멀리 떨어지지 않은 위치에 있는 라 스칼라 극장 쪽으로 이동하였다. 세계적인 명성을 지닌 이 오페라 극장의 이름은 원래부터 이 자리에 있던 성당을 개조한 것이므로 그 명칭의 일부를 딴 것이라고 한다. 생각보다 규모가 크지 않았으며 지금은 수리 중이었다. 그 앞의 근년에 새로 복원된 광장은 이 도시에서 거주한 적 있는 레오나르도 다 빈치가 설계했던 것이라고 하며, 광장 한복판에 다 빈치의 대리석 입상이 세워져 있었다. 거기서부터 오늘날 영어의 갤러리라는 단어가 유래되었다고 하는 바닥에 여러 색깔의 대리석이 깔리고 사방으로 통한 긴 아케이드 거리인 비토리오 에마누엘레 2세 갈레리아를 통과하여 두오모 앞 광장에 도달하였다. 1386년에 착공되어 여러 차례 설계 변경을 거쳐서 600년 후에 프랑스 고딕 양식으로 완공되었다고 하는 이 대성당은 지금 대대적인 보수 공사가 진행 중이어서 정면은 출입문 밖에 구경할 수 없었다. 유럽의 3대 성당 중 하나라고 하는 이 건축물을 한 바퀴 둘러보니, 지붕에는 수많은 뾰족탑이 있고 성모 마리아를 비롯한 여러 성인들의 조각상으로 뾰족탑과 외부 벽이 빼곡히 채워져 있는데, 장식성이 강한 점이 쾰른대성당과 뚜렷이 구별되는 점이었다.

아까 걸어 온 단테 거리를 따라 스포르체스코 성 앞까지 되돌아 온 후, 비알레 움브리아 21번지에 있는 영국 중세의 아더 왕 전설과 관련된 내부 장식을 한 라 코르테 디 아르투라는 식당에서 스파게티와 돼지고기 음식으로 석식을 들고서 각기아 거리에 있는 스타 호텔 계열의 비즈니스 팔레스 호텔 1층에 투숙하였다. 이탈리아에서 보낸 나흘간 점심에는 하루도 스파게티가 빠지는 날이 없었다.

4 (월) 맑음

어제보다 더 이른 시각인 새벽 다섯 시에 기상하여 여섯 시에 출발하였다. 그러므로 버스 속에서 도시락으로 조식을 해결할 수밖에 없었다. 밀라노에서 알프스 방향으로 북행하여 스위스와의 접경에 위치한 코모 시의 코모 호수를 통과하게 되었다. 이 호수는 이탈리아의 별장 휴양지로서 내가 중·고등학교에 다닐 무렵 영어 교과서에 '코모 호수'라는 제목의 글이 있었다. 또한 여러 해 전에 여기서 동아시아의 주자학에 관한 국제학술회의가 열려 서울대 이남영 교수나 고려대 윤사순 교수, 미국의 쥴리아 칭, W. T. 드 배리, 일본의 三浦國雄 등 저명한 학자들이 참가하였던 것을 일본의 『朝鮮學報』에 실린 三浦 씨의 보고서를 통해 읽은 바 있었다.

코모 호수를 지나니 곧바로 스위스 땅이었다. 스위스에는 알프스산맥의 빙하로 말미암아 수많은 호수가 있는데, 코모 호수를 지나 얼마 되지 않은 거리에서 마주치게 되는 루가노 호수만 하더라도 그 규모나 풍광에 있어 코모보다 못하지 않았으나, 이 나라는 인구도 적고 경치 좋은 호수가 너무 흔하기 때문인지 그 주변에 이탈리아 땅 코모 호수의 경우처럼 별장이 빽빽이 들어서 있지는 않았다. N2호 고속도로를 따라 계속 북상하다 보니 수많은 터널을 지나게 되는데, 그 중에서도 스위스의 중심부에 있는 상크트 고트하르트 大山塊를 통과하는 터널은 너무나 길어서 거의 한 시간 정도 달린 후에야 빠져나온 것이 아닌가 싶다. 이것은 라인 강과 론 강 등 많은 강과 호수의 원천이 되는 곳으로서, 터널로 들어서기 전에는 표지판이 이탈리아어로 San Gottardo라고 되어 있더니, 빠져나온 후에는 독일어로 Gotthard라고 적혀 있었다. 아마도 이탈리아어 권과 독일어 권의 경계가 되는 지역인 듯 했다.

스위스는 산맥이 전 국토의 70%를 차지하며 인구는 외국인 19.1%를 포함하여 710만 명이다. 한반도의 1/5 정도에 해당하는 이 작은 나라의 땅은 조금도 낭비됨이 없이 잘 이용되고 있는데, 집이나 마을의 대체적인 풍경은 오스트리아에서 보던 것과 유사하였다. 고트하르트 휴게소에서 잠시 휴식을 취한 후, 스탄스를 지나고서는 루체른으로 향하는 길을 버리고서 다시 남쪽으로 방향을 틀어 N6 고속도로를 따라 인터라켄으로 향하였다. 자르넨을 통과한 지 얼마 후 고갯길에서 한동안 차를 멈추어 호수와 눈 덮인 連峰을 포함한 멋진 풍경을 감상하며 사진을 찍기도 하였다. 우리 뒤를 이어 거기에 도착한 한국인 관광객의 무리는 서울의 명지대학교 바둑학과 교수 및 학생으로서, 그들은 러시아의 상트페테르부르크 시에서 개최된 유럽 바둑대회에 참가하여 1위에서 4위까지를 휩쓸었으나, 공식적인 상은 유럽 사람들에게로 돌아갔다고 한다.

다시 차에 올라 브리인츠 호수를 지나 오늘의 목적지인 인터라켄에 도착하였다. Interlaken이라는 지명은 라틴어 Interlakus에서 유래하는데 이는 '호수의 사이'라는 의미로서, 인구 15,000정도의 이 지역은 브리인츠와 툰이라는 두 큰 호수 사이에 위치하였기 때문에 이런 이름이 붙여진 것이다. 인터라켄 東驛 앞에서 얼굴빛이 검은 현지 여성 가이드와 만나, 그녀의 인도를 따라 역 뒤편의 위 두 호수를 연결하는 아레 강가에 위치한 코리아호프라는 한국식당으로 가서 된장찌개로 점심을 들었고, 나는 따로 생맥주 한 컵을 주문하여 들기도 하였다. 민박과 콘도를 겸한 이 집은 개업한지 얼마 되지 않았다고 한다.

인터라켄 동역에서 융프라우요흐까지 왕복 전철 표를 끊어 도중에 라

우터브룬넨과 클라이네 샤이덱이라는 마을에서 각각 한 번씩 다른 열차로 갈아탄 후, 아이거 峰(3,970m)과 묀흐(4,099m) 봉의 巖塊 가운데를 관통하는 터널을 따라가다가 도중에 두 차례 정거하여 전망대에서 바깥 풍경을 조망한 후, 융프라우 봉(4,158m) 정상에서 조금 못 미친 지점의 안부에 위치한 융프라우요흐 전망대 종점에 다다랐다. 이곳은 해발 3,454미터로서 일반 관광객이 올라갈 수 있는 장소로서는 유럽에서 가장 높으므로 '유럽의 꼭대기(Top of Europe)'라고 불리는 지점이다. 이탈리아로 들어갈 때 산 염소 털로 만든 모자를 쓰고서, 이 전망대에서 주위의 눈 덮인 알프스의 연봉과 건너편 산봉우리 사이로 강물처럼 뻗어 있는 유럽 최대의 곡빙하인 알레취 빙하(167㎢)의 장관을 바라보았고, 얼음 터널 안 여기저기에 만들어 놓은 얼음 조각상들을 둘러보기도 하였다.

그 휴게소의 매점에서 나는 지난번 폭우가 쏟아지던 날 백두대간 구간 종주를 하다가 삼도봉 근처에서 부러트린 등산지팡이를 대신하여, 독일어로 '융프라우 철도(JUNGFRAUBAHNEN)'라고 표시된 독일 레키 社의 지팡이 한 쌍을 새로 구입하였다. 반대편 골짜기의 그린덴발트 역을 경유하여 다시 인터라켄으로 내려와서는 비프스테이크로 늦은 저녁식사를 들고서 스위스 시계를 파는 면세점에도 들렀다가, 전용버스를 타고서 등산 관계 서적을 통해 그 이름을 익히 알고 있는 거대한 아이거 북벽의 기슭에 위치한 그린덴발트 마을(1,034m)까지 다시 올라와 선스타 호텔 258호실을 배정받았다. 내부가 대부분 나무로 된 호텔인데, 샤워를 마친 후 나는 혼자서 밖으로 나가 이 마을의 인적 드문 곳까지 밤길을 산책하면서 알프스 산중 마을 풍경과 아이거 북벽의 위용을 감상하다가 돌아와 취침하였다.

5 (화) 맑고 파리는 폭염

오늘도 새벽 5시에 기상하여 6시에 출발하였고, 조식은 차 안에서 도시락으로 해결하였다. 툰 호수를 지나 서북쪽으로 계속 나아가니 점차 산들이 낮아지고서 들판이 나타나기 시작했다. 스위스의 수도인 베른에 도착하여 차에서 짐을 내린 후, 오스트리아의 제펠트에서부터 동행한 독일인 기사와 작별하였다. 스위스의 수도인 베른은 인구 122,000으로서 네 번째로 큰 도시이며, 인터라켄 쪽에서 흘러 온 아레 강으로 삼면이 둘러싸인 중세풍의 도시이다. 1191년에 이 도시를 건설한 군주의 첫 사냥감이 된 곰(현지 방언으로는 Bärn)의 이름을 따서 명명되었고, 오늘날 곰은 이 도시의 상징물이 되어 문장에도 들어가 있는 모양이다. 스위스에서 사용되는 독일어는 방언의 일종으로서 표준 독일어와는 적지 않은 차이가 있다고 한다. 베른은 아인슈타인이 젊은 시절 직장 생활을 하며 상대성원리를 발견한 곳이기도 하다.

스위스는 가는 곳마다 매우 깨끗하고 화장실 요금도 받지 않았는데, 이 수도에서는 유럽의 다른 도시들처럼 건물들이나 도로 가의 방음벽에 스프레이로 쓴 낙서들이 보이고, 중앙역 화장실에서는 사용료도 징수하고 있었다. 이 나라는 EU에 가입해 있지 않은지 통화도 다른 나라들처럼 유로를 쓰는 것이 아니라 스위스 프랑이 통용되고 있어 여행객으로서는 소소한 물건을 살 때나 화장실 같은 것을 이용하는 데 불편한 점이 있었다. 그래서 일행의 대부분이 열차를 탈 때까지 화장실에 들르지 않고서 그냥 참았다. 나는 열차 출발 시각이 가까워질 때까지 아침 러시아워의 지하 역 여기저기를 걸어 보았다. 베른 역의 플랫폼에서 부산대학교 간호학과 4학년생이라고 하는 한 아가씨를 만났다. 그녀는 혼자서 배낭여행을 계속한지 35일째라고 했다.

우리 일행은 오전 8시 32분 발 TGV를 타고서 스위스의 느샤텔과 국경지대를 이루는 완만한 경사의 유라 산맥을 지나 프랑스 브르고뉴 지방의 유서 깊은 도시 디종에서 잠시 머물었고, 오후 1시 21분에 파리 리용 역에 도착하였다. 연 이틀에 걸친 수면 부족으로 도중에 자주 졸았지만, 틈틈이 바라 본 차창 풍경으로는 프랑스의 국토란 계속 농토가 이어지는 비교적 단조로운 것이었다. 파리에 도착한 후에도 현지 가이드와의 미팅이 순조롭지 못하여 역을 나와서 반시간 정도 지체하였다. 한참 후 출구에서 현지 유학생으로 보이는 여자 가이드와 우리 일행 중 부산에서 온 초등학교 여교사의 조카로서 부산대학교 불문과를 졸업한 후 파리 1대학에서 영상예술을 공부하기 시작한지 1년쯤 된다는 여학생과 만나, 프랑스인 기사가 운전하는 전용버스를 타고서 함께 파리 중심가의 중국집으로 이동하여 점심을 들었다.

중식 후 파리 교외의 베르사이유로 향하였다. 현재 인구 95,000인 이 도시는 1682년부터 1789년까지 약 1세기 동안에 걸쳐 프랑스의 수도이자 왕궁 소재지였으며, 원래 왕실의 사냥 궁이 있었던 이곳에 17세기 중반 태양왕을 일컫던 루이 14세가 본격적인 궁전을 건설한 것이다. 19세기 후반에 普佛전쟁에서 승리한 프로이센이 베르사이유 궁전 거울의 방에서 독일 제국의 수립을 선언하였고, 1919년에는 같은 방에서 이른바 베르사이유 조약이 체결되어 제2차 세계대전을 종결하였으며, 히틀러가 프랑스를 점령한 이후에도 또 같은 종류의 보복적인 강화조약이 맺어지기도 했었던 것이다.

베르사이유 궁전 본관의 여러 방들과 드넓은 정원을 구경하고서 파리로 돌아온 후, 에펠탑을 엘리베이터로 올라 파리 시내의 全景을 조망하였고, 저녁 무렵 알마 항에서 유람선을 타고는 생 마르땡 운하와 미라보 다리 사이 구간을 상하로 운항하면서 센 강 일대의 역사적인 건축물들과 보석처럼 휘황한 에펠탑의 야간 조명을 구경하였다. 프랑스 기사의 복무 규정에 따라 에펠 탑 관광 이후로는 기사와 버스를 바꿔 타고서 오를리 공항 부근 찰스 린드버그 4번가에 있는 홀리데이 인 호텔 804호실에 투숙하였다.

태양빛이 강하다는 이탈리아에서는 일기가 불순한 날이 많아 무더위로 별로 고생하지는 않았고, 스위스를 떠나 올 때까지도 그러했는데, 파리에 도착한 이후에는 엄청난 고온에도 불구하고 관광지나 대중음식점 등 여러 사람들이 모이는 장소에는 에어컨이 비치되어 있는 곳이 별로 없어 본격적인 더위를 실감하였다. 우리 호텔에 에어컨 시설은 되어 있으나, 아무리 조정해 봐도 기별이 없는지라 에어컨이 고장 난 줄로 알고서 프런트에다 두 번이나 전화한 결과 남자 종업원이 우리 방으로 올라왔다.

그는 에어컨 바람이 나오는 구멍 아래에다 의자를 갖다 놓고는 나더러 그 의자 위에 올라가 환풍기에 손을 대 보라는 것이었다. 그렇게 해 보니 과연 서늘한 기운이 조금 나오고 있기는 한데 방안은 여전히 무더웠다. 다른 호텔과 다르지 않느냐고 했더니, 프랑스의 호텔은 이렇다고 하면서 한참 있으면 더위가 가실 터이지만, 정녕 답답하면 창문을 열고 있으라는 것이었다.

6 (수) 폭염

예년에 없었던 폭염으로 파리의 오늘 기온은 섭씨 41도라고 한다.

오전 7시에 기상하여 8시에 조식을 들고서 9시에 호텔을 출발하였다. 먼저 센 강 가운데의 시떼 섬에 있는 노트르담 사원을 방문하였다. 이 섬은 오늘날 영어 '시티'라는 단어의 어원이 된 곳이며 파리의 발상지라고 한다. 기원전 3세기 무렵에 파리시라는 부족의 사람들이 이 시떼 섬에 몇 채의 오두막을 지음으로서 파리가 시작되었고, 중세 시대에 파리가 이미 센 강의 양변을 아우르는 도시로 성장했을 때도 이 섬은 여전히 왕실과 교회 권력의 중심부로 남아 있었다. 아마도 사방이 툭 트인 평야로 이루어진 이 일대에서 당시로서는 외적의 방어를 위한 천연의 요새가 될 수 있었던 강 속 섬이라는 지형적 조건을 선택했던 것이 아닌가 한다. 샤를르 마뉴 대제가 프랑크 왕국을 건설했을 때 그 왕궁이 위치했던 곳도 바로 시떼 섬이었는데, 노트르담 사원 근처에 있는 그 자리는 14세기에 건축된 궁전이 프랑스 대혁명 당시 감옥으로 전용되어 왕비인 마리 앙트와네트도 콩코드 광장에 설치된 단두대에서 처형되기 전까지 여기에 3개월간 감금되어 있었다고 하며, 그 바로 옆 건물은 현재 대법원으로 사용된다고 들었다.

센 강 주변에서는 마로니에 나무를 흔히 볼 수 있거니와, 노트르담 사원 광장에도 그것이 있었다. 내가 지금의 대학로에 위치한 서울대학교 문리과대학에 다닐 무렵 문리대 앞의 개천을 센 강이라 하고, 그 위에 놓인 다리를 미라보 다리라고 부르며, 교정에 있는 마로니에를 문리대의 상징으로 간주하고 있었거니와, 생각해 보면 지금의 관악 캠퍼스 중앙도 서관 앞 계단 광장을 아크로폴리스라 부르는 것과 마찬가지로 그러한 서양 이름을 문화와 낭만의 대명사로 생각하여 동경했기 때문일 것이다. 노트르담(Notre Dame)이라는 명칭은 聖母를 의미하는 것이니, 이곳뿐만 이 아니라 룩셈부르크 구시가에도 노트르담 성당이 있었듯이 성모 마리 아 신앙을 중심으로 하는 사원은 모두 노트르담인 것이다. 1163년에 착 공되어 1345년경에 완공되었으며, 고딕 건축의 최고 걸작 중 하나인 이 대성당에서 나폴레옹의 대관식이 거행되기도 했었던 것이다. 우리 가족 은 내부를 구경한 다음 대성당 주위를 한 바퀴 둘러보았다. 정면의 출입 문 세 개 중 두 개는 대혁명 당시 크게 파손되어 후에 다소 다른 형태로 복구되었으며, 지금도 성당 바깥에 붙은 악귀를 쫓기 위한 험악한 석조 조형물들 중에는 파손된 것이 많고, 성당 뒤편의 작은 공원 부근에는 그 러한 손상된 부분을 보수하기 위해 다듬어 놓은 돌들이 쌓여 있는 장소도 보였다.

　노트르담을 떠난 후에는 몽마르트르 언덕으로 향했다. 이곳은 1870~1871년의 보불전쟁이 프랑스의 패배로 끝난 후 일종의 내전이 벌 어졌을 당시 이른바 파리 코뮌의 중심지가 되었던 곳이다. 당시로서는 도심에서 그다지 멀지 않으면서도 방값이 쌌기 때문에 예술가들이 모여 들어 19세기 회화를 비롯한 문예의 중심이 되었던 곳이다. 난쟁이 화가 로트렉의 일화로 유명한 물랭 루즈(빨간 풍차)도 이 근처에 있다는데, 몽마르트르 일대는 이제 이슬람 계열의 외국인들이 많이 거주하는 지역 으로 변모되어 가는 모양이다. 우리 가족은 聖心대성당의 계단을 따라 언덕 꼭대기로 걸어 올라가 대성당 옆에 붙어 있는 파리에서 최초로 설립 되었다는 작은 성당에서의 미사 광경을 잠시 지켜보았고, 돈벌이를 위한 통속적 화가들이 잔뜩 진을 치고 있는 화가의 광장 노천카페에서 나는 맥주, 아내는 아이스크림, 회옥이는 콜라를 각각 하나씩 주문해서 든 다 음, 살바도르 달리 전시회의 포스트를 보고서 그 장소로 찾아가 보았으 나, 어느 건물 지하실에서 사진을 전시하는 것인 모양인지라 그냥 되돌아서 대성당 계단을 내려왔다.

점심은 파리 중심가의 오페라극장(Academie Nationale de Musique)과 막달라 마리아를 기념하는 그리스 신전 양식의 마들렌 성당 사이 구역의 에두아르 7세 광장에 면해 있는 셰즈 에두아르라는 레스토랑 2층에서 달팽이 前食과 비프스테이크를 들었다. 광장 맞은편의 극장에서 어느 女優의 추모식이 있으므로 그 일대의 건물 사이 길들은 출입이 통제되고 있었다. 우리는 식당 창문을 통해 광장 건너편의 극장에서 추모식을 마치고 나오는 사람들 모습을 지켜보았다. 죽은 사람은 내가 학창시절에 본 영화 〈남과 여〉의 남자 주인공 딸인데, 러시아의 상트페테르부르크로 촬영하러 갔다가 동거 중인 애인으로부터 폭행을 당해 사망한 것이라고 한다. 아내를 포함한 우리 일행이 마들렌 거리의 엘렌 달이라는 면세점에서 화장품과 향수 등을 고르고 있는 동안, 나는 혼자 마들렌 광장 앞쪽에서 이어지는 다른 길을 따라 나폴레옹이 아우스테를리츠 전투에서 포획한 1,250대의 대포를 녹여 얻은 청동을 가지고서 돌로 된 중심축의 둘레에다 입혀서 만든 44m 높이의 圓柱가 있는 방돔 광장에까지 이른 다음, 그 근처의 오페라 극장으로 다시 올라와 오페라 거리를 따라서 상점까지 되돌아오는 코스를 산책하면서 파리의 중심가 분위기를 느껴보았다.

오후에는 대혁명 당시 왕과 왕비를 비롯한 1,434명이 처형된 장소이며 이집트 상형문자가 새겨진 3,300년 된 오벨리스크가 서 있는 콩코드광장과 거기서부터 2.2km 거리의 샹젤리제 거리를 차를 타고서 통과하여 샤를 드골 광장으로 가서, 지하도를 따라 광장 한가운데에 있는 개선문으로 빠져나와 아치 아래 무명용사들의 죽음을 기리는 불꽃과 그 주위의 12갈래로 뻗어나간 大路들 풍경을 바라보았다. 이어서 루브르박물관으로 이동하여, 가이드의 안내에 따라 미로의 비너스, 사모트라케의 니케, 모나리자, 나폴레옹 대관식 등 작품을 감상하였다.

味味樂이라는 한식점에서 석식을 든 후, 파리 北驛으로 이동하여 영국행 유로스타 열차를 탔다. 우리가 어제 TGV를 타고서 스위스로부터 프랑스 국경에 접어들었을 무렵 권총을 찬 두 명의 남자가 기차 안에서 드문드문 여권 검사를 하며 스쳐 지나가는 모습을 본 적이 있었는데, 이곳 북역에서는 개찰구를 들어설 때 영국 측 관리가 일일이 여권을 체크하며 영국에 얼마 동안 체류할 것인지 등의 질문도 하고 있었다. 우리가 타기로 된 열차는 19시 19분에 파리 북역을 출발하여 21시(영국은 유럽 대륙의 다른 나라들보다 한 시간 빠름) 13분에 런던 워털루 역에 도착할 예정이었는데, 웬일인지 늦어져서 19시 52분에 출발하여 22시 13분에 도착하였다. 파리로부터 도버 해협에 면한 칼레에 이르기까지는 아직 햇빛이 남아 있어 바깥 풍경을 구경할 수 있었는데, 한결같이 밭과 마을들로 이루어진 평원지대가 이어지고 있었다. 프랑스는 유럽 전체에서 러시아와 우크라이나 다음으로 영토가 넓고 경작 가능한 토지의 비율도 높은데다가, 지중해와 대서양에 면해 있으며 국경지대에는 알프스나 피레네와 같은 산맥도 있는지라, 예로부터 세계에서 손꼽히는 부강한 나라였고, 유명한 프랑스 요리라는 것도 이처럼 풍요롭고 다양한 자연의 산물에서 비롯한다고 볼 수 있다.

근년에 개통된 도버해협의 해저터널을 지나 영국 땅 도버로 나오니 이미 밤이었다. 애쉬포드 인터내셔널 역에 정거하였다가 밤늦은 시각 런던에 도착한 다음, 전용버스를 타고서 쇼트랜드 1번지의 토우브리지에 있는 노보텔 런던 웨스트 호텔로 이동하여 3층에 투숙하였다.

7 (목) 맑음

어제와 마찬가지로 아홉 시에 호텔을 출발했다. 런던의 현지 가이드는 제법 나이든 유학생으로서, 오늘 아침 호텔에서 비로소 만났다.

먼저 하이드 파크로 향했는데, 우리는 그 공원에 이어져 있는 캔싱턴 파크에서 하차하였다. 죽은 다이애나 왕세자빈은 찰스 왕세자와 이혼한 후 이 공원 안에 있는 캔싱턴 궁전에 거처하였다고 한다. 하이드 파크는 빅토리아 여왕의 부군으로서 이 공원에서 제1회 세계박람회를 개최하는데 중심적 역할을 맡았던 앨버트 공을 기념하여 금빛 찬란하게 장식된 앨버트 공의 동상이 캔싱턴 공원 입구에 우뚝 서 있고, 그 맞은편에는 영국에서 가장 권위 있는 음악의 전당인 로열 앨버트 홀이 위치해 있었다. 우리는 그러한 건축물들을 배경으로 사진을 찍고, 공원 안의 정연하게 인공 조림된 숲속을 얼마동안 산책하기도 하였다.

다음으로는 국회의사당 쪽으로 이동하여 테임즈 강 건너편으로 눈에 익은 신고딕 양식의 국회와 그 시계탑인 빅벤을 바라보았다. 의사당 건물 아래의 강가에는 붉은색과 푸른색 덮개로 구분된 상·하원의원의 휴게실이 잇달아 있고, 또한 의사당의 양쪽 바깥으로는 역시 청색과 적색의 다리가 테임즈 강을 가로지르고 있었다. 영국의 상원은 귀족들로서 구성되고 하원의원은 국민이 직접 선출하는데, 국회의장은 하원의원 가운데서 나오며, 내각책임제이므로 하원의 다수당 의원들로써 내각을 구성하는 모양이다.

가이드의 설명에 의하면 영국 의회에서 국회의장의 권위는 대단하여, 정해진 임기가 없이 자신이 원하는 만큼의 기간 동안 직무를 수행하는데 대개는 10년 이내에 스스로 사임한다. 국회의원들은 각자의 정해진 좌석이 없고 입실한 순서대로 벤치 모양의 긴 의자에 어깨를 나란히 하여 좁혀 앉는데, 마이크는 의자 위 천정에 달려 있으므로 발언할 때는 일어서서 의장을 향해 말해야 하고, 늦게 입실한 의원은 앉을 좌석이 없어 뒤편에 서 있어야 하므로 자연히 발언권도 없다는 것이었다. 게다가 장내가 소란해지면 의장은 '오더! 오더!'라고 외쳐 질서를 지키도록 요구하고, 그래도 말을 듣지 않거나 의원으로서의 품위에 어긋나는 언행을 하는 사람이 있을 경우에는 심할 경우 의사당 내 시계탑 부근의 독방에다 감금시키는 것과 같은 체형을 가하는 경우도 있다는 것이었다. 의원이 상대편의 발언을 야유할 경우에는 히히 소리 내어 웃거나 '우우'하고 외치는 정도가 한도이며, 그 외에 단어를 섞은 비난이나 욕설은 모두 품위에 어긋나는 것으로서 금기시되어 있다는 것이었다. 한국에서라면 실로 생각하기 어려운 일이라고 하겠다.

우리가 탄 전용버스가 국회의사당 옆을 지나갈 때 사진을 통해 여러 번 보았던 의사당 경내의 올리버 크롬웰 동상과 윈스턴 처칠 등의 동상이 바라보였고, 그 부근에 있는 감리교 총본부 건물 옆에서 하차하여 영국 왕실과 깊은 관계가 있으며 국교회의 총본부 격인 웨스터민스터 사원을 밖에서 둘러보았다. 초서에서 다윈에 이르는 많은 위인들이 이 교회에 묻혀 있다고 한다.

의사당 부근의 수상 관저가 있는 다우닝街 10번지, 넬슨 동상과 미래에 나타날 영국의 영웅을 위해 비워둔 또 하나의 동상 받침대가 있는 트라팔가 광장, 그리고 그 광장에 면한 국립 미술관 등을 거쳐서 우리가 버킹검 궁전 앞에 도착했을 때 엘리자베스 2세 여왕은 부재중이었고 이곳의 명물인 근위병 교대식도 없는 날이었다. 우리 가족은 궁전 앞의 숲속을 거닐어 보기도 하고 다이애나의 추모 판이 있는 장소도 걸어 지났다. 우리가 엊그제 파리에서 베르사이유로 향할 때 다이애나가 교통사고로 사망한 지하터널을 지나간 적도 있었다. 나로서는 일국의 왕세자빈이었고 왕세손의 모친인 사람이 남편의 불륜을 이유로 이혼하고서 다른 남자들과 바람을 피우며 돌아다니다가, 추적하는 사진기자들을 따돌리기 위해 초고속으로 차를 달리던 도중 남의 나라 수도에서 급사한 여인에 대해 영국 국민들이 그토록 애착을 가지는 이유를 잘 이해할 수가 없다. 그들의 상식으로서는 다이애나의 행위가 과연 품위 있는 것이었을까? 왕궁 정문 앞 잔디밭에는 뜨거운 햇살에도 불구하고 젊은 청년 두 명이 윗도리를 온통 벗어버리고서 뒹굴고 있었고, 유럽 어디를 가더라도 그러한 것처럼 런던에서도 배꼽티를 입은 수많은 여성들이 거리를 활보하고 있었다.

삼성전자의 전광판이 크게 내걸린 피카델리 서커스를 지나 런던의 명동이라고 할 수 있는 리전트 거리 근처의 한식당에서 점심을 들었다. 식사 후 우리 일행이 리전트 거리의 버벌리 본점에서 코트와 의류들을 살펴보고 있는 동안 나는 파리에서 그러했던 것처럼 또 혼자서 밖으로 나와 그 일대의 번화가와 뒷거리를 산책하였다.

오후에는 기묘하게 꾸부러진 타원형의 새 런던 시청 건물 부근에서 테임즈 강 너머로 고딕 양식의 첨탑에다 금빛 장식이 찬란한 타워브리지 및 왕가의 거처인 동시에 헨리 8세의 여러 부인 중 한 명으로서 엘리자베스 1세의 생모이기도 한 앤이나 헨리 8세의 이혼을 반대한 토머스 모어와 같은 유명 인사들을 투옥하고 처형한 성으로서 더욱 유명한 런던 타워, 그리고 런던의 새 명물이 된 초대형 원형유람차인 런던 아이 및 세계의 바다를 제패한 대영제국의 옛 영광을 상징하기 위해 이 장소에 늘 정박시켜 놓은 군함 등을 바라보았다.

마지막으로는 대영박물관으로 향했다. 먼저 그 입구 건물을 지나서 처음 맞닥뜨리는 뜰에 위치한 원형 도서관을 보았다. 이 건물에 들어있었던 예전의 국립도서관은 현재 다른 곳으로 이전하였으나 건물 자체는 외부만 모습을 새로 단장하고 내부의 책과 서가 및 열람석은 과거의 모습대로 보존하였다. 이곳은 런던 시절의 칼 마르크스가 출입증을 가진 고정 열람자로서 늘 공부하던 곳이니, 말하자면 『자본론』의 산실이 된 장소라고 할 수 있다. 우리 가족은 화장실을 찾기 위해 오리엔트 유물 전시실로 들어가 이리저리 헤매다가 되돌아 나온 이후, 가이드의 인솔에 따라 다시 들어가 저 유명한 로제타석, 이집트 전성기의 람세스 2세 像 및 이집트 미라들, 아시리아·페르시아의 돌 조각들과 그리스 파르테논 신전의 부조들, 그리고 한국관과 중국·인도·이슬람 전시실 등을 둘러보았다.

런던 관광을 모두 마친 후 크롬웰 路에 있는 로렌쪼(Lorenzo's)라는 이탈리아식당으로 가서 유럽에서의 마지막 저녁식사를 들었다. 우리가 독차지하고 앉은 그 식당 2층에는 에어컨은커녕 선풍기조차 손님 좌석이 아닌 계단 쪽을 향하고 있어 식사 도중 내내 더위를 견디기 어려웠다. 우리 일행 중에는 이런 곳에다 우리를 앉힌 것은 인종차별이 아니냐고 불평하는 사람이 있었는데, 나 역시 이처럼 설비가 형편없는 식당으로 우리를 데려온 데 대해 불쾌한 생각이 없지 않았다. 식사가 끝나자 곧 1층 출입문 밖으로 나와 바람을 쐬면서, 1층에서 식사를 마친 후 내 옆에 서 있는 현지 가이드에게 땀에 흠뻑 젖은 내 상의를 가리키며 어떻게 손님을 변변한 선풍기 하나 없는 무더운 곳에 앉혀 식사를 하게 할 수 있느냐고 넌지시 불평을 비쳤다. 가이드의 말은 주인 측이 우리를 홀대하는 것이 아니라 1970년에 기상관측이 시작된 이후 최대의 폭염이라 그럴 따름이며, 런던에서는 평소 한여름이라도 냉방 시설이 필요 없다는 것이었다. 자기 자신도 자가용차에 에어컨이 없어도 지금까지 별로 불편을 느끼지 못했으나 올해의 더위를 겪고서는 달아야겠다는 마음이 든다고 했다.

저녁 식사 때의 불평 때문인지 히드루 공항으로 가는 도중에 가이드가 한국인과 영국인의 기질 차이를 설명하면서 영국인이 천연자원도 별로 없는 이 작은 나라에 살면서 과거에 어떻게 세계 최대의 대제국을 이룰 수 있었던 지에 대한 자기 생각과 아울러 영국 교육제도의 특성에 대해서도 설명해 주었다. 공항에 도착한 이후 먼저 유럽 각 나라의 면세점에서 산 물건들에 대한 면세액 부분의 환급 절차를 밟았다. 영국은 EU에 가입해 있음에도 불구하고 공용화폐인 유로를 사용하지 않고서 지금까지도 자기나라의 파운드화를 고집하고 있다. 파운드로 받으면 환금 차액이 없는 점에서는 다소 유리하지만 그 대신 다른 나라에서는 그것이 쓸모가 없으므로, 우리 가족은 세계 통화의 구실을 하고 있는 달러로 환급받았다. 그러나 공항 면세점에서 나는 스카치위스키, 아내는 선물용의 샴페인, 그리고 회옥이는 초콜릿을 각각 한 통씩 구입하면서 파운드화로 받는 편이 오히려 좋았겠다고 약간 후회하였다.

공항 안에서 점심 때 한식당 입구에서 집어온 「영국 생활」 및 다른 교포 주간지 하나, 그리고 「조선일보」를 통해 정몽헌 회장의 투신자살에 대한 상세 정보를 비롯한 그동안의 한국 소식을 읽었고, 오후 아홉 시에 출발하는 아시아나 항공 편으로 귀국 길에 올랐다.

8 (금) 맑음
시차 관계로 유럽으로 떠날 때는 7시간을 벌었지만, 런던으로부터 귀국할 때는 8시간을 잃어 결국 비행기 속에서 거의 하루를 보낸 셈이 되었다. 아시아나 항공 측에서 희망자들에게 내 준 눈가리개를 착용하고서 잠을 청해 보았으나 별로 수면을 취하지는 못했다.

한국시간으로 오후 3시 50분경에 인천국제공항에 도착하여 짐을 찾은 후, 공항 리무진으로 갈아타고서 강남고속 터미널에 도착하였다. 아내가 오후 7시 발 진주행 표를 예매해 두었으나, 다소 시간적 여유가 있었으므로 6시 30분 발 우등고속으로 바꾸어 밤 10시 25분 무렵에 진주에 도착하였다. 집에 도착하여 샤워를 마친 후 자정이 넘도록 가져온 짐을 정리하고 그동안에 도착해 있는 우편물들을 점검해 보았다.

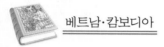

베트남·캄보디아

1월

14 (수) 맑음

내일 오전에 인천공항을 출발하여 베트남의 호치민 시를 향해 출발하게 되므로, 저녁식사를 마친 후 아내와 함께 오늘 오후 7시 고속버스 편으로 진주를 출발하여 상경하게 되었다. 우리가 없는 중에 장모님이 와서 회옥이를 돌봐줄 예정이었지만, 장모님이 감기 중인데다 회옥이도 오히려 불편하다면서 혼자 있기를 원하므로 그렇게 하기로 했다.

10시 40분경에 서울의 강남고속 터미널에 도착하였으나 작년 여름의 경우에는 터미널 출구를 나서자마자 인천공항으로 가는 웨건 운전사가 호객을 하므로 그것을 타고서 신공항까지 직행할 수가 있었는데, 이번에는 그런 사람이 눈에 띄지 않아 별 수 없이 트렁크를 끌고서 공항리무진이 출발하는 장소까지 이동하여 보았지만 예상했던 대로 시간이 늦어 리무진버스는 밤 9시 30분에 이미 마지막 차량이 출발한 다음이었다. 별

수 없이 그 근처의 지하철역으로 내려가 매표원에게 인천공항 가는 법을 물었더니 온수 행 7호선을 타고 가다가 대림과 영등포구청 역에서 각각 내려 두 번 갈아타라고 일러주었다. 가르쳐준 대로 해 보았더니 그것은 국내선인 김포공항으로 가는 코스이며, 인천 영종도의 국제공항 가는 노선은 아직 개설되어 있지 않았다.

자정 무렵에 김포공항에 도착하였을 때는 공항 구내에는 인적조차 거의 끊어져 버렸으므로, 밖으로 나온 다음 우연히 마주친 경비원에게 물어서 광장을 가로질러 건너편의 숙소 있는 곳을 찾아 나섰다가, 도로에 다다른 후 지나가는 택시를 타고서는 바로 공항신도시로 향하였다. 지난해 7월 하순에 서유럽 여행을 떠날 때 우리 가족이 하룻밤 머물렀던 인천광역시 중구 운서동의 호텔 뉴 에어포트에 다다라 지난번처럼 6만원의 숙박비를 지불하고서 508호실에 투숙하였을 때는 이미 밤 1시가 지난 무렵이었다.

15 (목) 맑음

오전 7시 남짓에 호텔 봉고차를 타고서 공항으로 이동하였다. 3층 출국장의 K와 L 사이 5번 테이블 하나투어 안내판 앞에서 우리 여행의 인솔자인 최광순 씨 및 동행할 사람들과 만났다. 최 씨는 30 전후의 나이로 보이는 미혼여성이었고, 그 외의 일행은 모두 20명으로서 인천시 남구 도화1동에 소재한 홍정형외과의 홍성훈 원장 내외와 서울의 회사원으로서 초등학생인 두 아들을 대동한 황정호 씨 내외, 그리고 비교적 젊은 나이의 서울에서 회사원으로 근무하는 노경준 씨 내외 및 우리 내외를 포함하여 부부동반이 네 그룹이고, 그 외에 한 자매가 섞인 인천의 여교사 그룹 네 명과 강원도 철원에서 온 여교사 그룹 세 명 및 서울에서 회사원으로 근무한다고 자기네를 소개했으나 나중에 교사들로 밝혀진 젊은 여자 세 명의 그룹이었다.

출국수속을 마치고서 오전 10시 15분발 베트남항공 939편으로 인천을 출발하여 오후 2시 5분에 베트남의 호치민(胡志明)시, 즉 1975년의 통일

이전까지 사이공(西貢)으로 불리던 남부 베트남의 중심도시이자 인구로서도 베트남 최대인 경제중심도시의 관문인 떤선녓(영어식 발음으로는 탄손누트) 국제공항에 도착하였다. 이번 여행지인 베트남과 캄보디아의 현지 시각은 한국보다 두 시간이 늦으므로 비행에 여섯 시간 정도 소요된 셈이다.

공항에서 한국인 남자 가이드와 미팅을 하였다. 베트남과 캄보디아에서는 외국인 관광객에 대해 원칙적으로 현지인 가이드가 모든 안내를 하도록 되어 있으므로, 형식상으로는 현지인 가이드가 우리를 영접하는 것으로 되어 있고 불법이면서도 사실상 모든 일을 도맡아 하는 한국인 가이드는 그를 보조하는 모양새였다. 물론 이미 여행사로 납부한 공식적 경비 외에 현지인 가이드에 대한 팁 등을 위한 경비를 따로 모금해야 했다.

공항 화장실에서 남들이 하는 대로 입고 왔던 겨울옷을 벗고서 대충 여름 것으로 갈아입은 후, 준비된 버스를 타고서 호치민 시내의 푸 뉴안 區 응우엔(구엔) 반 쪼이 街 253번지에 위치한 옴니 사이공 호텔로 이동하였다. 배정받은 204호실에서 한동안 휴식을 취한 후, 오후 네 시 경에 1층 로비에서 다시 모여 대절 버스로 시내 관광을 하였다. 현지의 한국인 가이드는 우리가 가는 곳 어디에서나 달러가 통용되므로 베트남 돈은 바꿀 필요가 없다고 말했으나, 만약의 경우에 대비하여 호텔 프런트에서 미화 5불을 바꿔보았더니 베트남의 화폐로는 78,000동이었다. 한국에서는 최근 화폐개혁에 관한 정부 방침이 보도되고 있는데, 베트남 돈은 한국 돈보다도 10배 정도 더 가치가 떨어지는 셈이다. 도이 모이(쇄신) 정책의 실시 이후 꽤 빠른 성장을 하고 있다고는 하나 아직 경제적으로 낙후해 있는 베트남에는 재료비 때문에 동전은 없고 지폐만 있다. 내가 받은 5만·2만·5천·2천·1천 동 지폐의 앞면에 모두 중국 국기를 닮은 베트남의 黃星紅旗와 더불어 胡志明 한 사람의 미소 띤 모습이 찍혀져 있는 것으로 보아 胡가 이 나라에서 어떤 의미를 가지는지 미루어 짐작할 수 있었다.

베트남도 지금은 광역시 제도를 도입해 있는 모양인데, 그 중 구 사이 공의 시가지에 해당하는 부분은 예상했던 것보다도 훨씬 좁아서 우리 일행이 탄 차는 오후 몇 시간 동안에 남부 베트남의 구 대통령 관저였던 통일궁을 세 번 정도나 지나치게 되었다. 중심가에도 고층건물은 별로 눈에 띄지 않고, 프랑스 식민지 시절에 만들어진 그다지 넓지 않은 도로들 어디를 가나 오토바이가 양편을 가득 메우다시피 하고서 요란한 소음을 내며 달리고 있었으므로 혼자서는 길을 건널 엄두조차 내기 어려웠는데, 걷는 사람은 거의 눈에 띄지 않았다. 그 오토바이의 대부분은 일본제 혼다였다. 가이드의 설명에 의하면 베트남의 도로 위를 달리는 관광버스와 트럭들은 거의 다 한국산이라고 한다.

시내 관광 도중에 하차하여 과일시장에 들러서 각자가 원하는 과일들을 구입하였다. 우리 내외는 이미 잘 아는 망고와 망고스텐이라고 하는 동그란 열대 과일을 사서 후자는 금방 다 까먹었다. 쪼론이라 불리는 광대한 구역을 차지한 차이나타운까지 갔다가 어두워진 이후에 중심가인 동코이 거리로 돌아와서 하차하여 유명한 중앙우체국 건물의 안팎과 그 앞에 서 있는 성모 마리아 교회(노트르담 성당)를 둘러보며 기념사진을 촬영하였다. 이 둘이 다 식민지배 시절의 프랑스인이 남긴 건물인데, 중앙우체국 홀의 정면 벽 중앙에도 호치민의 초상이 크게 걸려 있었다.

우리는 호치민이 1911년 21세의 젊은 나이로 상선의 승무원이 되어 프랑스로 떠나 이후 30년 정도 해외에서의 생활을 시작하게 된 장소에 서 있는 호치민기념관이 멀지 않은 장소에 바라다 보이는 위치의 부두에 정박해 있는 유람선에 올라 1층에서 석식을 들었다. 기와지붕으로 된 그 기념관 건물은 19세기 후반에 지어진 것으로서 원래는 선박 회사의 것이었다고 한다. TV를 통해 여러 번 본 바 있는 생선으로 우려낸 베트남 液醬인 느억맘을 여기서 처음으로 맛보았고, 알코올 도수가 40이나 된다는 쌀로 빚은 대중주도 윤 원장이 한 병 사서 함께 마셔 보았다. 윤 원장은 1942년생이므로 나보다 일곱 살 위인데, 서울대 출신으로서 60년대에 의대를 다녔다고 한다.

그 유람선은 1, 2층 객실에 모두 악사와 가수가 있어 생음악을 연주하며 한국 노래도 들려주었고, 원하는 사람은 악사들 쪽으로 나가 노래와 춤을 피로할 수도 있었다. 2층 객실은 전체를 베트남 사람이 빌려 단체로 떠들썩하게 춤추고 노래하며 놀고 있었다. 우리 부부는 식사를 마친 후 2층 뱃머리로 가서 사이공 강의 밤 풍경을 바라보았다. 유람선은 한 시간 정도 사이공 강을 따라서 아래위로 왕복하였다. 드넓은 강에 무역선이 즐비하게 정박해 있고, 개중에는 북한 국기가 그려진 배도 한 척 눈에 띄었다. 크루즈를 마친 후 밤 10시 무렵에 호텔로 돌아왔다.

16 (금) 맑음

오전에 호치민에서 북서쪽으로 약 60km 거리에 떨어져 있어 자동차로 1시간 30분 정도 걸리며 캄보디아 국경에서 가까운 곳인 꾸찌(古地)로 향하였다. 이곳 역시 호치민 광역시에 포함된다고 한다. 도시 지역을 벗어날 때까지 서쪽으로 통하는 주도로는 51호 국도 하나뿐이어서 교통 정체가 심했다. 오토바이를 탄 여성들은 흔히 스카프 같은 것으로 얼굴과 목을 가리고서 눈만 내 놓고 있었는데, 이처럼 두건을 쓴 이유는 배기가스의 오염으로 찌든 공기를 피하려는 것과 동시에 강한 햇볕에 피부가 그을리는 것을 방지하기 위해서라고 한다. 베트남에서 미인의 기준 중에는 피부가 흰 것을 으뜸으로 친다고 한다. 그리고 현지에서는 논이라는 이름으로 불리고 있는 사진이나 영화 등에서 흔히 보던 삼각형 모양으로 꼭지가 뾰족하고 챙이 둥그런 모자는 알고 보니 여자들만 쓰는 것이었다.

시가지를 벗어나니 계속 한적한 시골풍경이 전개되었다. 臺灣 유학 시절의 내 눈에 익은 중국 남부 지방 모습과 대체로 유사하였고, 가끔씩 눈에 띄는 기와지붕도 대만에서 보던 것과 기본적으로 같았다. 우리는 도중에 고무나무 농장에서 정거하였다. 우리 집 베란다에도 잎이 넓고 줄기에 상처를 내면 하얀 진액이 흘러나오는 고무나무라고 불리는 관상용 식물이 있으므로 나는 그런 것인 줄로만 알고 있었으나, 현지에서 본 고무나무는 전혀 다른 종으로서 오히려 한국으로 말하자면 느티나무의 모습에 가까운 것이었다. 도로변의 농가 주변 여기저기에 쌀 종이(rice paper)라고 하는 것을 펴서 대나무로 엮은 널판에다 말리고 있는 모습을 볼 수가 있었다. 그것은 물기에 닿으면 금방 연해지므로 春卷 등의 베트남 음식이나 과자를 만드는데 사용되며 술을 담그기도 한다고 들었다.

꾸찌는 캄보디아 영역에서 사이공으로 통하는 이른바 구 호치민 루트에 위치해 있는 전략적 요충지로서 베트남 전쟁 당시 베트콩이 파 놓은 땅굴 요새지이다. 그 땅굴은 총 연장이 250km나 되어 사이공 시내의 미국 대사관 및 미군과 주월 한국군의 본부 바로 아래에까지 연결되어 있었고, 저 유명한 舊正(뗏) 대공세 때에는 이 땅굴을 통해 베트콩이 미국 대사관 구내까지 습격해 들어갔었던 것이라고 한다. 당시로서는 남부 베트남 인민의 대다수가 북베트남에 의한 민족 통일을 지지하는 상황이었으므로, 군인과 민간인, 적과 아군의 구별이 매우 어려운 상황이었으니, 그런 점에서 보더라도 미국이나 그 후원을 등에 업은 남부 베트남 정부가 전쟁에서 승리할 가능성은 매우 희박했던 것이다.

우리는 꾸찌의 벤딘 터널에 도착하여 먼저 기념관에 들러 60년대에 만들어진 흑백 비디오를 시청한 다음, 당시의 북베트남 군인복장을 한 젊은이의 안내를 따라 땅굴과 빨치산 시설들을 둘러보았다. 두 차례 직접 땅굴 속으로 들어가 보기도 하였는데, 90도 각도로 엎드려서 한 사람이 겨우 지나갈 수 있는 규모의 땅굴 속은 이 지방 특유의 콘크리트처럼 단단한 흙으로 되어 있어 아주 견고하였다. 곳곳에는 빨치산의 각종 시설들이 공개되어 있었고 돈을 내고서 직접 여러 종류의 총을 쏘아볼 수 있는 사격장도 있었다. 베트남 인민의 어떠한 희생도 마다하지 않는 독립 불굴의 투지와 인내심 및 자존의식을 목도하고서 깊은 감명을 느꼈다.

기념관 건물 광장에 있는 안내판에서는 한자를 변형하여 만든 베트남 특유의 문자인 쯔놈(字喃)도 현지에 온 후 처음으로 보았다. 돌아오는 길에 꾸찌 터널 부근의 한국인이 운영하는 쌍둥이식당에 들러 돼지불고기와 된장찌개로 점심을 들었고, 두리안이라고 불리는 둥글고 딱딱한 껍질에 커다란 침들이 돋아 있는 과일도 한 통 사서 일행과 나누어 먹었다.

호치민시로 돌아온 후, 간밤에 유람선을 탔던 부두에서 가까운 장소인 第一郡 咸宜街 1號에 있는 외국인 전용의 기념품점인 第一西貢藝品에 들러 얼마간 시간을 보낸 후 부둣가의 도로를 경유하여 떤선녓 공항으로 가서 캄보디아로의 출국 수속을 밟았다. 베트남에서는 한국의 설날과 추석을 합한 정도의 의미를 가지는 제일 큰 명절인 구정을 앞둔 시기이므로 공항 안은 매우 붐비었고, 우리가 공항에 도착한 시각이 늦은지라 인솔자 최양이 출국수속 시간을 줄이기 위해 공항 여직원과 접촉하여 우리를 외교관과 승무원 출구 및 ASEAN 국민 출구로 내보내려다가 오히려 많은 시간을 허비한 까닭에 비행기 출발 시각에서 50분이나 지난 후에야 간신히 탑승을 마칠 수가 있었다.

　　우리가 예약해 둔 베트남항공의 비행기는 원래 오후 4시 30분에 떤손 녓 공항을 출발하여 5시 35분에 캄보디아의 시엠리아프(Siem Reap, 영어식 통칭으로는 씨엠립) 국제공항에 도착할 예정이었는데, 이럭저럭 도착 시각에 큰 차질은 없었다. 캄보디아 공항 안에서의 비자 수속에는 따로 미화 20불을 지불해야 하며 서류에다 여권용 증명사진을 한 장 첨부해야만 하는데, 나는 그 사진을 화물로 부친 트렁크 속의 지갑에다 넣어두었기 때문에 먼저 수속을 마친 아내가 그것을 꺼내 와서 내게 전달해 주느라고 맨 마지막에야 입국수속을 마칠 수 있었다. 공항 직원들이 비자수속비 외에 외국인에 대해 따로 입국세 명목의 돈을 요구하는 것이 관례로 되어 있는 모양인데, 인솔자의 의견에 따라 우리 일행은 아무도 그것을 주지 않았다.

　　한국인 및 현지인 가이드의 영접을 받아 대절버스로 비포장도로인 듯한 울퉁불퉁한 길을 따라 인구 5만의 시엠리아프 시내에 도착한 후, 공항으로 통하는 국도 6호선의 주변에 위치한 골디아나 앙코르 호텔에 짐을 풀고서 현지의 뷔페식당으로 이동하여 저녁식사를 들며 밤 7시부터 시작되는 압사라 민속 쇼를 관람하였다. 압사라란 힌두교 신화에 나오는 天上의 요정을 의미하는 말인데, 그들이 춤을 추는 모습은 앙코르의 유적 여기저기에 수없이 많이 나타나는 것이다. 둥글면서 꼭대기가 뾰족한 황금

빛 모자를 쓰고서 손가락을 바깥쪽으로 구부리고 발을 묘하게 움직이는 이 춤은 오히려 태국의 민속무용으로서 세계적으로 널리 알려져 있는 것인데, 태국은 고대에 크메르왕국의 속국이었고, 그 이후로도 크메르 문화의 영향을 많이 받았으므로 그 춤의 원조는 캄보디아였을 것으로 생각된다. 그 식당에는 일본인 관광객들도 많이 보였다. 일본의 두 도시로부터는 이미 시엠리아프로 직항 편 항공로가 개통되어 있다고 한다. 이 도시는 최근에 와서야 외국인 관광객을 상대로 한 개발이 급속히 진행되고 있으므로, 1~2년 사이에 땅값이 백배 정도나 뛰었다고 한다. 우리가 든 호텔도 완공된 지 반년도 채 되지 않은 것으로서 외국의 자본과 기술에 의한 것인지 그 시설은 국제 수준에 비추어도 손색이 없었다.

17 (토) 맑음
조식 후 반바지와 반팔 T셔츠 차림으로 대절버스를 타고서 앙코르톰으로 향했다. '앙코르'는 크메르어의 문자적 의미로는 '首都' 혹은 '성스러운 도시'를 의미하며 '톰'이란 '크다'는 뜻이니 합하면 '커다란 수도'라는 의미인데, 오늘날에 있어서는 앙코르가 곧 크메르 민족이 세운 당시의 제국 자체를 의미하기도 한다. 이곳은 9세기로부터 12세기까지 이 지역에 존재했었던 크메르제국의 수도로서 그 전성기에는 수도 지역의 인구가 백만을 넘었고, 당시의 크메르 왕은 오늘날의 캄보디아를 비롯하여 타일랜드·베트남·라오스의 대부분 지역을 군사·경제·문화적으로 지배하고 있었던 것이다.
동남아시아 지역에는 신석기시대부터 사람이 거주하고 있었는데, 바다의 실크로드가 개통되면서 동서해상교역의 중계지로서 그 중요성이 부각되자 1세기 무렵부터 인도 및 중국 상인들의 왕래가 빈번해지고 특히 인도 문명의 영향이 지배적으로 되면서 여러 도시국가들이 성립하였다. 3세기 무렵에 이것들을 통합하여 오늘날의 베트남 남부 및 캄보디아 지역을 영역으로 한 최초의 크메르 왕조인 扶南(Funan)이 대두하였고, 6세기 후반에 그 속국 중 하나였던 캄보디아 북부의 眞臘(Zhendla)이 대두하여 점차 扶南을 대체하였다가 오래지 않아 분열된 것을 앙코르 왕조의 창시자인 자야바르만 2세가 왕자 시절 오늘날 인도네시아의 자바 왕궁에 오랜 기간 인질로 가 있었다가 790년 무렵에 귀국하여 802년에 다시금 통일 왕조를 수립하였던 것이다.

그가 통일을 선포하고서 즉위식을 거행했던 장소는 시엠리아프의 북쪽 50km 지점에 있는 쿨렌 山, 즉 프놈 쿨렌이었다. 그 전의 수도는 시엠리아프에서 남동쪽으로 13km 떨어진 위치의 롤루스(Roluos)에 있었던 것인데, 자야바르만 2세는 얼마 후 다시 수도를 롤루스(당시의 명칭은 하리하랄라야)로 옮겼고, 4대 왕인 야소바르만 1세 때 앙코르 지역에 세워진 최초의 주요 사원 프놈 바켕의 공사가 완료된 893년 무렵에 새로운 수도를 앙코르(당시의 명칭은 야소다라푸라)로 옮겼던 것이다. 이후 1177년에 지금의 중부 베트남 지역에서 일어난 참족이 세운 참파(占婆) 왕조와의 전쟁에서 패배하여 이후 4년간 앙코르는 참족의 지배하에 있었는데, 1181년에 참족을 물리치고서 즉위한 자야바르만 7세에 의해 과거 400년간의 전통을 깨고서 대승불교가 국교로 채택되면서 그에 의해 40년이 채 못 되는 짧은 기간 동안 이 지역에 앙코르톰을 비롯한 수백 종류의 기념물들이 건설되었던 것이다. 1220년에 있었던 그의 사망과 더불어 앙코르왕조의 왕성했던 기념물 건축 시기는 대체로 끝나고, 13세기 후반 자야바르만 8세 치하에서 한동안 힌두 전통이 회복되어 자야바르만 7세가 건설했던 불교적 기념물은 대부분 파괴되거나 힌두교적인 것으로 변형되었는데, 그가 죽은 후로 다시 불교가 회복되었지만 그것은 소승불교였고, 이후 오늘날까지 캄보디아에서는 소승불교가 지배적으로 되었다. 13세기 말에 元나라 쿠빌라이의 사절로서 앙코르를 방문했던 주달관은 『眞臘風土記』라는 저술에서 당시 이 도성의 모습에 관한 생생한 기록을 남기고 있다.

13세기 이래로 앙코르 왕조는 서쪽의 타이 족으로부터 거듭 침입을 받아오다가 1431년에는 7개월 동안에 걸쳐 왕도가 그들에 의해 점령당하는 사태가 있었으므로(오늘날의 시엠리아프라는 명칭은 '샴, 즉 태국에 의해 점령된 곳'이라는 뜻이라고 한다), 그 이듬해인 1432년에 수도를 내륙의 농업 경제를 기반으로 한 앙코르로부터 수로를 통한 상업 활동의 요지인 남부의 프놈펜으로 이전하였고, 그 이후로도 캄보디아의 수도는 두어 차례 이전이 있었다가 1866년 이래 프놈펜으로 고정되어 오늘에 이르고 있다. 수도가 옮겨진 이후로도 앙코르의 사원들은 그 기능상에 변화가 있었다고는 하겠으나 여전히 활동적이었으며, 16세기에서 19세기 사이에 서양인 탐험가와 선교사들이 몇 차례 앙코르와트를 방문한 적이 있었던 것인데, 1860년에 프랑스인 앙리 무오가 『샴, 캄보디아, 라오스 및 安南 여행기』를 출판함으로 말미암아 이 유적의 존재가 세계적으로 널리 알려지게 되었으므로, 그가 마치 최초의 발견자인 것처럼 인식되어져 있다.

이 일대에 널려 있는 거대한 유적의 전체 모습은 아직 다 밝혀지지는 않았다고 하지만 이미 조사된 유적지만 해도 62곳이나 되는데, 600km에 이르는 지역 내에 9세기에서 13세기에 이르는 100여개의 사원이 발견되었다고 한다. 우리는 그 중에서 가장 짧은 관광 코스를 취하여 차에 탄 채로 이동하며 여기저기서 내려 한국인 현지 가이드의 안내에 따라 유적을 둘러보았다. 먼저 앙코르톰에 이르러, 머리가 여러 개 달린 코브라 모양의 수호신인 나가와 힌두교의 우주창조 신화와 관련된 乳海攪拌의 조각이 뚜렷이 남아 있는 남문 앞의 다리를 걸어 지나서 남대문과 성벽 및 해자를 둘러본 다음, 다시 차로 이동하여 성벽 한 변이 3km인 정사각형 모양의 앙코르톰 한가운데에 위치한 바이욘 사원의 벽화 부조들과 월남전을 다룬 영화 〈플래툰〉인가를 통해 익히 본 바 있는 관세음보살의 사면체얼굴들로 장식된 중앙 본전의 높이 42m에 달하는 須彌山(메루산)을 둘러보았다.

바이욘을 나온 후, 많이 파괴되어져 보수 공사가 진행 중이므로 일반에게 공개되지 않고 있는 바푸온 앞을 지나, 왕궁 터 안의 자야바르만 5세 때 건축된 힌두교 사원인 피메아나카스 앞 나무그늘에서 휴식을 취하며 야자열매의 액을 마시고 그 열매를 반으로 잘라 속의 코코아 및 초콜릿

원료가 되는 흰색 속살도 숟가락으로 훑어 먹었다. 현지 가이드는 그곳 야외 휴게소의 노점으로부터 갖가지 무늬와 색깔로 된 머플러 비슷한 천을 사서 일행 모두에게 하나씩 선사하였고, 나는 어린 소녀로부터 『ALONG THE ROYAL ROADS TO ANKOR』라는 제목의 책을 한 권 샀다.

2004년 1월 17일, 앙코르 톰

　피메아나카스 주위를 걸어서 한 바퀴 돈 후, 코끼리 테라스와 문둥이 왕의 테라스를 둘러 본 다음, 다시 차에 타고서 동쪽 승리의 문을 통해 앙코르톰을 빠져나온 다음, 타 케오 앞을 지나 자야바르만 7세가 앙코르 톰을 만들기 전에 모후의 극락왕생을 기리기 위해 지은 불교 사원인 타 프롬에 이르렀다. 동서 1,000m, 남북 600m에 달하는 방대한 규모였던 이 절은 현재 황폐한 채로 방치되어져 있다. 유적이 파괴된 주된 원인은 새들의 분뇨 속에 섞여 버려진 溶樹의 씨앗으로서, 그 씨앗으로 말미암아 유적의 위로부터 아래와 옆쪽으로 뻗어 나간 거대한 나무뿌리들이 곳곳에서 엄청난 기세로 사암이나 래틀라이트로 이루어진 유적의 건축물들을 휘감고 있어 종종 영화 촬영의 무대가 되기도 하는 곳이다. 우리는 여기서『론리 플래닛』세계 여행 책자 시리즈의 캄보디아 편 표지에 그 사진이 실린 허리가 굽은 관리원 노인을 만나기도 하였다. 그 노인은 허리뼈가 앞쪽으로 거의 90도 각도로 굽혀진 채 굳어 있었다. 돈만 생기면 술을 마시므로 늘 취해 있으며 근자에는 그런 경향이 더욱 심하다고 한다.

시엠리아프 시내로 돌아와 뷔페식당에서 점심을 든 후, 현지인들의 오침 시간을 피해 오후 2시 반 무렵에 다시 앙코르와트(와트는 사원이란 의미)로 향했다. 이 지역의 유적들 가운데서 세계적으로 가장 널리 알려진 이 힌두교 사원은 앙코르왕조의 전성기인 12세기에 수르야바르만 2세에 의해 건설된 것이다. 우리는 서문을 통해 넓은 해자 위의 참배도로를 따라 들어가 연못가의 상점에서 음료수를 사서 마시며 한동안 휴식을 취한 다음, 제1회랑으로 들어가『라마야나』,『마하바라타』, 수르야바르만 2세의 행군, 천국과 지옥, 유해교반 등의 벽화 浮彫들을 차례로 둘러본 다음, 제2회랑을 거쳐 가파른 돌계단을 기어올라 수미산에 해당하는 높이 65m의 중앙사당에까지 올랐다가 측면의 돌계단에 설치된 쇠로 된 손잡이를 잡고서 내려왔다. 그러나 평소 겁이 많은 아내는 제2회랑에서 머물러 우리가 다 내려올 때까지 기다리고 있었다.

앙코르와트를 나온 다음, 그 부근의 프놈 바켕(바켕 언덕)에 올라 주위 사방으로 탁 트인 평원에 펼쳐진 방대한 밀림과 아스라이 실루엣으로 바라보이는 산들 및 남동쪽 발아래의 앙코르와트 풍경과 유명한 일몰의 모습을 지켜보았다. 높이 60m 정도의 그다지 높지 않은 이 산 꼭대기 부분에는 앙코르 일대에서 최초로 세워진 힌두교 사원의 유적이 황폐한 형태로 남아 있는데, 그 사원 맨 위층의 사방 모서리에는 각각 시바신의 상징인 링가가 설치되어 있었다. 여기서 서쪽 방향으로는 거대한 인공호수인 서쪽 바라이의 모습이 바라다 보이고, 석양이 주변 하늘을 붉게 물들이지도 않고서 유난히 붉고 커다란 해 덩어리가 얼마 지나지 않은 동안에 서쪽 하늘에서 구름 아래로인가 문득 사라져 버리는 것이었다.

우리는 아래쪽에 塼塔의 폐허가 두 군데 남아 있는 북쪽 계단을 거쳐서 어둑어둑해진 무렵 다시 가파른 흙 언덕을 내려왔다. 언덕 아래쪽에는 악사들이 전통 악기를 연주하고 있고, 코끼리를 타고서 경사가 완만한 옆길로 둘러서 내려오는 사람들도 있었다.

차를 타고서 시엠리아프 시내의 중국집으로 이동하여 저녁식사를 들었다. 연장자(어르신)라 하여 나와 매번 같은 테이블에 앉게 되는 홍 원장은 식사 때마다 술을 사는지라 오늘은 내가 먼저 맥주 값 15불을 지불하였더니, 호텔로 돌아오는 길에 들른 편의점에서 홍 박사가 흑맥주 캔을 한 박스 사서는 내게 세 개를 주었다. 캄보디아에 도착한 이후로는 맥주 외에 현지의 술을 파는 곳은 찾아볼 수가 없었다. 일행 중 일부는 호텔로 돌아와 샤워를 마친 후 가이드를 따라 옵션인 마사지를 하러 가는 모양이었으나, 홍 박사가 허리에 차고 다니는 만보기에 의하면 오늘은 13,000보 이상을 걸은 것으로 되어 있다고 하므로 우리 내외를 포함한 대부분의 사람들은 일찌감치 잠자리에 들었다.

18 (일) 맑음

호텔 뷔페로 조식을 마친 후 서쪽 바라이(저수지라는 뜻)로 향했다. 도중에 시골 마을의 시장에 들러 단체로 龍眼 등의 열대 과일을 구입하였다. 우리나라의 시골 장터와 흡사한 점이 있었다. 바라이의 제방 위에 도착하여 먼저 화장실에 다녀오고자 하였더니, 관리인이 5불이나 요구하는 바람에 함께 갔던 사람들이 남녀를 불문하고 다들 그 부근의 적당한 장소에서 방뇨를 하고 돌아왔다.

앙코르 왕조의 역대 왕들은 자신의 왕권을 과시라도 하듯 거대한 저수지를 모두 네 개나 만들었는데, 그 중 세 번째이자 가장 큰 것 (8km×2.2km)이 바로 이 서쪽 바라이로서 11세기 초에 건설된 것이다. 각 바라이에는 모두 가운데에 인공 섬을 만들어 거기에 사원을 건립하였다. 이러한 대형 저수지의 건립 이유에 대해서는 종래에 정치적, 종교적 기능과 아울러 건기와 우기를 불구하고 일 년 내내 논에 물을 댈 수 있게 하게 위한 것이라는 설이 유력하였었는데, 근자의 연구에서는 실용적 목적은 없고 다만 정치·종교적 이유에서 이루어진 것이라는 주장도 대두되어 있다고 한다.

우리 일행은 바닥에 더러 물이 새어든 목제 모터보트 세 대에 나누어 타고서 바라이 가운데에 있는 섬으로 들어갔다. 섬의 나무그늘 아래에 마련된 평상에서 오던 길에 사 온 과일들과 현지의 노점에서 파는 개구리 구이 등을 안주로 캔 맥주를 마셨고, 술을 못하는 사람들은 음료수를 들었다. 근처에서는 몇 명의 악사가 땅 위에다 자리를 깔고 앉아서 우리를 위해 전통 악기를 연주해 주었으며, 우리 배에 동승하여 따라온 어린이들이 기념품을 사 달라고 조르므로, 그들에게 노래를 몇 곡 합창하게 하고서 제각기 얼마간의 물건을 사 주었다. 나는 캄보디아 시골 사람들의 일상생활 모습을 담은 그림엽서 한 세트를 샀다. 나 혼자서 근처의 서쪽 메본 사원 유적을 살펴본 후 그다지 크지 않은 섬 주위를 반 바퀴 돌아보았다. 11세기에 우다야디타바르만 7세가 건설한 이 메본 사원을 이루고 있었던 석조물들의 폐허가 물가를 따라 계속 이어지므로 당시에는 꽤 큰 규모였음을 짐작할 수 있었다. 그러나 이 유적은 오늘날 아무도 돌보는 이 없이 황폐한 상태로 방치되어져 있고, 사원 건물의 창살을 이루고 있었던 둥글게 조각된 돌기둥 두 개는 악사들의 보잘것없는 나무 탁자 앞에 옮겨 세워져 있었다. 우리는 어제 앙코르와트 등의 사원에서도 그와 같은 모양의 세로로 일곱 개씩 받쳐져 있는 창살 기둥을 많이 보았던 것이다.

시엠리아프로 돌아오는 길에 어느 절에 들러 70년대 폴 포트 정권 당시 크메르루주에 의해 학살된 사람들의 유골이 유리 칸막이 속에 안치된 공양탑을 둘러보았다. 학살로 희생된 이들의 유골 앞에서 현지의 한국인 가이드는 근자에 캄보디아에서 발생한 한국 여인의 변사 사건과 그에 대한 한국 영사관 측의 무심한 태도를 설명하며 꽤나 흥분된 어조였다. 그 절의 법당에는 석가모니의 일대기를 극채색의 그림으로 묘사하여 천장과 벽면 전체에다 장식해 두고 있었다. 나는 법당을 나오다가 현지의 소녀에게서 『ANKOR』라는 제목의 영문으로 된 책을 또 한 권 샀다.

시엠리아프로 돌아와 현지의 뷔페식당에서 점심을 든 후, 정명수라는 한국인이 경영하는 桑黃버섯 판매점에 들렀다. 그는 원래 금광을 찾아 캄보디아로 왔었던 것인데, 자연산 상황버섯을 채취하기 위해 밀림 속으로 들어온 한국인들을 여러 차례 만난 까닭에 그 의학적 효과를 인식하고서 지금은 그 자신이 이런 상점을 경영하게 되었다고 한다.

정 씨의 상점을 나온 다음, 우리는 시엠리아프에서 차로 30분 정도 남쪽으로 내려간 지점에 있는 세계 최대의 담수호 중 하나인 톤레사프로 향했다. 이 호수는 메콩 강에서 역류한 물이 흘러들어와 호수의 수량이 우기에는 건기에 비해 세 배쯤으로 늘어나므로 면적도 물의 양에 따라 주기적으로 2,500㎢에서 12,000㎢ 이상으로까지 늘어나는 것이다. 그리로 가는 도중에 高床式의 캄보디아 전통 가옥들을 많이 볼 수 있었고, 경찰이 지키는 검문소를 거쳐서 빈민들이 사는 오두막집 마을을 한참동안 지나야 했다. 1975년에 베트남이 통일된 이후 이른바 보트 피플이 전 세계의 이목을 끌던 당시 이리 캄보디아로 망명해 온 베트남 난민들도 아직 이 호수 일대에 많이 거주하고 있으므로, 검문소는 주로 그들 외국인의 동향을 감시하기 위한 것이라고 한다. 가이드의 말로는 외국인 체류자인 한국 가이드도 현지인에 비해 여러 가지 면에서 차별을 받고 있다고 한다.

가이드가 오전에 전화하여 큰 모터보트 두 척을 예약해 두었으나, 현지에 도착해 보니 큰 배는 이미 다른 사람들이 타고 나갔다고 하므로, 별 수 없이 의자가 마련된 작은 목제 모터보트 세 척에 나눠 타고서 호수 안으로 나아갔다. 물 색깔은 거무튀튀한 흙빛으로 혼탁했으나 수질검사 결과로는 이 호수물이 1급수로 되어 있다고 한다. 가이드의 설명에 의하면 그것은 주로 물 위에 여기저기 떠 있는 마름 종류의 풀이 정화작용을 해 주기 때문이라는 것이었다. 그 외에도 이 호수는 담수인데도 불구하고 바다처럼 넓은 물가에 맹그로브 등의 숲이 끝없이 펼쳐져 있었다. 모터보터가 지나는 수로에는 학교나 공공건물들도 물위에 세워져 있었는데, 개중에는 한국 목사가 만들어 기증한 학교도 있었다. 수로 변에 쾌속정 두

대가 정박해 있었으며, 그 배는 수도인 프놈펜까지 연결되는 것이라고 했다.

우리는 호수 가운데로 좀 들어간 지점의 나무 막대기들을 묶어 물위에 표지를 세운 지점까지 이르렀다가 뱃머리를 돌려 그 부근의 선상가옥으로 된 상점에 들렀다. 무료로 주는 새우 안주에다 캔 맥주와 음료수를 들고서 각자가 부담하였다. 나는 거기서 캄보디아의 전통 음악을 수록한 CD 두 장을 구입하였다. 그 수상가옥의 한쪽에서는 악어 새끼들과 원숭이, 큰 뱀 같은 것도 사육하고 있었으므로, 나는 그곳 어린이가 해 주는 대로 길이가 수 미터나 되는 팔뚝만한 굵기의 꽃뱀을 목에 걸어보기도 하였다. 돌아오는 도중에 화장실 이용을 위해 들른 도로변의 상점에서도 새끼 악어들을 우리에 가두어 사육하고 있었다.

시엠리아프에 도착한 다음, SUWARAE라는 상호의 기념품점에 들러 아내는 야자나무로 만든 젓가락 세트를 선물용으로 몇 개 샀고, 그 뒤편의 아리랑한정식에서 갈비정식으로 저녁식사를 들었다. 어두워진 후 시엠리아프 공항으로 이동하여 출국수속을 마친 다음, 진주의 사천공항 정도 규모인 조그만 공항 건물 안에서 하노이로 가는 비행기 탑승 시각을 기다리는 동안 나는 면세 상점에서 미화 35.5불을 신용카드로 결제하고서 『The Ancient Khmer Empire』라는 A4용지 크기에 300쪽 정도 되는 책을 또 한 권 샀다.

베트남항공의 19시 45분발 비행기로 시엠리아프를 떠나 21시 50분에 하노이(河內)의 노이바이 국제공항에 도착하였다. 공항에 나온 현지 한국인 가이드의 설명에 의하면 이 공항은 근자에 완성된 것으로서 일본 측이 무상으로 지어준 것이라고 한다. 하노이 지역에는 일찍이 우리나라의 대우그룹이 진출하여 많은 부분에서 투자를 하고 있었는데, 대우그룹이 IMF 금융위기로 말미암아 파산한 이후로는 일본 기업이 대거 진출하여 대우가 건설한 기업들을 속속 인수하였고 현재 외국인 투자를 주도하고 있다는 것이었다.

우리가 투숙한 대우호텔은 아직도 한국인 소유로서 하노이에서는 최고급에 속한다고 하며, 그 옆의 대우아파트 역시 최고급 숙소로서 우리 교민들 자존심의 마지막 보루로 남아 있다는 것이었다. 나는 여기에 직접 와 보기까지는 베트남에서 대우그룹의 비중이 이 정도였던 지를 알지 못했었다. 교민들 가운데서는 몰락한 金宇中 회장이 지금도 하노이에 은신해 있을 것으로 믿는 이가 많고, 가이드 자신도 그렇게 생각한다고 했다. 하노이는 사계절이 뚜렷한 곳이라는 것을 책에서는 읽었으나, 막상 도착해 보니 깜짝 놀랄 정도의 추위로서 한국의 초겨울 날씨였다.

19 (월) 흐리고 약간 쌀쌀함

아침에 일어나서 호텔 창문의 커튼을 걷고서 밖을 내다보니 바로 아래로 제법 넓은 호수가 펼쳐져 있어서 경치가 좋았다. 하노이에는 무려 300여개의 호수가 있다고 하더니 날이 새자마자 그 말을 실감하게 된 것이다.

오전 중 하노이 시내 관광에 나섰다. 먼저 베트남의 정치 1번지라고 할 수 있는 북서쪽 바딘구의 홍브엉 거리로 향했다. 경비가 삼엄한 이곳에는 TV 등을 통해 여러 번 보아 온 호치민의 묘지가 있고, 그 정면 맞은편 바딘광장의 잔디밭 너머로 바라보이는 프랑스 총독부 건물이 지금은 국회의사당으로 사용되고 있으며, 광장 모서리에 국회의원들의 집무실이 들어 있는 건물 등이 보이고, 근처에 각국 대사관들도 들어서 있다. 바딘광장의 잔디밭은 여러 개의 사각형 모양으로 정연하게 구획 지어져 있고 그 사이로 길들이 나 있는데, 사각형 잔디밭의 숫자도 호치민이 생존한 햇수와 일치한다는 것이었다. 외국인이 호치민 묘지에 입장하는 데는 소지품이나 복장 등에 상당한 제한이 있고, 내부에서는 사진 촬영도 금지되어 있다고 한다. 다행히(?) 월·금요일은 정기휴무인지라 우리 일행은 입장할 수가 없었다.

가이드의 설명에 의하면 호치민은 사후 자신의 유해를 화장하여 베트남 국토의 북·중·남부에 나누어 뿌려달라는 유언을 남겼다고 한다. 그러나 후계자들은 체제 위기를 우려하여 그 유언을 실행하지 않고서 시신을 방부제로 처리하여 미라 상태로 만들어 유리 덮개 안에 넣어서 보관하고 있으며, 그 보관 상태가 너무 좋아 죽은 지 40년 가까운 오늘날에 이르기까지 마치 잠들어 있는 사람과 같은 상태이므로 밀랍인형이라는 설도 파다하다고 한다. 그러한 주장의 또 하나의 근거는 호치민이 사망한 것은 1969년 9월이었고, 이 묘소는 베트남 전쟁이 끝난 1975년 9월 2일의 건국기념일에 맞춰 조성되었는데, 그 사이 호의 시신이 어디에서 어떠한 상태로 안치되어 있었는지에 대해서는 아무것도 알려진 바가 없다는 것이다. 그러나 진위가 의심스러운 이 미라는 지금도 정기적으로 러시아에 보내져 새로운 보존처리를 한 후 반송되어져 온다고 한다.

우리는 묘지 뒤편으로 돌아가 연못 하나를 사이에 두고서 마주해 있는 호의 평소 관저와 여름용 관저를 둘러보았고, 하노이를 상징하는 고찰로서 1049년에 李王朝의 太宗이 연꽃 위에서 아이를 안고 있는 관음보살을 꿈에 본 후 얼마 안 있어 아이를 얻은 것에 대해 감사하는 뜻으로 연꽃 모양을 본떠지었다고 하는 一柱寺 옆을 지나 대절버스로 돌아왔다.

그 다음으로는 1070년에 공자를 모시기 위해 지어진 것으로서 베트남 최초의 대학이기도 한 文廟를 방문하였다. 정문을 들어서면 경내의 좌우에 연못이 있고, 또한 양쪽 담을 따라 긴 회랑이 있어 거기에는 1484년부터 약 300년간 시행한 과거의 합격자 명단이 龜趺 위의 비석에 한자로 새겨져 있었다. 경내의 안쪽에는 우리나라 성균관의 大成殿에 해당하는 공자 및 그 제자들을 모신 사당이 있는데, 특이한 것은 그보다 안쪽의 끄트머리에 2층 건물이 하나 더 있어 그 1층에는 중국에 유학하고 돌아온 후 베트남 학문의 아버지로 추앙되는 인물의 상이 안치되어져 있고, 2층에는 李·黎 왕조의 학문을 장려했던 황제들 상을 모셔둔 점이었다.

공자 사당이 있는 건물의 서쪽 홀에서는 우리나라의 국립국악원에 해당하는 기관의 악사들이 전통악기로 아리랑 등 한국의 전통음악을 포함한 여러 관현악을 연주하며 자기네의 연주가 수록된 CD를 판매하고 있었다. 나는 돌아 나오는 길에 그들로부터 베트남 전통음악을 담은 CD 두 장을 구입하였다. 베트남 말에는 한자에서 유래하는 단어가 3할 정도를 차지한다고 한다. 이러한 곳에 오면 그들이 과거 우리와 마찬가지로 중국 문화의 영향을 깊게 받았음을 확인할 수 있지만, 20세기에 들어온 이래로는 프랑스 선교사가 고안해 낸 알파벳을 이용한 이른바 국어라는 것으로 문자를 통일하였으므로 지금 사람들은 한자를 전혀 알지 못한다고 하니, 우리나라의 한글전용도 베트남의 전철을 밟아가는 것인 듯하다.

문묘를 떠난 후 유명한 還劍湖를 찾았다. 남북으로 긴 이 호수의 이름은 15세기에 黎 왕조(1428~1788)를 세운 레러이(黎利)가 호수의 신에게서 받은 검으로 명나라 군사를 물리치고서 베트남을 지킨 다음, 검을 돌려주기 위해 호수로 찾아갔더니 거북이 올라와 검을 물고서 돌아갔다는 전설에 유래하는 것이다. 호수 안의 남쪽에는 거북 탑이 솟아있고, 북쪽의 붉은 다리를 건너간 곳에 있는 작은 섬에는 1865년에 세워진 玉山祠가 있다. 그 내부에는 13세기에 元나라 쿠빌라이가 보낸 대군의 침략을 막아낸 쩐흥다오(陳興道)를 비롯한 몇몇 신들의 상이 모셔져 있고, 옆방에는 1968년에 이 호수에서 잡힌 길이 2m에 250kg이나 되는 거북의 박제 및 이 호수에 나타난 큰 거북의 사진이 설명문과 함께 벽면에 걸려 있었다. 그러나 이 사당의 전체적인 분위기와 예배 방식은 중국의 도교 사원, 즉 廟의 그것과 다를 바 없었고, 다만 베트남의 유적들이 대체로 그러하듯이 규모가 좀 작다는 정도였다.

우리는 還劍湖 북서쪽의 도로 가에 면한 무역센터 건물 4층에 있는 화룽관(Hoa Long)이라는 이름의 한식집으로 가서 돼지불고기로 점심을 든 다음, 버스로 4시간 정도 걸리는 거리에 있는 박보 灣(통킹 만) 연안의 하룽시(下龍市)로 이동하였다. 도중에 쯔엉드엉교를 통해 紅江을 건넜다. 물의 색깔에서 그 이름이 유래하는 이 강은 수천 개의 강이 있다는 베트남에서도 북부 지방의 생명선과 같은 것으로서 베트남의 전체 역사와 불가분의 관계가 있는 것이다. 건기인 탓인지 수량은 아주 적어 강바닥의 모래가 넓게 드러나 있었다. 하노이(河內)라는 지명도 이 강의 삼각주에 위치한 데서 유래하는 것으로서, 그 직전의 명칭은 탕롱(升龍)이었다. 서울의 한강에 비길 수 있는 이 중요한 강을 건너지르는 다리는 현재 세 개 밖에 없다는데, 간밤에 우리가 건너온 탕롱교와 지금 지나가는 쯔엉드

엉교, 그리고 이 다리 건너편에 바라보이지만 월남전 당시의 폭격으로 파괴된 후 아직 쇠로 된 덮개가 대부분 복구되지 못한 상태인 한강 철교 모양의 롱비엔교가 그것이다. 그 셋 중 가장 긴 탕롱교는 월남전이 종결된 후 중국 측의 원조로 건설되던 도중 다시 중국과 베트남 간에 전쟁이 발발함으로 말미암아 공사가 중단되었다가 소련의 원조에 의해 완공된 것이라고 하는데, 하노이 사람들의 자랑거리라고 한다.

하롱만을 향하여 동쪽으로 이어진 국도는 하노이에서 가까운 일부 구간에 한해 이미 고속도로가 개통되어져 있는 곳도 있었으나, 대부분은 재래식 도로였다. 고속도로는 양측 도로 사이에 1차선 정도 넓이의 화단 같은 중간분리대 공간을 조성해 둔 것이 특이하였으며, 일반국도의 경우에는 아예 중앙선이 없거나 있더라도 거의 무시되고 있어서 버스·트럭 등의 대형차들과 오토바이·자전거 그리고 행인들이 마구 뒤섞여 통행하는지라 위험하기 짝이 없었다. 버스나 트럭에는 한글이 그대로 남아 있는 것이 많았는데, 그런 표지가 있으면 중고로서 팔더라도 값을 더 받을 수 있기 때문이라는 것이었다. 호치민시보다는 오토바이 탄 사람들 중에 헬멧을 쓴 이의 수가 보다 많은 듯했지만, 그런 규정은 있더라도 단속을 하지 않기 때문에 거의 지켜지지 않는 모양이었다.

도중에 한 차례 장애인 마을의 기념품점에 들렀다가, 下龍市에 도착하여서는 바이짜이 해변 下龍路의 산기슭에 있는 이 도시 전체에서 가장 크고 최고급인 사이공하롱호텔 407호실을 배정받았다. 하롱만의 다도해가 한 눈에 펼쳐진 환상적인 조망을 즐길 수 있는 방이었다. 도로 맞은편 해변의 皇家海岸樂園이라고 하는 종합위락시설단지 일대를 산책하고서 돌아와, 차를 타고서 다시 시내의 유람선 선착장 부근으로 나가 낌항이라는 식당에서 중국음식 비슷한 현지식으로 저녁식사를 들고서 호텔로 돌아온 후 일찌감치 취침하였다.

20 (화) 흐리고 쌀쌀함
충분한 수면을 취한 후, 어제 저녁식사를 든 곳 부근의 부두로 가서

3층으로 된 유람선 한 척을 세내어 8시경에 하롱만의 경치를 구경하기 위해 출발하였다. 왕복 5시간 정도 유람하였다. 바다 위 약 1,600㎢의 면적에 기암괴석이 솟아 있는 크고 작은 2천개 이상의 섬들로 이루어진 곳으로서 베트남 최고의 경승지이며 유네스코 세계유산으로 등록된 곳이기도 하다. 중국 廣西省의 桂林과 비슷한 풍경이어서 '바다의 계림'으로 불리기도 하는데, 우리가 어제 이리로 오는 도중 차창 밖으로 바라볼 수 있었듯이 여기서 그다지 멀지 않은 위치의 닌빈에도 육지에 이와 비슷한 풍경이 있는 것이다. 이곳들은 베트남 북부여서 桂林과도 비교적 인접해 있는 셈인데, 이러한 특이한 지형은 모두 바다 밑에서 형성된 석회암 지대가 융기하여 장구한 세월동안 비바람에 침식된 결과인 것이다. 하롱만에 있는 모든 섬들의 해수면과 접하는 아랫부분이 파도의 침식을 받아 안으로 패여 들어간 것 역시 그러한 이유에 의한 것일 터이다. 下龍이라는 명칭이 용의 부자가 하늘에서 내려와 여의주를 쏘아 외적의 침입을 막아주었으며 이 섬들은 그 여의주가 변해 이루어진 것이라는 전설에서 유래하듯이, 이 부근에서는 과거 여러 차례 潮水의 干滿 차를 이용하여 설치한 목책으로써 중국의 전함들을 좌초시켜 그 침공을 물리친 바 있는 역사의 현장이기도 하다.

우리는 두 차례 배에서 내려 天宮이라 불리는 종유석 동굴이 있는 섬과 호치민이 띠똡이라는 이름의 소련인 친구에서 선사한데서 그 이름이 비롯한다는 띠똡 섬의 꼭대기 전망대에 올라 360도 파노라마로 펼쳐지는 사방의 풍경을 조망하였다. 이 일대의 바다는 겹겹이 에워싼 섬들로 말미암아 늘 물결이 잠잠하다고 한다. 이리로 오는 도중에 여러 종류의 물고기를 가둬두고서 파는 水槽를 설치한 배가 접근해 오므로 그 배로 옮겨가 구경하기도 하였고, 열대 과일들을 파는 배가 다가오기도 하였다. 돌아오는 배 안에서 중식을 들었다.

어제 왔던 코스를 따라 하노이로 돌아가는 도중에는 도자기마을에 한 번 들렀다. 나는 거기서 연구실 책상에 얹어두고서 사용할 만한 차 주전자 큰 것 하나를 구입하였다. 녹색과 노란 색을 기조로 하여 베트남의 풍경을 그렸고, 손잡이는 대나무로 된 것이었다. 오고가는 길의 차창 밖으로 바라보이는 공동묘지들의 풍경도 臺灣이나 沖繩에서 보던 것과 많이 닮아 있었고, 식당에서 나오는 베트남 음식이나 숟가락(湯匙)도 중국 것과 대동소이하다는 느낌이 들었다.

예정했던 것보다도 한 시간 정도 이른 오후 4시경에 하노이에 도착하였으므로, 시간을 때우기 위해 36거리라고 불리는 호안끼엠(還劍)호수 북쪽의 구시가지 상가를 둘러보았다. 그러나 구정을 앞두고서 인파가 넘치는 데다 보행자와 뒤섞인 오토바이의 물결로 매우 혼란스럽고 위험하므로, 어제 점심을 들었던 화룡관으로 들어가 반시간 정도 휴식을 취했다. 곳곳에서 베트남 국기와 매화 무늬의 세로로 드리운 붉은 플래카드, 그리고 金橘(낑깡)나무가 눈에 띠었다. 베트남에서는 서양의 크리스마스트리처럼 명절에 금귤나무로 집을 장식하는 것이 풍습이라고 한다.

오후 5시 10분부터 한 시간 정도 玉山祠 입구 부근의 升龍水上木偶戱院에서 수상인형극을 관람하였다. 하노이 명물인 이 수상인형극은 약 천년의 역사를 가지고 있는데, 해외공연도 여러 차례 행한 바 있다고 한다. 먼저 민족 악기의 연주가 있은 다음 17개로 구성된 짤막짤막한 에피소드의 프로그램을 공연하였다. 대체로 코믹한 민속적 내용이었고, 개중에는 還劍전설을 다룬 것도 있었다. 관객들에게는 부채와 배경음악을 담은 녹음테이프를 하나씩 선사하였다. 무대 옆의 다소 높은 곳에 자리한 악사들이 唱을 겸하였고, 각자가 장면에 맞추어 여러 개의 악기를 바꿔가며 연주하고 있었다.

화룡관으로 돌아와 저녁식사를 든 후 공항으로 이동하였다. 이번에는 차에 타고서 다시 구시가를 통과하였는데, 밤이 된 까닭인지 아까보다는 인파가 많이 줄어 버스 통과에 별로 지장이 없었다. 도중에 또 한 차례 정거하여 기념품점에 들렀다. 아내는 흑단으로 만든 수저 두 세트를 흥정하여 절반 값인 20불에 구입하였고, 나는 黑檀木과 紫檀木으로 만든 응접실용 탁자와 의자들에 관심을 가지고서 구경하고 앉아 보기도 하였다.

다시 긴 升龍橋를 지나 오후 9시가 채 못 되어 국제공항에 도착하여

출국 수속을 마친 다음, 밤 11시 25분의 비행기 탑승시간까지 기다리는
동안 면세점을 둘러보며 살까말까 한참동안 망설이다가 진열된 베트남
술 중 가장 비싼 明命皇帝蕩 한 병을 18불에 구입하였다. 일정표에 의하면
우리가 타는 베트남항공의 936기는 23시 55분에 하노이를 출발하여 다
음날 6시에 인천국제공항에 도착하는 것으로 되어 있다.

21 (수) 흐리고 쌀쌀함
떠날 때보다는 2시간 정도 단축된 3시간 20분 정도가 소요되어 한국시
간 오전 5시 20분경에 인천국제공항에 도착하였더니, 이쪽은 간밤에 눈
이 내렸는지 바깥에 흰 눈이 깔려 있고, 기온은 영하 13도를 가리키고
있었다. 입국수속을 마친 후 공항 앞에서 때마침 마주친 좌석버스를 타고
서 오전 7시경에 서울의 강남고속 터미널에 도착하였고, 표를 예매해 둔
9시 50분 발 고속버스의 출발시각까지 계속 대합실 의자에 앉아 대기하
였다. 설날을 하루 앞두고서 5일 연휴가 시작되는 첫날인지라 대합실 안
은 이른 아침부터 귀성객들로 매우 붐비었고, 평소와는 달리 진주 행 고
속버스도 10분 간격으로 출발하고 있었다. 터미널에서 우동 한 그릇으로
조식을 때웠고, 아내와 내가 번갈아 화장실을 다녀와 화장실 안에서 세수
와 면도를 마쳤다.
우리가 탄 진주행 고속버스는 정시에 출발하였으나 심한 정체현상으
로 말미암아 서울 톨게이트를 벗어나기까지 네 시간 정도나 소요되었다.
안성 휴게소에 도착하여 길가에다 차를 세워두고서 잠시 휴식을 취한
다음 다시 출발하니 그제야 비로소 교통사정이 다소 순조로워졌다. 그러
나 경부고속도로를 벗어나 대진고속도로에 접어들 무렵까지 곳곳에서
정체 현상이 이어졌다. 우리가 탄 차의 기사는 임시로 조달된 사람인 모
양인데, 고속버스의 정식 기사가 아닌데다 과로로 말미암아 간밤에 거의
수면을 취하지 못하여 버스전용차선에 끼어든 앞의 봉고차 뒤편을 들이
받아 접촉사고를 일으키는 바람에 또 한참을 정거하였다.
나는 강남고속 터미널 대합실에서부터 계속 책을 읽어 시엠리아프의

기념품점에서 무료로 입수한 「Siem Reap Ankor: Visiters Guide」(12th Edition, Vol 6, No. 2, November 2003~February 2004) 중의 앙코르 역사 및 사원 안내 부분을 다 읽은 다음, 『ALONG THE ROYAL ROADS TO ANKOR』(Photographs by Hitoshi Tamura, Text by Yoshiaki Ishizawa, New York and Tokyo, 1999 1st, 2004 4th edition)을 계속하여 읽었다. 후자는 앙코르톰의 피메아나키스 유적 앞에서 구입한 책인데, 東京의 上智大學 교수인 이시자와 요시아키와 사진작가인 타무라 히토시가 1999년에 탄코샤에서 공저로 출판한 『앙코르의 王道를 간다』라는 책의 영어판이었다.

길 위에서 하루가 꼬박 걸려 밤 7시 반 무렵에 진주의 집에 도착하였다. 회옥이는 그런대로 혼자서 별 탈 없이 지낸 모양이었다.

 러시아 횡단철도

7월

7 (수) 한국은 장마 비, 러시아는 흐림

새벽에 기상하여 조반을 들고서 어제의 일기를 대충 입력해 둔 다음, 짐을 꾸려 회옥이가 아직도 제 방에서 자고 있는 동안 아내와 둘이서 집을 나섰다. 오전 6시 발 중앙고속버스 첫 차로 진주를 출발하여 대진·경부고속도로를 경유하여 상경하였다. 도중에 신탄진에서 한 번 쉰 후 서울 지역의 교통정체로 말미암아 10시가 훨씬 지나서 강남고속 터미널에 도착하였다.

인천국제공항 행 리무진버스로 환승하여 영종도 공항에 당도하였을 때, 깜박 잊고서 내 우산을 차 안에 두고 내려버렸으므로 공항 구내의 매점에서 새로 하나를 구입하였다. 또한 카메라 점에 들러 근자에 꽤 오랫동안 벼르고 있었던 세계 어느 나라의 소켓에도 연결하여 디지털카메라의 배터리를 충전시킬 수 있는 단자용 어댑터도 마침내 하나 구입할 수가 있었다. 우리 팀 인솔자와 회합하기로 되어 있는 공항 건물 3층의 버거킹 스낵에서 내가 햄버거를 하나 주문하여 먹고 있는 동안 아내는 여분의 여권사진을 가져오지 않았다면서 구내의 사진관으로 가서 유사시에 대비한 새 여권사진을 만들어 가지고 왔다.

얼마 후 휴대폰으로 연락하여 3층 만남의 장소 G 카운터 반대쪽에서 우리 인솔자인 이경원 씨 및 여행사 측 직원을 만났다. 이번 러시아 여행('철의 실크로드' 시베리아 횡단열차 10박 11일)에는 교직원공제회의 부속기관인 교문투어를 통해 신청한 다섯 명과 (주)세명투어를 통해 신청한 다섯 명에다 인솔자를 포함해 모두 11명이 함께 가게 되었다고 한다. 한국 측 여행사가 블라디보스토크에 있는 러시아 측의 오디세이아 여행사로 전송한 6월 24일자 영문 문건에 의하면, 우리 팀의 명단은 1971년생인 허범호 씨 외에, 79년생인 이경원, 46년생인 허병기, 39년생인 김영대, 55년생인 안황란, 30년생인 이태수, 그리고 49년생인 오이환을 포함한 7명으로 되어 있다. 그 외에도 명단에는 없지만 본교 윤리교육과 박진환 교수의 이모부라고 하는 초등학교 교장으로서 정년퇴임한 충북 유성에 거주하는 분과 현재 44세로서 성균관대 동양철학과를 졸업했으며 한 쪽 다리를 저는 유지호 씨, 그리고 아내와 동갑으로서 경북 상주 출신이며 현재는 경기도 시흥시 정왕동에서 백년주택이라는 상호의 부동산 건축 및 중개업소를 공동으로 경영하는 피영석 씨 및 그보다 네 살 아래인 경기도 파주 출신인 그의 부인 황순이 씨가 포함되어 있다. 나중에 알게 되었지만, 이들은 모두 우리 내외와 마찬가지로 해외여행의 경험이 풍부한 사람들이었다.

역시 나중에 알게 된 바로서, 인솔자인 이경원 군은 강원도 춘천에 있는 한림대학교 러시아학과를 졸업하고서 교환학생 계획에 따른 연수생 자격으로 상트페테르부르크의 대학에 1년 반 정도 유학해 있었던 시절부터 아르바이트로 관광 가이드를 하고 있다가 금년에 비로소 한림대의 학부를 졸업하였으며, 이번에도 역시 아르바이트로 인솔자의 역할을 맡게 된 것이었다.

　허병기 씨와 허범호 씨는 부자간인데, 부친인 병기 씨는 서울대학교 약대를 졸업하고서 명지대학교에서 정치학 박사학위를 취득하였다. 20여 년간 정당 활동을 하면서 지난 번 대선 때까지 한나라당에서 여론조사와 관련된 일을 맡아 보다가 현재는 정당 활동으로부터 손을 떼고서 여론조사를 주된 업무로 하는 현대리서치연구소의 회장 겸 명지대와 서울외대의 객원교수 직도 맡고 있는 모양이었다. 귀국한 이후 아내로부터 들어서 비로소 알게 된 바이지만, 그는 30대의 젊은 나이로 한 차례 국회의원을 지내기도 했었다고 한다. 그는 정당 활동을 하던 시절 이래 이미 여러 차례 러시아를 왕래하여 현재의 푸틴 대통령을 비롯한 러시아 정계의 요인들과도 만난 적이 있었으며, 러시아혁명사 등에 대해 아는 것이 많고 러시아어도 꽤 구사할 수가 있다. 나는 여행 중에 그로부터 러시아사, 러시아혁명사, 러시아지성사와 관련한 몇 권의 참고문헌을 소개받았다. 그 아들인 범호 씨는 고려대학교 공대를 졸업하고서 미국 하버드대학교 및 영국에도 유학한 적이 있었으며 이미 결혼하여 아이가 있다. 한 때 취직을 했었다가 그만두고서 다시 치대의 학부 3학년에 적을 두고 있다고 하며, 그 자식도 부모가 키워주고 있는 형편인 모양이었다.

　이태수 씨는 현재 부산수산대학교와 합병하여 부경대학교로 되어 있는 구 부산공업대학의 전기과 교수로서 정년퇴직한지 이미 십년 쯤 되었으며, 퇴직할 무렵부터 주로 한국고대사에 관심을 가지고서 공부를 하고 있는 이를테면 재야사학자이다. 일행 가운데서 가장 연장자인 나이 탓인지 약간 치매 기가 있는 듯하다. 김영대 씨는 대구교육대학 영어교육과의 교수로서 정년을 1년 정도 남겨 두고 있으며, 본교 영문과 및 영어교육과에 속한 대구 출신의 교수들과도 예전에 같이 근무한 적이 있었다고 한다. 우리 일행은 대부분 남자이고 여자는 부부 동반한 두 명 뿐이었다.

　오후 1시까지 집결을 완료하여 15시 5분 발 블라디보스토크항공의 XF744 편으로 인천공항을 출발하여 19시에 러시아 최대의 항구도시인 연해주의 블라디보스토크에 도착하였다. 블라디보스토크는 한국보다 한 시간이 빠른데, 현재는 러시아 전국이 서머타임 기간 중이므로 네 시간 걸렸다고는 하지만 실제로는 두 시간 정도 비행기를 탄 셈이다. 이 도시의 경제대학 4학년에 재학 중인 여학생으로서 시어머니가 고려인이라고 하는 러시아인 한 명과 북한식 어투의 조선말을 하는 고려인 남자 한 명이 가이드로서 출영하였다.

입국 수속을 마친 후, 소형버스를 타고서 숲과 별로 농사를 짓고 있지 않은 드넓은 평원지대를 가로질러서 시내로 이동하여 독수리의 둥지라는 뜻을 가진 나지막한 산(191m) 위의 전망대에 올라 소문으로 익히 들어 왔던 이 군항의 모습을 조망하였다. 항구는 주로 길게 내륙으로 뻗어 있는 아무르만 일대에 걸쳐 있는데, 예상했던 것보다 크지 않았다. 저녁 무렵 항구의 여기저기서 정박해 있는 군함들과 상선들, 그리고 대학들의 모습을 바라볼 수가 있었다. 舊소련 시절부터 지금까지 태평양함대의 본부가 위치해 있는 곳이므로 예전에는 외국인의 출입 자체가 금지되어 있었던 것으로 알고 있다. 이 도시의 인구는 약 73만 명이라고 작년 4월에 출판된 관광 가이드북 『러시아여행』에 적혀 있는데, 고려인 가이드의 설명에 의하면 책에 적힌 인구수는 이미 예전의 통계자료에 의거한 것으로서, 대부분 도시들의 실제 인구가 그것보다는 훨씬 많다고 한다.

독수리 산 전망대에서 시내 중심가로 내려와 오로라 호텔 1층에 있는 북한 사람이 경영한다는 평양식당에서 냉면과 뻴메니라고 하는 다소 피막이 두꺼운 러시아식 만두 및 홍차로써 저녁식사를 들었다. 일정표 상으로는 오늘밤 우리 일행은 현대그룹이 서울 계동의 본사 사옥을 모방하여 지은 중심가의 최고급 현대호텔에서 숙박하도록 되어 있는데, 실제로 투숙한 곳은 울리짜 끄르이기나 3번지에 있는 가반 호텔이었다. 우리 내외에게는 402호실이 배정되었다.

8 (목) 비. 비행기 속에서는 한동안 개임

호텔에서 조식을 마친 후, 블라디보스토크 역으로 이동하였다. 러시아의 극동 최대 도시로서 프리모르스키 연해주의 주도인 '블라디보스토크'

는 '동쪽(보스토크)을 정복한다(블라디)'는 뜻으로서, 19세기 제정 러시아의 적극적인 동방정책에 따라 건설되었고, 1860년 이후 러시아의 군사기지로서 현재와 같은 이름을 가지게 되었다. 블라디보스토크 역은 9,298km에 달하는 시베리아 횡단열차의 종점이자 시발점으로서 1912년에 세워진 것이다. 이곳에서 모스크바·북경·몽골 등지로 향하는 장거리 열차와 그 주요 정차 역들의 표를 구입할 수가 있다. 역사 앞쪽 광장 모서리에는 이제 모스크바와 페테르부르크 같은 수도권에서는 거의 찾아 볼 수가 없게 되었다는 레닌의 동상이 씩씩한 모습으로 서 있었으므로, 그 앞에서 기념촬영을 하였다.

驛舍 안과 철로를 가로질러 역 뒤쪽에 있는 灣의 끝부분으로 걸어가서 비가 내리는 가운데 우산을 받쳐 들고서 바로 앞에 펼쳐진 항구의 모습을 구경하였다. 건너편 산기슭에 위치한 회색 빛 건물의 태평양함대사령부 모습도 바라볼 수가 있었다. 인솔자인 이 군이 일행으로부터 각자가 희망하는 만큼의 달러를 거두어 루블 화폐로 환전해 왔는데, 나는 당분간 얼마 정도를 환전해 두는 것이 좋을지 판단이 서지 않아 우선 50유로만을 환전하였다. 1루블의 가치는 대략 한화 40원에 해당한다고 들었다.

블라디보스토크의 중심가는 산책삼아 걸어 다닐 수 있을 정도의 장소에 집중되어져 있다. 우리 일행은 바닷가로부터 걸어서 건너편의 작은 산 중턱에 위치한 혁명광장으로 이동하였다. 항구를 내려다보는 위치에 꽤 넓게 자리한 혁명광장은 시민의 대표적인 휴게소 겸 집회 장소인데, 그 가운데 쯤에 '1918~1921'이라고 표시된 높은 기념탑이 있고, 거대한 동상과 부조들도 있었다. 말하자면 볼셰비키 혁명 이후 백계 러시아 측 반동 세력과의 내전을 승리로 종식한 것을 기념하는 뜻인 모양이었다.

혁명광장을 끝으로 시내 관광을 마치고서, 다시 어제 도착했던 공항으로 이동하였다. 12시 30분 발 블라디보스토크항공의 XF351 편으로 이륙하여 거기서부터 두 시간 시차가 있는 이르쿠츠크까지 약 4시간 정도 비행하여 14시 15분에 도착하였다. 원래 이르쿠츠크 지역은 한국에 비해 -1 시간의 시차가 있는 터이지만, 역시 서머타임으로 말미암아 여름인 현재는 오히려 한국과 같은 시간대로 되었다. 비행기 속에서 나는 기내의 러시아어로 된 신문 잡지들과 한글로 된『러시아 여행』뒷면의 생활회화면을 뒤적이며 러시아 문자의 읽는 법을 익혔다. 나는 대학 시절에 백계 러시아인들이 많이 거주하던 일제시기 중국 하얼빈 출신의 한국인 강사로부터 러시아어를 한 학기 정도 수강한 적이 있었기 때문에 지금도 키릴 문자를 대충 읽을 수는 있으며, 그 당시에 구입해 둔 露英사전이 지금도 우리 집 서가에 꽂혀 있다. 그러나 이미 오랫동안 익힐 기회가 없었기 때문에 발음조차 제대로 기억하지 못하는 글자들이 있는데, 이번 여행 중에 자습하여 다시 글자를 읽을 수는 있게 되었다.

이르쿠츠크의 공항에 도착한 후, 이동 차량을 타지 않고서 다른 러시아인들을 따라 걸어 나갔기 때문에 출구를 잘못 들어 예카테린부르크로 가는 환승 비행기의 공항 대합실로 빠져나가 다소 혼란이 있었다가 얼마 후 그리로 찾아온 현지가이드와 연결이 되었다. 이 지역의 현지가이드인 박근우 씨는 전남 영광 출신으로서 광주의 조선대학교 러시아학과를 졸업한 후 모스크바 등지에 상당 기간 유학하였고, 대구에서 몇 년간 시간강사 생활을 한 적도 있었다. 한국의 대학 사회에서 교수들 간의 경쟁과 알력 관계를 보고서 환멸을 느껴 도로 러시아로 돌아가, 현재는 이르쿠츠크 주청사 맞은 편 키로프 광장과는 거리 하나를 사이에 두고서 서로 인접해 있는 대학교의 한국학과에서 한국어 통역 등을 가르치고 있다고 한다. 앞머리가 벗겨져 중처럼 머리카락을 짧게 깎고 있기 때문에 아직 독신인데도 불구하고 실제보다 훨씬 나이가 들어 보이며 피부가 검고 인상도 다소 험악한 듯하지만, 접해보니 마음이 따뜻한 사람이었다.

비가 내리는 가운데 그의 인도에 따라 이르쿠츠크 시내에 있는 목조 건물로 된 데카브리스트 박물관—트루베츠코이 공작의 집, 그리고 데카브리스트 란으로 말미암아 시베리아로 유형 온 귀족들과 귀족 가문으로서의 모든 특권을 포기하고서 이역만리로 남편을 찾아온 그들의 부인 및 자녀의 묘지가 있는 즈나멘스키 수녀원을 둘러보았다. 1825년 12월에 있었던 니콜라이 1세의 즉위식을 기해, 나폴레옹 전쟁에 참전하여 프랑

스까지 진격했다가 돌아온 귀족 출신의 청년 장교들이 중심이 되어 제정
러시아 황실의 부패에 대항하는 군사 쿠데타를 일으켜 입헌군주제 및
농노제 폐지 등에 기초한 정치 사회적 혁신을 도모코자 하다가 실패로
끝난 것이 데카브리스트 란인데, 이 사건은 오늘날 1917년의 10월 혁명
으로 이어지는 러시아 혁명사의 시발점으로 평가되고 있다. '데카브리스
트'란 러시아어로 '데카브리(12월)'와 사람을 뜻하는 어미 '이스트'가 합
성된 말로서, 번역하면 '12월 黨'의 뜻이 된다. 그들 각자는 황제의 직접
심문을 받은 다음 그 중 주모자 급 5명은 교수형에 처해지고 다른 사람들
은 시베리아 유형에 처해졌다. 그들 중 이름 있는 귀족들이 후일 바이칼
호수로 말미암아 기후가 온난하고 풍광이 수려한 이르쿠츠크 지역으로
이주해 정착하여 얼마간 활동이 보장된 생활을 하였기 때문에, 여기에
러시아 귀족문화의 꽃을 피우고 유럽 수준의 문화를 소개하게 된 것이다.
인구 59만 명의 이 도시가 '시베리아의 파리'라는 별칭으로 불리게 된
것도 이러한 역사적 연유가 있다. 데카브리스트 중 일부는 형기를 마치고
도 살아남아 사면을 받아 돌아가기도 하였는데, 그렇다 할지라도 당시의
수도였던 상트페테르부르크에는 들어가는 것이 허용되지 않아 대체로
모스크바 지역에 거주하였다고 한다.

　우리는 개설된 이후 지금까지 한 번도 꺼지지 않은 불길이 계속 타오
르고 있으며, 오늘 같은 우중임에도 불구하고 웨딩드레스 차림의 신혼부
부들이 결혼식 직후에 참배하고 있는 장소이기도 한 제2차 세계대전에서
전몰한 이르쿠츠크 시민들을 추모하는 '영원한 불'이라는 기념광장에도
가 보았다. 그리고 광장이 끝나는 지점의 반원형 계단 아래에 펼쳐져 있
는 앙가라 강의 모습과 이 도시의 중앙 공원인 키로프 광장 및 그 맞은편
의 이르쿠츠크 주 정부 청사 등을 둘러보았다. 이 도시는 또한 고려공산
당 이르쿠츠크파의 활동 무대가 된 곳이기도 한데, 현지 가이드에게 그
점에 대해 물어보았더니 당시의 고려공산당 집회 장소로 쓰였던 건물이
지금도 시내에 남아 있다는 것이었다. 앙가라 강은 바이칼 호수로부터
흘러나오는 유일한 물길로서, 이 도시를 동서로 가로질러 가서 예니세이

강과 합류하여 북극해 쪽으로 빠져나가는 것이다. 전몰장병 기념비가 서 있는 광장 부근의 강폭은 거의 한강 정도로 넓고, 물살이 매우 빨라 이 부근에서 투신자살하는 사람도 종종 있다고 한다.

일정표에 따르면 우리 일행은 오늘 바이칼 호반의 리스트뱐카 부근에 있는 율로치카 통나무집에서 숙박하게 되어 있는데, 현지 가이드가 그보다 더 좋은 시설이라고 설명하면서 우리를 데려간 곳은 이르쿠츠크 시로부터 26km 정도나 떨어진 타이가 숲속 앙가라 강의 지류에 면한 뚜르바자(Tour Base)라고 하는 무슨 별장 같은 곳이었다. 이곳은 외부에 아무런 간판도 없는 2층 정도의 건물들이 여기저기에 몇 채 산재해 있고, 그 주변은 철책으로 둘러쳐져 외부인의 출입을 통제하고 있었다.

차를 달려 여기까지 오는 도중에도 계속 울창한 숲속을 지났다. 시베리아 타이가 삼림의 수종은 매우 단순하여 자작나무(白樺) 및 그와 유사하나 둥치가 희지 않고 연두 빛이 나는 은사시나무, 赤松, 삼나무, 전나무 같은 몇 종류가 대부분이고, 그 숲속의 풀로서는 버섯과 고사리 같은 것이 많다고 한다. 숲에는 여러 가지 짐승도 살고 있어 현지 가이드는 휴일에 숲속으로 사냥을 나가는 것이 취미라고 했다.

일행 중 두 쌍의 부부는 2층의 방을 배정받았고, 혼자 온 사람들은 1층 방에 들었는데, 2층 복도 끝 쪽의 우리 방 근처에는 러시아인들이 들어 있어 밤늦도록 인기척이 나고 복도에서 서로 마주치기도 하였다. 바이칼 호반은 아니지만 이런 태고의 숲속 별장 같은 곳에서 하룻밤을 지낸다는 것도 낭만적이었다. 오후 6시 30분쯤에 우리의 숙소로 들어오는 길 어귀에 있는 식당 건물로 가서 러시아식 음식으로 저녁을 들었다. 식사에는 한국 것보다 꽤 길쭉하고 큰 캔 맥주와 보드카를 곁들였다. 지금까지 내가 마셔본 보드카는 대개 큼직한 병에 든 것이었는데, 현지의 보드카는 우리나라의 보통 술병 정도 크기였다. 물론 보드카의 종류에는 여러 가지가 있고 개인이 자기 집에서 제조하는 경우도 많은데, 당연한 이야기이겠지만 값이 비싼 것일수록 맛도 뛰어나다고 한다. 보드카는 흔히 대단한 독주로 인식되어져 있지만, 그 도수는 원소주기율표의 제정으로 유명한 러시아의 화학자 멘델레예프의 연구 결과에 따라 알코올의 농도가 40도로 정해져 있다.

저녁식사를 전후하여 근처의 앙가라 강변으로 나가 산책해 보았다. 이곳은 철책에 의해 외부로부터 격리된 장소라 걸어 다닐 수 있는 범위가 그다지 넓지는 않았다.

우리 방의 TV는 한국산 삼성 제품이었다. 이르쿠츠크 시내 중심가인 주청사 건물 옆의 빌딩에도 삼성사의 대형 전광판이 옥상 가에 설치되어져 있었고, 극동 지방은 물론이고 여기서도 버스 등의 차량에 한글이 아직도 그대로 남아 있는 중고품이 많았다. 현지 가이드의 설명에 의하면, 여기서는 한국에 대한 이미지가 꽤 좋아 한국인은 일본인 정도의 선진 국민으로 간주되고 있다고 한다.

9 (금) 맑음

어제 저녁의 식당에서 현지식으로 조반을 든 후, 바이칼 호수 쪽으로 이동하는 도중에 이르쿠츠크에서 리스트뱐카 쪽으로 47km 지점인 앙가라 강변의 숲속에 위치한 이르쿠츠크 민속촌, 정식 명칭은 '건축·인류학 박물관 딸쯔이'인 곳에 들렀다. 1969년에 개관하였고, 이곳에서는 18세기 러시아 사람들이 거주하던 통나무로 지은 가옥과 성채, 교회 등 약 30동을 재현해두고 있었으며, 꽤 비싸기는 하지만 손으로 만든 목제 기념품 따위도 팔고 있었다. 그림 같은 물안개가 끼어 있고 그 가운데로 유람선이 지나가기도 하는 드넓은 강 쪽에는 러시아인과 함께 거주하던 바이칼 지역의 몽고계 소수민족인 부랴트 인의 전통가옥과 생활양식도 재현해 놓고 있다. 이곳에 있는 대부분의 가옥들은 우람한 통나무로 지어졌는데, 부랴트 인의 것은 나무로 지었으나 그 내부는 천정 가운데에 구멍이 뚫린 몽고식 천막의 구조로 되어 있었다. 이르쿠츠크州에서 몽고까지는 그다지 멀지 않으며, 그 사이에 부랴치아 공화국이 개재되어 있다. 부랴트 족 문화의 근간은 샤머니즘이며, 이 지역에서는 칭기즈칸이 바이칼 호수 중부에 위치한 알혼 섬에서 태어났다는 전설이 전해져 내려오고 있다고 한다.

바이칼 호반에 도착하여 이 일대의 수많은 관광지 중 대표적인 마을인 리스트뱐카에서 500m 정도 못 미친 지점인 바이칼 湖沼學 박물관을 참관하였다. 바이칼 호수에 대한 소개와 전체적인 규모, 그리고 거기에 서식하는 희귀한 동식물들의 박제가 전시되어져 있으며, 계속 이 호수에 관한 비디오를 방영하기도 하였다.

리스트뱐카에 이르러, 마을 안 언덕 위의 온통 통나무로 지은 고급스런 식당에서 러시아식 점심을 들었다. 그리고는 유람선 선착장으로 이동하였다. 그 주변의 관광객을 상대로 한 장터를 둘러보다가 어제 저녁 메뉴에도 나온 바 있는 바이칼 호수 특산의 물고기인 오물을 훈제한 것을 두 마리 사서 시식해 보기도 하였다. 맛은 그저 그런 편이지만, 껍질을 벗기고서 뜯어먹는 과정에서 생선의 비린내가 손가락과 입에 묻어 숙소로 돌아올 때까지 좀처럼 지워지지 않았다.

가이드인 박 씨가 또 훈제 오물과 캔 맥주 및 보드카를 사 왔으므로 유람선을 타고서 두 시간 정도 호수 위를 다니며 관광하는 도중에 배 후미의 갑판에서 그것들을 먹었다. '바이칼'이란 원주민인 부랴트의 언어로서 '풍요로운 호수'라는 의미를 가지고 있다 한다. 그 말과 같이 세계 최대의 담수호로서 그 수량은 북아메리카의 오대호 전부와 맞먹을 정도이며, 최대 심도가 1,742미터로서 세계에서 가장 깊은 호수이기도 하다. 투명도는 한 때 40.5m나 되었다고 하는데, 최근에는 시베리아 개발로 말미암아 꽤 오염되었다고는 하지만, 아직도 유람선이 지나가는 항로의 호수 밑바닥이 훤히 들여다보일 정도로 투명하며, 우리는 두레박으로 그 물을 떠서 마시기도 하고 손과 입에 묻은 오물의 기름을 씻기도 하였다. 그 소문을 익히 들었고 TV를 통해 보기도 했었던 바이칼 호를 오늘에야 비로소 직접 와 보게 되었다.

이 호수 일대에는 지금도 작고 큰 지진이 자주 일어나므로 그런 때에는 잔잔한 호수에 격랑이 일기도 하는데, 세 개의 큰 부분으로 구획될 수 있는 호수는 산으로 둘러싸여져 있고, 호수 주위로부터 약 330개의 하천이 흘러들지만 흘러나가는 수로는 앙가라 강 하나뿐이다. 호수의 표면적이 넓기 때문에 이 지방의 기후를 온난하게 하는데 도움이 되고 있으나, 매년 11월부터 결빙하기 시작하여 12~5월 초순에는 결빙한다. 1월 말부터는 완전히 얼어서 이 지역 주민들의 중요한 교통로가 되는데, 그 기간에는 호수 위에 교통 표지판이 세워지고 화물 트럭이 호수 위를 지나간다고 한다.

유람선을 내려서 돌아오는 도중에 바이칼 호수 남서쪽으로부터 앙가라 강이 시작되는 지점의 건너편 드넓은 강물 속에 위치한 샤먼 바위를 바라보았다. 역시 부랴트 원주민의 샤머니즘과 관계된 것으로서, 무당이 이곳에서 바이칼 신에게 제사를 드리는 의식을 행했다고도 하고, 범죄자를 해질 녘에 이 바위 위에 올려다 놓고 다음날 아침에 가 보아 그 범죄자가 없으면 바이칼 신이 그를 수장시킨 것이고, 만약 살아 있으면 신이 무죄를 인정한 것으로 간주하여 살려주었다고 한다. 호수를 떠난 다음 현지 가이드 박 씨는 알혼 섬 방향으로 난 도로를 따라 한참 차를 달린 다음 우리를 드넓은 들판이 펼쳐진 러시아인 마을들이 점재해 있는 장소로 인도하였다. 이곳 들판에서는 구소련 시절 집단농장 방식으로 영농 활동이 행해지고 있었지만, 지금은 대부분 버려져 있어 간간이 소들이 풀을 뜯고 있는 풍경을 바라볼 수 있을 따름이었다. 개인의 경제력으로서는 이처럼 광활한 토지를 관리할 농기계를 구입할 수가 없으므로 아까운 땅을 이렇게 버려두고 있는 모양이었다.

다시 이르쿠츠크 시내로 돌아와 앙가라 강변의 바이칼 호텔(구 인투리스트 호텔) 7층 730호실을 배정받아 여장을 푼 후, 그 건물 4층에 있는 한식당으로 내려가 저녁식사를 하였다. 이 호텔은 구소련 시절의 유일한 국영 여행사였던 인투리스트가 외국인 여행자를 격리 수용하기 위해 주요 도시마다 하나씩 세웠던 호텔로서, 지금은 시설이 매우 낡았으므로 냉방장치가 없어 덥지만 우리 방의 나무로 된 창문들을 다 열수도 없었다. 그러나 고객의 대부분은 아직도 외국인이라, 그 1층 로비에는 신용카드로 돈을 인출할 수 있는 기계도 설치되어져 있고, 프런트 근처에 환전소도 있었다. 나는 이미 바꿔 둔 50유로만으로는 불안하여 얼마간의 달러를 제외한 남은 돈 360유로를 모두 루블로 환전하였다. 그러므로 총 410유로를 환전한 셈이다.

한국에서라면 밤 시간이지만 주위는 아직도 밝으므로, 방에서 쉬겠다는 아내를 호텔에 남겨두고서 호텔이 위치한 가가린 거리와 앙가라 강 사이의 강변로를 산책하여 세계 최초의 유인우주선 조종사인 유리 가가린의 頭像이 세워져 있는 꽃 공원과 시베리아 횡단철도를 건설한 알렉산드르 3세의 입상이 있는 광장을 지나 음악 소리가 들려오는 방향을 따라 강 속에 대형 분수가 있는 장소 부근의 '젊은이의 섬'이라는 곳으로 걸어 들어가 보았다. 그 섬에는 야외 음악당이 있어 젊은 남녀들이 생음악에 맞추어 와자지껄하게 디스코 같은 춤을 추고 있었으며, 그 주변의 술집들 마당에서도 질펀하게 술과 음악과 춤의 향연이 펼쳐지고 있었다. 돌아오는 강변로에서는 낯 뜨거울 정도로 진한 애정의 표시를 하고 있는 청춘 남녀와 알렉산드르 3세의 동상 앞에서 전을 벌인 거리의 악사 및 두 개의 보드 사이에 굵은 나무 막대기 하나를 끼워 넣고서 그 위에서 서커스처럼 균형을 잡아 재주를 부리는 사내, 강둑에 오줌을 누는 사내의 모습 같은 것도 있어 과거의 전체주의적 사회의 잔재는 거의 찾아볼 수가 없었고, 그 자유로움의 정도는 여느 서유럽 국가와 별로 다를 바가 없어 보였다.

강 위와 하늘에 펼쳐진 아름다운 황혼의 모습을 바라보며 갈 때의 코스를 따라 호텔로 되돌아와 샤워를 마치니 밤 11시 30분 무렵이었다. 백야는 아니지만 밤 10시 이후까지도 밖은 밝았다.

10 (토) 맑음

7시 30분에 호텔식 뷔페로 조식을 마치고서 9시 30분에 체크아웃 하였다. 다시 이르쿠츠크 시내 관광에 나서, 먼저 어제 저녁에 내가 산책했었던 알렉산드르 3세의 입상이 있는 광장에서 주차하였다. 1897년 시베리아 철도는 첼랴빈스크에서 이르쿠츠크까지 구간이 단선으로 부분 개통되었고, 철도의 개통을 기념하기 위한 비가 세 군데(이르쿠츠크 1908년,

상트페테르부르크 1909년, 블라디보스토크 1912년)에 세워지게 되었다. 최초 건립 시에는 당시의 황제였던 알렉산드르 3세의 입상이 세워졌던 것이지만, 혁명 뒤 법령에 의해 철거되었고, 이후 1960년에 그 자리에 오벨리스크가 세워지게 되었다. 그러나 구소련이 붕괴된 후인 2003년 10월을 기해 그 오벨리스크 대신 원래의 알렉산드르 3세 입상을 복원시킨 것이다. 입상의 기단 앞에는 제정 러시아 황실을 상징하는 쌍두독수리의 상이 있고, 사각으로 된 기단의 각 면에는 황실의 쌍두독수리 문장 및 최초의 시베리아 원정대를 이끌었던 코사크 기병대 대장 예레마크, 시베리아 개발에 공이 있었던 두 총독의 부조를 새겨두고 있었다.

우랄 산맥 이동의 광막한 시베리아가 모두 러시아의 영토로 된 것은 주로 코사크 기병대의 탐험 및 정복 활동에 의한 것인 모양이다. 가이드인 박근우 씨의 설명에 의하면 코사크란 우리가 흔히 알고 있는 바와는 달리 어느 부족이나 민족을 가리키는 것이 아니고, 범죄 행위 등으로 말미암아 특정 지역에 집단적으로 거주하게 된 사람들에 대한 통칭이라고 한다. 예레마크는 자기 휘하의 부대를 이끌고서 맨 처음 시베리아 지역으로 진출하여 원주민족들을 정복하고서 차지한 광대한 영토를 당시의 러시아 황제에게 헌납하였다. 그러나 그 공적을 치하하는 뜻에서 황제로부터 하사받은 작은 쇠고리들을 얽어 만든 갑옷(십자군 등 중세의 기사들이 입던 것)을 착용하고서 계속 정복 활동을 벌이다가, 전투 중 강물 속에 떨어져 그 갑옷의 무게로 말미암아 배에 올라타지 못하고서 결국 익사하고 말았다고 한다. 그러한 갑옷의 실물을 우리 일행은 딸쯔이 박물관에서 본 바가 있다.

우리는 거기에 차를 세워둔 채 황제의 입상 맞은편에 있는 향토박물관과 이르쿠츠크대학 사이로 뚫린 널따란 칼 마르크스 거리를 따라 산책하여 레닌의 동상이 있는 레닌공원에까지 이르렀다. 도중에 아름다운 극장 건물 앞을 지나쳤는데, 그 극장 마당의 도로변에 세워져 있는 젊은이의 등신대 동상은 이곳 출신의 유명한 극작가 밤필로프로서, 어제 바이칼호수 가 언덕에서 보았던 예술적 감각이 있어 보이던 비석은 이 작가가 거기서 투신자살한 것을 기념한 것이라고 한다. 레닌공원 옆을 가로질러 칼 마르크스 거리와 십자를 이루는 큰 거리는 지금도 레닌路라는 명칭을 지니고 있었다. 레닌공원이 끝나는 지점에는 아주머니들이 장미꽃 등을 내다 파는 제법 큰 꽃시장이 있고, 레닌 거리에는 아직도 트롤리버스가 지나다니며, 칼 마르크스 거리와 마주치는 사거리의 빌딩 앞에서는 기중기 같은 것에 사람 둘이 올라타고서 전기톱으로 지붕 위로까지 뻗어 올라간 큰 가로수의 가지들을 베어내는 공사가 진행되고 있었다.

다시 차를 타고서 엊그제 처음 도착했을 때 가 보았던 주 정부 청사 뒤편 '영원의 불'이 있는 광장과 앙가라 강을 둘러보았다. 오늘도 역시 웨딩드레스 차림의 신혼부부와 하객들이 전몰용사 기념비에 참배하고 있었다. 우리가 그 부근에 있는 구세주성당(스빠스까야 사원)에 들렀을 때는 사원 앞에서 피부색이 짙은 집시 母子가 우리 일행에게 다가와 구걸을 하고 있었다.

다시 일단 호텔로 돌아와 4층의 한식당에서 점심을 든 다음, 다함께 시내의 중앙시장으로 가서 앞으로 3일 6시간 28분(총 78시간) 동안 5,192km를 달리게 될 이르쿠츠크-모스크바 구간의 시베리아 횡단열차 안에서 먹을 식료품을 샀다. 그 이름이 의미하는 대로 시내에서 가장 큰 시장인 모양이었는데, 구소련의 붕괴 이후 매스컴을 통해 늘 접하고 있었던 정보와는 달리 드넓은 시장 건물 내의 상점들마다 각종 상품들이 넘쳐 나고 있었다. 나는 보드카 한 병과 러시아 특산인 철갑상어 알(캐비아) 통조림, 그리고 내가 좋아하는 치즈 덩이 하나씩을 구입하였고, 가이드를 따라 그 옆에 있는 백화점 건물 안에 들어가 보기도 했다.

중앙시장을 떠난 우리는 마지막으로 앙가라 강을 막은 댐의 큰 제방으로 올라가 보았다. 발전소가 있는 그 제방 위로는 꽤 넓은 포장도로가 나 있었다. 어떤 사람들이 우리 곁에 다가와 승용차를 세우고는 자기가 다이빙을 할 테니 지켜보라고 일러두고서, 제방 위 먼 곳에 있는 건물의 지붕 위로 올라가 웃통까지 벗어젖히더니 웬일인지 그만두고서 내려오는 것이었다.

그 제방을 지나 앙가라 강의 건너편에 이르쿠츠크 역이 있었다. 거기서 우리는 현지 가이드와 작별하고서 16시 35분 발 시베리아 횡단열차 091번을 타고서 모스크바를 향해 출발하였다. 우리가 탄 바이칼 호 열차는 이르쿠츠크와 모스크바를 왕복하는 것으로서 1964년부터 운행을 시작하여 올해로 40주년을 맞이한 것인데, 그래서인지 열차 자체가 새것이고 시설이 현대적이었으며, 차량의 바깥 색깔도 다른 열차들이 대부분 짙은 녹색인 것과는 달리 푸른색이었다. 우리는 스무 개 정도로 이루어진 기다란 차량의 끝에서 두 번째에 위치한 4인1실 침대칸인 꾸뻬에 들었다. 반대편 창가로 난 사람 하나가 지나다닐 수 있을 정도의 좁은 복도에서 방문 안으로 들어서면 양쪽에 각각 아래 위 두 개씩 침대가 있고, 방 안쪽의 한가운데에는 큰 창문 아래에 고정식 테이블이 있으며, 의자를 겸한 1층 침대의 아래와 2층 침대 위의 출입문 쪽 벽에 트렁크 등 개인 짐을 넣을 수 있는 공간이 마련되어져 있었다. 각 차량마다 담당 여자 승무원이 한 명씩 배정되어져 수시로 교대 근무하고, 승무원실 부근에 냉온의 식수를 공급하는 시설과 화장실이 있으며, 다음 차량과의 사이에는 작은 공간이 하나씩 마련되어져 있었다. 세수는 화장실 안에 마련된 수도꼭지를 이용하게 되어져 있는데, 그나마 손가락으로써 꼭지를 막고 있는 가운데의 밸브를 건드려야만 물이 조금씩 흘러나오게 되어 있었다.

우리가 탄 열차는 모스크바까지 가는 도중 35군데에서 정차를 하는데, 그 정차 시간이 역마다 제각기 다르지만 큰 역에서는 20분 전후이므로 그런 때는 내려서 플랫폼으로 들어온 현지의 아낙네들이나 고정된 판매대에서 필요한 물품을 구입할 수가 있었다. 오늘 해 있는 중에는 지마 역에서 20분간 정거하였다. 이미 장을 봐 왔으므로 별로 구입할 것은 없었다. 식당칸에 다녀온 옆방의 노인 세 명이 하는 말에 의하면, 한 끼에 250루블(약 1만 원)이나 하는 음식이 전혀 입맛에 맞지 않았다는 것이었다.

나는 출입문을 활짝 열어두고서 방안과 복도의 양쪽 차창을 통해 계속 바깥 풍경을 내다보았다. 창밖으로 펼쳐지는 시베리아의 모습은 예상 외로 개발이 많이 되어져 있었다. 언덕도 거의 없는 광활한 벌판에 삼림을 베어내고서 인공적으로 조성해 둔 초원이 곳곳에 펼쳐져 있고, 가끔씩 마을도 지나가게 되는데, 그 모습이 작년에 본 서유럽의 시골 모습과 별로 다르지 않았다. 이 광막한 타이가 지대에서는 일 년의 절반가량이 겨울이고, 나머지 절반의 대부분은 여름이며 봄·가을은 짧다고 한다. 그런 까닭인지 지금 초원은 온통 꽃 바다였다.

　같은 방에 든 피영석 씨 부부가 한국에서 종이팩에 든 소주를 열 개쯤 준비해 왔으므로 그 부인과 더불어 셋이서 소주 파티를 벌이기도 하였다.

11 (일) 맑음

　열차 안에서는 수도인 모스크바의 시각으로 통일되어져 있으므로, 편의상 내가 차고 있는 손목시계는 모스크바 시각에다 맞추고서 아내의 것은 한국 시간대로 두었다. 5시 49분쯤에 크라스노야르스크에 이르러 예니세이 강을 보았고, 7시 49분경 노보시비르스크에 이르러 오비 강을 보고 난 다음 취침하였다.

　인구 95만 명인 크라스노야르스크는 시베리아에서 세 번째이자, 동부 러시아 최대의 문화, 산업과학 도시이다. 이 도시의 명칭은 1628년에 안드레이 두벤스키가 300명의 코사크들을 데리고서 예니세이 강 상류에다 '붉은 벽'이라는 뜻의 '크라스느이 야르' 요새를 구축한 데서 비롯한다. 또한 이곳은 레닌과도 인연이 깊은 도시다. 1895년 25세의 나이로 '노동자계급해방투쟁동맹'을 결성했다가 그 해 12월 페테르부르크에서 체포된 레닌은 같은 혁명 조직 내의 연인 크룹스카야와 동행하여 1897년에 유형을 떠났다. 그 해 3월에 크라스노야르스크에 도착하여 4월 30일 '니콜라이 주교 호'를 타고서 예니세이 강 상류의 마누산스크까지 갔다가, 그곳에서 더 남쪽에 있는 슈쉔스코에 라는 곳에서 유형생활을 하였다. 그곳에서 1898년에 크룹스카야와 결혼을 하고, 1899년에는 『러시아에서의 자본주의의 발달』이라는 책을 출판했으며, 1900년 2월에 형기가 만료되었다. 당시 그가 탔던 '니콜라이 주교 호'는 지금 크라스노야르스크의 선착장에 정박되어 박물관으로서 사용되고 있다 한다.

노보시비르스크는 '새로운 시베리아의 도시'라는 뜻으로서, 인구 150만 명인 시베리아 최대의 도시이다. 횡단철도 건설 노무자들의 조그만 숙소로 건설된 마을에서 시작된 이 도시는 공업과 교통의 중심지로 성장하여 1930년에는 카자흐스탄의 알마타와 연결하는 철도의 중심지가 되기도 하였다. 러시아 최고로 일컬어지는 발레 학교의 고장이기도 하며, 시베리아 학파를 형성할 정도로 학문적으로도 독자적인 위상을 확보하고 있다. 특히 러시아의 실리콘밸리라고 일컬어지는 이 도시의 아카뎀고로독은 우리나라 대덕 연구단지의 모델이 된 것이라고 한다.

시베리아의 벌판은 가도 가도 끝없는 자작나무·적송·전나무(삼나무?)의 숲이 이어지고 있다. 개중에는 화재로 상당 부분 타죽거나 나무의 일부가 손상된 숲도 종종 눈에 뜨이는데, 대부분 바닥의 낙엽에서부터 타올라 주위로 번져가다가 저절로 진화되는 모양이다. 초원에 핀 꽃들의 종류도 매우 단조로워서 라벤더 같은 자주 빛, 유채 같은 노랑, 그 밖에 콩알처럼 조그만 꽃들이 모여 마치 솜 같은 흰 뭉치를 이룬 꽃들이 큰 군락을 지어 장관을 이루고 있다. 천문학적 규모인 이 엄청난 초목의 벌판을 인공으로 조성한 것은 아닐 터이니, 이처럼 초목의 종류가 단순한 것은 가혹한 북방의 겨울 때문일 것이고, 또한 이 여름에 온 들판이 꽃 바다를 이룬 것은 짧은 기간 중 한꺼번에 개화하여 자기네 종족을 번식시켜야 하기 때문일 것이다.

이따금 철로를 따라 자동차도로가 이어지기도 하고, 대부분이 목재로써 이루어진 마을이 나타나기도 한다. 집 앞에는 나무 울타리 안에 텃밭이 있고, 감자를 비롯한 채소들이 심어져 있어서 대부분의 농가가 기초 식량을 자급하고 있는 듯했다. 도로를 달려가거나 집 곁에 이따금씩 세워져 있는 승용차는 곡선이 별로 없는 구 동독식의 투박한 모형 일색이다. 넓고 넓은 들판은 대부분 놀려두고 있었다. 서유럽에서라면 건초 베는 차를 이용하여 곳곳에다 크고 둥근 바퀴 모양의 무더기로 쌓아두었을 건초 더미도 전혀 보이지 않고, 간혹 마을 부근의 풀밭에 자루 긴 낫을 든 사내가 한 사람 서서 잡초를 베고 있는 모습이 눈에 뜰 따름이었다.

35세 된 키가 작은 한국인 미혼 여성 한 명이 우리 일행이 타고 있는 차량으로 건너 와 우리들의 방마다 돌면서 몇 시간동안 대화를 나누다가 돌아갔다. 그녀는 고교를 졸업하고서 백화점의 종업원으로 다년간 근무했었다고 하며, 이미 해외 배낭여행의 경험이 제법 풍부하였다. 여행 중 자기와 비슷한 성향을 지닌 한국인 남자를 만나 제주도 같은 곳에서 외국인 배낭여행객을 상대로 하는 저렴한 민박집을 꾸리는 것이 장래의 소망이라고 했다. 우리가 오늘 '영원의 불' 근처 앙가라 강변의 계단에서 만났던 배낭여행 온 한국인 청년과도 떠나오기 전 인터넷을 통해 서로 교류한 적이 있었으며, 이르쿠츠크에 도착한 후에도 우연히 만난 바 있다고 한다.

식당 칸으로부터 식료품이나 음료를 실은 수레를 밀고서 가끔씩 우리 차량으로도 오는 미샤라는 이름의 러시아인 청년은 꽤 붙임성이 있다. 식당 칸에 갔던 우리 일행에게 이 열차에서의 인연으로 외국인 손님들이 귀국한 후 자기에게 보내 준 편지나 엽서들을 보여주며 자랑도 하더라는데, 6인용 침대칸에 타고 있던 그녀 역시 미샤를 통해 한국인 승객 열 명 정도가 이 열차에 타고 있다는 말을 듣고서 찾아온 것이었다.

그녀는 이번 러시아 여행에서는 이르쿠츠크와 모스크바, 페테르부르크에서 각각 열흘 정도씩 머문 다음 북유럽을 거쳐 아프리카까지 가는 약 2년 정도의 배낭여행을 예정하고 있는 모양이었다. 인천에서 바로 이르쿠츠크로 가, 우리 일행이 구경하지 못했던 알혼 섬에도 들어가 묵었다고 한다. 그처럼 장기간의 여행에 소요되는 비용을 어떻게 충당할 것이냐고 물었더니, 자신이 지참하거나 신용카드로써 인출할 수 있는 돈 이외에 기회 있을 때마다 북유럽 등지의 과수원 등에서 자원봉사를 하여 숙식을 해결하고 얼마간의 여비도 마련할 수 있을 것이라고 했다. 어쨌든 성격이 활달하고 비위도 좋아 내가 내 놓은 소시지 등의 음식을 사양하지 않고서 계속 들었고, 자기네 차량의 러시아인들과도 언어상의 장애를 초월하여 손짓발짓 섞어가며 친밀하게 사귀고 있는 모양이었다.

나는 취침 시간 외에는 기차가 10분 이상 정거할 때마다 내려서 운동삼아 열차의 맨 앞부분까지 한 차례 걸어갔다가 돌아오곤 했다. 우리가 탄 차량에서 다섯 칸 쯤 더 앞으로 나아간 위치에 식당 칸이 있는 것을 보고서, 그 안의 시설을 구경하기 위해 산보 도중에 한 번 올라가 보고자 했으나, 그 아래 플랫폼에서 어떤 호리호리한 젊은 여자가 나에게 영어로 "Where are you going?"이라고 묻는 것이었다. 손가락으로 식당 칸 쪽을 가리켰더니 안 된다고 하므로 포기하였다.

나중에 호기심 많은 피 씨 부인과 함께 배낭여행하는 한국인 여성을 따라서 6인용 칸을 구경하러 가다가 식당 칸 및 최고급인 2인용 칸도 지나치게 되었는데, 그 때 보니 사복을 하고 있는 그 러시아 여자는 식당 칸 담당 종업원이었다. 6인용 칸에서 돌아오는 길에 인솔자 이경원 군 및 일행인 유지호 씨가 맥주를 마시며 담배를 피우고 있는 식당 칸에 우리도 머물러 캔 맥주를 하나씩 시켜 들면서 대화를 나누었다. 그들은 초콜릿 한 상자를 구입해 두고서 우리에게도 먹어보라고 권했는데, 그 초콜릿은 금연이 원칙인 차량 내에서 담배를 피우는 데 대한 벌로서 그 종업원 여자가 구입을 요구한 것이라고 한다. 흡연자인 젊은 그들은 장기 간의 열차여행 도중에 마음 편하게 흡연하며 휴식을 취할 수 있는 공간으로서 이 식당 칸을 이용하고 있는 듯하며, 그들의 테이블 위에는 재떨이도 놓여 있었으므로, 나도 유 씨에게서 한 대 얻어 피웠다. 유지호 씨는 생각이 꽤 진보적이어서 자본주의를 옹호하는 피 씨 부인과의 대화 도중에 사사건건 서로 의견이 맞지 않았다.

오전 중 정거한 역에서 1.5리터 들이 알코올 농도 11%의 맥주 한 통과 현지인이 만든 돼지고기 소시지 하나를 사서 우리 칸 사람들과 함께 들었고, 밤에는 또 소주 파티를 벌였다.

12 (월) 맑음

1시 49분 옴스크에 이르러 15분간 정차한 다음, 3시 55분에 나즈이바옙스카야에 이르렀을 때 기상하였다. 이 지역은 모스크바와 +3시간의 시차가 있는 곳이다. 100만이 넘는 인구가 살고, 도스토예프스키가 1849년부터 1853년까지 복역했었던 옴스크에서 열차가 정거했던 것은 기억하지만, 잠결에 그냥 지나쳐 버린 것이 못내 아쉽다. 1716년 표트르 대제 때 이 지역을 경략하기 위한 요새가 처음 세워져 19세기 말까지만 하더라도 범죄자를 유배시키는 시베리아의 한 도시에 불과했었던 옴스크는 1890년대에 시베리아 횡단철도가 건설되면서 상업적으로 발전하기 시작하였다. 그러나 10월 혁명을 거치면서 콜차크 장군이 이끄는 반혁명 독립정부의 수도가 되어 시련을 겪기도 하였고, 2차 세계대전을 거치면서 각종 군수공장이 들어서 지금은 시베리아에서 가장 중요한 도시의 하나가 되어 있는 것이다.

9시 11분에 인구 55만의 튜멘 시에 닿았다. 1581년에 요새가 건축되면서 러시아인이 진출한 최초의 시베리아 도시가 된 곳이다. 유럽 쪽에서 올 때 우랄 산맥이 끝나고서 시베리아 대평원이 시작되는 지점이므로 '시베리아로의 관문'으로 일컬어지기도 하며, 1959년 튜멘 주의 북부에서 대규모의 상업용 유전이 발견되면서 유코스 정유사와 같은 러시아를 대표하는 석유 생산 기지가 들어서, 현재 푸틴 대통령이 이끌고 있는 경제개발 정책의 주된 동력이 되고 있는 곳이기도 하다. 튜멘을 지나서부터 시베리아를 벗어나 아시아와 유럽의 경계를 이루는 우랄 지역으로 접어들었다.

14시에 우랄 산맥 동부의 인구 150만 되는 러시아에서 세 번째로 큰 도시인 스베르들로프스크 즉 예카테린부르크에 닿았다. 도시의 이름은 표트르 1세의 부인인 예카테리나 1세의 이름을 따라 지은 것인데, 1924년 우랄의 赤軍에게 승리를 안겨준 레닌의 친구 스베르들로프의 이름을 따서 도시 명칭을 변경하였다가, 이곳 출신인 옐친이 집권하였을 때인 1992년에 다시 옛 이름을 복원하였다고 하나, 열차시각표에는 아직도 여전히 스베르들로프스크라고 되어 있다. 볼셰비키 혁명으로 러시아가 공산화되자 로마노프 왕조의 마지막 황제 니콜라이 2세는 그의 가족과 함께 이곳에 감금되었다가 白軍이 이곳을 다시 탈환하려고 하자 모두 무참히 총살되어 기름불로 태워진 후 숲속에 매장된 것으로서도 유명하다. 제2차 세계대전 중에는 군사공업도시로 되어 독일군 탱크사단과의 쿠르스크 대회전에서 혁혁한 승리를 거둔 스베르들로프 탱크(T-34) 등을 생산하였고, 그런 까닭에 구소련 기간에는 계속 첨단 군수산업기지로서 외국인에게 출입이 금지된 도시였다.

예카테린부르크를 지나고서 한참을 더 가다가 약간 경사진 지형이 시작되기는 하였지만, 이렇다 할 산맥은 좀처럼 눈에 띠지 않았다. TV 프로에서 본 바 있는 유럽과 아시아의 경계표지탑 실물을 직접 목격하기 위해 창밖으로 계속 눈길을 주고 있었지만, 기차가 바로 달리는 데 아무런 지장을 주지 않을 정도의 완만한 구릉지대가 계속될 뿐 산맥의 정상은 좀처럼 나타나지 않았다.

피 씨가 한국에서 준비해 온 소주 팩들도 이미 다 마셔버렸으므로, 저녁 무렵 이번에는 내가 이르쿠츠크의 중앙시장에서 산 보드카 한 병과 캐비아 통조림 및 먹다 남은 치즈 등을 내놓고서 피 씨 내외와 더불어 셋이서 마시기 시작했다. 그러는 도중에 열어 둔 방문 너머의 통로를 지나던 허병기 씨도 청하여 합석하였고, 얼마 후 또 복도를 지나가는 유지호 씨도 불러들였다. 여러 명이 함께 마시다 보니 보드카 한 병이 금방 바닥나 버렸으므로, 허 씨가 자기네 방으로 가서 조금 마시고서 남겨 둔 고급 보드카 한 병과 고추장 등을 가져 왔고, 이어서 유지호 씨가 복도를 지나는 미샤에게서 보드카 새 병 하나를 구입하고 자기 방에서 새 안주거리도 가져왔다. 보드카 세 병으로 흥이 점차 도도해지자 유 씨가 주위의 권유에 따라 운동권 노래 몇 곡을 부르기도 하였으며, 우리 차량의 승무원이 두어 차례 와서 조용히 해 달라고 부탁하기도 하였지만 그 때마다 출입문을 닫아두기만 하였다.

마침내 세 병째의 보드카도 떨어졌으나 흥은 아직 남았으므로, 술을 좀 마실 줄 아는 나와 허 박사, 그리고 유 씨는 나의 제의에 따라 셋이서 식당 칸으로 가서 좀 더 마시기로 하였다. 그런데 우리가 그리로 들어서자 예의 그 종업원 아가씨가 매우 달갑지 않은 표정이었다. 러시아 말을 좀 할 줄 아는 허 박사가 손가락으로 그녀의 팔을 몇 차례 건드리며 보드카와 안주 거리를 주문하자 자기 몸에 손대지 말고 말만 하라고 주의를 주기도 하는 등 불친절하기 짝이 없었다.

우리 방의 피영석 씨 내외는 방 안에 가만히 앉아있는 것이 답답한지 종종 둘이서 밖으로 나가 한참씩 있다가 돌아오곤 하는데, 실은 오늘 낮에 피 씨가 돌아와서는 자기가 식당 칸에서 당한 일을 설명하며 어이없어 하는 것이었다. 그의 설명에 의하면, 오전 중에 예의 인솔자 이 군과 유지호 씨, 그리고 피 씨가 식당 칸에서 어울려 함께 맥주를 마셨는데, 그 종업원 여자가 나가 주기를 요구하므로 러시아어를 아는 인솔자가 아직 술이 남았으므로 20분만 더 시간을 달라고 말했다 한다. 그리고서 이 군은 돌아가고 유 씨와 피 씨만이 남아 계속 대화를 나누면서 술을 마시고 있으려니까, 그 여자가 다가오더니 맥주잔을 뺏어 남아 있는 술을 복도의 카펫 위에 뿌려버리더라는 것이다. 피 씨는 기가 막혀 돌아오고 말았으나, 유 씨는 오기인지 좀 더 남아 담배를 피우고 있었는데, 뒤에 들은 바에 의하면 그 식당 칸에 함께 근무하는 좀 뚱뚱한 편인 그녀의 어머니가 다가와 이번에는 유 씨가 피우고 있는 담배를 빼앗아 바닥에 던지고서 발로 밟아 꺼버렸다는 것이다.

그 전에 나는 미샤로부터 식당 칸의 오전 근무 시간이 9시부터 11시까지라는 것을 메모해 받은 바 있었으나, 피 씨는 그런 사실을 모르고 있었다. 하물며 우리를 따라서 식당 칸에 처음 간 허 씨가 그 아가씨가 왜 그러는지는 더욱 알 리가 없었을 것이다. 유 씨 역시 러시아어를 전혀 알지 못하므로, 러시아어로만 말하는 종업원과의 사이에 의사소통이 충분히 되었다고는 보기 어려울 것이다.

얼마 후 우리 방의 아내 및 황 여사가 식당 칸으로 와서 우리들 곁에 앉아 있다가 과음하지 말고 그만 돌아가자고 자꾸 권유하므로, 나는 그녀들을 따라 먼저 자리를 떠서 돌아왔다. 우리 방으로 돌아와서도 아시아와 유럽의 경계표지를 확인하기 위해 한동안 더 차창 밖으로 눈을 주고 있었으나, 여전히 비슷한 풍경만 바라보일 뿐 어쩌면 이미 지나쳤을 지도 모른다고 생각되므로, 그쯤해서 2층의 내 침대로 올라가 취침하였다.

13 (화) 흐리고 비 오다가 개임

중북부 우랄산맥의 서쪽 기슭에 위치한 인구 110만 되는 공업도시로서, 1941년에 이 지역에서 해당 지층이 처음으로 확인되어 페름기라는 지질학 용어의 유래가 된 페름과 모스크바 지역과는 +1시간의 시차가 있는 키로프를 지나 5시 무렵 코텔니치에 이르렀을 때 기상하였다. 페름 역시 1940년에 당시의 소련 외무장관 몰로토프의 이름을 따라서 몰로토프로 개명하였다가 현재의 이름으로 복원한 것이다. 일어나자 아내가 간밤에 무슨 일이 있었는지 아느냐고 물으며, 자기가 아니었더라면 나도 큰일 날 번했다면서 功致辭를 하였다.

아내와 황 여사의 설명에 의하면, 간밤에 내가 돌아온 지 얼마 안 되어 식당 칸에 남아 있었던 허 박사와 유 씨가 술값을 지불하지 않는다 하여 정복을 한 경찰 두 명이 우리들이 있는 쿠페로 찾아와 인솔자 및 허 박사의 아들을 데려갔었고, 그 후 술값을 지불하고서 식당 칸을 나오기 직전 허 박사가 술병을 던져 깨트린 까닭에 다시 경찰이 와서 함께 술을 마셨던 허 씨와 유 씨를 수갑에 채워 경찰 칸에다 감금시켰고, 기차가 다음 역(페름?)에 정거했을 때 경찰 및 군복 차림에다 장총 하나씩을 어깨에 멘 현지의 군인 두 명이 수갑에 채인 두 명과 함께 우리 차량으로 와 인솔자 이경원 군을 데리고 하차했으며, 허 박사의 아들도 따라서 함께 하차했다는 것이었다. 그러므로 총 11명인 우리 일행은 이제 7명만이 남아 여행을 계속하게 되었고, 게다가 러시아어를 아는 두 사람이 모두 하차하였으므로 사공 없는 배와 같은 처지가 된 것이다. 이 군은 하차하기 전 모스크바에 도착하면 연락해 보라면서 아내에게 현지의 직원 이름과 전화번호를 적은 쪽지를 맡겼고, 유지호 씨는 만약의 경우에는 한국에 있는 자기 가족에게 연락해 달라면서 자택 전화번호를 같은 방 사람에게 맡겼다고 한다.

후에 들은 이야기들을 종합해 보면 간밤의 사태는 다음과 같다. 허 씨와 유 씨는 둘이서 남아 다시 술을 한 병 주문하여 대화를 나누면서 다섯 병째의 보드카를 마시고 있었는데, 난데없이 우리와 같은 모양의 황인종인 열차 내의 경찰 두 명이 나타나서 술값을 계산하고서 나가라고 명하였다. 내가 돌아올 때 아내가 그 때까지의 술값 천 루블 남짓은 모두 지불하였는데, 그 후 종업원 여자가 제시한 청구서는 보드카 한 병에 대한 것으로서는 터무니없는 바가지요금이었으므로, 그 때문에 시비가 있어 경찰이 우리들의 쿠페로까지 왔다. 술값을 지불하자 경찰은 일단 돌아갔는데, 당한 일이 너무 분하므로 돌아오는 길에 허 씨가 먹다 남은 술병을 들어 식당 칸 내에 던져 박살을 내는 통에 경찰이 다시 와서 그들을 체포한 것이었다.

원칙적으로 열차 안에서는 금연이며 술도 맥주 이상의 강도가 높은 것은 마시지 못하도록 되어 있다. 그러나 미샤 같은 직원은 식당 칸 안에서 담배를 피우고 있었으며, 또한 위스키도 팔고 있다. 그리고 오후의 식당 칸 업무 시간에 대해서는 나도 알지 못한다. 아내의 말에 의하면 간밤에 유지호 씨는 식당 칸에서 테이블의 꽃병에 든 造花를 빼 내고서 그것을 재떨이로 대용하고 있었다고 한다.

두 명은 식당 바로 옆에 있는 경찰 당직실에서 각각 한쪽 팔목에 수갑이 채인 채 벽과 출입문에 그 수갑의 다른 쪽 끝이 고정된 상태로 되어 앉아 있다가, 다음 역에 도착하자 연락을 받은 현지의 러시아인 군인 두 명이 열차에 올라와 문제의 두 명 및 인솔자를 대동하고 그들의 짐을 모두 챙기게 하여 하차시키고서 열차는 그대로 다시 떠났던 것이다. 그러므로 우리 일행에게 배정되었던 방 세 칸 중 허 박사 부자와 인솔자의 세 명이 들어 있었던 것은 모스크바에 도착할 때까지 계속 폐쇄되었다.

기차가 유럽의 지경으로 깊숙이 들어가서도 바깥 풍경이나 초목의 종류는 시베리아의 경우와 거의 다름이 없었다. 유라시아 대륙에 걸친 세계 제일의 영토를 지닌 나라의 자연이 이토록 단조롭다는 것은 실로 놀라운 일이었다. 모스크바 부근에 이르러서야 비로소 식물의 종류가 좀 더 다양해진 듯하였다. 超장거리 열차인 까닭에 엔진의 과열을 방지하기 위함인지 우리 열차의 첫머리인 기관실 차량은 도중에 몇 차례 교체되었다. 키로프를 지난 다음 우리가 탄 바이칼 열차는 일반적인 횡단열차의 코스와는 달리 북쪽의 야로슬라블로 향하지 않고 남쪽 노선으로 접어들어, 9시 43분에 볼가 강변에 위치한 니즈니 노브고로드(일명 고리키), 13시 12분에 모스크바 주변의 이른바 황금의 고리라고 불리는 유서 깊은 도시들 중 하나인 블라디미르를 거쳐, 16시 42분에 모스크바의 야로슬로프스키 역에 도착하였다. 우리가 처음 이 나라에 도착했던 블라디보스토크와 수도인 모스크바는 8시간의 시차가 있는데, 위의 지역은 이미 모두 모스크바 시간대에 속한다.

볼가 강과 그 지류인 오카 강이 갈리는 지점에 위치한 니즈니 노브고로드는 인구수로만 따지면 러시아에서 넷째, 다섯째 정도이지만, 1221년에 기원을 두고 있는 유구한 역사와 전통으로서 사실상 러시아 제3의 도시라고 할 수 있다. 두 큰 강의 합류점에 위치하여 예로부터 '러시아의 지갑'이라는 별명이 있을 정도로 상업도시로서 발달해 왔다. 그러나 철교를 지나오면서 바라본 볼가 강은 기대했던 정도로 폭이 넓지는 않았다.

이 도시를 말할 때 빼놓을 수 없는 사람은 중국의 魯迅처럼 구소련이 내세운 대문호 막심 고리키와 반체제 평화주의자인 소련 수소폭탄의 아버지 안드레이 사하로프이다. 고리키는 이 도시에서 출생하여 유년시절을 보냈으며, 그 공적을 치하하는 뜻에서 소비에트 시절 도시 이름을 고리키로 바꾸었을 정도이다. 현재는 옛 이름으로 되돌아왔지만, 아직도 열차시각표에는 고리키로 적혀 있다. 소설가 솔제니친과 더불어 소련의 대표적인 반체제 지식인으로서 노벨 평화상 수상자이기도 한 사하로프는 그 대가로 국내 추방이라는 처분을 받고서 1980년까지 6년간 부인과 더불어 이곳에 머물렀다.

블라디미르는 1157년까지 블라디미르 수즈달 공국의 수도였던 곳이다. 모스크바에서 벗어나 북동 방향의 볼가 강에 이르는 지역에는 러시아 중세의 찬란했던 문화를 간직한 중세도시가 산재해 있는 데, 이들을 연결하면 원형 비슷한 고리가 되기도 하므로 러시아 사람들은 이를 '황금의 고리'라고 부른다. 그 중 첫 번째로 꼽히는 블라디미르는 모스크바 동쪽 약 190km 지점에 위치해 있는 인구 35만의 도시로서, 대부분의 구역이 세계문화유산으로 지정되어 있을 정도로 독특하고도 아름다운 문화유산이 많은 도시이다.

　모스크바에 있는 여러 기차역 중 시베리아 횡단열차의 종착역인 야로슬라블에 도착하니, 현지 가이드로서 나이가 제법 들어 보이는 키 작은 유학생 여성이 플랫폼까지 마중을 나와 주어 안심이 되었다. 나중에 알았지만, 그녀는 한국인 남성과 결혼하여 자식까지 두고서 모스크바에 함께 살고 있다고 한다. 우리는 인솔자 이경원 군이 현지 가이드에게 간밤에 벌어졌던 사태에 대해 이미 전화로 연락해 두었을 것으로 예상하고 있었던 터이지만 그녀는 아무것도 모르고 있었고, 이 군이 아내에게 전해 준 쪽지에 적힌 사람의 이름이나 전화번호 역시 모스크바가 아닌 상트페테르부르크 쪽의 것이라 하니 더욱 황당했다. 그러나 모스크바 가이드가 휴대폰으로 페테르부르크 쪽으로도 연락해 주었고, 驛숨 근처에 중형버스도 한 대 대기시켜 두고 있어서 우리의 모스크바 일정은 차질 없이 진행될 수가 있었다.

　먼저 시내의 중심가를 통과하여 모스크바대학교 부근에 위치한 코시기나 거리의 오리요노크(독수리?) 호텔 지하에 위치한 한국식당 우리가든으로 이동하여 부대찌게 등으로 저녁식사를 들었다. 그 호텔 1층은 라스베이거스처럼 온통 도박장이었고, 출입문을 들어서면 짐과 신체를 검사하는 검문소도 통과해야 했다. 오랜만에 한식으로 식사를 마친 후, 거기서 별로 멀지 않은 모스크바대학교 뒤편의 광장으로 이동하여, 광장에서 도로를 건넌 지점에 위치하여 시가지를 한눈에 조망할 수 있는 지점인 참새언덕, 혹은 레닌언덕이라는 곳에서 내렸다.

　모스크바 강을 끼고서 크렘린을 중심축으로 한 몇 개의 동심원 모양의 자동차 순환도로를 따라 펼쳐져 있어 과녁도시라고도 불리는 모스크바 역시 대평원의 속에 위치해 있어 고도가 얼마 되지 않는 이 언덕에 올라서면 모스크바 강과 올림픽 주경기장 스타디움 등이 바로 눈앞에 펼쳐지고 도심부도 바라보여 기념사진을 찍기에 이상적인 장소였다. 그리고는 다시 차에 올라 모스크바대학교 본관 건물의 앞쪽으로 이동하여 캠퍼스

일대를 한 바퀴 돌았다. 현재의 본관 건물은 1953년에 낙성한 것인데, 모스크바 시내에 일곱 개 존재하는 이른바 스탈린 양식의 장중한 건축물이다. 높이 240미터인 32층 건물로서, 정면의 길이는 450미터이고, 45,000개의 강의실이 있으며, 이 건물을 다 둘러보려면 145km를 걸어야한다. 말할 것도 없이 러시아를 대표하는 최고학부로서, 페레스트로이카를 추진한 고르바초프 대통령도 이 대학 출신이다. 같은 스탈린 양식으로 된 다른 여섯 개의 건축물은 현재 대개 호텔이나 아파트로 사용되고 있다고 한다.

다음으로 우리는 젊은이들이 주로 모이는 구 아르바트 거리로 이동하여 외무성 건물 쪽에서부터 약 2km 정도 되는 이 보행자 전용도로 전체를 산책해 보았다. 소문으로 듣던 대로 이 거리에는 파리의 몽마르트르 광장처럼 돈을 받고 즉석에서 고객의 초상화나 캐리커처를 그려주는 거리의 화가 및 거리의 음악가들과 관광객 상대의 기념품점들이 많이 늘어서 있었다. 그 끝자락 부근에 러시아인의 가장 큰 사랑을 받는 문호인 푸슈킨 부부의 동상이 서 있었다. 푸슈킨 탄생 200주년을 맞아 1999년에 세운 것으로서, 그 맞은편에 있는 청록색 건물이 이 부부가 한 달간 신혼 시절을 보냈던 곳이라 한다. 그 자신 수많은 염문을 뿌리고 다녔던 푸슈킨은 아내의 연인과 결투를 하다 사망했던 것이다. 예전의 아르바트 거리는 귀족들의 저택이 늘어서 있던 곳으로서, 푸슈킨·레르몬토프·고골·투르게네프 등이 모두 이곳에서 한동안 거주했던 바 있다.

아르바트 거리를 떠난 후 우리는 다시 모스크바 강과 크렘린 옆을 지나 도심지에서 1시간 정도 차를 달려야 할 장소인 울리짜 스몰렌스카야 8번지에 위치한 이즈마일로보 알파 호텔에 도착하여 그 28층 건물의 27층에 투숙하였다. 우리 내외는 2704호실을 배정받았다. 창밖으로 뉴욕의 센트럴파크처럼 모스크바 시내에서 가장 크다는 숲 지대의 공원이 펼쳐져 있었다. 원래의 일정표에 따르면 우리는 오늘 스탈린 양식의 일곱 건물 중 하나로서 4星級 고급호텔인 우크라이나 호텔(1일 $83~230)에 투숙하기로 되어 있는데, 우리가 실제로 든 이 호텔은 3성급 중급호텔로서 『러시아 여행』에 의하면 요금이 $54~73으로 되어 있다. 그런대로 깨끗하고 시설도 괜찮았는데, 프런트가 있는 입구의 한 층은 역시 대부분 도박장이었다.

14 (수) 대체로 맑으나 한 때 흐리고 비

새벽 6시경에 기상하자말자 인솔자 이경원 군이 우리가 묵고 있는 호텔에 도착한 직후 우리 방으로 전화를 걸어왔다. 페름(?) 역에서 내렸던 네 사람이 모두 돌아왔다고 한다. 그 후의 경과를 묻기에 대충 설명해 준 다음, 모스크바 현지 가이드는 우리 일행이 열차를 타고 오는 도중 발생했던 일에 대해 전혀 모르고 있더라고 전했더니, 자기네는 시골 역에 머물러 있었으므로 전화를 이용할 수 없었노라고 한다. 뒤에 몇 사람으로부터 들은 바를 종합해 보면, 그들은 군인을 따라 열차에서 내리게 된 후 두 사람이 각각 벌금 천 루블씩을 물어 곧 문제가 해결되었고, 그 후 驛舍 안에서 여덟 시간 정도 앉아 있다가 다음 기차표를 새로 구입하여 방금 도착한 것이라고 한다. 그들은 우리가 묵고 있는 27층의 2724호실과 그 옆방에 들어 샤워를 하고서 몇 시간 동안 휴식과 수면을 취한 다음, 이미 모스크바에 여러 번 와 본 적이 있는 허병기 씨를 제외한 나머지 세 명은 오늘부터 다시 우리와 행동을 함께 하게 되었다.

1층의 호텔 식당에서 뷔페로 조식을 마친 후, 9시 경에 출발하여 크렘린 궁으로 향했다. 크렘린 궁은 대통령집무실 등 현재 공공건물로서 사용하고 있는 건축물을 제외한 고적들은 관광객에게 공개하고 있어 안으로 들어가 볼 수가 있었다.

모스크바의 역사는 1156년에 블라디미르-수즈달 공국의 공후였던 유리 돌고루키가 두 강이 면한 삼각형 지역에 군사적 요새인 목조의 성채를 세운 데서 비롯하였다. 크렘린은 곧 '성채'라는 의미의 일반명사인데, 유럽 지역 러시아의 역사가 오래된 도시에는 크렘린이 남아 있는 곳이 적지 않다. 돌고루키는 '긴 손'이라는 뜻이며, 이는 그가 공국의 세력을 크게 확장한 데서 비롯된 말이다. 크렘린을 중심으로 하여 발달한 모스크바는 12~13세기에는 상업과 산업의 요지가 되었으며, 13세기에 신흥 공국의 수도가 되었다. 그러나 1237년부터 1297년에 이르기까지 타타르 인들이 시시때때로 모스크바를 침략하여 약탈하고 불태웠기 때문에, 이를 막기위해 크렘린 주위에 석벽을 세우고 대공의 궁전을 비롯한 주요 건물들은 석벽의 안쪽으로 옮기게 되었다. 당시에는 이 석벽 안이 곧 일반 주민을 포함한 대부분의 사람들이 사는 거리였다. 14세기에 이르러 그 이전 동슬라브 민족의 중심 국가였던 우크라이나의 키예프 공국이 모스크바 공국에 합병되고, 1326년에는 키예프에 있던 러시아 정교의 대주교 자리역시 모스크바로 옮겨져, 15세기의 이반 3세 때로부터 오늘날에 이르기까지는 통일된 러시아의 수도로서 자리하게 된 것이다. 지금의 성벽은 15~16세기에 걸쳐서 개축된 결과이며, 크렘린내의 건물 축조는 이반 3세가 초빙한 이탈리아 건축가들이 주도했었다고 한다.

우리는 세계 여러 나라에서 몰려온 관광객들과 더불어 매표소 앞에 길게 줄을 서서 대기하고 있다가 삼위일체 망루의 문을 통하여 궁 안으로 들어갔다. 나폴레옹이 모스크바에 입성할 때도 이리로 들어갔다고 한다.

궁전 건물 안에서 우리는 로프가 쳐진 곳 바깥쪽을 걸으며 박물관들을 둘러보고, 건물 바깥에 있는 황제의 대포, 황제의 종, 이반 대제의 종루 앞에서 기념촬영을 하였으며, 과거에 공식행사들이 열렸던 사원 광장에서 러시아 정교의 총본산이자 황제의 대관식이 거행되던 성모승천사원 (우스펜스키 사원) 등 여러 사원의 내부로 들어가 보기도 하였다. 로마노프 왕조 때 공식적인 수도가 상트페테르부르크로 옮겨졌으나 대관식은 늘 대주교가 있는 이곳으로 와서 거행하였다고 한다. 사원 내부는 수많은 이콘(聖畵)으로 장식되어져 있고, 황제(차르)와 그 가족 그리고 대주교의 관들이 안치되어져 있기도 하며, 서너 명씩의 사제가 거듭하여 나타나 성가를 부르기도 하였다. 박물관들은 구입한 표의 종류에 따라 관람이 허용되는 방도 있고 그렇지 않은 것도 있었다.

들어올 때의 문을 통해 크렘린 궁 밖으로 나온 다음, 우리는 걸어서 '영원의 불'이 타오르는 무명용사 묘가 있는 알렉산드로프 공원과 주코프 장군의 기마상이 있는 마녜쥐 광장을 지나서 부활의 문을 통과하여 붉은 광장 쪽으로 이동하였다. 먼저 붉은 광장에 면해 있는 19세기 말에 궁전 양식으로 지은 국영백화점인 굼 안을 둘러보았다. 이곳에서 파는 상품들은 꽤 비싸다고 하는데, 그래서인지 비어 있는 점포들이 많았다. 붉은 광장은 마침 수리 중이어서 일반인의 출입이 통제되고 있었고, 레닌 묘 앞까지 가 볼 수는 있어도 내부의 참관이 허용되고 있지 않았다. 나를 포함한 몇 명은 한 사람 당 100루블씩 주고서 표를 구입하여 광장 모서리의 유명한 성 바실리 사원 내부에도 들어가 보았다. 우리는 붉은 광장으로 들어오는 위치의 국립역사박물관과 부활의 문 근처에 있는 식당의 옥외 테이블에서 샤쉴릭이라고 하는 중앙아시아와 코카서스 지방 음식인 꼬치불고기로 점심을 들었다. 그 부근에서 러시아인 교수 및 그 딸과 함께 온 허병기 박사와 우연히 마주치기도 하였다. 점심을 든 식당에서 인솔자는 옵션으로 볼쇼이 발레나 러시아 발레 중 하나를 볼 사람을 모집하고 있었다. 아내의 권유로 나도 일단 볼쇼이 발레 쪽에 참가하겠다는 의사를 표시했다가, 곧 이러한 행위가 'NO TIP, NO OPTION'이라는 교

보여행 측이 제시한 조건에 위배된다는 이의를 제기하여 결국 옵션은 흐지부지되고 말았다. 아내는 나 때문에 본바닥에 와서 볼쇼이 발레를 볼 절호의 기회를 놓친 점을 못내 아쉬워하고 있었다.

크렘린과 붉은 광장을 떠난 우리는 간밤에 투숙했었던 이즈마일로보 알파 호텔을 지나 전통인형과 수제품들이 많다고 하는 이즈마일롭스키 벼룩시장으로 향했다. 이곳은 근년까지 서민들 상대의 노천시장이었다고 하는데, 최근에 시장 일대의 보도 양쪽으로 수많은 상점들이 하나의 지붕으로 연결되어 길게 이어진 단층 점포들과 외국인을 의식하여 러시아식으로 지은 것으로 보이는 몇 채의 다층 건물이 신축되어져 있었다. 그러나 오늘은 장날임에도 불구하고 대부분의 상점들이 불경기 때문인지 영업을 하지 않고서 텅텅 비워 두고 있었다. 수백 미터에 걸친 보도가 끝난 지점의 다른 방향에서 들어오는 길에 약간의 상점들이 영업을 하고 있을 따름이었다. 외국인 상대의 기념품이 대부분이나 별로 사고 싶은 물건은 없었다.

우리는 볼쇼이극장, 말르이극장 등이 있는 극장광장 앞과 올림픽 돔을 지나서 다시 어제 들렀던 우리가든으로 가서 된장찌개와 상추쌈으로 석식을 들었다. 옵션이 취소되어 시간적 여유가 있으므로, 식사 후 모스크바 지하철을 구경하기 위해 승리공원의 분수광장으로 이동하였다. 이 공원은 제2차 세계대전의 승리 50주년을 기념하기 위해 1995년에 완공된 것으로서, 2차 세계대전 기념관 앞에 일직선 모양으로 된 높이 141.7m의 웅장한 승리탑이 세워져 있는데, 전쟁이 1417일 동안 계속된 것을 의미한다고 한다. 이곳은 과거 러시아 군대의 출정식과 귀환 시의 기념행사를 하던 곳으로서, 나폴레옹의 침략군을 물리친 쿠투초프 장군도 여기서 기념식을 가졌다고 한다. 그 옆의 큰 거리에는 파리 개선문을 본뜬 양식의 개선문도 세워져 있었다.

우리는 개선문 부근의 최근에 개통된 승리공원 지하철역에서 러시아 전체에서 가장 길다는 수백 미터나 되는 에스컬레이터를 타고서 계속 아래로 내려가 '지하 궁전'으로 불리기도 하는 소문난 모스크바 지하철을 타 보았다. 스탈린 시대인 1935년에 처음 개통된 모스크바의 지하철은 1937년 파리 국제박람회에서 그 지하 장식이 높이 평가되어 상을 받기도 하였는데, 내부는 각종 대리석 등이 풍부히 사용되었고 역마다 국내 유수의 예술가들의 미술 작품으로 특색 있게 장식하고 있었다. 우리는 승리공원 역에서부터 특히 유명한 마야코프스카야 역 등 세 개의 역에 차례로 내려서 그 내부 장식을 구경한 후 다시 원래 위치로 올라왔다. 긴 에스컬레이터를 타고서 오르내리는 도중에는 젊은 남녀가 남의 눈을 아랑곳하지 않고서 진한 애정 표현을 하고 있는 모습들이 흔하였다.

우리는 다시 모스크바의 명동이라고 할 수 있는 번화가로 가서 그곳 슈퍼마켓을 한 곳 들러보기도 하였다. 슈퍼마켓이라고 하지만, 건물이 오래된 까닭인지 내부의 장식은 궁전이나 박물관 같았다. 그런 다음 어제 도착했었던 야로슬롭스키 기차역으로 이동하여, 두 시간 정도 대합실 내에서 대기한 후 23시 발 야간열차로 상트페테르부르크를 향하여 출발하였다. 오늘의 밤기차는 650km, 약 7시간 40분이 소요되는 것이다. 우리는 일행 중 노 교수 두 명과 같은 방을 배정 받아, 아내와 나는 그 2층 침상에 올라 곧 취침하였다. 이르쿠츠크로부터 올 때 탔던 바이칼 호와는 달리 이 기차는 보통인 구형으로서, 꽤 더움에도 불구하고 실내에 에어컨 시설이 없었다.

15 (목) 흐리고 대체로 비

오전 6시 남짓에 기상하여 화장실에 다녀오니 기차는 바로 상트페테르부르크의 모스크바 역에 도착하였다. 현지 가이드로서 마중 나온 사람은 대구대학교 출신의 경상도 남자로서 이곳의 최고 명문인 상트페테르부르크대학교 언어학과에서 석사과정을 마치고 현재는 그 다음 과정의 마지막 학년에 재학 중이라는 유학생이었다. 그런 까닭인지 그는 우리 일행이 러시아에서 만난 현지 가이드들 중에서는 꽤 박식한 편이었다. 바로 이 도시의 중심가인 네프스키 대로의 끄트머리를 지나 리고프스키 거리 25번지에 위치한 코리아나라고 하는 한식당으로 이동하여 조식을 든 후 시내 관광에 들어갔다.

'유럽으로 향하는 창'이란 모토 아래 1703년 표트르 대제에 의해 발트
해로 연결되는 핀란드만의 끝부분에 건설된 이 도시는 원래 스웨덴 영토
였다고 한다. 네바 강과 그 수많은 지류를 따라 존재하는 100여개의 섬들
을 운하와 다리로써 연결하여 많은 희생을 치르고서 건설한 것이다. 그
명칭은 '성 베드로의 도시'라는 뜻인데, 표트르 대제가 1710년에 모스크
바로부터 천도한 이래 200년간 로마노프 왕조의 수도가 되었던 곳으로
서, 작년에 建都 300주년 기념행사를 성대하게 치렀다. 인구 470만으로서
모스크바와 더불어 두 개의 특별시로 되어 있으며 두 지역의 시간도 서로
같은데, 오늘날까지 '문화의 수도'로서의 자부심을 지니고 있는 곳이다.
러시아 혁명 당시 페트로그라드, 소비에트 시절 1924년의 레닌 사후에는
레닌그라드로 개칭되었다가, 1991년에 다시 원래의 명칭으로 환원되었
으며, 운하가 많은 도시라 하여 '북쪽의 베네치아'로 불리기도 한다.

먼저 우리는 네바 강변에 정박해 있는 순양함 아브로라(오로라) 호로
가 보았다. 이 배는 상트페테르부르크에서 건조되어 1900년에 진수식을
가진 후, 러일전쟁과 1·2차 세계대전에 참전했고, 1917년 소비에트 혁명
의 신호탄이 될 포를 발사한 것으로서, 1949년부터 박물관으로 사용되고
있다.

다음으로는 그 근처의 토끼 섬에 있는 페트로파블로프스크 요새로 가
보았다. 이 요새는 일정표에 들어 있지 않다 하여 현지 가이드가 차량
입장료 50루블을 우리 측이 따로 부담해야 한다고 하므로 아내가 그것을
지불하였다. 그리로 가는 도중에 차창을 통하여 표트르 오두막집이라고
하는 보통의 가정집 같은 것을 바라보았는데, 그 집은 표트르 대제가 이
도시를 건설할 당시 8년 동안 거주했던 곳으로서, 지금은 역시 박물관으
로 되어 있다. 네바 강의 폭이 가장 넓어지는 하구의 델타 지대에 위치한
'토끼 섬'에 건설된 이 요새는 표트르 대제가 스웨덴 군으로부터 러시아
를 지키기 위해 건설한 것이라고 한다. 그러므로 이 요새는 러시아 제국
의 새로운 수도로서 성장하는 거점이 되었고, 요새 내에 있는 사원은 베

드로와 사도 바울의 이름을 따서 부르게 된 것으로서, 표트르 대제에서 알렉산드르 3세까지 역대 황제들이 매장되어 있는 곳이다. 1850년대에 세워진 높이 121.8미터의 사원 첨탑은 이 도시에서 가장 높은 건축물이라고 한다. 요새 내에 TV를 통해 본 적이 있는 표트르 대제의 좌상도 있었다. 이 요새는 이후 파리의 바스티유감옥처럼 러시아 제국의 주요 정치범 수용소 역할을 하여 일단 수감되면 살아서 나간 사람이 없다고 할 정도로 악명이 높은데, 최초의 수감자 중에는 표트르 대제의 아들 알렉세이 황태자도 있었다고 한다.

우리는 도시의 중심부를 관통하여 핀란드만이 시작되는 바닷가로 가서 한동안 산책하였다. 그곳은 아직 개발이 진행되고 있어 새로 선 고급 아파트가 늘어서 있고, 바닷가를 조깅하거나 개를 데리고서 산책하는 시민들도 더러 만날 수 있었다. 멀리 핀란드 땅이 바라보이는 곳으로서, 만이 내륙 깊숙이 들어와 있어 염분의 농도가 매우 옅어 담수 맛이었고, 겨울철이면 동결한다는 것이었다.

다시 시내로 이동하여 '데카브리스트의 반란'이 일어난 현장인 광장과 그 앞에다 예카테리나 2세가 세운 표트르 2세의 청동기마상을 둘러보았다. 그리고는 로마노프 왕조의 정궁인 겨울궁전으로서 지금은 루브르, 대영박물관과 더불어 세계 3대 박물관의 하나로서 손꼽히는 에르미타쥐 박물관으로 이동하여 현지 가이드의 안내에 따라 한 시간 반 정도에 걸쳐 관내의 대표적인 미술품과 전시품을 둘러보았다. 소장품의 숫자는 매우 많으나 전체적인 질에 있어서는 작년에 이미 관람한 바 있는 다른 두 박물관에 비해 상당히 떨어진다는 느낌이었다. 에르미타쥐 박물관의 정면에 있는 궁전광장으로 나와 1834년에 나폴레옹 군대를 물리친 조국 전쟁의 승리를 기념하여 세운 높이 47.5미터의 알렉산드르 원주 기둥과 광장 맞은편의 '구 참모 본부' 및 '개선 아치'를 바라보았다. 이 아치를 빠져 나가면 우리가 오늘 아침에 도착했던 모스크바 역 근처까지 이어지는 네프스키 대로가 시작되는 것이다.

중앙아시아 음식을 전문으로 한다는 식당에 들러 중식을 들고서, 이삭

성당으로 향했다. 데카브리스트 광장 뒤편에 있는 것으로서, 그 맞은편에 이 도시의 최고급호텔로서 전설적 발레리나 이사도라 던컨을 비롯한 여러 명사들이 묵었고 던컨과의 사랑에 실패한 시인 예세닌이 권총 자살한 장소로서도 유명한 아스토리아 호텔이 위치해 있었다. 이삭 성당은 1818년에 공사가 시작되어 1858년에 완공된 것인데, 안팎 모두가 실로 웅장하고 화려하기 그지없는 것이었다. 높이 101.5미터에 백 킬로그램 이상 나가는 황금을 녹여서 칠한 황금 빛 돔은 이 도시에서 가장 높은 건축물 중 하나로서 도시의 어느 방향에서도 잘 바라보이는 것이다.

우리는 도스토예프스키의 소설 『죄와 벌』에서 전당포 노파가 살던 거리에 위치한 센나야 광장에도 가 보았다. '센나야'는 '乾草'라는 뜻으로서, 도스토예프스키가 살던 시대에는 이 광장 일대가 빈민가로서 서민들을 위한 장이 서던 곳이라고 하는데, 지금은 말끔히 단장되어 광장의 중심에는 근자에 유리로 만든 탑까지 세워져 있었다.

그 외에도 우리는 상트페테르부르크를 구성하는 여러 섬들 가운데서 가장 큰 섬인 바실리 섬으로 가서 푸슈킨 하우스(러시아 문학 협회), 로스트랄 등대기둥(1805~1810), 그리고 상트페테르부르크 국립대학교 등을 둘러보았다. 구소련 시대에 레닌그라드 국립대학교로 불렸던 이 대학은 1819년 중앙사범학교를 모체로 하여 설립된 것으로서, 사회과학 연구를 탄압하던 제정러시아의 사회 정세 때문에 주로 자연과학분야에서 탁월한 성과를 올렸다. 화학의 멘델레예프, 생물학의 파블로프 등이 그 중에 포함되며, 레닌의 맏형도 이 대학에 다니다가 황제 알렉산드르 3세의 암살 음모에 관여하여 사형을 당했다. 현재의 대통령인 푸틴도 이 대학 출신이다. 철학부는 두개 동의 건물을 지닌 단과대학으로 되어 있었다. 아마도 우리나라의 인문학부 정도의 의미인가 한다.

시내 관광을 대충 마치고서 오후 네 시 무렵에 레르몬토프스키 거리에 있는 호도리라는 한식당으로 가서 때 이른 저녁식사를 들었다. 거기서 아내는 한국으로 전화를 걸어 회옥이와 통화하였는데, 장모님과 처제가 번갈아 우리 집으로 와서 회옥이를 위해 만찬을 마련해 준다고 한다. 그런 다음 피로고프스카야 거리의 네바 강변에 있는 상트페테르부르크 호텔로 이동하여 307호실을 배정받았다. 맨 아래에 A, B층이 있으므로 실제로는 5층에 해당한다. 창밖으로 바로 앞의 부두에 아침에 본 오로라호가 정박해 있고, 드넓은 네바 강의 건너편으로 에르미타쥐 박물관과 이삭성당 등이 바라보이는 위치였다. 그러나 호텔은 매우 낡고 시설이 쳐져 배낭여행자 수준이라고 할 수 있는 것이었다. 일정표에 의하면 우리는 오늘 4성급 고급호텔인 쁘리발찌스카야 호텔에서 묵게 되어 있으며, 그곳의 요금은 더블이 83~88달러인데, 우리가 실제로 투숙한 이 호텔은 3성급인 중급호텔의 하위로서 79달러 수준이다.

16 (금) 오전 중 비 오고 오후는 개임

간밤에 어디선가 물방울 떨어지는 소리가 계속 들려와 잠을 이루지 못하고서 여러 번 일어나 불을 켜고서 그 원인을 찾아보았다. 결국 유리창 밖의 낙숫물이 창틀 아래의 쇠로 된 받침대에 떨어져서 나는 소리라고 판단하였다. 그러나 그 소리를 내가 멈추게 할 방도는 없으므로 오랫동안 잠을 설칠 수밖에 없었다. 덕분에 밤 1시에서 3시 사이에 자주 잠을 깨어 바깥을 내다보게 되었는데, 소문난 白夜 현상은 구경할 수가 없었다. 이 도시의 명물인 백야는 5월 25, 26일에 시작되고 6월 21, 22일경에 최고조에 이르며 7월 16, 17일쯤에는 끝난다고 한다. 이미 백야가 끝날 무렵이어서 그런 모양이지만, 그 시간대의 바깥 풍경은 깜깜하다고 하기는 어렵지만 역시 침침하게 어둡고, 거리에 가로등이 켜져 있어서 밤이라고 할 수 밖에 없었다. 호텔 방음시설의 문제점 때문에 좀처럼 잠을 이룰 수 없었으므로, 문득 생각이 나서 금년 4월 26일에 초판 발행된 유니러시아의 『러시아 여행』 책자를 꺼내어 우리 일정표에 적힌 숙소들과 그동안 우리가 숙박한 곳들을 찾아서 비교해 보았더니, 예정대로 실행 된 적이 거의 없고 하나같이 하향 조정되어 있음을 확인할 수가 있었다.

호텔 조식 후 9시에 출발하여, 해외에 망명해 있었던 레닌이 러시아혁명 직후 귀국하여 열차를 내린 핀란드 역과 그가 당시 연설했던 현장에 세워진 레닌의 동상을 지나서, 오전 중 네프스키 대로 주변에 있는 명소들을 둘러보았다. 먼저 그리바예도프 운하에 면해 있는 피의 사원에 들렀다. 1881년 3월 '인민의 의지' 당원인 한 대학생이 던진 폭탄에 맞아 죽은 알렉산드르 2세를 기리는 뜻으로 1907년에 세워진 것인데, 이 장소는 당시 알렉산드르 2세가 피를 흘린 곳이다. 모스크바의 붉은 광장에 있는 바실리사원 형태를 본뜬 러시아 양식의 양파 모양 지붕을 하였고 그 색깔이 화려한 건축물인데, 우리 일행 중에는 바실리사원보다 낫다고 말하는 사람도 있었다.

그리고 그 부근의 카잔 성당에도 들렀다. 1801년부터 10여 년간에 걸쳐 농민 출신 건축가 바로니힌에 의해 세워진 것으로서 석고 대리석으로 1미터 정도씩 이어서 올라간 94개의 코린트 양식 기둥이 서 있으며, 원래의 설계대로 되지 않아 미완성된 형태라고 한다. 성당 앞에는 1812년의 조국 전쟁을 지휘한 두 장군의 동상이 서 있는데, 그 중 한 사람이 바로 나폴레옹의 침략에 대항하여 러시아를 승리로 이끈 장본인인 쿠투조프 장군이다. 이곳에서 그의 장례식이 치러졌었다고 하며, 성당 안에는 전쟁 당시 빼앗은 107개의 프랑스 국기가 장식되어져 있다. 성당 앞 광장은 19세기 말부터 300여년에 걸친 로마노프왕조의 제정 러시아를 종식시킨 1917년의 혁명 때까지 군중집회의 장소로 사용되었던 역사적인 장소이다.

러시아 국립도서관 바로 앞에 있는 오스트로프스키 광장으로 가서 예카테리나 2세의 동상도 보았다. 본명이 소피아 아우구스타 프레데리카인 그녀는 프로이센의 슈테틴에서 군 장교인 가난한 귀족의 딸로 태어나 15세에 러시아 황실에 출가하였으며, 1762년에 즉위한 지 얼마 안 되는 표트르 3세가 근위대의 쿠데타로 살해되자 스스로 제위에 올랐는데, 황제의 살해는 그녀의 사주에 의한 것이었다. 당시 유럽에서 유행하던 계몽주의 사상의 영향을 받아 볼테르 등과 교유하였고 계몽군주로서의 평판도 얻었으나, 프랑스 혁명이 일어난 후에는 오히려 러시아에 혁명이 번질 것을 염려하여 자유사상을 탄압하였다. 두 차례 터키와의 전쟁, 세 차례에 걸친 폴란드 분할 등으로 러시아의 영토를 크게 넓혔으며, 지금의 상트페테르부르크에 있는 여러 건축물들이 그녀의 치세 동안에 이루어진 바와 같이 건설과 문화 방면에도 큰 업적이 있었다. 반면에 농노제를 강화하여 농노제 귀족국가의 전성기를 맞이한 까닭에 러시아 역사상 최대의 농민반란(푸가초프의 난, 1772~1774)이 일어나기도 하였다.

우뚝 선 자세의 동상에서 그녀의 발아래에는 여러 남자와 한 명의 여인이 앉은 자세로 둥그렇게 배치되어 그녀를 떠받들고 있는 듯한데, 이들은 모두 그녀의 총신이자 애인이란 말이 있다. 그녀의 아들인 파벨 1세는 공식적으로 예카테리나 2세와 표트르 3세 사이의 하나뿐인 혈육이다. 그러나 사실은 예카테리나 2세가 거느렸던 적어도 21인의 총신 중 하나인 살티코프의 아들이라는 설이 유력하다. 만약 이것이 사실이라면, 로마노프 왕조의 혈통은 표트르 3세에게서 이미 끝난 셈이다.

우리는 그 부근의 예카테리나 2세 때 만들어진 아케이드식의 대형 상가 건물(가스찌느이 드보르?)에도 들어가 보았고, 예카테리나 2세가 1764년에 귀족 출신 소녀들을 위한 기숙학교로서 설립한 러시아 최초의 여성 교육기관인 스몰느이 수도원에도 들렀다. 소녀들은 5살에 입학하여 17년간 교육을 받았다고 한다. 그러나 이 학교는 1917년 10월 혁명이 일어난 후 소비에트 정권 수립의 작전본부로 사용되면서 소련의 성립을 선포한 장소가 되었고, 1918년에 모스크바로 수도가 옮겨갈 때까지 소련 정치의 중심무대가 된 곳이다. 현재는 형편없이 퇴락해 있어 수리공사 중이었고, 상트페테르부르크 국립대학교 국제관계학과의 교사로서 사용되고 있는데, 성당 내부는 음향이 좋아서 콘서트 장소로서도 활용되는 모양이다.

소베츠카야 거리에 있는 아리랑식당에서 갈비탕으로 중식을 든 다음, 유명한 마린스키극장(구 키로프극장) 앞을 통과하여 상트페테르부르크 시에서 남쪽으로 30km 정도 떨어진 교외에 위치한 표트르 대제의 여름 궁전이 있는 페테르고프로 이동하였다. 도중에 러시아 사람들이 소련 시절 정부로부터 배정받은 교외주택인 다챠와 구 귀족의 별장들을 차창 밖으로 바라볼 수가 있었다.

여름 궁전에 도착한 다음에는 먼저 궁전 내부의 숲속 정원 길을 한참 걸어간 지점에 위치한 토치카 모양으로 생긴 화장실에 들렀다. 이는 제2차 세계대전 당시 레닌그라드 공방전으로 이 일대가 독일 군대에 점령당해 있었을 때 만들어진 토치카의 흔적일 것이라고 한다. 근처에 화장실로 사용되고 있는 것은 아니지만 그런 모양의 건축물이 두 개 더 있었다. 지금 박물관으로서 사용되고 있는 궁전 건물 자체는 1714년에 건축되기 시작하였고, 그 후 여러 차례 재건축되었는데, 현재의 것은 2차대전 당시 독일군이 불태웠다가 1958년에 복구한 것이다.

핀란드 만에 면한 총면적 1,000헥타르에 달하는 넓은 땅에다 많은 나무를 심고 정원 곳곳에는 각양각색의 분수를 배치하였다. 전체적으로 보면 베르사이유 궁전을 모방한 느낌이 들었다. 궁전을 중심으로 아래 공원과 위 공원으로 나누어져 있는데, 우리는 먼저 드넓은 아래 공원에서 삼림욕을 겸한 산책을 하면서 여러 곳에 산재한 분수들을 감상하였다. 그 중 가장 크고 화려한 것은 궁전 건물 아래에 일곱 개의 계단을 이루어 배치된 삼손 분수였다. 수많은 분수와 금박을 입힌 동상들이 늘어선 가운데에 삼손이 찢어 벌린 사자의 입을 통해 물이 20미터나 쏟아 오르는 모양을 한 이 분수는 1802년에 만들어진 것이다. 스웨덴과의 전쟁에서 러시아 군이 승리한 날이 '성 삼소니아' 기념일이었기 때문이라고 한다. 그 밖에도 개구쟁이 분수라는 것이 매우 인기가 있었다. 평소에는 물이 솟지 않는 분수 안에 사람이 들어가면 이따금씩 사방에서 물이 솟아올라 옷을 적시게 하는 장치인데, 알고 보니 그 근처에 시치미를 떼고서 앉아 있는 남자가 한쪽 발로 슬그머니 발판을 눌러 물을 솟구치게 하고 있는 것이었다.

아래 공원의 한쪽에 마련된 부두에서 유람선을 탈 수가 있고, 바닷가에서는 멀리 상트페테르부르크 시의 일부분과 핀란드 땅이 바라보였다. 예전에 황제와 귀족들은 페테르부르크의 겨울궁전 앞에서 배를 타고 네바 강과 핀란드만의 바다를 거쳐 바로 이 여름궁전에 닿을 수가 있었던 것이다. 위 정원은 생나무 터널과 대형 분수 연못이 마련되어져 있으며, 아래

공원과는 대조적으로 정원의 디자인이 베르사이유 양식의 인공적 대칭 구도로 이루어져 있었다.

갈 때의 코스로 다시 상트페테르부르크 시로 돌아와, 다시 어제 들렀던 호도리식당에서 생선찌개로 저녁식사를 들었다. 어제는 현지 가이드가 한 테이블마다 백 루블씩의 팁을 놓도록 요구하므로 아내가 그 돈을 냈었는데, 오늘은 아무 말도 없었다. 이 역시 'NO TIP, NO OPTION'이라는 교문투어의 계약 조건에 위배되는 것이다.

러시아에서의 마지막 저녁식사를 든 후, 우리는 현지 가이드의 인도에 따라 예카테리나 2세 동상 뒤편에 있는 알렉산드르 극장(푸슈킨 드라마 극장)의 지하에 있는 기념품점에 들렀다. 연극 전용 극장이지만 여름철에는 발레 공연이 많은 곳이다. 그곳 상점에는 물건의 종류가 많고 대체로 품질도 좋으나, 루블이 아닌 유로로 결제하게 되어 있는 외국인 전용 매장이어서 가격 면에서는 시중 가에 비해 엄청난 바가지였다.

기념품점을 끝으로, 우리는 상트페테르부르크 시를 떠나 풀코보 공항으로 이동하였다. 국내선 공항에서 탑승 수속을 마치고 대기하는 동안 나는 간밤에 『러시아 여행』을 통해 확인하게 된 숙소에 대한 여행사 측의 계약 위반 문제를 일행 중 한 사람에게 설명하고서, 인솔자인 이경원 군에게도 이 문제에 대해 따져 물었다. 그는 한국에서 출발할 무렵에 확정된 일정표를 따로 받았는데, 그것에 적힌 내용은 우리가 실제로 투숙한 호텔과 다름이 없었고, 그로서는 우리 일행도 모두 그 확정된 일정표를 받았을 것으로 알고 있었다는 것이었다. 그렇다면 이는 현지 여행사 측의 농간이 아니라 한국에 있는 본사 측에 근본적인 책임이 있음이 분명하다.

17 (토) 러시아는 맑고 한국은 흐림

시베리아 항공 소속의 국내선 소형 비행기인 수부르 S7-3338편의 끝부분 좌석인 32E석에 앉아 16일 22시 45분에 상트페테르부르크를 출발한 후 17일 5시 50분 노보시비르스크에 도착하여 국내선 청사의 환승자 대기실에서 얼마 동안 기다리는 시간에 구내매점에서 한 병에 670루블씩 하는 러시아산 최고급 보드카 두 병과 캔 맥주 한 통을 샀다. 국제선 청사로 이동하여 같은 항공 소속의 오전 10시 발 서울 행 S7-503편으로 갈아타고서 출발하였다. 국제선 환승 수속 과정에서 한도 끝도 없이 여러 차례 짐 검사와 여권 검사를 하더니, 결국 탑승할 때 러시아인들은 앞쪽의 우등석 계단으로, 한국인이 대부분인 외국인들은 뒤편의 이코노미 클래스 계단으로 탑승케 하고 실제의 좌석 배정도 그렇게 하였다. 이코노미석의 맨 앞부분은 어린이 단체에게 배정되었는데, 그들 역시 아마도 러시아인으로서 우등석의 좌석이 부족하여 그렇게 배치한 듯하였다.

공항의 여자 직원 및 비행기의 여자 승무원들은 거의 전혀 영어를 사용하지 않고 영어로 말을 걸어도 대꾸하지 않으며 고압적인 자세였다. 심지어 국내선 매점에서 우리 일행인 피영석 씨가 내 말을 듣고서 그리로 가 보드카 등의 물건을 사는데, 매점 계산대의 여자 직원이 고객인 피씨로 하여금 선택한 물건들을 하나씩 차례로 계산대 앞으로 옮기게 하고서 자기는 그 물건들의 가격을 계산기로 두드리기만 하는 작태도 있었다. 아내는 국제선 탑승자 대기실 앞으로 나와 함께 들어왔으나 러시아 여직원의 불친절에 항의하는 한국인 청년들 가까이에 서 있었기 때문에 그들과 더불어 세 명의 순서가 맨 뒤로 돌려져 면세점 곁에 있는 대기실로 들어오는 순서가 거의 마지막이 되기도 하였다. 면세점에서 아내는 남은 루블 화폐로 선물용 초콜릿과 잣 등을 구입하고, 그러고도 남은 약 1천 루블(한국 돈 4만 원 정도)은 기념으로 보관하였다.

국내선의 경우와 마찬가지로 국제선 대형 비행기의 27F석에 앉자 굉장한 소음을 견디기 어려워 양쪽 귀구멍에다 티슈 조각을 틀어막은 채 잠을 청했다. 18시 5분에 인천국제공항에 도착하여 탁송한 트렁크를 찾은 후 일행과 작별하여 공항 리무진으로 서울의 강남고속 터미널로 이동하였고, 오후 7시 30분 발 티켓을 끊고서 아내와 함께 구내매점에서 국수를 각각 한 그릇씩 든 후 밤 11시 반 무렵에 진주에 도착하였다.

2005년

첫 번째 對馬島
　　　　張家界
두 번째 對馬島
시카고에서 보낸 1년
　A. 알래스카
　B. 시애틀 및 캐나다 서부

 첫 번째 對馬島

2월

16 (수) 부슬비

인문대학 교수친목회와 인문대학이 공동으로 주최하여 일본 對馬島에서 2박3일의 일정으로 열리는 교직원세미나 및 친목 여행에 참가하기 위해 지정된 오전 6시 이전까지 집결장소인 인문대학으로 갔다. 6시 20분 무렵에 스쿨버스 한 대로 인문대학을 출발하여 남해고속도로를 거쳐 부산으로 향했다. 인문대 행사로서는 처음으로 해외에서 열리는 이번 모임에 인문대학 각 학과의 교수 및 조교와 직원을 합하여 총 44명이 참가하였다. 이번 여행의 주선을 의뢰받은 진주의 金星여행사 사장도 전송차 부산까지 동행하였다.

부산 중앙동의 국제여객 터미널에서 인솔자인 김혜숙 씨와 합류하였는데, 그녀는 부산 동아대학교 일어일문학과 출신의 기혼여성으로서, 대마도 여행을 전문으로 하는 프리랜서 가이드였다. 출국 수속을 마치고서

부산에서 대마도의 중심지 이즈하라(嚴原)로 향하는 한국의 대아고속해
운주식회사 소속 여객선 씨 플라워(Sea Flower) 호의 일등실에 탑승하여
오전 10시에 출발하였다. 항해 도중 배가 심한 풍랑에 흔들려 내 옆에
앉은 이승환 교수는 많이 토했고, 나도 심한 멀미를 느꼈다. 바다에서
이처럼 높은 파도(일기예보로는 3m)를 경험한 것은 이번이 처음이었다.

순탄치 못한 일기 관계로 우리 배가 목적지인 대마도 南섬의 長崎縣
下縣郡 嚴原町의 嚴原港에 도착했을 때는 예정보다 다소 늦은 오후 1시
무렵이었다. 아침 식사는 부산으로 향하는 버스 속에서 교수친목회가 준
비한 떡 등으로 때웠고, 점심은 배 안에서 도시락을 들 예정이었으나 멀
미로 말미암아 그럴 수 없었다. 그러나 비가 오고 있는데 배를 내린 후
다른 적당한 장소를 물색하기도 어려웠으므로, 일본 입국 수속을 시작하
기 전에 그 건물 안의 통로에서 준비된 도시락을 들 수밖에 없었다.

대마도는 九州에서 132km, 한국으로부터는 불과 49.5km의 거리에 위
치한 면적 709㎢의 섬으로서 거제도보다 크고 제주도보다는 작다. 섬 전
체의 89%가 산이어서 2004년 11월 현재 전체 인구가 약 43,000명에 지나
지 않으며, 그 중 중심지인 嚴原에 약 16,000명이 거주하고 있다. 본섬은
원래 하나였고 그 외에 109개의 작은 섬을 가지고 있으나, 후대의 인공적
인 수로 공사로 인해 현재는 본섬이 크게 윗섬(上縣郡)과 아랫섬(下縣郡)
으로 구분되어 있으며, 모두 6개의 町이라는 행정 단위로 구분되어져 있
다. 대마도는 九州 최남단에 위치한 국경지대이며 경작 면적이 매우 적은
지라 지금도 주민의 주식인 쌀을 비롯한 농작물의 절반 이상을 일본 본토
로부터 운반해 오고 있다고 한다. 그러므로 역사상 꽤 오랜 기간 동안
왜구의 소굴이 되거나 일본 측 한반도 침략의 전진기지가 되기도 하였고,
그런가 하면 쇄국시대인 江戸幕府 시기에 줄곧 조선과 일본의 외교를 중
개하기도 하여 우리나라와는 역사적으로 매우 밀접한 관계를 지녀온 곳
이다. 인구가 적은 반면 대부분의 면적이 울창한 원시림으로 뒤덮여 있어
자연이 풍부하므로, 현재는 본토와의 중간 지점에 위치한 壹岐島와 더불
어 섬 전체가 국립공원으로 지정되어져 있다.

비가 내리는 가운데 항구로부터 중심가 쪽으로 걸어서 이동하였다. 예로부터 嚴原港의 심벌로서 神이 서 있다는 의미를 지닌 다테가미 바위(立龜岩)를 지나, 먼저 섬 안의 문화재, 고고역사자료, 민속자료 등 귀중품을 收藏 展示하고 있는 對馬역사민속자료관으로 가 보았다. 입구의 뜰에는 조선통신사의 유래를 설명하는 碑와 옛 嚴原城門으로서 江戶시대에 조선통신사를 맞아들이기 위해 만들어졌던 것인데 태풍으로 훼손 된 것을 1989년에 복원한 高麗門, 조선과 일본 사이의 선린우호를 위해 노력했던 학자이자 외교관인 雨森芳洲(1668~1755)를 현창하는 '誠信之交隣'이란 문구가 새겨진 비석도 세워져 있으며, 내부에는 11세기경에 인쇄된 고려판 초조대장경인『大般若經』과 조선통신사 행렬 그림두루마리 등이 전시되어 있었다. 2층에는 鎌倉시대 중기부터 약 600년간 대마도를 통치해 온 宗氏 가문이 江戶시대에 기록한 방대한 문고사료『御郡奉行所每日記』등을 보관하고 있는데, 일반인에게는 공개하지 않고 있었다. 對馬역사민속자료관의 뜰 건너편에는 嚴原町資料館도 위치해 있었다.

다음은 對馬藩의 大名인 宗氏가 거주하던 金石城址에 가 보았다. 金石川을 따라 건설된 성벽과 대문이 남아 있을 따름이고, 城址의 한쪽 곁에서는 高宗의 고명딸인 德惠翁主와 그 남편이었다가 나중에 이혼한 마지막 對馬島主로서 明治維新 이후 백작의 작위를 받은 宗武志와의 결혼을 기념하여 근자에 세워진 李氏王朝宗家結婚奉祝紀念碑를 볼 수가 있었다.

우리는 매일 일정한 시각에 한국 노래를 방송한다는 對馬시청(최근에 시로 승격되기 전까지는 嚴原町役場)을 지나 玄蘇가 세운 절인 以酊庵이 1732년의 화재로 소실된 후 오래 전부터 있던 西山寺로 이주해 왔다가 明治 원년(1868)에 以酊庵이 廢寺되자 다시 원래의 이름으로 되돌아간 西山寺에도 가 보았다. 이 절의 본존불인 大日如來는 문화재로 지정된 銅造 고려불상인데, 가이드가 사전에 연락하여 참관 허락을 받아 두었음에도 불구하고 뜰의 출입문을 닫아두고 있어서 볼 수 없었다. 본당에는 玄蘇·玄方의 彫像과 玄蘇가 明나라의 神宗으로부터 하사받은 袈裟 등 以酊庵의 유물이 보존되어져 있다고 한다. 이 절은 지금은 많이 축소된 데다 본당을 제외한 부속 건물이 유스호스텔로 사용되고 있었다. 본당 앞의 잔디밭에는 뜻밖에도 鶴峰 金誠一을 기념하는 비석이 세워져 있었는데, 후손들의 뜻에 의한 것이라고 한다.

조선과 중국에 널리 알려진 일본의 외교승 玄蘇는 원래 지금의 福岡市인 九州 博多의 聖福寺 중이었는데, 1580년에 宗義調의 초빙을 받아 對馬에 부임한 이래 義調·義智 2代를 섬겨 임진왜란을 전후한 시기 조선과의 외교 교섭에 활약했던 것이며, 그의 무덤은 화재 이전의 以酊庵이 있었던 日吉에 있다. 以酊庵은 玄蘇의 후계자인 玄方이 國書를 改竄했다가 발각된 이래, 대대로 京都 五山의 승려가 輪番으로 주지에 부임하여 宗家와 朝鮮의 외교에 막부 측을 대리하여 제도적으로 관여해 왔던 외교기관이었기 때문에, 막부의 소멸과 더불어 以酊庵도 廢寺되었던 것이었다.

우리는 시내의 중심가를 가로질러 1986년에 한·일 양국의 유지들이 힘을 모아 세운 勉庵 崔益鉉의 순국비가 있는 修善寺에도 들렀다. 면암의 죽음에 대해서는 餓死가 아니라 病死라는 설이 있는 모양이다. 아무튼 그가 을사보호조약이 체결된 이후 일본에 대항하는 의병활동을 하다가 체포되어 대마도로 끌려와 죽은 1906년에 이 절에 유해가 안치되었다가 조선으로 運柩된 인연으로 말미암아 여기에 비석이 세워지게 된 것이다.

중심가를 종단하여 흐르는 本川이라는 개울의 콘크리트 벽을 군데군데 장식하고 있는 조선 관계의 그림들을 둘러보며 다시 건너편 主道路 가의 八幡宮神社로 가 보았다. 嚴原에서 가장 큰 것이며 대마도를 대표하는 神社 중의 하나이기도 하다. 경내에 本社와 세 개의 부속 神社가 있는데, 딸려 있는 神社 중에는 三韓을 정벌했다는 神功皇后를 모신 것과 小西行長의 딸로서 임진왜란 당시의 대마도주 宗義智에게 출가했다가 小西가 關原전투에서 德川家康에 대립한 西軍 측에 가담하여 패전한 후 이혼하여 처형당한 小西마리아를 모신 사당, 그리고 일본 최초의 무신정권을 수립한 平淸盛의 외손으로서 檀浦의 해전에서 平氏 정권이 몰락할 때 어린 나이로 천황 권위의 상징인 세 가지 神器와 함께 투신자살한 安德天皇을 모신 것이 눈에 띄었다.

八幡宮을 둘러본 후, 오후 4시 40분부터 5시까지 자유 시간을 가졌다. 나는 그 동안 혼자서 걸어 임진왜란 당시 豊臣秀吉의 명에 의해 宗氏가 건설했던 淸水山城址 아래 산록에 宗家 19代인 宗義智 이래 역대 大名 및 그 부인들의 묘소와 德川幕府 역대 將軍들의 위패를 모신 萬松院에 가 보았고, 日吉의 長壽院이라는 절 뒤 산 중턱에 있는 雨森芳洲의 무덤까지도 찾아가 보았다. 바쁜 걸음으로 중심가로 돌아와서 일행과 합류하여 일본식 저녁식사를 든 후, 嚴原 시내에서 해안을 따라 산 하나를 넘은 지점인 大字嚴原 東里의 바다가 바라보이는 언덕에 위치한 이틀간의 숙소 對馬大亞호텔에 도착하여 영문과의 이광호 교수와 더불어 3층의 321호실을 배정받아 여장을 풀었다. 이 호텔은 아마도 우리가 타고 온 해운회사와 같은 한국 기업이 3년 전에 세운 것으로서, 대마도 전체의 숙박업소 중에서 제일 큰 것이라고 한다. 그럼에도 불구하고 웬일인지 호텔 로비에 비치된 일본의 對馬觀光物産協會가 제작한 對馬관광 팸플릿에는 그 이름이 빠져 있었다.

2005년 2월 16일, 츠시마대아호텔

샤워를 마친 후 1층 식당에서 세미나를 가졌다. 불문과의 강호신 교수가 발표하는 「읽기와 쓰기를 통한 人文敎學의 실천 방안 모색」 및 국문과 임규홍 교수의 「지역문화학 중심의 인문학 교육 및 연구 체계 개편 방안」을 듣고서 질의 토론의 시간을 가졌다. 세미나가 끝난 후 교수회 본부가 들어 있는 309호실 12疊 다다미방으로 가서 일행과 어울려 본부 측이 한국에서 마련해 온 과메기 등을 안주로 한국 소주와 맥주를 마시면서 다음 날 오전 1시 무렵까지 어울려 놀았다.

17 (목) 흐리고 다소 강한 바람

어제의 嚴原 시내 관광에 이어 오늘은 대마도의 아래 섬인 下縣郡 일대를 일주하는 날이다. 6시 모닝 콜, 7시에 조식을 들고서 8시에 대절해 온 50인승 대형버스로 호텔을 출발하였다. 먼저 嚴原町과 美津島町의 경계 지점에 위치한 산 위의 가미자카(上見坂)전망대에 올라 절경으로 이름 높은 아소오(淺茅)灣 일대를 조망하였다. 대마도의 아래 위 두 섬 사이에 경계 부분을 이루고서 복잡한 리아스식 해안을 가진 이 灣은 육지의 침강에 의해 생성된 것이다. 이런 지형 탓으로 언제나 물결이 잔잔하여 예로부터 왜구의 소굴로 알려진 곳이어서 세종 원년(1419, 己亥東征) 6월에 이종무 장군을 파견하여 대대적인 소탕전을 벌인 현장이기도 하다. 지금은 양질의 진주를 양식하고 또한 가공하는 산업으로서 대마도의 경제를 뒷받침하고 있다. 이 전망대 일대는 현재 美津島町의 중심지인 케치(鷄知)에 터를 잡은 정치 세력과 嚴原町의 嚴原을 중심으로 하는 宗氏의 군대가 서로 격전을 벌여 宗氏의 지배권이 확립된 옛 전쟁터이기도 하다.

우리는 1차선으로 이어진 44번 도로를 따라 아래 섬을 횡단하여 동해 바다에 면한 고모다하마(小茂田濱)신사에 이르렀다. 이곳은 1278년 麗蒙 연합군이 첫 번째로 일본을 원정하였을 때 당시의 守護代였던 宗氏의 군대가 패전하여 전사한 현장이다. 신사는 宗氏 이하 당시에 전사했던 일본군을 모신 곳이다. 우리는 거기서부터 아래로 내려가 시이네(椎根)에 있는 돌 지붕을 구경하였다. 겨울 강풍이 심한 椎根 지방을 중심으로 하여 도로변에 몇 채 밖에 남지 않은 이러한 건물들은 대마도에서 산출되는 널빤지 모양의 돌로 지붕을 이은 高床式으로 되어 있다. 곡물·의류·가구 등을 보관하는 창고로서 사용되어져 온 것으로서, 일본에서는 여기 이외의 지역에서 볼 수 없는 진귀한 건축물이라고 한다.

우리는 24번 국도를 따라 더 아래로 내려와 쯔쯔(豆酘)에 있는 美女塚이라는 곳에 이르렀다. 옛날 鶴王이라는 이름의 이 고장 출신 미녀가 선발되어 궁녀로서 京都로 바쳐지게 되었는데, 늙은 어머니와 헤어짐을 슬퍼하여 도중의 이 언덕길에서 혀를 깨물고 자살한 현장이라는 전설이 전해져 오는 곳이다. 그곳 주차장에서 차를 내려 대마도 최남단의 쯔쯔자키(豆酘崎) 등대가 있는 공원까지 한 시간 정도를 걸어갔다. 동백꽃과 매화, 수선화 등이 핀 숲속으로 난 아름다운 길이었고, 등대 부근의 해안은 깎아지른 바위절벽으로 되어 있었다. 갔던 길을 걸어서 돌아오는 도중에 갈림길까지 들어와 있는 우리의 대절 버스에 올라 美女塚 입구까지 돌아나와 美女塚茶屋이라는 이름의 펜션을 겸한 식당에서 고구마로 만든 국수와 주먹밥으로 점심을 들었다. 그 식당의 화장실에 들렀다가 소변기 위의 벽에 붓글씨로 쓴 재미있는 시가 걸려 있는 것을 보았다. 그 내용은 다음과 같은 것이었다.

구슬방울을
東에 西에 흘리지 마
南녁 사람이 北이 없다(더럽다) 하네.

다음으로는 남단으로 내려갔던 24번 도로를 좀 되돌아 올라와서 태평양 방향으로 넘어가는 지방도의 도중에 있는 아유모도시 자연공원에 들렀다. 약 26ha에 달하는 대자연 속에 구름다리, 산책로, 방갈로, 캠프장, 놀이기구 등 여러 가지 위락시설이 갖추어진 장소로서, 아유모도시란 지명은 은어가 돌아온다는 뜻인데, 그곳을 흐르는 강 전체가 천연의 화강암으로 이루어져 1급수에서만 서식하는 은어가 많기 때문에 붙여진 이름이다. 內山 고개를 넘어 태평양 쪽으로 건너온 다음, 다시 24번 도로를 따라 북상하여 嚴原港 아래쪽의 오후나에(お船江)라는 곳에 들렀다. 삼천포의 굴항처럼 바닷가에 인공의 강을 만들어 그 안쪽 못에다 배를 정박시킬 수 있는 시설을 마련해 둔 곳이다. 滿潮 때 큰 선박이 드나들 수 있도록 해 두었는데, 1663년에 축조된 對馬藩 소유 관용 선박의 繫留 및 수리 장소이다. 예전에 바다에 면한 여러 藩들은 크기의 차이는 있어도 대부분 이런 시설을 가지고 있었는데, 지금은 이 정도로 원형을 잘 보존하고 있는 곳이 전국에 없다고 한다.

그 부근의 토산품 점에 들렀다가 대마도의 역사와 관광지를 소개한 永留久惠 著 『對馬歷史觀光』(嚴原, 三屋書店, 平成6年), 嶋村初吉 編著 『對馬新考―日韓交流 〈보물섬〉을 연다―』(福岡, 梓書院, 2004)라는 두 책을 구입하였다. 鷄知의 대형쇼핑몰에 들렀다가 일제 산토리 위스키 한 병과 내 연구실에서 쓰기 위한 차 주전자와 찻잔 각 하나씩 및 차를 한 봉지 구입하였다. 거기서 얼마 떨어지지 않은 對馬空港 부근에 있는 유타리(湯多里) 랜드쓰시마라고 하는 온천장으로 가서 온천욕을 한 후, 같은 건물 안의 식당에서 일본 술 정종을 곁들인 저녁 식사를 하고서 숙소인 대아호텔로 돌아왔다.

어제 나와 같은 방을 사용했었던 영문과의 이광호 교수는 1박 2일로 오늘 먼저 돌아가는 일정을 선택했었기 때문에 나는 이제 어제와 같은 방을 불문과의 강호신 교수와 더불어 쓰게 되었다. 그러나 높은 파도로 말미암아 배가 출항하지 못했기 때문에 오늘 실제로 귀국한 사람은 아무도 없었다. 밤에 2층의 권오민 교수 방으로 내려가서 함께 맥주를 마시다가 3층의 본부 방으로 올라와 교수회 임원이 시내에서 사 온 麒麟·아사히 등 일본 맥주 파티에 참가하였다. 중문과 정헌철 교수의 하모니카 연주에 이어 조교들의 노래자랑도 벌어졌는데, 나는 간밤의 수면부족으로 말미암아 도중에 내 방으로 돌아와 취침하였다.

18 (금) 비와 강한 바람

오늘은 원래 일정에 의하면 대마도 여행의 마지막 날로서, 이 섬 전체에서 하나뿐인 남북횡단국도 382호선을 따라 윗섬(上縣郡) 일대를 경유하여 最西北端의 上縣町 사오자키(棹崎)전망대 및 對馬야생생물보호센터와 朴堤上순국비를 거쳐, 윗섬 최북단 上對馬町에 있는 한국전망대를 둘러보고서, 오후 3시에 다시 씨 플라워 호로 윗섬 북동쪽의 히타카츠(比田勝)항을 떠나 오후 4시 40분에 부산 국제여객 터미널에 도착하게 되어 있었다. 그러나 작은 태풍이 북상 중이라는 소식도 있어 기상 상태는 지난 이틀보다 더욱 나빠졌으므로 출항 가능 여부는 아직 확정할 수 없으나 적어도 比田勝港에서는 배가 출항하지 않는다고 하므로, 할 수 없이 일정을 변경하여 윗섬 중간 지점의 峰町 중심지인 미네(三根)에 있는 峰町역사민속자료관까지 갔다가 嚴原으로 되돌아오는 코스로 일정을 변경하였다.

8시에 대아호텔을 출발하여 嚴原에서 比田勝까지 이어진 국도를 따라서 북상하여 아래·위섬에 걸쳐 있는 美津島町의 大船越 다리를 건넜다. 이곳은 원래 동해와 태평양을 잇는 좁은 육지로 되어 있어 두 바다로 서로 건너가고자 하는 배들을 육지로 끌어서 넘겼으므로 이런 지명이 붙었다고 한다. 1672년 宗義眞이 藩主였던 때에 처음 길이 약 110m, 폭 18m의 운하를 뚫어 대마도를 두 섬으로 분리하였는데, 그 후 확장 공사를 시행하여 현재는 길이 280m, 폭 50m로 되어 대형화한 어선이 자유롭게 통행할 수 있게 되었다. 조선의 李從茂 장군이 이끈 함대는 淺茅灣 가장 안쪽의 이곳까지 진격하여 왜구를 소탕했었다고 한다.

다음으로는 明治 29년(1896)에서 33년(1900)까지에 걸쳐 해군의 소형 함정을 통과시키기 위해 다시 육지를 끊어 건설한 운하에 근년 들어 새로 설치된 대형 鐵橋인 萬關橋에 이르러 차를 내려 걸어서 다리를 건너보았다. 大船越보다는 훨씬 큰 규모의 운하였다. 당시 淺茅灣 안의 다케시키(竹敷)에 해군 기지가 있었고, 지금도 그 부근에 해상자위대의 기지가 있는데, 그런 까닭에 군사적 목적에서 판 운하인 것이다. 이 운하의 건설에 의해 원래 하나였던 대마도 본섬이 아래 위의 운하에 의해 생긴 중간의 조그만 섬을 포함하면 실제로는 세 개의 섬으로 나누어진 셈이다. 다리를 건너는 도중 엄청나게 강한 바람에 몸이 떠밀려 인도를 떠나 차도로 휩쓸려 들어갈 듯하였다. 내 뒤를 바싹 따라 오던 중문과의 박추현 교수는 내 몸이 바람에 떠밀리는 바람에 서로 몸이 부딪쳐서 쓰고 있던 캡을 놓쳐 잃어버리고 말았다.

대절버스에 다시 올랐지만 밖에는 여전히 비가 내리고 있으므로 차창에 습기가 끼어 바깥 경치를 감상할 수가 없었다. 오는 도중에 가이드가 휴대폰으로 계속 통화하여 오늘은 고사하고 내일도 배가 떠나지 못할 확률이 60%라는 정보는 접하고 있었지만, 우리 일행이 다음 목적지인 上縣郡 豊玉町 仁位의 淺茅灣에 면한 일본 건국신화에 나오는 豊玉姬와 그 남편을 모신 와타즈미(和多都美)신사 입구에 도착했을 때 마침내 버스 안에서 회의를 열어 대책을 협의하였다. 결국 오늘 중에 항공편으로 九州의 福岡으로 이동하여 거기서 각자의 선택에 따라 내일 비행기 혹은 배편으로 귀국하기로 합의하였다. 일단 공중전화를 통해 저녁 7시 발 福岡행 비행기 좌석을 예약하였으므로 아직 시간적 여유가 있어 다시 여행을 계속하였다. 이곳 仁位 일대는 이종무 군의 좌군절제사 朴實이 상륙하여 소탕작전을 벌이다가 적의 기습을 받아 백 수십 명의 전사자를 내고서 퇴각하게 된 현장이기도 하다. 우리는 만조 때 바다 속에 서 있는 세 개의 鳥居가 2m 정도 바다 속으로 가라앉는다는 海宮인 和多都美神社를 둘러보고서, 다시 근처의 에보시다케(烏帽子岳)전망대에 올라 사방 360도로 펼쳐진 淺茅灣 일대의 풍경을 조망하였다.

거기서 오늘의 최종 목적지인 三根으로 향할 예정이었으나, 공항으로부터 가이드에게 전화연락이 와서 오늘 중에 비행기를 타고서 대마도를 떠나고자 하는 사람이 많으므로 되도록 빨리 嚴原으로 가서 항공권을 구입하지 않으면 예약이 취소된다고 하기 때문에 거기서 차를 돌려 왔던 길을 되돌아가지 않을 수 없게 되었다. 嚴原시청 앞에 차를 세우고서 집행부가 가이드를 따라가 항공권을 구입해 올 때까지 빗속에 부근을 어슬렁거리며 시청 안에 들어가 보기도 하면서 대기하고 있다가, 다 함께 시내 중심가의 기온(祇園)이라는 日本식당에 들어가 2층에서 점심을 들었다. 그 일대에는 江戶시대에 고급 주택을 둘러싸고 있던 돌담들이 여기저기에 많이 남아 있었다. 가이드의 말로는 이미 왕복요금을 지불해 둔 우리 일행의 돌아가는 배 삯은 전혀 돌려받을 수 없으리라는 것이었지만, 귀국 후 금성여행사를 통해 선박회사 측과 교섭해 보기로 했다.

비행기 출발 시간까지는 아직 상당한 시간이 남아 있으므로, 일단 다시 三根까지 다녀오기로 하고서 대마도를 종단하는 국도를 따라 올라가는 도중에 다시 내일 배가 뜰 수 있는 가능성이 상당히 높으므로 비행기 예약을 취소하고서 배편으로 귀국하는 쪽이 낫지 않겠느냐는 금성여행사 사장의 국제전화 연락을 접했으므로, 雞知의 대형 쇼핑몰 주차장에다 차를 세우고서 다시 회의를 열었다. 한참동안 회의를 해도 좀처럼 결정을 내리기 어려웠으므로, 결국 주최 측인 교수회장과 인문대학장에게 결정을 위임하고서 우리 모두는 그들의 의견을 따르기로 했다. 그들이 여러 가지 정보를 더 알아보아 결정을 내리기까지 나는 일행을 따라서 다시 쇼핑 몰에 들어갔다가 어제 보아둔 여행용 소형가방 하나를 구입하였다. 길이를 조절할 수 있는 끈이 달려 어깨에 거는 것이었다.

결국 불확실한 일기에 맡겨서 대마도에 남기보다는 오늘 중 福岡으로 건너가기로 결론이 정해졌다. 이미 여기서 상당한 시간이 흘러 三根까지 갔다가 돌아오기는 무리이므로, 일부 사람들은 어제처럼 湯多里랜드로 가서 온천욕을 하고 그럴 의사가 없는 나 같은 사람들은 대절버스에 남아 淺茅灣 남쪽의 다케시키(竹敷)까지 드라이브를 갔다가 온천장으로 되돌아왔다.

버스 내에서 일본 도시락으로 저녁식사를 들고서 공항으로 이동하여 오후 7시 30분쯤 대마도를 이륙하여 8시에 福岡공항에 도착하였다. 거기서 지하철을 타고서 두 정거장을 이동하여 博多驛에 내린 다음, 가이드의 인도를 따라 시내를 걸어서 근처에 예약해 둔 치산호텔로 이동했다. 나는 가장 꼭대기인 13층의 방을 강호신 교수와 함께 쓰게 되었다. 샤워를 마친 다음 강호신 교수의 의견에 따라 博多의 밤거리를 걸어보기로 했다.

권오민 교수에게 연락했더니, 그와 같은 방을 쓰는 정헌철 교수와 함께 가겠다고 했고, 나중에는 독문과의 이영석, 한문학과의 황의열 교수도 참가하여 모두 여섯 명이 되었다. 博多驛을 둘러서 술집이 많다는 뒤쪽의 筑紫口 출구 쪽으로 걸어가서 선술집에 들러 잘 알지도 못하는 안주들을 시켜두고서 병맥주를 마셨다. 신용카드로 결제할 수 있는 술집에 들러 2차를 하고자 했지만, 대마도와 마찬가지로 이처럼 큰 도시에서도 그런 집을 찾기란 쉽지 않았다. 역 안을 가로질러 호텔로 돌아와서는 몇 명이 우리 방에서 소주 파티를 벌이며 밤 1시 무렵까지 대화를 나누었다.

19 (토) 아침에 잠시 부슬비 내린 후 개임

간밤에는 1시 무렵까지 술을 마셨으므로 늦잠을 잤다. 샤워를 한 후 오전 9시가 지나서 같은 방을 쓰는 강호신 교수와 더불어 1층의 식당으로 내려가서 조식을 들었다. JR博多驛으로부터 걸어서 6분 정도 거리인 驛前3丁目에 위치한 우리들의 숙소 치산호텔(Chisun Hotel Hakata)로부터 산책에 나서서, 驛과는 반대 방향인 항구 쪽으로 가까운 거리에 있으며 福岡市의 중심부를 흘러서 博多灣으로 빠지는 那珂川이 두 갈래로 갈라지는 지점인 福岡市 博多區 住吉1丁目에 위치한 대형복합시설 캐널 시티(Canal City Hakata)까지 걸어가 보았다. 호텔·극장·영화관·전문점·음식점 등 없는 것이 없을 정도로 다양한 시설들이 들어서 있는 종합 쇼핑몰이라고 할 수 있는 장소였다. 양측에 따로 선 두 개의 커다란 빌딩으로 이루어져 있고 그 사이에 인공 운하가 흐르는데, 10시 정각이 되니 요한 슈트라우스의 왈츠 곡에 맞추어 운하에 설치된 분수들이 화려하게 춤을 추었다. 우리는 에스컬레이터를 타고서 층층을 둘러보며 5층까지 올라갔다가 내려왔다.

오전 11시에 2층의 로비에 집결하여 호텔을 체크아웃 하고서 가이드의 안내에 따라 거리를 얼마간 걸은 후 시내버스를 타고서 博多港 국제 터미널로 향했다. 처음 한국을 출발할 때 같이 왔던 우리 일행 중에는 어제 아침 일찍 對馬島를 떠나 福岡에서 비행기를 바꿔 타고서 귀국한 사람도 몇 명 있고, 오늘 福岡에서 비행기로 귀국한 사람도 열 명 정도 있으며, 나를 포함한 나머지는 오후 12시 30분 출발 예정인 일본 선적의 대형 여객선 뉴 카멜리아 호에 올랐는데, 실제로는 그보다 좀 더 빠른 시각에 출항하여 오후 6시 부산항에 도착하였다. 博多港 국제 터미널 2층의 면세점에서 신용카드로 금속 케이스의 여행용 소형 액정시계가 선물로 딸린 영국산 스카치위스키 로열 살류트 21년짜리 한 병을 9,000엔에 구입하였다.

나는 예전에 부산에서 福岡까지 2시간 55분이 소요되는 쾌속선 비틀 호를 타 본 적이 있었는데, 그것은 카멜리아 호보다 훨씬 적은 것으로서 항해 중 바깥으로 나갈 수가 없어 다소 갑갑하였다. 이번 것은 5층 선실 위와 뱃머리에 고정식 벤치가 마련된 갑판을 갖추었고, 내부에는 공중목욕탕과 가라오케, 식당 등 여러 가지 편의시설도 갖춘 것이었다. 나와 몇 명의 동료 교수는 2N등급인 437호실을 배정받았다. 나는 추운 바람에도 불구하고 대부분의 시간을 5층 선실 위 갑판에 올라가 현해탄의 풍경을 바라보며 보냈다. 오늘은 바다가 비교적 잔잔하였다.

부산항에서 입국수속을 마치고 나오니 터미널에 16일 우리를 배웅했었던 진주의 금성여행사 사장이 본교 스쿨버스 한 대와 함께 다시 와서 대기하고 있다가 우리 일행을 영접하였다. 부산항 국제 터미널에서 가이드 김혜숙 씨 및 두세 명의 일행과 작별하고서, 스쿨버스로 부산의 구덕 터미널과 남해고속도로를 경유하여 오후 8시 무렵에 출발지인 본교 인문대학 옆에 도착하였다.

6월

30 (목) 맑음

　3박 4일에 걸친 玄士會의 上海·張家界 여행을 위해, 나의 평소 출근시간인 오전 8시에 가족과 함께 집을 나서 내가 운전하는 승용차를 타고서 본교로 향했다. 집합장소인 구내의 사범대학 쪽 학생회관 앞으로 갔더니 이미 여행사 측이 대절한 버스가 와서 대기하고 있었다. 일행이 모두 도착하기를 기다려, 구내의 코알라여행사 이완기 부장 및 부인들만 보내고서 회원 본인은 참가하지 못하는 공대 전기공학과 김상현 교수 및 수의대 수의학과 강정부 교수의 전송을 받으며 8시 30분 남짓에 출발하였다. 이번 여행의 참가자는 모두 20명인데, 남녀가 각각 절반씩이며 회원은 9명, 그 가족이 11명이었다. 내가 회장 직무대리로 되어 총무인 김태웅 교수와 더불어 여행을 총괄하게 되었다.

　남해고속도로를 경유하여 도중 김해시에 속한 장유 휴게소에서 15분간 정거하였다가, 김해공항으로 향하였다. 공항을 향해 접어드는 입구에는 예전에 보지 못했던 인터체인지가 새로 설치되어 있었고, 공항 자체도 신형 건물로 교체하는 재건축 공사가 진행 중이라 임시국제선 여객 터미널에서 中國民航 韓國總販의 전문 인솔자(Travel Conductor)인 이미경 과장과 합류하였다. 부산 하단동에 산다는 젊은 여성인 이 씨가 속해 있는 주식회사 TCA항공(TRAVEL CHINA AIR)은 부산시 중구 중앙동의 반도빌딩 4층에 위치해 있는데, 이 씨는 매주 한 번꼴로 단체여행의 인솔자가 되어 중국을 왕래하고 있다고 한다.

　우리는 12시 35분에 부산 김해공항을 출발하는 中國東方航空(CHINA EASTERN) 편에 탑승하여 현지시각으로 오후 1시 10분에 上海의 浦東國際空港에 도착하였다. 중국과 한국 사이에는 한 시간의 시차가 있으므로, 실제로는 한 시간 반 정도가 소요된 셈이다. 중국비행기 기내에도 한국인 스튜어디스들이 여러 명 근무하고 있었다. 浦東국제공항은 예전부터 上海市의 중심가였던 浦西지구로부터는 1시간 정도 소요되는 거리에 위치해 있는데, 黃浦江의 동쪽인 이곳 浦東지구는 개혁개방정책의 시행 이후 서울의 강남지역과 마찬가지로 급속한 개발이 이루어져 점차 上海의 새로운 중심지로 부상해 가고 있다. 이곳 浦東국제공항은 2년 남짓 전에 개통되었다고 하므로, 나로서는 여기에 아마 처음 내려 보는 것이 아닌가 한다.

延吉 출신의 키 작은 조선족 3세 아가씨가 현지 가이드로서 나와 우리를 영접해 주었다. 그녀의 안내에 따라 버스로 이동하여 浦西 구역의 馬當路에 있는 大韓民國臨時政府舊址를 또 한 번 둘러보았고, 대낮의 外灘에도 가 보았다. 이곳들은 모두 내가 上海에 올 때마다 가게 된 곳이다. 가이드가 우리를 외탄으로 안내할 때마다 반드시 데려가던 장소인 友誼商店이 위치해 있던 장소는 지금 완전히 헐려 빈터로 되어 있었다. 上海는 한중수교가 이루어진 직후에 내가 처음 중국을 방문했을 때 맨 처음 상륙했던 곳이며, 몇 년 전 가족과 더불어 蘇州·杭州·桂林을 여행했을 때도 들렀으니, 모두 몇 번이나 왔는지 나로서도 기억하기 어렵지만, 처음 왔을 때와 지금과의 차이는 그야말로 桑田碧海의 느낌이 있으며, 그 이후로도 매번 올 때마다 적지 않게 변화한 모습을 볼 수가 있다.

外灘을 둘러본 다음, 아래층이 生絲工場으로 되어 있는 어느 식당에 들러 현지식으로 저녁식사를 들었다. 내가 孔府家酒 한 병을 주문하고 한국에서 준비해 온 작은 플라스틱 병에 든 소주도 몇 병 꺼내 飯酒를 하였다. 그 식당에서 술을 주문하고 또 술잔 등을 가져오게 하느라고 종업원 아가씨들을 상대로 일행 앞에서 처음으로 중국어를 사용했다.

석식을 마친 다음 虹橋空港으로 이동하였다. 이 공항은 예전에 내가 중국 땅에 첫발을 디뎠던 곳이며, 당시 杭州로 이동하는 과정에서 웃지 못할 기막힌 해프닝이 벌어졌던 현장이기도 한데, 지금은 말끔하게 현대식으로 단장되어 국내선 공항으로서 사용되고 있다. 국내선 공항으로 이동하기 위해 시내 중심가를 가로지르는 고가도로를 지나가면서 보니, 上海 시내에는 예전에 없었던 고가도로가 많이 건설되어 교통사정이 훨씬 나아지기는 했지만, 도로망의 정비에 못지않게 차량 수도 급속히 늘어나 고가도로상의 교통 정체 현상을 곳곳에서 목도할 수가 있었다. 국내선 공항 안 탑승구 부근에 있는 상점들의 진열대에는 상품마다 정가가 붙어 있기는 하였지만, 보온 차병 하나를 흥정하다가 그 정가표가 전혀 무의미한 것임을 알게 되었다.

19시 10분발 중국동방항공 편으로 상해를 출발하여 21시 20분에 湖南省 서북부에 위치한 이번 여행의 주된 목적지 張家界市에 도착하였다. 기내에서는 上海를 대표하는 일간지인「文匯報」를 읽어보았다. 張家界 공항에서 遼寧省 출신으로서 역시 조선족 3세인 남자 가이드의 영접을 받아 숙소로 향했다. 그는 조부가 경북 대구에서 중국으로 건너왔다 하며, 북한 북부 지역 출신자가 많이 사는 吉林省의 조선족들이 대부분 북한식 억양의 조선어를 쓰는데 비하여 발음상으로도 전혀 손색이 없는 한국말을 사용하고 있었다. 우리는 그의 안내를 받아 張家界市 전체에서 최고급이며 解放路 46號에 위치한 祥龍國際酒店으로 들어갔다. 거기서 우리 부부는 앞으로 이틀간 708호실을 사용하게 되었고, 회옥이는 2인용인 709호실을 혼자서 쓰게 되었다.

7월

1 (금) 맑음

호텔에서 조식을 마친 후 대절버스를 타고서 시 구역에서 34km 떨어진 張家界風景區로 이동하였다. 張家界市는 湖南省의 서북부에 위치하여 湘西土家族苗族自治州에 속해 있다. 총면적은 9,563㎢로서, 시의 중심인 永定區와 풍경구인 武陵源區, 그리고 그 동·서쪽의 慈利縣과 桑植縣을 포괄하고 있으며, 총 인구는 156만 명이다. 그 중 72%는 土家族·苗族·白族 등의 소수민족인데, 소수민족의 69%가 토가족이라고 한다. 독특한 石英砂巖 지질에다가 3.8억년에 걸친 지각변동 및 물과 바람에 의한 침식작용으로 말미암아 이루어진 웅장하면서도 기이한 자연풍광으로서 널리 알려진 곳이다. 그러나 근년에 발견되어 1982년에 중국 임업부가 국가삼림공원 제1호로 지정하면서부터 개발되기 시작한 것이니, 관광지로서 세계적으로 알려지게 된 것은 20년 전후에 불과하다. 1992년에 유네스코의 세계자연유산으로 지정되었고, 중국에서는 2000년에 국가여행국이 AAAA급 풍경구로 지정하였다. 연 평균기온이 섭씨 16도인 아열대성 습윤기후로 말미암아 1년 내내 숲의 대부분이 녹색을 띠므로 계절에 따른 변화는 드문 편이다. 도로변의 집들은 臺灣에서 흔히 보던 것처럼 손바닥보다 작은 기와로 촘촘하게 지붕이 이어져 있는데, 이는 통풍을 원활하게 하기 위한 것으로서 가옥의 내부에서는 천정이 따로 없이 바로 지붕으로 이어져 있다.

외국인 관광객의 대부분이 한국인일 정도로 한국에서는 근년에 가장 각광을 받아온 중국 여행의 대상지에 속한다. 이미 50만 명을 훨씬 넘는 한국 관광객이 다녀갔으며 여기에 거주하는 조선족 가이드의 수만도 300명 정도라고 하는데, 그래서인지 근자에는 그 숫자가 크게 줄어드는 추세라고 한다. 도처에서 한국어를 볼 수 있고, 관광지의 상인들은 모두 장사에 필요한 정도의 한국어를 익혀 있다. 이곳에서는 한국 돈이 그대로 통용되며, 기본 가격은 천 원 단위로 되어 있다.

장가계시 관할 구역의 武陵源風景名勝區에 관광 자원이 집중되어 있는데 그곳은 총면적이 264㎢로서, 다시 張家界國家森林公園·天子山自然保護區·索溪峪自然保護區의 세 구역으로 나누어지며, 그 밖에 楊家界風景區도 있다. 오늘의 우리 일정은 장가계국가삼림공원의 後花園이라고도 불리는 袁家界와 天子山, 그리고 索溪峪에 속하는 十里畵廊 일대를 둘러보는 것이다.

먼저 3대 풍경구의 접점으로 이동해 가서 수직 암벽에 설치되어 기네스북에 올라 있다는 세계최대 규모의 百龍엘리베이터를 타고서 봉우리 위로 올라갔다. 그 엘리베이터는 미국과 덴마크의 기술 및 자본으로 건설된 것인데, 일부분은 바위 속을 통과하며 나머지 부분은 깎아지른 암벽을 따라 올라가면서 주위의 기암괴석으로 이루어진 봉우리들을 감상할 수 있도록 되어 있다.

엘리베이터의 상부 종점에서 셔틀버스로 옮겨 탄 후 袁家界 입구인 後花園管理站으로 이동하였다. 거기서 1인당 245元 하는 1일 관광카드를 구입하여 입구에서 각자 기계에다 지문을 인식시키고 입장한 다음, 迷魂臺에서 天下第一橋에 이르기까지 눈앞과 발아래에 펼쳐지는 웅장하고도 아찔한 장관들을 바라보며 계속 걸어 나아갔다. 袁家界 관광을 마친 다음 天子山으로 이동하는 도중에 산위의 도로 부근 외진 곳에 따로 떨어져 있는 어느 한국음식점에 들러 점심식사를 하였다. 천자산의 賀龍公園에 이르러 西海, 御筆峰 등을 조망한 후 케이블카를 타고서 산골짜기로 내려왔다. 거기서 다시 셔틀버스에 옮겨 타 이동하여 十里畵廊 입구에 도착한 후, 모노레일 유람차를 타고서 기암괴석의 봉우리들이 즐비한 골짜기 풍경을 바라보며 종점인 세姉妹峰 부근까지 갔다가 되돌아 나왔다.

십리화랑에서부터 오전에 처음 관광을 시작했던 지점인 백룡엘리베이터 진입로 광장으로 이동하여, 張良墓 부근에서 金鞭溪로 들어갔다. 장량

묘는 漢 高祖 劉邦의 軍師였던 장량이 만년에 이곳에 은거했다는 전설에서 유래한 것이다. 장가계·원가계·양가계와 같은 지명은 그러한 성씨를 지닌 사람들이 많이 거주하기 때문이라고 하는데, 전설대로라면 장가계 일대 주민의 대부분을 차지하는 소수민족 장 씨들은 역사상 저명한 인물인 장량의 후예가 되는 셈이다.

장가계에서는 사암 토양으로 말미암아 물이 지하로 쉽게 흡수되고 말므로 물 흐르는 계곡이 드문 편인데, 이곳 금편계에서만은 풍부한 수량이라고 할 수는 없지만 시냇물이 흐르고 있었다. 원가계와 천자산 관광은 산 위에서 바라보거나 절벽 아래로 내려다보는 관광이 주였지만, 이곳 금편계곡에서부터는 7.5km에 달하는 좁다란 골짜기를 서남쪽으로 걸어 들어가며 좌우에 林立한 절벽과 돌기둥들을 쳐다보는 식이 된다. 그리고 金鞭溪가 끝나는 지점에 다시 해발 1,800미터의 黃石寨가 펼쳐져 있으며, 이 역시 '황석채에 오르지 않고서는 장가계에 헛 왔다(不上黃石寨, 枉到張家界)'는 말이 있을 정도로 금편계와 더불어 장가계국가삼림공원 풍광의 백미를 이루는 곳이다. 황석채에 前花園이라는 지점이 있는데, 원가계를 후화원이라고도 부르는 것은 거기서 바라보이는 봉우리들의 뒷모습을 보여준다는 뜻인 듯하다. 그러나 아쉽게도 우리는 금편계 입구의 水繞四門 부근을 흐르는 냇물에다 발을 담그고서 현지인들이 한국 관광객을 위한 상품으로서 개발한 막걸리를 몇 잔 마시며 한 시간 정도 쉬다가 오늘 관광을 모두 마칠 수밖에 없었다.

장가계시로 돌아올 때는 索溪峪자연보호구의 索溪湖 및 武陵源區를 거쳐서 揷旗峪의 2차선 도로를 따라 한 시간쯤 걸려서 시내 지구로 귀환하였다. 장가계시와 무릉원구를 연결하는 도로들에는 곳곳에 공사 현장이 많아 더욱 시간이 지체되었다.

장가계 시내로 돌아와서는 洞庭湖에서 양식한다는 민물진주 상품을 파는 기념품점에 들렀다. 물건을 사지 않더라도 그 상점에서 일정 시간 이상 머물러야만 가이드가 주인으로부터 도장을 받아서 회사에 제출할 수 있다고 하므로, 우리는 별 수 없이 그 시간이 될 때까지 점포 밖으로 나가지 못하고 신체의 자유를 구속당하는 수밖에 없었다. 거기서 회옥이는 2만 원짜리 진주 팔찌를 하나 구입하였다. 그 다음으로는 발마사지 하는 곳에 들러서 일행 전원이 각자 한국 돈 5,000원씩의 요금을 지불하고서 전신마사지를 받았다. 원래 발마사지는 여행 가격 속에 포함되어 있었는데, 현지에서는 팁 명목으로 1인당 3천 원씩을 받는다고 하므로, 팁을 포함하여 만 원인 전신마사지 비용의 절반을 집행부 측이 부담해 주기로 하고서 예정을 변경한 것이었다.

우리가 머물고 있는 호텔 1층의 레스토랑에서 뷔페식 저녁식사를 할 때 한국의 김해공항 면세점에서 구입해 간 양주 시바스리갈 한 병도 땄다. 밤에 총무가 나를 1층 로비로 불러내므로 내려가 보았더니, 저녁 식사 시간에 참가자인 부인들 가운데서 몇 가지 지적 사항이 있었다고 한다. 그러므로 인솔자인 이미경 씨를 그리로 오게 하여 지적된 내용에 대해 설명하였고, 아울러 내일 일정에 대해서도 확인을 받아 두었다. 그후 다시 총무의 전화연락을 받고서 가족을 대동하지 않고 온 김의경·박정동 교수가 들어 있는 방으로 가서 자정 무렵까지 술을 마시다가 나는 먼저 빠져서 우리 방으로 돌아왔다.

2 (토) 맑음

오늘은 索溪峪자연보호구에 속하는 寶峰湖와 거기서 동쪽으로 한참 더 나아간 지점의 용암동굴 黃龍洞을 관광하는 날이다. 어제 귀환할 때처럼 장가계시에서 揷旗峪을 따라 武陵源區에 다다른 다음, 거기서 정남 방향으로 1.5km 쯤 내려간 지점에 있는 寶峰湖 입구에 도착하였다. 보봉호는 山頂湖水인데, 원래 거기에 조그만 호수가 있었던 것을 골짜기 네 군데를 막아 한층 더 크게 만든 半인공호수인 것이다. 北京 북쪽 교외의 댐 위쪽 산중 협곡을 막아 관광지로 조성한 龍慶峽과 비슷한데 그것에 비해 규모는 훨씬 작았다. 이렇게 가둬진 호수 물을 이용하여 산중턱과 기슭에는 대형 인공 폭포와 분수도 조성해 두었다. 그러나 밤이 되면 호수 물이 너무 줄어드는 것을 방지하기 위해 수문을 닫아 인공폭포를 정지시킨다고 한다.

정거장에서 상가 거리를 지나 완만한 언덕길을 한참 걸어 올라가니 가파르고 좁다란 산길이 나타났다. 그 길을 따라 올라가서 능선에 이른 다음, 얼마쯤 내려가니 호수 가의 선착장에 닿았다. 생태환경을 보존하기 위해 유람선은 모두 기름 대신 전기 배터리를 쓴다고 한다. 관광객에게 봉사하기 위해 우리가 탄 배에도 전통 복장을 한 土家族 아가씨가 한 명 타고서 노래 한 곡조를 불렀고, 호수의 모서리 두 곳에는 조그만 배가 한 척씩 정박하고 있다가 토가족 아가씨와 청년이 각각 우리 일행의 배가 지나갈 무렵 오두막 모양의 배 안에서 밖으로 나타나 토가족의 언어로 민요조 노래를 불러주었다. 그것에 응답하는 의미로 유람선이 호수 끝까지 나아갔다가 돌아올 때는 우리 일행 중에서도 두 명이 배 앞머리에 마련된 무대 모양의 장소에 올라가 노래를 불렀다.

보봉호에서 武陵源區로 돌아온 다음 天子街에 있는 茶博士家라는 건물에 들렀다. 그곳은 관광객을 상대로 중국 전통차를 판매하는 곳이었다. 중국에서는 드문 정찰제를 실시하고 있었다. 역시 토가족 복장을 한 조선족 아가씨가 나와서 따라주는 土家茶·普洱茶·烏龍茶·자스민차(茉莉繡球)를 각각 맛보고서 설명을 들은 다음, 우리는 아내의 진주여고 동창인 이영만 교수 부인과 더불어 '東方美人'이라는 이름의 烏龍茶 큰 통 하나를 5만 원에 구입하여 절반씩 나누기로 했다.

기념품점을 나온 후 무릉원구의 景福宮이라는 한국음식점으로 가서 점심을 들었다. 이름과 달리 경복궁은 초라한 식당이었고, 음식도 별로 볼 품이 없었다. 우리 일행이 어제 장가계시에 도착한 이후부터 줄곧 중국인 아가씨가 가이드와 함께 우리 차에 동승하여 따라다니며 캠코더로 우리들의 활동을 촬영하고 카메라로 촬영하기도 하였는데, 경복궁 식당에서 그 동안 촬영하여 편집한 것을 TV를 통해 보여주었다. 하나에 5만 원, 여러 사람이 구입하면 하나에 2만 원까지 할인해 준다는 것이었는데, 집행부 측에서 하나 구입하여 한국에 돌아간 후 CD로 복사해서 참가한 가족 당 하나씩 분배하기로 했다. 식당을 나올 무렵 나는 총무가 마련해 간 공금으로 입구에 서 있는 과일 행상으로부터 아열대 과일인 荔枝을 통째로 사서 한 가족 당 한 묶음씩 나눠주었다.

점심을 든 후에는 索溪峪景區의 오른쪽 끄트머리에 위치한 黃龍洞으로 이동하였다. 이 일대의 산속에는 수많은 석회암동굴이 산재해 있어 도로 변으로 바라보이는 산들이 온통 구멍투성이였다. 그 중에서도 황룡동은 최대 규모의 것으로서, 모두 4층으로 되어 있다. 면적은 약 20헥타르이 며, 그 속에 강과 폭포, 못, 광장, 회랑 등이 있고, 무수한 石筍·鐘乳石·石柱 들이 있다.

동굴 관광을 마친 후 장가계시로 돌아와 오전에 프런트에다 맡겨둔 각자의 트렁크들을 찾아서 차에 실은 다음 공항으로 이동하였다. 장가계 공항은 시내에서 남쪽으로 3km 되는 지점의 天門山 기슭에 위치해 있다. 공항 로비의 유리 벽 밖으로 천문산의 全景이 웅장한 벽화처럼 펼쳐져 있어 그 또한 장관이었다. 이 산은 해발 1,528.6m여서 장가계 경내의 최 고봉이며 시 구역의 표지가 되는 산이기도 하다. 그 천 미터 되는 위치에 높이 131m, 넓이 57m, 깊이 20m나 되는 거대한 천연 바위 구멍이 뚫려 있어 이런 이름이 붙었는데, 아직은 별로 개발되지 않았으나 머지않아 이 동굴을 관통하는 케이블카가 설치될 예정이라고 한다.

우리는 18시 10분에 탑승하는 중국동방항공의 국내선 비행기로 예정 보다 20분 정도 빠른 시각에 이륙하였고, 상해 浦東국제공항에는 거의 한 시간가량이나 일찍 도착하였다. 우리가 탄 비행기에는 우리 일행 외에 는 다른 손님이 별로 없었고, 아마도 그래서 이처럼 비행시간이 단축된 모양이었다. 상해에 도착한 이후 이번에는 우리가 현지 가이드를 기다리 며 상당한 시간을 공항에서 지체하지 않으면 안 되었다. 어제 저녁식사 때 일행 중 상해의 야경을 보았으면 하는 희망을 피력한 사람이 있었다고 하므로, 인솔자와 절충해 두어서 오늘 저녁식사 하러 浦西 지구로 들어간 다음 다시 한 번 外灘 일대를 두르며 네온사인과 고층건물들이 현란한 黃浦江 주변의 중심가를 구경하였다. 그런 다음 上海市 長寧區 芙蓉江路 268號에 있는 한국요리점 韓宇里에 들러 때늦은 석식을 들었다. 총무의 장인으로서 이번 여행에 동참한 서기태 씨가 가이드에게 부탁해 장가계

시에서 사 온 중국 최고의 명주 중 하나인 酒鬼酒 한 병을 꺼내었고, 그것과 한국서 가져와 마시다 남은 소주로도 모자라 五糧醇 한 병을 더 주문하였다. 나는 지난번에 정병훈 교수 댁에서 철학과 동료교수들과 함께 酒鬼酒를 맛본 후 이번이 두 번째인데, 알고 보니 이 술은 장가계시의 공장에서 생산되는 것이라고 한다.

식사를 마친 후 다시 고가도로를 타고서 반시간쯤 더 간 곳에 위치한 숙소 華怡賓館에 이르렀을 때는 밤 11시 무렵이어서 나를 포함한 일행 대부분이 졸고 있었다.

3 (일) 중국은 맑고 한국은 비

새벽 5시의 모닝콜을 받아 기상하여 5시 30분에 上海市 愛暉路 201號에 있는 호텔 華怡賓館을 출발하였다. 조식은 버스 속에서 배부 받은 도시락으로 때웠다.

浦東국제공항에 거의 다 도착할 무렵 현지 가이드 아가씨가 우리를 농산품을 주로 판매하는 조그만 시골집 같은 곳으로 데려가 약간의 시간을 보냈다. 공항에서 체크인하여 9시 5분에 출발하는 중국동방항공 편을 타고서 11시 40분에 김해국제공항에 도착하였다. 총무가 浦東공항의 면세점에서 회장인 김병택 교수를 위해 10년산 紹興酒 한 병을 구입하여 전해 주도록 내게 맡겼다. 중국에서는 계속 맑은 날씨였는데, 김해공항에 근접하니 흐려지면서 비가 내리기 시작했다. 우리가 떠나 있는 동안 한국은 계속 장마 비가 내렸고, 오늘과 내일까지도 그러리라고 한다.

 두 번째 對馬島

7 (목) 흐리다가 오후에 개임

새벽 네 시에 기상하여 세수를 마친 다음, 바로 차를 몰고서 부산을 향해 출발하였다. 오늘 있는 對馬島 당일 여행의 출발지점인 부산 부두 국제여객 터미널 2층에서의 집결 시각이 오전 7시 10분이므로, 거기에 맞추려면 오전 5시 50분에 첫 차가 있는 시외버스로써는 불가능하기 때문이다.

밤안개가 낀 남해고속도로를 시속 100km 정도의 속도로 질주하여 낙동대교를 건너서 부산 사상 지구에 다다랐다. 바로 동서횡단고가도로에 진입하여 문현동 황령터널 부근까지 간 다음, 고가도로를 벗어나서 자성대의 부산진시장 부근에서 교통량이 상대적으로 적고 단거리인 부두 길로 접어들어 국제여객 터미널에 닿았더니 꽤 이른 오전 여섯 시 무렵이었다. 두 시간도 채 걸리지 않은 것이다.

터미널 구내 주차장에다 차를 세워두고서 터미널 건물 안을 둘러본 후 밖으로 나와 부산세관 부근의 중앙동을 산책하다가 그처럼 이른 시간에도 문을 열어둔 지하식당 하나를 발견하고서 들어가 그 시간의 유일한 메뉴인 해장국으로 조반을 해결하였다. 차로 돌아와 오디오로 CD의 클래식 음악을 듣고 있다가 그럭저럭 집합 시간이 되어 다시 터미널 2층에 올라가 보았다. 그새 여러 여객선의 출항을 기다리는 승객들로 제법 북적이고 있었다. 여행사 측의 직원과 만나 여권을 전해 출국수속을 마친 다음, 8시 30분에 출발하는 比田勝(히타카츠) 행 대아고속해운의 씨 플라워 2호에 탑승하였다. 부산에서 對馬島 북섬 최대의 읍인 比田勝까지는 이 여객선으로 보통 1시간 40분이 소요되는데, 일본 측 출입국관리소 및 세관 직원들의 출근 시간에 맞추느라고 실제로는 일부러 반시간 정도 더 늦추어 도착하였다.

입국수속을 마치고서 상륙하여, 부두에 정거해 있는 대절버스들 가운데 하나에 올라 출발을 대기하였다. 대형버스가 세 대나 되는데 참가 인원은 대부분 여성이고 남자 손님은 몇 명 되지 않았다. 그 버스에 타고 있다가 뒷좌석에 앉은 아주머니에게 대마도투어의 패키지가 맞느냐고 물었더니, 처음은 그렇다고 대답했다가 얼마 후 주위에 물어보고서 자기네는 다른 여행사 손님이라고 하는 것이었다. 그래서 하차하여 주위에 물어 비로소 우리 팀의 손님이 탄 중형 봉고 차로 안내를 받아 가이드인 신유진 씨와도 만날 수 있었다. 나중에 신 씨로부터 들은 바에 의하면, 그 버스 팀은 부산 롯데백화점의 고객들에 대한 마일리지 행사로 모인 것이며, 우리 팀은 대마도투어를 포함한 세 개의 대마도 전문 여행사가 별도로 모집하여 나중에 합친 손님이었다. 그래도 남자 세 명에 여자 다섯 명으로 구성되어 기사 겸 가이드인 신 씨를 제외하고서 모두 여덟 명에 불과하였다.

11시 무렵에 부두를 출발하였다. 부산 국제여객 터미널에서 집어온 관광안내 팸플릿에 의하면 比田勝의 인구는 5,226명, 세대수 1,885 가구라고 하니 읍의 규모에 불과하다. 우리는 콧수염을 길렀고 비만형인 가이드 신유진 씨가 운전하는 봉고차에 올라 上對馬町의 比田勝에서 해안도로를 따라 출발하였다. 나는 전망이 넓은 기사 옆의 1인용 좌석에 홀로 앉았다. 포장도로를 동쪽으로 얼마쯤 나아가니 殿崎라는 곳의 玄海灘이 바라보이는 언덕 위 도로변에 2005년 5월 27일 對馬市가 세운 청동제 조형물에 다다르게 되었다. 러일전쟁 100주년을 기념한 것인데, 사각형의 대형 銅版에 당시의 일본 해군제독 東鄕平八郎이 부관들을 거느리고서 병원 침상에 걸터앉은 러시아 해군 사령관을 위문하는 장면이 새겨져 있고, 그 아래편에는 이 해전을 설명하는 비석과 당시 東鄕의 어록이 한문으로 새겨진 동판들이 있었다. 이곳은 대마도 연해의 해전 당시 침몰당한 러시아 군함 승무원들 백여 명이 상륙한 현장이기도 하다. 도로 건너편의 언덕에는 모가 없이 둥글고 긴 자연석의 형태로 된 원래의 日本海海戰記念碑가 그대로 남아 있었다. 총인구 4만2천명 남짓에 불과한 대마도는 행정상의 편의를 위해 작년 3월 1일을 기해 섬 전체가 하나의 시로 개편되었다.

우리는 그 언덕 아래편에 위치하여 平成 8년에 '일본의 아름다운 해변 100選'에 뽑힌 三宇田해수욕장에 들러 한동안 백사장 일대를 거닐어 보았다. 그곳 언덕 위에는 온천욕장과 캠프 시설도 갖추어져 있었다. 豊 마을을 거쳐 上縣町의 행정 중심지인 佐須奈와 더불어 德川幕府 시절 일본의 對朝鮮 개항장 출입국관리소의 정문에 해당하는 黑門이 있었던 鰐浦 마을이 내려다보이는 언덕 위에 한국의 이미지를 담아 콘크리트로 만든 팔각정 건물인 한국전망소가 있고, 그 앞뜰의 모서리에 朝鮮國譯官使殉難之碑가 있었으며, 바로 건너편 바다 가운데에는 레이더 기지로 된 海栗島(우니지마)가 있었다. 비석은 조선 숙종 초년인 1703년 음력 2월 5일에 108명의 조선 역관사와 그들을 인도하는 일본 측 관리 4명이 탄 배가 아침에 부산을 출항하여 鰐浦 바로 맞은편에 도착했지만, 급변한 날씨로 말미암아 조난하여 전원이 사망한 것을 기념하는 것이었다. 팔각정 내부의 벽에는 한일교류의 역사에 관한 각종 해설물이 게시되고, 바닥의 전시대에는 거기서 바라보이는 부산 일대의 모형도가 있었다. 맑은 날 낮과 밤에 이 일대에서 바라본 한국 땅의 대형 사진도 걸려 있었는데, 실로 뚜렷하여 세부적인 동네와 건축물 모습까지 잘 드러나 있었다.

한국전망소 잔디밭 뜰에 설치된 나무 탁자에 둘러 앉아 여행사 측이 준비한 일본 도시락으로 점심을 들었다. 가이드의 말에 의하면, 부산에는 현재 대마도 전문 여행사가 네 개 있으나, 일본어 능력과 제대로 된 지식을 갖춘 전문 가이드라고 할 수 있는 사람은 세 명 정도에 불과하다는 것이었다.

오후에 우리는 진주양식장으로 되어 있는 大浦灣을 지났다. 이 灣은 임진왜란 때 일본의 병력이 출항한 장소이기도 하다. 대마도의 인구는 임란 당시에 비해 별로 늘지 않았는데, 그 주된 이유는 섬 안에 대학이 없어 젊은이들이 고등교육을 받기 위해 본토로 나가면 궁벽한 섬인 고향으로 돌아오지 않고서 그대로 외지에 정착하는 경향이 있기 때문이라고 한다.

大浦를 지나서부터는 한동안 해안선을 떠나서 대마도의 남북 섬을 관통하는 유일한 국도인 382호선을 따라 上縣町으로 들어갔다. 대마도의 도로는 넓은 것이 2차선 정도이고, 개중에는 중앙선 없이 바닥에다 화살표로 진행 방향만을 표시한 곳이 있는가 하면, 아예 그런 표시조차 없는 사실상의 1차선이 태반이다. 그러나 거의 모든 도로가 아스팔트로 포장되어져 있다. 도로 주변은 대체로 울창한 숲이 이어져 있는데, 그 수종의 약 70%는 삼나무와 편백나무(히노키)라고 한다. 이처럼 수종이 단순하므로 그들 나무가 품는 강한 향(피톤치드?) 때문에 벌레가 서식하기 어렵고 그래서 그들 벌레를 잡아먹고 사는 새들도 보기 드물다고 한다. 도로변의 곳곳마다에 다소 철 지난 水菊이 흐드러지게 피어있었다.

우리는 다소 큰 읍인 佐須奈를 지나서부터는 다시 국도를 벗어나 해변길로 접어들어 井口浜해수욕장과 千俵蒔山(287m)을 둘러 佐護灣의 湊(미나토) 마을로 들어갔다. 井口浜해수욕장은 한국으로부터 바다 물결을 타고서 많은 쓰레기가 밀려오는 장소 중의 하나이기도 하여, 3년 전부터 부산외국어대학의 학생들이 해마다 와서 쓰레기 청소를 해 주고 있는 곳이다. 그래서인지 지금은 제법 깨끗해 보였다. 千俵蒔山의 해안 쪽으로 난 도로에서는 '異國이 보이는 언덕 전망대'라는 곳을 지나갔다. 전망대는 2층으로 되어 있는데, 해상에 펼쳐지는 파노라마가 특히 웅대하며 맑은 날에는 역시 부산시의 거리 모습을 바라볼 수 있는 곳이다.

2005년 7월 7일, 박제상순국비

오늘 여행의 종착지인 湊에서 내가 오랫동안 보고 싶었던 新羅國使朴堤上殉國之碑를 마침내 만날 수 있었다. 대마도의 가장 저명한 향토사학자

永留久惠 씨의 책에서 佐護灣을 바라보는 鉏海水門 언덕 위에 위치해 있다고 읽은 것 같은데, 현장에 와 보니 의외로 대마도에서는 가장 넓은 것이라고 하는 바다를 매립하여 만든 논가의 도로변 평지에 세워져 있었다. 그 앞의 사각형 비석으로 된 설명문의 뒤편에는 건립에 참여한 한국 사람들의 이름이 열기되어져 있고, 그 끄트머리에 일본인으로서는 유일하게 永留 씨의 이름이 보였다. 그러므로 내가 추측하고 있었던 바와 같이 여기에다 비석을 세우게 된 것은 그의 고증에 의한 것임이 확실했다. 그러나 나로서는 그가 주된 근거로 삼은 『일본서기』의 기록과 우리 측 『삼국사기』의 기록 사이에는 인명 및 구체적인 사실에 있어서의 차이뿐만 아니라 무엇보다도 年代 상에 2세기나 차이가 있으므로, 그의 고증은 그다지 신빙할 만한 것이 못된다고 생각하는 터이다.

우리 일행은 거기서 일본말로 인사를 건네는 중년 남자 세 명을 만났다. 나도 일본어로 답례를 하였는데, 알고 보니 그들은 朴堤上을 시조로 삼는 寧海朴氏大宗會의 부회장 및 총무이사(朴用福) 일행이었다. 박 씨의 명함을 받아 보니 그의 주소지는 서울이었다. 그들의 설명에 의하면 10여 년 전에 永留久惠 씨로 짐작되는 일본인 일행이 그들을 찾아와 朴堤上의 사적에 대해 물으므로 치술령 기슭인 울산광역시 두동면 니전리에 있는 옛 서원 터로 안내하였는데, 그 일본인의 노력에 의해 옛 서원의 주춧돌을 확인하였고, 그것이 계기가 되어 원래의 자리에다 박제상을 주벽으로 삼은 현재의 서원을 복구하게 되었다고 한다. 그 서원에는 나도 얼마 전에 치술령 등반을 마치고서 하산하여 들른 바 있었다. 서원 복구를 마친 직후 일본에서도 박제상의 유적지를 찾고자 그 일본인과 상의하였고, 그리하여 마침내 이 자리에다 비석을 세우게 되었다는 것이었다. 처음에는 스무 명 정도의 문중 사람들이 시조의 기일을 즈음하여 이곳에 찾아왔었는데, 해마다 그렇게 하기는 어려워 올해에는 문중 대표 세 명만이 찾아오게 되었다고 한다. 비석 앞에서 나는 소형 봉고차를 타고 온 그들과 더불어 기념사진을 찍었다. 그들은 오늘 우리와 같은 배를 타고서 돌아간다고 했다.

내가 대마도투어 여행사의 인터넷을 통해 확인한 일정표 상에는 佐護灣의 아래쪽 육지 끄트머리로서 일본 쪽 最西北端에 해당하며 부산으로부터 불과 49.5km 지점의 斷崖 위에 조성된 棹崎(사오자키)公園이 포함되어 있는데도 가이드는 거기에 들르지 않고서 그냥 돌아가는 코스로 접어들었다. 내가 물어보았더니 그는 이 湊 일대가 다 棹崎라면서 거짓말로 얼버무렸지만 더 이상 따지지 않았다. 이번에는 千俵蒔山의 남쪽을 두르는 길을 취하여 다시 국도에 오른 다음, 그 길을 따라서 최단 코스를 취해 출발지점인 比田勝港으로 돌아왔다. 돌아오는 길에 上對馬町 大字大浦에 있는 슈퍼 밸류(SUPER VALUE)라는 이름의 슈퍼마켓 그룹 大浦店에 들러 한 시간 반 정도 쇼핑 시간을 가졌다. 나는 그곳의 淸文堂 서점에서 對馬觀光物産協會가 발행한 『츠시마 百科』(嚴原, 昭和堂, 2005)와 長崎縣高等學校敎育硏究會地歷公民部會歷史分科會가 편찬한 『長崎縣의 歷史散步』(東京, 山川出版社, 2005) 각 한 권 및 일본에서 가장 잘 팔린다는 '白岳' 소주 1,800㎖ 들이 한 팩을 구입하였다.

比田勝에 도착한 후 출국수속을 마치고서 귀국 길에 올랐다. 오전에 우리가 타고 왔던 씨 플라워 호였는데, 돌아갈 때는 스케줄대로 오후 4시 20분에 출항하여 6시 정각에 부산항에 닿았다.

시카고에서 보낸 1년

28 (목) 한국은 곳에 따라 폭우, 미국은 맑음

새벽 4시 30분경에 큰처남 황광이가 우리 집 앞으로 와서 전화를 걸어 주었다. 간밤에 약간의 비가 내린 모양인지 차에 빗물 흔적이 있었다. 승용차 트렁크와 뒷좌석의 일부에 한 사람 당 두 개씩의 큰 짐을 싣고 수화물로서 기내에 들고 들어갈 가방과 배낭들도 차 안으로 가지고 오니 뒷자리에는 회옥이와 아내가 간신히 앉을 만한 자리를 마련할 수가 있었다.

대진 및 경부고속도로를 경유하여 경기도 평택에서 서해안고속도로에 진입한 다음, 서서울 요금소에서 고속도로를 빠져나와 서울외곽순환도로를 타고서 일산 방향으로 직진하다가 노오지분기점에서 인천공항 방향으로 빠져나갔다. 북상할수록 빗발이 점점 강해지더니 경기도 지방의 곳곳에서는 엄청난 폭우가 쏟아져 도로의 가까운 전방이 잘 보이지 않는 경우도 종종 있었다.

오전 10시도 채 못 된 시각에 인천공항에 도착하여 처남과 작별하고서 우리 차는 처남이 도로 진주로 몰고 가 오후 서너 시 경에 우리 아파트에서 큰누나 내외를 만나 자형에게 인계하기로 되어 있다. 자형이 우리 내외가 미국에서 돌아올 때까지 1년 정도 우리 승용차를 맡기로 한 것이다.

충분한 시간적 여유를 가지고서 티케팅 하여 시카고 행 비행기가 출발하는 게이트를 확인한 후, 나는 그 근처의 면세점에서 로욜라대학의 철학과장과 스폰서에게 인사할 선물로서 자개로 정교하게 장식한 붓통 두 개를 샀다. 두 개 합쳐 200$가 넘는 액수인지라 직원이 공항 면세점용의 VIP 카드를 만들어 주었다.

우리가 탈 비행기는 실제로는 대한항공 037편이나, 그 제휴사인 델타항공이 좌석의 일부를 인수받아 대한항공보다는 일부 유리한 조건으로 다시 고객에게 팔았으므로, 우리 가족은 당초 대한항공 직항 편으로 예약하였다가 학생할인요금 적용을 받기 위해 델타항공 7863편의 승객 자격으로 바꾸어 탑승하게 된 것이다. 이 비행기는 28일 오후 12시에 인천공항을 출발하여 실제로는 13시간 정도 비행하나 시차 관계로 오히려 시간이 거꾸로 가서 같은 날 오전 10시 55분에 시카고의 오헤어공항에 도착하게 되어 있다. 그러나 인천공항에서 비행기 연결 관계로 출발이 30분 정도 지연된 까닭에 시카고 도착 시간 역시 33분 정도 연착되었다.

미국에 도착한 후 입국 수속 및 짐 찾는데 또 상당한 시간이 소요되어 출구로 나와 보니 작은누나와 두리가 영접을 나와 있었고, 내 스폰서인 데이비드 슈와이카트 교수는 공항까지 마중 나왔다가 나의 누이 두 사람을 만나보고서는 오후 1시에 다른 약속이 있어 먼저 돌아갔다. 다음 주 월요일에 로욜라대학 근처에서 만나기로 약속을 정했다고 한다. 두리의 남편 마이크(마이클 V. 모니타 교수)는 주차비를 아끼기 위해 공항 주위를 여러 차례 돌면서 시간을 보내다가 마침내 우리 일행과 만나 우리 짐을 자기 차에 싣고서 두리와 함께 먼저 공항으로부터 멀지 않은 거리인 블루밍데일에 있는 작은누나 댁으로 갔고, 우리 가족은 자형이 생전에 새로 구입한 배기량이 큰 고급 링컨 승용차를 타고서 갔다.

아내가 마이크를 위해 준비한 선물은 그가 별로 마음에 들어 하지 않을 물건임이 분명해 보였으므로, 내가 철학과장을 위해 산 자개 붓통 하나를 마이크에의 선물로 대신하였다. 함께 식사를 하고서 대화를 나누다가 두리 내외가 돌아간 후 아내와 회옥이는 취침하였지만, 나는 비행기 속에서 계속 영어로 된 『Boston Confucianism』을 읽다가 평소 취침 시간인 한국 시간 오후 9시 반쯤부터는 비행기 속에서 좀 눈을 붙였으므로 예전처럼 시차로 인한 피로감을 많이 느끼지는 않았다. 그래서 여기서 얻은 반바지와 반팔 옷차림으로 만보기를 차고서 누나와 더불어 누나가 매일 산책하는 집 근처의 공원으로 가서 호수 주변과 숲속 길을 1만 보 이상 걷고서 돌아왔다. 누나 집에는 자형 및 아들이 쓰던 옷가지들이 많이 있는 데다 두리가 그 새 우리 가족을 위한 옷들을 또 많이 갖다 두었으므로 내 트렁크 하나의 대부분을 차지한 옷들은 사실 가져올 필요가 전혀 없었다. 시카고의 날씨는 근자에 무척 후덥지근한 데다 지방 정부가 재난 사태를 선포할 정도로 가뭄이 심했다고 하는데, 며칠 전에 비가 내린 탓인지 오늘은 한국보다도 훨씬 덜 더웠다. 그러나 누나네 집을 둘러싼 잔디밭에는 가뭄으로 말라 색깔이 변한 부분이 많았다.

29 (금) 맑음

누나는 매일 새벽에 우체국의 밤 근무를 마치고 돌아와서는 날이 샐 무렵 집 근처의 두 군데 코스로 산책을 한 다음 헬스클럽에 다녀오는데, 오늘은 우리 가족과 집에서 키우는 요크셔 種의 개 맥스를 데리고서 함께 그 코스를 산책하였다. 산책로 중 첫 번째 것은 집에서부터 출발하여 한 바퀴 두르는데 반시간 정도 걸리는 코스인데, 캐나다로부터 매년 일정한 시기에 백조 네 마리가 와서 서식하는 호수 공원 일대를 둘러오는 것이다. 그 네 마리의 백조에는 각각 이름도 붙여져 있었다. 다른 하나는 미첨 그로브라는 이름을 가지고 있으며, 듀페이지 郡의 삼림보호구역 중 하나이다. 어제 누나와 둘이서 걸은 바 있는 코스로서 홍수방지용 인공 저수지와 그 옆의 삼림욕 구간을 포함하여 약 한 시간 정도 걸리는 코스다.

두 곳 모두 매우 아름다워 호수 주변에는 크고 작은 고니 및 오리들과 시베리아 여행에서 흔히 볼 수 있었던 흰색 꽃이 피는 잡초를 비롯하여 이름 모를 꽃들이 많고, 오늘은 이곳 명물인 노루를 한 마리 만나기도 했다. 평소에 누나와 더불어 산책하는 아주머니 세 명도 도중에 만났는데, 다들 아내가 누나의 부탁을 받고서 한국에서 사 보낸 햇볕 차단용 모자를 하나씩 쓰고 있었다. 두 번째 산책 코스로 이동할 때는 미국의 운전 면허증 시험에 대비하여 내가 누나 집에 있는 일본 도요타産 헌 차 캠리를 몰아 큰 호수 근처의 주차장까지 모두를 태우고서 갔다.

30 (토) 맑음

아내를 제외한 세 명이 오늘 아침에도 누나의 산책 코스를 다녀왔다. 미첨 그로브 주차장에서 누나의 知人 부부를 만나 함께 산책하면서 대화를 나누었다. 그들이 산소통이라고 부르는 숲속을 빠져나올 무렵 또 미국인과 국제 결혼한 한국 부인 및 회옥이보다 나이가 몇 살 더 많은 그 딸을 만나 일곱 명이 함께 걸었다. 주차장으로 돌아와 안내판 앞에서 팸플릿을 두 개 집어왔는데, 시카고 시가 속해 있는 쿡 군에 인접한 이곳 듀페이지 군에 저 유명한 페르미 국립가속기실험장이 있음을 비로소 알았다.

8월

1 (월) 맑으나 오후 한 때 빗방울

아침에 혼자서 블루밍데일 시의 중심부 일대를 한 바퀴 산책하였다. 로욜라대학 부근에서 정오에 내 스폰서인 그 대학 철학과의 데이비드 슈와이카트 교수와 만나기로 약속이 되어져 있으므로, 좀 시간적 여유를 두고서 집을 출발하였다. 누나의 링컨 승용차를 내가 운전하고 누나는 조수석에 앉아 길과 미국의 교통규칙을 안내해주며, 아내와 회옥이는 뒷좌석에 앉았다.

먼저 시카고 시의 동북쪽 끝부분에 위치해 있는 버치우드의 두리네 집으로 갔다. 거기서 누리 내외와 얼마동안 대화를 나누다가 마이크가 운전하는 차를 타고서 로욜라대학으로 향했다. 누나는 두리 집에서 쉬겠다고 하며 혼자 남았다. 마이크는 오후 세 시에 다시 우리를 태우러 그리로 오기로 하고서 차를 몰아 돌아가고, 우리는 대학 캠퍼스와 도로 하나를 사이에 두고서 건너편에 있는 이탈리아 음식점으로 가서 슈와이카트 교수를 만났다. 큰 피자를 하나 시켜 나눠들면서 대화를 나누다가 그의 안내에 따라 캠퍼스 안으로 들어갔다. 그와는 친밀감의 표시로서 앞으로 서로 성을 떼고서 이름만으로 호칭하기로 했다.

먼저 외사처의 담당자인 메리 테이스 여사를 만났고, 다음으로는 대학 본부 건물로 가서 교수행정실장인 티모디 E. 오코넬 박사를 만났다. 그러나 마침 증명사진을 촬영하는 데 문제가 생겨 오늘 중에 신분증을 발급받지는 못했다. 그 다음은 중앙도서관을 경유하여 3층에 철학과 사무실 및 교수연구실이 있는 크라운 센터 건물로 들어가서 학과장보와 만나고 데이비드의 연구실이자 또한 앞으로 1년간 내 연구실이 될 방으로 갔다. 학과장보로부터 컴퓨터 사용법을 설명 받고 데이비드로부터 열쇠도 전해 받았다. 내 우편함도 배정받았고, 조만간 나의 이메일 계정도 배정될 것이라고 한다. 끝으로는 주차장을 안내받았는데, 학교 밖인 줄로 알았더니 크라운 센터 및 중앙도서관 바로 부근의 교내여서 편리해보였다. 이곳

길가에 나는 오전 9시30분부터 오후 4시까지 무료로 주차할 수 있으며, 그 시간을 초과할 때 사용할 수 있는 티켓도 좀 받았다.

돌아올 때는 앞으로 내가 로욜라대학으로 왕래할 때 주로 이용하게 될 옥튼 길을 경유하였는데, 누나네 집까지 약 한 시간 정도가 소요되는 거리였다.

2 (수) 맑음

아내의 일리노이주립대학교 시카고校(UIC) 수속을 위해 아침 일찍 Metra 전철 편으로 시카고로 향했다. 엘진에서 출발하는 열차로 오전 7시 12분에 집에서 가까운 메다이나 역에서 누나의 아침 산책 친구로서 독일계 미국인의 부인이 된 한국인 앤지(앤젤라) 씨와 만나 종착지인 시카고 유니온 역까지 함께 가기로 약속했었는데, 우리의 도착이 늦어 합류하지 못하고서 다음 열차인 7시 40분 것을 탔다. 그런데 그 열차 안에서 뜻밖에도 역시 누나의 산책 친구로서 미국인과 결혼한 다른 한국인 부인의 딸 미셸을 만나 종점까지 같이 가게 되었다.

유니온 역 근처에서 택시로 갈아타 UIC의 간호대학 건물에 도착하였다. UIC 의대는 쿡 군의 병원 시설들과 인접하여 더불어 메디컬 구역을 이루고 있다. 그 규모는 예상했던 것보다도 꽤 커서 로욜라대학의 중심에 해당하는 호반 캠퍼스를 능가할 정도라는 인상이 들었다. 아내의 연세대 간호학과 선배로서 그 대학 부총장까지 지낸 김미자 박사가 아내의 여러 가지 수속 때문에 제법 시간이 걸릴 것이라고 하므로, 그것이 마쳐질 것으로 예상되는 오후 2시에 다시 와서 아내와 합류하여 돌아가기로 하고서 누나와 나 및 회옥이는 전철을 타고 유니온 역으로 되돌아 가 지하철로 바꿔 타고서 중심가의 시카고 시청 옆인 워싱턴 역까지 갔다.

거기서부터는 도보로 미시건 호반의 공원 지역에 근년 들어 새로 건축된 밀레니엄 파크를 거쳐 버킹검 분수 등을 둘러보고서, 몇 해 전에 두리와 함께 들른 적이 있었던 아트 인스티튜트로 들어가 2층의 현대 회화들을 둘러보았다.

오후 1시 경에 미술관을 나와서 워싱턴 역 근처까지 걸어와 맥도널드에서 햄버거로 점심을 때운 다음, 오후 2시 정각에 간호대학 건물 안에 있는 회의실로 다시 갔다. 그러나 그로부터도 또 두 시간 정도의 시간이 소요된 후에야 아내와 함께 간호대학을 떠날 수가 있었다.

4 (목) 맑음

UIC 서부 캠퍼스에서 실시하는 아내의 ESL 등록을 위해 내가 누나의 8기통 링컨 승용차를 몰아서 고속도로를 경유하여 시내로 갔다. 서부 캠퍼스로 찾아가서 등록을 마친 다음, 오늘 중에 오리엔테이션을 받아야 하는 아내를 회옥이와 함께 UIC 교내에 남겨두고서 나는 누나와 더불어 다시 차를 몰아 시카고 시 중심부를 경유하여 호반 도로인 미시건 드라이브를 따라 북쪽으로 끝까지 올라간 후 다시 그 도로에 연결되는 쉐리던 로드를 따라 노드 쉐리던 로드에 있는 로욜라대학 호반 캠퍼스까지 갔다.

대학 앞의 멕시코 식당에서 누나와 함께 점심을 든 후 작별하여 대학 본부가 위치한 그라나다 센터 빌딩의 4층으로 가서 교수행정 디렉터인 티모디 오코넬 박사를 만나 며칠 전에 증명사진 촬영이 안 되어 발급받지 못한 방문교수 신분증을 비로소 발급받았다. 인문학 계열의 학과들이 들어있는 크라운 센터 3층으로 올라가 철학과 비서인 캐리 하만드 양(?)을 만나 이 대학 중앙 컴퓨터에 접속할 수 있는 ID와 패스워드, 그리고 이 대학의 이메일 계정을 부여받고자 했지만, 나의 스폰서인 데이비드 슈와이카트 씨와 상의해 보겠다는 대답이었다. 나 혼자서 이 대학 호반 캠퍼스의 구내를 두루 산책한 다음, 크라운 센터 맞은편에 위치한 중앙도서관으로 들어가 3층까지의 서고를 둘러보았고, 거기서 시카고대학 동아시아언어문화학과 에드워드 쇼네씨 교수(1952~   )의 저서 두 권을 대출받았다. 오늘 오후 방문교수 신분증을 갓 발급받아 처음으로 도서관에 들어갔으므로, 도서관 컴퓨터가 내 신분증을 인식하지 못하였지만, 이력저력 직원과의 대화를 통해 수작업으로 책을 대출받을 수가 있었다.

약속해 둔 오후 다섯 시 반에 크라운센터 3층의 데이비드와 내가 공유하는 연구실로 가서 그를 만난 다음, 그가 아는 에티오피아 식당으로 가서 함께 저녁식사와 에티오피아 맥주를 들며 대화를 나누었다. 데이비드는 이번 주 토요일부터 한 주 정도 학술대회 발표자의 자격으로 중국에 다녀오게 된다. 이번 방학 중 또 한 차례를 포함하여 이것이 그의 세 번째 중국방문이 되는 셈인데, 그는 개혁개방 노선으로의 방향 전환 이후 중국에서 실험되고 있는 새로운 사회주의 모델에 대해 큰 호의와 기대를 지니고 있었다. 그는 올해 만63세로서 나보다 일곱 살 정도 연상이다.

데이비드의 연구실 서가에서 그의 主著인 『Anti Capitalism』 중국어판과 그의 논문이 실린 중국 잡지 몇 권을 들추어보았다. 데이비드의 부인은 필리핀 사람이며 버지니아대학교 재학시절의 동창으로서 현재 인디애나 주립인 퍼듀대학교의 언어학 교수로 있다. 딸은 UC 버클리 및 시카고 대학을 거쳐 검사의 직업을 가지고 있는데, 흑인 남성과의 사이에 딸 하나를 두고서 헤어진 다음 그 딸을 데리고서 현재 부모와 함께 거주하고 있는 모양이었다.

7시 반부터 Left of Center라는 이름의 캠퍼스 부근에 있는 좌익 계열로 보이는 작은 서점에서 열린 퍼듀대학교 재닛 아파리, 케빈 앤더슨 교수 부부의 초청토론회에 참석하여 그들의 新著 『푸코와 이란혁명』에 관한 저자의 설명과 뒤이은 질의토론을 경청하였다. 여기서 이런 모임이 시작된 것은 1년 정도 밖에 되지 않는다고 한다.

7 (일) 맑음

새벽에 혼자서 블루밍데일 컨트리클럽의 레이크로드에 면한 길을 따라 도로 건너편 스프링 크리크 저수지 일대를 거쳐서 새로 보수공사가 완료된 메다이나 전철역으로 가는 길의 중간까지를 산책하고서 돌아왔다.

오전에 마이크가 두리 차를 몰고서 두리와 함께 누나 집으로 와 우리 가족을 태우고서 아이오와를 향해 출발했다. 블루밍데일의 레이크로드에서 남쪽으로 내려가다가 255번 州間고속도로에 오른 후 다시 88번 주간고속도로를 따라서 일리노이 주의 서쪽으로 계속 나아갔다. 회옥이의 아이오와대학 메이플라워홀 기숙사 룸메이트의 출신지인 디칼브를 지나 로널드 레이건 대통령이 출생하여 유년시절을 보낸 락폴즈에서 작은 강가의 휴게소 공원에 들러 두리가 준비해 온 햄버거로 점심을 들었다.

다시 길을 떠나 미시시피 강을 건너서 아이오와 주에 들어선 다음부터는 80번 주간고속도로를 따라서 계속 서쪽으로 나아갔다. 일리노이나 아이오와 일대는 이른바 대평원 지대에 속하여 도시 지역을 벗어나면 산 하나도 보이지 않는 들판에 대부분 옥수수를 주로 하는 밭들이 한없이 펼쳐진다. 이러한 풍경은 한편으로 프랑스의 지방 모습을 연상케도 한다. 이따금씩 밭 가운데에 대형 撒水機가 눈에 띄기도 하는데, 올해는 주지사가 재앙을 선포할 정도의 심한 한발로 말미암아 옥수수 농사가 큰 타격을 입었다는 소식을 신문에서 읽은 바 있었다. 목적지인 아이오와시티에 거의 다가간 지점의 웨스트브랜치에서 다시 잠시 주차하였다. 이 마을은 후버 대통령의 출생지인데, 그곳 휴게소의 관광안내소 같은 데서 무료로 배포하는 지도를 포함한 여러 종류의 팸플릿들 가운데서 몇 개를 골랐다.

아내가 전날 전화를 통하여 아이오와시티에 사는 한인교회 목사에게 연락하여 아이오와시티 북부의 코랄빌 구역 6번국도 가에 있는 허트랜드 인이라는 숙소에 방을 예약해 두었었다. 그러나 도착해 보니 방과 숙소의 전체적인 분위기가 마음에 들지 않아 예약을 취소하고서 바로 대학가로 들어가 아이오와시티의 듀부크 거리에 있는 쉐라톤 호텔 2층에다 방 두 개를 정하였다. 실내 풀장이 바로 옆에 딸려 있어 다른 방들보다 각각 $10씩 비쌌지만, 그런대로 쾌적한 곳이었다.

숙소를 정한 다음, 차로 대학 구내를 돌며 회옥이가 당분간 묵을 국제학생 숙사인 버지 홀과 오리엔테이션을 받을 장소, 그리고 기숙사인 메이플라워 홀 등을 미리 둘러보았다. 메이플라워 홀은 캠퍼스 중심부에서 북쪽으로 2마일 정도 떨어진 변두리에 위치해 있지만, 도로 건너편이 강에 면한 넓은 공원이어서 분위기가 좋고, 캠퍼스 구내를 도는 버스가 10분에 한 대 정도씩 다니고 있어 별로 불편은 없을 듯하였다. 버지 홀에서는 책임자(Coordinator)인 케빈 호케트 씨를 만나 대화를 나누기도 하였

다. 호텔 부근의 중국집에 들러 저녁식사를 들었는데, 주문한 음식의 가지 수가 많은데 반해 맛이 없었다. 저녁식사와 두 방의 호텔 비용 및 주차비는 내가 부담하였다.

8 (월) 맑음

아침에 혼자서 한 시간 정도 캠퍼스의 한가운데를 북에서 남으로 흐르는 아이오와 강을 건너서 의대와 스타디움이 있는 일대를 산책하였다. 8시에 다시 버지 홀에 들러 등록 절차를 거치고서 방을 정하였다. 꼭대기인 5층에 있는 방인데, 큰 방 하나에 2층 침대를 여기저기 배치하여 오리엔테이션이 끝날 때까지 하루 $5의 공짜에 가까운 요금으로 8~10명 정도의 학생이 함께 묵을 수 있게 되어 있었다. 독일 도르트문트에서 단기 연수 차 온 여학생 하나가 방에 있다가 우리를 맞아 주었고, 중국과 한국 여학생 각 한 명을 포함한 네 명이 이미 입주해 있었다. 회옥이는 이 숙소에 머물며 오리엔테이션을 마친 다음, 배정된 기속사인 메이플라워 홀로 짐을 옮겨 하루 $21씩을 내고서 임시로 거주하다가 20일부터 정식으로 그 기숙사에 입주하여 식당을 이용할 수 있게 된다. 이 대학 제썹 홀에 있는 精算所로 가서 내가 수표로 회옥이의 한 학기 기숙사비 $3,434를 결제하였다.

호텔을 체크아웃 한 후, 회옥이의 짐을 버지 홀로 옮기고서, 코랄빌로 나가 슈퍼마켓에 들러서 회옥이 짐 가방을 위한 열쇠를 두 개 산 후 다시 캠퍼스로 돌아와 버지 홀 앞에서 회옥이와 작별하였다. 이로부터 회옥이는 부모와 작별하여 자신의 삶을 살아가게 된 것이다.

어제 올 때의 코스를 경유하여 돌아왔는데, 도중에 어제 잠시 정거했었던 웨스트브렌치 부근에서부터 심한 교통정체가 있었다. 도로에서 그 상황을 취재하는 TV 기자에게 물었더니, 도중에 유조차가 폭발하는 대형 사고가 있어 도로가 훼손되었으므로 다른 길로 차량들을 우회하여 통행시키고 있다는 것이었다. 그런 까닭으로 10마일을 나아가는데 한 시간 정도가 소용되었다. 웨스트브랜치에서 6번 고속도로로 빠져나와 시골 길을 한참 지난 후 F58 지방도를 경유하여 데본포트 시 부근의 월콧이라는 곳에서 다시 80번 주간고속도로에 올랐다. 일리노이 주의 경내로 들어서서는 갈 때의 코스를 경유하여 저녁 무렵에 누님 집에 닿았다 몇 군데의 휴게 및 점심식사 시간을 포함하여 왕복에 각각 다섯 시간 정도가 소요된 셈이다.

11 (목) 흐리고 때때로 부슬비
오후에 누님이 다니는 성 김대건 성당의 교우인 샤핑여행사 주인 이무선 씨에게로 전화하여 알래스카 및 캐나디언 로키 여행에 대해 알아보았다. 나는 미국에 오기 전 시카고가 미국 중부를 대표하는 도시라 여행하기에 편리한 지점일 것으로 생각하고서, 매달 한 번 정도씩 아내와 더불어 미국은 물론 캐나다·멕시코를 포함한 북미 일대와 남미 지역까지 두루 여행해 볼 계획을 세운 바 있다. 그러나 오늘 이 씨로부터 들은 바에 의하면, 대부분의 시카고 지역 한인 여행사들은 서부 등지의 여행사가 마련한 프로그램에 동참하는 형태의 패키지 상품을 팔고 있기 때문에 출발을 위해 그쪽 여행사가 있는 지역까지 개인적으로 이동해야 하는 불편이 있으며, 게다가 아내와 동행하지 못할 경우에는 독방을 사용하는 데 따른 추가요금까지 부담해야 한다는 것이었다. 그러므로 아내에게 나와 함께 여행할 시간적 여유가 생길 때까지 일단 보류해 두는 수밖에 없겠다는 판단이 들었다.

13 (토) 오전에 부슬비 내린 후 개임

　주문해 두었던 「시카고 트리뷴」 신문이 처음으로 배달되었다. 포스터 은행으로부터도 나의 인터넷뱅킹 개설을 알리는 우편물이 도착하였다. 아내가 여러 사람들로부터 얻어 놓은 일리노이 주 및 시카고 지역의 각종 지도들을 훑어보았고, 운전면허시험 관계 책자들 및 계간으로 발행되는 『Bloomingdale Park District』 가을 호(2005년 9월~12월)의 내용도 검토해 보았다. 후자는 블루밍데일 시 구역 안에서 기획되는 각종 행사를 홍보하고서 그 참가를 종용하는 것이다. 그 뒷부분에 실린 '시설 지도'에 의하면 하나의 마을이라고 해도 좋을 정도로 조그만 주택지대인 이 도시 구역 안에 모두 15개의 공원이 있고, 특히 그 중심이 되는 존스턴 레크리에이션 센터를 비롯한 여섯 개의 공원들이 내가 거주하는 누님 집 부근에 집중되어 있다.

　아내와 함께 바로 앞집과 그 부근의 다른 집에서 실시하고 있는 차고 세일에 가 보았다. 평소 가정에서 사용하고 있던 물건 중 불필요한 것들을 자기 집 차고에다 진열해 놓고서 지나가는 사람들에게 길가의 안내판으로 광고하여 파는 것인데, 마을에서 아침 산책을 하다가도 종종 눈에 띄는 풍경이다.

14 (일) 맑음

아내와 함께 누나를 따라 오전 11시부터 한 시간 남짓 열리는 알링턴 하이츠의 성 김대건 성당 주일 본미사와 미사 후의 연도 모임에 참석하였다. 시카고 시내에는 개신교 교회가 100곳 정도 있는데 비해 가톨릭 성당은 대여섯 개가 있을 따름이라고 한다. 누나가 다니는 성 김대건 성당의 신부는 아버지 장례식을 집전했던 그 젊은 신부의 후임자로서 부산에서 출생하여 경남 산청에서 자랐고, 진주의 대아고등학교를 졸업한 사람이다. 강론 중에도 우스갯소리를 잘하며, 역대의 사제 가운데서 신도들에게 가장 인기가 있다 한다. 미사 후 지하층에서의 친교시간에 샤핑여행사의 주인인 이무선 씨 부부 등과 처음으로 인사를 나누었다. 나 혼자서 8월 29일부터 9월 3일까지 5박6일 간에 걸쳐 있을 예정인 올해의 마지막 알래스카 여행에 참여할 의사를 전했다.

점심을 든 다음, 누나 및 아내와 함께 어제 오후부터 오늘까지 시카고 시내의 새로 부상하고 있는 한인거리 브린마(Bryn Mawr)에서 펼쳐지는 제10회 한인거리축제에 가 보았다. 누나의 친우인 앤지 씨의 미국인 남편이 오후 세 시부터 있을 예정인 이곳 마라톤대회에 참가한다 하여 그 시간에 맞춘 것이다. 시카고에는 현재 한국 교포가 15만 명 정도 거주하고 있는데, 원래의 한인 거리는 아래쪽의 로렌스 거리였으나, 근자에는 그 사이에 있는 포스터 거리를 지나 좀 더 북쪽의 조그만 브린마 거리 쪽으로 중심 상권이 옮겨져 가고 있다 한다. 시카고뿐만 아니라 미네소타 주의 한인 입양아협회 관계자들도 축제장을 찾는 등 미국 중서부 지역을 대표하는 한인 교포 축제로서 자리 잡아가고 있는 모양이었다. 수백 미터쯤 되는 거리의 양쪽 끄트머리에다 두 개의 가설무대를 설치하고서 그 중간에는 씨름판도 만들었으며, 각종 먹거리와 한국 전통제품 판매 부스 및 기업·행사 홍보 부스 등이 마련되어져 있었다. 전체적으로는 시골 장날 같은 인상이었다. 한인뿐만 아니라 다른 인종의 참여가 많았고, 5km 정도를 달리는 마라톤이 시작되어 끝날 때까지 경찰차가 그 코스에 해당하는 거리의 차량 통행을 중단시키고 있었다.

15 (월) 맑음

두리와 더불어 블루밍데일 부근의 T. J. Maxx라고 하는 재고품만을 취급하는 대형 연쇄점으로 나가 물건을 둘러보다가 두리는 자기네 물건과 더불어 기숙사에 들어가는 회옥이를 위한 이불을 한 채 샀고, 나는 중국산 밀짚모자를 샀다. 이 두 물건 값은 내가 지불했다. 이 연쇄점은 두리가 자주 이용하는 것 중의 하나인데, 재고품을 모아 파는 곳이기 때문에 원래의 정가보다 훨씬 싼 가격에 고급제품을 구입할 수 있는 것이다.

점심 무렵에 월요일에는 일하러 나가지 않는 누나 및 두리와 더불어 누나의 친구로서 샴버그 부근의 스트림우드(Streamwood)라는 곳에 사는 성당 교우인 세실리아 씨 댁으로 점심 초대를 받아서 갔다. 앤지 씨도 누나 집까지 와서 자기 차를 세워두고서 우리와 함께 누나 차를 탔고, 도중에 로젤 도로 가의 숲속에 사는 누나가 클라라 형님이라고 부르는 산책 동무 댁에 들러 그녀도 자기 차를 운전하여 함께 갔다. 아내가 타고 다니는 메트라 전철의 종점인 엘진 부근의 신 개발지였다.

한국 교민인 그녀들의 미국식 이름은 대체로 성당에서 받은 영세명이라고 한다. 세실리아 씨와 앤지 씨는 누나와 같은 성 김대건 성당, 클라라 씨는 성 정하상 성당에 소속된 신자라고 한다. 그녀들은 이처럼 가끔씩 만나 점심식사를 함께 나누며 담소하는 시간을 가지고 있는 것이다. 세실리아 씨는 평소 음식 솜씨가 좋다는 평판이 있는데, 오늘은 베트남 식의 쌀로 만든 둥그런 쌈지에다 잘게 썬 생야채 및 과일들과 고기 및 국수 등을 넣은 다음 생선장으로 간을 맞추어 손으로 싸서 먹는 음식을 마련하였다. 쌀로 빚어서 햇볕에다 말려 딱딱해진 둥글고 얇은 종이 같은 것을 끓인 물에 살짝 데쳐서 부드럽게 만든 다음, 그 안에다 준비한 다른 음식물들을 넣어 김밥처럼 길게 싸서 먹는 것으로서, 몇 년 전 베트남과 캄보디아 지방을 여행하면서 시골길에서 많이 보았던 것이다. 내 손으로 직접 쌈을 만들어 먹어보기는 아마 처음인 듯하다.

16 (화) 맑음

누나 및 아내, 그리고 개와 함께 한 아침 산책 때 미첨 그로브에서 미셀의 모친으로서 미국인과 결혼한 한인 캐리 씨를 만나 함께 숲속을 한 바퀴 돌아 나오다가 오늘은 또 나 혼자서 누나네 일행이 산소통이라고 부르는 숲을 빠져나와 개 맥시와 더불어 먼저 돌아오는 도중에 다른 숲속의 오솔길로 접어들었다. 그 숲은 인적이 거의 없는 원시림 같은 곳이지만, 그래도 여러 갈래의 오솔길이 나 있었다.

밤 7시 10분 전에 누나의 친우인 앤지 씨와 그 독일계 미국인 남편 짐이 누나 집으로 와서 우리 부부를 자기네 차에 태워 블루밍데일 시의 올드 타운 파크에서 열리는 무료 야외음악회에 데리고 갔다. 젊은 그룹사운드 다섯 명이 나와 비틀즈의 곡들을 한 시간 반 정도 연주하는 음악회였는데, 청중들이 제법 많았다. 여름철이면 부근의 여러 시에서 거의 매일 이러한 음악회가 열린다고 한다. 나는 짐과 나란히 앉아 서툰 영어로 계속 대화를 나누어보았다. 짐은 미국 회사에 소속된 공항 관제탑의 비행기 유도 장치 설계사로서 20년 이상의 세월을 이 일에 종사하여 오스트레일리아를 제외하고서는 사업 관계로 세계 방방곡곡을 거의 안 가본 곳이 없다고 한다. 앤지와 만나게 된 것도 김포공항 건설 당시인 70년대 초에 한국에 파견근무 나와 있으면서였다고 한다.

음악회를 마친 다음 블루밍데일의 그들이 즐겨 찾는 아이스크림 점으로 가서 함께 아이스크림을 들었고, 그 다음은 근처의 캐럴 스트림이라는 마을로 가서 밤의 분수 구경을 한 다음, 메다이나 부근 블루밍데일 시의 남쪽 끄트머리에 있는 그들의 집으로 가서 맥주 등을 들며 밤늦게까지 대화를 나누었다. 나보다 세 살 위인 짐은 11형제의 대가족 가정에서 태어나 앤지와의 사이에 딸 두 명을 두었는데, 그 중 맏딸은 臺灣계 미국인과 결혼하여 뉴욕에 살고 있고, 둘째 딸은 시카고 중심가에 산다고 한다.

17 (수) 맑음

아침에 집 뒤의 동네 안길을 거쳐 페어필드 웨이와 블루밍데일 로드를 따라가다가 레이크 스트리트와 쉬크 로드 사이로 난 짧은 길을 따라서 돌아왔고, 저녁에는 다시 집 앞의 서클 파크를 거쳐 웨스트 레이크 파크까지 산책을 다녀왔다. 미국의 작은누나 집에서 내가 하는 일이라면 매일 맥시를 데리고서 산책을 하며, 집 주위의 화분 및 화단과 밭에 심겨져 있는 식물들에다 수도꼭지에 연결된 호스로 물을 주는 것이다. 그러므로 맥시는 이즈음 집안에서도 늘 내 주위에 머물러 있으려 하며, 때로는 짖어대며 산책을 나가자고 조르기도 한다.

18 (목) 비 온 후 오후에 개임

최근에 개설한 시카고의 포스터은행 인터넷뱅킹으로 트레블샤핑 여행사에 알래스카 여행의 잔금을 송금하고자 했으나 자꾸만 에러가 나므로 지점과 본사에다 전화하여 상의해 보았다. 그랬더니 담당 직원의 말로서는 현재 이 은행의 시스템으로써는 인터넷뱅킹으로 타인에게 송금할 수 없으며, 자신의 다른 구좌로 송금하거나 자기 계정의 예치금 변동 상황을 체크해 볼 수 있는 정도라고 한다. 미국은 한국보다도 인터넷 문화가 뒤떨어졌다는 말을 많이 들었으나 실제로 체험해 보기는 이번이 처음이다.

누나는 우리 내외의 영어 능력을 고려하여 한인이 경영하는 포스터뱅크에다 구좌를 개설하도록 권유하였겠지만, 송금을 위해서는 매번 지리도 잘 알지 못하는 그 은행 지점까지 가야만 한다고 하니 불편하기 짝이 없다. 우선은 가계수표를 끊어 일요일에 성당에서 여행사 주인에게 전해 주도록 누나에게 당부해 두었지만, 가계수표라는 것도 한국에서는 이미 신용카드로 대체되어 현재는 별로 사용하는 사람이 없지 않은가?

20 (토) 아침까지 천둥 번개를 동반한 비 내린 후 개임

회옥이가 아이오와대학의 기숙사인 메이플라워 레지든스 홀에 정식으로 입주하는 날이라 새벽 일찍 두리와 마이크가 누나 집으로 왔고, 우리 부부를 합하여 네 명이 마이크가 운전하는 두리 차를 타고서 아침 7시 남짓에 출발하여 아이오와시티로 향했다. 회옥이는 오리엔테이션을 마친 후 이미 그 기숙사 3층에 있는 현재의 방에 임시로 입주해 있어 왔다.

지난번처럼 88번 고속도로를 따라가다가 미시시피 강을 건너 아이오와 주의 지경에 들어서는 80번 고속도로로 갈아탔고, 도중에 잠시 휴게소에 들러 두리가 준비해 온 샌드위치로 식사를 한 후 지난번보다 하나 앞의 인터체인지에서 아이오와시티로 접어드니 곧바로 회옥이네 기숙사에 당도하였다. 기숙사는 입주를 위해 짐을 운반하여 찾아온 학생과 학부모들로 꽤 붐비고 있었다.

회옥이는 일리노이 주 드칼브 출신인 애나(Anna)라는 이름의 백인 여학생 한 명과 방을 공유하며, 부엌을 사이에 두고서 건너편 방에는 미국에 고등학교 시절부터 조기 유학한 한국 여학생과 미국 가정에 입양된 한국 출생의 여학생이 입주하게 되었다. 입양된 학생은 아직 오지 않았고, 애나의 부모 및 조기 유학한 학생의 부친과 인사를 나누었다. 애나의 부모 이름은 게리 및 팜 로트슨이며, 아버지인 게리 씨는 드칼브에서 변호사 업을 하면서 동시에 농사도 짓고 있다고 했다.

21 (일) 맑음

일리노이 주 피오리아 시에 있는 브래들리대학의 '철학 및 종교학 전공' 부교수로서 내가 臺灣대학 철학연구소 석사과정에 재학하던 시절 동창생이었던 데니얼 A. 게츠(중국명 高澤民) 박사에게 이메일을 보냈다. 적당한 날짜를 잡아 한번 만나보자는 내용이었다.

맥스를 데리고서 아침 산책을 나서, 서클 에브뉴를 따라 레이크 스트리트를 건너서 미첨 그로브 앞을 지나 브로커 로드에 접어든 다음 레이크 뷰 파크에 들렀다가 그 공원 안쪽 길을 경유하여 스프링 크리크 저수지로 빠져나왔다.

어제 오늘 이틀간에 걸쳐 미시건 호수에서 시카고의 여름 명물인 수상 및 공중 쇼가 행해지므로, 아내와 함께 그것을 보러 나섰다. 오늘따라 누나가 직장으로부터 오전 아홉 시 경에야 귀가했으므로, 오전 9시부터 시작되는 수상 쇼는 포기하지 않을 수 없었다. 오전 11시부터 오후 4시까지 펼쳐지는 공중 쇼를 보고자 했지만, 아내가 일요일에는 메트라 전철이 두 시간 만에 한 대씩 밖에 운행되지 않음을 알지 못하고서 평일의 시간표대로 메다이나 역에 나갔기 때문에 오전 10시 19분의 열차가 올 때까지 한 시간 이상을 역에서 기다려야 하게 되었다. 근처의 주유소에서 차에다 기름을 채우고 그 부근을 일없이 드라이브하며 시간을 보내다가 비로소 기차를 탔다. 50분 후에 종착지인 시카고 유니언 역에 도착한 다음, 걸어서 시카고 강을 지나 퀸시로 가서 L카로 통칭되는 지하철 브라운 라인을 타고서 루프라고 불리는 도심의 고층건물 밀집지역을 지나 북쪽으로 몇 정거장 더 가 세지위크 역에서 내렸다. 거리를 메운 인파의 뒤를 따라서 노드 거리의 동쪽으로 미시건 호반을 향해 걸어가니 거기가 바로 이번 쇼의 중심지였다. 한여름의 해운대 백사장보다도 더 붐비는 백사장과 방파제에 앉아서 미국 공군의 각종 전투기와 사람들이 펼치는 서커스 같은 공중 묘기들을 구경하다가 그 부근 링컨 공원 일대를 산책해 보기도 하였다.

유니언 역에서 엘진 방향으로 가는 오후 4시 30분 발 메트라 전철을 놓쳐버렸기 때문에 그 다음인 6시 40분 열차의 시간에 맞추어 아내와 둘이서 시카고 시청이 있는 도심의 워싱턴 거리에서 L카를 내린 다음, 걸어서 밀레니엄 파크와 버킹검 분수가 있는 그랜트 공원 일대를 산책하였고, 지난번에 누나 및 회옥이와 더불어 그렇게 했었던 것처럼 버킹검 분수 가에서 아이스크림을 사 먹기도 했다. 콘그레스 거리를 따라 유니언 역 쪽으로 걸어오면서 앞으로 아내가 UIC에 다니면서 늘 이용하게 될 유니언 역 근처에 있는 L카 클린턴 역으로 아내를 데려가서 그 길을 알려 주었다.

22 (월) 맑으나 서늘함

  기온이 뚝 떨어져 아침 산책길에 반바지 반팔 차림으로는 바깥 공기가 제법 싸늘함을 느꼈다. 시카고의 기후는 여름이 지나면 곧 겨울이 다가와서 봄과 가을은 매우 짧다고 한다. 오늘 산책은 레이크뷰 파크를 거쳐 어제 도중에서 중단했던 브로커 로드를 마저 걸어 메다이나 로드로 빠져 나온 후 스프링 크리크 저수지를 거쳐서 레이크 로드와 쉬크 로드의 사이 길로 집에 돌아왔다.

  누나가 우리 부부의 골프 연습을 위해 모턴 그로브에 사는 올케에게 내일 우리 내외의 머리를 얹어줄 것(필드에 처음으로 데리고 나가 지도해 주는 일)을 당부해 두었으므로, 아침에 올케 되는 현숙이 어머니로부터 전화가 걸려와 오늘 오후에 찾아올 시각을 알려주었다. 그런데 누나는 간밤에 직장에서 일을 하다가 동료 직원의 남편으로서 글랜뷰에 사는 사람에게도 당부해 두었고, 오늘 귀가한 이후에는 누나 내외의 가톨릭 대부·대모인 전병무 씨 내외에게도 부탁하여 승낙을 얻었다. 대부 되는 이는 이미 80이 넘은 분으로서 인천 출신인데 젊은 시절 해병대에 근무하면서 국가대표 농구선수를 지냈다고 하며, 대모는 70대로서 북한의 평양 출신이며 해방 후 월남하여 이화여대를 졸업했는데, 역시 탁구선수 출신이었다. 그들은 금슬이 좋아서 지금까지도 매일 둘이서 골프나 탁구를 하며, 골프를 위해 일부러 마운트 프로스펙트 골프장으로부터 가까운 알링턴 하이츠의 콘도미니엄(한국식으로 말하자면 본인 소유의 아파트)으로 거처를 정했다고 한다.

오전 10시 경에 누나와 더불어 그분들의 콘도로 가서 누나는 그곳 아파트에서 수면을 취하고 나는 노부부를 따라 마운트 프로스펙트 골프장으로 가서 난생 처음으로 필드에 서서 9홀 코스를 라운딩 해 보았다. 주로 부인되는 분이 지도를 해 주셨는데, 한국에서 3개월 동안 무엇을 연습했던가 싶을 정도로 공이 전혀 내 뜻대로 날아가 주지 않았다. 만사가 어리둥절하여 정신없는 가운데 두 시간 정도의 라운딩을 마쳤다.

콘도로 돌아와서 좀 쉬다가 누나랑 넷이서 그 근처의 롤링 메도우즈에 있는 올드 컨트리 뷔페라는 식당으로 가서 내가 점심을 샀다. 머리 없는 데 대한 감사의 뜻으로서 아내가 한국에서 준비해 온 비단 지갑 하나도 선물했다. 그 내외의 친척 되는 분이 그곳 주민으로서 그 골프장에 다니고 있었는데, 허리를 다쳐 골프를 중단하고 있으므로 그 분 명의의 주민 가격으로 예약하여 9홀 코스를 하루에 $12로 다닐 수 있게 되었다. 당분간 그분들의 지도를 받으며 필드에서 연습을 하기 위해 회원 카드 값과 더불어 이번 주 금요일까지 나흘간의 회비를 미리 드렸다. 그분들은 매주 월요일부터 금요일까지 새벽에 골프를 해 왔으나 기온이 좀 내려간 지금부터는 오전 10시 무렵부터 두 시간 정도 골프를 치며, 나더러는 그보다 한 시간 정도 먼저 나와서 구내의 연습장에서 연습을 하라는 것이었다. 그러므로 이제부터 새벽 산책은 중단하여 그것을 골프로 돌림으로써 시간을 절약할 생각이다. 집에서 가까운 블루밍데일 골프 클럽도 있지만, 지금의 내 실력으로는 지도해 줄 분이 필요하므로 당분간은 다소 떨어진 마운트 프로스펙트 골프 클럽에 다니기로 한 것이다. 누나의 올케 되는 분도 일을 마치고서 밤에 누나네 집으로 왔지만, 나를 계속 지도해 줄 다른 분이 생겼으므로 밤늦은 시간에 돌아갔다.

23 (화) 맑으나 약간 쌀쌀함

오전 중 누나와 함께 다시 마운트 프로스펙트 골프 클럽으로 나가 전병무 씨 내외와 더불어 골프 연습을 했다. 8시 30분이 채 못 되어 집을 출발하여 9시 무렵부터 한 시간 정도 샌드 및 피칭과 퍼터 클럽으로 연습을 하다가 18홀 중 어제 10번부터 18번 피까지 돈 것과는 달리 오늘은 1번부터 9번까지의 피를 돌았다. 두 시간 정도 라운딩을 하고 나면 정오 무렵이 되는데, 왕복에 소요되는 한 시간을 보태면 모두 네 시간 정도라 오전 중의 시간은 골프로 다 지나가버리는 것이다.

앤지 씨와 짐 내외로부터 또 블루밍데일의 여름 음악회 중 금년 여름의 마지막 프로그램이라는 야외무료 콘서트에 초대를 받아 오후 7시부터 누님과 함께 올드 타운 홀로 가 그들과 합류하였다. 누나는 반시간쯤 있다가 거기서 직장으로 바로 출근하였다. 이곳을 올드 타운이라 하는 이유는 블루밍데일 시가 이 마을로부터 시작되어 이 일대에 100년 전후된 옛 건축물들이 비교적 잘 보존되어져 있기 때문이라 한다. 누님 집 부근과 같은 그 외의 지역은 대부분 옥수수 밭이었다가 주택가로 개발된 지 불과 몇 십 년 내외인 것이다.

오늘의 음악회는 밴조, 만돌린, 기타 및 콘트라베이스로 구성된 4인조가 컨트리 뮤직 및 그것과 유사한 그린 그래스라는 남부의 민중음악을 공연하였다. 음악회가 파하고서 돌아오는 길에 블루밍데일 도서관에 들러 앤지 씨의 카드로써 알래스카에 관한 비디오테이프 두 개와 책 한 권을 대출해 왔다.

24 (수) 맑음

브린마에 있는 트래블 쇼핑센터로부터 알래스카 5박 6일 투어 바우처의 일정표와 항공권이 든 우편물이 도착하였다. 이에 의하면 나는 유나이티드 에어라인 편으로 8월 29일 오후 2시 50분에 시카고 오헤어 공항을 출발하여 6시 15분에 알래스카 앵커리지 공항에 도착하고, 9월 3일에 같은 유나이티드 에어라인으로 오후 8시 앵커리지를 출발하여 오전 4시 48분 오헤어 공항에 도착하며, 호텔에서는 독방을 쓰는 것으로 되어 있다. 이번 여행의 코스는 대체로 앵커리지와 알래스카 제2의 도시인 페어뱅크 시 주변 및 그 두 도시를 연결하는 지대임도 확인하였다.

오후 6시에 저녁 식사를 들고난 후 모처럼 맥스를 데리고서 산책을 나섰다. 블루밍데일 로드를 지나서 쉬크 로드를 따라 계속 서쪽으로 나아가다가 인디언 레이크스 리조트를 지나 스프링필드 드라이브를 만난 지점에서 그 도로를 따라 북상하여 에릭슨 초등학교 및 그 옆의 광대한 갈대 늪을 지닌 스프링필드 공원을 거쳐서 레이크 로드를 만나, 어제 이발을 했던 미용실이 있는 사거리에서 레이크 로드를 따라 동남쪽으로 내려와 올드 타운을 가로질러서 집으로 돌아왔다. 두 시간 정도 걸리는 제법 먼 거리라 집에 돌아왔을 때는 이미 깜깜해진 다음이었다.

25 (목) 맑음

아침에 동환이의 도움을 받아 노트북 컴퓨터의 인쇄용지 규격 조정을 했다. 그 외에도 함께 내 컴퓨터와 관련된 몇 가지 문제들의 해결을 시도하다 보니 로욜라대학 철학과장인 폴 모저 교수와의 첫 번째 면담 약속 시간인 오전 9시 30분으로부터 한 시간 전에야 비로소 집을 출발할 수가 있었다.

나 자신이 직접 운전하여 편도에 한 시간 정도 걸릴 것으로 추정되는 로욜라대학까지 가는 것은 처음이다. 옥턴 로드를 따라 곧바로 동쪽으로 나아갈 작정이었지만 레이크 로드를 벗어나는 지방도로 초입에서부터 길을 잘못 들어 우드워드 쇼핑센터 쪽으로 빠져버렸으므로, 히긴스 도로를 따라 빠져나와 알링턴 하이츠 도로에 접어들어 올라가니 이번에는 옥턴에서 한참 위쪽인 골프 로드를 만나게 되었다. 별수 없이 그 길을 따라서 동쪽으로 계속 나아가다가 도중에 아래쪽으로 방향을 틀어 마침내 옥턴 로드에 접어들었고, 그 길을 따라 나아가다가 스코키를 지나서 도지 로드를 만나 하워드 로드로 접어든 다음 두리가 사는 버치우드에서 노드 쉐리던 로드를 만나 곧장 아래로 내려가서 로욜라대학에 이르렀다.

아무래도 약속 시간까지 도착하지 못할 것이 분명하므로 도중에 휴대폰으로 데이비드의 사무실로 연락하여 사정을 설명해 두었다. 급한 마음에 로욜라대학 구내로 빨리 들어가고자 하다가 빨간 신호등을 무시한 결과가 되어 경찰차의 단속에 걸렸지만, 국제운전면허증을 보이며 처음 스스로 운전해 보는 것이라 잘 알지 못했다고 변명했더니, 젊은 경찰은 "감사합니다."라는 한국어 인사말과 더불어 훈방 조치해 주었다. 그래서 시간을 더 지체하게 된 셈인데, 데이비드가 알려주었던 학교 북쪽의 주차 장소로 진입하고자 해도 개학 시기라 복잡하여 대학 자체의 교통정리 인원이 그쪽으로의 진입을 막고 있었다. 별 수 없이 남쪽으로 돌아서 진입을 시도했으나, 이번에도 단속 인원의 제지를 받아 교내로 완전히 들어가지 못하고서 도로 북쪽으로 돌아 나와, 나의 휴대폰 연락을 받고서 밖으로 나온 데이비드의 안내로 비로소 주차 장소를 찾을 수가 있었다.

약속 시간으로부터 반시간 이상이나 늦어서야 크라운 센터 3층의 철학과 교수 휴게실에서 학과장을 만날 수 있었다. 그 자리에는 나의 스폰서인 데이비드가 배석했고, 얼마 후 부 학과장인 톰도 와서 합석했다. 학과장 모저 박사는 나의 영어 능력을 높이 평가하면서 이 대학 철학과의 교수와 학생들은 동아시아 철학에 대해 관심이 많지만 그 전공자가 스탠포드대학으로 전임해 간 이후 마땅한 사람을 찾지 못하고 있다고 했다. 이미 학기가 시작될 무렵이라 너무 늦기는 하지만, 내가 다음 기회에라도 강의를 맡아주었으면 하는 눈치였다.

철학과의 내 우편함에서 이 대학의 모든 컴퓨터 네트워크에 접속할 수 있는 유니버설 ID와 그 패스워드 및 나의 이 대학 고유 이메일 주소 및 패스워드가 부여된 문건을 입수했다. 나의 컴퓨터 ID는 YHO, 비밀번호는 1188419이며, 이메일 주소는 YHO@LUC.EDU, 그 임시 패스워드는 loyola05였다.

학과장 면담이 끝난 후, 데이비드와 함께 학교 부근의 음식점으로 이동하여 햄버거와 맥주로 점심을 들며 대화를 나누었다. 그는 지난 8월 8일에 중국의 天津師範大學에서 'China Model or Beijing Consensus for Development'라는 대주제 하에 개최된 국제 심포지엄에서 자신이 발표한 논문 'You Can't Get There from Here: Reflections on the "Beijing Consensus"'의 코피 한 부를 내게 주었다. 데이비드는 딸의 갑상선 암

수술을 위해 다음 주에는 또 한 명의 딸이 살고 있는 미네소타 주의 미니애폴리스로 가게 된다고 한다.

26 (금) 맑음

아침에 맥스를 데리고서 두 시간 정도 산책하였다. 올드 타운을 지나 레이크 스트리트를 따라 서북쪽으로 나아가다가 서머필드 드라이브로 접어들어서 폴서클과 윈터우드 길을 거쳐 시즌즈 4 공원을 가로질러 스프링필드 드라이브에 이르렀다. '시즌즈 포'는 '4계절'이라는 뜻인데, 이 공원 주위로 각 계절의 이름이 붙은 길들이 둘러싸고 있기 때문일 것이다. 미용원이 있는 스프링필드 드라이브와 레이크 스트리트가 만나는 지점의 사거리에서 공원 쪽으로 되돌아 와 올드 팜 일대를 한 바퀴 두른 후 로즈데일 에브뉴를 지나 미첨 그로브 삼림보호구역을 가로질러서 집으로 돌아왔다.

27 (토) 맑음

오늘도 새벽 6시부터 8시 무렵까지 맥스와 함께 두 시간 정도를 산책하였다. 블루밍데일 시의 워터 타워가 있는 윈스턴 로드와 톰킨즈 공원을 지나서 에지워터 드라이브를 따라 올라가 블루밍데일 로드를 건넌 다음, 레이븐 로드를 따라가다가 밥 화이트 레인으로 접어들어 인디언 레이크 공원에 이르렀다. 공원에서 다시 트레셔 로드와 카디널 드라이브를 따라 골프장인지 공원인지 잘 분간이 되지 않는 드넓은 녹지대 옆을 걷다가 스트렛포드 트레일을 경유하여 레이븐 로드로 되돌아왔다. 에지워터 드라이브에서 웨스트 레이크 파크를 횡단하여 집으로 돌아오려다가 방향 감각을 잃고서 결국 웨스트 레이크 파크를 한 바퀴 다 돌기도 하였다.

28 (일) 맑음

맥스와 함께 평소보다 더 이른 시간에 산책을 나섰다. 아미트레일 로드를 따라 서쪽으로 나아가다가 버터필드 드라이브에서 옆으로 꺾어져 들어 스트렛포드 고등학교와 스트렛포드 공원을 둘러보고서 어제 지나쳤던 인디언 레이크 컨트리클럽의 반대편을 거쳐 스트렛포드 트레일과 레이븐 로드를 따라서 오전 8시 30분 무렵에 돌아왔다.

 A. 알래스카

29 (월) 맑음

새벽에 맥스를 데리고서 산책을 나섰다. 쉬크 로드를 따라 서쪽으로 나아가다가 로즈데일 코트로 들어가 그 끝나는 지점의 레슬리 레인에 위치한 레슬리 공원에 이르렀다. 이로써 『블루밍데일 파크 디스트릭트』 가을 호의 말미에 수록된 '시설 지도'에 보이는 블루밍데일 시내의 공원은 모두 둘러본 셈이다. 파크 디스트릭트란 블루밍데일 시 말고도 이 일대 대부분의 행정단위에 붙어 있는 이름이다. 그 의미를 아직 정확하게는 알지 못하지만, 아마도 공원 등 녹지대가 많은 지역을 가리키는 용어인 듯한데, 주민 단체가 행정기관의 협조를 얻어 자치적으로 이러한 공공시설들을 관리하고 있는 것이 아닌가 싶다. 이 약도에는 또한 공원뿐만 아니라 구역 내 초·중·고등학교들의 위치도 표시되어져 있는 것으로 보아 교육시설과도 관계가 있는 듯하다.

오늘 동환이가 맥스를 데리고서 수의과에 가서 정기검진을 받게 하고서 돌아왔는데, 그 병원 경비가 이백 몇 십 불이었다고 한다. 지난번에 두리 내외와 더불어 회옥이를 아이오와대학으로 데리고 갔을 때 내가 지불했던 호텔 두 방의 숙박비와 맞먹는 액수다.

오전 중 어제에 이어 마이크로부터 얻어온 『景德傳燈錄』의 발췌 영역본과 벤저민 프랭클린 전기, 그리고 데이비드의 저서 『Against Capitalism』과 『After Capitalism』을 훑어보았다. 마이크로부터는 禪의 관점에서 훌륭한 아버지가 되는 법에 관한 책도 얻었지만, 그것은 내 취향에 맞지 않아 어제 두리 편으로 되돌려 보냈다. 데이비드는 월남전이 한창이었던 1970년대 이래 좌익 사상에 심취하여, 수학의 박사학위를 취득한 이후 다시 철학전공으로서 박사학위를 취득할 때의 논문 주제가 자본주의를 대체할 수 있는 새로운 사회체제에 관한 것이었는데, 그 이후 지금까지 같은 주제에 관한 연구를 계속해 오고 있다. 『반자본주의』는 중국어나 스페인어 등 몇몇 외국어로도 번역되어 있는 책으로서 철학박사 학위논 문을 개정 증보한 비교적 학술적인 내용의 책이고, 『자본주의 이후』는 그것을 보다 대중적으로 풀어쓴 것이라고 스스로 설명하고 있다.

창환이는 명아가 운전하는 차를 타고 오헤어 공항으로 가서 오후 1시 반쯤에 출발하는 비행기 편으로 먼저 LA로 돌아갔고, 나는 점심을 든 후 명아와 더불어 동환이가 운전하는 차로 공항으로 이동하여 오후 2시 50분 발 알래스카 앵커리지로 출발하는 유나이티드 에어라인의 비행기 를 탔다. 5박 6일 간의 알래스카 여행이 시작된 것이다. 여행이 끝난 후 돌아와서 일기를 정리하는데 적지 않은 시간이 소요되므로, 이번부터는 노트북 컴퓨터를 배낭 속에 넣어가 집에서 평소에 그렇게 하듯이 그때그 때의 일기를 현지에서 다음날 새벽에 입력해 보기로 했다.

공항에서 티케팅을 하려다가 한동안 바지 뒤 포켓에 꽂아둔 여권을 찾지 못하여 당황하였다. 티케팅이 끝난 후, 명아는 직업 상 여행이 생활 의 일부로 되어 있어 비행기의 마일리지가 많으므로, 공항의 귀빈대합실 로 따라 들어가서 한 시간 정도 함께 있는 시간을 가졌다. 미국의 교원노 조에서 일하는 명아에게 왜 그렇게 여행을 자주 하느냐고 물어보았다. 명아의 설명에 의하면, 미국의 공립학교 교원들은 주에 따라서 차이는 있으나 원칙상 노동조합을 구성하지 못하도록 되어 있으며, 그런 까닭도 있어 급료가 형편없다고 한다. 공립학교의 학생 중 1/3 정도가 영어를 구사하지 못하며, 집에서는 끼니를 때우지 못하여 학교 급식에 의존하고 있는 극빈자 계층의 자녀가 많으므로 교육의 질이 매우 낮으며, 이러한 공립학교의 교사들은 초임이 대체로 연봉 2만 불 수준으로서 미국 사회 에서는 매우 박봉이라 사회적인 존경도 받지 못하고 있는 실정이라고 한다. 그러므로 명아는 수도인 워싱턴 DC를 비롯한 전국 각지를 돌아다니며 관공서 등을 방문하여 교사들의 처우를 개선하기 위한 로비 활동을 하고 있는 모양인데, 그 효과가 어느 정도인지에 대해서는 본인도 답변하지 못했다.

시카고를 출발한 비행기는 예정시간보다 10분 정도 빠른 오후 6시 5분 쯤에 앵커리지 공항에 도착했다. 시카고와 알래스카는 3시간의 시차가 있으므로, 시카고 시간으로는 오후 9시 5분이어서 비행에 약 6시간 15분이 소요된 셈이다. 공항의 짐 찾는 곳에서 현지 여행사 측이 파견한 사람의 영접을 받아 그가 몰고 온 봉고차에 타고서 시내의 튜더 로드에 있는 상하이라는 이름의 중국 및 베트남 음식 전문 식당으로 이동했다. 주인은 한인이고 주방장은 베트남 사람이라고 한다. 거기서 LA로부터 먼저 도착하여 앵커리지 시내 관광을 마치고서 식당으로 온 한국인 10명과 합류하여 저녁식사를 들었다. 나중에 캘리포니아의 샌프란시스코로부터 두 명이 더 와서 합류하여, 우리 투어는 현지의 한인 남자 가이드를 제외하고서 모두 13명으로 구성될 것이라고 한다. 나를 제외한 다른 사람들은 대체로 미국에 이주한 교민과 그 어린 자녀들인 듯했다.

식사를 마친 후, LA 팀이 타고 온 대형 버스로 이동하여 숙소인 하워드 존슨 호텔로 갔다. 지진 때문인지 'ㄱ'자 형으로 기다란 3층 건물로 되어 있는데, 나는 일행으로부터 뚝 떨어진 1층의 126호실을 배정받았다. 2인용 방을 혼자 쓰게 된 것이다. 가이드의 안내에 따라 손목시계의 바늘을 현지 시간으로 조정하고서, 밤 여덟시 경이라고는 하지만 아직도 초저녁 무렵처럼 환한 바깥을 산책해 보았다. 가이드의 설명에 의하면 이 호텔 앞에 일직선으로 죽 이어진 넓은 길이 이 도시의 명동에 해당하는 번화가라고 한다. 2001년에 출판된 『INSIDE GUIDE ALASKA』에 의하면, 면적이 1,430,000 평방미터인 알래스카의 전체 인구는 621,400명인데, 그 중 42%가 앵커리지 지역에 거주한다. 소수민족의 숫자는 104,100명이며, 그 중 절반 정도가 에스키모라고 한다. 행정수도는 예전에 금광으로 유명했던 캐나다 남쪽 해안의 주노에 있다.

앵커리지의 명동이라고 하는 거리를 반시간 정도 산책하고서 돌아온 후 샤워를 마치고서 평소처럼 오후 9시 경에 취침하였다. 산책길이 끝나는 지점에서 내 옆을 반대방향으로 지나가던 중고등학생 정도로 보이는 네 명의 백인 소년 중 한 명이 갑자기 나를 향해 고막이 떨어지라는 듯 '왁!'하는 고함소리를 질러 깜짝 놀랐다. 불쾌했지만 시비를 벌일 수도 없어 별 수 없이 참았다. 가이드의 말로는 이곳 치안은 매우 양호하므로 안심하고 거리를 산책해도 좋다는 것이었다. 산책 도중에 휴대폰으로 시카고에 있는 아내와 두 차례, 그리고 누나와 한 차례 통화하였다. 아이오와시티에 있는 회옥이와도 몇 차례 통화를 시도했지만, 되지 않았다. 이곳은 현지에서도 휴대폰 통화가 잘 될 때가 있고 그렇지 못한 때도 있다고 한다.

30 (화) 대체로 맑으나 지역에 따라 날씨 변화가 심함

알래스카 여행의 둘째 날이다. 호텔 2층의 식당에서 약식 뷔페로 조식을 든 후 오전 9시 출발에 대비하여 짐을 챙겨 나오다가 안경을 잃어버렸다. 활동하기에 편하도록 접는 안경을 지퍼가 달린 케이스에 넣어 허리에 차고 다녔는데, 방문을 나와 호텔 복도를 걸어오다 보니 안경집의 지퍼가 열려 있었다. 대절버스에 도착하여 배낭 속은 물론 트렁크까지 짐칸에서 도로 꺼내어 자세히 살펴보았으나 안경이 눈에 띄지 않으므로, 출발 시각이 거의 되었음에도 불구하고 묵었던 방으로 다시 돌아가 두루 찾아보았지만 결국 포기할 수밖에 없었다.

가이드가 일기 관계를 고려하여 일정을 변경했다면서, 내가 시카고의 여행사로부터 받은 일정표의 제일 마지막 순서에서부터 거꾸로 우리의 여행을 시작하는 것이었다. 앵커리지를 출발하여 하이웨이를 따라 올라가다가 오른쪽의 글랜 하이웨이와 왼쪽의 파크스 하이웨이가 갈라지는 지점에 위치한 와실라에서 처음으로 정거하였다. 이곳은 유명한 알래스카 개썰매 경주의 모든 행사를 주관하는 곳이며 교통의 요지이므로, 갈수록 그 발전이 두드러지고 있다고 한다. 그렇지만 우리가 보기에는 그저

한적한 시골 마을이었다. 일정표에는 개썰매 본부에서 그 경기에 관한 영화를 감상한다고 되어 있지만, 우리가 안내되어 들어간 곳은 보통의 기념품 가게이고, 영화란 그 가게 안의 한 대 있는 TV에서 방영되는 비디오테이프뿐이었다. 건물 바깥의 한쪽 구석에 관광용으로 개들을 사육하는 우리를 하나 마련해 두고서 썰매에 매단 개와 그 강아지들을 선보이고 있었다.

우리는 파크스 하이웨이를 취해 북상하였다. 파크스란 공원의 복수형 단어인데, 이 길은 미국 전체의 국립공원 중 2/3 정도가 모여 있는 알래스카 가운데서도 가장 유명한 데날리국립공원을 따라서 올라가는 고속도로이기 때문에 이런 이름이 붙은 듯하다. 그 중에는 북미 대륙에서 가장 높은 매킨리 산(6,194m)도 포함되어 있다. 고속도로라고는 하지만 2차선 아스팔트 포장도로에 불과한 이 길은 제2차 세계대전 시기에 군사적 목적에서 만들어진 것을 그 이후 산업 및 관광용으로 개수한 것이다. 타이가지대의 영구 동토 위에 만들어진 도로라 곳에 따라 굴곡이 있고, 보수공사가 끊어지지 않는다고 한다. 도로 주변은 가도 가도 울창한 삼림이 이어지고 사람 사는 마을은 거의 눈에 띄지 않았다. 수종은 자작나무가 주를 이루고 그 외의 침엽수도 있는데, 이 나무들은 별로 굵지 않아도 속에는 나이테가 빽빽하여 대부분 수령이 50~100년 정도 된 것들이라고 한다. 전체적인 느낌은 시베리아 횡단열차를 탔을 때의 창 밖 풍경과 비슷하였다.

우리는 탈키트나라는 곳에 이르러 매킨리 산 일대의 관광을 위해 1인당 $130씩 추가로 내고서 현지에서 에어 택시라고 불리는 경비행기를 탔다. 기사를 포함하여 10인이 탈 수 있는 것이었다. 모두 13명인 우리 일행은 두 대의 비행기에 나뉘어 타야 했다. 나는 젊은 백인 남자가 운전하는 조종석 바로 옆의 조수석에 앉고서, 머리에는 리시버, 허리에는 안전벨트를 착용하였다. 기사의 말이 매우 빨라 영어로 행해지는 설명을 충분히 이해했다고는 할 수 없지만, 그런대로 비행을 즐기기에는 충분했다. 경비행기는 한 시간 정도에 걸쳐 이곳 알래스카 산맥의 세 주봉인

포레이커 산(5,303m), 헌터 산(4,442m) 및 그 남쪽 봉우리인 매킨리 산을 돌았다. 그 산들에 이르기까지에는 원시림에 가까운 수해가 이어지고 산골짜기와 기슭에는 거대한 빙하가 여기저기 흘러내리고 있었으며 그 빙하의 가운데와 하류에는 흙이 드러나 있는 곳도 눈에 띄었다. 때마침 날씨가 쾌청하여 알래스카 여행의 백미인 이 장관을 구경하는데 유감은 없었다. 나무 한 그루 없는 산들은 깎아지른 바위와 눈, 그리고 얼음과 구름만으로 이루어져 있었다. 강렬한 흰빛으로 말미암아 나는 선글라스를 꼈다 벗었다 하기를 되풀이하였다.

출발지인 탈키트나 비행장으로 돌아와 준비된 도시락으로 점심을 들었고, 탈키트나를 떠나기 전에 이곳에서 조난당한 산악인들의 묘지에도 들렀다. 묘지의 한 옆에 연도순으로 조난자들의 이름이 새겨진 게시판이 있었다. 무덤의 주인들 중에는 히말라야의 에베레스트 산 등정에 성공하였고, 이곳 매킨리 산 등정에도 성공한 다음 70년대 후반에 두 번째 매킨리 등정을 하고서 내려오다가 함께 간 동료가 빙하의 크레바스에 빠져 그를 구원하려다가 함께 사망한 고상돈 씨도 있었다. 그들의 시신은 결국 찾지 못했는데, 이곳에는 1998년 무렵 한국일보사와 동국대학교의 후원으로 새롭게 비석을 단장한 그와 동료의 무덤이 있었다. 그 밖에도 이 자그만 묘지 안에는 다른 한국인 두 사람의 무덤도 있었다.

가이드는 여기까지 오는 도중의 버스 안에서 페어뱅크로부터 돌아올 때도 파크스 하이웨이를 경유할 것이라고 말하고 있었지만, 내가 그것은 일정표에 적힌 계약 내용과 다름을 지적하여 결국 돌아오는 길은 원래의 스케줄대로 동쪽의 리처드슨 하이웨이와 글랜 하이웨이를 경유하겠다는 대답을 얻었다. 우리가 경비행기를 타고 있는 동안 그 옵션 관광에 참여하지 않았던 LA에서 온 교민 남자 역시 그 점 등 여러 가지 계약 불이행 사항을 지적했었던 모양이었다.

우리가 하이웨이를 따라 올라가는 도중에 일기는 수시로 바뀌었다. 그것이 알래스카 날씨의 특징이라고 한다. 개었다가 흐렸다가 비가 내렸다가 다시 개이기를 반복하였다. 알래스카 관광은 5월에서 9월 초순까지만 행해지며 수년 전부터 한국으로부터의 패키지 관광도 시작되었는데, 올해는 그 피크를 이루어 한국으로부터 약 5천 명, 미국 교민이 약 3천 명 정도 이곳 관광을 다녀갔다고 한다. 내가 어제 앵커리지 공항에 닿았을 때 공항 내에 대한항공의 여객기 한 대가 눈에 띄었다. 우리 일행 13명은 대부분 부부 동반한 중년층이고, 그 외에는 혼자 온 나를 포함하여 초등학교에 다니는 두 자녀를 데리고서 LA로 조기유학 온 젊은 어머니와 한국과 일본에서 일하면서 미국의 가족에게로 왔다 갔다 하는 그들의 아빠를 포함한 네 명의 가족, 그리고 중국인과 결혼하여 그 사이에서 난 중학생 아들을 데리고 둘이서 온 젊은 한인 여성 가족이 포함되어 있다. 중년 정도의 나이로 보이는 가이드는 한국에서 방송사 일을 하다가 중동에서 몇 년간 일하기도 했고, 1984년에 미국으로 가족 전체가 이민 와서 텍사스와 LA에서의 거주 생활을 거쳐서 알래스카로 오게 되어, 공항에 영접 나왔던 친구의 소개로 비로소 가이드 업을 시작하게 되었다고 했다.

우리는 도중의 곳곳에서 정거하여 잠깐씩 휴식을 취하면서 나아갔다. 오늘 코스의 대부분은 광대한 데날리(영어 발음으로는 디날리) 국립공원

2005년 8월 30일, 데날리 국립공원

의 영역 안에 포함되는데, 이 데날리 공원 구역은 그 대부분을 차지하는 국립공원 구역과 일부의 주립공원 구역으로 구분되어져 있다. 우리는 주립공원 입구와 국립공원 입구에서 각각 정거하였고, 타나나 강가의 네나나 마을 및 원주민인 인디언들의 민속촌 비슷한 마을에서도 주차하였다. 가는 도중에 키 큰 나무가 거의 없는 다소 황량한 구역을 한참 동안 달리기도 하였다. 휴대폰은 대체로 불통이었지만, 오늘의 목적지인 알래스카 제2의 도시 페어뱅크에 가까워져 갈 무렵에는 통화가 가능해 지기도 하여 밤 11시에 가까운 늦은 시간까지 자지 않고 있는 아내와 더불어 잠시 통화하기도 하였다.

우리가 페어뱅크에 도착했을 때는 밤 8시 반 정도였지만, 북극에 가까운 지점이라 아직도 주위는 무척 밝았다. 먼저 코울즈 스트리트에 있는 서울옥(Seoul Gate Restaurant)에 들러 연어 회를 곁들인 한정식과 캔 맥주로 늦은 저녁 식사를 들었다. 그 식당의 젊은 주인 정명재 씨는 한국에서 열린 노래자랑 대회에 출전해 입상하여 여자 가수 현숙 씨와 나란히 찍은 대형 사진 두 개를 식당 벽에다 걸어두고 있었고, 우리 일행의 청에 따라 헤드폰 마이크를 착용하고 즉석에서 가라오케 반주로 노래 두 곡을 불러주기도 하였다. 페어뱅크의 주민은 31,600명인데, 현재 우리 한인은 약 400명 정도 살고 있다고 한다. 이곳은 한겨울에 섭씨 영하 50도 정도까지 내려가는 극한의 땅이다. 골드러시에 의해 개발되기 시작하여 제2차 세계대전과 그에 뒤이은 냉전 시대에는 미국의 군사적 요충이었으며, 근자에는 석유 생산으로 활기를 띠고 있는 곳이다. 이곳에 있는 알래스카 주립대학은 석유화학에 관한 한 세계의 톱 수준을 자랑한다고 가이드가 설명하였다.

31. (수) 오전 중 비 오고 오후는 흐림

간밤에는 퍼스트 에브뉴(1번가)에 있는 브리지워터 호텔 103호실에 투숙하였는데, 페어뱅크의 이 호텔에서 하루를 더 묵게 되었다. 그러므로 여행의 사흘째인 오늘은 조식을 마친 후 짐을 방 안에 그대로 둔 채 간편한 차림으로 오전 9시에 출발하였다.

비가 내리는 가운데 먼저 페어뱅크 시 교외의 송유관인 파이프라인을 보러 갔다. 땅속으로부터 비스듬히 밖으로 솟아나온 직경 일 미터 정도 되어 보이는 파이프라인이 쇠 받침대에 받혀져 공중에 뜬 채로 수백 미터 이어져 있는 곳이었다. 극한의 추위에 대비하여 내부에는 보온을 위한 전기 코일 장치가 되어 있다고 한다. 알래스카에는 이러한 송유관이 800 마일이나 이어져 있어 금세기 최대의 토목공사로 일컬어진다.

다음으로는 엘도라도 금광에 들렀다. 골드마인 시대의 꿈을 회상할 수 있도록 일종의 테마 파크로 꾸며진 곳이었다. 사방이 트인 기차를 타고서 제복을 입은 차장의 유머 섞인 설명과 바이올린 연주를 들은 다음 금광으로 사용되던 당시의 갖가지 정경을 보여주는 사람들의 실연과 건물이나 시설물 등을 둘러보며 종점에 닿았다. 기차에서 내린 다음에는 실제로 포클레인으로 파낸 흙을 물에 흘려보내 채로 가라앉힌 후 그것을 쇠로 만든 접시에 담아서 자갈과 모래를 물로 흔들어서 걸러낸 후, 마지막으로 가라앉아 남은 황금을 찾아내는 장면을 보여주었다. 그런 다음 그 옆의 공방으로 옮겨 가서 각자가 실제로 그러한 작업을 재현해 보았다. 헝겊 봉지 하나씩의 흙을 받아서 접시에 부은 후 미지근한 물로 걸러내는데, 해본 사람들마다 실제로 약간씩의 금 부스러기가 가라앉아 있는 것을 체험하고서 그것을 조그만 통에 넣어 가질 수 있었다. 그 옆의 상점 겸 전시실에서는 각자가 방금 스스로 걸러낸 사금 조각들을 백금이나 황금의 테 속에 넣어 팔찌나 목걸이 등으로 만들어주는 것이었다. 나는 $64.99를 들여서 아내에게 선사하기 위해 백금 목걸이를 만들었다. 내가 실제로 채취한 황금의 가격에 비하면 이렇게 하여 만든 목걸이의 가격이 훨씬 비쌀 터이니 실로 교묘한 장사속인 것이다. 이 금광은 타산이 맞지 않아 여러 번 주인이 바뀐 다음, 이렇게 관광 상품으로서 개발하게 된 것이라고 한다. 그 전시관에는 금광을 캐다가 발견해 낸 지질시대 공룡이나 매머드 등의 뼈와 상아 등을 전시해 둔 장소도 있었다.

페어뱅크 시내로 돌아와 서울옥에서 우거지 국으로 점심을 든 후, 시내의 관광 명소 두 곳을 둘러보았다. 먼저 치나 강가에 위치한 파이오니아 공원에 들렀다. 이곳은 페어뱅크 시 건설 100주년을 기념하여 알래스카의 여러 가지 생활과 문화를 보여주는 역사적 성격의 테마파크였다. 근년에 조성된 것이라고 한다. 나는 에스키모 인들이 얼음으로 만든 이글루에서 일상생활을 해 왔던 줄로 알고 있었는데, 이곳에서 그들이 평소에는 반 지하에 만든 통나무집에서 살고 이글루는 사냥을 하러 나갔을 때 거처하는 임시 처소임을 비로소 인식하게 되었다.

다음으로는 시내의 2번가 어느 건물 속에 있는 얼음박물관에 들렀다. 페어뱅크 시에서도 겨울이면 얼음 조각 전시회를 개최하는 모양인데, 거기에서 수상한 작품 중 우수한 것들을 실내의 적정온도를 유지한 유리로 된 전시실 안에다 상설 전시하고 있는 곳이었다. 우리 일행은 얼음 이글루에 들어가 보기도 하고, 어린이들은 그 바로 옆에서 얼음 썰매를 타기도 하였다.

얼음 박물관의 로비에서 일행 중 한 사람인 LA에서 온 張益根 씨와 대화를 나눈 결과 그가 과거 함석헌 선생 모임에서 자주 만났던 사람임을 비로소 알았다. 그는 이미 60대로서 부인과 함께 왔는데, LA에서 페인트 업으로 그런대로 성공을 거두었다고 한다. 그의 할아버지는 함 선생과 같은 평안북도 용천에 살았으므로 해방 전 공산치하까지의 함석헌 선생을 잘 알고 있었고, 그 자신은 50년대에 함 선생이 월남한 이후부터 계속 그 모임에 나갔다고 한다. 내가 서울대학교 철학과를 졸업한 후 대학원 한 학기를 마치고서 출국하던 1977년에 그도 형의 뒤를 이어 미국에 이민을 왔는데, 이민 온 이후에도 함선생과는 계속 인연이 있었던 모양이다. 그로부터 이미 30년 정도의 세월이 흘렀으니 전혀 모르고 있었다가, 그가 이화여대 김흥호 목사의 모임에 지금도 가끔씩 참석하고 있다는 말을 오늘 듣고서 비로소 예전에 자주 보던 얼굴임을 어렴풋이 기억해 내어 혹시 함석헌 선생 모임에도 나가지 않았던지 물어보았던 것이다.

오늘의 마지막 일정으로서 페어뱅크 시에서 동북쪽으로 한 시간 반쯤 차를 달린 위치에 있는 치나 온천 리조트로 향했다. 가는 도중의 자작나무 숲이 노랗게 물든 모습이 인상적이었다. 그곳은 2차선 포장도로가 끝나는 지점으로서, 북극에 가까워 밤이면 오로라가 나타나기도 하는 곳이다. 온천장 구내에는 얼음으로 지은 호텔도 있었다. 온천장 건물 안에 온천수 풀이 있고, 건물 뒤쪽의 실외에는 대형 노천온천이 마련되어져 있어 남녀 성인들이 수영복 차림으로 온천욕을 즐길 수 있었다. 우리 일행은 거기서 오후 3시 30분부터 두 시간 정도 온천욕을 하였다. 실외온천장이라고는 하지만 일본이나 한국처럼 잘 정비된 것은 아니고, 큰 돌로 사방을 막아 연못처럼 물이 고여 있게 하고서 안쪽 옆에는 쇠 파이프로 비스듬히 쏟아져 내리는 물을 맞을 수 있게 한 장치와 중앙에 찬물로 소박한 분수를 만들어 둔 곳이 있는 정도였다. 온천장의 시설보다는 주위의 산에 펼쳐진 자작나무 숲의 단풍이 절정에 달한 모습이 장관이었다.

울퉁불퉁한 포장도로를 거쳐 페어뱅크 시로 돌아온 후 서울옥에서 다시 만찬을 들었다. 오늘은 중국인과 결혼한 젊은 여성이 맥주와 산사춘 술을 풍성하게 사서 일행에게 한 턱을 내었다. 술김에 그 자리에서 가라오케로 서로 돌아가며 노래도 부르고 주인인 정명재 씨의 쇼도 구경하였다. 정 씨는 가발에다 선글라스로 분장하고 나와 노래 몇 곡을 부르면서 앞치마 속에다 남자의 커다란 성기를 감추고서 때때로 앞치마를 치켜 발기한 성기를 내보이는 바람에 다들 포복절도를 하였다. 그러한 쇼가 시작되기 전에 가이드가 인도하여 아이들은 먼저 차로 돌아가 있게 하였다.

9월

1 (목) 하루 중에 사계절의 온갖 날씨를 다 겪음

비가 내리는 가운데 지금까지 우리가 이용해 왔던 60인승 대형 버스를 타고서 오전 9시에 페어뱅크의 호텔을 출발했다. 리처드슨 하이웨이를 따라 동남쪽으로 얼마간 내려가다가 먼저 노드 폴(북극)이라는 곳의 산타클로스 하우스에 들렀다. 구내에 세계에서 제일 크다는 채색을 한 산타클로스의 입상이 있고, 그 뒤편에는 눈썰매를 끄는 순록 두 마리를 키우는 우리가 있으며, 울긋불긋 그림과 글씨로 외벽을 단장한 건물 안으로 들어가면 그 속은 온통 산타클로스와 관련된 갖가지 상품들로 채워져 있었다. 실제의 북극권은 페어뱅크에서 좀 더 위쪽인 유콘 부근에서부터 시작되며, 물론 북극점은 그보다도 한층 더 위쪽에 있다. 그러나 이처럼 산타클로스의 고장으로서 선전하고 있는 곳은 여기 외에도 노르웨이에 또 한 곳이 더 있다고 한다. 실제로 건물 안의 벽 한쪽 모퉁이에는 어린이들로부터 산타클로스에게로 부쳐져 온 여러 편지들이 게시되어져 있었다.

북극 마을을 떠나 리처드슨 하이웨이를 따라 좀 더 내려온 지점에서 노티 숍이라는 기념품점에 들르기도 했다. 그 건물 바깥에는 나무로 조각한 알래스카 지역 각종 동물들의 상이 전시되어져 있었다. 캐나다 쪽으로 가는 고속도로와 갈라지는 지점인 델타 정션에서부터 발데즈 항으로 가는 길과 갈라지는 지점인 글랜날렌에 이르기까지 리처드슨 하이웨이의 주변에서는 어제 본 것과 같은 파이프라인이 계속 이어져 있는 모습을 차창 밖으로 바라볼 수가 있었다. 이 파이프라인은 북극해의 보포트 바다에 면한 프루드호 만에서부터 남쪽의 프린스 윌리엄 사운드에 면한 발데즈 항까지 알래스카를 남북으로 관통하고 있는 것이다.

델타 정션에 이르러 방문자 센터의 바깥에 설치된 게시판에서 이 도로의 건설 경과에 관한 설명을 읽을 수 있었다. 이 도로는 제2차 세계대전에 미국이 참전한 이후 전략적 목적에서 군 부대를 동원하여 급속히 건설되어 1942년에 완공을 본 것이었다. 당시 일본과의 전쟁을 시작한 미국으로서는 본국의 영토 중 일본에 가장 근접한 이곳에다 군사기지를 건설하고서 그 보급로로서 도로망을 정비할 필요가 있었을 것이다. 이후의 냉전 시대에는 또한 소련을 견제하는 전진 기지로서 알래스카의 전략상 중요성이 여전히 주목되어, 알래스카 제2의 도시 페어뱅크는 공군을 주축으로 한 군사 기지로서 성장해 온 측면 또한 적지 않다. 리처드슨 하이웨이는 또 다른 갈림길이 시작되는 가코나에서부터 앵커리지에 이르기까지 글랜 하이웨이로 이름이 바뀌게 되는데, 리처드슨이나 글랜은 모두 군인 장교의 이름이라고 한다. 글랜 하이웨이의 끝부분인 앵커리지 시내로 들어가는 지점의 짧은 구간은 한국 판문점의 도끼만행 사건으로 희생된 알래스카 출신 장교의 이름이 붙여져 있다.

미국 전체가 대체로 그렇지만 알래스카에는 사람의 이름이 붙은 유명한 지명들이 있다. 예컨대 매킨리 산의 원래 이름은 인디언 말인 디날리이지만, 미국 영토로 되고서부터 멕시코와의 전쟁을 일으켜 국토를 확장했고 후에 암살당한 미국 대통령을 기념하여 매킨리로 부르게 되었으며, 페어뱅크는 테오도르 루즈벨트 대통령의 친구이자 정치적 견제자이기도 했던 상원의원의 이름을 딴 것이다.

우리 일행이 아침에 페어뱅크를 출발할 때부터 곳곳에 비가 내리고 있었는데, 리처드슨 하이웨이가 알래스카 산맥을 지나가는 풍치지구인 이사벨 패스 부근에서는 어제부터 내린 비로 산들이 흰 눈을 뒤집어썼고 들판에서도 더러 눈을 볼 수 있었다. 팩슨 부근의 코퍼 강 지류인 굴카나 강가의 휴게소에다 차를 정거하여 준비해 간 도시락으로 점심을 들었다. 알래스카에는 끝에 '나'자가 붙은 지명이나 강 이름 또한 많은데, 이는 원주민인 인디언 말로 강을 뜻하는 것이라고 한다. 이곳에는 발아래의 강을 내려다 볼 수 있는 전망대가 설치되어 있었다. 우리는 거기서 얕은 강물 속에 십여 마리씩 떼를 지어 유유히 헤엄치고 있는 레드 샐먼(붉은 연어)의 두 무리를 바라볼 수가 있었다. 연어는 바다에서 산란을 위해 자기가 태어난 장소를 찾아 강으로 들어선 이후에는 일체 먹지 않으며 산란을 한 후에는 죽고 마는데, 보통 8월말이면 산란이 끝난다고 한다.

글랜날렌의 휴게소에 들렀다가 거기서 +2.25도의 휴대용 안경을 하나 새로 구입할 수가 있었다. 글랜 하이웨이를 따라 유래카 패스를 지날 무렵에는 주위의 나무들이 모두 키가 작고 숲이 별로 형성되지도 않은 지대가 계속되고 있었다. 알래스카에는 미국 정부의 정책에 의해 시베리아보다도 원시림이 더 잘 보존되어져 있지만, 그 수종은 시베리아보다 훨씬 더 단순하여 자작나무와 소나무 일종인 둥치가 기둥처럼 위를 향해 좁고 뾰족하게 솟아오른 침엽수가 대종을 이루고 있다. 숲이 별로 없는 황량한 들판도 더러 볼 수 있는데, 이는 지대의 높낮이때문이라기보다는 토질에 기인하는 것이라고 한다. 알래스카에는 타이가와 툰드라 지대가 함께 존재하며, 툰드라 지대에는 이처럼 식물이 잘 자라지 못하는 것이다.

우리는 알래스카 최대의 곡창지대인 팔머로 향하는 도중 추가치 산맥에서부터 흘러내려오는 내륙 빙하인 마타누스카 빙하를 구경하기도 하였다. 디날리 국립공원에서는 비행기로 매킨리 산 일대의 산악 빙하들을 내려다보았고, 내일 갈 프린스 윌리엄 사운드에서는 알래스카 최대의 콜롬비아 빙하에서 바다로 얼음이 떨어져 내리는 모습을 보게 될 것이다. 오늘의 내륙빙하까지 포함하면 각양각색의 빙하를 이번 여행 중에 직접 목도하게 되는 셈이다. 빙하는 해마다 상당한 정도씩 줄어들고 있어 앞으로는 알래스카에서도 빙하가 사라질 날이 올 것이라고 한다. 빙하가 사라진 곳에는 그 빙하가 지나오는 동안 육지를 갉아내어 바수면서 운반해온 퇴적물들이 쌓인 각양각색의 모레인 지형을 이루고 있다.

팔머에는 정거하지 않고 지나치기만 했는데, 때마침 8월 말부터 9월 초까지 한 주 정도에 걸쳐 열리는 농산물 전시회를 겸한 축제가 개최되어 있는 모습을 바라볼 수가 있었다. 우리가 글랜 하이웨이에 접어들 무렵부터 비가 그치고서 대체로 흐린 날씨가 이어지고 있었는데, 팔머를 지나 앵커리지에 접근할 무렵에는 화창하게 개어 반팔 차림으로 밖에 나가도 추위를 느끼지 않았다. 알래스카의 날씨는 이처럼 변덕이 심하여 오늘 하루 중에 봄여름가을겨울의 사계와 비와 눈에서부터 흐린 날씨와 화창한 기후까지를 모두 경험할 수가 있었다. 거대한 추가치 산맥이 동쪽을 막아주고 있는 덕분에 쿡 내해에 접한 앵커리지는 한겨울에도 영하 15도 정도까지 밖에 내려가지 않아 기후가 온난하므로 알래스카 전체 인구의 절반 정도가 이 지역에 모여살고 있는 것이다. 장차 쿡 내해를 가로지르는 다리가 놓여 지면 그 북쪽의 근교인 와실리와 팔머 지역이 크게 발전해 나갈 것이라고 한다.

앵커리지 입구에서 러시아 정교의 사원 한 곳을 들렀다. 러시아 여행에서 보던 것들에 비하면 실로 초라한 것이었지만, 정교의 검은 승복을 입고 머리를 묶어서 뒤로 내려뜨린 승려를 볼 수가 있었다. 약 2세기에 걸쳐 러시아의 영토였던 이곳에는 아직도 러시아 문화의 잔재가 남아 있는 것이다. 앵커리지 시내로 들어와 영지·차가버섯과 녹용 등을 파는 한인 상점에 들렀다가, 파이어워드 레인에 있는 華皇이라는 이름의 중국 뷔페 식당에서 저녁식사를 하였다.

첫날 투숙했었던 하워드 존슨 호텔에 도착하여 앞으로 이틀을 더 투숙하게 되었다. 나는 이번에는 118호실을 배정받았다. 그 호텔은 근자에 한인이 구입한 것이라고 하는데, 내부의 시설이 낡아서 고장 난 부분들이 아직 제대로 수리되지 않고 있는 점이 눈에 띄었다. 첫날에는 화장실의 불을 켜면 환풍기가 함께 켜져 시끄럽더니, 오늘 이 방은 실내의 조명등 두 개가 켜지지 않아 수리를 부탁했으나 금방 오겠다고 응답해 두고서는 반시간이 지나도록 수리할 사람이 나타나지 않아 세 번이나 전화해야 했다. 혼자서 앵커리지의 번화가를 다시 반시간 정도 산책하고 돌아왔더니, 내 방의 램프 두 개가 부탁했던 대로 고쳐져 있었다. 그러나 이번에는 화장실 세면대의 물 내려가는 밸브가 고장이었다. 바로 옆 117호실에 든 장익근 씨의 전화를 받고서 함께 호텔 2층의 주점으로 가서 위스키를 마시며 폐점 시간인 밤 10시까지 동양철학에 관한 대화를 나누다가 내 방으로 돌아와 얼마 동안 더 대화를 나누었다.

2 (금) 맑으나 다소 추움

여행의 5일째 날로서 앵커리지에서 동남쪽으로 1시간 남짓한 거리에 있는 프린스 윌리엄 사운드의 서쪽 관문 위디어(Whittier) 항으로 가서 유람선으로 바다 빙하를 구경하는 날이다. 30인승 중형 버스에 지금까지의 미국인이 아닌 현지의 호돌이 여행사 한국인 기사가 운전하여 호텔을 출발하였다. 호돌이 여행사 전속인 우리 일행의 가이드 김건태(Ted Kim) 씨는 두 아들을 데리고서 앵커리지에 혼자 사는 중년 남성인데, 그 본인이 여행을 좋아하여 알래스카뿐만 아니라 북미 대륙 전반에 대해 꽤 해박한 정보를 지니고 있었다. 그는 한국의 문화방송에서 아역배우를 한 적이 있으며, 중동에서 몇 년을 보내다가 20년 쯤 전에 미국으로 이민 와 텍사스와 LA에서도 다년간 거주한 적이 있는 사람이다. 장익근 씨 외에 부부로 온 두 커플 중 LA 근교 지역에서 온 73세의 남성은 서울 출신으로서 교회의 장로를 하던 사람이며, 미국에 딸이 있고 한국에 두 아들이 있어 미국 영주권을 가진 지 10년 정도 되지만 아직도 한국과 미국을 오가며 절반 정도씩 생활하고 있는 모양이다. 샌프란시스코에서 온 중년 남성은 목포 출신으로서 15년 전쯤에 이민 와 여러 직업을 전전하다가 근자에는 식당업을 그만 두고서 다른 사업을 시작해 보려 하고 있다고 했다.

앵커리지 시내를 벗어나 턴어게인 만(Turnagain Arm)의 북쪽에 이어진 철로와 차도를 계속 따라갔다. 턴어게인 만은 바깥으로 쿡 내해와 잇닿아 있는 것으로서 팔뚝처럼 길게 뻗어 있다 하여 영어로는 'Bay'가 아닌 'Arm'이란 단어가 붙었다. 역시 빙하의 침식에 의해 생겨난 피오르드로 보인다. 이 지역을 탐험하여 지도를 작성하던 영국인 제임스 쿡 선장이 조수에 의한 심한 간만 차이로 말미암아 위험을 느껴 여기서 되돌아갔으므로 이런 이름이 붙은 것이라 한다. 그 후 북미 대륙 태평양 해안선 지도의 완성은 캐나다의 브리티시 콜롬비아 주 수도에 그 이름이 붙어 있는 밴쿠버에 의해 이루어진 것이다. 빙하를 이고서 겹겹이 둘러싸 있는 추가치 산맥을 배경으로 하여 풍치가 매우 아름다운 턴어게인 만을 따라 한참을 나아가다가 흰 고래가 종종 나타난다는 지점에 이르러 전망대로 조성되어져 있는 동산을 산책하면서 만의 풍경을 감상하였다. 빙하가 녹아내려 바다 물빛은 탁하고, 만의 주위는 대부분 갯벌로 이루어져 있어 접근하기 어렵게 되어 있다.

만이 끝나는 지점에 위치한 포테이지 마을에 이르러 야생동물 공원을 둘러보았다. 미국의 여러 주 가운데 가장 커서 나머지 전체 주를 합한 면적의 1/3 정도나 된다는 알래스카에는 원시림이 가득하여 야생동물이 많이 서식하고 있다고 하지만, 우리가 며칠간 차를 타고서 돌아다니는 동안 별로 눈에 띈 적은 없었다. 알래스카 야생동물 보존 센터가 관리하는 이 공원에서는 야외에다 전기를 통하게 한 쇠줄 울타리로 구획을 짓고서 이 州에서 서식하는 각종 야생동물들을 기르고 있었다.

다음으로는 포테이지 계곡에 위치한 베지치·보그스 방문자 센터에 이르러 빙하의 생성 변화와 그 일대에 서식하는 생물들의 생태계를 보여주는 여러 가지 전시물들을 관람하고 〈VOICE FROM THE ICE〉라는 제목의 다큐멘터리 영화 한 편을 시청하였다. 이 방문자 센터의 명칭에 붙은 베지치(Begich)·보그스(Boggs)란 갑자기 실종되어 끝내 행방을 확인할 수는 없었으나 이 부근에서 경비행기 추락 사고로 사망한 것으로 추정되는 미국 상원의원 두 사람의 이름을 취한 것이다. 이곳의 전시물을 통하여 추가치 산맥의 산들은 수만 년에 걸친 적설로 말미암아 그 표면뿐만 아니라 내부도 대부분 얼음덩어리로 이루어져 있음을 알 수 있었다. 포테이지 호수를 배경으로 하고 있는 이 방문자 센터가 위치한 곳도 1911년까지는 빙하가 뒤덮고 있었으나, 그것이 점차로 녹아서 후퇴하여 지금은 배후의 골짜기에 커다란 호수 하나를 남기고서 건너편 산 위로 물러가 있는 것이었다. 그처럼 빙하는 점점 사라져 가고 있지만 그래도 아직까지 세계에서 빙하가 가장 풍부하게 남아 있는 곳은 알래스카라고 한다.

포테이지에서 추가치 산맥과 케나이 피오르드 국립공원 사이의 바위산을 뚫어 만든 길이가 4km 정도 되는 터널을 지나서 위디어 항으로 들어갔다. 위디어는 알래스카를 러시아로부터 매입한 미국 국무장관의 이름을 취한 케나이 반도 동쪽의 시워드(Seward) 및 프린스 윌리엄 사운드의 동북쪽에 위치한 발데즈(Valdez)와 더불어 알래스카가 지닌 세 개의 不凍港 중 하나로서, 원래 군사적 목적으로 건설되었다. 철로가 깔린 1차선의 긴 바위 터널도 그렇게 하여 건설된 것으로서, 폭이 좁아 일반 차량도 철로 위를 달릴 수밖에 없게 되어 있다. 그러나 이곳은 현재 해군이 철수하고서 2~300 정도의 주민이 거주하는 조그만 항구로 변해 있는데, 지금은 오히려 프린스 윌리엄 사운드의 크루즈 기지로서 알려져 있다. 포테이지의 야생동물 공원에서도 우리는 알래스카 유람선을 타고서 이 항구로 들어온 관광객의 무리를 만날 수 있었다. 우리는 위디어에서 유람선을 타고 케나이 반도의 블랙스톤 灣으로 들어갔다. 점심 비용은 승선요금에 포함되어져 있었다. 블랙스톤 만도 역시 빙하의 침식에 의해 형성된 피오르드인데, 우리는 그 안쪽 끄트머리에 있는 블랙스톤·블로이트 빙하의 바로 앞까지 나아가서 한참을 머물러 있다가 되돌아 나왔다. 블랙스톤 만에서는 수달이나 미국의 상징물로 되어 있는 흰머리 독수리(Bold Eagle)의 새끼들, 그리고 검은 곰을 자연 상태에서 관찰할 수 있었다.

포테이지로 돌아와서는 턴어게인만의 끄트머리에 있는 개울까지 산란을 위해 올라온 참 연어와 붉은 연어의 무리를 나지막한 나무다리 위에서 아래로 내려다보며 관찰하였다. 9월 중순까지가 산란기라고 하는 연어들의 행동은 느렸고, 개중에는 이미 산란을 마쳤는지 색깔이 희게 변했거나 죽은 것도 있었다. 이렇게 하여 태어난 연어는 민물에서 1~2년, 먼 바다에서 1~2년을 서식하면서 성장하며, 자기가 자라난 곳의 돌멩이 하나하나까지도 기억해 두었다가 되돌아와서는 그 자리에다 새끼를 낳고서 일생을 마치는 것이다. 미국 정부는 이러한 연어의 동향을 면밀히 관찰하여 자연 생태계를 훼손시키지 않을 범위 내에서 매년 연어를 잡을 수 있는 시기와 장소 및 그 분량을 정해 일반인에게 漁撈를 허가해 주는 것이다.

다시 턴어게인 만을 거쳐서 앵커리지 시내로 돌아와, 웨스트 듀더 로드에 있는 도쿄 가든이라는 일식 뷔페식당에서 저녁식사를 하였다. 오늘은 정종으로 반주를 하였다. 이번 여행에서 우리 일행이 함께 하는 마지막 만찬이라 나를 포함해 술을 사겠다는 사람이 세 명이나 되었지만, 결국 오늘 포테이지의 방문자 센터에서 안경을 잃었다가 되찾은 4인 가족의 젊은 아빠가 돈을 내게 되었다.

3 (토) 흐리고 저녁 무렵 비

한밤중인 오전 1시 반쯤에 자고 있던 중 시카고의 누나로부터 전화를 받았다. 시카고 시간으로는 오전 4시 반인 지금 나를 마중하기 위해 승용차를 운전해 공항으로 가고 있다는 것이었다. 황당하여 내가 돌아가는 날은 내일임을 설명했더니 그렇다면 돌아가겠노라고 했다. 얼마 후 아내로부터 또 전화가 걸려왔다. 오늘이 9월 3일 토요일이 틀림없는데, 돌아오는 날짜가 틀린다는 것은 무슨 말이냐는 것이었다. 어쨌든 내가 돌아가는 날은 내일이 틀림없음을 설명하였다. 아내가 확인해 보라기에 비행기 표를 꺼내 보았더니 거기에는 앵커리지 출발 일시가 9월 3일 오후 8시, 시카고 오헤어 공항의 도착 일시가 9월 4일 오전 4시 48분으로 되어 있었다. 아내는 그제야 비로소 납득하였다. 이번에는 내가 어리둥절하여 여행사로부터 받은 일정표를 꺼내 보았더니, 거기에는 시카고와 앵커리지의 출발일이 각각 8월 29일과 9월 3일로 되어 있었다. 나는 이 일정표를 보고서 오해하여 시카고의 가족에게 9월 3일 오전 5시 무렵에 오헤어 공항에 도착할 것이라고 일러두었던 것이다.

오전 9시에 호텔을 출발하여 앵커리지 시내관광을 시작하였다. 어제에 이어 같은 한인이 운전을 하였는데, 알고 보니 그는 단순히 고용된 기사가 아니라 알래스카 호돌이 여행사의 사장 김지수 씨였다. 그는 일찍이 LA에서 최초의 한인 여행사인 호돌이여행사를 창업하여 그 이후 한인 여행사들의 근간을 이룬 여러 인재를 배출하였을 뿐 아니라 LA 한인회의 회장을 지내기도 한 사람이었다. 수년 전에 앵커리지로 이주하여 호돌이여행사도 이리로 옮겨 왔으며, 옮겨온 지 수년 내에 사업을 더욱 번창하게 만들었고, 앵커리지의 한인회장을 지내기도 하였다. 최근에는 한국의 롯데그룹과 제휴하여 알래스카의 연어 통조림을 최초로 한국에 수출하기 위한 천만 불어치의 계약을 체결했다고 한다.

우리는 먼저 시내를 흐르는 강을 거슬러 올라가며 연어 구경에 나섰다. 군부대가 있어 더 이상 올라갈 수 없는 구역까지 여러 장소에서 연어를 관찰하였다. 연어가 별로 힘차게 활동하지 않고서 유유히 노니는 듯이 보이는 것은 가파른 물길을 거슬러 오르기 위해 휴식하며 힘을 비축하고 있는 것이라고 한다. 개중에는 얕은 물길을 거슬러 오르는 동안 긁혀서 몸에 상처를 입은 것도 있고, 산란을 마치고서 죽은 놈도 더러 있었다. 조금 하류에는 강을 가로지르는 가느다란 줄을 쳐 둔 곳의 아래쪽에서 돈을 내고 면허를 받은 시민들이 연어 낚시를 즐기고 있었고, 상류의 여기저기에는 연어를 부화시켜 양식하는 시설도 있었다. 이렇게 양식하여 어느 정도 키운 연어는 다시금 강에 방류를 하는 것이다.

다음으로는 우리가 숙박한 호텔 바로 근처의 쿡 내해에 인접한 광장에서 열리는 토요시장을 방문하였다. 여러 사람들이 온갖 종류의 물건을 가지고 나와 임시로 마련한 점포에서 팔고 있었다. 근처의 주차장에 관광버스도 여러 대 눈에 띄는 것으로 보아 앵커리지 시민뿐만이 아니라 이 도시의 관광 명물 중 하나로 되어 있는 모양이었다. 젊은 한인 이민자 한 명도 여기서 선글라스를 팔고 있었다. 특히 나의 흥미를 끌었던 것은 놀랍게도 이런 시장에 매머드의 이빨을 가져 나와 파는 점포가 있었던 점이다. 순록 뼈로 만든 조각품 같은 것들 가운데 포함되어져 있었는데, 그 가격은 좀 비싸서 작은 것은 $400 남짓, 좀 더 큰 것은 $1,000 정도짜리도 있었다. 비록 완전한 이빨은 아니었지만, 고생물의 유해가 이런 보잘것없는 영세 상인들에 의해 공공연히 거래되고 있다는 것은 시베리아와 마찬가지로 알래스카에서도 매머드의 유해가 다량으로 발견되고 있음을 의미하는 것일 터이다.

시장이 열리고 있는 곳은 이 도시의 관청이나 역과 우체국 등 공공시설이 집중되어 있는 중심가에 속한다. 이곳은 또한 일찍이 18세기 중엽에 제임스 쿡 선장이 영국 왕의 명령을 받고서 북미대륙의 여기까지 몇 차례 탐험해 왔고, 상륙하여 인디언과 전투가 벌어지기도 했었던 현장이다. 그러므로 이곳 좁은 바다를 쿡 내해(Cook Inlet)라 부르는 것이다. 알래스카의 여러 종족 원주민들은 베링해협의 얼음 위를 거쳐 아시아대륙으로부터 이주해 온 사람들로서, 후일 더 남쪽의 북·남미대륙으로 이주해 간 사람들과 같은 계통이므로 통칭하여 인디언이라고 부르는 것이다.

세 번째로 앵커리지국제공항에 인접해 있는 경비행기 이착륙장으로 가 보았다. 드넓은 터에 수많은 경비행기가 여기저기 열을 지어 세워져 있고, 개중에는 매물로 내놓은 것도 적지 않았다. 육상의 활주로를 일반 차량들도 지나다닐 수 있도록 개방하고 있었다. 이곳은 미국 전체에서 60위 이내에 드는 규모로서 1분에 한 대 꼴로 경비행기가 이착륙하고 있다 하며, 우리가 방문해 있는 동안에도 그 모습을 계속 바라볼 수 있었다. 비행장은 수상과 육상에 다 있고, 수상용의 경비행기는 아래쪽에 바퀴 대신 스케이트 모양의 부상 장치를 부착하고 있다. 미국에서 경비행기는 대체로 2천불에서 3천불 정도의 가격대이니 고급승용차 한 대 값 정도여서 웬만한 서민이면 구입할 수 있으나, 비행장 사용료 등 유지비가 꽤 많이 든다고 한다.

우리는 1964년에 있었던 앵커리지 대지진의 현장을 보존한 지진 공원으로도 가 보았다. 쿡 내해에서 동북 방향으로 똑바로 올라간 위치의 더 좁은 바다로서 크닉 만(Knik Arm)이라 불리는 곳의 해변 절벽 위인데, 바로 건너편이 와실라이다. 맑은 날에는 여기서 매킨리 산의 연봉을 조망할 수 있다고 한다. 흙으로 이루어진 절벽 위에 기념탑이 서 있는데, 그것에서는 이 지진을 'Good Friday Quake'라고 적고 있었다. 중국 河北省의 唐山 대지진이나 東京 대진재와 비길만한 엄청난 규모의 것이었음에도 불구하고 상대적으로 인명 손실이 아주 적어 100명 정도 선에서 그쳤기 때문이라 한다.

지진공원을 떠난 다음 다시 시내 중심부로 돌아와 어제 들렀던 녹용 등을 파는 한인이 경영하는 기념품점에 들렀고, 그 후에 양식 뷔페식당으로 가서 점심을 들었다. 식사를 마친 다음 주노 스트리트에 있는 와일드베리 프로덕츠라는 초콜릿 공장 겸 판매점으로 가서 얼마간 시간을 보내다가 앵커리지 공항으로 향했다. 일행 중 샌프란시스코에서 온 김 씨 내외는 오후 2시 남짓의 비행기로, 그리고 나머지 LA에서 온 열 명은 오후 4시 남짓의 비행기로 각각 돌아가기 때문이다.

공항에서 그들과 작별한 후, 오후 8시까지 시간이 많이 남아 있는 나는 타고 갔던 중형버스로 다시 중심가로 돌아와서 7번가에 있는 앵커리지 역사·미술박물관에 들렀다. 오후 2시 40분부터 4시 40분까지 두 시간동안 관람하였다. 2층은 알래스카의 역사와 관련된 물건들을 전시한 박물관으로 되어 있고, 아래층은 주로 알래스카와 관련된 각종 미술품들을 전시하고 있었다. 러시아로부터 순회 전시 중인 샤머니즘 특별전도 열리고 있었다. 4시 40분에 박물관 1층 로비에서 가이드인 김건태 씨를 다시 만나 그의 승용차를 타고서 공항으로 이동하였다. 그는 내가 미국에 체재하는 앞으로의 1년 동안 여행을 자주 할 계획임을 알고 있으므로, LA의 한인여행사에 근무하는 후배 가이드 박상훈 씨를 소개하면서 그와 연락해 볼 것을 권했다.

유나이티드 에어라인의 데스크에서 티케팅 수속을 마친 후 안으로 들어가 출발장소인 B9 게이트에 일찌감치 도착하여 출발까지의 남은 시간 동안 오늘의 일기를 입력하였다.

4 (일) 맑음

어제 저녁 아내의 진주여고 동기동창 가족 네 명이 누나 집으로 와서 투숙하였다. 그녀의 남편은 본교 전산학과의 김용기 교수이며, 진주에서의 초등학교 동창생이기도 한 그들 사이에서 난 두 자녀 중 장남은 일리노이대학 어바나·샴페인 교 공대에서 아버지와 같은 전산학과의 3학년에 재학 중이고, 아버지가 마이애미 주립대학에서 대학원 과정을 밟고 있을 때 태어났으므로 미국 시민권자이기도 한 딸은 한국에서 고등학교 2학년까지 마치고서 반 년 쯤 전에 어머니와 함께 역시 어바나·샴페인으로 와서 고등학교 과정을 이수하고 있다. 김 교수는 학회 관계의 용무로 한 주 정도 단기로 방문하였는데, 차제에 우리가 있는 시카고로 구경을 온 것이다.

조반을 마친 후 아내 및 그들과 함께 메다이나 역에서 전철을 타고서 시카고 중심가에 가까운 유니언 역까지 이동하였다. 종착역에 도착한 후 걸어서 먼저 미국 최고의 빌딩이며 한 때 세계 최고이기도 했던 110층으로 되어 있는 시어즈 타워의 전망대인 스카이 덱이 있는 103층으로 올라가 시카고 시가와 그 주변 일대를 조망하였다. 예전에도 한 번 올라와 본 적이 있었으나, 엘리베이터를 다 오르기 전 갈아타는 층의 영화관에서 그 때엔 없었던 홍보 영화를 방영하기도 하는 등 다소 달라진 점이 있었다. 스카이 덱을 내려와서는 걸어서 고층빌딩들이 숲을 이룬 아담스 거리를 통과하여 아트 인스티튜트까지 곧장 걸어가서 그 입구에서 두리를 만났다. 두리가 가진 회원권으로 줄을 서지 않고서 바로 입장한 후, 각자의 취향대로 한 시간 정도 2층의 미술관과 1층 및 지하층의 박물관을 둘러보았다. 아내와 나는 2층의 회화실들만 둘러보았다. 두리로부터 두리 명의로 된 아트 인스티튜트의 회원 카드 한 장과 여기서 10월 10일까지 개최되고 있는 '툴루즈 로트렉과 몽마르트르' 특별전의 입장권 두 장을 받았다. 이제부터 나도 두리와 마찬가지로 회원권을 가지고서 뉴욕의 메트로폴리탄 미술관 및 보스턴 미술관과 더불어 미국의 3대 미술관 중 하나인 이 미술관에 언제든지 무료로 출입할 수 있게 된 것이다.

미술관을 나온 다음, 그랜트 공원의 버킹검 분수를 거쳐 밀레니엄 파크 쪽으로 산책하였다. 때마침 이 공원에서는 연례행사인 재즈 페스티벌이 열리고 있었다. 시카고는 지난주에 있었던 사상최대 규모의 허리케인으로 말미암아 대대적인 타격을 입은 뉴올리언스 등과 더불어 미국 재즈를 대표하는 3대 도시 중 하나이기도 하다. 밀레니엄 파크에서는 지난번 두 차례 왔을 때는 수리 중이라 보지 못했었던 인도계 영국인이 설계했다는 초대형 입체조각품 '구름의 문'과 컴퓨터 장치에 의해 움직이는 사람의 얼굴이 비치는 두 개의 분수대를 처음으로 둘러보기도 하였다.

밀레니엄 파크를 떠나 점심을 들기 위해 중심가 빌딩 숲속의 어느 독일 레스토랑으로 찾아갔으나, 공교롭게도 일요일 휴업 중이라 다시 한참을 더 걸어 어느 백화점 빌딩 8층의 대형 레스토랑으로 가서 양식으로 식사를 하였다.

점심을 들면서 좀 휴식을 취한 후, 미시건 호수의 유람선을 타기 위해 시카고 강변을 따라 걸어서 트리뷴 빌딩 근처에 있는 선착장으로 향했으나, 매표소 앞에 사람들이 길게 줄을 지어 있는 것을 보고서는 발길을 돌려 다시 강변길을 따라 유니언 스테이션으로 돌아왔다. 4시 30분의 기차를 타기 위해서였다. 두리의 전화 연락을 받고서 차를 몰고 유니언 역으로 나온 마이크가 이번에도 맛있는 빵과 아내의 옷가지 및 구두, 그리고 나의 허리띠 세 개가 든 보따리를 선물로 주었다.

2005년 9월 4일, 시카고 강변

　블루밍데일로 돌아온 후, 내가 이번 여행에서 사 온 연어 세 마리 중 일부를 구워가지고서 함께 저녁식사를 들었다. 김 교수 및 그의 두 자녀, 그리고 맥시와 더불어 서클 공원과 웨스트 레이크 공원으로 한 바퀴 산책을 하고서 돌아온 다음, 그들은 어두워질 무렵 다시 승용차를 운전하여 어바나·샴페인으로 돌아갔다.

　5 (월) 맑음
　미국의 '노동절' 휴일이다. 맥시와 함께 오늘부터는 자동차를 몰아 블루밍데일 북쪽의 로젤 지구로 산책을 나섰다. 시즌즈 4 공원에서 다시 차를 몰아 멘싱 로드에 면한 클라우스 레크리에이션 지구 주차장에다 차를 세운 후 그 부근의 구스 레이크, 체트버그 등 몇몇 공원을 두르고서,

돌아오는 길에는 로즈데일 에브뉴에 차를 세우고서 미첨 그로브의 산소통 숲을 한 바퀴 돌기도 했다.

6 (화) 맑음

오전 6시 30분쯤에 집을 나서 아내를 메다이나 전철역까지 바래다 준후, 맥시를 데리고서 역 뒤편의 메다이나 지구에 있는 톤데일 공원을 산책했다. 오전 8시 40분까지 마운트 프로스펙트 골프클럽으로 가서 전병무 씨 내외와 더불어 골프 연습을 했다. 돌아오는 길에는 지난번 누나와 함께 들러 점심을 든 바 있었던 일본 상품 슈퍼마켓 天助(텐스케)에 들러 소고기 덮밥으로 점심을 든 후, 어제 아내와 더불어 사려고 하다가 입수하지 못했던 와사비를 하나 샀다.

다시 차를 운전하여 히긴스 로드에서 고속도로로 진입한 후 레이크 로드로 내려와 메다이나 사거리에서 평소와는 다른 방향으로 접어들어 블루밍데일 도서관에 들러서 앤지 씨가 나를 위해 대출해 준 알래스카 관계 도서와 비디오테이프 두 개를 반환하였다. 일시방문자의 자격으로 세일렘 코트의 누나 집에 거주하고 있는 외국인인 나도 블루밍데일 시의 주민으로서 도서이용신분증을 발급받을 수 있는지 담당 직원에게 물어 그 발급 수속을 취해 두었다. 이번 알래스카 여행에서는 가는 곳마다에서 안내 팸플릿들을 꽤 많이 수집해 왔었다. 그러나 앞으로도 그것들을 자세히 읽어볼 시간적 여유가 없을 듯하여, 한 차례 대충 훑어본 후 모두 버렸다.

트래블 샤핑 여행사로 다시 전화하여, 9월 14일 오전 8시에 시카고를 출발하여 20일 오전 5시 38분에 시카고에 도착하는 서부 캐나다와 로키 국립공원 및 부차드 가든(밴프와 재스퍼) 5박 6일 패키지여행을 신청했다. 이번에는 아내와 더불어 두 사람이 함께 가기로 하고서, 1인당 관광비 $470 및 항공료 $364 중 두 사람분의 항공료 $728을 내 신용카드로 결제했다.

7 (수) 맑음

아침 일찍 아내를 메다이나 전철역까지 태워다 준 후, 오늘도 차를 톤데일 공원 주차장에다 세워둔 후 두 시간 남짓에 걸쳐 그 일대의 공원이 많은 길들을 산책했다. 블루밍데일의 공원들을 모두 답파한 이후, 미첨 그로브 주차장의 게시판에서 집어온 인쇄물들 가운데 하나인 「Roselle Area Recreation Paths」라는 약도에 보이는 길들을 걷고 있다. 오늘은 톤데일 공원에서 출발하여 그 서쪽 편 메다이나 구역에 속하는 캐너리 공원을 거쳐서 로젤 구역으로 들어가 지도상의 'North Central DuPage Regional Trail'이라고 노란 표시로 강조된 플럼 그로브 로드를 따라 북상하다가, 디반 에브뉴에서 서쪽으로 접어들어 터너 공원을 만났다. 거기서 다시 프로스펙트 로드를 따라 남쪽으로 향하여 철로를 건너서 로젤 경찰서를 지난 후, 다시 듀페이지 지역 중북부 산책로를 만나 그 길을 따라서 동쪽으로 향하여 파크사이드 공원(현지에서는 공원 이름이 지도와는 다르게 표시되어져 있었다)과 로젤 전철역을 지나서 다시 캐나리 공원을 거쳐 완전히 한 바퀴 돌아서 톤데일 공원으로 돌아오는 코스였다. 두 시간 이상 걸렸다.

산책을 마치고서 피곤하여 헉헉대는 개를 집으로 데려온 후 다시 차를 몰고서 바로 출발하여 로욜라대학으로 향했다. 오전 11시 45분에 데이비드의 연구실에서 그를 만나 함께 교내의 제즈이트 레지던스로 가 정오에 거기서 철학과의 데이비드 인그램 교수 및 푸코 전공자로서 같은 예수회 계통인 보스턴 칼리지로부터 방문 교수의 자격으로 와서 앞으로 나와 더불어 데이비드의 연구실을 함께 사용하게 된 짐 번하우어를 만나 같이 점심을 들기로 약속 되어 있기 때문이었다. 집에서 출발하여 목적지인 연구실에 도착하기까지 75분이 걸렸다. 이번에도 시카고 북부를 가로지르는 지방도로 중 하나인 옥턴 로드를 취했는데, 약속 시간에 5분 늦게 도착하였다.

예수회 숙소는 철학과가 들어 있는 크라운 센터 건물로부터 중앙도서관을 건너 바로 이웃에 위치해 있었다. 그곳은 예수회 소속 신부들의 숙소인데, 짐 번하우어는 교수인 동시에 예수회 신부이기 때문에 로욜라대학에 와서 강의하는 기간 동안 거기에 머무는 것이었다. 그러나 평복을 한 그는 외관상 다른 교수들과 전혀 다를 바 없었다. 짐은 프랑스의 현대 철학자인 미셸 푸코의 저술들을 많이 번역하여 그 분야에서 저명한 학자라고 하며, 데이비드 인그램은 마르쿠제·하버마스 등 프랑크푸르트학파 계열의 독일 철학자에 관한 연구가 비교적 많지만, 세 사람이 모두 사회 및 정치철학 분야에 연구의 중심을 두고 있다는 점에서 공통점이 있다. 그러나 전공분야가 전혀 다를 뿐 아니라 영어가 서툰 나로서는 그들의 대화에 참여하기에 근본적인 한계가 있었다. 오늘 데이비드에게 물어서 비로소 안 사실이지만, 이 대학의 철학과 교수가 숫자상으로 미국 전체에서 제일 많은 정도인 것은 예수회 재단이 설립한 이 대학에서는 전교생이 철학 과목을 세 개 정도 이수하도록 의무 지워져 있기 때문이며, 실제로 철학과에 적을 두고 있는 학생 숫자는 50명 정도 밖에 되지 않는 모양이다.

그들과 헤어진 후 외사처(Office for International Programs)에 들러 내 DS-2019 서류에 캐나다 여행을 위한 담당자의 사인을 받고자 했다. 그러나 부서의 책임자인 메리 테이스는 메인 캠퍼스인 이곳 레이크쇼어 캠퍼스와 아울러 시카고 중심부 근처에 위치한 워터타워 캠퍼스에서도 근무하는 모양이라, 오늘은 그쪽으로 가서 부재중이었다. 그녀의 부하직원인 에밀리 발데즈와 대화하여 용무가 다 마쳐진 줄로 알고서 그 서류를 도로 받아가지고서 돌아오고자 했는데, 그 때 책상 앞에 앉아 있던 황인종의 여성 직원 한 명이 "안녕히 가세요."라고 한국어로 인사를 하기에 그녀에게 한국인인지 물어보았다. 알고 보니 그녀는 이 대학에 재학 중인 일본인 학생으로서, 아르바이트로 여기 일을 돕고 있다는 것이었다. 그녀에게 일본말로 상세히 물어본 결과, 나의 용무는 전혀 끝난 것이 아니고, 서명 권자인 메리가 내일 이 캠퍼스로 와서 업무를 보므로 사전에 그녀와 약속한 후 다시 와서 그녀의 서명을 받아야 한다고 에밀리가 말했다는 것이었다. 다시 오는 것이 간단치 않은 일이므로, 그 서류를 외사처에다 맡겨두고서 메리가 사인을 한 후 내 주소로 우송해 주도록 당부해 두었다.

돌아오는 길에는 골프로드를 취하고자 노드 쉐리던 로드를 따라서 더 북상했다가, 예전에 마이크 및 두리와 함께 한 번 둘러본 바 있었던 미국의 명문 사립교인 노드웨스턴대학 구내에 다시 한 번 들어가 보았고, 거기서 더욱 북상하여 인도 계통의 신흥종교 사원인 바하이 템플을 지난 후 센트럴 로드를 만나서 그 길을 따라 서쪽으로 향했다. 그러나 그 길은 도중에 끊어져 다른 길로 변했으므로, 이런저런 우여곡절 끝에 오후 다섯 시가 지나서야 집에 도착하였다.

돌아오는 길에는 시카고의 지리를 익히기 위해 일부러 색다른 코스로 접어들어 보기도 하고 실수로 엉뚱한 해프닝이 벌어지기도 했다. 골프로드와 알링턴 하이츠 로드가 만나는 지점에 있는 거래 은행 포스트 뱅크에 들러 현금인출카드를 활성화하고서 그 카드의 비밀번호를 평소 쓰는 다른 신용카드와 같은 것으로 변경했다. 그 용무를 마치고서 알링톤 하이츠 로드를 따라 내려오려다가 엉뚱하게도 이미 지나온 골프로드를 한참이나 되돌아갔으므로, 차를 돌려오는 도중에 옥턴 커뮤니티 칼리지의 구내로 들어가 보기도 했다. 그 대학은 마이크가 그 생애의 대부분을 수학교수로서 재직했으며, 이곳 학생으로 있던 두리와 만나게 된 현장이기도 하다.

8 (목) 맑음

새벽 여섯 시 반에 출발하여 아내를 메다이나 역까지 태워다 준 후, 차를 톤데일 공원 주차장에다 세워두고서 맥시와 더불어 듀페이지 지역 중북부 산책로를 따라 북쪽 및 동북 방향으로 나아갔다. 톤데일 공원 바로 위쪽의 주택가로 난 차도를 따라 올라가 넓은 공터 부근을 거쳐 플럼 그로브 로드로 빠진 후 그 차도를 따라 계속 북쪽으로 올라갔다. 오리올·롱보트·슈너 등 주택가 안으로 난 길을 꼬불꼬불 더듬어 올라가 비스터 필드 로드와 와이즈 로드의 분기점에 이른 다음, 다시 그 동북 방향의 주택가 안으로 나아가 깁슨·미첨·텍사스·홈·화이트·롤윙 등의 도로를 거친 다음, 자전거 도로를 따라 53번 주도 위의 육교를 건너서 광대한 공원 지대인 부시 우드로 들어갔다. 이미 시간이 퍽 많이 흘러 누나로부터는 계속 빨리 돌아오라는 독촉 전화가 있었지만, 나는 화장실에 들러야 하고 지친 맥시에게 물도 먹여야 하므로 부시 우드 내의 안내판에 그것들이 있다고 표시되어 있는 남쪽 호수 쪽으로 계속 나아갈 수밖에 없었다. 나는 이럭저럭 간이화장실에 들러 용무를 마칠 수 있었지만, 수도는 보이지 않고 맥시는 호수를 두려워하여 물에 고개를 숙이고서 마시려 하지 않으므로 그대로 돌아올 수밖에 없었다. 대체로 갈 때의 코스를 거쳐 집에 도착하니 이미 오전 11시 반 무렵이었다. 무려 다섯 시간 정도를 걸은 셈이니, 미국에 온 이후의 산책으로서는 제일 많은 시간을 소비하였다.

9 (금) 맑음

아침에 누나 및 아내를 태운 차를 몰고서 미첨 그로브 입구의 주차장까지 함께 간 후, 거기에다 차를 세워두고서 나는 그들과 달리 중북부 듀페이지 지역 산책로를 따라 엊그제 지나간 바 있었던 로젤 전철역까지 이번에는 남쪽에서부터 북쪽을 향해 올라갔다. 서클·월넛 에브뉴를 거쳐 스프링·러시 스트리트로 나아갔는데, 브린머 에브뉴를 만나 'ㄷ'자 모양으로 한 바퀴 돌아야 함에도 불구하고 모르고서 러시 에브뉴를 따라 바로 나아갔으므로 얼마 후 방향감각을 잃게 되었다. 예상했던 것과는 전혀 엉뚱한 방향에서 로젤 역 앞의 워터 타워를 보게 되었으므로 무조건 그 방향으로 나아가 보았다.

파크사이드 공원을 거쳐 역으로 갔는데, 알고 보니 지도에 보이는 이 공원의 이름이 바뀐 게 아니라 그 공원 한쪽에 스케이트보드 놀이터가 설치되어져 있으므로 그 부분을 스케이트 공원이라고 따로 호칭할 따름이었다. 파크사이드라는 이름은 이 공원이 메이플 에브뉴의 유료 주차장 부근에 위치해 있기 때문으로 판단되었다. 역의 철로 양편에도 넓은 주차장이 있지만 그것은 허가받은 사람의 차만 주차할 수 있는 곳들이고, 그렇지 못한 차량은 이곳 로젤 지구 건물에 딸린 유료주차장에다 차를 세워야 하게 되어 있었다. 내가 오늘 이쪽으로 온 것은 앞으로 아내의 출퇴근

시 이용할 전철역을 메다이나 역으로부터 누나 집에서 가깝고 꽤 커서 대부분의 기차가 정거하는 로젤 역으로 바꾸게 할까 해서 그리로 가는 차도를 확인해 둘 목적도 있었던 것이다. 돌아올 무렵에도 한참동안 방향 감각을 잃고서 난감해 하다가, 겨우 왔던 길을 찾아 미첨 그로브의 주차 장으로 걸어왔다.

오후에 블루밍데일 공립도서관으로부터 나의 도서관 카드가 동봉된 우편물이 도착했고, 로욜라대학 외사처로부터도 메리의 서명이 든 DS-2019 서류가 등기 속달로 부쳐져 왔다. 前者의 카드로써 나는 블루밍 데일 뿐만 아니라 일리노이 주내의 모든 공공도서관을 이용할 수 있게 되었다. 카드의 활성화 수속이 필요하므로 우편물을 받고난 후 바로 도서 관으로 차를 몰아가서 그 조처를 취해 두었다. 이 도서관에는 10만 건 이상의 도서·잡지·비디오카세트·DVD·CD·카세트 및 CD에 수록된 음 성 도서, 수수께끼 및 학습 게임, 그리고 CD롬이 소장되어 있다. 한국의 도서관과 다른 점으로는 인쇄매체 이외의 각종 시청각 자료가 많이 비치 되어 일반도서와 마찬가지로 열람 대출되고 있다는 점이다. 나와 같은 외국인에게도 널리 개방되어져 있는 모양이어서, 오늘 이 도서관에는 차 도르 차림의 이슬람 여성 세 명도 보였다.

블루밍데일 마을이 발행하는 『Almanac』 2005년 가을 특집호가 우송 되어져 왔으므로 훑어보았다.

10 (토) 맑음

오늘 아침에는 승용차를 운전하지 않고 걸어서 어제 갔던 코스와 그 주변의 길들을 다시 한 번 더듬어 보았다. 맥시는 엊그제 약 다섯 시간에 걸친 산책으로 말미암아 무리가 되었는지 뒤쪽의 발 하나를 절므로, 누나 와 아내의 권유에 따라 어제부터 산책에 데리고 나가지 않고 있다. 일식 집 아바시리가 들어있는 상점 건물 옆에서 미첨 그로브의 한 모서리를 거쳐서 그 입구 쪽으로 빠져나가, 차도를 따라서 올라갔다. 어제 놓쳤던 브린머 에브뉴를 경유해 한 바퀴 돌아서 러시 스트리트로 나온 다음, 갈

래진 터너 에브뉴를 따라 동쪽으로 가 그 길이 끝나는 지점인 메다이나의 레이크 파크 이스트 하이츠에 다다른 다음, 다시 서쪽의 로젤 지구로 접어들어 포스터 에브뉴를 따라가서 월넛 에브뉴와 만나는 지점을 지나 스프링 스트리트의 남쪽 끝을 만난 다음, 그 길을 따라서 북쪽으로 돌아 다시 월넛 스트리트를 만나 귀로에 올랐다. 두 시간 반 정도의 시간이 걸렸다.

11 (일) 맑음

누나 집에서 내가 맡아 하는 일은 주로 넓은 뜰의 화초에다 물을 주는 것과 개를 데리고서 산책하는 것이다. 그런데 어제 아침의 산책에서 잔디밭에 고정된 장치를 설치하지 않고서 고무호스에다 스프링클러를 연결하여 잔디와 화초에다 물을 주고 있는 집을 본 바 있으므로 돌아와서 '굿 뉴스'라고 그 이야기를 했더니, 누나는 그런 것은 자기 집에 이미 여러 개 있다면서 네 개의 서로 다른 것들을 꺼내 보여주었다. 누나네 집은 집 주변의 뜰이 부근에서 가장 넓어, 스프링클러로 물을 줄 경우 앞뒤와 양옆으로 펼쳐져 있는 잔디밭에 두루 물이 뿌려지지 않을 뿐 아니라, 정작 집중적으로 물을 주어야 할 화초에는 별로 닿지 않는 것이었다. 오늘 오전에 혼자서 다시 시도해 보았지만 역시 마찬가지라, 종전처럼 호스에 연결한 살수기로 화초에만 직접 물을 주는 편이 효과적이라고 판단하여 스프링클러는 모두 떼어 버렸다.

작고한 자형의 누이동생 내외와 더불어 진주 출신으로서 한인 중 시카고 제일의 갑부인 사람의 골프장에 초대를 받아 가기로 된 날이다. 누나가 시카고 북부의 팰러타인에 있는 직장인 중앙우체국에서 밤일을 마치고 평소보다 꽤 늦은 시각에 돌아왔으므로, 누나가 돌아와 헬스클럽에 다녀오기를 기다려 출발하였다. 먼저 시내의 코리언타운인 로렌스 거리로 나가 한국 슈퍼마켓에서 장을 본 후, 포스터 거리에 있는 한국식품점에 들러 총각김치 등을 샀다. 그런 다음 고속도로에 올라 오전 11시 반 약속시간에 맞추어 시내 동북부의 모톤 그로브에 있는 누나의 시누이 댁으로 갔다. 시누이 남편 김영환 씨는 시카고 한인회장 등을 역임하여 이곳 동포 사회에서 널리 알려진 인물이라고 한다. 한국에 있을 때는 직업군인으로서 월남전에도 참전하였고, 육군 대위로서 예편한 후 한두 해 대전에 살다가 누나네보다 1년 앞서 30년 쯤 전에 미국으로 이민 온 것이라고 한다. 작년 무렵에 평화통일자문회의 시카고 지회장을 끝으로 한인회의 일을 모두 그만두고서 지금은 오늘 우리 내외를 초청한 배근재 회장의 부인이 대표로 있는 한미TV방송(WOCH Ch28)의 상임고문 및 역시 배 회장 부인이 회장으로 있는 퍼플 호텔의 부회장 직책을 맡고 있다. 그 집을 나온 후 모톤 그로브에 있는 한국음식점 전주식당에 들러 그들 내외의 딸 현숙이를 포함한 여섯 명이 함께 점심을 들고서 누나는 먼저 집으로 돌아갔다.

우리 내외는 김영환 씨 내외의 지프 승용차에 동승하여 거기서부터 한 시간 정도 더 서북쪽으로 차를 달려 매킨리(McHenry) 카운티의 중심지인 매킨리 시 오른쪽 노드 채플 힐 로드에 있는 배 회장의 개인 골프장 채플 힐 컨트리클럽으로 갔다. 그곳에 있는 밭에서 알이 작은 포도와 보통 포도, 오이 등을 따며 얼마간 시간을 보내고 있으니, 두 시 반 정도의 시각에 반바지 차림의 배 회장이 도착하였다. 농장 옆 나무그늘 아래의 나무 탁자에 앉아 배 회장과 우리 내외의 세 사람이 함께 대화를 나누었다.

그러한 대화를 통해 알게 된 바인데, 그는 진주 부근의 하동군 북천면 옥정리에서 태어났고, 이사하여 진주시 칠암동에 살면서 진주중고등학교를 마친 후 서울대학교 공대 화공과에 진학하였다. 6.25전쟁이 끝난 직후의 어수선한 상황 하에 부산에서 서울로 옮겨 다니며 대학을 다니다가 공릉동에 있는 서울공대, 즉 내가 교양과정 1년을 다녔고 지금은 서울산업대학교로 되어 있는 캠퍼스에서 1년을 공부한 후 대학 2학년 때 병역의무도 피할 겸 미국 일리노이 주에 있는 어느 대학으로부터 등록금 반액 면제의 장학금을 얻어 유학길을 떠나게 되었다. 고학을 하며 간신히 대학을 마친 후 10여 년간 제약회사에 근무하다가 마침내 몇 사람이 동업하여 제약회사를 차리게 되었고, 얼마 후 그 기업을 단독으로 인수하여 아스피린 군납으로 많은 돈을 모은 후, 그 기업을 팔고서 포스터 은행을 설립하여 크게 성공하였고, 그 후로도 계속 사업을 확장하여 여러 가지 다른 기업으로 범위를 넓히게 되었다. 73세의 고령이 된 지금에도 현역으로서 왕성하게 활동하고 있으며, 회옥이가 있는 아이오와시티를 비롯한 미국 본토 각지와 하와이, 괌 등 부속 영토에 50개 정도의 방송사를 소유하고 있고, 우리 내외가 구좌를 개설하고 있는 시카고의 포스터 은행, 호텔, 골프장 등도 경영하며 점점 더 사업을 확장하고 있다. 10여 년 전에 인수한 이 골프장은 미국 중북부 지역에서는 홀이 가장 길다고 한다. 뒤쪽에 폭스라는 이름의 강을 끼고 있고, 근처에는 승마장도 있었다. 개인 소유이지만 돈을 내고서 치는 사람들에게 개방도 하고 있었다.

배 회장이 따 온 수박을 한 통 깨서 나눠먹고 수박을 몇 통 더 딴 후, 다섯 명이 함께 카트를 몰고서 필드로 나가 골프를 쳤다. 18홀의 골프장이지만, 시간 관계로 9홀만 치게 되었다. 오늘 필드를 처음 밟아보게 된 아내는 자형의 누이동생과 더불어 앞서 나가고, 김영환 씨와 내가 한 차를 타고 배회장이 혼자 카트를 몰아 셋이서 치면서 나아갔다.

골프를 마친 후, 배 회장의 집에서 멀지 않은 글랜뷰에 있는 한인이 경영하는 일식집 다다미에 들렀다. 얼마 후 배 회장이 부인 玉 여사를 대동하고서 나와 합석하였다. 배 회장은 미국인 여성과 결혼하였다가 이혼하고서 자신보다 십여 세 연하로서 내 누님과 동갑인 옥 여사와 재혼하게 된 것이라고 한다. 그녀는 강원도 삼척 출신으로서 한국에서 숙명여대 약학과를 졸업하였고, 미국에 와서도 약국을 몇 개 경영하였다고 한다. 식사를 마친 후에는 밤 10시 반 정도의 시각에 김 씨 내외가 우리 내외를 블루밍데일까지 태워다 주고서, 또 한 시간이 더 걸려야 하는 자택으로 돌아갔다.

12 (월) 맑음
모처럼 누나 및 맥시와 더불어 미첨 그로브로 나가, 누나의 친구인 앤지·캐리 씨와 합류하여 산소통이라 불리는 로젤 구역의 숲까지 함께 걸어갔다가, 나는 혼자서 샛길로 빠져나갔다. 로젤 로드를 건너 어제와는 반대 방향에서 터너 에브뉴를 따라가다가 어제 다다랐던 곳에서 스프링 스트리트를 만나 북쪽으로 나아가서 브린머 에브뉴에 이르렀고, 다시금 작은 공원과 로젤 로드를 가로질러 클라우스 레크리에이션 센터에 이르렀다.

오늘의 목적지는 여기까지였는데, 지난번에 차를 세웠었던 레크리에이션 센터의 주차장이 알고 보니 유료라, 다음번에 여기에다 또 차를 세우기는 어렵다고 판단하여 이왕 나선 김에 다음번으로 예정해둔 코스까지 함께 답파하기로 마음먹었다. 레크리에이션 센터 건너편의 레이크 파크 웨스트 하이츠의 끄트머리로 난 자전거 도로를 따라서 걸어가다가 또 작은 공원 하나를 만나 센트럴 에브뉴에 이르렀고, 그 차도 옆으로 난 보도를 따라갔다. 로텐버그 로드를 만나서 북쪽으로 꺾어들었다가 다시 왼편의 주택지 안으로 들어가 오드럼 파크를 가로질러서 샴버그 전철역을 지나 샴버그 지역의 야구장인 알렉시안 필드까지 갔다가 돌아왔다.

돌아오는 길에 몇 차례 누나의 전화를 받았는데, 누나 친구들과 11시 30분에 지난번에 나와 함께 갔었던 우드필드 쇼핑 몰 구역 내의 채식뷔페식당 스위트 토마토즈에서 만나 함께 점심을 들기로 했으니 합류하여 점심을 사겠느냐고 하기에 승낙하였다. 그 시간에 맞추기 위해 지난번에 걸었던 채트버그·구스 레이크 공원 쪽의 지름길을 취해 멘싱 로드에 이른 다음 종종 걸음으로 걸었지만, 결국 11시 40분쯤 되어서야 집에 당도하였다. 헬스클럽에 갔다가 뒤이어 돌아온 누나의 말로는 만나는 시간을 12시 반으로 연기했다는 것이었다.

누나 집으로 온 세실리아 씨와 더불어 셋이서 누나가 운전하는 8기통 링컨 승용차를 타고서 그 식당으로 가서 영세명이 같은 클라라 언니와 클라라 씨 및 클라라 씨의 남편인 강성문 씨와 합류하여 점심을 들었다.

14 (수) 시카고는 비, 시애틀은 흐렸다가 개이고, 밴쿠버는 맑음

5박 6일 간의 캐나다 여행이 시작되는 날. 누나는 직장의 밤일 때문에 우리 내외를 공항까지 태워다 줄 수 없으므로, 같은 성당의 교우로서 누나 집으로부터 차로 15분쯤 걸리는 거리에 사는 택시 운전사 허인 씨에게 전화하여 예약해 두었다. 오전 6시에 허인 씨가 누나 집으로 와 우리 내외를 태우고서 오헤어 공항으로 향했다. 택시비 $32에 팁을 포함해 $40이 들었다.

오전 8시에 출발하는 노드웨스턴 항공으로 예정 시간인 오전 10시 14분보다 10분 정도 일찍 캐나다 접경인 미국 서북부 워싱턴 주의 주도 시애틀 남쪽 교외에 위치한 타코마 국제공항에 도착하였다. 시애틀 및 우리 여행의 주 목적지인 캐나다의 브리티시 콜롬비아 주 일대는 시카고와 두 시간의 시차가 있으므로, 시카고 시간으로는 정오 무렵이었다.

지난번 알래스카 여행 때처럼 공항의 짐 찾는 곳에서 밴쿠버로부터 마중 나온 남자 가이드를 만났다. 충북 아산 출신으로서 10여 년 전에 캐나다로 이민 왔다고 했다. 오리건 주의 포틀랜드에 있는 한국 기업 지점에서 연구원 겸 직원으로 근무하는 아들을 찾아 한국 전주에서 온 부부와도 거기서 합류하였다. 남편은 전북대 등 여러 대학교에서 행정직원으로 근무하다가 정년퇴직한 사람이었다. 캘리포니아의 샌프란시스코로부터 오는 또 한 쌍의 부부를 거기서 만나기로 예정되어 있었는데, 샌프란시스코 공항에서 그 비행기가 기체 결함으로 말미암아 세 시간 정도나 늦게 출항하는 까닭에 오늘 일정에 꽤 차질이 생기게 되었다. 공항에서 한 시간 이상 기다리다가, 오후 2시 경에 그 비행기가 도착할 것이라는 정보를 입수하고서 우리끼리 먼저 가이드의 차를 타고서 시애틀 시내로 올라왔다.

시애틀에 본부를 두고 있는 보잉항공사의 시험비행 활주로인 보잉 필

드를 차창 밖으로 바라보며 시애틀 시에 이른 후, 州間 도로 90호선을 따라 방대한 워싱턴湖와 그 호수 남쪽의 머서 섬을 가로질러서 건너편에 있는 벨뷰 市로 이동하였다. 그 150번가에 있는 남대문가든이라는 한국 식당에서 비빔밥으로 점심을 들었다. 그런 다음 세계최대의 갑부인 마이크로소프트 사의 사장 빌 게이츠가 그 북쪽 호반에 살고 있다는 워싱턴호를 다시 가로질러 시애틀 시내 관광에 나섰다. 시애틀 엑스포 때 건설한 것으로서 이 도시의 상징물로 되어 있는 조망탑 스페이스 니들 등을 차창 밖으로 바라보면서 태평양으로 이어진 피오르드인 푸제 사운드에 접한 언덕으로 가서 차를 내렸다. 그곳의 긴 아케이드 형 상가 건물 내부를 둘러보다가 길 건너편에 있는 스타벅스 커피의 발상지라고 하는 제1호 커피숍에 들러서 커피를 한 잔 샀다. 그러나 평소 커피를 마시지 않는 아내가 호기심으로 한 번 맛을 보더니 커피숍 안에 놓여 있는 이런저런 조미료를 함부로 첨가하는 바람에, 평소 미각에 까다롭지 않은 편인 나조차도 마시기 어려울 정도로 아주 이상한 맛이 되고 말았다.

오후 2시 경에 다시 공항의 짐 찾는 곳으로 나갔지만, 그로부터 또 상당한 시간이 지난 후에야 샌프란시스코에서 온 노부부와 합류할 수가 있었다. 남편이 82세라고 하는 이 노부부는 캘리포니아에 사는 딸네 집과 한국을 수시로 오가면서 이미 미국의 여러 곳을 관광하였으며, 20년쯤 전에는 남미의 파라과이와 칠레에서 5년 정도 생활한 적도 있다고 했다.

그들 부부를 태우고서 다시 시애틀을 거쳐 두 시간 남짓 북상하여 캐나다로 들어갔다. 캐나다 국경의 검문소에서는 통과에 소요되는 시간을 줄이기 위해 가이드가 우리 일행을 자기 친척이라고 말하였다. 브리티시 콜롬비아 주의 중심도시인 밴쿠버는 이웃한 미국의 시애틀과 마찬가지로 도시부의 인구가 50만 정도이나 그 주변의 위성도시까지 포함하면 210만 정도 된다. 전체 인구의 절반 정도가 여러 아시아계 이민으로 구성되어져 있고, 특히 홍콩계 중국인의 이민이 많아 그들이 집중적으로 모여 사는 구역을 홍쿠버라고 부른다고 한다. 세계에서 가장 아름답고 살기 좋은 도시로서 여러 해 동안 톱의 위치를 차지해 왔지만, 최근 몇 년 간은 스위스의 취리히·제네바에 이어 3위의 자리를 유지하고 있는 모양이었다. 순위가 떨어진 주된 원인은 인도계 이민자들이 캐나다 경기의 침체로 말미암아 실직하여 범죄자로 전락하는 경우가 많기 때문이라는 것이었다.

우리는 마약중독자가 우글거리고 범죄의 소굴이라는 넓은 범위의 차이나타운을 지나서 이 도시의 명동이라고 불리는 거리와 금융가 등을 차창 밖으로 둘러보았고, 샌프란시스코의 金門橋를 닮은 獅子橋를 건너서 과거에 해군 기지였다는 스탠리 파크에 이르러서는 내려서 건너편으로 바라보이는 美港 밴쿠버의 전경을 조망하였다. 이 공원의 우리가 주차한 장소에는 각처로부터 인디언의 토템폴도 여러 개 모아서 세워두고 있었다.

스탠리 파크를 떠나 캐나다의 동쪽 끝까지 연결되는 세계에서 가장 길다는 고속도로를 따라가다가 한국인이 많이 모여 사는 서리 지구에 있는 一億鳥라는 식당에 이르러서 해물탕으로 저녁식사를 들었다. 그 부근의 서리 104번가에 있는 숙소인 쉐라톤 (밴쿠버 길드포드) 호텔에 이르러 오늘의 가이드와 작별하였다. 우리 부부는 514호실을 배정받았다.

15 (목) 흐림

여행의 제2일, 페리를 타고서 밴쿠버 시의 맞은편에 있는 밴쿠버 섬으로 들어가는 날이다. 걸프 섬이라고 불리는 다도해를 건너서 45도 각도로 비스듬하게 세로로 선 긴 고구마 모양의 섬인데, 면적은 남한만하고, 인구는 알래스카 전체와 비슷한 60만 정도이며, 그 절반 정도가 섬의 남쪽 끝에 위치한 브리티시 콜롬비아 주의 주도 빅토리아 시에 모여 산다고 한다.

호텔에서 오전 7시 남짓에 어제와 같은 모양의 미주여행사 봉고차를 타고서 출발하였다. 어제 오전에 토론토로부터 도착한 통영 출신의 모녀가 오늘부터 우리의 여행에 동참하게 되었고, 그 외에 당일 관광으로서 뉴질랜드의 북섬 오클랜드에서 목회 활동을 하는 고성 출신의 젊은 목사 한 명과 유학생인 애인 한 쌍이 더 참여하였다. 시내 지역에서 한 시간 이상 차를 달려 차와센이라는 곳에 도착한 다음, 차량 400대 이상을 태울 수 있는 7층의 대형 페리에 올랐다. 배 안의 승객들은 세계 각지에서 온 관광객이 대부분인 듯하였다. 나는 아내와 더불어 갑판에 올라가 경치를 구경하고 있다가, 한 번은 일본인 남자 관광객으로부터, 또 한 번은 臺灣의 臺中市로부터 온 여자 관광객으로부터 일본인이 아니냐는 질문을 받았다.

한 시간 반 정도 배를 탄 후 밴쿠버 섬의 남동쪽 끄트머리 부근에 있는 슈와르츠 灣이라는 항구에 닿았다. 항구를 벗어나니 바로 시드니(Sidney)라는 곳이었다. 국도 17호선을 따라 빅토리아 시를 향해 더 남쪽으로 나아가다가 도중에 국도를 벗어나서 지방도로 접어들어 원주민인 인디언들이 모여 사는 골짜기를 지나갔다. 그 일대는 인디언 보호구역이 아니고 그들이 자연적인 취락을 이루어 생활하는 곳으로서 학교도 있었다. 인디언의 마을들은 아무래도 낙후되고 가난한 느낌이 들었다.

인디언 부락을 벗어나 빅토리아 시를 향해 나아가는 도중에 뷰차트 가든이라는 곳에 들렀다. 빅토리아 시로부터 약 21km 떨어져 토드 하구에 위치한 온갖 꽃으로 이루어진 정원인데, 52만 평방미터의 사유지 중 22만 평방미터에 걸쳐 조성된 방대한 것으로서, 금년은 이 정원이 처음 만들어진 지로부터 101년째에 해당한다는 것이었다. 이 정원은 처음 로버트 핌 뷰차트 씨 부부가 시멘트 채굴이 끝난 쓸쓸한 채석장을 다시 아름답게 꾸미려고 한 노력에서 시작된 것이었다. 캐나다 최초의 포틀랜드 시멘트 제조 선구자이기도 했던 남편 뷰차트 씨는 한 때 이곳의 집 근처에 있던 어느 시멘트 회사 공장의 총 매니저였고, 섬세한 미적 감각의 소유자였던 그 부인은 너무 황폐하게 변해버린 이곳을 바라보며 안타까운 마음을 금치 못하던 중에, 마침내 이곳을 가족 정원에 포함시켜 다시 아름답게 꾸민다면 문제가 해결되겠다는 생각을 가지게 되었다. 이리하여 지금의 선큰 정원이라 불리는 곳에서부터 시작된 이들 부부의 정원 가꾸기는 그 후 계속 확장되어 오늘과 같은 방대한 정원을 이루게 되었고, 해마다 백만 명 이상의 관람객이 방문하는 관광명소로 된 것이다.

꼬불꼬불 걸어서 한 시간 정도 걸리는 탐방 코스의 도중에는 일본 정원, 이탈리아 정원, 장미 정원이라 불리는 곳도 있었는데, 모두가 실로 감탄을 금치 못하게 하는 것이었다.

뷰차트 정원을 나온 후 다시 국도로 접어들었다. 빅토리아 시 입구의 사니치 플라자에 있는 엉클 톰이라는 양식 뷔페식당 연쇄점에 들러 점심을 들었다. 경자 누나가 좋아하는 시카고의 스위트 토마토즈처럼 채식이 위주였다. 빅토리아 시에 도착해서는 먼저 영국 빅토리아풍의 州 청사에 이르렀다. 서울의 중앙청을 연상케 하는 19세기의 육중한 건축물이었는데, 비슷한 시기에 이루어진 캐나다 각지의 주청사들은 대개 이런 모양을 하고 있다 한다. 이너 하버라고 불리는 만을 향해 세워져 있는 청사의 중심 돔 꼭대기에 황금빛 밴쿠버 대령의 동상이 세워져 있고, 주 의회를 겸한 청사 앞의 잔디밭이 끝나는 전면에 영국 여왕의 동상도 있으며, 잔디밭 한쪽 모서리에는 영연방회의를 기념하여 조성된 거대한 토템폴이 서 있었다. 청사 주변에는 관광 마차가 늘어서서 손님을 기다리고 있었다. 이너 하버의 건너편에 앰프리스 호텔이 있는데, 우리가 며칠 후 방문할 밴프에 있는 두 개의 호텔과 더불어 캐나다 전체에서 가장 유서 깊은 3대 고급호텔로 손꼽히는 것이라고 한다.

빅토리아 시에서는 후안 데 푸카 해협의 건너편으로 맑은 날이면 바라보인다는 미국 워싱턴 주의 올림픽 국립공원 일대를 조망하기 위해 남쪽 바닷가로 나가 해안선을 따라서 좀 드라이브해 보았다. 그러나 날씨가 쾌청하지 못해 해협 건너편의 산들은 육안으로 쉽게 구별하기 어려울 정도로 어스름한 흔적만을 남기고 있을 따름이었다. 빅토리아 시 인구의 2/3 정도는 노령층이라고 한다. 풍치가 좋은 그곳 바닷가 일대에는 개중에도 부유층이 많이 살아, 뷰차트 정원을 조성한 사람의 손자도 현재 거기에 살고 있다고 했다. 그 바닷가의 도로변에서 캐나다 각지의 거리를 재는 기준점이 되는 마일 제로 표지석도 눈에 띄었다.

우리는 오후 네 시 경에 페리 항구로 돌아가, 이번에는 올 때의 것보다 작은 5층짜리 페리를 탔다. 밴쿠버 시에 도착하여서는 한인을 비롯한 아시아계 이민들이 주로 서비스업 계통의 생업을 유지하고 있는 킹즈웨이 거리로 나가, 그곳 전철 역 앞에다 1일 관광객 세 명을 내려주었다. 그리고는 킹즈웨이의 한인타운 내 신용조합 옆에 있는 서울뚝배기에 들러 각자가 원하는 메뉴로 음식을 주문하여 저녁식사를 든 다음, 서리 지구로 돌아와 간밤에 투숙했던 쉐라톤 호텔의 같은 방에 들었다. 오늘 관광의 현지 가이드와는 이 호텔에서 작별하였다. 그는 강원도 고성 출신으로서 전두환 정권의 제5공화국 당시 방송사에서 음악 담당의 직원으로 근무하다가 언론통폐합 정책으로 말미암아 갑자기 정리해고를 당하여 캐나다로 이민 온 사람인데, 이미 중년의 나이였다.

16 (금) 밴쿠버는 부슬비 내렸으나 로키로 가는 도중에 개임

모처럼 오전 9시에 느지막하게 출발하게 되었다. 오늘 우리를 태워갈 미주관광의 50여 명이 승차할 수 있는 대형버스가 밴쿠버 시내로부터 동남부 변두리의 서리 지역 쪽으로 이동해 오는 도중 다리에서 차량의 4중 충돌 사고가 발생하여 교통이 정체되는 바람에 좀 늦게 도착하였다. 오늘의 일행은 미국 LA와 캐나다 토론토에서 온 교포 몇 사람을 제외하고서는 대부분이 한국으로부터 가족 혹은 친인척을 찾아온 방문객이거나 유학생으로서, 여행객 43명에다 아담 장이라는 이름의 베테랑 한인 가이드와 백인 기사를 포함하여 총 45명이 앞으로 며칠 동안 캐나디언 로키를 함께 여행하게 되었다.

밴쿠버 시를 출발하여, 어제 빅토리아 시의 바닷가에서 본 마일 제로 표지석에서부터 시작하여 대륙을 횡단하여 캐나다의 동쪽 끝 뉴펀들랜드 섬까지에 이르는 고속도로 1호선을 따라서 동쪽으로 나아가 칠리왁을 거쳐서 호프에 이른 다음, 우리 일행은 국도 1호선과 일단 갈라져서 5호선 도로를 타게 되었다. 밴쿠버에서 호프에 이르는 동안에는 계속 프레이저 강을 따라서 길이 나 있었다. 이 강은 영국 국왕의 명을 받아 북아메리카 대륙 서쪽의 태평양에 면한 지역 일대를 탐험하여 지도를 작성했던 밴쿠버의 부관이었던 프레이저가 탐험한 곳이라 하여 프레이저 강으로

불리게 되었다. 수많은 갈래를 따라 해마다 연어가 遡流하는 것으로써 세계적으로 널리 알려진 강이다. 후대에 이루어진 5호선 도로를 타면 고속국도 1호선을 타는 것보다도 오늘의 중간지점인 캠루프스까지 걸리는 시간이 훨씬 단축된다고 한다. 이 도로는 계속 산골짜기를 따라서 지름길로 동북 방향으로 올라가는 코스였다.

길 주변과 산속에 보이는 삼림은 대부분 알래스카에서 흔히 보던 기둥처럼 뾰족하게 솟아오른 종류의 소나무와 자작나무였다. 알래스카와 캐나디언 로키가 지리적으로 유사한 특징을 지니고 있음은 이러한 식생을 통해서도 짐작할 수 있는 것이다. 도로 가에는 철망 울타리를 쳐 두고서 그 바깥의 산중에 소들을 방목하고 있었다.

우리는 세계적인 銅鑛으로서 그 이름이 알려진 메릿에서 니콜라 에브뉴에 있는 金漢大酒家라는 이름의 중국집에 들러 중화요리 뷔페로 점심을 들었다. 이곳에는 세 개의 동광이 있었으나 이제 두 곳은 폐광되고서 한 곳만 채굴을 계속하고 있는 모양이다. 식사 도중에 시카고의 두리로부터 내 휴대폰에 걸려온 전화를 받았다. 인구가 얼마 되지 않고 머나먼 산중임에도 불구하고 음성은 또렷하였다. 시카고는 갑자기 기온이 떨어졌다고 한다. 메릿에서 5호선을 따라 한참 더 북쪽으로 올라간 곳에 있는 캠루프스라는 도시에 들러 정거할 때 그곳의 방문자 센터에 들러서 브리티시 콜롬비아 주 북부 일대의 안내 팸플릿들을 몇 개 입수하였다. 이곳은 국도 1호선과 5호선이 만나는 교통의 요지이자 프레이저 강의 상류가 두 갈래로 나뉘어져 톰슨 강과 노드 톰슨 강으로 이름이 바뀌는 물길의 교차로이기도 하다. 그러한 까닭에 높은 산악지대에 위치해 있으면서도 인구 10만이 넘는 큰 도시를 이루고 있다. 캠루프스는 원래 인디언의 말이며 지금도 여기에는 많은 인디언이 거주하고 있다. 그들의 경제적 생활수준이나 수명은 남북미 대륙 전체의 인디언 사회를 통틀어서도 가장 높을 정도이지만, 그런 반면에 백인 문명에 함몰되어 민족적 주체성을 망각하고서 마약 등에 빠져 점차 정체성을 잃어가고 있는 모양이었다. 메릿에서 캠루프스에 이르는 도중에는 산에 나무들이 별로 없거나 있더라도 대부분 말라죽은 것처럼 보이는 사막에 가까운 지형을 이루고 있었다.

캠루프스에서부터 5호선 도로는 철로와 나란히 노드 톰슨 강을 따라서 올라갔다. 그리하여 웰즈 그레이 주립공원의 입구에 위치한 클리어워터를 거쳐서 다소 어두워져 갈 무렵에 비로소 오늘의 숙박 장소인 벨마운트에 다다랐다. 이곳은 브리티시 콜롬비아 주의 북부를 관통하는 고속국도와의 교차 지점이며, 프레이저 강의 상류인 노드 톰슨 강이 끝나는 지점이자, 바다로부터 연어가 소류하여 산란을 하고서는 그 일생을 마치는 지점이기도 하다. 벨마운트에 거의 다가가는 지점의 도로변에서 차창 밖으로 얼핏 검은 곰 한 마리를 보았으나 아쉽게도 자세히 보기 전에 차가 지나쳐 버렸다. 이곳은 모두 네 개가 있는 캐나디언 로키 국립공원의 관문이기도 한데, 인구가 별로 많지 않음에도 불구하고 9홀 골프장이 두 개나 있었다.

오늘은 하루 종일 차를 타고서 로키 마운틴 국립공원을 향하여 이동하기만 했다. 도중에 주차한 비교적 큰 마을들에는 대개 한국 교포가 몇 집씩 살면서 영업을 하고 있었다. 우리 일행은 벨마운트에 도착하여서도 한인이 경영하는 식당에 들러, 한식 뷔페에다 바비큐로 석식을 들었다. 저녁식사를 마친 후에는 두 그룹으로 나뉘어져 서로 다른 모텔에 들었는데, 우리 부부는 5번가에 있는 캐누 마운틴 로지라는 모텔의 102호실을 배정받았다. 산속이라 큰 호텔이 없어 앞으로 며칠간 계속 이런 식으로 나뉘어 투숙하게 되는 모양이다.

17 (토) 쾌청

오전 6시 30분경에 벨마운트를 출발하여, 5번 도로가 브리티시 콜롬비아 주의 북부 지역과 앨버타 주의 주도인 에드먼턴 쪽을 연결하는 16번 도로와 만나자 그 길을 따라서 캐나다 로키산맥의 최고봉이 있는 롭슨 산(3,954m) 주립공원으로 향하였다. 롭슨 산 아래의 인포메이션 센터 광장 한쪽 구석에 있는 식당에 들러 갓 구운 토스트를 곁들인 양식으로 아침식사를 들었다.

거기를 떠나 조금 더 나아가니 앨버타 주의 경내인 재스퍼 국립공원으로 들어서게 되었다. 재스퍼는 16번 도로와 재스퍼·밴프 국립공원을 연결하는 캐나다 로키의 등뼈에 해당하는 능선길인 93번 도로, 즉 통칭 氷原공원도로(Icefields Parkway)라 불리는 길과의 갈림길인 삼거리에 위치해 있는데, 우리는 그 마을에 들르지는 않았다. 캐나다 로키산맥은 재스퍼·밴프·요호·쿠트니라는 네 개의 국립공원으로 이루어져 있다. 그 중 재스퍼와 밴프 국립공원이 크고, 후자의 남서쪽에 딸려 있는 나머지 두 개는 작다. 밴프·재스퍼 국립공원은 모두 앨버타 주에 속해 있고, 요호·쿠트니 국립공원은 브리티시 콜롬비아 주에 속해 있다. 앨버타 주는 소련의 해체 이후 세계에서 가장 넓은 영토를 지니게 된 캐나다의 10개 주(프로빈스) 3개 準州(테리토리) 가운데서 가장 부유한 주여서, 연방에 납부하는 세금 외에 따로 州稅는 거두지 않는다고 한다. 밴프는 미국의 옐로스톤에 이어 북미대륙 전체에서 두 번째로 국립공원에 지정된 것이니, 캐나다에서는 물론 첫 번째인 셈이다.

우리는 눈과 빙원을 머리에 이고 있는 산들을 양쪽에 끼고서 완만하게 경사진 도로를 위에서부터 아래로 향하여 서서히 내려갔다. 이 도로에서는 시속 90km 이하의 속도로만 달리도록 규정되어 있다. 수목은 대체로 해발 2,400미터를 경계로 하여 그 아래에서만 존재하는데, 그 수종은 역시 예의 두 종류였다. 가이드인 아담 장은 그 중 침엽수는 삼나무, 노랗게 물든 활엽수는 가문비나무라고 설명했던 것 같은데, 내가 보기에는 알래스카 가이드가 각각 소나무, 자작나무라고 설명했던 것들과 다르지 않다.

우리는 재스퍼국립공원을 얼마 쯤 내려와 먼저 아타바스카 폭포에 들렀다. 아타바스카란 이 지역에 거주하던 인디언 부족의 이름이며, 이 종족은 백인과의 사이에 모피를 가지고서 위스키 및 총과 교환하는 무역의 이권을 둘러싸고서 밴프국립공원 지역에 거주하던 사스카치완 족과 대립하여 이 도로 일대에서 치열한 전투를 벌였다고 한다. 아타바스카 폭포는 역시 빙하의 침식작용에 의해 형성된 것으로서 인도 히말라야의 갠지스 강 원류에 위치한 강고트리 폭포를 연상케 하였다. 폭포 주변에는 빙하가 바위를 모래알처럼 잘게 바수어서 끌고 내려온 것들이 널려 있었다.

재스퍼국립공원이 거의 끝나가는 지점에서 우리는 콜롬비아 빙원에 들러 자동차를 생산하지 못하는 나라인 캐나다에서 특수 제작한 바퀴가 커다란 설상차(snow coach)를 타고서 빙하 위에 올라가보았다. 그 언덕 건너편의 드넓은 빙원에서 영화 〈닥터 지바고〉를 촬영했다고 한다. 콜롬비아빙원의 면적은 325㎢로서, 로키산맥에서 가장 큰 얼음덩어리이다. 우리가 올랐던 것은 그 중 아타바스카 빙하라고 불리는 면적 6㎢의 계곡 빙하인데, 약 1세기 전만 해도 이 빙하는 휴게소 부근에까지 이어져 있었던 것이 지금은 녹아서 많이 축소된 것이다. 점심은 콜롬비아 빙원의 휴게소에서 카레라이스 정식으로 들었다.

콜롬비아빙원을 떠나 우리는 곧 밴프국립공원 구역으로 들어갔다. 재스퍼로부터 오늘 관광의 사실상 종착점인 밴프국립공원 구역 내의 레이크 루이스 마을까지는 총 233km에 달하는데, 이 일대가 모두 바위산과 눈과 빙하 및 원시림으로 이루어진 웅장한 경관을 연출하고 있다. 우리는 캐나다 연안의 빙산과 충돌하여 침몰한 호화여객선 타이타닉 호를 따라 이름붙인 설산의 암벽에 인디언 두 부족 간의 대립으로 말미암은『로미오와 줄리엣』식의 러브 스토리 전설을 간직한 폭포인 눈물의 벽을 거쳐서, 호수의 여왕이라 불리는 페이토 호수에 이르러 또 한동안 정거하였다. 전망대에서 아래로 내려다보이는 페이토 호수는 보통의 물빛과는 달리 신비할 정도로 짙은 연녹색을 띠고 있었다. 물빛이 이처럼 특이한 것은 물속에 함유된 빙하 작용으로 말미암은 미세한 모래와 햇빛의 조화에 의한 것으로서, 이러한 호수는 모래 성분을 많이 함유하고 있으므로 다른 것들에 비해 상대적으로 빨리 퇴적물이 쌓여 호수로서의 수명은 짧다고 한다.

페이토 호수에서 조금 더 내려온 위치에 활처럼 휘어졌다 하여 보우(Bow)라고 불리는 호수가 있고, 그보다 더 아래에는 또 헥토르 호수가 있었다. 보우 호수를 내려다보는 바위 절벽 위에 그 모양에 따라 까마귀발이라고 불리는 빙하지대가 걸려있었다. 우리는 오후 늦게 로키 최고의 호수라는 명성을 자랑하는 레이크 루이스 마을에 이르렀다. 그러나 이 호수의 구경은 햇빛의 각도가 가장 아름다운 색깔을 연출한다는 내일 오전으로 미루고서, 그 마을에서부터 서남쪽 방향으로 한참 더 산속으로 올라간 위치에 있는 모레인 레이크에 이르렀다. 빙하작용에 의한 퇴적물들이 골짜기 곳곳에 쌓여 있다 하여 이러한 이름이 붙은 것인데, 우뚝한 여덟 개의 바위 봉우리들에 둘러싸인 짙푸른 호수의 모습이 또한 장관이었다.

레이크 루이스 마을로 내려와 휴게소의 식당 중 하나에서 비프스테이크 및 연어 스테이크로 저녁식사를 들었다. 차츰 어두워져 갈 무렵에 밴프를 지나 동계올림픽의 개최지이며 88서울올림픽의 개최가 결정된 장소이기도 한 캘거리로 가는 도중에 위치한 오늘의 숙박 장소 앨버타 주의 캔모어 마을에 이르렀다. 눈을 인 바위산 봉우리들이 둘러싸고 있는 다소 큰 산중마을인데, G7회의가 개최되었던 곳이라 한다. 일행은 이 마을 2번가에 있는 베스트 웨스턴 계열의 그린 게이블 인이라는 숙소에 들었고, 우리 내외에게는 130호실이 배정되었다.

18 (일) 맑음

오늘이 미국 날짜로는 음력 8월 15일 즉 추석에 해당하지만, 그것은 시차 때문이고 사실상 한국의 추석은 어제였다. 그러나 한국에서는 오늘까지도 사흘간의 추석연휴가 이어지고 있을 것이다.

새벽이 되어 날이 채 밝아지기 전에 출발하였다. 해 뜨기 전의 날씨는 꽤 쌀쌀하였다. 캔모어 마을의 보우 밸리에 있는 바비큐 가든(BBQ Garden)이라는 한국 식당에서 해장국으로 조반을 들었다. 그런 다음 그 옆에 있는 Quality Lab 앨버타 총대리점이라고 하는 HEALTH NATURAL FOODS LTD.로 들어가 한국인 주인 지상용(David Ji) 씨로부터 이 점포에서 파는 앨버타 주 특산의 각종 보약에 관한 설명을 들었다. 지 씨는 여기서 한 시간쯤 거리에 있는 캘거리에 사는데, 새벽에 차를 몰아 달려와서 우리를 위해 상점 문을 열었노라고 했다. 그러나 우리 내외는 보약 종류에는 별로 관심이 없어 아무것도 사지 않았다.

2005년 9월 18일, 설파 산 전망대

　우리는 캐나다의 동서를 연결하는 국도 1호선을 타고서 밴프로 향하였다. 오늘부터 내일 오전까지 우리는 계속 이 1호선을 타고서 출발지인 밴쿠버를 향해 서쪽으로 나아가게 된다. 캐나다 로키 국립공원 내 제일의 관광특구인 밴프 마을에 다다라서는 먼저 중심가로부터 남쪽으로 약간 떨어진 위치의 산중턱에 있는 밴프 곤돌라 터미널로 가서 곤돌라를 타고서 설파 산(Sulphur Mountain, 2,270m) 전망대에 올랐다. 기독교인들은 일행 중에 있는 목사의 인도에 따라 전망대 건물 2층으로 올라가 주일예배를 보았고, 신자가 아닌 우리 내외 같은 사람들은 나무로 만든 계단을 따라 건너편의 산손 봉우리(Sanson Peak)까지 걸어가서 주위의 풍경을 조망하였다. 사방의 먼 곳이 모두 3천 미터 내외의 설산으로 둘러싸이고, 바로 아래편으로는 밴프 마을을 한 눈에 조망할 수 있어 실로 장쾌한 풍경이었다. 아침 날씨가 꽤 쌀쌀하므로 나는 아내의 숄을 빌려서 어깨를 감쌌다. 설파산 전망대에는 캘거리에 있는 앨버타대학 측이 관리하던 천문관측소가 있었다고 하는데, 지금은 철수되고 없었다.

　우리는 밴프 마을에서 곤돌라 터미널을 향해 차를 타고 올라오던 도중에 길가의 숲에서 뿔을 단 사슴(무스?) 두 마리를 보았고, 산손 봉우리로 부터 설파산 전망대로 돌아와서는 뿔이 그다지 크지 않은 사슴 종류 세 마리를 보았다. 그 세 마리의 사슴들은 나무 계단을 받치고 있는 콘크리 트 구조물을 계속 핥으면서 주변의 사람에 대해서는 전혀 개의치 않는 듯하였다. 아마도 콘크리트에 묻어 있는 염분을 섭취하고 있는 모양이었 다. 태고의 옛적에 이 로키 산맥 일대는 바다 속에 있었다고 하는데, 그런 까닭으로 지금도 산중에서 바다 속의 고생물 화석들이 다수 출토되고 있고, 바위나 흙속에 염분을 다량으로 함유하고 있어 동물들이 섭취하는 바가 된다는데, 콘크리트에도 흙으로부터 번져 올라온 염분이 함유되어 있는 것이 아닌가 싶다.

밴프 마을로 내려와서는 캐나다 퍼시픽 철도의 건설자가 설립했다고 하는 유서 깊은 스프링스 호텔을 차에 탄 채로 둘러보았고, 이어서 마릴 린 먼로가 출연한 영화 〈돌아오지 않는 강〉의 촬영 무대가 되었다는 보 우 강의 보우폭포를 구경하였다. 그런 다음, 중심가로 이동하여 제각기 흩어져 그 일대를 산책하다가 선댄스 몰 건물 2층에 있는 서울옥에서 쇠고기 전골로 점심을 들었다. 밴프 중심가의 상가 건물들은 유태인이 소유주이고 일본인이 세를 내어 경영하는 것이 매우 많다고 한다.

점심을 든 후 어제 들렀었던 레이크 루이스 마을로 다시 이동하여, 마을 에서 5km 정도 떨어진 위치에 있는 이번 여행 최대의 경승지 루이스 호수 에 이르렀다. 두터운 빙하를 이고서 눈부신 흰빛으로 높이 솟아 있는 빅토 리아 마운틴을 배경으로 하여 연두 빛이 짙은 옥색 물을 담은 넓은 호수인 데, 그 입구에 버티고 있는 캐나다의 3대 호텔 중 하나로 손꼽히는 페어몽 샤토 레이크 루이스가 귀족적인 고상한 분위기를 연출하고 있었다. 우리 내외는 호반의 산책로를 따라 호수가 거의 끝나가는 안쪽 지점까지 산책 하다가 돌아왔는데, 그 때문에 집결 시간에 조금 늦어 일행이 탄 버스가 우리가 빠진 줄을 모르고서 일단 출발했다가 곧 다시 되돌아왔다.

레이크 루이스 마을에서 우리는 국도 1호선을 따라 밴프국립공원과 앨버타 주를 떠나서 다시 브리티시 콜롬비아 주의 경내에 있는 요호국립공원 구역으로 들어갔다. 그러나 요호 국립공원을 다 벗어날 때까지 시간은 여전히 앨버타 시간 그대여서 브리티시 콜롬비아 주의 다른 곳보다는 한 시간이 더 빨랐다. 우리는 킥킹 호스 패스(Kicking Horse Pass)라는 이상한 이름을 지닌 고갯길과 그 옆 꼬불꼬불한 철로의 터널을 지나서 요호국립공원 구역에 진입해서는, 필드 마을을 조금 지난 지점에서 다시 국도를 벗어나 산길로 접어들어 필드에서 11km(15분) 거리에 있는 캐나다 로키의 보석이라 불리는 에메랄드 호수에 이르렀다. 거기서 내려오는 도중에는 필드에서 서쪽으로 3km 거리에 있는 내추럴 브리지에 들러보기도 했다. 킥킹 호스 강의 물살에 의해 깎여나간 바위가 아치형의 천연 다리를 이루어 그 아래로 폭포수가 쏟아져 내리는 곳이었다.

다시 1호선을 타고서 요호국립공원을 끝으로 캐나다 로키 국립공원 구역을 모두 벗어났다. 한참을 달려 골든이라는 조금 큰 마을을 지나니 다시 빙하에 덮인 바위산들이 나타났는데, 거기가 빙하(Glacier)국립공원 구역이었다. 1882년에 A. B. 로저스라는 이름의 엔지니어에 의해 난공사에도 불구하고 이 지역의 캐나다 태평양 철도(Canadian Pacific Railways) 건설이 성공했다 하여 로저스 패스라는 이름이 붙은 고개의 휴게소에서 잠시 쉬었다. 빙하국립공원을 벗어난 후, 그로부터 16km를 지나자 다시 전자와 마찬가지로 쿠트니 로키산맥에 속하는 레벨스토크 국립공원 구역으로 들어갔다. 여기서부터는 태평양지역의 시간이 적용되므로 손목시계의 바늘을 한 시간 뒤로 돌렸다. 우리는 레벨스토크 국립공원의 아랫부분을 스쳐 지나고서 그 서남쪽 끄트머리에 있는 오늘의 숙박지인 레벨스토크 마을에 다다랐다.

서부 영화를 연상케 하는 이 조그만 마을의 雙囍樓라는 중국집에서 저녁식사를 마치고 나오니 시카고의 두리로부터 또 안부 전화가 걸려왔다. 우리는 다시 차에 올라서 왔던 길을 얼마간 되돌아가다가 잠시 산중 길로 접어들어서는 코스트 호텔 및 리조트 계열에 속하는 힐크레스트 호텔 앞에 멈추었다. 우리 내외를 비롯하여 일행 중 일부는 이 호텔에 투숙하고 나머지는 근처의 다른 숙소로 가 분산 수용하게 되었다. 우리 내외는

324호실을 배정받았다.

　19 (월) 대체로 맑으나 곳에 따라 비

　호텔 식당에서 간단한 양식으로 아침 식사를 마친 다음, 다른 숙소에서 잔 사람들을 태운 미주여행사의 전용버스가 도착하기를 기다려 오전 7시 10분 무렵에 호텔을 출발해 귀로에 올랐다. 레벨스토크에서 1호선 국도를 따라 캠루프로 향하는 도중 이번 여행 중 가장 긴 슈스왑 호수 및 그것과 연결된 화이트 호수를 만나 그 호반을 따라서 시카모스·캐누·샐몬암(Salmon Arm)·소렌토 등의 마을을 지났고, 그 호수가 끝나는 지점인 체이스에서부터는 톰슨 강의 물길을 따라 캠루프 시까지 이르렀다. 교통의 요지인 캠루프 시와 그 주변 일대는 산악 지형으로 말미암아 사막성 기후를 나타내고 있다. 그러나 도로 주변의 산들에 소를 방목하여 브리티시 콜롬비아 주 최대의 쇠고기 공급지로 되어 있기도 하다. 캠루프에서부터는 올 때 경유했던 5호선 코할라 하이웨이를 따라서 내려오다가 도중에 메릿에 들러 한식점에서 비빔밥으로 점심을 들었다.

　새벽에는 맑았다가 레벨스토크를 출발한 직후부터 비가 내리기 시작하더니 얼마 후 개었고, 메릿을 출발한 후 다시 비가 제법 많이 내리더니 또 얼마 더 가자 그치고서 화창한 날씨로 바뀌었다. 기온은 시종 온화하여 나는 반팔 셔츠 차림이었으나 춥지 않았다. 귀로에는 캐나다 로키 국립공원에서 여러 장면을 촬영했다는 오마르 샤리프 주연의 〈닥터 지바고〉를 비디오테이프로 방영하였지만, 나는 그보다도 창밖으로 스쳐 지나가는 풍경에다 눈길을 주고 있었다.

　갈 때와 마찬가지로 귀로에도 도로변에는 캐나디언 퍼시픽 철로가 이어지고 있어서, 대부분 50개가 넘는 엄청난 대수의 차량을 잇고서 운행하거나 정거해 있는 기차들을 자주 보았다. 이 기차들은 대부분 목재나 석탄·시멘트 등의 광물자원을 운반하는 것들이다. 캐나다는 현재 세계 최대의 영토를 보유하고 있지만, 인구는 그 1/45 정도의 영토밖에 갖지 못한 남한의 그것에도 미치지 못한다. G8의 회원국인 선진 강대국 중 하나라고는 하나, 천연자원의 수출과 관광 외에 이렇다 할 산업을 보유하고 있지 않으므로 공업 생산품의 대부분을 수입에 의존하고 있으며, 경제적으로는 미국에 거의 예속되어 있는 실정이다. 근년 들어 9.11 사태 이후 미국이 중동에 일으킨 전쟁에 대해 UN의 승인이 없었다는 명분을 내걸고서 동참하지 않았기 때문에 미국으로부터 주요 천연자원의 수입을 동결당하여 심각한 위기 상황을 겪고 있는 중이라고 한다. 따라서 실업율도 높다. 그러나 인구가 희소한 까닭에 어디를 가도 산과 들에는 온통 숲이 울창하며, 단순하면서도 웅장한 자연경관을 보유하고 있다. 이 나무들은 벌목한지 18년이면 원래의 상태를 회복할 정도로 다시 자란다고 하니, 그 무궁무진한 천연자원만으로도 강대국의 지위를 유지하기에 부족함은 없는 것이다.

밴쿠버 시에 도착한 다음, 일부는 우리가 이틀 밤을 잤던 서리 지구의 쉐라톤 호텔 앞에서 하차하였고, 나머지 일행은 더 시내로 들어가서 미주여행사에서 하차하여 잠시 휴식을 취한 다음 작별하였다. 밴쿠버는 세계에서 가장 아름답고 살기 좋은 도시로서 손꼽힌다고 하지만, 내부적으로는 병들어 마약과 동성연애자의 온상으로 되어 있다. 우리들의 로키 국립공원 가이드로서 시종 너무나 허황되게 자신을 과시하여 하나의 연구대상이라고 할 수 있는 아담 장과도 거기서 헤어졌다.

그 자신의 설명에 의하면, 아담 장은 서울에서 장군 집안에 태어나 연극인으로서 활동하다가 캐나다의 밴쿠버로 이민 온 지 10여 년 되었다. 이민 와서 시민권을 가지게 된 이후 처음에는 재활용품을 수거하는 회사를 경영하다가 가이드 업에 종사하게 되었다. 가이드가 된 계기는 우연한 기회에 앨버타 주의 캘거리로부터 밴프 부근까지 로키 국립공원을 여행할 기회가 있었는데, 그 후 세 쌍의 부부로 구성된 여섯 명의 손님을 로키로 안내해 달라는 여행사 측의 제의를 받고서 자신이 아직 한 번도 답파해 보지 못한 코스에 손님을 안내한다는 것은 도저히 무리라 하여 처음에는 사절했었으나, $3,000의 보수를 제시받고서 돈에 눈이 멀어 그 제의를 수락했다는 것이다.

이번 여행을 끝으로 9년간 계속해 온 로키 가이드는 그만두고서 조만간 침상 500개 정도 되는 호텔의 오너가 될 것이며, 10년 이내에 밴쿠버 지역에서 하원의원으로 출마할 포부를 지니고 있다. 이민 오기 전부터 종사한 연극 활동은 지금도 계속하고 있으므로, 한국의 연예인 가운데 「겨울연가」의 주인공으로서 현재 세계적인 스타가 되어 있는 배용준을 비롯하여 후배들이 많으며, 중앙대학교 등에서 때때로 강의도 한다는 것이다. 조만간 250회 이상 캐나다 로키 국립공원을 가이드 한 경험을 정리한 저서를 출판할 것인데, 초판 5만 부를 발간하여 미국과 캐나다는 물론 한국에서도 발매할 것이라고 한다.

그 자신의 말을 종합해 보면, 그의 나이는 만 42세인데 아직 독신인 상태다. 까무잡잡한 얼굴에 깡마른 체격이며, 펌을 한 곱슬머리 장발에다 품위 없는 복장을 하고 있다. 한번 입을 열면 마이크를 든 채 몇 시간 동안 쉴 새 없이 지껄인다. 6~70대의 손님에게 반말도 예사이다. 원래는 육중한 체격이었으나 3개월간 조깅을 하여 20여kg을 줄였더니 체격이 볼품없어 첫인상이 좋지 않게 되었으므로, 다시 10여kg을 늘여볼 작정이라고 한다. 또한 그는 교회의 집사라고도 했다.

밴쿠버의 미주여행사에서부터 미국 시애틀까지는 중년의 남자 직원이 봉고차를 운전하여 일행 13명을 태워주었다. 국경에서 미국 재입국 수속을 마치고서, 저녁 7시 경에 시애틀 남쪽의 타코마 국제공항에 도착하여 나머지 일행과도 작별하고서 체크인 수속을 하였다. 우리 내외는 올 때와 마찬가지인 유나이티드 항공사의 여객기로 오후 11시 55분에 시애틀을 출발하여 다음날 오전 5시 38분에 시카고에 도착할 예정이다. 두 시간의 시차를 고려하면 올 때의 실제 소요시간은 약 네 시간이었다. 탑승구 앞에까지 도착한 다음, 남은 시간을 이용하여 대합실 의자에 앉아서 노트북 컴퓨터로 오늘의 일기를 입력해 두었다. 그리고는 밤 9시 무렵부터 탑승 시각까지 아내와 더불어 이어진 의자 네 개에다 몸을 뻗고 드러누워서 잠을 청했다.

22 (목) 때때로 비

새벽에 비가 내리다가 날이 밝자 개었으므로, 누나의 요청에 따라 모처럼 맥시를 데리고서 차를 몰아 중북부 듀페이지 지역 산책로의 남은 구역으로 산보를 나갔다. 블루밍데일 구역 내의 스프링필드 공원 주차장에다 차를 세워두고서, 레이크 스트리트의 육교로부터 공원까지 이어진 로열 에브뉴와 윌리엄 웨이를 찾아 나섰다. 몇 번의 실패 끝에 마침내 그 길을 찾아내어서 모두 답파할 수 있었다.

어제 통화했던 국제여행사에도 전화하여, 10월 15일부터 22일까지 7박 8일에 걸친 미국 및 캐나다 동부 지방 패키지여행을 예약하고서, 그 항공료 $450.63을 포스터은행의 직불 카드로 결제하였다. 원래는 전체 일정 중에서 이미 가 본 적이 있는 뉴욕·워싱턴·나이아가라·토론토·보스턴 등의 지역은 모두 빼고서, 캐나다의 오타와·몬트리올·퀘벡 지역 2박3일 일정에만 참가할 생각이었다. 그러나 거기다 나이아가라 및 토론토가 포함된 하루를 더 추가하더라도 요금은 마찬가지로 $850이며, 8일간의 전체 일정에 참가할 경우에는 $900이라는 것이었다. 게다가 퀘벡에서 먼저 돌아올 경우, 공항까지의 택시비 등을 감안하면 오히려 전체 일정에 참가하는 편이 더 경비가 적게 들 것이라는 여행사 측의 조언을 듣고서, 전체 일정에 참가하는 것으로 뜻을 바꾸었다. 일단 아내도 함께 가는 것으로 예약해 두었으나, 밤에 아내가 UIC로부터 돌아왔을 때 의사를 물어보니, ESL 수업에 더 이상 빠지기가 어려우므로 자신은 동행하지 않겠다는 것이었다.

23 (금) 맑음

기온이 부쩍 내려가 완연한 가을 날씨로 되었다. 어제까지 반팔 셔츠와 반바지 차림이었으나, 오늘 맥시를 데리고 산책을 나서면서는 긴 옷을 꺼내 입었다.

「로젤 지역 레크리에이션 길들」 지도에 보이는 '중서부 듀페이지 지구 산책로'를 마침내 오늘 모두 답파하였다. 어제처럼 스프링필드 공원 주차장에다 차를 세워두고서, 스프링필드 드라이브를 건너 로렌스 에브뉴를 따라서 북쪽으로 나아가 차량 통행이 금지된 나무다리를 건너고서도 한참을 더 걸어 게리 에브뉴를 건넌 다음 맬러드 호수 삼림보호구역에 이르렀다. 맬러드 호수의 북쪽은 듀페이지 카운티를 벗어나 쿡 카운티의 하노버 파크 시에 속한다. 로렌스 에브뉴와 맬러드 호수 일대는 인적이 드문 한적한 곳으로서, 호수 주변에는 갈대숲이 우거져 한결 더 가을의 운치를 자아내고 있었다.

호수의 폭이 좁은 부분을 가로지르는 나무다리를 걸어 건너편으로 넘어간 다음 공원이 끝나는 하노버 파크 일대에까지 이르렀고, 거기서 되돌아오면서는 또 다른 쪽 호수를 향해 난 오솔길을 걸어 노란 야생화가 흐드러지게 핀 풀밭을 지나갔다. 나무가 전혀 없이 풀로만 덮여 있고 게다가 무엇인지 모를 시설물을 여기저기에다 설치해 놓은 언덕을 둘러서 건너편 하노버 파크 지구의 이름 모를 공장 옆까지 나아갔다가 언덕을 넘어서 돌아왔는데, 숲 건널 길을 찾지 못하여 한참 동안 우왕좌왕 헤매기도 했다. 그런 까닭으로 오전 여덟 시 무렵 조반을 마친 직후에 집을 나서서 정오가 지나서야 돌아왔다. 『듀페이지 지구 삼림보호구역 산책로 안내』 및 『맬러드 호수』 팸플릿에 나타난 지도를 보면, 그 야산 같은 언덕은 해발 982피트의 고체 쓰레기를 매립한 부지로서 후일 여기에다 새로운 레크리에이션 구역을 만들어 대중에게 공개할 것이라고 되어 있다.

26 (월) 맑음

미국에는 시카고 일대에만 약 200개소일 정도로 골프장이 매우 많고 가격도 한국보다 엄청 싸므로 골프의 천국이기는 하다. 그래도 그것은 여기서도 상당한 비용과 시간을 요하는 중상층의 운동이다. 지금의 내가 어느 정도 남들과 더불어 경기를 할 수 있을 정도의 수준까지 이르려면 적어도 10년 정도는 시간과 돈을 계속 퍼부어야 하지 않을까 싶다. 블루밍데일 골프 클럽이 누나 집에서 차로 10분 내외면 닿을 수 있는 가까운 거리에 있다고는 하지만, 그만한 정도의 투자를 각오하고서 앞으로도 혼자 거기에 나가 필드에서의 골프 연습을 계속할 만한 가치가 있는지에 대해서는 회의적인 생각이 든다.

30 (금) 맑음

12시 45분 무렵에 데이비드와 연구실에서 만나 함께 점심을 든 다음 오후 3시부터 로욜라대학 철학과가 들어 있는 크라운 센터의 강당에서 행해지는 데니 포스털의 강연회에 참석하기로 약속되어져 있으므로, 아침에 차를 몰고서 옥턴 로드를 따라 동쪽으로 나아갔다.

데이비드와 함께 60년대 시카고 지역 운동권의 저명인사였다는 사람이 주인으로 있는 식당에 가서 흑맥주를 곁들인 파스타로 점심을 들었다. 연구실로 돌아온 후, 나는 잠시 도서관에 들렀다가 다시 데이비드와 합류하여 강연회 장소로 갔다. 강당이라고 했지만, 모인 사람이 스무 명 전후밖에 안되었기 때문에 강당 바깥의 홀에다 의자를 배열하고서 정면의 유리 벽 바깥으로 미시건 호수를 바라보는 위치에서 오후 3시부터 5시 15분 무렵까지 강연회가 있었다. 로욜라대학 정치학과 소속의 이란 및 터키에 관한 전문가인 터키 출신의 군네스 테즈커 교수가 지정토론자로서 보충적인 발언을 하였고, 그에 이어 청중들로부터도 질의 토론이 있었다. 지난번 레프트 오브 더 센터 서점에서 이란 문제에 관한 새로운 저서를 주제로 발표했었던 퍼듀대학 부부 교수와 지난번 교내에서 함께 점심을 들었던 보스턴 칼리지로부터 온 방문 교수도 참석해 발언하였고, 그때 합석했었던 데이비드 잉그램은 사회를 맡았다.

토론이 끝난 후, 크라운 센터 옆에서 20분 남짓 기다린 끝에 마이크가 몰고 온 봉고차를 타고서 그의 집으로 가서 두리와 합류하였다. 밤중에 셋이서 UIC 간호대학으로 가서 아내를 태운 다음, 이미 여러 차례 들렀던 차이나타운의 利榮華酒樓라는 廣東식당으로 가서 늦은 저녁식사를 들었다. 값은 내가 치렀다. 이미 시간이 늦었으므로 마이크네 집으로 돌아와 모처럼 3층의 두리 방에서 하루 밤을 잤다.

10월

3 (월) 맑음

아침에 아내를 메다이나 역까지 바래다주고서 돌아오는 길에 브로커 로드로 접어들어 레이크사이드 공원 주차장에다 차를 세운 다음, 맥시와 더불어 그 일대를 산책하였다. 이미 이 부근의 공원들은 모두 답사한 줄로 알고 있었는데, 메다이나 지구의 주택가 안으로 걸어 들어갔다가 아직 보지 못했던 또 다른 공원에 마주쳤다.

누나가 직장 동료의 남편으로서 우체국의 집배원 일을 하는 우 씨 및 누나와 같은 직장에 근무하는 이성태 씨와 더불어 골프를 치도록 배려해 주었다. 오전 중 차를 몰고서 누나와 더불어 290번 州間고속도로, 즉 일리노이 州道로는 53번으로 바뀌는 도로를 따라 누나의 직장이 있는 팰러타인을 지나 알링턴 하이츠의 북쪽 끄트머리 부근에 사는 우 씨 댁으로 갔다. 우 씨는 1949년생 소띠로서 나와 동갑인데, 서울 신설동에서 태어나 고등학교까지를 마친 후 1971년에 미국으로 이민 온 사람이다. 대학 재학 중이던 20대 초에 미군에 입대하여 한동안 서울 용산의 미군 본부에서 정보병으로 근무한 적도 있었다고 한다. 우 씨와 인사를 시켜 준 후 누나는 우리가 타고 온 차를 몰고서 돌아갔다.

우 씨를 따라 그가 다니는 갈보리 장로교회 및 잡화점 월그린에 들른 후, 그가 인터넷을 통해 싼 곳을 물색하여 예약해 둔 시카고 북쪽 교외의 레이크 카운티에 속한 먼들라인市 웨스트 호울리 로드에 있는 컨트리사이드 골프클럽으로 이동하였다. 도중에 킹버거 점에 들러 햄버거로 함께 간단한 점심을 들었다. 정오 무렵 골프장에 도착하였더니 이성태 씨는 이미 한 시간 전에 와서 연습을 하고 있었다. 이 씨는 우리보다 열 살 연하로서, 누나와는 같은 부서에서 야근 일을 하고 있다 한다.

한 사람당 $20씩의 요금을 지불하고서 카트 두 대를 몰아 필드로 나가서 18홀을 라운딩 했다. 나는 처음으로 우 씨와 내가 탄 카트를 직접 몰아 보았다. 이 씨는 골프 경력이 13년, 우 씨는 이럭저럭 30년 정도 된다고 한다. 나와는 도무지 비교할 수 없는 상대여서 민망할 따름이었다. 긴 거리에 우드를 사용해 쳐 보아도 번번이 헛방을 놓거나 제대로 맞지 않으므로, 결국 우 씨의 조언에 따라 비교적 짧은 아이언 7번만을 사용했다. 네 시간 반 정도 골프를 친 후, 직장에 출근해야 하는 이 씨는 먼저 돌아가고, 우 씨와 나는 골프장 안의 상점에서 맥주를 두 잔씩 마신 후, 돌아오는 길에 포틸로즈 홈 키친이라는 이름의 연쇄점 스낵에 들러 이탈리언 비프로 저녁을 들었다. 그리고서 이미 어두워진 후에 우 씨는 자기 차로 나를 누나 집까지 태워다 주었다.

6 (목) 맑으나 쌀쌀함

아내를 바래다주러 오전 7시 무렵 메다이나 역까지 갔다가 차를 돌리려고 동네 쪽으로 난 길로 접어들었다. 처음 보는 그 길을 따라 좀 더 들어가 보니 톤데일 에브뉴와 만나는 지점에 메다이나 크리크라는 이름의 조그만 공원이 있었다. 공원 입구에다 차를 세워두고서 숲속으로 난 오솔길을 따라 걸어 들어가다 보니 맥시가 마구 짖어대는 소리에 놀라 숲속에서 짐승이 갑자기 뛰어 달아나다가 곧 멈추었다. 나도 그 자리에 서서 바라보았는데, 노루처럼 생긴 날렵한 몸매의 야생동물이었다.

숲속으로 더 들어가 보니 안쪽에 공장을 포함한 마을이 나타나고, 호수처럼 큰 저수지에 오리와 캐나다 거위 떼가 헤엄치고 있었다. 저수지를 한 바퀴 돌고서 숲속으로 난 몇 갈래의 오솔길을 이리저리 걸으며 탐색하다가 처음 들어갔던 길로 돌아 나오면서 보니 아까 그 자리에 그 짐승이 아직도 머물러 있었다. 자세히 바라보니 전체적으로는 갈색이나 짧은 꼬리 아래에서부터 배까지의 털은 흰색이며, 머리에 두 개의 작고 가는 뿔도 돋아나 있었다. 뿔이 있는 것을 보면 노루가 아니라 사슴 종류인 듯하였다. 가까운 거리에서 서로 바라보며 한참을 서 있다가 숲을 빠져나오려고 할 무렵 건너편에서 또 한 마리의 사슴이 뛰쳐나오고, 그 소리에 맞추어 비로소 내 앞의 짐승도 뛰어서 자기 짝을 따라 사라져 갔다. 미국에서는 법에 의해 야생동물을 함부로 포획하지 못하게 되어 있는 모양이며,

동물들도 경험에 의해 사람이 자기네를 해치지 않는다는 것을 알므로 오늘처럼 나를 만나도 피하지 않은 것이다.

7 (금) 흐리고 추움

아침에 맥시를 데리고서 서클 공원과 웨스트 레이크 공원을 한 바퀴 돌았다. 네 마리의 백조는 아직도 떠나지 않고서 호수에 남아 있었다. 마침 청둥오리의 무리와 어울려 벤치 근처에 모여 있었으므로 그 바로 옆에 멈추어 서서 한참을 지켜보았다. 공원의 말뚝에 부착되어 있는 작은 철판에 새겨진 설명문에 의하면, 이 백조는 로열 뮤트 스완(Royal Mute Swan)이라고 하는 종으로서 두 마리에서 네 마리 정도가 매년 4월부터 10월까지 이곳으로 와 머무는데, 블루밍데일 파크 디스트릭트에서는 마구 늘어나는 캐나다 거위의 개체 수를 제한하기 위한 목적도 있어 상당한 예산을 들여 이 백조들을 특별히 보호하고 있다고 한다. 네 마리의 백조에는 제각기 붙여진 이름이 있다.

9 (일) 맑음

아내와 함께 시카고 시의 동북쪽 끄트머리 너머 미시건 湖에 면한 에반스톤 시에 있는 노드웨스턴대학에 다녀왔다. 『유에스뉴스앤드월드리포트』지의 조사에 의하면 이 대학은 근년에 미국 전체의 대학 종합순위에서 늘 11~12위 정도를 차지하고 있는데, 이는 세계적으로 보다 널리 알려져 있는 시카고대학보다도 약간 더 높은 것이다. 그러므로 미국 중서부 지역에서는 최상위의 대학이라고 할 수 있다.

메다이나 역에서 출퇴근 하는 사람이 없는 일요일이면 두 시간에 한 대쯤 다니는 메트라 전철을 타고서 오전 10시 19분에 출발하여 11시 9분에 종점인 시카고의 유니온 역에 도착한 후, 걸어서 시카고 강을 건너 중심가의 퀸시 역에서 L카 라고 불리는 高架 열차의 오렌지 라인을 탔다. 루프라 불리는 직사각형 모양으로 시카고 중심가를 두르는 고가선로 중 북동쪽의 스테이트 로드와 레이크 로드가 교차하는 지점에서 하차하여

L카의 여러 노선 중 하나인 지하철 레드 라인으로 갈아타고서, 북상하여 레드 라인의 종점이자 시카고의 동북쪽 끝인 하워드 역에서 다시 교외선인 퍼플 라인으로 갈아탔다. 우리가 잘 몰라 루프의 오렌지 라인을 타는 바람에 요금을 새로 내고서 레드라인으로 갈아타야 했지만, 퀸시에서 좀 더 걸어간 위치에 있는 잭슨쯤에서 레드라인을 탔거나 아니면 유니언 역 부근의 클린턴에서 블루 라인을 탔더라면 한 번 요금을 낸 것으로 한두 번 갈아타서 퍼플 라인의 목적지인 포스터 역까지 갈 수가 있었던 것이다.

에반스톤의 포스터 역에서 내려 동쪽으로 난 포스터 스트리트를 곧장 따라가니 그 일대는 이미 대학가에 속한지라 꽤 한적하였다. 미시건 호반을 따라 시카고 시내에서부터 북쪽으로 계속 이어지는 쉐리단 로드를 건너면 노드웨스턴대학의 캠퍼스 중심부에 다다르게 된다. 더 동쪽으로 나아가니 가운데에 세 개의 분수가 있는데다 수많은 잉어들이 살고 있는 커다란 호수에 다다르게 되었고, 그 호수의 남쪽 모서리에 유니버시티 센터라는 이름의 건물이 있어 그 1층의 유리창 너머로 식당이 눈에 띄었다. 우리 내외는 그 식당으로 들어가서 햄버거와 감자튀김을 선택하여 점심을 때웠다.

식사를 마친 후, 계속 호반 길을 따라 남쪽으로 걸어가니 요트 정박소를 겸한 모래사장이 나타나고 그 옆에 이 대학의 남문이 있었다. 지난번 로욜라대학에서 용무를 마치고서 쉐리단 로드를 따라 북상하여 이 남문으로부터 노드웨스턴대학 구내에 진입한 적이 있었다. 그 당시는 외래객이 주차할 수 있는 적당한 장소를 찾지 못해 이 부근 여기저기의 길로 들어가 보다가 가는 곳마다에서 차단되므로 결국 차를 돌려 쉐리단 로드로 빠져 더 북쪽으로 가서 바하이 템플을 지난 지점의 센트럴 스트리트를 만나 서쪽으로 방향을 돌렸던 것이다. 그 당시 내가 주차장을 찾아 헤매던 지점은 알고 보니 이 대학의 강당이나 미술관·음악당·박물관 등이 모여 있는 곳을 중심으로 한 아츠 서클 드라이브와 캠퍼스 드라이브의 남쪽 부분이었다. 철학과 등이 포함된 문리대와 중앙도서관은 그곳 캠퍼스 드라이브의 서쪽 편에 위치해 있었다.

남문보다 더 서남쪽에 있는 캠퍼스를 구경하기 위해 해변 공원의 자전거 도로를 따라 내려가다가 집으로 갈 시간을 고려하여 발길을 돌려서 도로 남문으로 왔다. 거기서 이 대학의 중심부를 남북으로 잇는 캠퍼스 드라이브를 따라서 북쪽 끄트머리까지 걸은 다음, 쉐리단 로드를 따라서 내려오다가 서쪽으로 난 노에즈 에브뉴로 접어들어 L카의 퍼플 라인 노에즈 역에 다다랐다.

노에즈 역으로부터는 갈 때의 노선을 타고서 도로 내려와 시카고 중심부의 지하철 잭슨 역에서 레드 라인 열차를 내린 다음, 지하철 블루라인으로 갈아타 클린턴에서 하차하였다. 그리하여 오후 4시 30분에 유니언역을 출발하는 엘진 행 메트라 전철을 타고서 오후 5시 16분에 메다이나역에 하차하여, 주차장에 세워두었던 승용차를 몰고서 누나 집으로 돌아왔다.

11 (화) 흐림

내일 LA로 돌아갈 예정인 창환이와 더불어 하루 더 골프를 치게 되었다. 창환이는 어제의 성적이 좋았다면서, 오늘은 아내의 여성용 골프 클럽이 아닌 친구의 클럽을 빌려서 좀 더 나은 성적을 내 보겠다고 쿡 카운티 동북부의 노드브룩에 있는 친구에게 가는데 나더러 동행할 생각이 있느냐는 것이었다. 구경삼아 함께 가기로 했다. 내가 운전을 하여 오전 10시 15분 경 집을 나섰다. 290번 주간고속도로, 즉 53번 일리노이 주도를 따라 북상하다가 지방도로로 접어들었다.

단풍 구경을 위해 먼저 레이크 카운티의 먼들라인 시 메이플 에브뉴에 있는 먼들라인 신학교(The University of Saint Mary of the Lake)에 들렀다. 몇 년 전 작은 누나 내외를 따라서 우리 부부가 한 번 와 본 적이 있는 곳이었다. 호수를 둘러싸고 있는 숲의 한쪽 끝에 위치한 이 신학교는 그 수려한 경치로 이름난 곳인데, 아직 본격적인 단풍 시즌에는 조금 일렀다. 우리는 이 대학 중심부의 성당을 끼고서 좌우로 서 있는 도서관

(신관 및 구관)과 박물관의 내부에도 들어가 보았다. 이 신학교는 시카고 교구의 대주교였고, 1930년대 무렵 추기경으로서 활약하며 이 신학교를 설립한 인물이기도 한 조지 먼들라인에게서 그 교명이 유래하는 것이며, 도시 이름도 역시 이 신학교로 말미암은 것이다. 1년에 60명 정도의 예비 신부를 배출하는 먼들라인 신학교는 현재 같은 가톨릭 재단이 설립한 시카고 시내의 로욜라대학과 합해져 있다. 박물관은 먼들라인 추기경의 집무실을 개조한 것으로서 소장품 역시 그와 관련된 것들이 주종을 이루고 있었다. 그의 공관은 교내 호수 왼편의 외따로 떨어진 숲속에 바라보였다.

신학교를 나와 쿡 카운티의 동북쪽 끝에 위치한 노드브룩으로 이동하였다. 창환이 친구는 거기서 보험회사를 경영하고 있는 사람인데, 그 회사 건너편에 있는 켄터키 프라이드치킨 점에서 닭고기 튀김으로 점심을 들었다.

예약해 둔 오후 2시 무렵에 블루밍데일 골프클럽으로 가서 골프를 쳤다. 오후 5시 34분에 누나가 여행에서 돌아와 메다이나 역에 내린다고 하므로, 골프를 마친 직후 그리로 가서 누나를 마중하였다.

12 (수) 흐리고 아침 한 때 가랑비

아내를 메다이나 역까지 태워다 준 후, 미첨 로드를 따라서 북상하여 히긴스 로드를 통해 버시 우드 삼림보호구역의 북부 주차장 중 하나로 들어갔다. 버시 우드는 아마도 시카고 시내에서는 가장 방대한 규모의 숲이다. 오늘은 숲을 남북으로 가르는 히긴스 로드의 중간지점에서 북쪽 주차장으로 진입하여 차를 세운 다음, 맥시와 함께 자전거 도로를 따라서 서쪽으로 걸어가 우드필드 지역의 고속도로 부근에 다다른 다음, 고속도로 곁을 따라 북상하여 자전거 도로가 끝나는 지점인 골프 로드 부근까지 갔다가 같은 길로 되돌아왔다. 집으로 돌아올 때는 어제처럼 롤링 로드를 경유하였다. 아침 7시가 채 못 되어 집을 나서서 9시가 지난 무렵에 돌아왔으니, 왕복에 걸린 시간을 합하면 모두 두 시간 남짓 소요된 셈이다.

집에 돌아와 간단히 조반을 들고서는 창환이와 더불어 누나가 운전하는 차에 동승하여 로젤 로드와 월넛 에브뉴의 교차 지점 오른 편에 있는 누나가 클라라 형님이라 부르는 분의 집으로 갔다. 거기서 클라라 씨 및 이탈리아계 미국인 남성과 결혼한 한인인 캐리 씨와 합류하여 창환이가 운전하는 누나의 링컨 승용차에 동승하여 함께 쿡 카운티의 서북쪽 끄트머리에 위치한 사우드 베링턴 지역의 웨스트 히긴스 로드에 접해 있는 괴버츠 호박농장으로 갔다. 클라라 씨는 직장에 다니는 남편과 더불어 시카고의 부자들이 모여 사는 북부 교외의 호화저택 구역 중 하나인 이곳 베링턴에서 1년에 가옥에 대한 세금만 해도 만 불이 넘는 대저택을 지니고 살다가, 근년에 부부가 살기에 적합한 규모의 가옥을 골라 로젤 지구로 이사해 왔다. 오늘은 그녀의 안내에 따라 이곳 명물인 호박농장 (Goebert's Pumpkin & Farm Market)을 구경하러 온 것이다. 미국에서는 10월 31일이 할로윈이라고 부르는 귀신 축제일인데, 이 날 호박 껍데기를 파서 사람의 얼굴 모양을 만들어 그 안에다 불을 켜서 집에다 장식하는 풍습이 있다. 그 시기에 맞추어 이 농장에서는 자체 생산한 크고 작은 각종 호박과 더불어 다른 농작물 및 농작물로 만든 식료품들을 진열해 두고서 팔고 있는 것이다. 그 부지는 꽤 넓어서 농산물 판매장과 그것들을 생산하는 비닐하우스 및 노천 농장, 식당, 동물원, 낙타 타는 곳, 드넓은 주차장 등을 갖추고 있었다.

13 (목) 맑음

오늘도 아내를 오전 7시 무렵 메다이나 역까지 바래다 준 후, 그 길로 미첨 로드와 히긴스 로드를 거쳐 어제 도착했던 버시 우드의 북부 주차장에 이르렀다. 오늘은 어제와 달리 동쪽으로 난 자전거 도로를 따라 걸어서 알링턴 하이츠 로드 옆에까지 이르렀고, 육교로 히긴스 로드를 건너 버시 우드의 남쪽 숲 입구까지 갔다가 되돌아왔다. 알링턴 하이츠 로드와 히긴스 로드가 교차하는 지점에 엘크라고 불리는 아메리카 대륙의 덩치가 큰 사슴들을 가두어 기르는 곳이 있었다. 쇠로 엮은 울타리로 사방을 둘렀지만, 꽤 넓으므로 방목이나 다름없다. 자전거 도로가 통과하는 뒤편 울타리 안의 숲속에서 수십 마리의 엘크를 가까이서 바라볼 수 있었고, 그 울타리 밖의 숲속에서는 야생 사슴으로 보이는 짐승 몇 마리가 뛰어가는 것도 보았다. 돌아올 때는 어제처럼 롤윙 로드를 경유하여 레이크 스트리트까지 내려왔다. 오전 10시가 훨씬 지나서야 귀가하였다.

14 (금) 화창한 봄 날씨

오전 중 누나와 아내가 새로운 곳으로 쇼핑을 가는 데 구경삼아 따라나섰다. 로젤 로드를 따라 계속 북진하여 골프 로드와 만나는 지점에 있는 샴버그의 수입한 한국 물건들을 취급하는 상점에 우선 들렀다. 샴버그는 대형 쇼핑몰이 밀집된 부자 동네라 그런지 그 상점은 웬만한 한국 국내의 슈퍼마켓보다 못하지 않을 정도로 컸고 갖춘 물품들도 다양하였다. 다음으로는 골프 로드를 따라 더 동쪽으로 나아가서 샴버그의 우드필드 상가 거리에 있는 마샬즈라는 이름의 단층 백화점에 들렀다. 블루밍데일에도 있는 연쇄점 T J 맥스와 비슷한 것으로서, 일반 백화점에서 팔다 남은 재고품 등을 할인 판매하는 곳이었는데, 규모가 보다 컸다. 두리와 누나는 주로 이런 곳에서 메이커 상품들을 구입하는 모양이다. 거기서 내 겨울 내의 등을 샀다. 다음으로는 고속도로를 따라 내려와 블루밍데일 부근의 롤윙 로드와 레이크 로드가 만나는 지점에 있는 대형 슈퍼마켓인 월마트에 들렀다. 거기서는 여러 종류의 식료품과 생활용품들을 구입하였는데, 엄청 많은 양이었음에도 불구하고 $100, 즉 한국 돈으로는 10만 원 정도의 금액이었다. 확실히 미국 상점에서는 한국이나 일본 물건을 취급하는 상점에 비해 물품의 가격이 무척 싼 것이다.

오후 2시부터 6시 무렵까지 아내와 더불어 블루밍데일 골프클럽에서 18홀을 쳤다. 근자에 거의 매일 이 골프장에서 18홀을 쳐 왔음에도 불구하고 내 골프 실력은 별로 늘지 않은 느낌이었다. 특히 웬만한 거리에서는 연습 삼아 긴 우드 클럽을 계속 사용해 보는데, 그것이 제대로 맞는 적은 별로 없다. 아내는 오늘도 샌드 클럽을 두 번이나 잃어버릴 번했다.